P9-DGB-711

Adán en Edén

Alfaguara es un sello editorial del Grupo Santillana

www.alfaguara.com

Argentina
Av. Leandro N. Alem, 720
C 1001 AAP Buenos Aires
Tel. (54 114) 119 50 00
Fax (54 114) 912 74 40

Bolivia
Avda. Arce, 2333
La Paz
Tel. (591 2) 44 11 22
Fax (591 2) 44 22 08

Chile
Dr. Aníbal Ariztía, 1444
Providencia
Santiago de Chile
Tel. (56 2) 384 30 00
Fax (56 2) 384 30 60

Colombia
Calle 80, 10-23
Bogotá
Tel. (57 1) 635 12 00
Fax (57 1) 236 93 82

Costa Rica
La Uruca
Del Edificio de Aviación Civil 200 m al Oeste
San José de Costa Rica
Tel. (506) 220 42 42 y 220 47 70
Fax (506) 220 13 20

Ecuador
Avda. Eloy Alfaro, 33-3470 y Avda. 6 de
Diciembre
Quito
Tel. (593 2) 244 66 56 y 244 21 54
Fax (593 2) 244 87 91

El Salvador
Siemens, 51
Zona Industrial Santa Elena
Antiguo Cuscatlan - La Libertad
Tel. (503) 2 505 89 y 2 289 89 20
Fax (503) 2 278 60 66

España
Torrelaguna, 60
28043 Madrid
Tel. (34 91) 744 90 60
Fax (34 91) 744 92 24

Estados Unidos
2105 N.W. 86th Avenue
Doral, F.L. 33122
Tel. (1 305) 591 95 22 y 591 22 32
Fax (1 305) 591 91 45

Guatemala
7ª Avda. 11-11
Zona 9
Guatemala C.A.
Tel. (502) 24 29 43 00
Fax (502) 24 29 43 43

Honduras
Colonia Tepeyac Contigua a Banco Cuscatlán
Boulevard Juan Pablo, frente al Templo
Adventista 7º Día, Casa 1626
Tegucigalpa
Tel. (504) 239 98 84

México
Avda. Universidad, 767
Colonia del Valle
03100 México D.F.
Tel. (52 5) 554 20 75 30
Fax (52 5) 556 01 10 67

Panamá
Avda. Juan Pablo II, nº15. Apartado Postal
863199, zona 7. Urbanización Industrial
La Locería - Ciudad de Panamá
Tel. (507) 260 09 45

Paraguay
Avda. Venezuela, 276,
entre Mariscal López y España
Asunción
Tel./fax (595 21) 213 294 y 214 983

Perú
Avda. Primavera 2160
Surco
Lima 33
Tel. (51 1) 313 4000
Fax. (51 1) 313 4001

Puerto Rico
Avda. Roosevelt, 1506
Guaynabo 00968
Puerto Rico
Tel. (1 787) 781 98 00
Fax (1 787) 782 61 49

República Dominicana
Juan Sánchez Ramírez, 9
Gazcue
Santo Domingo R.D.
Tel. (1809) 682 13 82 y 221 08 70
Fax (1809) 689 10 22

Uruguay
Constitución, 1889
11800 Montevideo
Tel. (598 2) 402 73 42 y 402 72 71
Fax (598 2) 401 51 86

Venezuela
Avda. Rómulo Gallegos
Edificio Zulia, 1º - Sector Monte Cristo
Boleita Norte
Caracas
Tel. (58 212) 235 30 33
Fax (58 212) 239 10 51

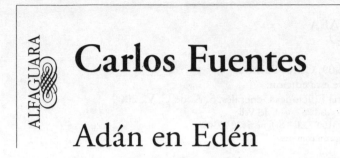

Carlos Fuentes

Adán en Edén

Tulare County Library

ALFAGUARA

D. R. © 2009, Carlos Fuentes
D. R. © De esta edición:
Santillana Ediciones Generales, S. A. de C. V., 2009
Av. Universidad 767, Col. del Valle
México, 03100, D.F. Teléfono 5420 7530
www.alfaguara.com.mx

ISBN: 978-607-11-0306-2

Primera edición: septiembre de 2009

D. R. © Diseño de cubierta: Fernando Ruiz Zaragoza
D. R. © Fotografía: Ángeles Torrejón

Impreso en México

Todos los derechos reservados. Esta publicación no puede ser reproducida, ni en todo ni en parte, ni registrada en o transmitida por un sistema de recuperación de información, en ninguna forma ni por ningún medio, sea mecánico, fotoquímico, electrónico, magnético, electroóptico, por fotocopia o cualquier otro, sin el permiso previo, por escrito, de la editorial.

*A Francisco Toledo, gracias
por la memoria de ochenta elefantes.*

¿Acaso te pedí, Hacedor, que de la arcilla
me hicieras hombre, acaso te pedí que de la
oscuridad me ascendieras?

MILTON, *Paraíso perdido*

1

No entiendo lo que ha sucedido. La Navidad pasada todos me sonreían, me traían regalos, me felicitaban, me auguraban un nuevo año —un año más— de éxitos, satisfacciones, reconocimientos. A mi esposa le hacían caravanas como diciéndole qué suertuda, estar casada con un hombre así… Hoy me pregunto qué significa ser "un hombre así…" o "asado". Más asado que así. ¿Fue el año que terminó una ilusión de mi memoria? ¿Realmente ocurrió lo que ocurrió? No quiero saberlo. Lo único que deseo es regresar a la Navidad del año anterior, anuncio familiar, repetido, reconfortante en su sencillez misma (en su idiotez intrínseca) como profecía de doce meses venideros que no serían tan gratificantes como la Noche Buena porque no serían, por fortuna, tan bobos y malditos como la Navidad, la fiesta decembrina que celebramos porque sí, no faltaba más, sin saber por qué, por costumbre, porque somos cristianos, somos mexicanos, guerra, guerra contra Lucifer, porque en México hasta los ateos son católicos, porque mil años de iconografía nos ponen de rodillas ante el Retablo de Belén aunque le demos la espalda al Establishment del Vaticano. La Navidad nos devuelve a los orígenes humildes de la fe. Una vez, otra vez, ser cristiano significaba ser perseguido, esconderse, huir. Herejía. Manera heroica de escoger. Ahora, pobre época, ser ateo no escandaliza a nadie. Nada escandaliza. Nadie se escandaliza. ¿Y si yo, Adán Gorozpe, en este momento derrumbo de un puñetazo el arbolito navideño, hago que se estrellen las estrellas, le coloco una corona en la cabeza a mi mujer Priscila Holguín y corro a mis invitados con lo que antes se llamaba (¿que quiere decir?) *cajas destempladas*…?

¿Por qué no lo hago? ¿Por qué me sigo conduciendo con la amabilidad que todos esperan de mí? ¿Por qué sigo comportándome como el perfecto anfitrión que Navidad tras Navidad reúne a sus amigos y colaboradores, les da de comer y beber, les entrega regalos distintos a cada uno —jamás dos veces la misma corbata, el mismo pañuelo— aunque mi mujer insista en que esta es la mejor época para el "roperazo", es decir, para deshacerse de regalos inútiles, feos o repetidos que nos son entregados para endilgárselos a quienes, a su vez, los regalan a otros incautos que se los encajan a…

Contemplo la pequeña montaña de obsequios al pie del árbol. Me invade un temor. Devolverle a un colaborador el regalo que éste me hizo hace dos, tres, cuatro Navidades… Me basta pensarlo para suprimir mis temores anticipados. No estoy aún en el Año Nuevo. Sigo en la Noche Buena. Me rodea mi familia. Mi esposa inocente sonríe, con su sonrisa más vanidosa. Las criadas distribuyen ponches. Mi suegro ofrece una bandeja de bizcochos.

No debo adelantarme. Hoy todo es bueno, lo malo aún no sucede.

Distraído, miro por la ventana.

Pasa un cometa.

Y Priscila mi esposa le da una sonora cachetada a la criada que distribuye cocteles.

Pasa, una vez más, un cometa. Me invade una gran duda. Este astro luminoso, ¿es precedido por su propia luz o sólo la anuncia? ¿La luz anticipa o finaliza, es presagio de nacimiento o de defunción? Creo que es el sol, astro mayor, quien determina si el cometa es un *antes* o un *después*. Es decir: el sol es el dueño del juego, los cometas son partículas, coro, *extras* del universo. Y sin embargo, al sol nos acostumbramos y sólo su ausencia —el eclipse— nos llama la atención. Pensamos en el sol cuando no vemos el sol. Los cometas, en cambio, son como chisguetes del sol, animales emisarios, ancilares al sol, y a pesar de todo, prueba de la existencia del sol: sin los esclavos no existe el amo. El amo requiere siervos para probar su propia vida. Si no lo sabré yo que, abogado y empresario moderno, doy fe de mi ser y de mi estar cinco veces a la semana (sábados y domingos son días feriados) tomando mi lugar a la cabeza de la mesa de negocios, con mis subordinados muy subordinados aunque yo me comporte como un jefe moderno, nada arbitrario: un sol que quiere calentar pero no incendiar. Y a pesar de todo, ¿no es cierto que sólo soy el jefe porque ellos aceptan que lo sea?, ¿son los cometas los que nos hacen pensar en el sol?, ¿los segundos le dan vida al primero? No sé si todo hombre en mi posición piensa en estas cosas. No lo creo. Por lo común el poderoso da por descontado su poder, como si hubiera nacido no desnudo sino coronado, envuelto en riqueza. Miro a mis empleados sentados alrededor de la mesa y quisiera preguntarles, ¿soy el sol?, o ¿soy el solo? ¿Tengo poder por mí mismo o porque ustedes me lo dan? Sin ustedes, ¿carecería de poder? ¿Los poderosos son ustedes que me confieren poder o yo, el que lo ejerce?

El cometa del día de hoy es cometa porque es visible. ¿Cuántos astros, cada día, circulan por los cielos sin que nos demos cuenta? ¿Somos astros barbatos, una luz que precede, o astros caudatos, luminosidad que sucede? Si yo fuese un cometa, ¿cómo sería mi cola? ¿Difusa, en ramales que se disparan cada uno por su lado? ¿Corniforme, un abogado presidente de empresa con cola encorvada? ¿Inesperado o periódico —un astro singular e inimaginable hasta que aparece, o un cometa predecible y en consecuencia aburrido, o sea, poco cometa?

El tiempo —o sea, esta narración— lo dirá.

¿Son los sábados, los domingos, en realidad, días *feriados*? Y feria, ¿es sólo día de descanso, o agitado día de compraventas?

Este día no lo diré —o espero no decirlo— sino presidiendo el Consejo de Administración, dándome el lujo —determinado, voluntarioso— de ser el único que cuelga la pierna encima del brazo de la silla y la mueve con displicencia. A ver, ¿quién más se atreve?

Y yo mismo, ¿me atrevo a explicarme a mí mismo la razón de mi éxito?

¿Por qué me casé con ella? Sitúense y sitúenme. Yo empezaba mi carrera. Era un pasante de Derecho. Aún me faltaba presentar la tesis, recibir el título. Yo no era, estrictamente hablando, nadie.

Ella, en cambio…

La veía retratada en la prensa todos los días. Era la Reina de la Primavera, paseaba a lo largo de la Reforma en un coche alegórico (ante la indiferencia, es cierto, de los peatones). Era la princesa del Carnaval de Mazatlán (antes de pasar al princesado gemelo de Veracruz). Era la madrina de la Cervecería Tezozómoc en beneficio de los asilos de ancianos. Inauguraba tiendas, cines, carreteras, spas, iglesias, cantinas… y no porque fuera la más bonita.

Priscila Holguín era, apenas, lo que se llama "bonitilla". Su carita redonda era redimida por el brillo de los ojillos inocentes, la limpieza colgática de la dentadura, los hoyuelos de las mejillas, sus ricitos de Shirley Temple, la diminuta nariz que no reclamaba urgencias quirúrgicas. Era lo que entre nosotros se llama "una monada"; no una belleza llamativa a lo María Félix o Dolores del Río pero tampoco fea como tantas mujeres chaparras, prietas, gordas, redundantes, seriamente buenas o perversamente malas, desprovistas de la grande y rara perfección de las mestizas arriba mencionadas y destinadas a ser novias (de jóvenes) y, con suerte, tolerables matriarcas (de viejas). Las canas ennoblecen.

Priscila Holguín representaba, así, el justo medio. De fea no tenía nada. De belleza, muy poco. Era lo que se llama *agraciada*. Su aspecto no ofendía a las feas ni rivalizaba con las hermosas. Era, por así decirlo, la novia ideal. A nadie amenazaba. Y esta ausencia de peligro la hacía más atractiva que las devoradoras fatales o los tamales sin chile.

Además, su gracia consistía no sólo en reinar sobre las ceremonias dispensables, sino que, como si sospechase la inutilidad de su monarquía, la adornaba con canciones. Y así, tras la coronación como Reina de Tal o Princesa de Tal Cual, ella remataba con alguna frasecilla musical, "miénteme más, que me hace tu maldad feliz", o "allá en el rancho grande, allá donde vivía" o "no hay porteros ni vecinos" o "junto al lago azul de Ipacaraí".

Nada de esto venía a cuento, pero todos esperaban la rúbrica de Priscila, como si ella requiriese la cancioncilla final para demostrar algo: que su reinado no se reducía a la belleza (discutida, sosa), sino que era recompensa a un talento (cantar letrillas de música popular). O quizás al revés: Priscila era ante todo cantante, su corona un accidente, una especie de sobresueldo a su arte. O al revés: la cancioncilla compensaba la falta de una belleza realmente llamativa —en el sentido o los sentidos de llana flama o llamar atención.

No en balde —yo leía, yo reía— la cortejaban los muchachos más ricos de la ciudad. Los herederos de los capitanes de industria. Los caritas. Los rolleros. Los que manejan Maseratis. ¿No era Priscila la acompañante constante del automóvil sport descapotable, del yate acapulqueño, de la barrera de primera fila taurina? ¿No era, en suma, inaccesible, más allá de las páginas de sociales de *Club Reforma*? ¿Cómo llegar a ella directa, físicamente, sin la intermediación protocolaria?

La vi anunciada un día como madrina del Salón del Automóvil. Todas las grandes marcas europeas y japonesas competían (las americanas no: han sido desplazadas para siempre al escollo del todoterreno). Mercedes Benz,

Audi, Alfa Romeo, Citroën, bmw: entré al Salón con car-
dillo, entre la profusión de metales relumbrantes, carro-
cerías lujosas, fanales expectantes y ruedas de reluciente
caucho negro boleado, y mi azaroso temor de que ninguna de estas marcas podría rodar con impunidad por la
ciudad de México sin exponerse al bache, la mentada de
madre, el rayón gratuito, acaso el asalto, la destrucción
vengativa, ¿por qué tú sí y yo no, cabrón?

Supe en ese instante que debía despojarme de todo
asomo del rencor propio del que nada o poco tiene ante
los que mucho tienen porque pocos son.

¿Puede un coche de lujo provocar una revolución?
¿Que coman pastel? ¿Que manejen Maserati? No quise
poner mis sospechas a prueba. Más bien, entrando a la ex-
hibición que inauguraría la Emperatriz del Volante (*a.k.a.*
Priscila Holguín), me repetí el refrán que dice: "Rollero
mata carita y Maserati mata rollero".

Los galanes de Priscila —C-R-M: caritas, rolleros,
Maseratis— la rodeaban como para confirmar que ella sería de todos o no sería de nadie. Intuí esta situación de inmediato. La corte de galanes la rodeaba no porque era ella
sino por lo que ella representaba: era una marca más, Priscila Maserati o Priscila Corn-Flakes o Priscila Coca-Cola.
Acercarse a ella era aproximarse a un prestigio reconocido,
no a un ser luminoso. Si la invitaban a salir, era para lu-
cirse ellos —caritas, rolleros, Maseratis—, no para enamo-
rarla. Aquel al que ella elegía para salir recibía el premio,
era fotografiado con la Reina, Princesa y Madrina; nunca
volvería a verla, porque bastaba una vez para darle al galán el prestigio de haber salido con Priscila, y Priscila no
salía dos veces con el mismo muchacho, no fueran a creer
que la cosa era de a devis, novia, esposa, niguas. Priscila
—la vi, la entendí— tenía que ser joven, soltera, disponi-
ble, pero nunca pareja de nadie porque ser pareja de alguien significaba excluir a todos los demás pretendientes,
dejarlos sin esperar ser algo más que C-R-M para conver-

tirse en nuevo aspirante, novio, marido y sacrificar, así, a todos los demás muchachos que, *mirabile dictum*, reciben la recompensa que tendría el galán por haber salido y sido visto con la Reina de la etcétera. De manera —imaginé e imaginé bien— que Priscila Holguín al fin era el anzuelo que le daba la aureola de una atracción irresistible a quien saliese con ella, preparándolo para escoger con patronazgo infinito y un grano de desdén a la muchacha que sería, pues, la compañera de su vida, la madre de sus hijos, la vencedora pírrica contra la Princesa de Princesas.

Entré al Salón del Auto. Vi a Priscila tal como era. Una invención publicitaria. Una muchacha que no ponía en peligro a la novia o esposa eventual de los galanes que la asediaban en torno a un Cadillac de museo. Ahí pasé entre mis competidores —así los juzgué en ese momento—. Llegué hasta Priscila, la tomé de la mano y le dije:

—Vámonos. Te invito un café en Sanborns.

4

Como de costumbre, me reuní con mis colaboradores el día después de la Fiesta de Reyes. En pocos países se celebra hoy la Epifanía: el arribo a Belén de Gaspar, Melchor y Baltasar repartiendo regalos para el niño Dios acabado de nacer. Supongo que en México recordamos a los Magos para cerrar con ceremonia nuestra verdadera, única vacación, que va de las posadas de mediados de diciembre a la Navidad y Año Nuevo y los Reyes Magos. Sí, luego inventamos fiestecita por aquí y fiestecita por allá, que si la Candelaria en febrero, que si don Benito Juárez y el petróleo en marzo, que si más de lo mismo en abril y luego las mamacitas en mayo, etcétera. Siempre existe el consuelo de que los españoles tienen más santos, y por lo tanto más fiestas, que los mexicanos. Ellos empezaron antes que nosotros. Nosotros nomás tratamos de alcanzarlos. Y eso que no apelamos a los dioses aztecas. ¿San Huichilobos?

Pero me desvío del asunto, empolainado por la idea del festejo, y por algo será. Su pobre narrador —ese sería yo— poco tiene que celebrar este 6 de enero, cuando entra a la sala de acuerdos a tratar los asuntos de máxima importancia con sus colaboradores; los conoce intensamente, él no escoge a desconocidos, él quiere que todo su equipo sea confiable y no sólo, como dicen las malas lenguas, inferior al jefe, que soy yo, como si un hombre —o mujer— superior a mí pudiese, en algo, en lo menos, disminuir la idea que me hago de mí mismo y no es presunción: mi carrera demuestra que cuanto tengo lo he logrado con mi esfuerzo personal, lo cual ahora me da el derecho de nombrar a quien se me antoje como próximo colaborador.

¿Que son dóciles, que son mansos? Eso dicen las malas lenguas. ¿Que no soporto a nadie superior a mí en mi inmediato círculo de colaboradores? Eso dicen quienes se han quedado fuera de lo que un columnista (pagado por mí, ok) ha llamado "el círculo mágico que rodea a Adán Gorozpe".

Pues bien. Hoy entro a la Sala del Consejo mirando mi reloj, apremiado y tranquilo a la vez (es mi secreto), sin dirigirle la mirada a nadie. El asistente (¿quién es?, no lo veo) me aparta el sillón. Tomo asiento. Clavo la mirada en los expedientes. Reviso los papeles (dándome el gusto de saber que todos están en blanco y que ¡el mundo se engaña!). Me quito los anteojos, los limpio con un kleenex salido de la caja puesta a mi izquierda (¿los mocos a la izquierda?, pienso con sarcasmo), me coloco los lentes y por fin levanto los ojos para prestarle atención a los once consejeros —doce no, yo sería el número trece y los redentores terminan crucificados, me digo este día en que reanudo el trabajo reposado, alerta, tostado por el sol del Caribe, antes de levantar la mirada no más vacacional.

Los once colaboradores traen puestos anteojos negros.

No me miran.

O me miran oscurito.

Once pares de anteojos de sol.

—No es para tanto —bromeo—. En Cancún estaba nublado.

Mi broma no obtiene respuesta.

Veintidós cristales oscuritos me miran.

Sin piedad.

¿Qué ha ocurrido?

5

Cuando las cosas me salen mal, como hoy 6 de enero, me refugio evocando a mi suegro don Celestino Holguín, recordado (y olvidado) como El Rey del Bizcocho y padre, ya lo saben, de la Reina de la Primavera mi esposa (como ya les conté). Entre la Primavera y el Bizcocho media lo que entre el cruel invierno y la Virgen de Guadalupe: el milagro.

Desde que lo conocí, me hice cruces admirando la manera como don Celestino levantó su fortuna sobre un montón de pan azucarado. Dicen que no sólo de pan vive el hombre, pero mi suegro desmiente el dicho: él vivió del pan y nos heredó sus bolillos a sus hijos y a mí, su temprano yerno. La maldición con que Dios expulsó a Adán y a Eva del Paraíso —"Ganarán el pan con el sudor de su frente"— la convirtió don Celes en bendición, más en un país como México que se ufana de la variedad y exquisitez de sus panes, en dura competencia con Francia y el centro de Europa, donde, sin embargo, ninguna panadería produce artículos tan bellos y variados como el bolillo, la telera, el alamar, las orejas, la chilindrina, la concha y la novia (no es albur), la campechana y el polvorón, las banderillas de un tono azucarado... Paradoja: en un país de pobres, la cocina es rica. Empezando por el desayuno: huevos rancheros y huevos divorciados, tamales y enfrijoladas, chilaquiles y enchiladas, quesadillas y sopes, antecedidos por papayas y naranjas, chicozapote (o zapote negro), sandías y melones, mamey (entre rosa y naranja), plátanos (jamaica, manzano, macho y dominico), guanábana (blanca con semillas negras) y tunas (verdes como la envidia).

Es como para llegar a la conclusión de que México es un país pobre porque ha perdido demasiado tiempo preparando comidas suntuosas y horas muy largas comiéndolas.

—Miren a los gringos —adoctrino a mi desagradecido Consejo cuando me piden dos horas para almorzar—. Los gringos comen de pie al mediodía, como caballos, rápido y vámonos… (pausa) y lo que comen a las seis de la tarde (lo llaman "cena") es lechuga con dulce de fresa, pollo seco y jalea de colores (postre).

—¿Quiere que traigamos nuestro lonch a la oficina, señor? —pregunta un atrevido.

Yo sonrío con benevolencia:

—Ni eso, compadre. Échese un buen desayuno de frijoles y empanadas para que no le gruñan las tripas.

Todos ríen.

O todos reían.

Nadie como mi suegro. Yo creo que su ocupación panadera le daba un gusto tan grande como un pastel de bodas. Él, don Celes, se sabía protegido, legitimado por la orden bíblica —"ganarás el pan etcétera"— que para él fue una bendición más que un consejo.

—¿A que Jehová no dijo ganarás los filetes o ganarás el omelette o ganarás el salpicón o ganarás el consomé con el…?

—¿Sudor de tu frente? —yo intentaba interrumpir su catarata de opciones bíblicas.

—Eso mero —me daba la razón don Celes, casi aprobando mi lucidez y congratulándose de que la niña Priscila hubiese escogido a un marido tan a todo dar como yo, en quien don Celes podía delegar el mando y pasar visiblemente de la panificación a actividades acaso menos necesarias aunque más lucrativas.

—Te llaman Adán, Adán te llamas —elaboraba mi suegro—. O sea que llevas el nombre del primer hombre que, en vez de vivir como desocupado en el Edén, debió ganarse el pan, *ganarse el pan*, ¿me entienden todos?, con el sudor de su frente.

Y volviéndose a su hija:

—Qué bien escogiste, Priscila. Quién iba a decirnos que este muerto de hambre con el que te casaste sería mil veces más rico que su suegro, yo, y todo con el sudor de su frente.

—Ay papá, el pan no suda —comenta la inconsciente Priscila antes de recibir un jugo de sandía de manos de la criada, a la que le agradece con una cachetada.

Pero don Celes ya volteó el norte de su atención al otro comensal, su hijo Abelardo.

—A ver, Abelardo, ¿por qué no eres como tu cuñado? ¿Por qué no lo imitas *tantito*, eh?

El aludido era un muchacho serio y distinto por el cual yo sentí un respeto inmediato. Admito ahora, cuando llegó el momento de ser sinceros, que nadie más en la familia Holguín, ni mi mujer ni su padre ni su difunta mamacita que Dios guarde, me inspiraba tanto respeto como este chico callado, impermeable a las voracidades verbales de su padre o la ridiculez ínclita de su hermana. Pasa en las mejores familias. Hay siempre un ser excepcional del que uno se pregunta, y éste, ¿de dónde salió? Porque no de su padre o su hermana o su difunta etcétera, la mamacita cuya recámara era preservada como una especie de memorial de la cursilería, dado que la etcétera amaba el color rosa, todo en su habitación era de ese tono —cortinas, paredes, cama, almohadas, tapetes, colchas, sillones y hasta el espejo de tintes rosados, como para devolverle la autoestima a doña Rosenda, si es que alguna vez (lo dudo) la perdió—. Sólo un detalle —una camelia blanca en un florero— desentonaba con la sinfonía rosácea. Además de un bidet de fierro hecho para resistir toda clase de embates.

—Es que ella era una romántica —decía don Celes, sin explicar nada más, como dogma para su seguro servidor que soy yo, se entiende, de las virtudes de la casa que le hacía —me hacía— el honor de aceptarme en su seno.

Para no añadir que el baño también era color de rosa. Incluyendo el papel higiénico y —lo comprobé al jalar la cadena rosa— el agua misma. Todo, salvo ese singular bidet de fierro. Y doña Rosenda, antes de morir, se pintó el pelo prematuramente de rubia natural.

Convencido de que la familia Holguín pertenecía a un tipo de excentricidad insulsa y convencional, me llamaba la atención el joven Abelardo, que no era ni una cosa ni la otra; aunque, eso sí, excéntrico con respecto a su familia. Alto, delgado, callado, parecía de otra especie. No pertenecía a los Holguín.

—¿Lo adoptaron? —le dije un día en son de guasa a Priscila.

—¡Grosero! —me increpó—. ¡Malhablado! ¡Malnacido! ¡Han nacido en mi rancho dos arbolitos!

Traté de asociar estos insultos arbóreos a mi pregunta y no hallé relación alguna. Así era Priscila. Para ella no había causa y efecto. Nunca. Para nada. Por eso no teníamos hijos.

—Adoro tu barriguita —le dije con muchísimo cariño—. Quiero que crezca y crezca.

—¿Panzona? —se enfureció—. ¿Me prefieres panzona? ¿Eso quieres, monstruo? ¿Verme deforme, abúlico?

—No, eso no es deformidad, ¿sabes?

—¿Ah sí?, ¿entonces? ¿Qué cosa es perder la silueta? ¿Sabes quién me dio la silueta? Dios Nuestro Señor, y sólo él me la quita...

—El día de tu muerte —dije sin mala intención.

—¡Ah! ¡Con que eso quieres! ¡Matarme! ¡Canalla! ¡Insípido!

—No dije que...

—Engordarme como globo de feria hasta que estalle, ¡cobarde!, ¡insensato!, ¡lambiscón!, ¡allá en el rancho grande!

Como ya he dicho, las expresiones de Priscila casi siempre se daban fuera de contexto.

No, no me negaba "sus favores". Pero los guarecía con tales prevenciones que al cabo yo perdía no sólo la pasión sino hasta el gusto. Por fortuna, todo pasaba a oscuras. Priscila nunca vio mi sexo. ¡Mejor así! Yo nunca vi el suyo. ¡Peor tantito!

—Apaga la luz.

—Está bien.

—No me mires.

—¿Cómo te voy a mirar? Está muy oscuro.

—Tócame con misericordia.

—¿Y eso qué significa?

—Toca mis escapularios.

— No tienes.

—Tonto.

—Ah.

Lo malo del asunto es que *sí* tenía escapularios donde *no* debía tenerlos, de tal suerte que mis acercamientos físicos empezaron a parecerme sacrilegios imperdonables. ¿Cómo acariciar al Sagrado Corazón de Jesús? ¿Cómo chuparle los senos (o lo que fuese) al Santo Señor de las Congojas? ¿Cómo penetrar, en fin, al Santo de los Santos cubierto por el Velo de la Verónica? Tentación, esta última, de sutileza escasamente atribuible a Priscila, que acaso desconocía el negro pasado de la Verónica, ya que la confundía con la Magdalena, creía que ambas eran hermanas del Señor, regeneradas por la religión, por lo cual despojaba de su virginidad a María, a menos que las nenas fueran más jóvenes que Jesús, entonces, como dicen en la ruleta, *rien ne va plus!* y ¡todos a Belén!

—El negro más cumbanchero que conocí en La Habana —cantaba Priscila cuando tenía —y se la di— satisfacción.

A oscuritas. Sin que jamás viera mi cuerpo desnudo —mejor.

El que lee comprenderá que el que escribe necesitaba un refugio fuera del hogar. Para olvidar a la familia Holguín. A sus vivos y a sus muertos. Para mirarme sin rubor al espejo, pues Priscila *and family* me avergonzaban con vergüenza propia y ajena.

Para afirmar mi autoridad, relajada por el simple hecho de haberme casado con Priscila (lo confieso ante ustedes), de *dar el braguetazo* o sea *salir de perico perro* (de pobretón) y ascender con rapidez en la escala social (*arriviste, social climber*) más allá de mis méritos, aunque nunca por debajo de mis debilidades, yo les daba a los Holguín tanto o más que ellos a mí. A mí, me daban la gracia del contraste: siendo lo que era y soy ante ellos, tenía la enorme libertad de ser *otro* al alejarme del hogar y hacer mi carrera.

¿Que don Celestino me financiaba? Pues buena inversión. Le devolví el crédito con creces. Pinté una raya. En la casa de Lomas Virreyes me adaptaría a las excentricidades de la familia. Fuera de ella, sería mi propio hombre. Ninguna influencia hogareña. Prohibido, señorita secretaria, pasarme telefonazos de mi esposa o de mi suegro. Atienda usted misma las peticiones que le hagan, siempre y cuando sean importantes (dinero, propiedad, citas impostergables). No les haga caso si son idioteces (horarios de peluqueros o salones de belleza, quejas contra la servidumbre, cenas con gente menor-menor, me duele la cabeza, ¿por qué ya no me quieres?, ¿dónde quedaron las llaves del automóvil?, ¿puedo poner un retrato del Papa en la sala?).

O sea que mi oficina es mi santuario, inviolable por definición, sagrado por vocación. Allí no entra mi vida privada. Mis funcionarios lo saben y me tratan con el respeto que merece un hombre —yo— del que *nada saben* más allá de la oficina y las actividades profesionales. Al revés de lo ordinario, mi despacho es el reflejo de mi privacidad. Mi casa es el ágora del mitote, las pendejadas, los chismes, los chantajes de quienes creen que te tienen agarrado de los güevos nomás porque te conocieron chiquito y con hoyos en los calcetines. Es la desgracia de la familiaridad. La agradezco porque puedo pasarme de ella. No me interesa. No tiene caso. Yo columpio la pierna encima del antebrazo.

Mi verdadero yo nace y renace cuando entro a la oficina, doy instrucciones a las secretarias y paso a presidir la mesa en torno a la cual se reúnen mis colaboradores.

Les hablo de tú.

Ellos me hablan de usted.

(Algún privilegio da la autoridad.)

Se ponen de pie cuando entro.

Me quedo sentado cuando salen.

Nunca voy al baño.

Orino antes.

No bebo agua.

Ellos sí: se condenan ante mí por sus *necesidades*. (Palabras, clasc. Ellos *necesitan*. Yo *tengo*.)

De allí, escuchas, mi desconcierto (disimulado, eso sí: si algo me desconcierta, yo sé cómo ocultar mi incomodidad). De allí, repito, mi desconcierto el día —6 de enero— en que todos se presentaron con anteojos negros.

No di muestras de asombro, más allá de la broma consignada.

Procedí a tratar los asuntos pendientes, pedir opiniones, darles permiso de ir al baño, ofrecerles agua, todo como si nada…

Concluyó la reunión. Me retiré. Todos de pie.

¿Qué me esperaría la vez siguiente?

Convoqué la reunión para el lunes —hoy era viernes.

Ahora mis colaboradores portaban aún anteojos de sol. Y portaban algo peor: una audacia inquisitiva. Adiviné miradas detrás de los cristales oscuros. Miradas de desafío disfrazando sentimientos de miedo. Un aislamiento ante mí que era a la vez barrera a vencer y oportunidad a tomar. Un trueque de poderes que mis antenas vibradoras percibieron enseguida. El poder de la debilidad que yo les imponía. La debilidad del poder que ellos me devolvían. El ruido de las duelas del piso cuando uno de ellos se levantó para ir al baño: jamás había escuchado ese sonido antes. Junté las piernas.

¿Qué pasaba?

No iba a permitir que ellos me explicaran la situación. Me adelanté con una rara sensación de caminar al filo del abismo. Iba a tomar una decisión porque la actitud (¿rebelde?, ¿irrespetuosa?, en todo caso, ¿insoportable?) de mis colaboradores me obligaba a ello. No medí consecuencias. Di la orden.

—Quítense los anteojos, cometas. Ya salió el sol.

Todos me miraron con asombro.

Supe que había ganado la partida.

Pero el simple hecho de vérmelas con un gabinete revoltoso me arrebató una parcela de la seguridad con la que, hasta entonces, los gobernaba y al gobernarlos, *me* gobernaba a mí mismo.

Todos continuaron con los anteojos oscuros. No se los quitaron, los muy desobedientes.

Pero esa es otra historia.

Todos necesitan consuelo. El perro callejero anda en busca de un amo que lo recoja, lo bañe, lo cuide: comida y techo, tanto más preciosos cuando no dependen de uno mismo, sino de la bondad ajena. El pájaro enjaulado agradece su alpiste pero añora la libertad de volar; cuando se fuga y vuela, añora el alpiste que dejó. Los hijos —me dicen— se rebelan contra sus padres en la adolescencia, salen al mundo y regresan, contritos, a pedir techo, comida, comodidad y cariño. Fue el caso de un viejo compañero mío, Abel Pagán, muy rebelde, se fue de su casa y la realidad lo obligó a regresar muy humildito. No se sabe cómo van a terminar las cosas. Miren que yo tengo todo lo que hace falta en este momento. ¿Y México? Que si se devalúa el peso. Que si los narcos toman el poder. Que si la ciudad se inunda para siempre y la mierda sube hasta las Lomas. Que si las carreteras se vuelven intransitables, llenas de bandidos como en el siglo XIX. Que si resucita Zapata. Que si vuela la mosca y Valentín de nada les da razón… Que si llega el gran terremoto final y acaba con todo.

Perro, pájaro, niño, me acerco este atardecer a la casa donde vive Ele.

No quiero demostrar heridas. Reposo como siempre, entero, cariñoso, simpático, sin rajaduras visibles, sin explicaciones innecesarias a partir del *dictum* anglosajón tan poco apreciado por los latinoamericanos, las mujeres engañadas y los hombres que engañan,

Never complain. Never explain.

"Nunca te quejes. Nunca te expliques."

Ele no me pide explicaciones y no me ha visto, nunca, quejarme. Es parte de nuestro acuerdo. Ele es como es, con sus atributos adorables, sus mezquindades perdonables, sus vicios explicables. Me da tantas cosas que no puedo reprocharle un solo defecto. Ele sabe que los tiene. Es más, los exhibe.

¿Qué más, nomás de arranque?

Ele se aburre con facilidad. Requiere entretenimiento y variadas sorpresas. Ele se ama y dice que amarse a uno mismo es condición para querer a otra persona. Ele no tiene miedo de exponer sus debilidades porque cree que si el amante sabe quiénes somos, la posibilidad de sorprender aumenta en razón de las cosas que se ignoran. Tácitamente, me pide que me deje adivinar, que no se lo cuente todo, que le dé la oportunidad no sólo de quererme, sino de quererme más en función de lo que aún no sabe de mí.

Quiere que yo sea su misterio y que Ele siga siendo el mío.

El hecho es que yo no sé nada de Ele. Tenemos un tácito acuerdo. Como en la canción, "no me platiques ya, déjame imaginar que no existe el pasado y que nacimos el mismo instante en que nos conocimos".

No sé nada de Ele salvo lo que sé de nuestra vida desde el momento en que nos conocimos y Ele sólo sabe de mí por mi vida pública, no por mi pasado. Me equiparo a Ele convertido en telón espeso sobre mi vida anterior al matrimonio con Priscila, cuando la familia bizcocho me puso en el candil. Y eso tenemos Ele y yo en común. Nos amamos aquí y ahora, sin referencia alguna a nuestras vidas pasadas. Amantes, niños, ambiciones: sin jurarlo, lo hemos destinado a una relación consagrada al *aquí* y al *ahora* de nuestra relación. Y si a veces caigo en la tentación de la memoria, es en *horas extra*, por así llamarlas, y sólo en comunicación secreta, impublicable, *contigo*, lector.

¿Impublicable? ¿Qué digo?

Yo me presto a ser sorpresa.

Claro que Ele conoce mi posición pública. Jamás la mencionaría, haciéndome sentir que cada vez que cruzo su umbral soy un hombre nuevo, dispuesto a estrenarme en ese momento, en esas noches de amor inédito con Ele, que no conoce mi situación familiar, más allá de los datos públicos —estoy casado, mi suegro es el Rey del Bizcocho—. Datos, añado, sin importancia alguna para un espíritu libre como Ele.

"Espíritu libre". ¿Existe tal cosa? ¿Hay un solo ser humano que no esté atado, de alguna manera, a su pasado, a su origen, a su familia? ¿O a su profesión, tarea, responsabilidad?

Sí, sí lo hay y se llama Ele. Eso creo.

No sé nada de su pasado (bolero *again*) ni quiero saberlo. Y aunque lo quisiera, nada obtendría, y no es que Ele se guarde un secreto: Ele *es* un secreto. Cuanto Ele dice y hace parece surgido del instante, sin antecedente alguno (o al menos sin antecedente de importancia). Jamás he conocido a otra persona que viva *exclusivamente* para el momento. Y a pesar de ello, qué saber hay en su mirada, qué experiencia en sus actos, qué misterio en sus palabras. Sólo que nada de esto puede ser atribuido a un pasado que no existe por el simple hecho de que Ele asume en cada instante el pasado como presente y el porvenir también. Quiero decir: si Ele recuerda, me hace sentir que lo que vale la pena no es el recuerdo, sino el hecho de recordar ahora mismo. Y si Ele desea, lo que cuenta es, también, el hecho de desear en este momento. Ele anula el pasado y el futuro convirtiéndolos en presente permanente: aquí y ahora, todo aquí y ahora, con una intensidad que no sólo explica a Ele, sino que me explica a mí, mi pasión por este ser único que me arranca de la comicidad ridícula de mi hogar y de la solemnidad fúnebre de mi oficina para situarme —¡qué bello, qué insólito, qué todo!— en el radical instante en el que estoy con Ele, vivo con Ele, amo con Ele.

Aquí desaparecen las preocupaciones, las obligaciones, las ridiculeces de la vida privada, las mascaradas de la vida pública. Ele me redime, me regresa a mí mismo, a esa parte de mi persona que de otra manera permanecería oculta, latente, acaso perdida para siempre.

Abrazo a Ele, respiro en su oreja, Ele respira en mi boca, y la vida no sólo regresa: nunca se fue, siempre estuvo aquí y yo no sé por qué no lo abandono todo para entregarme, sin condición, sin permiso, sin conciencia, al amor de Ele.

Amor interrumpido. Yo escogí el apartamento para Ele. Condiciones: poder salir y entrar sin ser notado. Exigencia: lugar a la vez céntrico y apartado. Resultado: callejón estrecho en calle de Oslo entre Niza y Copenhague.

Contexto: Zona Rosa, concurrencia abigarrada de día y de noche, distracciones. Acciones: dejar el coche en Hamburgo. Caminar un par de cuadras sin ser notado entre el gentío. Saber que el mejor disfraz es uno mismo. Soy visto tanto en la tele, los periódicos, los eventos, que nadie se imagina que el señor común y corriente que anda a pie, sin escolta, entre Génova y Amberes, sea yo.

Es una apuesta.

Hasta ahora, no ha fallado.

¿Y si algún día alguien me reconoce, me saluda, me detiene?

—¡Señor! ¡Es usted!

—¡Qué honor!

—¡Qué distinción!

—¿Me da su autógrafo?

—¡Qué democrático!

—¡Qué campechano!

Nada, nada, muevo las manos en señal de falta absoluta de pretensión, de voluntad impermeable, de normalidad, nada, nada, como cualquier ciudadano, aquí paseándome, viendo la vida, ¿saben ustedes?, vivir encerrado en la oficina y rodeado de guardias a poca distancia de uno lo envanece, necesito salir así, anónimamente, entre ustedes, como ustedes. ¡Gracias, gracias, me esperan, hasta lueguito, hasta prontito!

—¡Qué sencillo!

—¡Qué demócrata!

Claro que si algún día soy, en efecto, descubierto caminando por la Zona Rosa, entonces me abstengo de seguir hasta el callejón de Ele en Oslo y mejor regreso al estacionamiento frente al Bellinghausen y me regreso a casa.

¿Qué me espera allí?

Esta noche que yo tenía, ilusionado, reservada para gozar con Ele, regreso porque fui reconocido y tuve que devolverme a Lomas Virreyes. Me encontré con un verdadero zafarrancho familiar. Don Celestino, montado en cólera (o la cólera montada en él, porque los vicios y las virtudes nos preceden y sobreviven), increpa a su hijo Abelardo en pleno salón de estar. La pobre Priscila gimotea a media escalera y yo irrumpo, estoico aunque decepcionado (o será al revés) en el momento menos oportuno.

—¡Zángano! —grita don Celes—. Lo que quieres es güevonear a mis costillas.

—No —dice muy sereno Abelardo—. Quiero seguir mi vocación.

—¡Vocación, vocación! Aquí no hay vocación. Vocación es vacación —exclama don Celes con un giro literario que le desconocía—. Aquí se chambea. Aquí se trabaja duro. Aquí hay una fortuna que administrar.

—No es mi vocación, padre.

—Claro que no, inútil, es tu *obligación*, ¿me entiendes? Todos tenemos o-bli-ga-cio-nes. ¡Aquí no se bromea! ¡Aquí no es guasa! ¡Acabemos!

Adopta don Celes un aire indebido de petimetre o lagartijo que de plano no le va…

—¡Ah, cómo no! —espolvorea un imaginario pañuelo—. El señorito se excusa. El señorito tiene, fíjense nada más, una *vo-ca-ción*. El señorito se niega a trabajar…

—No padre, no me niego a…

—¡Chitón, insolente! ¡Tengo la palabra!

—Y yo tengo la razón.

—¿Que qué? ¿La qué? ¿Qué...? ¿Oí bien?

—Yo no quiero administrar un negocio. Yo quiero ser escritor.

—¿Que qué? ¿Y eso con qué se come, bribón? ¿Sopa de letras? ¿Enchiladas de papel? ¿Mole de tinta? ¿De quién se burla usted, don Chespirito? ¡Más respeto a su señor padre que lo crió, sí señor, que le dio todo, educación, techo, vestido, para que ahora me salga con que quiere ser es-cri-tor! ¿Pues de qué me ha visto usted la cara, caballerito?

—No le pido nada.

—No, porque ya te lo di todo. ¡Así me pagas! ¡Menguado!

—¡Verbena! —dice tímidamente, desde el cuarto peldaño de la escalera, Priscila—. ¡Palomas!

Nadie le hace caso.

—Aprende a tu cuñado Adán (ese soy yo).

—Yo admiro a Adán —se atreve a opinar Abelardo.

—¡Qué bueno! Porque Adán se casó con tu hermana para ascender, dio el braguetazo, era un don nadie, un pordiosero, ni un petate donde caerse muerto y ya ves, él sí supo aprovechar mi posición y mi fortuna, ¡malandrín!, ascender y llegar a lo que ha llegado gracias a que se casó con tu hermana...

—Himeneo —gimió con acierto Priscila. Pero nadie le hizo caso.

—Y hoy míralo, es un gran chingón, es el mero, mero, ¿no te da vergüenza?, ¿no te achicopalas?

—Yo no... —quiso murmurar Abelardo.

—Tú nada, sinvergüenza —levantó la mano amenazante don Celes—. ¿Tú qué? —añadió sin lógica alguna—. ¿Tú...? —se interrumpió al voltear y ver que yo lo miraba con severidad, sin necesidad de excusarme y yendo directo hacia Abelardo, a quien le di la mano.

—No te dejes humillar, cuñado.

—Yo no… —balbuceó el aludido.

—Ten dignidad.

—Yo…

—Vete de esta casa. Haz tu propio camino.

—Tú…

—Nada. De mí no esperes nada. Haz tu camino.

Mis palabras silenciaron a todos.

A nadie miré con las paciencillas acostumbradas. Yo soy dueño de mí mismo. Ni rencilla. Ni burla. Ni aire protector. Ni triunfalismos. Don Celes congelado como una estatua. Priscila fría e inmóvil. Abelardo luchando contra la sonrisa de amabilidad y el abrazo de la gratitud.

Todo porque fui reconocido en la calle y no pude llegar, como lo quería, a brazos de Ele.

Priscila le da una cachetada a la sirvienta que sube con la bandeja en las manos y la vida normal se reanuda.

¿Ya viste, Adán? ¿Qué cosa? El niño ese. ¿Qué niño? El niño Dios. ¿El niño qué?

Apareció donde menos se le esperaba, me informa Ele, quien me tiene al tanto de la menuda historia que no llega a las salas de administración.

En el cruce de Quintana Roo e Insurgentes. Instaló un pequeño estrado desde el cual domina al tráfico de la avenida. No un espacio abierto sino un sitio de tránsito rápido o atascamiento involuntario, un lugar de cláxones impacientes y mentadas de madre. Pero un lugar de convergencia de avenidas en el que alternan, te digo, la rapidez impaciente y el atorón, más impaciente aún.

Hay que verlo —lo fui a ver, diría Ele— parando el tráfico, vestido con una túnica blanca, trepado en su escalón como aquel santo del desierto en su columna, ¿recuerdas la película de Buñuel?, ¿no?, pues San Simeón predicaba en el desierto, lo escuchaban los enanos, su mamá y el Demonio. No, este niño le habla al tráfico de Insurgentes y Quintana Roo y lo notable, Adán, es que primero los cláxones le mientan la madre por interrumpir el tráfico, pero luego la gente se detiene, sale de los coches, se burlan de él, lo mandan a la fregada por crear embotellamientos, voy retrasado, ya quítate pinche escuincle...

—¿Escuincle?

—No tiene más de once años, Adán. Lo vieras...

—Lo estoy viendo en tu mirada. ¿Qué te dio? ¿Toloache?

—Seriamente, Adán. Primero se encabronaron, luego, cada vez más le prestan atención, como que se encandilan con él, ¿me entiendes?

Le dije con un gesto que no, pero seguía con atención su relato...

—Atención —repitió Ele—. ¿Sabes? Me doy cuenta de que nuestro gran defecto es no poner atención.

—No te distraigas, Ele. Sigue tu cuento.

—Es mi cuento. No le ponemos atención a los demás. No *nos* ponemos atención a nosotros mismos. Dejamos que las cosas pasen, sucedan, como el viento, a la vera de otros, ¿a poco no?

Le pregunté si todo su discurso era una manera de reprocharme porque no estaba enterado de que había un predicador en la esquina de Insurgentes y...

—Un predicador de once años.

—Ya.

—Un niño Dios.

—Estás lucas.

—No, óyeme porque tú no podrías ir hasta allí a ver lo que pasa. Yo sí. A mí nadie me reconoce...

Si esto era un reproche de amante en la sombra, yo no lo registré...

—¿Qué dice?

—No corran más, eso dice. No se apresuren. ¿Adónde van con tanta prisa? ¿No pueden esperar un minuto? ¿No quieren oír la voz de Dios?

Primero hubo rechiflas y burlas. La mirada del niño impuso el silencio.

—Lo hubieras visto, Adán. Una mirada de autoridad. Una mirada de amenaza velada. Una mirada de amor también. Un gran amor mezclado con una gran autoridad y un granito de amenaza. Todo esto en un niño de diez, once años.

—¿Rubio? ¿Será feo? —quise rebajar el tono admirativo de Ele, que empezaba a fastidiarme.

—No sé, no sé… Luminoso. Eso. Echaba luz.

—Rima con Jesús —quise bromear.

—No, no, no, no —agitó Ele la cabeza—, eso no, eso sería pues como una parodia, ¿no?, no, este niño no es Dios, no es Jesús, es, no sé, Adán, ¿cómo explicarte?, es un *mensajero*…

—¿Cómo lo sabes?

—Adán. Tenía *alas* en los tobillos. Alas en los tobillos. ¿Me entiendes?

—Sí, y no me impresiona. Cualquiera puede pegarse alitas en los tobillos, en la espalda, en los…

—Pero ninguno lo admite…

La interrogué.

—Se quitó las alas de los pies, ¿me oyes?

—Admitió ser un farsante.

—¡Todo lo contrario!

Dijo que él era un niño de escuela. Iba a la escuela todas las mañanas. Aprendía a leer, a escribir, a cantar, a calcular, a dibujar. Pero al salir de la escuela se transformaba. Obedecía una orden interna, de su corazón, dijo, y se ponía el ropón blanco y se pegaba las alitas a los tobillos y se ponía la peluca rubia, los rizos güeros y salía a predicar en este cruce de avenidas, nadie se lo ordenaba, salvo el mandamiento interno, la necesidad de su alma, decía, él era un niño de escuela, nada más, a nadie engañaba, por su gusto se iría a jugar a las canicas, pero hacía lo que tenía que hacer, no por obedecer una orden, sino porque *no tenía otro camino que seguir*, eso nos dijo.

—¿Nos? Somos muchos, ¿no?

—Es que la multitud crece cada tarde, Adán. ¿No te has enterado?

—Sabes muy bien que no me llevo con las autoridades de la ciudad.

—Pues deberías enterarte. ¿Crees que la ciudad te engaña? Entonces créeme a mí, mi amor. Te digo lo que veo.

Abelardo se fue de la casa de su padre y vino a contarme lo que sigue:

La prima Sonsoles, chupando su paleta Mimí, me dijo meneándose toda ella que hablaron de parte del poeta Maximino Sol, quería conocerme, me esperaba en su casa de la colonia Condesa a las cinco de la tarde. Acudí premioso a la cita: Maximino Sol era un gran escritor; también ejercía una especie de tiranía fascinante sobre la literatura mexicana, acaparando la publicación de revistas y, a través de sus discípulos y allegados, las reseñas críticas en los periódicos. Acudí, lo admito, fascinado yo también, resistiendo un impulso a la rebeldía pero admitiendo que el orgullo era una virtud pero también un lujo para un joven poeta desconocido.

Maximino Sol me recibió en su despacho de madera, a donde me introdujo un hombre de unos treinta años, con ojos calcinados y bigotillo a lo Valle Arizpe, es decir, como de káiser colonial. Lo identifiqué como el notorio brazo armado del poeta que, con un alarde de cinismo, firmaba como "Luna" sus ataques contra los enemigos de Sol, mientras éste, beatíficamente, fingía ignorancia en el Olimpo lírico y dejaba a sus satélites revolcarse locamente en los sótanos. Patiño de su amo, parásito de lo ajeno, nunca dejaría de ser sirviente de alguien más fuerte que él: como siervo del dinero y del poder, jamás existiría por cuenta propia. Imaginé a este asistente, levemente gordinflón de caderas, vestido de gorguera y pluma de ave en ristre, tomando al pie de la letra el dictado del poeta quien, a la usanza de la vieja cortesía mexicana, me recibía con traje de tres piezas, camisa blanca, gruesa corbata de seda y fistol. Su cuerpo pequeñín y regordete se veía apretado por el chaleco de rayas grises, y la papada le colgaba un tanto por encima del nudo de la corbata. El chaleco, en vez de ceñir el cuerpo, era ceñido por él, de manera que Maximino Sol parecía construido por dos círculos perfectos, la papada dando origen a la barriga que parecía nacer del cuello y viceversa. Pero la cabeza leonina, abierta, concentraba toda la energía ausente del cuerpo blando, y la melena cuidadosamente despeinada le daba un aire fiero, acentuado por la mezcla de irritación y desdén de la mirada. Sin embargo, un velo angelical alcanzaba, mágicamente, a cubrir todas estas apariencias en los modos y movimientos de Maximino Sol.

Tomó asiento y me dijo que le había llamado la atención el poemita publicado en la revista K...... Había, quizá, demasiada influencia de Neruda y Lorca —sonrió, como digo, querúbicamente— y él me sugería, en todo caso, optar por modelos como Jorge Guillén y Emilio Prados, de los cuales se podía hacer paráfrasis sin que se notara demasiado. En todo caso, continuó, la mímesis es inevitable en literatura y, al cabo, escoger bien a los mentores es una muestra de talento.

—Tiene usted talento —dijo hojeando amablemente la revista de mis pininos literarios, que el amanuense le ofreció abierta—, y además, es usted joven...

Sentado incómodamente frente al gran hombre, me sentí aún más incómodo en mi alma que en mi cuerpo. Revisé, sin dar respuesta a la elogiosa afirmación, las ricas caobas del despacho, admiré el orden perfecto de las estanterías y quise pensar, simpáticamente, en qué orden colocaba el poeta sus libros, ¿por géneros, orden alfabético, cronológicamente, o una combinación de todo esto? Imaginaba para ocultar lo obvio: Yo era reclutado para que mi juventud y mi talento ingresasen, como en seguida se me informó, a la revista K......, dirigida por Maximino

Sol. La frase del poeta había sido dirigida a un conscripto. Su sonrisa afable y su mirada alerta me dijeron, sin palabras, que se me hacía un gran honor y así lo entendí:
—Gracias.

Pero la asociación de mi juventud, comprobable, y de mi talento, discutible aún, en una sola ecuación, no dejaba de incomodarme, sobre todo cuando Sol se lanzó a una larga disquisición sobre la falta de inteligencias verdaderas en nuestra literatura.

Los recordó a todos —los poetas, Alfonso Reyes, Salvador Novo, Xavier Villaurrutia, Jaime Torres Bodet, Jorge Cuesta, Gilberto Owen, José Gorostiza, Carlos Pellicer y, todavía, Tablada, Urbina, González Martínez, y pocos novelistas: Azuela, Guzmán, Muñoz, Ferretis, Magdaleno—. Sol comenzó por despacharse, uno por uno, a los escritores de su generación, de generaciones anteriores y, aun, de generaciones más jóvenes que la suya. Distribuyó olímpicamente premios y castigos, concediendo a este poeta un segundo lugar, a aquellos dos un tercero, al de más allá un pase por méritos, a la gran mayoría una calificación de reprobado y a uno, su enemigo mortal, de plano lo envió al rincón con orejas de burro y sambenito. En todo caso los poetas, mediocres o malos, se sentarían en las filas de enfrente y los novelistas, vistos más o menos como tarados mentales de la literatura, en las postreras.

Comencé a preguntarme, escuchándole, qué lugar me era otorgado a mí, sobre todo cuando dejara de ser joven y contase con mi propia obra. Entendí, también, qué lugar se daba a sí mismo Maximino Sol en este salón de clases perpetuo, sin recreos ni vacaciones, en el que, al parecer, el maestro era, al mismo tiempo, el alumno premiado.

—Es muy poco interesante lo que se hace en la actualidad. Pero hay que tener confianza en los jóvenes. Los sitios, en realidad, están vacíos: las primeras bancas, desocupadas. Sólo los jóvenes, con el tiempo, pueden llenarlas.

Hizo una pausa magisterial y me invitó, cordial-
mente, a colaborar con su revista. No tuvo que decirlo:
este era el camino —el único— hacia mi consagración.

Yo me imaginé de vuelta en la escuela y con el
profesor. Como mi experiencia escolar era reciente, pude
preguntarme con cierta espontaneidad: ¿Iba a pasarme la
vida esperando que Maximino Sol me aprobara o repro-
bara, pendiente de un diez, un cinco, un cero, o un castigo ejemplar después de clases: escribir cien veces en el
pizarrón: No hay nada en la literatura mexicana salvo la
obra de Maximino Sol?

Le dije que quizás tenía razón, mi juventud era excesiva y a mi edad podía esperar sin padrinazgos de ningún tipo a que…

Me interrumpió bruscamente. Dijo que la juventud no era eterna y que la energía lírica se perdía si no se
encauzaba.

—Soy disciplinado, maestro —le dije, sin medir
la ambigüedad de la apelación.

Entre halagado e irritado, añadió que México era
un país de sacrificios y el que demostraba talento pronto
era atacado a muerte.

—Al que asoma la cabeza, se la cortan.

No basta el talento, por grande que sea, continuó,
sin el escudo que lo proteja. Una revista es eso; un grupo,
un maestro son eso: La defensa de la semilla siempre ame-
nazada por la envidia y por polémicas abrumadoras; el
chovinismo si el poeta joven demuestra su inevitable
aprendizaje universal; el cosmopolitismo si, al contrario,
luce demasiadas prendas folklóricas, por así llamarlas; el
compromiso político exigido por la izquierda, el artepu-
rismo demandado por la derecha… ¿Cómo me iba a salvar yo solo, yo tan joven, yo tan talentoso, tan…?

Temí, escuchándole, mirándole, diciendo todo
esto con una preocupación casi evangélica hacia mi pobre
persona, que viese en mí y en mi obra probable sólo una

poesía joven que, exaltando la experiencia y la vitalidad iniciales, le sirviese al literato viejo para moralizar ante sus contemporáneos, haciéndolos sentirse culpables de que ellos no poseían lo que Maximino Sol, vicariamente, protegiendo a un autor joven, sí tenía aún: precisamente, la vitalidad inicial, la experiencia del asombro. Me sentí desnudado por una manipulación que me ofrecía la protección inmediata y la gloria eventual a cambio de mi adherencia a una jerarquía presidida por Sol; jerarquía de valores, lecturas, intereses… Me sentí elegido para justificar las demandas del papa de una capilla literaria ante los pontífices rivales. Imaginé una corte en la que nuestra juventud era el apoyo indispensable para las continuas exigencias de un escritor viejo ante el mundo adulto: —Miren, yo tengo más jóvenes que nadie a mi alrededor, y estos jóvenes me exaltan a mí y los degradan a ustedes, mis rivales…

—Quisiera oír mi propia voz —dije con inocencia.

Maximino Sol se abstuvo de reír. Dijo seriamente: —El yo es un nosotros o no es.

A mi vez, yo me abstuve de reír ante el sofisma, pero el poeta continuaba: —Nuestro grupo, nuestra revista, formamos un coro. Fuera de él, todo es cacofonía, Abelardo.

Abelardo, repitió inclinando la cabeza a manera de excusa, ¿puedo llamarlo así? Sólo faltaba un paso al tuteo. Por algún motivo, me repugnó la familiaridad con él y, sobre todo, con el asistente que, de pie, cruzaba miradas de infinita espera con su patrón. Jamás vi a una persona menos desesperada que ese hombre. La espera en él era todo, pero ¿qué cosa esperaba? Lo llamé, a pesar de él mismo y de su apariencia, El Desesperado. Pero hasta eso —la desesperación— se lo quitaba, en la imaginación veloz y fracturada que acompañaba esta entrevista, el papa literario que se iba dibujando, esta vez lenta e integradamente, ante mi mirada. Sin embargo, la relación entre los dos —Maximino Sol y su secretario— me parecía perfectamente normal en la jerarquía de la subordinación, hasta que el hombre ligeramente sobrado de caderas se atrevió a decirme:

—No seas de plano idiota, tú. Maximino Sol, nada menos, te ofrece la gloria y tú la rechazas. ¿Crees que en México vas a ir a alguna parte sin él?

—¿Quieres decir que tú dependes totalmente de él? —le contesté—. Pues yo no.

—Cállate —le dijo Sol con un preludio de berrinche y una sinfonía de tics faciales que paralizó por un momento al secretario.

—No, maestro, es que de plano este tipo no merece estar aquí, ni que usted lo mire siquiera, no entiendo por qué se empeña usted en tirarle margaritas a los…

—¡Que te calles! —dijo el poeta, esta vez con una muestra plena de autoridad rabiosa.

—Está bien. Nomás no me grite, maestro.

—Yo te grito cuanto desee —dijo ahora muy frío y calmado el poeta con su sonrisa más angelical, pero dirigida, esta vez, a mí.

Yo entendí que la charada consistía en hacerme ver lo que me esperaba si no aceptaba el trato de protección a cambio de sumisión que me estaban ofreciendo.

Me puse de pie y estaba a punto de dar la espalda y marcharme, pero en los ojos claros de Maximino Sol, rivales envejecidos de los míos, leí un odio y un desconcierto tales que no pude evitar unas palabras.

—Yo tengo una voz, jovencito. Tiene usted razón, al menos en eso. Sobreviviré a esos que usted llama mis aduladores. Yo tengo una voz —repitió, no sé si para convencerme o para convencerse.

—Porque oye otras voces —pude decir lo que quería decir.

—Hay muchos sordos en este mundo, sabe usted.

—Quizás usted es uno de ellos, si desconoce que la voz que usted oye, la oyen al mismo tiempo, qué sé yo, un chofer, un panadero, un ama de casa.

—Su populismo me conmueve. Ofrézcaselo a Neruda. Un panadero o un chofer no hacen poesía.

—Pero hacen otra cosa.

Iba a decir, arrullaron a un niño, insultaron a un arrogante, amaron a una mujer, pero recordé los tonos más íntimos, y por ello más públicos, de la poesía de Maximino Sol, la ternura de su violencia, la extrañeza de los símbolos inconclusos que le oponía a todos los signos concluidos, religiosos, políticos y económicos del mundo, y rogué, Dios mío, déjame ser como la poesía de ese hombre, pero no como el hombre mismo; padre mío, no dejes que lo sacrifique todo a la influencia y a la gloria literarias; dame un rincón, madre mía, en el que pueda yo darle más valor a un hijo, a una esposa y a un amigo que a todos los laureles de la tierra; líbrame de los lambiscones, señor, y ayúdame a ganar la juventud con la edad, en vez de perderla con el tiempo.

Cuando salí del despacho, cerrando la puerta, a un vestíbulo de emplomados violáceos, escuché la voz ríspida, berrinchuda, exaltada, sin tonos graves, de Maximino Sol, regañando a su secretario. No distinguí las palabras, pero me pareció una buena broma regresar un día con un libro en blanco y ofrecérselo a la sagacidad de este hombre condenado a la traición de sus aduladores y ciego a la independencia de sus amigos. Por favor, volví a rogar, no me dejes envejecer así. Hazme depender de una mujer, un hijo y un amigo, no de la vanidad y la sujeción literarias. La gloria es la máscara de la muerte. No tiene descendencia.

Abelardo guardó silencio.

Yo sólo le comenté: —Lee a los escritores, pero no los conozcas personalmente.

Quiero que se dé una vuelta por el llano bajo el puente. Creo que reconocería a uno que otro. Antes iban a fiestas o salían retratados en los periódicos. Graduaciones. Día del santo. Deportes. Vacaciones en Acapulco, Tequesquitengo, de perdida Nautla. Ahora mírelos en las carpas. Mire cómo azota el viento a las lonas. Cómo se cuela la lluvia. Mire nomás. Menos mal: trajeron excusados portátiles. Mire nomás. Siempre ha habido bacinicas. Antes venían aquí sólo los amolados. Ahora vienen a vivir aquí los que antes vacacionaban en Acapulco, de perdida Nautla. Todos en los periódicos, ahora sofás destripados. Recogen latas. Las guardan dizque para reciclar. Antes las tenían heladas en el refri. Ahora las recogen y tratan de venderlas. Sofás destripados. ¿Recuerdas a esta familia? Ahora todos alcoholizados. Por pura desesperación. Para embrutecerse. Para olvidar. Para… No todos se dejan ir sin más, ¿sabe? Aun allá abajo, algunos han tenido la iniciativa. Han robado perros, *pit bulls*, para defenderse. Collares de fierro. Púas. Encadenadas las bestias. Liberadas para defenderse. Los más emprendedores han construido una cerca de cadenas eslabonadas. Tratan de defenderse y defender a todos los que cayeron desde arriba. Viejos compañeros. Familiares. Amigos. Jodidos de la noche a la mañana. Acampados aquí. En Taco Flats, ¿sabe? Así le pusieron al lugar. ¡Taco Flats! Levantaron la barrera de cadenas para protegerse, crear la ilusión de que, aunque amolados, estaban juntos defendiéndose detrás de una barrera de *cadenas* como ayer detrás de los muros de sus casas. No pudieron, señor Gorozpe, nomás no pudieron.

Creyeron que iban a excluir a los más amolados, acá una zona exclusiva de la miseria, la miseria sólo para ellos. No pudieron, don Adán. Los jodidos de ayer ya estaban allí. Nomás que los jodidos de hoy no se dieron cuenta. Llegaron. Trazaron la frontera de un lugar de desgracias. Levantaron toldos. Excusados. Perros. Sofás reventados. Pero no miraron bien. Los amolados de antes ya estaban allí. Pero los amolados de ahora no los miraron siquiera y cuando se encerraron detrás de la barrera de cadenas con sus perros se dieron cuenta de que no les servían de nada. Porque los jodidos de antes ya estaban allí. Nomás que los nuevos jodidos no los habían visto. Ya estaban *adentro*, ¿me entiende?

—¿Por qué hablas en plural?

—¿Por qué qué, señor?

—Sí, cómo no, hablas de mucha gente.

—Es que…

—Es que nada. Yo sólo te ordené que fregaras a la familia de…

—Cómo no, de ellos se trata.

—¿No me digas que reventaron a más de una familia?

—Es que…

—¿Qué?

—Es que no se puede discriminar tanto…

—¿Pagaron justos por pecadores?

—Don Adán Góngora no discrimina. El hecho es que toda la cuadra fue a dar a Taco Flats… toda la cuadra de ricachones… Don Adán Góngora dice que les servirá de escarmiento.

—Ah.

—Además, dije que Taco Flats era una gringada. Que mejor los llamaran *Gorozpevillas*.

—¿Qué?

—Dizque en honor de usted.

A veces tengo que hacer vida social. Qué remedio. Y qué lata. Si no me muestro, creen que ya no existo. Quiero decir: si no me muestro en *sociedad*. Porque dejarme ver en cenas, saraos, bodas y bautizos es la forma final —a veces la única— de demostrar la existencia propia. En estas ocasiones me encuentro a ex presidentes que todos creían muertos; a millonarios de antaño que hicieron sus fortunas en el debut del capitalismo mexicano; a secretarios de Estado de fugitivo renombre; a señoritas de sociedad —debutantes que ahora son matronas de cierta edad —de denantes.

Tengo una ventaja: no veo a nadie. Soy conocido de oídas. Aparezco en la prensa y la tele, pero soy casi un secreto. Salgo rara vez y en cada una de estas ocasiones me hago acompañar de mi esposa para reforzar la noción de mi personalidad: Gorozpe se deja ver poco porque trabaja mucho pero es una persona como todos nosotros. Basta ver a su esposa. Fue muy famosa de joven como la...

—Reina de la Primavera...

—La Princesa del Carnaval de Veracruz...

—Y de Mazatlán...

—Bonita...

—Bonitilla...

—Agraciada...

—Pues no es por nada, pero cómo se ha descompuesto...

—No, sigue siendo mona...

—Mona como un mono querrás decir, Marilú...

—Bueno, está gordita... Digo, robusta.

—No tanto del cuerpo...

—De la cara sí. Parece un pastel de cerezas…

—Dirás la masa del pastel antes de entrar al horno, tú…

—Y los ojitos, ve nada más… Los…

—¿Ver? Creo que ella nomás no puede ver. Vele los ojitos chiquititos, muy juntos, y así como perdidos en la masa de harina de la carota…

—Guarda las tijeras, Sofonisba, ahí viene la pareja…

—¡Qué encanto!

—¡Qué gusto!

Sé leer los labios. Se los advierto. Desde lejos. Desde que entro a un salón leo lo que están diciendo las lenguas. Las *malas* lenguas. No es difícil. Siempre dicen lo mismo. Yo sólo les pongo en la boca lo que dicen desde siempre. Curioso: lo que imagino que dicen corresponde a los movimientos de sus labios. De mí no dicen nada. Como que mi presencia los coloca en una situación muy especial en la que no deben asombrarse de que esté allí, por más que ello sea siempre raro, espaciado a veces por varios meses… Puedo contar mis apariciones en sociedad durante todo un año con los dedos de las manos. Me doy cuenta de que todos se hacen una *idea* de mí a partir de mi *persona* pública. Es decir, tienen una *idea* de mí previa a mi *presencia* física. Ya soy *figura* de fotografías, televisión, revistas, de manera que no asombro, soy una *efigie* acostumbrada y mi *presencia* física no altera la *percepción* previa que se tiene de *mí*.

Por ese motivo, todas las miradas se dirigen a Priscila. Ella aparece sola en estas fiestas. La memoria de su fama juvenil (la Reina de etcétera) se extingue y en cambio su presencia social sólo rememora lo mucho que la vida la ha transformado, la pérdida de su lozanía principesca (Carnaval, Primavera) y su robusta actualidad. Lo confieso: yo he cambiado muy poco desde que adquirí fama. Canas en las sienes, sólo que naturales, no pintadas con cal como las de los galanes maduros del cine mexicano. Conservo mi pelo y mis facciones son regulares: frente ancha, cejas escasas (les doy su pintadita), nariz husmeante y por ello interesante, labios que no conceden sonrisa, enojo, sentimiento alguno. Y una barbilla partida que me da la galanura natural que yo no busco ni impongo.

Juego con mi mirada. La velo. La fijo. Jamás la enternezco. Con ella amenazo, advierto, desdeño, atraigo si es necesario, rechazo si no es imprudente. La mirada de Adán Gorozpe. Con razón nadie comenta cuando entro a la cena en casa del antiguo ministro don Salvador Ascencio al cual le debo uno que otro favor y no me gusta aparecer como desagradecido… Nadie comenta. Todos me miran. Todos me ceden el paso. Aunque antes se lo cedieran al trasatlántico de mi mujer Priscila. No es lo mismo. A ella "la dejan pasar". A mí "me ceden el paso".

Me doy cuenta de que, apartándose de mí, ninguna de las gentes aquí reunidas —personalidades políticas olvidadas, señoritas de ayer que son señoronas de hoy, individuos anónimos cuyos nombres y oficios me tienen sin cuidado— se apartan para darme el paso pero no se pueden *alejar* de mí. Es parte de mi estrategia, lo admito ante ustedes mis fieles escuchas, dejarme ver mucho en las noticias y poco en las fiestas. No se pueden alejar de mí. Se mueven alrededor de mí. Regresan a mí hasta el momento en que me despido.

¿Que esto es incómodo? Ya lo creo. Por eso limito mi vida de relación al trabajo burocrático, empresarial y político, donde mi palabra es la ley (¿por qué me recibieron el Día de Reyes con anteojos oscuros?), mi relación doméstica a las rabietas de mi suegro el Rey del Bizcocho y a las inconsecuencias verbales de mi esposa Priscila. ¿Y mi cuñado Abelardo? ¿Qué habrá sido de él? Se fue de la casa y yo admito que perdí el único asidero razonable en la mansión de Lomas Virreyes y su decorado color de rosa, con excepción del bidet de metal, donde he decidido vivir por dos razones. La primera, que allí me acomodo a una vida acostumbrada, repetitiva, sin sobresaltos, que ni me va ni me viene y que, de pilón, da cuenta de mi fidelidad a la familia.

—Adán Gorozpe vive con su suegro…

—Como desde el principio…

—Cuando no era nadie…

—¡Cállate la boca!…

—Vive con su esposa…

—Su novia de la juventud…

—Juventud divino tesoro…

—Que te vas para nunca volver, jajá…

—Y un cuñado rarísimo, tú…

—Medio bohemio, ¿verdad?

—Poco serio, diría yo…

—Pero nada vacilador, ¿a poco no?…

Todo lo cual sirve para proteger mi identidad dándome una aureola de hombre frugal. Concentrado en su trabajo, fiel a su familia…

No conocen mi otra vida.

No saben de la existencia de Ele.

Eventos surtidos que me comunican mis secretarias: *Mexicomedia*:

Una anciana viajaba tranquila en el camión Salto del Agua-Ciudadela-Rayón. Un jovenzuelo subió y pistola en mano les exigió a los pasajeros entregar carteras, anillos y anteojos de sol. Para ello extendió una gorra de beisbolista de colores estridentes. Al acercarse a la anciana, ésta le arrebató la gorra, vació el contenido y con la misma cachucha agarró a golpes al joven asaltante, tratándolo de méndigo ratero poca madre y chamaquillo insolente, amén de pilluelo travieso y otras expresiones anticuadas que delatan la edad de la señora. El sorprendido muchacho primero se tapó la cabeza contra los golpes de la vieja, quien abandonó el gorro y le siguió a paraguazos hasta que el ladroncillo saltó del vehículo, se tropezó, cayó de bruces y todos rieron de alivio. ¿Quién era la valerosa viejecita? Interrogada, dijo llamarse Sara García.

Un artista de escaso renombre creó en la azotea de su casa, sita en la avenida Yucatán, una escultura inflable del elefante Dumbo. La estatua se desprendió de sus amarres y se fue volando por el vecino parque de San Martín, donde mató a una pareja de novios poco alertas. "Los elefantes son contagiosos", se excusó el artista.

Se han puesto a la venta artículos de lujo a precios reducidos. Gafas de sol. Audis. Porsches. Rolex. Anillos de Cartier. Plumas Mont Blanc. Bolsas de Prada. Camisas de Zegna. Zapatos Gucci. Vestidos de Cavalli. La publicidad reza: "Menos precios sin menos imagen".

La exportación de chilaquiles ha ascendido de cero a noventa y dos por ciento. Nadie se explica quién —o para qué— compra en el extranjero pedazos de tortilla dura, pero hoy vienen con recetas para crear salsa y sazón al gusto del consumidor. "Haga patria. Exporte un chilaquil", dice la propaganda.

A medida que disminuye el turismo norteamericano, aumenta el turismo chino. Interrogados, los visitantes hablan de la semejanza —platillos picantes, pequeños, variados, propios para fabricarse cada cual un menú a su gusto— entre las cocinas de China y México. La verdad sorprendente es que, digan lo que digan, estos turistas sólo comen lo que exportan. ¿Es bueno para el comercio exterior?, le preguntamos al ministro del ramo. Esperamos su respuesta.

Candelaria la Trajinera da una entrevista en la que se declara amante de una docena de narcos. Ha pasado de mano en mano. Ellos se matan entre sí. Ella sobrevive y espera al siguiente galán. Anuncia que vive en un islote de Xochimilco, rodeada de flores y cochinitos. "Soy bucólica", explicó.

Yasmine Sulimán, refugiada política que huyó de un régimen asesino del Oriente Medio, encontró trabajo en la biblioteca José Vasconcelos de esta ciudad de México y un apartamento vecino en la Calzada de los Misterios (continuación de Reforma). Ayer fue asesinada por un loco que le pidió las obras completas de Augusto Monterroso y al recibir el delgado volumen así intitulado, montó en cólera y ahorcó a Yasmine.

El alumno de sexto de primaria Jenaro González ha admitido ser el Niño Dios que predica los domingos en el cruce de Insurgentes y Quintana Roo. Seguido por nuestros reporteros de la congregación vespertina a su escuela en la Avenida Chapultepec, el jovencito admitió ser el niño predicador. Le basta ponerse una peluca de rizos dorados y un batoncito blanco, y andar descalzo. En realidad, tiene una cabeza de puercoespín y jura que hace lo que hace por mandato divino, aunque después no se acuerde de lo que dijo. Nuestro astuto reportero volvió a entrevistarlo el domingo pasado. El muchacho de pelo de picos repitió esta historia. Sólo que en ese mismo momento, el Niño Dios sermoneaba a una multitud en el crucero de Insurgentes y Quintana Roo, revelando así que el otro niño es un impostor. ¿Misterio?

Las ciudades perdidas (callampas en Chile, villas miseria en Argentina, favelas en Brasil, ranchitos en Caracas) han sido bautizadas *Gorozpevillas*, en alusión insolente a don Adán Gorozpe, a quien se le atribuye sin fundamento la pobreza circundante a la ciudad de México y con ánimo de injuria e insidia incomparable, la profusión de ciudades similares en las afueras de Guadalajara, Monterrey, Morelia y Torreón. Se hace notar que focos de criminalidad tan notorios como Juárez, Tijuana y Tampico no tenían el problema de las "ciudades perdidas" debido a que los narcos en esas urbes mantienen un alto grado de disciplina que consiste en desaparecer de la noche a la mañana todo brote urbano no reglamentado. "Las *Gorozpevillas* dañan nuestra imagen", declaró don Hipólito el de Santa, anciano pianista ciego y jefe del Cártel del Desierto. ¿Debe concluirse que los narcos rinden pleitesía a un hombre de tan honesta reputación como don Adán Gorozpe? Es pregunta.

Apenas se mueve de la recámara a la sociedad (del lecho al techo) la vida amorosa muestra, siempre, el precio que debemos pagar por las alegrías que pudimos sentir. Digo: nadie se priva por voluntad propia del amor (salvo los masoquistas, que al cabo aman su orgullosa singularidad; salvo los sádicos, que la llevan a extremos dañinos para terceros). A veces, el amor se da de manera natural. Sin atropellos ni dificultades. Somos novios desde siempre. Nuestro amor está programado por las familias ¿Con quién nos vamos a casar sino con la noviecita santa, la prometida de siempre? Conozco casos, debido a mi parentesco con los Holguín, de matrimonios *a la hindú*, preparados desde niños para casarse. Hay muchachas feicitas que, se supone, llegan vírgenes, en dichas condiciones, al matrimonio. Hay otras —las he sorprendido detrás de una cortina, en la parte trasera de un auto, disfrazadas por un árbol—, siempre con el novio oficial, a veces con hombres que no conozco y que se presentan, a veces orgullosas, a veces avergonzadas, aunque todas ellas se adelantan a las nupcias y se casan con virginidad ficticia.

Porque la virginidad se le exige a una mujer, aunque no a un hombre. El macho que llega virgen al matrimonio no es tan macho: hay que sospechar de él, puede ser impotente, marica disfrazado u homosexual latente, sufrir de *mamitis* aguda, o ser simplemente casto, tímido o sacerdote que desconoce su vocación. En cambio, la muchacha que no llega virgen es una sinvergüenza. Carece de justificación. Dos varas de medir. En todo caso, hay planes matrimoniales (o amorosos, sin más) que deben pagarse con consecuencias indeseables en la vida social. El adolescente "gatero" se acuesta con la criada de la casa pero jamás piensa —ni le permitirían— casarse con ella. Ella, por lo demás, tampoco estaría a gusto fuera de su domesticidad, aunque se dan casos, se dan casos... Hay hombres "distinguidos" casados con mujeres que no lo son tanto. Interrogados, ellos ofrecen razones *carnales* —ella lo satisface como ninguna— pero rara vez *sociales* —ella no es de mi misma clase—, gracias a mí (tácito) subió de clase.

En cambio, en un matrimonio convencional —como el mío—, las cosas suceden sin sobresaltos. Como ya indiqué, Priscila es una mujer inconsecuente: dice lo que no debe decir en el momento en que debía decir otra cosa o, mejor, quedarse callada. Ya he dado ejemplos de esta falta de brújula. Y ya sabe el que me escucha que la vida con Priscila es un disfraz que aprovecho para ser en la vida pública lo que no soy —ni me importa ser— en la vida privada. Que esta situación confiable puede conducir a situaciones poco confiables, lo veremos al momento.

En cambio —otra vez me repito en mis introducciones—, la vida con Ele es un largo placer interrumpido, sin embargo, por espontáneos parlamentos que me devuelven a la realidad extraerótica.

Por ejemplo, Ele regresa con alto poder de excitación de un concierto de Luismi en el Auditorio Nacional. Su admiración hacia el cantante es a la vez singular y plural. Lo que me dice de Luismi —qué guapo, qué bien canta, cómo se mueve— lo dice no sólo porque lo siente, sino porque al mismo tiempo lo sintieron diez mil espectadores. Yo entiendo estos estados de ánimo colectivo, también son parte de la política y si en un concierto de Luismi son inofensivos, se vuelven peligrosos cuando en lugar de un cantante hay un orador perorando desde un balcón y ofreciendo ilusiones tan ilusas como las de Luismi cuando susurra

Miénteme / Miénteme más / Que me hace tu maldad feliz...

Oigo a Ele y me congratulo de mi propia discreción política, vayan sumando lo que ya saben: vivo en casa de mi suegro el Rey del Bizcocho, tengo un matrimonio longevo y superviviente con Priscila, la ex Princesa de la Primavera, voy de la casa a la oficina y de la oficina a la casa, rara vez salgo a eventos sociales...

Este alarde de discreción lo extiendo, entonces, a mi vida amorosa —privada, satisfactoria, inconfesable— con Ele, pese a las minúsculas tonterías que podían afectarla y que son como golondrinas pasajeras.

—¿Por qué no te rasuras las axilas?

—¿Qué?

—Que podrías afeitarte los sobacos.

—¿Para qué, Ele?

—Para ser igualito a mí.

—Es que quiero ser diferente.

—¿No quieres ser como yo?

—Quiero ser contigo, ¿me entiendes? Me basta...

—Pero no como yo.

—No. Prefiero la diferencia, de plano.

—Es un capricho mío. Un caprichito. Así de chiquito.

—Me imagino con las axilas afeitadas y luego la pelambre del pecho, los brazos, las piernas...

—Y la espalda, osito, la espalda...

Entonces nos besamos y se acabó la discusión.

Otras veces la culpa es mía y se debe a mi educación jurídica, que lo mismo sirve para aclarar que para confundir. Un cirujano no se puede equivocar: si opera de apendicitis a un hombre con dolor de muelas, le retiran la licencia. El "licenciado", en cambio, puede mentir a sabiendas de que sus argumentos se basan en una falacia, útil para ganar un pleito, engañar a un tonto o confundir a un enemigo.

—¿Dónde estuvo el viernes nueve a las seis?

—¿El viernes seis a las nueve?

—Miente usted…

—Quiero decir, ¿el viernes nueve a las seis?

—No se contradiga.

—No me confunda, licenciado.

—El confundido es usted. ¿Qué oculta?

—Nada, se lo juro.

—¿Por qué me engaña?

—¿Yo…?

Por eso puedo decirle a Ele, cuando exijo el derecho a venirme plenamente, que la retención del semen es venenosa y no me abstengo de decirlo en latín:

Semen retentus venenum est.

A Ele no le importan mis latinajos. Ele cree tener razón cuando afirma que retener el semen provoca un orgasmo intenso más satisfactorio que mi chorrillo externo.

—Además —opina inapropiadamente—, retener el semen es una muestra de santidad.

—¡Cómo sabes! —pongo cara de asombro fingido.

—Los santos tienen semen pero se aguantan.

—Tú y yo no somos pareja santa. Ele. Y de los santos se puede…

—Podemos aspirar a…

—Qué aburrida.

—Dame gusto.

—Okey. Aunque te diré que…

Digo lo anterior para que vean ustedes la buena relación que tengo con Ele y la manera como sobrevolamos cualquier diferencia, sin caer nunca en el pleito; ¿hacemos mal? ¿Los enojos entre parejas son la sal del amor? Lo cierto es que el sexo libra o encarcela al perpetuo salvaje que todos llevamos dentro.

Pienso a veces que nacemos salvajes y que dejados a nuestras fuerzas precarias seríamos como los animales, que sólo buscan sobrevivir y satisfacer sus instintos. El filósofo de la naturaleza nos dirá que no hay tal, que el hombre natural es lo más cercano a la bondad y que todo paso hacia adelante en la sociedad es un paso hacia el crimen, el pecado y la necesidad de reglas de conducta prohibitivas para domar al salvaje natural que hemos sido en el origen.

A mí se me ocurre que apenas deja la vida silvestre y entra a la sociedad, el salvaje asesina a su padre y fornica con su madre. Edipo suele ser el símbolo de este tránsito que, al cabo, pase lo que pase, nos somete a reglas de conducta que aceptamos con la cabeza gacha porque violarlas nos conduce a la cárcel, la horca o, cuando menos, al exilio social.

Esto no explica bien las vicisitudes del amor en sociedad y su relación con cosas tan disímbolas como la moda, las emociones, la estética o las pretensiones. Con Priscila atiendo a la primera y a la última de estas exigencias. Cuando salgo con ella —muy rara vez, ya lo saben— me someto a la moda y a las pretensiones sociales. Cuando estoy con Ele, privan la emoción y la estética. En Ele *veo* primero y lo que veo me gusta y me emociona. A veces la emoción me arrebata antes que nada y sólo más tarde me entrego, gratificado, a la contemplación de Ele, su hermosura, su tranquilidad y su beatífica mirada de satisfacción postcoital.

El pequeño salvaje que me habita se ve así domado por el placer asequible con Ele. Creo controlar a la bestia íntima, también, cuando convivo con Priscila en casa de su papá o cuando —rarísimo— salimos juntos a un evento en sociedad.

Juzguen cuantos: Llevado acaso por la parte liberada de mi persona (la que convive con Ele) y también acicateado por la exigencia política de la misma (la que muestro ante mis colaboradores —¿por qué me recibieron con gafas de sol?—), reaccioné en una cena de doce personas sentadas cuando Priscila, siempre inoportuna, aprovechó el paso del ángel —silencio embarazoso en la mesa— para romper la calma con un viento de su propiedad y cosecha.

Digo un viento y digo tres cualidades de su exhalación intestinal. Priscila primero se tiró un pedo tronado, como para llamar la atención, seguido de un sonido de burbujas en serie y culminando con un gas faccioso —silente pero mortal— que llegó a todas las narices y echó a perder el huachinango que nos acababan de servir: más fuertes los olores de Priscila que el de alcaparras, cebollas y jitomates.

Rompí el embarazoso silencio que siguió al ataque pedorro diciendo en voz alta —repitiendo un mantra secular:

—Cállate, Priscila. No sabes lo que dices.

La conversación se reanudó. Fulano habló de las fluctuaciones de la paridad cambiaria. Su esposa, del costo creciente de los víveres en el supermercado. Zutano dijo haber recorrido la carretera México-Acapulco en dos horas y cuarto, batiendo récords aunque nadie se enteró ni le dieron un premio. Madame Zutano dijo haber regresado de un viaje a Houston con toda la ropa de moda que en México no se consigue. Perengano se quejó del precio de la gasolina y la señora Perengano de las vicisitudes del servicio doméstico.

Así, entre opiniones sobre el dinero ganado y el dinero gastado, se disiparon los inoportunos aires de Priscila, quien no se dio cuenta de su propia culpa respondiendo a mi afirmación,

—No sabes lo que dices.

con un saleroso,

—Mañana es domingo, día de guardar. ¡Albricias!

Mis pensamientos siguen otro curso. ¿Por qué dije lo que dije tras el asalto olfativo y rumoroso de mi esposa? Por desviar la atención de la grosería de Priscila con una salida que nos devolviese a la conversación interrumpida por el consabido paso del ángel.

También, es cierto, como una continuación imperdonable, aquí y ahora, de mi conversación libre y graciosa con Ele, cosa que siempre preservé para nuestra intimidad: no acostumbro mostrarme humorista en sociedad. Asimismo, como un reflejo de mi constante costumbre burocrática de poner fin a una situación con una frase a la vez cortante, graciosa e inapelable:

—El sol sale todos los días.

Pero al cabo, indebida, como una revelación social de mi mala relación con mi esposa, inadmisible *faux pas* que me debió exhibir ante la comunidad de Fulanos, Zutanos y Menganos como un individuo *malsano* por lo menos, toda vez que mi exclamación,

—Cállate. No sabes lo que dices…,

implicaba falta de dominio sobre mi mujer y sus explosivos, y ausencia de discreción cuando los cielos tronaban, pero también oportunidad y rapidez mentales para cubrir la situación y pasar a otra cosa. En consecuencia, admiración hacia mi agilidad mental aunque también sorpresa ante mi reacción de regaño enmascarado hacia Priscila, conocida por sus ausencias de la relación causa-y-efecto.

—Mañana es domingo.

Como no asisto a demasiadas cenas en sociedad, no puedo al cabo saber si las flatulencias de Priscila son excepcionales o parte de su digestión normal. ¿Cuántas veces, sin que yo me entere o nadie me lo comunique, ha desafiado Priscila la pureza del ambiente en una cena como ésta? ¿La habrían oído? ¿Se perderían sus sonoridades en el ámbito de las animadas conversaciones? ¿Se escucharían y se pasarían por alto? ¿Se comentaba con risillas sarcásticas: la mujer de don Adán Gorozpe es una pedorra?

Sintiéndome, a mi pesar, un Francisco de Quevedo y Villegas contemporáneo, me retiro aprobándome a mí mismo por la insólita capacidad de convertir la grosería física en referencia poética.

¿No escribe acaso Quevedo que es gracia del culo ser "circular, como la esfera", que "su sitio es en medio, como el del sol" y que "como cosa tan necesaria, preciosa y hermosa, lo traemos tan guardado en lo más seguro del cuerpo, pringado entre dos murallas... que aun la luz no le da", que "por eso se dijo: 'Bésame donde no me da el sol'", y añade "que la alegría reina entre las nalgas", sobre todo "el pedo... que de suyo es cosa alegre, pues donde quiera que se suelta anda la risa y la chacota, y se hunde la casa", cosa que no admiten mis comensales al dejar pasar por alto (y por aire) las sonoridades de Priscila, olvidando (o desconociendo) a Quevedo y sus albures: "Entre peña y peña, el albaricoque suena".

Evoco entonces los aromas de una lima abierta por la mitad y derramando las gotas de su jugo. Pasto recién cortado. Una taza de chocolate espumoso. El olor que va directo a los centros del placer, evitando los escollos de la razón. El olor como recuerdo de la emoción...

15

¿De dónde viene esta gente? Miro sus fotografías expuestas sobre la mesa y trato de imaginar el *origen* cuya pista son sus mansiones recién estrenadas o adquiridas a los ricos de antes pero deformadas por puertas penitenciarias, banderines de colores, ventanas cerradas, hombres con ametralladoras disimuladas en las azoteas, jardineros que cortan el pasto rasurado de lado, prevenidos, sus overoles cargados de armas.

¿De dónde vienen las armas? Recibo un informe: sólo en Houston, Texas, hay mil quinientos comercios de armas. Un cliente puede adquirir más de cien armas de un solo golpe, acudiendo a docenas de comercios legítimos dispuestos a vendérselas, sin averiguar más. Además, existen traficantes que contrabandean de los Estados Unidos a México. La venta de armas en el país del norte no requiere licencia cuando se trata de ventas privadas. La mayoría de las pistolas y rifles incautados en México provienen de comercios en Texas y Arizona.

La posesión de armas —recuerda el informe que esta mañana leo— es legal en los Estados Unidos y si se detiene un tráfico sospechoso entre la tienda y la frontera, el traficante tiene, de todos modos, el derecho a portar armas, consagrado en el artículo II del "Bill of Rights" —pero condicionado a la existencia de una "milicia bien regulada, necesaria para la seguridad de un Estado libre"—. ¿Se cumplen tales requisitos en la actualidad?

Interrogado un comerciante de armas, contestó que él no llevaba registro de lo vendido a otro, dijo haber vendido el negocio. ¿De qué vive ahora? —De mis ahorros —dijo desde la veranda de su mansión en Houston. —¿Cuándo se le hizo una auditoría antes de que se retirara? —Uy, eso sólo se permite una sola vez al año, pero como hay pocos auditores, a veces cada tres, cada seis años… —¿Qué clase de armas vendía usted? —Pistolas, puras pistolas. —¿Y rifles AK-47? —¿Qué es eso? *Never heard.* —Oiga, mandamos un falso comprador a su tienda a pedir doce AK-47, usted se los vendió. ¿No le pareció sospechoso? —El cliente manda, yo soy un simple comerciante.

—Yo tengo derecho a comprar armas para ir de caza. Es un derecho que me da la Constitución.

—Yo tengo derecho a vender armas. Es un derecho que…

—Yo le informo a las autoridades sobre las ventas sospechosas de armas en mi tienda. Es una obligación que…

—Yo no digo nada de nada porque si lo hago los narcos me…

Me pasan informes de armas recuperadas en México. Un rifle en Acapulco después de un asalto a las oficinas del procurador con saldo de tres secretarias muertas. Dos rifles recuperados en carreteras federales. Un rifle encontrado en Miahuatlán después de un ataque a elementos del ejército en el jardín botánico de la localidad.

Saco las cuentas.

Cinco armas recuperadas por las autoridades en México. Cinco.

Miles de armas importadas por los cárteles de la droga. Miles.

Mansiones con puertas de metal, banderines de colores, ventanas tapiadas, pistoleros en las azoteas, jardineros armados.

—Es que en un overol caben muchas cosas…

¿De dónde salieron? ¿Quiénes eran antes? ¿Se les puede castigar remontándose a su origen? ¿Encarcelando e interrogando a sus mujeres?

Como tantas veces, decido tomar el toro por los cuernos y mandar al penal de Santa Catita a Jenaro Ruvalcaba, convicto en la cárcel subterránea de San Juan de Aragón y especialista en disfrazarse de mujer para obtener información y, con suerte, sexo (sumo las veces que el licenciado Ruvalcaba nos sirve para reducir su término de prisión). ¿Por qué no envió a una mujer? Porque creo implícitamente que las mujeres son una cofradía defensora que acaba por juntarse para defenderse del macho intruso, malévolo y con añadidura, puto si puede, puto si se deja.

Entonces es el redimido prisionero Ruvalcaba quien me viene a informar que en Santa Catita hay una zona exclusiva para mujeres implicadas en el tráfico de drogas, el secuestro y el asesinato en serie. Allí se encuentra la Reina del Mambo, joven pechugona y melenuda que usa pantalón, suéter y zapatos blancos como para despistar sus virtudes. Ella maneja el dinero del jefe Viborón y para eso cuenta con una computadora en su celda, a pesar de que un custodio la acompaña todo el tiempo. Se pasea muy oronda por el patio del penal, donde se amontonan unas cien personas, incluyendo a los que vienen de afuera con comida y ropa para las reclusas. Ahí está la Chachachá, acusada de asesinar a un banquero: guapa hembra, dice Ruvalcaba, escotada y con el pelo recogido para que luzca su piel muy blanca y distraiga con su mirada entre cínica y satisfecha de su crimen. Está la Mayor Alberta, acusada de plagio y asesinato de jóvenes millonarios. Están las "Dinamiteras", acusadas de plantar bombas a discreción en la capital. Las dos son bizcas y se pintan la boca muy colorada.

La peor de todas, señor licenciado —me dice el muy cumplimentado don Jenaro—, es una asesina de ancianas que ha matado sin razón alguna a una docena de viejecitas desconocidas a las que nada les ha robado: mata por el gusto de matar y argumenta que sus víctimas estaban ya muy dadas al catre, machuchas y más felices muertas que vivas.

La más singular es la Comandante Caramelo, una gorda con la boca siempre llena de dulces que encabeza un grupo de mujeres criminales cuyo origen, señor licenciado, no son los bajos fondos, sino que todas ellas eran mecanógrafas, empleadas bancarias, vendedoras de comercios, nanas de niños ricos, o sea mujeres insatisfechas no de su miseria sino de la escasez de sus riquezas y dispuestas, me dijo la Caramelo, a ascender rápidamente en una sociedad que lo promete todo pero no dice cuándo.

—Teníamos prisa —nos dijo la Caramelo—. Nos pudimos conformar en una oficina o una farmacia. Pero ¿sabe qué, licenciado? Lo que nos prometen a nosotras ya lo tienen otras, muy poquitas, y no lo sueltan, y lo que nos prometen, en los anuncios, ¿sabe?, ya sabemos que es una pura ilusión y que no nos va a tocar, ni siquiera a plazos.

Se lleva un caramelo fresco a la boca. Arroja al piso la envoltura. Una de las Dinamiteras la recoge y la coloca en el basurero.

—¿Le llama la atención que le apresuremos el ritmo a la suerte, señor licenciado? —dice la Caramelo, dejando atónito a mi enviado don Jenaro, cuyo disfraz no le ha servido de nada.

Confieso que todos estos informes me dejan muy insatisfecho. Es como si una hidra de mil cabezas se apostara fuera de mi oficina en un piso 40 frente al Bosque de Chapultepec y yo saliese muy bravo a cortar una cabeza sólo para constatar que en su lugar nacían dos nuevas testas.

Luchamos contra un monstruo poli o multiforme, y las soluciones que se me ocurren —y que le planteo a mi gabinete de trabajo— son insuficientes, pasajeras o cuando mucho a largo plazo. Legalizar la droga, poco a poco, empezando por la mariguana. Saber que los Estados

Unidos no nos acompañarán, en nombre de la libertad individual incluso para envenenarse y envenenar al prójimo. Entender que este es un problema global en la era global: corta una cabeza de la hidra, renacen dos y si cortas esas, las reemplazan cuatro...

Mis colaboradores me miran con escepticismo detrás de sus anteojos negros. Es decir: *adivino* sus miradas. ¿Son de reproche? Pues entonces que ellos propongan algo. Uno se atreve a decir:

—Adán...

—No sea igualado.

—No. Adán Góngora.

—Es un asesino.

—¿Y qué otra cosa merecen los criminales, sino un criminal más criminal que ellos? Con el debido respeto.

16

Me reúno a cenar con mi cuñado Abelardo Holguín. Me cuenta de sus desengaños en materia literaria y de su opción de entrar, en cambio, al mundo de las comunicaciones como escritor de telenovelas.

Al respecto, me cuenta su conversación con el mandamás de la cadena Tetravisión, el anciano Rodrigo Pola, de quien mucho he oído hablar porque su carrera quedó consignada en una novela prehistórica. Sé que Pola era hijo de Rosenda Zubarán y Gervasio Pola, oficial de la Revolución fusilado en 1913 junto con los compañeros a los que denunció para no morir solo —"para caer juntos" al grito de "¡viva Madero!"—. Y al cabo Rodrigo se casó con una aristócrata porfirista (¿quién se acuerda de eso?) llamada Pimpinela de Ovando y entró al mundo naciente de la televisión, donde ascendió a gerente general y poderoso empresario de los medios.

Abelardo reconoce que para llegar a don Rodrigo Pola abusó de los privilegios implícitos en el nombre de su padre. Pola no tenía por qué saber que Abelardo estaba distanciado de su famoso papá el Rey del Bizcocho ni exiliado del reino de las letras por el papa literario.

De suerte que el mágico apellido "Holguín" le abrió las puertas al joven, cuya apariencia, además, era ya una carta de presentación. Abelardo Holguín no había sucumbido a las modas juveniles que obligan a vestirse de ferrocarrilero o mendigo, sino que, entusiasta del cine hollywoodense de los años 30-40, vestía conservadoramente, con saco y corbata, como lo hacía Cary Grant. Apuesto desde luego que esta afición por el cine del pasado y la época desaparecida, que sólo en él perdura, era uno de los gustos que nos unieron a Abelardo y a mí, sorprendidos a veces por Priscila en conversaciones que a ella le parecían en clave:

—Thomas Mitchell, sólo en el año 39, aparece en *Sólo los ángeles tienen alas, Lo que el viento se llevó, El jorobado de Nuestra Señora, Mr. Smith goes to Washington* y *La diligencia,* por la cual obtuvo el Oscar de mejor actor de reparto —recordó Abelardo.

—*La diligencia* —recogí el tema— es una adaptación de la novela breve de Maupassant, *Bola de sebo,* y en México la llevó a la pantalla Norman Foster con Esther Fernández y Ricardo Montalbán.

—Que era el concuño de Foster, casados ambos con sendas hermanas Blaine, la más famosa de todas siendo Loretta Young.

—Que tuvo un hijo secreto con Clark Gable, concebido durante la filmación de *The Call of the Wild,* la novela de Jack London…

—Que gozó de varias adaptaciones al cine, notablemente *El lobo de mar* con John Garfield e Ida Lupino.

—Y también su biografía fílmica, con un actor que fue presentado con bombo y clamor y luego desapareció. ¿Cómo se llamaba?

—No recuerdo. Pregúntale a Carlos Monsiváis.

—O a José Luis Cuevas.

—O como instancia última y suprema, a Natalio Botana…

Descubro que Priscila nos escucha desde el comedor contiguo, escondida detrás de una cortina. Lo sé porque don Celestino no tarda en amonestar a Abelardo, como es su costumbre, y de paso a mí, lo cual no es usual.

—¿De qué hablan en secreto tú y tu cuñado en la sala?

—No es nada secreto. Son películas antiguas.

—¿Películas? —se agita don Celes—. ¿Has dicho pe-lí-cu-las? ¿Películas que transmiten secretos, eh? ¿Qué se secretean tú y Adán? ¿Qué se traen? ¿Qué complotean contra tu hermana? ¿Quién es Norman Foster, eh?

Oigo la cachetada que Priscila, al oír estas palabras, le da a la criada que sube con la ropa limpia a la recámara.

—Norman Foster es un director de cine, padre.

—Cómo no. Un di-rec-tor, ¿eh?, así nomás, como quien no quiere la cosa…

—Dirigió el *Viaje al país del miedo*.

—Ah, ya salió el peine. ¿Conque esa es la clave? ¿El país del miedo?

—Con Dolores del Río…

—No desvíes la conversación, pícaro, malandrín…

Me da risa que el viejo don Celestino use estas expresiones, atribuidas a la anciana que agarró a paraguazos a un joven asaltante en el camión Salto del Agua-Ciudadela-Rayón.

—Felicitaciones —le digo riendo a Abelardo ahora que nos reunimos a comer en El Danubio de las calles de República de Uruguay—. Te libraste de don Celestino.

—Pero tú sigues allí —dijo Abelardo sin mala intención.

—No hay nada como ser visto para volverse invisible —sonrío.

Don Rodrigo Pola, que debe andarle rascando al centenario, recibió, como digo, a Abelardo Holguín en su sacrosanta oficina de Insurgentes metido en un canasto de mimbre repleto de algodones y que acaso preservan sus energías y le dan el calor que le falta o se lo devuelven, envenenado de sí mismo. ¿Cuánto calor genera un cuervo de casi cien años de edad? Cuestión no sólo física, sino filosófica: ¿por qué hay hombres que sobreviven más allá del cálculo "normal" de la vida —¿setenta, ochenta años?—, perdiendo, es cierto, muchas facultades pero preservando o, acaso, ganando otras, inéditas hasta entonces? Da pena ver a hombres que fueron vigorosos, argumentativos, hasta peleoneros, reducidos a la mudez y a la silla de ruedas, dependiendo de las esposas a las que en vida maltrataron, engañaron, despreciaron —y de las que ahora dependen para comer, orinar, dormir y ser traídos y llevados—. ¿No valdría la pena, mejor, morir que llegar a estos extremos de humillación?

Me digo —y no se lo digo a Abelardo— que yo preferiría morir en pleno uso de mis facultades, fuerte y activo, sin jamás ser objeto de olvido y de lástima, dando pena ajena que afecta al hombre joven que visita al vejestorio al que una vez admiró y que le sirvió de modelo en la vida, ahora reducido a babear y decir tonterías en un canasto de mimbre…

Quizás por todos estos motivos don Rodrigo Pola, que mantiene sus facultades mentales, no se ha rendido a los apoyos tradicionales que la ancianidad requiere —silla de ruedas, muletas, la cama misma—, sino que ha optado por meterse en un canasto de mimbre relleno de algodones.

Así recibe a Abelardo, dándole una pasiva pero elocuente bienvenida desde ese trono algodonero donde Pola conserva y recupera las fuerzas que le quedan con un ademán de resignación elegante y una suerte de actuación —opina Abelardo— en la que ha reunido todas las fuerzas de su avanzada edad y de su debilidad física transformada en una especie de ocaso imperial.

—Como el Lama en *Horizontes perdidos*.

—Sam Jaffe, el actor.

—Frank Capra, dirigió.

—Papá, papaíto, Abelardo y Adán hablan en clave, algo se traen, debe ser contra mí, averigua, papi —bofetón a la sirvienta—, defiende a tu hija, las doce han dado y sereno…

¿Qué diría si escuchase al zar de las comunicaciones, el anciano Rodrigo Pola, conversar con el joven

Abelardo Holguín, explicándole los secretos de las telenovelas?

—Señor —se dirige Pola ceremoniosamente a Abelardo; no le dice "joven", ni "muchacho" ni siquiera "Abelardo", sino "señor", estableciendo de antemano una relación de respeto que es relación de trabajo. O sea, te recibo como quien eres, Holguín, hijo del Rey del Bizcocho, pero no creas que tu parentesco te da más poderes que el de ser recibido por mí en lo más alto de la empresa.

Acaso cuente más tu pertenencia al círculo del privilegio en México. Eres parte de las cien, doscientas familias que *cuentan*, que se reparten los negocios, los puestos financieros y políticos, las invitaciones a bodas, cenas, vacaciones y etcéteras. ¿Te parece poco? Entonces despierta, señor, y date cuenta de que somos *amenazados*.

Acaso en este momento don Rodrigo Pola suspira y tú te alarmas creyendo que cada hipo del anciano puede ser el *último*. Pero vuelve a hablar, para tu admiración juvenil.

—¿Amenazados? —preguntas.

Don Rodrigo mira con desconfianza a la derecha y a la izquierda, sumergido entre algodones.

—Mire señor, dese cuenta de una cosa. Mi padre fue revolucionario en 1910. Yo nací en 1909. Me quedé solo con mi madre *doña* Rosenda que en paz descanse. Quería ser escritor. Me desengañé a tiempo. Me dediqué a lo que venía, no a lo que se fue. Ese es el problema suyo, señor. Entender qué es lo que se queda y qué es lo que va. Cuando un país se quiebra y sus élites desaparecen, otro país emerge y sus élites se confunden. Madero era hijo de hacendados, Carranza había sido senador del porfiriato. Pero Obregón era agricultor, Calles maestro, pues Villa y Zapata, imagínese…

¿Suspiró Rodrigo Pola contándote, Abelardo, lo que ya sabías?

—Pero todos eran hombres *políticos*, así los letrados como los ignorantes. Es decir, querían el *poder* para transformar al país. Y lo hicieron. Se creó una sociedad moderna, industrial, con grandes rezagos sociales, también es cierto, rezagos que mal que bien hemos tratado de enmendar. Pero ahora, mi señor don Abelardo Holguín...

Don Rodrigo peló tamaños ojos desde el fondo de su sudario de algodón.

—Ahora no vienen los revolucionarios. Vienen los criminales... los narcos... las pirujas que los acompañan... los guaruras... y como siempre, los funcionarios con cuentas de origen inexplicable en Suiza...

Toda una raza de gente viciosa, gente de una vulgaridad inconcebible, señor, gente sin clase, no son gente del pueblo, ni clase media, ni clase nada: son los *lumpen* engrandecidos por el crimen, son los robachicos de la sociedad, los arribistas más siniestros, crueles y avorazados, sin ideal alguno, listos para asesinar, explotar, corromper...

Lanzó otro suspiro final.

—¿Les vamos a contestar con telenovelas?

Dice Abelardo que el anciano sonrió. Es difícil saberlo, allá en el fondo del algodón.

—Pues sí, señor. Vamos a apostar a que mucha gente se va a aferrar a su aparatito de televisión en vez de irse a la calle y al crimen. Y aun en las casas de los criminales, quién sabe si uno de nuestros dramones toque uno que otro corazoncito y muestre, pues, el camino de la virtud...

Esta vez, la sonrisa fue amarga. Pola carraspeó (todo en él parecía final, terminante) y se incorporó hasta donde pudo en la canasta.

—¿Quiere ser escritor, me dice? Pues puede usted escoger. Hay estilos de telenovelas. Las peores son las venezolanas. La gente tiene demasiados nombres. La mitad del tiempo se les va en decirse "Francisco Edelmiro Bolívar" o "Edelmira Scarlett Miroslava" y no pasa nada porque todos se están diciendo sus larguísimos nombres. Las brasileñas son las mejores, aunque inadmisibles para nosotros. Demasiados conflictos políticos. Demasiados desnudos. Demasiado acostón. En Colombia, en cambio, se dan cita por un lado una especie de pudibundez nacional y la intrusión del crimen y la droga.

Abelardo puso cara de expectación (me cuenta).

—En México, mi señor don Abelardo Holguín, no aceptamos un solo tema de controversia en nuestras novelas. Hay los buenos y los malos. Hay hombres poderosos y malditos. Hay mujeres manipuladoras. Hay familias con hijos mixtos, buenos y malos. Pero hay —es indispensable— la criadita modesta pero honrada de la cual se enamora el niño bien, el jovencito de la familia.

Abelardo dijo desconocer el ruido que emergió del canasto. ¿Sería la risa del anciano Rodrigo Pola? ¿O su particular manera de expirar?

—No se pase de esos parámetros, señor. Todo en ese discurso está cifrado: Patria, Familia, Religión y Estado...

—¿Y la conclusión? —preguntó Abelardo.

—La criada se casa con el niño bien.

—¿Y la herencia? —se le ocurrió añadir.

—Primero la pierde.

Pola se removió en su lecho premortuorio.

—Pero luego el héroe rehace su fortuna por esfuerzo propio, no la hereda y no pierde a la novia extraída del gaterío servil.

Dice Abelardo que el anciano, al decir esto, chupó sus propias encías con un ruido terminal.

—Mire —le dijo a Abelardo—, brinde conmigo por el éxito de su trabajo. Sírvase una copa. Tome. Le aseguro que este vino nunca ha visto el sol.

17

Hasta ahora yo he tejido los distintos hilos de mi existencia con acierto. Como les he contado, mi vida profesional la cumplo con seriedad extrema, sin admitir frivolidades o desvíos de parte de mis colaboradores. Mi vida en familia disfraza mi vida profesional. En casa de don Celestino Holguín me conduzco como lo que originalmente fui: el chico humilde que dio el braguetazo con Priscila, la Reina del Carnaval. Pero ambos disfraces —el profesional y el familiar— ocultan, a su vez, mi vida erótica, mi apasionada entrega a Ele, con quien las horas de fastidio, formalidad, presunción y ausencia se convierten en momentos de comunicación, liberación, naturalidad y presencia…

¿Se da cuenta Ele de lo que su persona, su amor, su compañía, representan para mí? En verdad, no lo sé. No lo sé porque no sé, en verdad también, *quién es Ele.*

Podría pensarse en un ser frívolo, vaporoso, un ave que va de flor en flor chupando los jugos del jardín. Que si se entusiasma en un concierto de Luismi. Que si me pide frivolidades como rasurarme las axilas. Que si tal, que si cual.

Y por otro lado, qué seriedad en su conducta cotidiana. No he visto apartamento mejor arreglado que el de Ele. Todo en su lugar, casi por arte de magia. El sexo introduce un alto grado de desorden en camas, baños, clósets: nadie piensa dos veces en dejar tirados los calzoncillos, la camisa, los calcetines: prueba de la pasión, de la premura erótica. Como los gnomos de las fábulas, sin embargo, Ele lo tiene todo acomodado de vuelta en menos que canta un gallo —o en menos que yo entro al baño, me aseo y regreso a la recámara—. Todo está como si allí no hubiese pasado nada. Ele ya se vistió y me espera en el salón con el jaibol que acaba de prepararme, fresquecito. Como si el whisky con soda fuese el premio de mis pequeñas proezas amatorias.

Ele sabe que yo soy un hombre ambicioso. Sabe lo que sabe por la prensa, pero jamás me pregunta nada. Yo a veces sufro un poco por esta barrera tácita que me impone mi amor: aquí venimos a querernos, a estar juntos, a fantasear. Si te parece, yo te cuento lo que hago, Adán, yo sé lo que tú haces y no necesito comentarios: quiéreme, no pido otra cosa: ámame, Adán… Explico todo lo anterior porque esta tarde, no sé por qué motivo, me siento impulsado a decirle algo a Ele que nunca le había dicho:

—Soy un hombre ambicioso.

Ele me mira con "distancia" —distancia cariñosa, pero distancia al fin—. Saca hielo de la nevera y hace el consabido ruido con los cubitos trasladados a un recipiente de cristal cortado, como para disimular cualquier importancia que yo quiera darle a la conversación. Le agradezco este tono de normalidad. Me trae el vaso de escocés y se sienta, sonriente, a mi lado.

Bebe Orange Crush, lo que me parece no sólo una inconsecuencia sino un signo: me va a escuchar apartada de mí por la distancia que puede haber entre un vaso de *scotch-and-soda* y otro de Orange Crush.

—Soy un hombre ambicioso —repito.

Ele pesca la onda. —Dicen que has logrado cuanto te propones, Adán.

—Soy un hombre ambicioso —digo por tercera vez.

—Ya van tres veces que lo dices. ¿Por qué?

—Adivíname.

—Ok. Has cumplido tus anteriores ambiciones. Ahora tienes una nueva ambición. Eres un hombre renovado. Eres Adán, el primer hombre…

Me acaricia la mano y la retira enseguida.

—¿Por qué? —dice Ele.

—Ya lo dijiste —le devuelvo la caricia, me doy cuenta de que mis dedos llevan la frialdad del vaso de whisky que he puesto en la mesa.

—No. ¿Qué ambicionas? ¿Por qué lo ambicionas?

El lector verá por qué con Ele puedo hablar de todo y nada, de lo máximo y lo mínimo, sin temor a represalia, mala interpretación o falsedad alguna. Sin embargo, me pregunto si esta tarde que se nos viene encima, inesperada, me autoriza a hablar con mayor franqueza y si mis palabras, más que por otra cosa, no son dictadas por la tolvanera que al mediodía apagó el sol y cegó los ventanales de mi oficina.

Me tiro un clavado en la confianza que me da Ele, el contar con la temperatura de su alma —que es, para mí, cosa líquida, algo fluyente y contrastado con las aguas estancadas de mi vida familiar y profesional: Ele es agua que corre tranquila y clara.

Puedo decirle, así, que me siento amenazado. Mi vida había alcanzado, en mi ánimo, una especie de planicie en la que la satisfacción privaba sobre los restos de mi ambición y ésta, mi ambición, se sentía dominada como un tigre que, habiendo rondado libremente la selva, acechando a sus enemigos, derrotando a los débiles y lo más importante, sojuzgando a los fuertes; como si ese tigre que soy yo hubiere aceptado las reglas de la paz doméstica, la jaula en la que puede, a la vez, rondar y estarse quieto, comer sin ser comido, dormir a gusto y mirar al mundo desde la altura de una prisión voluntaria porque allí estaba encarcelado su propio poder, como una fiera doméstica que yo, Adán Gorozpe, puedo alimentar, ordenar como a un micifuz cualquiera o soltar a vagar por la ciudad infligiendo pánico y a veces sembrando muerte…

La mirada de Ele era de simpatía. No se atrevía a darle palabras a su certeza: *Eso lo sé*. El cambio —no re-

pentino, sino muy graduado de la mirada— insinuaba un
¿y ahora qué?, ¿hay algo que ha roto tu confianza, Adán,
te han puesto pesos en las alas, vuelas más bajo que ayer,
mi amor?

Le cuento que, como Ele sabe, yo siempre he com-
parado mi vida, mi profesión, y la sociedad en la que me
muevo a una paradójica celda de la libertad: libre porque
lo soy yo, en una jaula, sí, porque lo es toda sociedad hu-
mana, enjaulada, pero una jaula dominada por Adán Gorozpe, ¿me entiendes?

—No niego los límites de mi libertad. Los soporto
porque mi poder es mayor que mi libertad, ¿me entiendes?, ¿me crees?

Como en una ópera de Puccini situada en una bo-
hardilla de bohemios, Ele dice muy quedo,

—Sí.

Jamás se atrevería a pedirme una explicación y confieso que a mí me cuesta darla. Me daña una duda: ¿merece Ele algo menos que mi sinceridad absoluta? ¿Hasta
qué grado ser sincero con un amante es darle a éste cartu-
chos para un fusilamiento futuro? ¿Ser sincero con el ser
que ahora, en este momento, conjuga y acapara mi pasión
es darle armas al mismo amante cuando deje de serlo?

El lector entenderá que mi otra relación "sexual"
con Priscila ya estableció reglas de conducta inviolables.
Ella es quien es y hace lo que hace: todo es previsible, veintiún años de convivencia lo confirman. No hay nada en el
maquillaje matrimonial de Priscila —Adán que nunca so-
licita cambio, divorcio ni lo mande Dios—. Priscila es mi
continuidad, mi permanencia y si ella, en lo personal, no
me da grandes alegrías —todo lo contrario—, sí que me da
seguridad y calma. En ese terreno, las cosas son como son.
Priscila dice necedades. Don Celes pega de gritos. Abelardo
se va de la casa. A la criada la tratan a cachetada limpia.

Es aquí, con Ele, donde mi alma se llena de verdadera satisfacción, si es que estar satisfecho no es, en sí

mismo, una insatisfacción en el sentido de que reserva hieles imprevisibles para las mieles de hoy. Tal es el gran *volado* erótico: si me lo das todo hoy, ¿me lo puedes quitar todo mañana? Nos sentimos libres del lazo matrimonial que puede ser la cuerda al cuello del condenado. Y nos sentimos amenazados porque, sin el compromiso legal, la libertad puede, para ser libre, liberarse de toda obligación y dejar a uno de los amantes abandonado en una isla solitaria sin más compañía que los arrepentimientos, las torcidas ordalías de los celos, la nostalgia, todas las deudas de la tristeza amatoria…

¿Que hay divorcios? ¿Que hay separaciones? Nada de esto cuenta para la pareja que se desea y cumple su deseo. Nada más cuenta. Y nada más cuenta porque la pasión cubre todo el espacio de las existencias, no deja ventana, puerta u hoyo por donde escapar. ¿Es la sinceridad la virtud o la condición del terror y fervor eróticos? Esto es lo que voy a poner, con toda clase de reservas, miedos y audacias, a prueba con Ele esta tarde de los crepúsculos apagados por las tolvaneras de la época seca de la ciudad.

¡Qué lejos quedó diciembre!

"Que a nadie se le ocurra sucederme. Ni lo piensen".

—Ni siquiera pienses. Él lo sabe todo.

—¿Hasta lo que pienso a solas?

—Te digo que él lo sabe todo. Es adivino.

—¿La lealtad no basta?

—Al contrario. Mientras más leal eres, más sacrificable serás. O menos confiable, no sé.

—Entonces, ¿qué diferencia con estar en la oposición?

—Muy poca. Si eres opositor, estás más protegido que si eres colaborador.

—¿La lealtad no basta?

—Más vale sacrificar a los leales que sacrificarse o ser sacrificado. El líder supremo no tolera que nadie le haga sombra. Nadie puede tomar vuelo propio.

—¿Qué pasó con Largo?

—Lo entambaron. Luego lo visitaron en la cárcel y le dijeron, "si te declaras culpable, te salvas". Se declaró culpable y lo fusilaron.

—¿Dónde está enterrado?

—En tumba anónima.

—Pero era parte de nuestra historia; merece reconocimiento...

—Ha sido exiliado de la historia.

—¿Y qué pasó con Bobby?

—Ya no tiene privilegios. Confesó sus errores.

—¿También lo fusilaron?

—No, ahora trabaja en Xochimilco de trajinero. Es lo que llaman "el plan piyama". En vez de fusilarte, te conviertes en jardinero, en chofer, en...

—En trajinero de Xochimilco.

—"Que a nadie se le ocurra sucederme". Así es.

—¡Pero si va a cumplir noventa y nueve años!

—Que ni siquiera lo piensen…

—Ni siquiera ni siquiera ni siquiera…

—Lo piensen lo piensen lo piensen…

—Adán Gorozpe es el líder mexicano de por vida.

Desperté con un sofoco alarmado. Me toqué la frente. Una pesadilla.

No, esta no era la pesadilla. Era la realidad. Adán Góngora ha sido encargado de la deteriorada seguridad pública y ha hecho sentir sus métodos inmediatamente.

—Todos somos cadáveres por venir —ha sido su primera y macabra declaración a la prensa.

¡Quién lo viera! Góngora es un hombrecito gordo y chaparro con cara de jamón cocido y peinado de prestado cubriéndole la calva. La gorra lo hace ascender un par de centímetros. Se niega, en cambio, a usar tacón cubano. Se ufana de que con estatura tan baja tenga poder tan alto. Ha sido nombrado para imponer una semblanza de orden en el creciente caos de la República.

Hace declaraciones contundentes:

—Todos sabemos que la seguridad nacional es insegura. Las fuerzas del orden se alían fácilmente con las fuerzas del desorden. Los policías ganan sueldos de miseria. Los criminales les multiplican el sueldo. De tres mil pesos mensuales a trescientos mil, ¿qué tal? El Ejército nacional hace labores impropias de la fuerza armada. Es un Ejército dedicado a labores de policía y derrotado por los criminales, mejor armados que ellos, ¿qué tal?

Y aquí viene la solución de Góngora:

—Yo haré una limpia de las fuerzas del orden. Menos policías y mejor pagados. A ver si así… ¿Qué tal?

A ver. "Todos somos cadáveres por venir. ¿Qué tal?"

Su puesto le permite a Góngora entrar en sociedad. Recibe invitaciones. Las hace. Todos quieren que Góngora los proteja. Hasta mi suegro el Rey del Bizcocho le ofrece una cena al diminuto policía.

—Póngale cojines en la silla para que alcance la sopa —le sugiero a mi suegro, quien no desconoce mi mala opinión de Góngora.

—Ah qué este Adancito tan guasón —guasea el Rey del Bizcocho.

Voy a precipitar el relato porque no tiene caso andarse por las ramas en vista de lo sucedido. Ya tienen contado el retrato de Adán Góngora. Ya saben que es, para desgracia, mi tocayo, de suerte que en la mesa de esta cena cuando alguien se dirige a Adán no sabemos si es Adán Gorozpe —yo— o Adán Góngora —él.

Todo esto es sólo el preludio. El telón se levanta y lo que mis ojos ven y mis sentidos captan es asombroso. Góngora no cesa de hablar. Sabe que él es la novedad. Sabe que él es la estrella. Quizá sea inteligente y entienda que, pasada la novedad, las estrellas se apagan, nadie las mira más. Es, obviamente, un hombre inculto. Es, también, un tipo sospechoso y sagaz porque sospecha de la sagacidad de los demás. Igual que cuanto dice no lo puede repetir en otra ocasión, primero porque todos sabrán lo que va a decir, segundo porque aburrirá a todo el mundo.

Lo observo parlotear con una intención de sorprender y otra de asustar a los invitados a la mesa de don Celes. Si es inteligente, no volverá a aceptar una cena en esta casa. Adán Góngora es de esos hombres que en una sola ocasión dan todo lo que pueden o saben dar. Socialmente, mueren de un tiro. Pero no lo saben y la segunda vez provocan el bostezo y suscitan el ridículo. Esto los ofende gravemente y entonces actúan con crueldad. Las palabras se les agotan. Les queda la acción. Y ésta, rencorosa, es punitiva.

Entiendo todo esto viendo a Góngora actuar en la cena que le ofrece mi suegro. Pero no es esto —tan previsible en las esferas del poder— lo que más me llama la atención.

Priscila no le quita los ojos de encima a Góngora. Y Góngora, por más que parlotee, a cada rato se dirige a Priscila, la mira y la *engrandece*. Conozco, ¡ay!, demasiado bien a mi mujer y me doy cuenta de que, acostumbrada a la atención de todos cuando era la Reina de la Primavera y la Princesa del Carnaval, ya no teme, después de casarse conmigo, ganarle kilos a las dietas y aumentarle hojas al calendario. Ya nadie volvió a cortejarla.

Ustedes saben que esto no me aqueja. Es, más bien, parte del plan maestro de mi vida. Abogado severo. Marido convencional. Amante ardoroso. La oficina. Priscila. Ele. Todo en este discurso etc.

Y ahora este intruso viene a desajustar mi vida tan severamente ordenada. Este metiche, que además es mi tocayo, mira con ardor creciente a Priscila y mi mujer se sonroja, baja los ojos, los abre para el señor Góngora, se deja querer, se...

Hago algo impropio.

Algo vergonzoso.

Dejo caer la servilleta y me inclino a recogerla.

Observo lo que pasa debajo de la mesa.

No doy crédito.

Mi Priscila y él, Góngora, juegan *footsie* bajo los manteles, se tocan las puntas de los pies, Priscila se quita una zapatilla color de rosa, Góngora (con más dificultad) un botín y ambos se regocijan en este encuentro de extremidades que es tan sólo el prólogo de intimidades.

El cuadro de mi vida cambia en ese instante y me propone enigmas y desafíos desacostumbrados en zonas que creía ordenadas para siempre.

Antes que nada, observo con discreción los actos con los que Góngora se propone restablecer el orden.

Entra a sangre y fuego a los campamentos denominados *Gorozpevillas* para mi deshonor e injuria, acusando al mundo de los negocios y el dinero de la pobreza y marginación de estos seres a los que ahora Góngora apresa, encarcela y maltrata acusándolos de vagos, malhechores y lacras sociales, cuando todos saben que la mayoría son gente de clase media media o media baja que perdió empleos, ahorros, apartamentos y no tuvo más remedio que venirse a vivir a las ciudades perdidas de los aledaños de la capital.

Empleos y ahorros. También hogares, casas en zonas residenciales que de un día para otro no pudieron pagar hipotecas. Gente hábil pero poco previsora, pues, reducida a la miseria que siempre rodea los islotes de la relativa prosperidad en México.

Asimismo, han venido a dar a las *Gorozpevillas* —¡vaya con el nombrecito!— cantidad de braceros, trabajadores migratorios que ya no encuentran salida. La frontera norte se selló y tienen que quedarse aquí, sin empleo y sobre todo sin programas oficiales de trabajo porque vivimos en el mercado y el mercado se ocupa de resolver los problemas de la oferta y demanda laboral, ¡sí cómo no!, exclamo desilusionado con la propia filosofía que me encargué de consagrar: el Estado es malo, el mercado es bueno, el Estado es un ogro, el mercado es un hada…

Aquí es donde entran las fuerzas del orden comandadas por Adán Góngora a soltar perros asesinos, prenderle fuego a las miserables barracas, destripar camas y sofás, darle garrotazo a los que se resisten a abandonar los lugares, y a los que no se resisten también, y yo me pregunto, si ya abandonaron por necesidad sus hogares en Anzures y Patriotismo para venirse a las mal llamadas *Gorozpevillas*, de aquí, ¿a dónde se irán?, ¿qué les queda? Si ya están en los márgenes de la capital, ¿qué les queda?, ¿la montaña, el volcán, el campo raso, Cuernavaca, Toluca? Misterio. Ya veremos. Acaso Góngora tiene un plan maestro que desconozco pero adivino: ¿será demógrafo mi siniestro tocayo?, ¿prevé desahogar al Distrito Federal de su población excesiva y obligarla a emigrar a la provincia?

Vean lo buena persona que soy. Pienso lo mejor de Góngora. Me fuerzo a pensarlo por el bien del país. Fugaz ilusión. No tardo en desengañarme.

Día con día, la represión se extiende de los toldos levantados a orillas del ferrocarril a los que encuentran trabajo en ferias y circos —payasos, equilibristas, caballistas, enanos, vendedores de pepitas, camotes poblanos y chongos zamoranos—. ¿Qué culpa tienen?, quizá ninguna, lo que pasa es que Góngora va contra tirios y troyanos, tiene que demostrar su *fuerza* y eso significa que va contra *los débiles*, no contra *los criminales*. ¿A qué hora se atreverá con *los fuertes*? ¡Ja!

Hay redadas de drogadictos, de delincuentes mentales, de indigentes, de borrachos, de putas y putos, de gente que nada terrible ha hecho pero que son identificables como "lacras de la sociedad", así los define Góngora y yo me pregunto ¿hasta dónde piensa llegar?, y me contrapregunto ¿por qué no ataca a los culpables sino a las víctimas?, y me recontrapregunto ¿a qué hora me toca a mí?, ¿cuándo se volverá Góngora contra mí, a) por ser rico y b) por estar casado con Priscila?

El inciso a) empieza a llenarse de sentido a medida que Góngora va ascendiendo sus actos de violencia contra los pobres primero, contra los empobrecidos segundo y contra los ricos al final. Me doy cuenta —¡claro que sí!— de que estas medidas escalonadas cuentan con la aprobación pública, más animada por el rencor que por la justicia: Góngora encuentra culpables donde sólo hay víctimas, pero no accede al castigo contra los ricos, y esto le dará más laureles que si entambara a Al Capone. Lo veo ir y venir, pequeño e intruso, peinado de prestado, en fotos y noticieros y lo que es peor, en mi propia casa, que es la de mi suegro don Celestino Holguín, donde Góngora viene a "tomar el té" con la famosa ex Reina del Carnaval de Veracruz, o sea mi esposa.

Todo lo cual me conduce al inciso b) y a la renovada circunstancia de mi mujer doña Priscila. Porque si primero el *capo* Góngora viene a tomar el té a casa del Rey del Bizcocho, poco después ya no viene pero Priscila va. ¿A dónde va? Deja dicho que con su prima Sonsoles, lo cual es fácil de confirmar: —No, Adán, Priscila no está aquí. Hace meses que no la veo. Chaucito, Adán.

Esta falta de discreción de parte de Priscila sólo me comprueba que la Reina del Carnaval miente más que el propio Rey Momo y no toma precauciones porque no está acostumbrada, ¡bendita!, al engaño que yo, ¡saleroso!, practico con refinada astucia.

Me pregunto, macho de mí, si existe comparación entre la toma de mi mujer y la toma del poder. Para casi todos nosotros, conquistar a una mujer es prueba suficiente de hombría y, relajados, regresamos a nuestras ocupaciones varias. Para algunos hombres, dignos de lástima, tomar el poder es victoria suficiente y ya nada más les hace falta: la mujer es dispensable, ama de casa, delantal sin rostro. Para otros —y creo que Góngora cae en esta categoría maldita—, tener poder y tener "vieja" son sinónimos que se complementan a todo dar. Lo entiendo, señores, porque yo también pertenezco a esa categoría. Tengo poder y tengo amante, ¡válgame Dios y no averigüen ustedes más!

Lo más sorprendente, empero, es la transformación que estos hechos operan en Priscila, una mujer a la que yo creía conocer como a un guante y ahora me resulta ser un puño de hormigas a las que yo no controlo. ¿Qué ha sucedido? No pienso dar sitio a la banalidad de banalidades: Priscila tenía urgencias sexuales que yo desconocía. Se adaptó a nuestro modo de vida porque se dejó llevar, como la mayoría de las mujeres. Confort. Marido. Casa. Criadas. Era difícil imaginar a Priscila en otra postura, por ejemplo, como la Chachachá entambada en la cárcel de mujeres de Santa Catita. Sin embargo, la Chachachá me resulta una monja al lado de las demencias que sospecho en mi mujer y la Reina del Mambo es más leal al gángster Viborón que la Reina de la Primavera a mí.

21

Nada de esto interrumpe la feria de la vida:

La A.M.M. (Alianza por la Moral Mexicana) intensifica su campaña contra los homosexuales. Las familias se organizan contra los *gays*, incluso y sobre todo si se trata de sus hijos. Son padres de familia con alardes de valentía. Casa donde hay un chico homosexual, casa donde el corajudo paterfamilias pone un letrero en la puerta:

AQUÍ VIVE UN PERVERTIDO

Pervertido y *perversión* son palabras favoritas de la A.M.M. y su recomendación publicitada es

¡CUIDEN A SUS HIJOS!

Éstos, sin embargo, se han organizado de una manera sorprendente. Entrevistado por este periódico, un joven llamado "Orquídea" reveló el "estado precario" de su vida desde que salió del clóset. "Mis amigos desaparecen y luego aparecen muertos", dijo. "He tenido miedo de salir de mi casa, aunque allí mi propio padre dice que me prefiere muerto que puto". Y añade: "Mi papá me admite en casa porque dice que en la calle acabaría muerto". "No me importa", le respondo con desafío. "Más vale puto que muerto".

El gran número de casas y apartamentos desalojados por sus ocupantes a causa de las hipotecas vencidas o impagables ha alentado un nuevo negocio en esta ciudad capital. La competencia entre agentes inmobiliarios los lleva a desacreditar al contrincante y éste, a su vez, intenta desacreditar a aquél. Algunas muestras recientes:

- "Visite la propiedad ofrecida en la calle de Aca-tempan Sec. Famsa. Digamos: si esta casa no le espanta, es que usted no es espantable".
- "La casa anunciada en la avenida Masaryk parece un burdel africano".
- "Si tiene sentido del humor, visite el apartamento ofrecido en Vallejo y muérase de la risa".
- "No se deje engañar. La propiedad puesta a la venta en Eje Sur está situada al lado de un basu-rero municipal. ¡Huele!".
- "¿Es usted masoquista? Entonces le agradará la casa ofrecida en Virrey de la Cerda".
- "El apartamento dado en renta en Calzada San Joaquín tiene caca de cucarachas en los clósets. ¡Cuidado!"
- "¿Le gusta la edad de las cavernas? Entonces acuda de prisa y rente la casa sita en el mal llamado Rincón del Cielo antes de que Trimalción la al-quile".
- "Si quiere saber lo que le espera, acuda en secreto al foyer del edificio en la esquina de Zarco y Va-lerio Trujano y díganos si confía en la siniestra pareja de porteros".
- "Pase un solo día de su vida en la recámara del apartamento ofrecido en Plaza Popocatépetl para saber lo que se siente ser espiado por los vecinos".
- "¿Se siente a gusto en un calabozo? Entonces no deje de alquilar el miserable sótano ofrecido como lujoso apartamento en Jardín Pushkin".

Una señora de cuarenta y tantos años se ha presentado en nuestra redacción diciéndose mamá del Niño Dios que predica en la esquina de Insurgentes y Quintana Roo. Al preguntarle nuestro reportero si era la Virgen María, contestó enfáticamente que sí. Obligada a someterse a examen por una de nuestras enfermeras de planta, su pretensión quedó descalificada.

En sonadas declaraciones de prensa, Don Adán Góngora, encargado de la seguridad nacional, anunció su profunda nostalgia hacia la larga época de la dominación del Partido Revolucionario Institucional, cuando los sindicatos eran sólo del gobierno, no existía realmente el derecho de huelga, los trabajadores estaban sujetos al patrón y el patrón era pro-gobiernista. Añadió el señor Góngora que si decía esto era, repetía, por nostalgia, aunque se daba cuenta de que lo que pasó no puede volver a pasar. Ahora la situación es distinta y exige medidas novedosas. Los articulistas más críticos han visto en estas declaraciones una intención de endurecer las medidas de seguridad, aprovechando la nostalgia de un pasado malo para prevenir el horror de un presente peor.

El Niño Dios de los domingos ha protestado enérgicamente contra el usurpador que dice llamarse Jenaro González y pide que de ahora en adelante se identifique a los numerosos imitadores del Santo Niño que van surgiendo por una seña particular en el cuerpo que sólo él tiene. El Niño se abstuvo de revelar este dato por miedo a que los imitadores se manden tatuar signos semejantes. ¿Será en las posaderas? Es pregunta.

Un notable astrofísico de la Universidad Nacional Autónoma, cuyo nombre nos pidió omitir, estima que el cometa que numerosos ciudadanos vieron pasar anoche no es tal, sino un simple cambio de posición en el cielo con relación a estrellas fijas. El sabio dijo que este fenómeno se llama "Parallax", o sea la posición de un planeta tal como es observado desde dos puntos separados.

Un prelado que nos pidió omitir su nombre respondió con rapidez a la anterior aseveración, recordando que en

1531 el cometa Halley apareció el mismo día que Nuestra Señora de Guadalupe, por lo cual no es posible excluir la verdad religiosa a favor de la superchería científica —dijo el prelado en cuestión—. Interrogado acerca de la significación religiosa del cometa de ayer, el hombre de la Iglesia dijo que haría falta saber lo que no se sabe aún pero que se revelará un día. Esta declaración ha sido recibida con aplausos por la comunidad de los fieles.

La profusión de turistas chinos obliga a nuestros meseros a aprender mandarín en vez de inglés, como antes. Además, el viajero oriental exige comedores privados, lo cual obliga a nuestros restauranteros a dividir los espacios de sus anchurosos locales, ayer orgullo de la industria comes-y-bebes-tible, ahora divididos por canceles, paredes y murallas de toda especie. "Hay que darle gusto al cliente", explica el gerente del afamado restorán Bellinghausen de la Zona Rosa.

Se ha hecho notar que numerosos profesionistas han abandonado sus ocupaciones tradicionales, creando un peligroso vacío de médicos, abogados, ingenieros y arquitectos. Interrogados al respecto, los interesados han replicado, como si se hubiesen puesto de acuerdo, "ahora somos mentores". El curioso y mal pensado reportero inquirió si ahora se dedicaban a las mentadas de madre. A lo cual, indignado, el portavoz del grupo (pues se han agrupado) respondió: —Sólo queremos ser nuestros propios jefes. (Queda pendiente el misterio.)

En rueda de prensa, los dirigentes para la Alianza por la Moral Mexicana (A.M.M.) dieron inicio a su campaña nacional contra el homosexualismo. "En este país no necesitamos ni mendigos ni putos", declaró el presidente de la A.M.M. "Vamos a purificar a la nación" añadió, concediendo que a los homosexuales identificables se les puede, según la gravedad de sus conductas, robar, secuestrar y matar. Un padre de familia furibundo dijo que su hijo *gay* decidió llamarse "Ángela" en vez de "Ángel" y procedió a cambiar acta de nacimiento, títulos colegiales y pasaporte, creando una confusión infinita que le hace perder horas y más horas a la burocracia nacional. "¿Qué tal si todos los maricones deciden cambiar de nombre y documentación?", preguntó el indignado padre de familia. El presidente de la A.M.M. concluyó declarando: "Recuerden todos que México es un país religioso, conservador, y *violento, muy macho...*". "Que los castren", añadió furibundo el cruzado de la castidad.

22

Observo los movimientos de Góngora. No me doy por enterado de sus presumibles amoríos con mi pobre esposa ni me manifiesto públicamente contra sus violentas y arbitrarias medidas de seguridad.

Observo y mido mi tiempo.

Sé que él me buscará: me busca.

No sé qué quiere: algo quiere. Hay un poco de presunción en su actitud. Y otro poco de amenaza.

Yo lo recibo en mi oficina con cortesía y cara impávida.

No me mido, sin embargo, cuando Góngora se acerca a mí con la pérfida intención de darme un abrazo. Como el lector sabe (y si no sabe que aprenda), en México el abrazo entre hombres es un rito imprescindible de la amistad y Góngora no quiere faltar a él. Sólo que mis instintos más profundos lo rechazan, no tanto porque no deseo tocar al sujeto sabiendo que la cortesía me impone al abrazo, sino porque sospecho que Adán Góngora sufre de un caso alarmante de halitosis: le precede un tufo de indigestión maloliente, como si al miserable la mierda le saliese por la boca y en el culo habitasen sus palabras. El hecho es que sospecho. Se acerca con aire de elote de feria, pulque espeso y nauseabundo, eructo insolente, trapo sucio en la lengua y olor a animal muerto en las encías.

¿Cómo evitarlo?

No puedo. La cortesía se impone. Compruebo mi razón. Adán Góngora *apesta*. Creo que hasta hace alarde de su olor de descomposición intestinal. Su presencia me provoca horror y duda. ¿Cómo puede mi mujer Priscila, que es idiota pero pulcra, aguantar semejante hedor? Y la duda. ¿Es consciente Góngora de su propia peste y la cultiva como un elemento más de su prepotencia: a ver, bribón, atrévete a abrazarme sin taparte las narices? Y oye: en ello van tu salud y tu vida, miserable.

Nos abrazamos pues, con todas las prevenciones de una y otra parte que el lector imagina.

Todo con tal de entrar en materia.

—¿Qué lo trae por aquí?

—Mire Gorozpe, las tareas de seguridad imponen deberes que a veces no son agradables, aunque, eso sí, necesarios. No trato de engañarlo…

—Ah.

—Por ejemplo, la amistad. ¿Qué tal?

—Ah. Cómo no.

—Yo trato de impedir que mis obligaciones y mis amistades se confundan en la misma torta. ¿Qué tal?

Sonrío. —Las cebollas por aquí, los tomates por allá —Góngora no ríe—. Sólo que al llegar al poder… —vuelve a sonreír—. ¿El poder? No se lo crea usted. El poder… ¡Vamos…! El poder… No se ande…

¡Me interrumpe! —El poder impone obligaciones nada pero nada agradables, ¿sabe usted?, ¿me entiende?, ¿qué tal?

—Lo sé, lo sé. ¡No lo sabría!

—Por ejemplo, resulta que el amigo de ayer sigue siendo el amigo de hoy, sólo que…

—¿Sólo qué…? ¡Ah! Cuénteme…

—Ahora yo sé cosas del amigo de ayer que desconocía en el amigo de hoy. Qué tal.

—¿A saber?

—No, no me obligue a adelantarme.

—Señor Góngora, usted es mi huésped. Yo no lo obligo a nada.

—Pues ahí tiene. Ayer nomás, yo era un ciudadano privado y con buena fama… ¿Qué tal?

Me abstengo de sonreír.

—…aunque mis enemigos no lo crean.

—¿Y sus amigos?

—Usted, ¿es mi amigo, señor licenciado?

—No soy su enemigo, si eso es lo que le preocupa.

—No, ¿es mi amigo?

—No aspiraría a tanto —vuelvo a sonreír y ruego al Altísimo que no me arrebate la sonrisa, porque eso le daría gran gusto a mi interlocutor.

Él mueve los labios de forma siniestra. —Entonces, sería a medias nada más, así, así…

—Usted sabe que un hombre como yo trata a muchísima gente. Con cortesía cuando la merecen; con amistad, rara vez.

—¿Y con grosería?

—Nunca, nunca. Fui bien educado, ¿sabe?

Góngora era de fierro. No se dio por aludido.

—¿Considera una majadería atacar a un hombre con el que sólo ayer platicábamos cortésmente…?

—¿Cenábamos en casa de su suegro? —me adelanté con ambigüedad maliciosa.

Él no registró la alusión. —Suponga que al llegar al poder uno se siente obligado a investigar a un hombre que ayer nomás era, pues, si no su amigo, sin duda un respetable conocido…

—Supongo, sí.

—Y que al llegar al poder se conocen datos, se presentan pruebas, de que ese amigo, o conocido, como usted indica, es un *malhechor*. ¿Qué tal?

—Lo veo, lo estoy viendo —le aludo a la pared.

A Góngora se le alumbran los anteojos de aro metálico.

—¿Qué haría, señor Gorozpe?

Pongo mi cara más amable. —No me pregunte a mí; obviamente, se trata de un problema suyo. Yo, ¿sabe?, no tengo enemigos. ¿Y usted?

—Yo tengo un puesto público. ¿Qué tal?

Interrogo sin decir nada.

—Y eso me obliga a actuar, a veces en contra de mis sentimientos más nobles…

Ahora sí que pongo cara de sorpresa condimentada con burla.

—Ni modales —interjecta, popular—. ¿Qué tal?

—¿Qué se propone? —junto los dedos de ambas manos y las acerco a la barbilla.

—No, proponer no, don Adán —yo *hago*, no *propongo*.

—Entonces, ¿qué hace?

—Cumplo. ¿Qué tal?

—¿Con quién? O ¿con qué?

—Con mis obligaciones.

—Parece que le pesan…

—Cumplo hasta con mis amigos. ¿Qué tal?

—Sus conocidos…

—Sí. Los *arruino* si así lo quiero. ¿Qué tal?

—Pues adelante, señor Góngora. ¿Qué se lo impide?

Se puso de pie. Se despidió. Salió de mi despacho.

No sin que yo lo detuviese para darle un abrazo.

—Me tiene sin cuidado ser querido o ser odiado —declaró al abandonar mi despacho.

23

Puedo deducir muchas cosas de la visita de Adán Góngora a mi despacho. Me limito a tres de ellas: 1) Góngora ha querido intimidarme, dándome a entender que su poder es muy grande. Tan grande como su *estatura escasa*, invitándome a revisar la trayectoria de su brutalidad e inquietarme con la pregunta, ¿cuándo te toca a ti? —es decir, a mí...

Yo tengo previsto todo esto y por el momento me limito a dejar constancia de dos cosas, a) Que entiendo el propósito de Góngora y b) Que no pienso caer en su trampa y dejar que el diminuto individuo me asuste.

La otra cuestión sería: 2) ¿Qué puedo hacer yo para adelantarme a los malos propósitos de Góngora?

Y la cuestión no dicha es que 3) Góngora se presentó en su capacidad oculta de amante de mi esposa Priscila, la Reina del Carnaval, claro, sin aludir siquiera a lo que podría o no saber, que yo mismo no le soy fiel a Priscila y que Priscila, en estricta justicia, tendría derecho a los mismos privilegios eróticos que yo, sobre todo considerando que durante veintiún años nuestra relación se ha reducido a jugar con escapularios que ella usa para cubrirse el sexo, sin mirarme el mío.

Me quedan, dicho lo anterior, numerosas hipótesis acerca del segundo inciso de la trama. Mi mujer Priscila, como ustedes saben, es una aturdida dama que dice cosas sin lógica ni propósito. Que esto pueda excitar a determinado tipo de hombres, no lo dudo. Que un acercamiento erótico a Priscila sea recibido con un ¡sálvese quien pueda! o ¡Colgate da más brillo! o ¡Voy por la vereda tropical! o más a propósito ¡El acero aprestad y el bridón! puede ser motivo —para quien no tenga la costumbre— de variada excitación. Me acuso a mí mismo, señores: ¿el hábito me ha hecho perder la noción de la secreta sexualidad de una hembra que fue deseada por los más codiciados galanes de su época —tan *codiciada* que al cabo no se casaron con ella, adivinando, acaso, un *peligro* en la persona de Priscila que yo, miserable de mí, no he podido percibir o he sofocado sin compasión.

Estudio a mi mujer y no distingo en ella nada que la diferencie de la señora con la que llevo veintiún años de matrimonio. ¿Será mi culpa? ¿Tendría Priscila encantos que yo ya no aprecio, dada la fuerza de la costumbre? ¿Se necesitan ojos nuevos —así sean tan miopes y desagradables como los de Adán Góngora— para *ver* las virtudes de Priscila, las que yo ya no reconozco pero otros *sí*?

Estoy, por todo ello, al borde de una decisión que puede ser fatal. Redescubrir a Priscila. O mejor dicho, *he descubierto*, ya que me casé con ella sin amor, permítanme admitirlo, como simple ardid —*braguetazo* lo llaman— para iniciar mi carrera casado con una mujer rica y en el seno de una familia encumbrada.

Ahí está: admito mi culpa. Me declaro, *ab initio*, un sinvergüenza, un arribista, un tipo despreciable. Y al hacerlo me siento *limpio*, drenado de cualquier pecado cometido en aras de mi ascenso, por el sentimiento de que quizá, si consulto a fondo mi alma, hallaría allí la verdad, *otra* verdad: sí, me enamoré de Priscila, no de su fortuna; sí, la deseé y me sentí victorioso sobre los pretendientes que, según se dice, no pensaban casarse con ella…

¿Quién lo dice, a ver? ¿Qué tal si Priscila era cortejada seriamente por los chicos del Maserati y escoge al mejor chofer de lujo? ¿Qué tal si yo no llegué a ella como un pior-es-nada masculino que se encontró —por azar, por fortuna, por lástima— a su pior-es-nada femenina, sino que la conquisté, se la arrebaté a los galanes del género

Maserati y ella me prefirió a mí sobre los millonetas que la asediaban?

¿Qué tal?, como rubrica sus frases Góngora.

Uno se fabrica razones que son ilusiones sobre los restos de antiguos sentimientos evaporados desde hace tiempo. Uno rehace su vida amorosa con el libre engaño que da el tiempo. Uno engalana con listones lo que no es más que un árbol seco desde hace veintiún años. Uno…

Rechazo el movimiento de mi alma, que despierta y se dirige hacia Priscila hoy como, acaso, hace veintiún años. Sólo que veintiún años, *malgré* la filosofía del tango, sí son algo, y corro el peligro de inventarme una vida sentimental que nunca sirvió para justificar algo totalmente ajeno a mi primera (y subsecuente) relación con Priscila.

—Nunca estuviste enamorado de ella —me fustigo mentalmente—. Sólo querías ascender. Querías seguridad. Querías la protección de una Priscila rica, nada más, sinvergüenza, hijo de puta…

Esta autoflagelación cesa, sin embargo, cuando me digo a mí mismo que, cualesquiera que hayan sido mis motivos iniciales para casarme con Priscila, el hecho es que he vivido con ella más de dos décadas. Somos *pareja*. Somos *matrimonio*. Somos vistos como tal, como tal nos invitan a fiestas, nos sientan a la mesa, nos perdonan, ¡ay!, los malos aires de Priscila porque, ¡no faltaba más!, es la señora de Adán Gorozpe y tiene derecho a flatular cuantas veces quiera…

Mas, ¿cómo se conlleva este sentimiento con otro que me asalta vengativo, indeseado, escondido como está en el fondo secreto de mi vida: la relación con Ele? ¿Puedo reprocharle a Priscila sus amores (supuestos) con Góngora mientras yo me dedico (comprobado) a mis amores con Ele?

Me asalta un terror. En este razonar mío pasé por alto lo más importante. Si revisan ustedes mis palabras (háganlo, se los ruego) observarán que al principio dije que Góngora sabía que no le soy fiel a Priscila y que mi mujer tendría derecho etcétera. Pero no, Góngora no tiene por qué saber de mi relación con Ele, yo la he mantenido en el más absoluto secreto, nada en la actitud de Góngora indica que él sepa de mi vida con Ele, *nada*.

¿O *todo*? ¿Lo sabe todo, lo más recóndito? ¿No hay secretos para Góngora? ¿Nos tiene a todos capturados en el puño de su oscura mano llena de anillos de plata y amatista?

Nada, nada me autoriza a pensar que Góngora sabe. Y nada, nada me autoriza a pensar que Góngora *no* sabe.

¿Será esta la verdadera perfidia de su visita a mi despacho? ¿Torturarme como me torturo imaginando que Góngora puede o no saber de Ele? Porque él puede acostarse con Priscila y yo me quedo tan tranquilo (es mi propósito, si así fuese). Sabe que puede lanzarse contra mis intereses financieros y yo tan tranquilo porque me siento impermeable a cualquier ataque local: mi fortuna está puesta a buen resguardo en lugares e instrumentos que no tengo por qué revelar aquí…

Mi flanco débil es Ele.

Si Góngora me ataca por allí, entonces sí que puede herirme… fatalmente, en la medida en que no puede atacar a Ele sin dañarme a mí…

Otra pesadilla:

Adán González se aparece en mis sueños.

Es un hombre gordo, muy moreno, con pelo crespo y labios de trompetista.

Mi pesadilla, esta vez, es muy rápida y los hechos se suceden como fogonazos en la pantalla de mi sueño.

Adán González hace una lista de enemigos.

Empieza a encarcelarlos uno por uno, despacito.

Los acusa a uno de faltarle al respeto a la bandera nacional; a otro, de robar fondos de la asistencia pública; a un tercero, de abuso de poder; al cuarto, de ultraje a la figura omnipotente de Adán González.

En mi sueño —esta vez sé que *es sueño*, ya no me dejo engañar—, los acusados por González se defienden.

—Nos ataca para humillarnos.

—Le manda un mensaje a la ciudadanía.

—Nadie está a salvo de mis decisiones arbitrarias.

—Que a nadie se le ocurra voltearse contra mí.

—Que nadie proteste, pedir nadita nadie.

Las familias de los detenidos se quejan.

—No hemos podido ver a mi padre.

—Mi esposo está incomunicado porque es reo de peligro de fuga.

—Yo conozco las celdas; miden dos metros cuadrados, nadie puede sentarse, acostarse sin doblar las rodillas.

—Soy gobernador. Y me quitarán el cargo por el que fui electo.

—Soy estudiante. Me condenaron por participar en una manifestación.

—Soy alcalde. Llevo seis años esperando que me sentencien.

—Somos culpables de traición a la patria, de rebelión, de sedición.

—Estamos inhabilitados.

—Somos culpables.

—Lo dice Adán González.

—Si lo dice él, ha de ser cierto.

—Y que viva don Adán González.

Regreso con Ele como el sediento llega del desierto a su oasis. Sólo que ahora tengo miedo. ¿Me habrán seguido? ¿Sospechan? ¿Qué sabe Góngora? ¿Qué saben sus sabuesos?

Empiezo a ver caras sospechosas donde antes sólo veía miradas inocentes. Atribuyo movimientos de espionaje personal en actitudes que antes me parecían "normales".

¿Por qué se ponen anteojos oscuros todos mis colaboradores?

¿Por qué regreso con Ele, poniendo en peligro a mi amor? ¿Me vigila Góngora? ¿Sabe de mis amores secretos? ¿Para qué regreso? ¿Sólo para decirle: "La situación es muy peligrosa. Más vale que dejemos de vernos por algún tiempo"?

Sólo que no sé si esto es cierto.

Nunca le he mentido a Ele. Ele conoce con detalle mi vida, mis sentimientos, mis temores, mis deseos. Amo a Ele porque puedo decirle lo que jamás me atrevería a contarle a nadie más. Soy una tumba severa con mis colaboradores. Mi relación con Priscila y su familia es —o ha sido— totalmente convencional.

Ele.

Sólo Ele sabe todo.

Cómo voy a decirle: —Fíjate que no nos vamos a ver por un rato —sin que ella me pregunte, como lo está haciendo, —¿Por qué?

—¿Por qué, Adán?

—No te lo puedo decir.

—¿No me lo…? No creo lo que oigo…

—No te debo ver. Es por tu bien, te lo aseguro.

—¿Por mi bien? Entonces por qué no me das razones, ¿Adán? ¿Qué te traes?

—No me traigo nada. Te juro que te amo y te juro que no quiero ponerte en peligro…

—¿En peligro? Yo me sé defender.

—Mira, esto parece un diálogo de Rorschach. Acepta mis razones y…

—Es que no me das razones. Sólo me dices "no puedo verte por algún tiempo". Sólo que eso quiere decir "no voy a verte más", ¿me entiendes?, ¿crees que soy idiota? ¿Crees que antes de conocerte no tuve amores? ¿Crees que no perdí a mis amores? ¿Se te ocurre que tú eres el primero o el único, baboso?

Jamás me ha tratado así. Jamás me ha insultado antes. Lo he dicho y repetido desde el principio: nuestra relación es de respeto mutuo, nos lo contamos todo…

¿Todo? Cuando Ele me increpa —"baboso"—, me doy cuenta súbita de que yo le cuento todo y Ele no me cuenta *nada*. ¿Qué sé yo de Ele? ¿De dónde viene? ¿Qué amores ha tenido? ¿Por qué tanto secreto?

—¿Por qué tanto secreto? —digo de repente.

Ele me mira con asombro. Ruego que no repita mi frase y evite la prueba de Rorschach en la que se ha convertido este maldito encuentro.

Mal-dito. Mal-dicho. In-necesario. ¿Qué me pasa? ¿Qué necesidad tenía de pedirle a Ele que "nos dejáramos de ver por algún tiempo"? ¿Tanto me han idiotizado las circunstancias? ¿Por qué digo (Ele tiene razón) estas *babosadas*? ¿Me ha ganado la partida, aun antes de empezar el juego, el señor Góngora peinado de prestado?

¿Tan dócil soy? ¿Tan tonto?

Iba a desdecirme, no, Ele, es una broma, seguimos como siempre, no ha pasado nada, igual que siempre, ¿ok?

Y no puedo. Nadie puede desdecirse de una imbecilidad que se creía protegida por la franqueza.

No entiendo lo que ha pasado. No sé por qué he venido a decirle a Ele: "no te puedo ver por algún tiempo".

Se me olvidó que para un amante "algún tiempo" es "ningún tiempo": no te volveré a ver. El amante no puede menos que convertir esta advertencia en un asunto límite. Yo sólo quería protegerla de una tormenta que no le concierne, que concierne a Góngora y al uso del poder, pero de ninguna manera a Ele. Lo entiendo muy tarde. Ya metí la pata.

Son palabras que se suceden como cataratas de hiel.

—¿Por *algún* tiempo? Farsante. Di la verdad. "Para siempre".

—¿Para siempre? No te preocupes. Hombres no me faltan.

—¿No me faltan? Toma la lista de teléfonos. Llámalos, cabrón, ándale, haz tú mismo mis citas.

—¿Mis citas? Échale un ojo a mi calendario, ingenuo, para que veas cómo empleo mi tiempo cuando tú no estás conmigo…

—Conmigo. ¿Crees que mientras tú andas metido en tu oficina o celebrando cumpleaños con tu idiota familia yo me quedo viendo el concierto de Luismi…?

—¿Luismi? ¿Luismi te da celos, pobre diablo? ¿Te encela un cantante guapo al que admiramos miles de seres humanos pero con el cual ni de chiste tenemos contacto?

—Con tacto. Con tacto se logra todo. ¿Qué te pasó, Adán? ¿Por qué me das este trato indebido? Tú y yo no somos así.

Sólo esta frase: "Tú y yo no somos así", es verdadera. Lo demás lo invento, lo imagino, tan inesperada es la reacción de Ele a una sugerencia que, vista *a posteriori*, fue una suprema pendejada de mi parte.

—Fíjate que no nos vamos a ver por un rato…

Se lo dije porque a Ele yo se lo digo todo. Y ahora caigo en la cuenta de que cuanto le digo es no sólo *agradable*, sino *compartible*. Eso es: Ele y yo lo compartimos todo y parte importante de esa "sociedad" que hemos creado es que nos lo contamos todo, pero todo lo que nos contamos nos acerca más.

Sólo hoy, sólo esta vez, enfrentado por primera vez al enojo de Ele, me doy cuenta de la verdad.

Yo a Ele le cuento *todo*: mis negocios, mi familia, Abelardo se fue, apareció Góngora, etcétera.

Todo.

Y Ele no me cuenta *nada.*

¿Qué sé de Ele?

Nada.

Estrictamente *nada.*

Ele vive en el presente. *Es mi presente.*

Ele jamás me ha contado de dónde viene, dónde nació, quiénes eran sus padres… o qué hace en sus horas sin mí, aparte de ver la tele e ir a conciertos en el Auditorio Nacional.

Me freno mentalmente.

¿Y yo? ¿Le he contado a Ele de dónde vengo, quiénes eran mis padres, dónde y cómo me crié?

¿Verdad que no?

Es decir que en cierto modo ambos estamos en la misma situación.

Yo no sé nada del pasado de Ele. Ele no sabe nada del mío.

¿Por eso nos llevamos tan bien? ¿Porque sólo vivimos en el presente, para el presente, en una situación ecuánime en la que Ele sabe todo lo que hago hoy y yo sé todo lo que Ele hace al mismo tiempo?

Amantes del momento.

Amantes sin pasado.

Amantes que se lo cuentan todo.

Sólo que hasta *hoy, todo* era lo de *siempre*. No había mayores novedades. Mis negocios se manejaban solos en una situación de bonanza injusta —crecen pocas fortunas, la mayoría sigue viviendo en la pobreza, es la Ley de Dios y siempre nos queda la devoción universal a la Virgen de Guadalupe que trasciende ideologías y partidos, clases y cuentas de banco (o ausencia de las mismas).

Mi familia es lo que es, ninguna novedad allí. El Rey del Bizcocho. La Princesa de la Primavera. ¿Y qué más? ¿Qué sé yo de Ele-pasado? ¿Qué sabe Ele de Adán-pretérito? Nada, optamos por la felicidad del puro presente. Rehusamos las trampas de la biografía, del psicoanálisis, del rumor y del "qué dirán". Nuestra relación lleva tiempo pero empieza siempre *ahora*, en el instante…

Sólo que de repente Abelardo se va del hogar del Rey del Bizcocho para ser "escritor". Y el maldito Adán Góngora irrumpe en mi vida, me propone enigmas, intriga a mis espaldas (su visita a la oficina me lo confirma) y, colmo de colmos, ¡juega *footsie* con mi señora doña Priscila, la Reina del Carnaval!

Me recrimino mi falta de inteligencia. Este no soy yo. Todo lo anterior me ha hecho perder el paso. Debo recobrar el dominio de la situación. Los eventos de la oficina (la visita de Góngora) y del hogar (Abelardo se marchó, Priscila juega *footsie* con un verdugo policial y mal educado que habla con la boca llena y deja que la comida se le escurra a la barbilla) me han sacado de la ruta que sigo y de la persona que soy. Y de mi relación privilegiada con Ele, contagiándole de mis asuntos oficiales y caseros, ¡chingada madre!

Debo recobrarme a mí mismo.

¿Y por qué motivo mis colaboradores me reciben con anteojos negros?

—No voy a permitir que tu persona *consuma* a la mía —me dice con frialdad Kelvinator Ele—. Yo tengo mi propia vida. No intentes cambiar mi personalidad.

Siempre huyo de los amantes que tratan de imponerse al otro. Ni lo intentes conmigo, cabrón.

—No hace falta explicar en voz alta los cambios de nuestras personalidades —le argumento antes de salir.

Entonces Ele dice algo terrible. —Si te mato es porque te quiero. Y no te mato porque te tengo miedo.

Y aunque estoy vestido, mira con miedo mi vientre. Y dice de manera desacostumbrada, con la cabecita baja: —Ni creas que tu personalidad consume la mía. Yo no soy tu *consomé*, Adán. Sólo puedo ser tu costilla.

Abelardo me pide una cita. ¿En mi oficina? No, le contesto, nadie de mi familia debe entrar a donde yo trabajo. Mantener separados la oficina y el hogar: regla inquebrantable de la vida bien organizada.

En El Danubio de la calle República de Uruguay. Comeremos mariscos, beberemos un buen Undurraga y nadie nos molestará ahora que el restorán se ha dividido en pequeños comedores para atender a la clientela china.

Mi cuñado me cuenta sus cuitas. Lo hace con sensibilidad poética y yo me vuelvo a preguntar, ¿de dónde salió esta orquídea en medio de tanto nopal? Salió corriendo del grupo cerrado y tiránico del escritor y encontró asilo con Rodrigo Pola en el universo de la telenovela después de pasar por la Facultad de Filosofía y la cátedra de Ignacio Braniff. Pero eso, me dice, no llenó su gran vacío sentimental. Las mujeres en torno al filósofo pertenecían a la generación freudiana: todas quieren continuar en la vida su experiencia en el sofá del psiquiatra y su conversación sólo se estimula a sí misma como disquisición psicoanalítica: todo lo que no era psicoanálisis era banalidad y el hombre que no tomase en serio semejante angustia monomaniaca sería no sólo un frívolo, sino, ¡horror!, potente en el lecho. Y ellas no soportan la potencia viril. Temen ser dominadas. Quieren domar al impotente, tratándolo con inmenso cariño, esculcando las razones secretas de su falla sexual: ¿padre, madre, Edipo, Yo Casta, Él Casto, Tú Casta, Eddy Poe, el cuervo tiene la culpa, cerraron mal el féretro, el gato negro se dejó enrollar?

Manoseado por las chicas Freud, Abelardo buscó el contraste con las chicas de la televisión. Vio los programas, y aunque los diálogos eran estúpidos, algunas muchachas eran no sólo guapas, sino que parecían inteligentes. Él optó, sin embargo, por relacionarse con la fea —o más bien dicho, la falsa fea, la actricita que ante las cámaras usaba frenos en los dientes, trenzas campesinas y decía "pos lo que mande el patrón"—. Seducida a medias, la actriz en cuestión resultó ser una vieja mandona y malhablada, y si Abelardo se lo hizo notar, ella lo trató de güey que no entendía que una actriz es en la pantalla lo contrario de lo que es en la vida real y bicebersa (así pronunciaba la v). Y si Abelardo quería encontrarse a una chica angelical, que sedujese a la villana con el parche en el ojo… ¡Puras chingaderas!

Después de estos dos fracasos, Abelardo, un hombre joven necesitado de compañía femenina para complementar su vocación literaria desviada, a su vez, por la necesidad de ganarse la vida escribiendo telenovelas, sintió otra necesidad: la de acercarse a Dios para recibir la ayuda divina y salir de las contradicciones que lo asediaban.

Así, empezó a asistir a la misa de las ocho de la noche en la Iglesia de la Sagrada Familia frente a la nevería Chiandoni, que es donde él había hecho su primera comunión (en el templo, no en la heladería).

Ese día se hincó en la tercera banca frente al altar y escudriñó el sitio: le costaba mucho concentrarse para rezar y no había, a esa hora, ceremonia en el templo vacío.

En la primera fila estaba una mujer hincada.

Vista desde atrás, sólo mostraba un largo velo negro cubriéndole de la cabeza a la cintura. La mujer no se movía. Abelardo esperó un movimiento, por ligero que fuese. Ella seguía inmóvil. Abelardo se inquietó. Sintió el impulso de ir hasta la primera fila y averiguar qué le pasaba a la mujer. Lo detuvo su natural discreción y la regla de cortesía que en una iglesia se multiplica como la Santísima Trinidad.

Aguardó cinco-diez-doce minutos.

La mujer seguía sin moverse.

Abelardo se decidió. Se levantó de la tercera fila y llegó a la primera. Se deslizó al lado de la mujer inmóvil. El gran velo le cubría la cara. ¿Qué hacer? ¿Tocarle el hombro? ¿Preguntarle, señora, está usted bien? O ser discreto, aguardar. Orar juntos en la iglesia vacía. Sólo que, ¿qué rezaba la mujer velada? Abelardo quiso oír. No oyó nada, salvo un murmullo lejano. La acción era igual a la respiración. No era posible distinguir una de otra.

Entonces la voz de su padre don Celestino Holguín llegó intensa a oídos de Abelardo, recriminándole, cobarde, falto de pantalones, güevón, mientras la invisible Priscila gimoteaba desde el altar vacío, cajeta envinada, reyes magos, Insurgentes esquina con…

Abelardo se dio cuenta, en la penumbra de la Sagrada Familia, que él repetía audiblemente las frases de su padre y de su hermana, sin desearlo, impulsado por una misteriosa imitación que se hacía escuchar como para suplir el murmullo inaudible de la beata arrodillada a su lado.

Sólo que cuando Abelardo dijo "Insurgentes esquina con…" la dama en cuestión volvi el rostro velado hacia Abelardo y concluyó, "esquina con… Quintana Roo".

Lo demás es historia.

¿Fue cometa? ¿O fue temblor? Adán Gorozpe tiene un recuerdo físico traumático del terremoto de 1985. Aún no se casaba con Priscila y frecuentaba, joven estudiante, la casa de La Escondida en las calles de Durango.

Como en una ganadería, el nuevo cliente era recibido por la vaca máxima que mostraba a las becerritas poniéndolas en fila en la sala.

—El cliente escoge. ¡Coge el cliente!

Había el surtido conocido. Flacas y gordas. Jóvenes y no tan jóvenes. Con chicle y sin Adams. Curtidas e inexpertas. El joven Adán escogió a la muchacha más núbil: una morena clara de pelo largo que le caía hasta las nalgas, un lunar falso junto a la boca, ojos verdosos, boca entreabierta.

¿Cómo te llamas?

Zoraida.

No dijo "para servir al patrón", como las sirvientas de las telenovelas.

Zoraida. En el ánimo del joven Adán apareció la imagen de la bella princesa morisca del *Quijote*, descrita por Cervantes como una mujer que llega encima de un jumento, cubierto el rostro y vestida con una almalafa que le alcanzaba desde los hombros a los pies, gritando ¡no, no Zoraida! ¡María, María! ¡Zoraida *macange!*, que quiere decir no.

Decir *no*. Ser libre.

Sólo decir *sí*. ¿Otra forma de la libertad?

La simetría especular entre la Zoraida literaria y esta jovencita bien real turbó el ánimo de Adán Gorozpe (que soy yo, el narrador en anterior encarnación, porque ser joven es como ser otro) al grado de dudar sobre el propósito de acostarse con una mujer que, a primera vista, le parecía ideal y en consecuencia, intocable. ¿O era sólo un miraje? Zoraida no se parecía a las demás pupilas del burdel y sólo por ser *distinta* era *mejor* y acaso, *virgen* y por eso *intocable*? ¿Sí o no?

Adán (que soy yo o era aquel) buscó en la mirada verdigris de la muchacha una respuesta y sólo encontró el pozo virginal de la estupidez. Entonces le pareció ver a todas esas pobres mujeres que el Adán soltero y solitario, solitario y pobre, frecuentaba para solazar sus angustias varoniles sin mirarlas siquiera, convencido de que gordas o flacas, feas o hermosas, a la hora de apagar la luz daba igual: Adán buscaba y recibía una satisfacción pasajera e instantánea distinta de la masturbación sólo porque era compartida y por ello, en contra de todas las advertencias de los curas, menos culpable que el nefando goce solitario que podía conducir a la locura prematura y a la esterilidad final (le dijeron los curas a otro hombre que era yo).

—No les hagas caso —se reía su profesor, el colombiano fray Filopáter—. Recuerda que te llamas Adán. Eres —serás siempre— el primer hombre. Tu pecado no es Eva. Es la manzana. Y la manzana es la codicia, la rebelión y el orgullo. O sea, es el conocimiento.

Filopáter sonreía, no sé si con sorna o ironía. Diferencia: la sorna es tonta y fácil, la ironía difícil e inteligente, y agradezco a Filopáter estas enseñanzas que en mi vida erótica —secreta con Zoraida como con Ele— me permiten fingirme ignorante para admitir como verdad una mentira enmascarada y al cabo revelarla como tal.

¿Cómo pude relacionar la enseñanza filosófica de un profesor religioso con mi relación sexual con la mujer Zoraida? Admitiendo que la ironía es la manera de disminuir lo que no soportaríamos, es decir, la *verdad*. Aunque el juego no termina allí, ni siquiera se inicia, sino que ironizamos para admitir como verdad una mentira enmascarada a fin de revelarla, al cabo, como tal. Porque hay demasiadas mentiras que pasan por verdades.

Explico el origen de mi propia personalidad, la que ustedes han visto en acción en mi despacho, en mi hogar y desenmascarado, con Ele. Sólo que ahora se aparece en mi vida el siniestro hampón Góngora disfrazado de agente del orden y ello exalta mi propio sentimiento de la ironía como movilidad de espíritu contra Góngora y su cara de lagartija y su desagradable movilidad verbal fundada en una especie de cemento interno, obligándome a emplear mi propia ironía como palabra que sepa parecerse a lo que en Góngora no es, ni puede ser, irónico ni defensa contra la simulación: emplear la palabra a *contrario sensu*, disminuir la verdad a fin de darle corto circuito a los absolutos de la vida.

Valoro más que nunca la disposición *irónica* de mi persona frente a la *malicia* de Góngora, sus guiños de lépero, su vulgaridad agresiva. ¿Puedo vencerle con las armas paradójicas de la ironía que domina toda pretensión de poder absoluto —el que encarna Góngora— con el peligro, lo admito, de identificarme con él porque ni él —el malicioso— ni yo —el irónico— tomamos nada en serio? Confío en que mi propia ironía derrote a la malicia de Góngora utilizando mejor que él tres modos de ser.

La codicia. La rebelión. El orgullo.

Las palabras de Filopáter resonaron en la mente de Adán (yo) casi como un mandamiento moral. La codicia, el afán de ganar y preservar, no se refería sólo al dinero, sino a la personalidad, a la situación en el mundo. Y ésta, la situación, no se heredaba: se ganaba gracias a la rebeldía contra los hechos, contra la fatalidad, contra el sitio asignado por esas loterías de familia, fortuna, raza y geografía. Nada: el orgullo consiste en vencer todos esos funestos aciagos y construir un mundo propio en el que el éxito anularía al pecado de la codicia y perdonaría la ofensa de la rebelión.

Que todo esto pasó por la cabeza de Adán Gorozpe (que soy yo, el que narra pero que no soy yo, el que antes fui) es indudable, tan indudable como la celeridad del pensamiento, unido a la velocidad del acto previsto al introducirle el pene a la nada virginal Zoraida. No es esto lo extraordinario, sino lo que entonces ocurrió, sin intervención alguna de Zoraida o de Adán.

Tembló. Fue el gran temblor del 19 de septiembre de 1985, cuando buena parte de la ciudad de México quedó destruida, sobre todo la zona edificada sobre antiquísimos lagos y canales que esa mañana en la que yo yacía con Zoraida regresaron a reclamar su flujo soterrado.

Se movían las lámparas, los techos, los muebles, sonaban los ganchos dentro de los armarios, cayeron al piso las imágenes de la Virgen de Guadalupe en esta recámara y en todas las del burdel de Durango, las vajillas y las vaginas tronaron, los puentes y las rutas se desvanecieron y afuera del prostíbulo la ciudad despertó azorada de sí misma, abiertos los ojos a todo lo que la metrópoli era y había sido, como si el pasado fuese el fantasma dormido de México, el gran Dios del Agua que resucita de vez en cuando y como no encuentra cauce llega agitadamente, sacude su cuerpo capturado entre cemento y adobe, se cuela por desagües y brota por alcantarillas, dejando una estela de destrucción que no es sino el llanto de una impotencia que se recuerda como antiguo poder y, terminada la obra destructiva regresa a su cauce profundo de paz polvorienta.

El caso es que yo Adán Gorozpe, en el acto de cogerme a una bella muchachilla de ojos verdigrises y pelo suelto, quedé apresado dentro de su sexo.

Así tal cual. *Apresado.* La vagina de Zoraida se contrajo con el miedo y la simple sensación de que algo extraño ocurría y yo me quedé prisionero dentro de un sexo convertido en candado.

No sé qué pasó. Por un lado sentí el terror combinado de un terremoto y de una prisión. Yo no era dueño de mi virilidad. Zoraida tampoco de su feminidad. Mi cuerpo de hombre y el cuerpo de la mujer, juntados como los de dos perros callejeros que no logran zafarse, me llenaba de pavor: ¿quedaría yo unido para siempre a la bella Zoraida, la vería, bajo mis ojos, envejecer, ganar peso y canas, acaso morir? ¿Sería la muerte la única liberación posible de esta coyunda carnal? Y ella, ¿me vería a mí, también, envejecer hasta caer muerto entre sus brazos?

Claro que estas eran ilusiones machistas. Ninguna erección dura toda una vida.

Sólo que, en ese momento, la sensación de terror que describo coexistía con un sentimiento de placer infinito, prolongable hasta el final, no del momento, sino del tiempo mismo. Mi placer dentro de la mujer sería, será, eterno. La eternidad sería el placer y ¿quién desea un paraíso mejor…?

Pasaron entonces tres cosas.

Cesó de temblar y los cuerpos se separaron con un suspiro, no sé si de alivio o de pesar. En todo caso, con agonía.

Yo me levanté de la cama y aparté las cortinas. El aire ululaba de sirenas. Había polvo por todas partes y algún sollozo lejano.

Miré hacia afuera. Había temblado. Pasó un astro. La mañana fue violada por un terremoto y redimida por un cometa que seguía la órbita del sol naciente. Su cola luminosa abarcaba a la ciudad, al país, al mundo entero. Apuntaba, sin embargo, lejos del sol en cuya órbita se movía. Quería liberarse del sol.

Yo me alejé de la ventana.

Zoraida había despertado.

Miró mi cuerpo desnudo, primero con una suerte de aprobación dormilona.

Luego, pegó un grito.

28

Adán Góngora continúa su oficio de tinieblas, como diría
la magnífica Rosario Castellanos. Ha empezado por vaciar
las cárceles que él mismo llenó de malvivientes, mendigos,
huilas y rateros.

—Son menos peligrosos afuera —sentenció.

En cambio, dejó presos a los clasemedieros inocentes.

—Como ejemplo. Los privilegiados ya no lo son
tanto, ¿eh?, ¿qué tal?

El hecho es que los verdaderos criminales andan
sueltos y haciendo de las suyas, mientras Góngora adormece
a la opinión pública y a su propia conciencia, ¿qué?, encarcelando y excarcelando a todo el lumpen inocente, a las tra-
bajadoras del sexo (¿qué habrá sido de la bella Zoraida?),
dando así una imagen de actividad pública en beneficio de
la seguridad que yo juzgo mentirosa, inútil y expeditiva. Lo
malo es que la gente cree que porque Góngora hace tantas
cosas, éstas son importantes. No es así. Es una gran farsa.

¿Cómo desenmascarar a Góngora?

No piense el lector que cuanto hago nace de un
afán de vengarme contra mi maldito tocayo sólo porque
le ha dado por enamorar a mi esposa. No: estoy en contra
de Góngora porque ha engañado al país. Su represión no
afecta a los culpables. Es más: los protege. En la medida en
que los criminales menudos van a dar al tambo, los grandes
criminales son olvidados y respiran en paz, continuando
sus actividades de secuestro, narcotráfico y muerte.

¿Cómo desenmascarar a Góngora? Sobre todo,
¿cómo castigarlo por su gran farsa delictiva sin que apa-

rezca como una venganza mía porque ha seducido a mi mujer? Delicada cuestión que no acabo de dilucidar hasta que el propio Góngora me ofrece, sin proponérselo, la ocasión.

He aquí: Góngora cae en la tentación de ejercer el poder. Que ya lo tiene, que conste. Que hay un poder mayor al de un policía por poderoso que sea, es lo que le falta saber y demostrar.

O sea: Góngora se mete en las hondas y traicioneras aguas de la política. Creo que cree que, dada la corrupción gigantesca de las fuerzas del orden, en las que la mitad de los policías son criminales y la mitad de los criminales, policías, convirtiendo sus "ocupaciones" en tareas intercanjeables, Góngora cree que elevando este jueguito al más alto nivel público puede seducirme y sacarme de mi muy seguro sitio como abogado empresarial con influencia pero sin puesto oficial. Fórmula ideal. No sé si el burdo individuo Góngora la entiende del todo, puesto que una buena mañana llega a ofrecerme una alianza —así le llama él— para llevarme, ¡válgame Dios!, a la presidencia de la República.

Me dice que todos los políticos están quemados. Son inútiles. No saben gobernar. No saben administrar. Enfatiza las sílabas: ad-mi-nis-trar, treta verbal que le conozco de sobra a mi suegro don Celes.

—Se me ocurre una idea —dice desde su chaparrez insólita Góngora.

—¡Ah! —vuelvo a exclamar.

—¿Qué tal si usted y yo, tocayo, apoyamos a un candidato *imposible* para la primera magistratura del país? ¿Qué tal?

—¿Qué tal? —le reviro—. ¿Quiere usted inventar la pólvora?

—No, en serio, qué tal si yo, que soy la fuerza pública, y usted, que es la fuerza económica, nos unimos para proponer a un candidato imposible…? ¿Qué tal?

Lo interrumpo. —¿Qué quiere decir? ¿Imposible por tarugo, deshonesto, o…?

Dudo. Y concluyo: —¿O por impensable?

Góngora trata de sonreír. No le sale. Se pasa la mano por la cabeza, acomodando su pelo "de prestado".

—No, nomás *imposible* para que el *posible* se lo agradezca. ¿Qué tal?

El carrusel mental de Góngora logra, lo admito, marearme. Recupero la lógica.

—¿Y quién sería entonces el *posible*?

—El que mande detrás del trono, ¿qué tal?

—Sabe usted, Góngora, que ya tuvimos un Maximato en el que vivía en Palacio el presidente y el que mandaba vivía enfrente.

—Cómo no. Calles era el jefe máximo y los presidentes sus peleles.

—¿Entonces? ¿La historia se repite? ¿Eso cree usted?

—Niguas, mi licenciado. Nada de eso. Porque esta vez el que ocupa la silla se lo debe no a un solo jefe máximo, sino a dos. ¿Qué tal?

Pausa preñada.

—A usted y a mí. Usted es el imposible para que los dos seamos posibles… ¿Qué tal?

Góngora se retira creyendo que, si no me ha convencido, al menos me ha intrigado y puesto a pensar. Se equivoca. No tardo ni dos minutos en entender que este zonzo se pasa de listo, que las mieles del poder lo han emborrachado, que no sabe con quién trata —con Adán Gorozpe— y que acaso, este Don Juan de las cavernas cree que aliándose conmigo convierte sus amoríos con Priscila, no sé, en un *ménage-à-trois* que no deja de ser un ridículo vodevil.

—A usted y a mí.

—¿Y quién será el presidente?

—Usted, mi licenciado, claro que usted. Faltaba más. ¿Qué tal? Yo no trato de engañarlo.

PS: He citado a comer en el Bellinghausen a Abelardo Holguín. Acude, como siempre. Pero hay en él algo distinto. Algo que no reconozco.

29

Desconozco. Me perturba desconocer. Sobre todo, desconocer lo que creía saber. ¿Por qué usan anteojos negros mis colaboradores? Ya dejé constancia: no voy a rebajarme a preguntarles. Si quieren ponerse caras de cieguitos, allá ellos.

Las relaciones familiares también tienen puestos, si no los anteojos, sí las anteojeras como los caballos para que no se asusten y sigan su trote habitual.

Y la relación erótica con Ele se tambalea feo, feo.

Priscila anda como en una nube. Flota. Sigue diciendo inconsecuencias pero ahora se ve más aturdida que nunca, como si una nueva situación la hubiese empujado a ser tan atarantada como siempre, sólo que antes su falta de causa y efecto era espontánea —parte de ella— y ahora parece, por paradoja, ligada a una razón que trato de explicarme cuando ella sube por la escalera proclamando, los brazos en alto, la bata arrastrada,

—Soy la Reina de la Primavera,

antes de llegar al descanso y propinarle una cachetada a la nueva mucama, que desciende con un altero de toallas.

Otro día, sorprendo a Góngora en la salita de la casa, hincado ante Priscila, como si semejante enano necesitase ponerse de hinojos para declarar su amor: le basta estar de pie para parecer hincado, el pinche zotaco.

Quién sabe qué le estaba diciendo, porque ella susurraba:

—Dime más, dime más…

Escuchar este requerimiento idiota me hace pensar que Góngora y Priscila aún están en los prolegómenos del amor, que él la corteja y ella se deja querer, pero que aún no revuelven las sábanas. Me asaltó la duda: ¿y las mentiras de Priscila cuando desaparece en la tarde? ¿Se acostará con Góngora o tomarán juntos una leche malteada en Sanborns, novios santos como Mickey Rooney y Judy Garland en las películas que suelo evocar con Abelardo?

Sea lo que sea, al oír mis pasos Góngora se incorpora y, como no es tonto, no dice nada, saludándome con cortesía, pero Priscila, la muy bruta, tiene que exclamar,

—Ay, el señor Góngora nomás se amarraba el zapato. Brasil, brasileiro, tierra de samba y…

Miro con desdén el calzado de Góngora y vuelvo a admirarme de que no use tacón cubano.

Yo saludo con una inclinación de cabeza y me retiro pensando que, al fin y al cabo, me importa madres lo que hagan Priscila y Góngora. Allá ellos: no se me ocurre castigo mejor para ambos que convertirse en amantes. Me doy cuenta, con un suspiro, que todo esto me tiene sin cuidado.

Mi verdadera angustia me la da Ele.

Nunca nos habíamos alejado tanto como ahora. Menores son los problemas que se presentan en mi oficina —el misterio de las gafas oscuras— o en mi hogar —la transparente relación Góngora-Priscila.

Ele, en cambio, ha sido *mi vida*. Esto se dice fácilmente pero nadie comprueba la expresión o le da sentido si no *la vive* —valga la redundancia—. La relación tensa y hasta interrumpida con Ele, a causa de mi malhadado exabrupto del otro día, "fíjate que vamos a dejar de vernos por un rato", me pone los pies en la tierra, en el sentido de que, hasta ahora, yo he sido el *triunfador* ¿me entienden ustedes?, todo me ha salido bien, casi sin quererlo; haga lo que haga, las cosas resultan a mi favor.

Pueden llamarme "Rey Midas" o "Rothschild" o "Trimalción" y hasta difamar mi profesión ("Entre abogados te veas"), pero la verdad es que he puesto esfuerzo en cuanto hago y me doy cuenta de que mi acción sólo consigue el éxito porque hay en ella un elemento no previsto, una coincidencia, una fortuna que me favorece sin que yo la imagine.

Esto se entiende públicamente y qué bueno. Lo que nadie sabe es que yo sí conozco el origen de mi buena suerte. Tiene nombre. Tiene sexo. Tiene voz. Se llama Ele. Sin Ele, todo lo demás se vendría abajo. O si existiese, no tendría valor. No digo nada que los lectores no sepan. Cada uno de nosotros entiende que hay un valor íntimo que le pone precio al valor externo de las cosas. Tener dinero, éxito profesional, amigos, todo lo bueno de la vida se basa, al cabo, en la existencia de una relación amorosa fundamental. Sea con el padre y/o la madre; con ambos; con los hijos; con los amigos más cercanos, con uno que otro profesor (Filopáter). Sin esa *semilla* no crece nada. Querer y saberse querido. Entender que, aun cuando todo falte y el mundo se derrumbe, nos quedemos en la calle, *lo que sea*, tenemos el *suelo* del cual volver a partir. Cada ser humano es una isla, dice el dicho inglés —*each man is an island*— y en esa isla nos acompaña un ser querido. Sin ese ser, vivimos solos. Los Robinsones no se dan en rama; la mayoría dependemos del cariño básico de una, dos, cinco personas. Pero con que una sola nos quiera, no pereceremos del todo.

Describo mi relación con Ele. Lo hago con tono insólito en mí, cercano a la confesión, y la confesión la inaugura nada menos que el paciente Job, se confiesa ante Dios y al hacerlo escribe su propia biografía. Que convierte la vida en ficción para *impresionar* mejor a Dios y, de paso, a la audiencia mundana a la que dice no aspirar y a la que, sin embargo, de forma tácita, apela: Escúchenme, soy Job, el alma del dolor y de la paciencia.

¿Cómo confesarse ante el mundo? ¿Gritando? ¿Articulando? ¿Imaginándolo? ¿Dejándole a *otros* la tarea?

Leí con Filopáter a Lucrecio y aprendí que si Dios existe, no le interesan para nada los seres humanos (andar diciendo esto le costó caro a Filopáter, que además añadió la herejía de Platón: si Dios existe, perdemos las esperanzas porque los dioses sólo favorecen a la humanidad cuando pierden la razón).

Un dios loco y un individuo pecador, ¡vaya parejita! "El alma es demasiado estrecha para contenerse a sí misma", reza San Agustín. Es por ello que debe crear una recámara de la forma amplificada de la expresión que consiste en *confesar*, un género inimaginable para un griego que buscaba la armonía de la verdad, no su deformación voluntaria por un corazón apresurado como el mío. San Agustín escoge para ello a la memoria, una memoria amarga, e incierta para recobrar —dice— lo que ha olvidado.

Por eso yo no soy santo. He decidido *carecer de memoria* y es tiempo de que el lector lo sepa. Lo que recuerdo no lo deseo. Lo que deseo no lo recuerdo. ¿Por qué? Acaso porque toda biografía, me dijo un día Filopáter, tiene el propósito de presentarse como algo verdadero, no ficticio. La biografía sería obra de la razón, no de la emoción, tormenta que el biógrafo debe dejar atrás.

La ciudad de San Agustín es la ciudad de Dios. Era la ciudad del padre Filopáter. Yo vivo en la ciudad del hombre, donde un policía llamado Adán Góngora se hinca ante mi esposa Priscila Holguín y ambos ignoran, en y con sus actos, lo que yo sé. Que el corazón tiene sus razones y la razón las ignora. Que el corazón quiere escapar de sus prisiones y que Góngora vive en la cárcel del racionalismo más pedestre, equivalente real de las cárceles de San Juan de Aragón y de Santa Catita, a donde van a dar los prisioneros de este neogongorismo policial que ignora que el corazón tiene su propia historia y que esta historia personal no puede ser agotada por la biografía, por la filosofía o por la política, porque su propósito, increíble, imposible, es nada más y nada menos, que la recuperación del Paraíso.

La recuperación del Paraíso…
La recuperación del amor de Ele.
¿Qué tal?

30

NOTICIAS DEL COMETA:

En la continuada disputa de los cometas, el religioso Güemes (por fin reveló su nombre) alega que cada paso del asteroide ha sido un signo fatídico: 1965, el principio del fin del PRI y de la prepotencia presidencial; el cometa de 1957, el fin del "milagro mexicano" y la pérdida de la ilusión revolucionaria; en 1910 ni hablar: desde la Revolución, Madero entra a la capital, tiembla, pasa el cometa; 1908, el viejo dictador Porfirio Díaz mira el paso del cometa desde la torre de Chapultepec, anuncia que México está maduro para la democracia y pone sus bigotazos a remojar; 1852, el paso del cometa coincide con el fin de la dictadura de Santa Anna y el comienzo de la revolución liberal; 1758, el cometa es la luz presagiosa de la revolución de independencia por venir; 1682, el virrey de La Laguna, conde de Paredes, manda ahorcar en la plazuela de El Volador a Antonio Benavides, pirata de la mar océano que acabó su vida en el altiplano seco, todo por apodarse, frenéticamente, "El Tapado", prueba de que cada pasado contiene su futuro; en 1607, Luis de Velasco hijo es nombrado por segunda vez virrey de la Nueva España; prohíbe la esclavitud de los indios, pero combate a los negros cimarrones del camino de Río Blanco comandados por Yanga, aunque los perdonaría regalándoles una nueva ciudad en Veracruz, San Lorenzo de los Negros: el cometa, esta vez, vino a celebrar tan buen gobierno, alega Güemes; en cambio, en 1553, el cometa coincidió con la terrible inundación de la ciudad de México, demostrando que su paso lo mismo celebra las felicidades que augura desgracias; y en

1531 (culminaba el hombre de fe su habitual discurso) aparecieron al mismo tiempo el cometa y la Virgen: se acabó el paganismo; mi señor don Vizarrón, triunfó la fe, sí, contestó el científico, Vizarrón, quien no se quiso quedar atrás revelando, como el religioso, su nombre, sí, sólo que en 1508, cuando no había cristianismo en México ni mochos de su calaña, mi señor don Güemes, el meteoro llegó acompañado de rayos y centellas, los templos aztecas ardieron, las marejadas agitaron nuestras aguas, el viento unió sus lamentos al dolor de la Llorona que cada noche pasaba gritando por las calles de la ciudad, ay mis hijos, ay mis hijos...

—Prueba de lo que digo: anuncio de que ya venía Cristo —exclama el religioso.

—Trampa, trucazo —se ríe Vizarrón—. ¿Qué une a todos los cometas? Se lo digo: no es la historia, es la física. El cometa está en la órbita elíptica del sol. Está hecho, señor mío, de hielo y roca. Produce una envoltura gaseosa. Tiene un largo de un millón de millas. Eyecta estrellas particuladas. El cometa es obra del sol. Pero no refleja la luz solar. Refleja la radiación solar, que es distinto, emite su luz propia. Luz pasajera, mi buen señor. El cometa se vaporiza cerca del sol. Deja de existir.

—Pero coincide con hechos históricos, es una manifestación visible de la coincidencia de la fe con los hechos...

—Es usted quien reúne historia y milagro, milagro y cometa. Sépalo: hay nueve cometas cada año. ¿Qué me dice? ¿Qué me cuenta?

Nada, sino la voz del jardinero de Adán Gorozpe (ese soy yo, el narrador), centrado mientras trabaja:

"Cometa, de haber sabido / Lo que venías anunciando / Jamás habrías salido / Por el cielo relumbrando / No tienes la culpa tú / Ni Dios, que te lo ha mandado."

31

Busco por dónde derrotar a Góngora y una simple llamada me da la solución.

El diminuto jenízaro viene a visitarme, quién sabe con qué avieso propósito. Yo me encuentro con uno de mis consejeros al que he pedido que permanezca a fin de indicarle a Góngora que entre nosotros los secretos no valen. Lo que él quiera decirme, que lo diga ante testigos. Se acabaron sus pequeñas intrigas palaciegas, que si vamos a gobernar los dos, que quién va a ser el número uno y quién el número dos, que si el número uno es la tapadera del número dos o que si nos vamos a tratar como iguales, sólo que yo, el civil, soy más convincente como Jefe de Estado que un militar, el militarismo se acabó, el presidente tiene que ser civil, etcétera, etcétera.

Como digo, he pedido a un funcionario de mi oficina que esté presente en el encuentro con Góngora. A ver si se atreve a proponer movidas chuecas en presencia de terceras personas.

Entra el liliputiense y disimula su disgusto de que otro individuo esté presente.

—Don Diego Osorio —introduzco a mi colaborador. —Don Adán Góngora.

Éste hace un gesto de "buenas tardes" como despedida a mi colaborador, quien, obedeciendo instrucciones, vuelve a tomar asiento ante la visible incomodidad de Góngora. Pasa un ángel. Mi colaborador le ofrece un cigarrillo a Góngora. Góngora se niega. Mi colaborador se lleva el cigarrillo a la boca y alargando el brazo para ver si funciona, prende su encendedor cerca de la cara de Góngora.

La llama roza apenas el carrillo de Góngora. Pero Góngora grita.

Un grito espeluznante, de agonía, terror, exorcismo, miedo, miedo, miedo.

El hombrecito se incorpora. No puede evitar el gesto: alarga los brazos como para protegerse de la inocente llamita del encendedor.

Es la figura del terror.

Lo miro. Nos miramos.

Góngora, en sus ojos, delata la furia por haber sido descubierto en acto de debilidad. Mi colaborador apaga el encendedor. Entiende mi mirada. Entiende mis gestos. Enciende el aparatito de nueva cuenta. Juguetea con él. A una indicación silenciosa de mi parte, lo acerca sin disimulo al rostro de Góngora. Góngora me mira con un odio intenso. Alarga la mano. No se atreve a apagar él mismo el origen de su terror. Esconde la mano. Se tapa los ojos con la otra mano. Pierde toda compostura. Nos da la espalda. Sale rápidamente de mi despacho. Mi colaborador vuelve a ponerse el antifaz negro que tuvo la amabilidad de quitarse a favor de la normalidad ante Góngora. Gracias, Diego.

Pero, ¿por qué siguen todos de anteojos negros?

32

La escena descrita me devolvió, señores, la confianza que temí haber perdido en los vericuetos que aquí he descrito. Todo parecía confabulado para desconcertarme. Los anteojos negros de mis funcionarios. El renacimiento romántico de mi pobre Priscila. La aparición del amenazante militar Adán Góngora.

Y sobre todo, mi relación desafortunada con Ele.

Esto último es lo que más me preocupa. Puedo pasarme de colaboradores, esposa, frígidas amantes; puedo pasarme de todo, menos de Ele.

Debato a solas: ¿Debo conciliarme conmigo mismo antes de regresar con Ele y decirle lo que sólo puedo decir si antes me lo digo a mí mismo?

¿O debo apostarle a la espontaneidad del encuentro y presentarme ante Ele, por así decirlo, desnudo, como el primer hombre en el primer día: Adán y Ele?

Yo mismo, lector que me acompañas, no sabría, ahora, distinguir estos dos momentos. Se confunden en mi ánimo. Con razón, pues en verdad son un solo momento y en términos taurinos llegó la hora de la verdad.

Ele: tú me has aceptado como un hombre orgulloso. Lo aceptas porque sabes que, a diferencia de la mayoría, mi orgullo no se basa en la arrogancia o el narcisismo. No sé si uno u otro merecen, por lo demás, el nombre de orgullo. La arrogancia no pasa de ser una pose vacía para consumo de los demás. No sale del alma del arrogante, y sólo tiene un propósito: impresionar a terceros, humillarlos, sobresalir (y a veces, esconder su propia vaciedad).

Y Narciso, ya sabemos, es un hombre enamorado de su propio reflejo. ¿Es este el referente que más nos identifica, amor mío? Un hombre joven y bello está condenado a no verse, sólo a ser visto. Es la consecuencia de su origen: los dioses le dieron el amor de todo y para todo, salvo el amor de sí mismo. Narciso es un condenado que posee pero no posee. Su amante, por eso, es sólo el Eco. Una pura repetición del grito ajeno.

Está solo, Ele, su voz es el eco de otro eco. Y su amante, Narciso, posee la antigua promesa de llegar a viejo a condición de no verse nunca a sí mismo. Él no sabe que esto es un privilegio divino, envejecer y envejecer, pero sin nunca ver el reflejo del paso del tiempo. *Saberse* viejo quizás, pero jamás *verse* viejo.

El precio es no querer a nadie. Ser querido pero no querer. Ser amado por un eco, una mera repetición. ¿Por qué, si dicen que soy tan bello, no me puedo ver ni puedo querer? ¿Por qué soy sólo querido por un eco? ¿Quién soy?

Tú lo sabes, Ele: ni arrogante ni orgulloso, curioso apenas pero apenado por la curiosidad, Narciso se ve a sí mismo reflejado en el agua de un manantial urgente. Se enamora de su propia imagen. Se vuelve prisionero de sí mismo, de su apariencia, de su reflejo. Imagina la angustia de Narciso, Ele, descubrir la belleza y no poder poseerla porque la belleza es sólo un reflejo en el agua y ese reflejo es él, el propio Narciso, un líquido inasible e intocable…

El orgullo es una manifestación de la dignidad. La cosa más egoísta de la dignidad, si les parece, pero no la menos importante: quien es digno puede ser orgulloso, aunque el digno puede ser modesto y siempre me he preguntado si la modestia no es otra forma, disfrazada, del orgullo. La modestia llevada a la situación de la humildad puede esconder un orgullo diabólico que sólo espera su ocasión para manifestarse, desnudo pero con cola de diablo.

Digo lo anterior para presentarme ante Ele con un sentimiento no sólo de mi propio valor, sino del valor de mi pareja erótica.

¿Hasta dónde, para recordar nuestra relación, debe cada uno ceder ante el otro?

¿O no se trata de ceder, al menos abusivamente, sino de conceder, cuando mucho, sin decir palabra, ausentando todo sentimiento de victoria, o de derrota mediante un *gesto* de acercamiento, un *movimiento* de cariño, una *actitud* que diga "aquí no ha pasado nada" (sabiendo que algo pasó) y volvamos a ser los de siempre?

¿En verdad? ¿Permite una *absolución* de faltas anteriores empezar de nuevo una relación como *nueva* relación, o debemos Ele y yo, desde ahora y para siempre, soportar el tiempo de la resignación con el horario de la ausencia?

Quizás evito lo más sencillo y directo: Ele y yo nos queremos. Ele y yo nos necesitamos. En la exaltación del pleito, Ele dijo que no, que Ele sí tenía pasado, vida propia, que no me necesitaba. Yo nunca le dije cosa parecida. Ello no me autoriza a presentarme, ahora, como la parte ofendida. Tengo que asumir el bien de compartir como parte del mal de perder.

No sé si me engaño a mí mismo pretendiendo que todo aquello implica por necesidad arrogancia o narcisismo. Acaso la manera de pasar por alto este peligro consiste en ser con naturalidad perseverante, si es que la perseverancia es homenaje implícito a la persona amada y no insistencia grosera ante la persona que nosotros deseamos, y ella, no. Confío en que mi posición sea la correcta.

¿Cómo voy a saber? No me engaño. Sólo presentándome ante Ele en la difícil postura de admitir lo que pasó pero sin pedir perdón, apostando a que Ele, tanto como yo, desee que volvamos a querernos porque lo sabemos todo el uno del otro.

Hay amores cuya condición es que cada uno sepa muy poco del otro. Estos afectos pueden ser llamaradas de petate o eventos duraderos, porque descubrir a la pareja toma una vida entera. Hasta ahora, mi relación con Ele ha crecido porque siento que mientras más cosas sé, más cosas afirmo y confirmo. ¿Me condujo esta certidumbre a jugar indebidamente con el cariño de Ele?:

"Tenemos que dejar de vernos por algún tiempo", sin darme cuenta de que mis palabras sobraban: todo lo que en un momento me llevó a decirlas para proteger a Ele y salvar nuestra relación de las contingencias políticas y familiares, de las amenazas que se acumulan como nubarrones —Góngora, Priscila, Abelardo, los criminales, las injusticias, la inseguridad, Jenaro Ruvalcaba, la Chachachá, el Viborón, mi suegro, el Niño Dios de Insurgentes, mis colaboradores con anteojos de sol de día y de noche, todo ello resulta al cabo banal, ficticio, pluma al viento.

Y por poco acaban con nuestro amor.

¿Lo podré reinventar?

PS2: Llamé a la oficina de Abelardo en la tele. Me contestaron: —Ya no trabaja aquí. —¿Por qué? —No sé decirle. —¿En dónde está? —Quién sabe.

33

Ahora conozco el secreto de Adán Góngora: le teme al fuego. Él no conoce el mío. Jamás me verá desnudo. Comienzo un asedio contra él mientras las dudas me asedian a mí. ¿Por qué quiero acabar con Góngora cuando me hace el favor de distraer a Priscila, rejuvenecerla e insinuarle —capacidad que yo perdí hace tiempo? Ah, si la única función del otro Adán fuese hacer lo que este Adán no quiere ni puede (enamorar a Priscila), lo dejaría en paz.

Lo malo es que Góngora no sólo es el galán de Priscila, sino el guardián del orden, y el orden que protege es una vasta mentira: acusar a los inocentes y proteger a los culpables. Cómo no, encarcela a viciosos menores y a ricos y empresarios. Pero no toca, ni con el proverbial pétalo de una rosa, a los meros meros, los grandes traficantes de la droga, importadores de armas y criminales de la extorsión y el secuestro.

Cuesta admitir todo esto, porque una opinión pública ávida de acción aplaude la acción, sea cual sea, la acción por la acción, diga lo que diga, Góngora evoca las manifestaciones masivas de gente vestida de blanco pidiendo castigo a los criminales. Góngora les da gusto encarcelando a gente de mal vivir y, de paso, a uno que otro millonetas. Como ejemplo. ¿Y la clase media empobrecida? A las *Gorozpevillas*.

El hecho es que los verdaderos criminales no son tocados y el otro hecho es que darme cuenta de esto me ofrece una oportunidad de actuar, y de actuar contra Góngora, que su simple e idiota cortejo de Priscila mi señora no justificaría.

Se me ocurre empezar con una treta para desarmarlo.

Decido pasar por idiota. Convoco a Góngora a mi oficina y le digo que estoy de acuerdo con su plan: ver si podemos tomar el poder con Adán (yo) en la silla presidencial y Adán (él) como poder detrás del trono.

Góngora sonríe con una boca chueca digna de Dick Cheney.

—La verdad, tocayo —le digo acercándome a su aliento infernal—. La verdad es que mi mujer Priscila se ha enamorado de usted.

Quisiera haber fotografiado el rostro de Góngora: sorpresa fingida, intensa satisfacción, tics de tenorio tenebroso. Y cautela cándida.

—No me diga. ¿De veras?

—Se lo digo y mire, no seré yo quien se interponga entre ustedes...

—Qué me cuenta.

—No. El problema es mi suegro, don Celestino Holguín.

—¿Problema?

—Problema.

La risa de Góngora es terriblemente solemne. — Yo no sé qué es un problema. ¿Qué tal?

—Que don Celes es un católico de comunión diaria y golpe de pecho.

—Qué bueno.

—Qué malo. Jamás permitirá que su hija se divorcie.

—¿Cómo lo sabe?

—Porque lo he intentado.

—Ya sé que usted no satisface a Priscila. ¿Qué tal?

—Ni Priscila a mí. Ahí tiene. El problema es que mi suegro no permitiría un divorcio. "El matrimonio es para siempre", suele decir, "un matrimonio sólo lo disuelve la muerte...".

Pausa preñada.

—¿Ha visto usted, Góngora, la recámara de la difunta doña Rosenda, la madre de Priscila?

—Priscila me hizo el favor de…

—¿Se da cuenta del culto al matrimonio que profesa don Celes? ¿Se da cuenta de que jamás permitirá el divorcio de su propia hija?

—Cómo no. A veces pasa por la sala cuando tomo el té con Pris…

—"Vade retro, Satanás, que de aquí nada tendrás".

—Eso mero —Góngora quiso ceñirme con su mirada más turbia y sólo abrió los ojos—. Eso dice en voz alta. ¿A qué se refiere?

—Mi buen señor Góngora: a que nuestro enemigo común se llama don Celestino Holguín.

—Su suegro —dice Góngora con una inconsecuencia que le ha de haber contagiado Priscila. —¿Qué tal?

—Pero no el suyo —interrumpo la ensoñación de Góngora.

—A ver, a ver —se inclina mi tocayo y yo, como quien no quiere la cosa, le enciendo un fósforo en la cara.

PS3: Abelardo me deja un recado. Comida mañana a las catorce treinta en Bellinghausen.

34

Me pregunto, en medio de esta creciente tensión entre la verdad y la mentira, entre la comedia y el drama, si lo que hago se está convirtiendo en lo que *debo* hacer y esto en una defensa de las familias, los alimentos, los techos y las posesiones sobre los cuales y para los cuales yo he hecho —me doy cuenta— *mi fortuna*.

Porque ése no es un don personal ni algo sin atributos. Veo lo que está pasando. La presencia física de Adán Góngora es la prueba de lo que ocurre y me pone a mí en el brete de frustrar al personaje.

¿Cómo?

Quizás haciendo lo contrario de lo que él hace.

Y esto me repugna. Me doy cuenta de que para vencer a Góngora tengo que engañar a Góngora, primero, con razones tan pueriles como las que acabo de dar. Pero la segunda, con actos tan brutales que el propio Góngora no los pueda superar, ni siquiera igualar.

El nuestro es un país de fortunas recientes. Quizás en la época colonial el clero y los hacendados se repartieron el pastel a cambio de proveernos la mesa. Pero a partir de la Independencia, la mesa perdió las patas. Sin el amparo de la Corona española, la nueva república se convirtió en un Rosario de Amozoc, un *Donnybrook*, un *chienlit*, un burdel y o para decirlo en argentino, un *quilombo*, una orquesta sin más música que el reiterado compás de la pata de palo del dictador Santa Anna. Juárez y los liberales derrotaron al orden conservador, al imperio de Maximiliano y a la ocupación francesa. Desde entonces, México lucha por conciliar el orden y el movimiento, las instituciones y el ascenso. Me digo y mendigo (me digo mendigo) los millonarios de mi infancia eran más bien pobretones frente a los millonarios de hoy, pero éstos conviven con una sociedad muy diversa, muy grande, más de cien millones de habitantes luchando por ascender y ocupar su lugar bajo el sol, por las buenas y por las malas.

Soy abogado e inversionista. Conozco a toda una clase de doctores, juristas, arquitectos, profesores, científicos, periodistas, empresarios y hasta uno que otro político que honran al país. Pero también sé de los eternos ritos de la corrupción nacional que suben y bajan de lo más alto a lo más bajo, del águila a la serpiente, del león al coyote. La mordida grande o chica es la moneda de cambio en este trasiego de influencias, guiños y ofertas "que no se pueden rehusar". Del soborno al policía al soborno del ministro. A aquél, para que no te lleve al tambo. A éste, para que no lo lleves al tambo. ¡Ah qué caray!

No: lo malo, lo perverso, lo terrible es la nueva clase criminal que va usurpando poderes poquito a poco, primero en la frontera, luego en el interior, el policía iletrado primero, el político ilustrado enseguida, todo sin intermediación personal: ¿de dónde salen estos nuevos criminales? No son campesinos, ni obreros, ni clase media. Pertenecen a una clase aparte: la clase criminal, nacida, como Venus, de la espuma del mar, de la espuma de una cerveza caliente derramada en una cantina de mala muerte. Son los hijos del cometa. Corrompen, seducen, chantajean, amenazan y acaban por adueñarse de un municipio, de un Estado de la Federación, un día del país entero...

Lo malo, a veces, es que para asegurar lo bueno hay que acudir a lo peor.

Y eso me toca ahora a mí.

Me encuentro, damas y caballeros, entre la necesidad y la exigencia. Hay distingos. Lo necesario se puede aplazar. Lo exigente, no. Para mí, es necesaria una sociedad mejor; más justa. Para lograrlo, la exigencia me dicta una acción brutal, que separe y anule la de Adán Góngora.

El hombrecillo del tufo me da, sin proponérselo, la ocasión. En el fondo de mi mente había ya una advertencia: Góngora es muy listo. Y puede *pasarse* de listo.

Se pasó.

El plan maestro del otro Adán (Góngora *that is*) consiste en ir ocupando los espacios políticos vacíos o abandonados por los gobiernos locales. Él los ocupa con rapidez empleando a la fuerza pública. Cuando los gobiernos se inmovilizan a causa del crimen, el tráfico de armas y estupefacientes o la pura y simple ausencia de autoridad, Góngora manda a gente armada a patrullar los edificios públicos, pone ametralladoras en las azoteas y se propone —lo temo— disolver el Congreso, mandar al paredón a los inocentes y a los delincuentes menores, liberar a los más peligrosos y formar con ellos un ejército, por qué no decirlo, fascista.

¿Es esta la respuesta a los males que aquí señalo? ¿Delirio o razón? ¿Adivino o preveo?

¿Cuánto sé de verdad y cuánto imagino apenas? Digamos que lo visto y lo previsto se reparten la verdad. Sólo que Góngora, ávido de poder pero de poder *calificado*, se me va por las ramas de un templo floral más barroco que Tonantzintla y pone en práctica un crimen que, de una santa vez, mata a dos pájaros de un solo escopetazo.

Aquí es donde le falla la inteligencia, obnubilado por el amor.

Después de hablar conmigo, cree haber descubierto mi lado flaco. Cree que odio a mi suegro don Celes el Rey del Bizcocho. Sólo el suegro se interpone entre Góngora y Priscila unidos y entre Priscila y yo separados. Don Celes no quiere saber de divorcios, "vade retro" etcétera.

Por todo ello, Góngora se dispone eliminar a don Celes para darnos gusto a él y a mí.

Sólo que no hay crimen perfecto. Góngora no lo sabe. Yo sí. Es la diferencia entre un hombre culto (yo mero, con perdón de ustedes) y un bruto ignorante como Góngora (un burro que toca la flauta dirigiendo a una orquesta).

He aquí el plan criminal.

Góngora ordena a su esbirro el Viborón, recién liberado de la cárcel gracias a la intervención de Góngora, matar a don Celes cuando éste, despreocupado y goloso, haga su ronda semanal de las pastelerías de su propiedad. Sólo que el Viborón, en vez de matar a don Celes, mata a un panadero anónimo que hace la misma ronda que el patrón y al darse cuenta de su error, el Viborón le miente a Góngora inventando que ya cumplió matando a don Celes y que ahora Góngora le cumpla y lo libere *for good*, para siempre, de la cárcel negra de San Juan de Aragón.

Don Góngora se presenta vestido de negro a la casa de Lomas Virreyes para darle el pésame a su presunta novia mi esposa Priscila. Se asombra de la falta de crespones en la entrada del católico domicilio y casi se cae de apoplejía cuando quien le abre la puerta es el mismísimo don Celestino Holguín, vivito, coleando y con cara de pocos amigos.

—Pásele, jenízaro —le dice sin mucha cortesía al perplejo Adán Góngora—. Ándele, que el té se enfría y no se tropiece con los tapetes. Son persas de deveras.

Acudo a la comida con Abelardo Holguín en el Bellinghausen. Él ha reservado una mesa para cuatro que sólo ocuparemos él y yo en el lugar elevado del restorán, donde podemos ver y ser vistos pero no escuchar ni ser escuchados. (El dueño se resiste a dividir el restorán en cubículos apropiados a la clientela de fumanchúes.)

Hay algo nuevo en Abelardo. Algo flamante, se diría. Él siempre fue un chico elegante. Ahora, la elegancia le relumbra. Esto me choca. No es lo propio de él. Su discreción en casa de don Celes parece disminuida y suplantada por una suerte de brillo extraño. Supongo que trabajar en la televisión propicia estas fachas y lo paso por alto. Pero enseguida recuerdo que cuando llamé a la compañía, me aseguraron que él ya no trabajaba allí.

—¿Cambiaste de chamba? —le pregunto sin mucho preámbulo.

—No —sonríe—. La chamba me cambió a mí.

Hago cara de "cuéntame".

Él se lanza a una larga disquisición que en cierto modo da amplitud a su capacidad de discurso literario. He conocido a jóvenes escritores que deambulan perdidos haciendo pininos sin mucho éxito, hasta que un día se dan cuenta de que la literatura no es su boleto, aunque la retórica literaria les da alas para volar a otros nidos menos exigentes aunque más provechosos.

La disquisición de Abelardo tiene que ver con el estado de la República, tema que conozco y ustedes también si han leído estas páginas. Andamos sin rumbo. Hemos perdido la fe en todo. El gobierno no da pie con bola.

Los partidos se pelean entre sí y no proponen nada. Los parlamentos son lugares para dormir la siesta, asaltar tribunas y desplegar mantas. Los gobiernos estatales están, muchos de ellos, controlados por el narco o sometidos a la fuerza armada de Adán Góngora. El turismo ya no viene, espantado. El precio del petróleo se cae. La frontera: los migrantes ya no emigran y en México no hay una oferta de trabajo indispensable aunque todo requiere construcción o reconstrucción: carreteras, puertos, embalses, desarrollo del trópico, una nueva agricultura, renovación urbana...

Yo me limito a asentir. Él va más lejos, respondiendo a la eterna pregunta social: ¿qué hacer?

Yo estoy a punto de responder, caso por caso, industria, comercio, etcétera.

Él me interrumpe con cierta inocencia, con un gramo de desdén.

—Programas y más programas, Adán. Los conocemos todos. Todo se queda a medias. Buenos propósitos frustrados por la abulia, la avaricia, el desdén. Si ya tengo lo mío, ¿para qué preocuparme de los demás...? Así piensa mi padre, no me digas que no.

Me mira medio feo.

—¿Y tú, Adán?

Le contesto que yo soy un abogado y hombre de negocios que crea riqueza y da empleo, ahorro y pensión, yo...

Vuelve a interrumpirme: —¿Y el alma, Adán? ¿El espíritu de este país?

De plano, no sé bien cómo contestarle. Ya dije lo mío. Yo creo en la inversión, el trabajo, el progreso, ¿qué...?

—¿Y el alma? —insiste Abelardo—. ¿Qué será de nuestra alma?

La respuesta es grave y no puede ser inmediata. La aplazo. El alma... Vaya... Ya habrá tiempo... La eternidad, ¿no?

En cambio, la situación en mi casa se ha vuelto inaplazable.

Se trata de Priscila, la hermana de Abelardo, la hija de don Celestino, la amante (¿casta?) de Góngora, mi esposa ante Dios y ante los hombres.

Me doy cuenta de que, metido en el enigma, que aquí he descrito, no he visto a solas a mi mujer, demasiado cortejada por Góngora y ausente de mis preocupaciones. Supongo que así seguirán las cosas, hasta su natural conclusión. Sólo que Priscila se me enfrenta esta tarde con actitud salerosa.

—¿Te asombra que ame a un hombre feo?

—No —le respondo con tranquilidad—. Los feos suelen tener más suerte que los guapos, a pesar de las apariencias.

—La rumba es más sabrosa que el son —continúa la inconsecuente mujer.

—¿Qué dices? Sé más coherente, por el…

—Que quiero a un hombre feo, sucio. Que estoy harta de tu pulcritud. Todo en ti es limpio, lavadito, en Jalisco se quiere a la buena, sufragio efectivo…

— —Allá tú —trato de dar por concluido este teatro del absurdo.

—¡Soy la triunfadora! ¡Voy por la vereda tropical!

—Eres una pobre pendeja —se me sale decirle.

—¡Vuelvo a ser la Reina de la Primavera! ¡Cantinflas!

—Pues como dice la canción, las hojas muertas se reúnen en el olvido…

—Ya no puedes conmigo —Priscila se expande como un pavo real—. Porque no puedes con tu rival, allá en el rancho grande, allá donde vivía…

—¿Te das cuenta de que Góngora nada más te utiliza?

—Me ama. Me dice que quisiera que yo fuera la piñata de su cumpleaños.

—Para romperte a palos.

—No, para llenarme de dulcecitos.

—Y darte caña.

—Estoy en el puente de mi carabela y llevo mi alma prendida al timón. Los marcianos llegaron ya... me ama.

—Te ama para tratar de hundirme a mí y asesinar a tu padre. Despierta, mi bien, despierta: mira que ya amaneció.

Hay una tensión eléctrica entre ella y yo a medida que nos vamos acercando y ella no sabe si echarse para atrás o mantenerse firme ante mí y por eso sale canturreando el Himno Nacional...

—Te seduce para sacarte secretos, te manipula y te aventará como un pañuelo sucio a la...

—¡Envidioso! ¡Camino de Guanajuato!

—¿De qué, tú?

—El feo es más galán. El feo es más poderoso. El feo me ama.

—¿Y tú?

—En mis divinos ojos de jade adivinas que estoy enamorada.

¿Qué puedo contestarle?

¿Puedo revelarle que Góngora intenta asesinar a don Celestino Holguín? ¿Puedo decirle que el muy bruto fracasó en el intento y en vez se despachó a un pobre vendedor de pasteles que hacía la misma ruta que don Celes?

No lo hago porque sé que ella no me creería.

No lo hago porque sé que don Celes no le permitiría el divorcio.

No lo hago porque se me ocurre que, habiendo fracasado una vez en su intento de matar a don Celes para casarse con Priscila, la segunda ocasión el pequeño hediondo no fracasará.

Debo apresurarme.

Los hechos se precipitan y temo que todo llegue a una conclusión desastrosa. El indicio me lo da nuestro jardinero, Xocoyotzín Pereda, a quien hallo lloriqueando inconsolable mientras cumple —porque él es muy cumplido— sus tareas detrás de un cortador de césped que se pierde desde la altura de la mansión de mi suegro a una barranca estrangulada por el puro olvido de que bajo nuestros pies crece la yerba y yacen los muertos…

—¡Qué le pasa, don Xocoyotzín! —le pongo la mano sobre el hombro y toco la antigüedad.

—Nada don Adán, nada —responde con una cara de habitual tristeza a lo que ahora se añade otra, novedosa melancolía.

—Ande, cuénteme.

—El Xocoyotito —gime—. El Xocoyotito.

—¿Su nieto? —pregunto con conocimiento de causa.

—No es cierto, señor.

—¿Cómo? ¿Su nieto no es su nieto?

—No, digo sí, era mi nieto… Era mi nieto —llora.

—Xocoyotzín, serénese. ¿Qué pasa?

No se detiene. Mueve el cortador de un lado a otro y me obliga a seguirlo.

Me cuenta: lo citaron a reconocer el cadáver de su nieto Xocoyoncito Pereda Ramos en las afueras del penal de Aragón. Había unos veinte cadáveres expuestos, para que los recogieran los deudos. Cada muerto, con una tarjetita de identificación amarrada al dedo gordo del pie izquierdo.

—¿El pie izquierdo?

—Toditos, patrón. Allí estaba mi nieto el Xocoyoncito sin más nada que un calzón.

—¿No le explicaron nada?

—Sí: que eran guerrilleros del narco capturados y matados en Michoacán y devueltos a sus familiares aquí en México.

—¿Qué hacía su nieto en Michoacán?

—Ay señor, Xocoyoncito nunca estuvo en Michoacán…

—¿Entonces…?

—Estuvo conmigo en la piñata de su hermanita el día que dicen que estaba en Michoacán.

—¿Entonces?

—Puras mentiras, don Adán. A mi nieto le colgaron una culpa que no es suya. Ni estuvo en Michoacán ni era guerrillero, ¡era reparador de muebles rotos, todo el día en su taller!

Recuerdo que en Colombia se dio el caso de los llamados "falsos positivos", o sea ejecuciones extrajudiciales de jóvenes presentados como guerrilleros con el propósito, mortalmente estadístico, de demostrar que la fuerza pública actuaba con eficacia contra la guerrilla. Cuando no se capturaban guerrilleros, se improvisaban cadáveres de jóvenes inocentes y se presentaban como "guerrilleros" —como eran jóvenes muy humildes, se los devolvían a sus familias. ¿Quién iba a protestar? ¿Quién iba a demandar? Mi jardinero tampoco.

—Con que me devuelvan a mi muerto me basta, don Adán.

No sé si tuve una revelación o si, simplemente, se juntaron las fichas del tablero para aclararme que Góngora necesitaba justificar su puesto con una suma de cadáveres, así fuesen de muchachos inocentes. Si a esto añadía yo —mi mente ahora supersónica— el castigo a gente de clase media inocente y a los paganos de siempre —payasos, putas y putos, cantantes callejeros, etcétera, así como raterillos menores, vagos y mendigos—, llegué a la conclusión de que aunque Góngora encarcelara a gente terrible como los hombres de San Juan de Aragón y las mujeres de Santa Catita, en realidad nada hacía para combatir en profundidad el crimen: daba la impresión, escogía a víctimas "selectas", le daba gusto a la opinión pública y dejaba intactas a las organizaciones criminales, a sus jefes y a sus…

Se me iluminó el coco y entendí lo que a mí me tocaba hacer para derrotar a Góngora.

Y ese algo era tanto o más perverso que cualquier acto atribuible a Góngora.

Sólo que yo actuaba en nombre de la justicia.

36

Es difícil que mi cuñado Abelardo Holguín me niegue un favor. Aplazamos la conversación que terminó con la pregunta, ¿y el alma? pero prometió reiniciarse con la respuesta, el alma…

Digo que Abelardo no puede cerrarme la puerta, no sé si porque siempre contó con una sola amistad —la mía— en la casa hostil de su padre o si porque le he seguido en todos sus pasos desde que se fue de la cárcel familiar de Lomas Virreyes, intentó suerte literaria y no la obtuvo, se presentó con don Rodrigo Pola y se inició como telenovelista y ahora…

Me citó en un restorán y me habló del alma. Yo le hablé a la televisora y me dijeron, "ya no trabaja aquí".

Tuve la buena idea de regalarle un Palm Pre último modelo cuando se fue del hogar, para no perder el contacto con el único miembro lúcido de esa familia de tarados. El Palm Pre es un *smartphone* o teléfono listo preparado por casi trescientos ingenieros para ganarle la partida a la competencia celular. Y lo logró. La ventaja es que aún no llega a México, lo cual me ofrece una capacidad secreta de comunicación sin interferencias oficiales o extraoficiales. Decido compartir mi Palm Pre con Abelardo. No mido las consecuencias.

—Te llamo para concertar una cita. Creo que debemos hablar tú y yo.

—Tú y yo y ella —me responde.

—Y ella —acepto sin más, no me agradan más misterios que los míos—. ¿En dónde?

—El Zoológico de Chapultepec.

Desde niño no regreso al zoo de la ciudad y sin embargo paso al lado todos los días en mi trayecto entre la casa de Virreyes y la oficina de Reforma. Tan lejos, que no me llegan esos olores hondos y concentrados de animal que ahora me reciben al entrar al espacio vegetal del bosque.

Olvidaba el olor pungente, olor de olores, del zoológico metropolitano. Me doy cuenta de que es el aroma combinado de todos los animales que aquí habitan lado a lado pero separados del público por rejas, barrotes y fosas y de otros animales por fronteras igualmente insuperables. Sé muy bien que hay animales que atacan a otros animales tanto por instinto como por necesidad: los grandes se comen a los chicos. Y los grandes —gorilas, osos, leones, tigres— conviven entre sí. Pero nos atacarían a nosotros, que no somos chicos, sino diferentes, bípedos, dizque racionales, parlantes en todo caso. Si nos viesen.

Porque, sobre todo, somos mirones. Venimos al zoo y los vemos. Les tiramos cacahuates a algunos. Les hacemos caras a otros. Imitamos rugidos. Nos rascamos con alegría como los monos. Agitamos los brazos como si fueran alas de pájaro, y nos damos cuenta de que sólo nosotros miramos a las aves y bestias. Ellos no. Nunca nos miran. Les somos indiferentes. Y eso que somos sus carceleros. El tigre se mueve con ligereza. Hace que el aire tiemble. Anda por la celda como si no hubiese nadie vivo a su paso.

El caso es que frente a la gran jaula de los tigres me espera la pareja.

A Abelardo lo reconozco.

A la mujer que lo acompaña, no.

Ella me da la espalda, absorta en la contemplación del tigre. Abelardo me tiende la mano. La mujer se voltea a mirarme. Yo no la puedo ver a ella. Un espeso velo le cubre las facciones. Un velo impenetrable; no deja ver nada y su voz deberá traspasar una cortina para llegar hasta mí y darme, a la manera provinciana, su nombre y su gracia.

—Sagrario Guadalupe, a sus órdenes.

¿Sagrario Guadalupe o Guadalupe Sagrario? ¿A qué obedece la costumbre, tan extendida, de dar el apellido antes del nombre de pila? ¿O al revés, confundiendo el orden alfabético y los libros de teléfonos?

Sagrario Guadalupe. Guadalupe Sagrario.

Toda de negro. No sólo el velo. Lo primero que llama la atención sería un ropón monacal o, más bien dicho, monjil, o mejor dicho, sí, monacal, medias negras, zapatos negros sin tacón. Sólo las manos, sin guantes, la delatan. Son manos de mujer vieja. Manos huesudas, de venas muy azules y resaltadas, dedos artríticos que toman mi mano sólo para retirar la suya, como si temiese que en ese contacto se delatara todo lo que lo demás oculta.

Miramos a los animales. Hay más de tres mil en el Zoológico de Chapultepec. Una ciudad aparte.

37

NOTICIERO FINAL

Continúa la discusión pública acerca de los cometas. El científico Vizarrón nos proporciona datos sobre la historia del fenómeno remontándose a Aristóteles, quien por primera vez se refiere a ello, calificándolo de "expectativa llameante". Ignoramos si la palabra precisa no es "expectativa" sino "esperanza", como reclama el sacerdote Güemes insistiendo en darle una connotación espiritual a la ocurrencia física.

El doctor Vizarrón detalla la historia científica de los cometas a partir del Estagirita, pero el sacerdote lo interrumpe señalando que las repetidas apariciones del cometa son señales de la Divinidad, enojada por algún motivo terrenal que frustra el proyecto divino. ¿Qué tiene que ver el proyecto divino, responde el hombre de ciencia, con la previa explicación de Newton: el cometa no es más que una manifestación física común y corriente que llamamos "atracción gravitacional"? ¿Cada cuándo aparece un cometa?, pregunta entonces el hombre de Dios. Cada setenta y cinco años. ¿El mismo cometa?, ¿y no es eso prueba de un plan celestial?, usted lo ha dicho, concluye el hombre de ciencia: un plan celestial, no un plan divino. ¿No es lo mismo?, trata el sacerdote de tener la palabra final.

La policía del Estado de Texas en USA está deteniendo y robando a los trabajadores migratorios que regresan a México con sus dolaritos bien ganados o que acuden a depositarlos en cuentas bancarias. A lo largo de las rutas, guardias de la policía detienen a los migrantes y los acusan de trabajar en la ilegalidad. Si el obrero pide ser llevado a la comisaría local para probar a) que tiene permiso de trabajo o b) que va de regreso a México y no piensa volver o c) que le reclamen al patrón y a él lo dejen en paz y en todos los casos d) los policías pasan por alto las razones, pretenden no entender, no hablar español, y en última instancia ofrecer f) —Escoge. Tu dinero o la cárcel. —No soy ilegal. —Pues lo pareces. —Tengo todo en orden. —Te delata la apariencia y aquí las apariencias cuentan. *Pay up*!

Las autoridades del estado de Guerrero dan cuenta de la detención del turista austriaco Leonardo Kakabsa o Cacasa, acusado de asesinar a la joven Sofía Gálvez, sexoservidora en la ciudad colonial de Taxco. El citado Leonardo ya había sido detenido hace una semana, acusado de asesinar a otra sexoservidora taxqueña de nombre Sofía Derbez, alias "La Pinta". Confrontado con los hechos relativos a la muerte de la llamada "La Pinta", el juez decidió que condenar a un hombre joven y guapo como Leonardo por matar a una prostituta sólo lograría darle mala fama a Taxco y ahuyentar el turismo. Liberado, el ciudadano austriaco Kakabsa pronto incurrió en el segundo crimen ya señalado. Detenido de nuevo, declaró que las aludidas sexoservidoras, una vez que prestaron sus servicios se reían de él y de su nombre, haciendo indecentes juegos de palabras. Sin embargo, Kakabsa o Cacasa dijo que no fue esto lo que motivó su criminal acción, sino la insistencia de ambas prostitutas en llamarlo "El Alemán", siendo Leonardo de nacionalidad austriaca. Esta vez, el magistrado local no tuvo más remedio que condenarlo, lamentándose del daño que esta decisión acarrearía al turismo taxqueño. "¿Qué es más importante?", inquirió el magistrado, "¿castigar a un criminal o desanimar al turismo, principal fuente de ingresos de Taxco?". La respuesta se la dio el propio Leonardo o Leonard Kakabsa o Cacasa, al declarar que asesinar prostitutas era en él un hábito desde la adolescencia, impulsado por un sentimiento de asco y de justicia irreprimibles. "He matado y seguiré matando", declaró el inclasificable sujeto al ser entregado a las autoridades de su país en cumplimiento de los tratados de extradición entre México y Austria.

Nota vecina: Al llegar a Viena, el mencionado Kakabsa o Cacasa pidió la gracia de ser llevado a la cripta de la Iglesia de los Capuchinos de la capital austriaca para hincarse ante la tumba de Maximiliano de Habsburgo, emperador de México en el siglo XIX, vecino de la tumba de L'Aiglon, duque de Reichstadt e hijo de Napoleón y María Luisa de Austria, hijo —Maximiliano— de los emperadores Fernando y Sofía y descendiente de una línea hereditaria (e incestuosa) de habsburgos españoles y austriacos, borbones napolitanos y wittelsbachs bávaros. Cuestionado al respecto, Kakabsa o Cacasa explicó que sus actos en México eran sólo una forma de venganza contra el fusilamiento de Maximiliano por los salvajes mexicanos. Las autoridades vienesas, examinando el expediente del sujeto, encontraron dos casos más de crímenes no resueltos, ambos referidos a sexoservidoras llamadas "Sofía". Investigaciones inmediatas revelan que la madre de Leonardo también se llamaba "Sofía". Leonardo o Leonard está siendo vigilado por psiquiatras renombrados (aunque el público los llame Wichtimacher y Besserwisser, El Importante y El Sabelotodo) en el reclusorio de la Wahringerstrasse.

Nota posterior: En la heladería bonaerense ubicada en Las Heras, casi esquina con Anchorena.

Tomás Eloy Martínez habla del asunto Kakabsa o Cacasa como tema de una novela, Sergio Ramírez, escritor nicaragüense, rompe la habitual austeridad de su gesto con una inesperada, amplia y gozosa sonrisa. Kakabsa no es Cacasa, es Sacasa, sonríe. Y cuenta que en Nicaragua vivía un mitómano enloquecido por el incesto que los apellidos imponen a unos cuantos ciudadanos —¿por qué tanto Chamorro, Coronel, Debayle?

No es consanguinidad, explica Sergio, es que en Nicaragua los apellidos son lo que los nombres de los santos en otras partes: dan fe de la existencia, son fe de bautizo. Por eso es imposible saber si Sacasa era de "los Sacasa" o un mitómano oriundo de El Bluff que usurpó primero un nombre de la "aristocracia" nica para disfrazar sus innumerables pillerías, como fueron:

Escribir falsos manuscritos del poeta Rubén Darío y luego quemarlos en público, desafiando la cólera colectiva de un público que ve en Darío la razón de ser de Nicaragua: país pobre, poeta rico. Fue encarcelado por desacato y liberado al poco tiempo.

Exigir que a los dictadores nicaragüenses les marcaran las nalgas con hierro —una D gótica— con doble propósito: para ellos, signo de distinción; para el público, letra de identificación. Somoza le dio a Sacasa una sopa de su propio chocolate o más bien un cacao indeleble: le mandó marcar las posaderas con una I de Imbécil que Sacasa anunció como una I de Imperio. A saber…

Distribuyó misales a los niños con páginas de la revista *Playboy* intercaladas, provocando rígidas risillas relajientas a la hora de los oficios. Los misales fueron confiscados por los sacerdotes, quienes los guardaron celosamente entre sus sotanas para verlos de vez en cuando. Sacasa se ufanó de pervertir, no a los niños y su sana curiosidad, sino a los curas y su insana represión. Él quería ser conocido —apuntó Ramírez— como Sacasa El Libertador.

Entonces, intervino Tomás Eloy, tu Sacasa es nuestro Sikasky, un astuto criminal porteño cuya treta consistía en quedarse en el lugar del crimen, mudo y con mirada serena, pasando por simple observador del asesinato que él cometía y que la policía no le atribuía porque jamás huía, siempre estaba allí. La dictadura militar, en su momento, lo empleó como el asesino ideal: mataba pero se quedaba. Al cabo, la víctima era acusada del crimen y Sikasky ascendía en el escalafón, muy a su pesar, pues su técnica era ser el criminal presente, visible y por lo tanto no culpable.

Pero se salvó. Lo he visto cenando aquí en Vicente López.

—Claro. Denunció a los criminales del régimen militar. Fue muy efectivo. Dio pelos y señales. Mandó a la cárcel a sus propios jefes.

—Y ahora, Tomás Eloy.

—Mira con gran melancolía desde su mesa de frente al cementerio de la Recoleta y se lamenta de que ninguna de sus víctimas esté allí, entre tumbas oligárquicas construidas sobre vacas y cereales, sino en el panteón de La Chacarita...

—Donde yacen Carlos Gardel y Eva Perón.

—Sikasky no soporta la competencia.

—Dime, Tomás Eloy, ¿tu Sikasky es mi Sacasa?

—Dime, Sergio, ¿tu Sacasa nica es el Kakabsa vienés?

—Dime, Tomás Eloy, ¿el Kakabsa vienés es el Cacasa asesino de putas mexicanas?

—Dime, Sergio, ¿en la literatura puedes comprobar una identidad como en el cine: ese señor que dice ser Domingo Sarmiento es en realidad el actor Enrique Muriño?

—No: Raskolnikov puede ser Peter Lorre o Pierre Blanchar, pero ni Lorre ni Blanchar pueden ser Raskolnikov. Ellos son imagen. Raskolnikov es palabra, sílaba, nombre, literatura...

—¿*Imaginamos* la literatura y sólo *vemos al cine*?

—No: a la literatura le damos la imagen que deseamos.

—¿Y al cine no?

—Sólo al apagar las luces y cerrar los ojos.

—Un helado de dulce de leche.

—En Argentina no se dice "cajeta".

—"Max, cajeta", pedía la Emperatriz Carlota en su chifladura, recordando al mismo tiempo a su marido (al que siempre creyó vivo) y al dulce mexicano (que nadie tuvo la caridad de acercarle).

—Y todo esto, ¿qué tiene que ver con la novela *Adán en Edén* que estás leyendo?

—Todo y nada. Misterios asociativos de la lectura.

—¿Necesidad de aplazar los desenlaces?

—No hay desenlace. Hay lectura. El lector es el desenlace.

—¿El lector recrea o inventa la novela?

—Una novela interesante se le escapa de las manos al escritor. Más bien…

—¿En qué parte de la novela vas?

—¿De *Adán en Edén*? En la parte donde Adán Gorozpe y su cuñado Abelardo Holguín se echan *toritos* sobre el boxeo.

—¿Qué dicen?

—Te leo:

"—¿Quiénes reglamentaron las peleas de box?

"—Jack Broughton en 1747 más o menos, y el marqués de Queensberry en 1867…

" — ¿Quién fue el primer boxeador profesional?

"—Un judío inglés llamado Daniel Mendoza. Todavía no usaban guantes.

"—¿Quién usó guantes por primera vez?

"—El ya mencionado Jack Broughton. Pero quien popularizó el guante fue Jean Mace, pugilista inglés.

"—En cambio, John L. Sullivan prefería pelear a puño limpio.

"—Socialmente, ¿para qué sirve el box?

"—Para ascender. De ignorante irlandés o de barrio italoamericano o de esclavo negro…

"—Joe Louis, campeón de 1937 a 1949.

"—Terminó de portero, sin un centavo pero con orejas de coliflor.

"—¿Podemos desviar el ascenso social del crimen al boxeo, cuñado?

"—Pasando por la guerrilla: el campeón filipino de box en 1923 se llamaba Pancho Villa.

"—1923: el mismo año en que fue asesinado nuestro Pancho Villa.

"—No te hagas ilusiones, cuñado. Cuando peleas sin guantes, no debes mover los pies."

Ele me llama. Hay desesperación en su voz, no entiendo. Acudo presuroso. Mis colaboradores me miran (o no, quién sabe) detrás de sus gafas negras. El chofer me deja en Bellinghausen, Londres casi esquina con Insurgentes. Mi bebedero habitual. Nadie sospecha. Regulo mi paso de Londres a Oslo. No debo aparecer apresurado. Tampoco un paciente distraído. Espero no ser reconocido; no ser detenido.

Llego a la puerta de entrada del apartamento de Ele. Saco la llave. No hace falta. El zaguán esta abierto. Subo la escalera de piedra al segundo piso, al lugar donde vive Ele.

Pasa lo mismo: la puerta abierta de par en par.

No necesito entrar para adivinar, desde el rabo del ojo, la confusión.

Nada está en su lugar. Lámparas arrojadas al piso. Tapetes enrollados de mala manera. Sillas volteadas. Sillones manchados con un líquido turbio y maloliente. La vajilla destrozada. La pantalla de tv con un gran vacío suplementario. Las paredes así como rasguñadas.

Y desde la recámara un sollozo desvalido, tierno, abrupto, intermitente.

Corro a abrazar a Ele. Se encuentra en bata. Entreabierta. Se sienta al borde de la cama, llorando. Abrazo a Ele.

Entraron rompiendo la puerta, armados, no sé con qué armas, no sé de eso, pero eran armas de muerte, armas amenazantes, yo me escondí en el baño temblando de miedo, pero ellos no querían nada conmigo, salvo gri-

tarme a través de la puerta mientras voltearon y destruye-
ron todo, no me hicieron daño, no me vieron te lo juro,
te lo juro, gritaron, dijeron que el gran daño te lo iban a
hacer a ti, que el mensaje era que no volvieras a tomarles
el pelo, que no anduvieras matando a los vivos, que te cui-
daras porque lo importante no era que tu suegro viviese o
muriese, sino que tú fueras el muerto o el vivo, el *vivales*,
así dijeron, que no te pasaras de listo, Adán, que no los
andes golpeando debajo del cinturón, que te olvides de tu
suegro y te ocupes de ti mismo, que tú eres la próxima víctima, no tu suegro, que te cuides, este es sólo un aviso;
aquí le dimos una entradita a tu culito santo, es nomás un
aviso, primera llamada, primera llamada…

Abracé a Ele y los dos entendimos que, pasara lo
que pasara, nosotros seguiríamos unidos. El distancia-
miento de las últimas semanas se convirtió en una pausa,
un intermedio necesario para refrescar y fortalecer la relación entre los dos. ¿Le debíamos este favor a la brutalidad
policiaca de Góngora; habernos reunido? Abracé a Ele
pensando velozmente, a) Góngora estaba fuera de sí porque no mató a don Celes y por lo tanto no pudo obtener
a su adorada Priscila por vía de la orfandad; b) sólo sin el
catolicismo dogmático de don Celes, Priscila se divorcia-
ría de mí; c) sólo divorciada de mí se unirá a un destino
peor que la muerte: la vida matrimonial con el horrendo
Adán Góngora; d) el asesinato del Rey del Bizcocho se
frustró por error de identidades; e) el culpable de la equivocación fue el criminal liberado llamado el Viborón pero
registrado en lo civil como Gustavo Huerta Matthews;
f) el apellido materno "Matthews" era un disfraz añadido
del Viborón, pues su madre era una lavandera oaxaqueña
de apellido Mateos que, entrevistada, primero negó ser
madre del Viborón y enseguida se soltó llorando por la
perversidad de su hijo, consecuencia del abandono del
rancho por la capital; g) secuaces de Góngora han iniciado
una pesquisa nacional e internacional para encontrar al

fugitivo Viborón, pues Góngora jura que a él nadie lo traiciona y la equivocación equivale a la traición; h) la presidiaria apodada Chachachá, encerrada en la cárcel de Santa Catita, ha negado conocer el paradero de su amante el Viborón; i) lo anterior debe ser cierto, pues la llamada Chachachá fue sometida a rudas interrogaciones y no varió su canción: no sé, no sé, no sé y de postre chinguen a su madre; j) agotada la pista viborónica, Góngora regresó a la avenida Gorozpe; k) ya que don Celestino murió, ahorrando el camino al divorcio de Gorozpe y Priscila y al consiguiente himeneo de Priscila y Góngora, k_1) la muerte de Gorozpe asegurará la viudez de Priscila y su fatal unión con Góngora; l) en consecuencia, Gorozpe debe morir; m) pero antes debe sufrir; n) ¿cómo hacer que sufra Gorozpe?; o) averiguando qué hace fuera de sus horas de oficina, o_1) regresa al hogar, o_2) come en restoranes de la Zona Rosa y el centro, o_3) se pasea por las calles aledañas a Reforma; p) síganlo en esos paseos: ¿a dónde va?; q) a sus órdenes jefe: va en secreto a un apartamento situado en Oslo casi esquina con X; r) ¿quién vive allí? s) la persona que allí vive responde al nombre de "Ele"; s_1) "Ele" ¿qué?; s_2) "Ele" a secas; t) orden: entren al apartamento de Ele, rompan, siembren desorden, asusten, maltraten a Ele sin más; u) que Gorozpe lo entienda como un aviso oportuno.

—Que fue sólo un aviso —dijo Ele en mis brazos.

Me quedé callado.

Ele insistió: —¿Aviso de qué?

Yo dije: —Muy inoportuno.

Doble aviso, acabé explicándole después del amor. Aviso contra mi persona. Si no me divorcio de Priscila, me la convierten en viuda. ¡Jesús! Y a ti, te matan antes para hacerme sufrir más. ¡María y José!

Y allí no termina el asunto. Aparte de las minucias de la vida privada, Góngora se deshace de un hombre cuyo poder le fastidia, un hombre —yo— al cual Gón-

gora le ha hecho confidencias, proponiéndole sucios juegos de poder. Un hombre —yo— que se ha dado cuenta
(con la insustituible ayuda del jardinero Xocoyotzín) de
que Góngora falsea las estadísticas de la muerte con su cosecha propia de jóvenes inocentes a los cuales manda asesinar antes de presentarlos como presuntos guerrilleros.
Un hombre —el de la voz— enterado de que Góngora
encarcela inocentes y a veces a uno que otro culpable, exhibe a estos y a aquellos y se gana a la opinión como ga-
rante de la justicia, en tanto que entamba a clasemedieros
con dificultades hipotecarias y a uno que otro millonetas
para darle sabor al caldo y adormecer a la opinión.

—¡Es un genio!

—Pero tú lo eres más, mi amor.

—¿Qué me recomiendas?

—Óyeme. Y no creas que hablo desde la herida
abierta.

—Lo más importante, Ele: ¿te vieron?

—No. Me escondí en el baño. Me gritaron.

—¿Les gritaste?

—Cómo se te ocurre. Me amenazaron. No me vieron. No saben tu secreto.

—Y sólo tú, mi amor, el mío.

—Nadie más te ha visto desnudo, ¿no?

—Sí. Pero hace mucho tiempo y la puta ha muerto.

39

Camino del Zoológico a la dirección donde me conducen Abelardo Holguín y la dama velada que dijo llamarse "Sagrario Guadalupe, para servir a usted".

—¿A dónde vamos?

—A mi casa —dice la mujer enlutada de pies a cabeza.

—¿Está lejos? —pregunto, temeroso de exhibirme en público en las circunstancias que he descrito.

—No, aquí al ladito —murmura la misteriosa señora.

El misterio no es ella, sino la ruta que seguimos los tres.

—No se preocupe, don Adán. No saldremos del perímetro del bosque.

Y así es. La pareja me condujo hacia una espesa arboleda al sitio que reconocí como el "bosque de los ciegos".

—Cierre los ojos —casi ordenó Sagrario Guadalupe.

—Más bien, aspira los aromas —suavizó Abelardo.

Y sí, con los ojos cerrados olí ciprés y pasto, rosa y ahuehuete, que de repente se transformaron en musgo y sombra, humedad y vejez. Una puerta de sonoridad metálica se cerró detrás de nosotros. Avancé a ciegas hasta que Sagrario le ordenó a Abelardo, quítale la venda.

Abrí los ojos en un aposento pétreo. Todo ahí era duro, impenetrable, como un gran calabozo secreto en medio de la centralidad del D.F. y de mi bosque emblemático. No habíamos caminado mucho. No podíamos estar lejos del zoológico, ni del castillo mismo. Sólo que aquí la sensación de "bosque" y "castillo", desaparecía como aplastada por una masa de metal. Sólo podíamos estar —aventuro, aventurero— en una cueva dentro del bosque, un sitio secreto en medio del parque más transitado de la ciudad.

Tanto Abelardo como Sagrario me detenían de los brazos, como si me fuese a caer, como si me rodeara un precipicio... Me zafé, enojado, de esta precaución inútil. No sabía *dónde* estaba. Sí sabía que *estaba*. Mi carácter no necesitaba apoyos. Donde quiera que me condujese la pareja, yo sabía mantenerme de pie, firme, blindado contra cualquier sorpresa. Muy macho.

Y qué sorpresa me esperaba.

El espacio delante de mí se iluminó y en su centro, elevado sobre una suerte de altarcito, apareció el niño descrito ya por Ele, el muchachito de diez, once años, con su batón blanco y su halo de rizos rubios. Un niño muy cortés —"Bienvenido, señor"—. Un niño que daba miedo. No sólo por su aparición súbita aquí mismo, en la *entraña* del Castillo de Chapultepec, sino por su perfecta simetría con la imagen pública fotografiada en la prensa y descrita por Ele. O sea, toda semblanza de "normalidad" fuera del púlpito público estaba vedada en el espacio secreto. El Niño era como lo dijo Ele, luminoso, y mirándome, como ya lo registró Ele, con autoridad y con amor, un gran amor mezclado con una gran autoridad —"y un granito de amenaza", como dijo Ele.

Me ubiqué y me atreví a preguntar, recordando a Ele pero imponiéndome a Sagrario: —¿Y las alas? ¿Quihubo con las alas?

El niño rió y me dio la espalda: no tenía alas. Sagrario gimió, se adelantó, le enganchó al niño las alas en la espalda, él se dejó hacer, Sagrario regresó a su sitio al lado de Abelardo y el niño dijo:

—No hace falta, madre. Yo sólo soy un niño de escuela, no un Dios.

—¿Qué quieres conmigo? —de nuevo me le adelanté a mis custodios, me impuse.

—Yo no doy órdenes, señor. Sólo soy un chamaco. Voy a la escuela. Pregúntele a mi madre. Ella sabe.

—Pero tú dices en público que obedeces una orden interna, una orden de tu corazón —recordé a Ele.

El niño se quitó la peluca de rizos rubios, revelando una cabellera negra e hirsuta.

—Yo sólo soy un niño de escuela —repitió desde la penumbra del fondo del castillo, que sólo él alumbraba—. No le tomo el pelo a nadie, señor.

—¿En público sí engañas, sí pretendes ser otro, un mensajero? —espeté urgido de retener al joven enviado ¿de qué?, de algo… ¿de Dios?

—Soy las dos gentes —dijo con gran sencillez—. Soy un niño de escuela. También soy un enviado de Dios a advertir…

—¿Qué adviertes? —traté de dominar la impaciencia de mi voz—. ¿Qué cosa?

—Se acerca la hora —dijo con gran dulzura.

—¿La hora de qué, chamaco?

—La hora del alma.

—¿Qué hora es esa?

—Ahora.

—¿Qué es el alma?

—¡No digas, no digas nada! —gritó Sagrario con una voz temerosa, ¿temerosa de qué?, ¿de que el niño dijese la verdad, de que dijese una mentira, o peor, una tontería?—. ¡No digas nada!

El niño prosiguió imperturbable.

—Hago lo que tengo que hacer.

—¿Quién te manda? —me volví insistente.

—Nadie.

—¿Por qué haces lo que haces?

—No tengo otra… —casi suspiró (casi) el niño y desapareció como vino: en silencio.

40

Mis contactos como abogado y empresario de la era global (mundial, internacional) me acercan a gobiernos y a compañías, pero también a fuerzas políticas y de seguridad. Tengo negocios en las dos Américas, en el Lejano Oriente y en ambas Europas. Y si empleo el adjetivo es porque, para mis propósitos prácticos, la unión de la Europa del Este con la Occidental aún no se consuma del todo. Piensen ustedes: la República Democrática Alemana existió de 1945 a 1988 como aliada externa y limítrofe de Moscú: allí, en la línea que va del Mar Báltico a Dresde, empezaba el Imperio Soviético y su avanzada —su islote— era Berlín, la antigua capital del Reich dividida en cuatro zonas (rusa, británica, francesa y norteamericana) al terminar la guerra caliente y en sólo dos (Oriental y Occidental) al congelarse la contienda. Sólo en 1988, al derrumbarse la hegemonía soviética, las dos Alemanias se unificaron, aunque la "unidad" tardó en consolidarse. Una parte, la del Oeste, era ya una de las principales potencias industriales de Europa y del mundo. La otra, la del Oriente, estaba sometida al retraso impuesto por el poder de Moscú (la República Democrática era tan satélite como Bulgaria) y por el anacronismo de las políticas industriales de otra época, perpetuadas por la escritura sagrada del materialismo histórico, como si la historia no existiese.

El caso, para efectos de esta narración en la que el lector me acompaña, es que numerosas instituciones del régimen comunista supervivieron a la caída de éste, se prolongaron de maneras a veces vegetativas, a veces monstruosamente activas aunque desplazadas. Estas últimas incluían a servicios de inteligencia y de represión anulados por la legalidad democrática pero perpetuados por la tradición autoritaria. Ésta, claro, no fue originada por la RDA o por la URSS. Se remontaba a los orígenes del Reich y su peor penitencia se manifestó durante el régimen nazi: el Servicio de Seguridad, la RSNA o Administración de Seguridad del Reich, absorbió a la policía secreta del Estado, la Gestapo, que en la república comunista se transformó disfrazada por las siglas STASI que, por más que lo intentase, no pudo cobijar bajo un manto burocrático aceptable a todos los órganos de espionaje, delación y fuerza del Tercer Reich.

Yo sabía esto —era del conocimiento común—, aunque nunca me aproveché indebidamente de mi inteligencia. Ahora, enfrentado a la situación de fuerza que aquí he descrito y a los desafíos (de todo orden) del siniestro Adán Góngora, no tuve más remedio que acudir a mis contactos germánicos. En México no podía contar ni con la policía ni con el ejército, no sólo por razón de atribuciones legales sino —peor— por la sinrazón de hechos ilegales.

Así que mandé traer a una tropa feroz, tan feroz que ninguna organización legal de Alemania —las de ahora o las de antes— podía asimilar en la práctica o justificar en la ley. No me atrevo a dar el nombre de esta organización secreta, ni siquiera sus siglas. Sepa el lector que sus miembros no eran —no podían ser— miembros de los grupos represivos que he mencionado. No les hacía falta. Anidaba en ellos una ferocidad mayor mientras más contenida. Eran como águilas enjauladas esperando que se abriera la puerta del zoo para lanzarse a violar, matar, dando pleno vuelo a su afán de actuar contra el enemigo designado con armas peores que las de éste. Su gran disfraz era la capacidad de doblegarse ante el amo, el gran señor, el protector de las hazañas del grupo. Sí, eran como bestias restringidas por una turbia e inquietante lealtad al amo, al Jefe superior a ellos y por eso, digno de obediencia. Sobra decir que en una sociedad democrática de poderes renovables, semejante "führer" no era posible. De allí el desamparo, el *désoeuvrement* u ocio indeseado de estos corajudos Sigfridos con inteligencia suficiente para no unirse a los grupillos de cabezas rapadas y chaquetas negras, pandilleros adolescentes que acabarían en panaderos de viejos, y no es, claro, alusión a mi suegro.

El grupo de ataque —lo llamaré, pues, para abreviar, los "Sigfridos"— prefirió mantenerse en la sombra, en reserva, acudiendo a la acción sólo cuando la acción les es requerida.

Es mi caso. Lo expliqué vía Palm Pre, con palabras cifradas, a Berlín y Frankfurt. En Alemania estaban muy de acuerdo en soltar de vez en cuando a estos mastines de la violencia, sobre todo cuando eras prolongadas de paz y prosperidad los privaban de acción y no había, por demás, enemigos internos o externos.

Que actuaban, a solicitud de parte, en Irak y Palestina, en Pakistán y Malasia, lo sabía yo. Los Sigfridos, en consecuencia, eran la única fuerza capaz de darle en la mera madre a los detentadores de la violencia en México, a mi tocayo Góngora, al evadido Viborón y compañía.

Dije "águilas". Dije "bestias". Recordé mi visita al zoológico de Chapultepec. Debí decir *tigres* haciendo —los recibí en el aeropuerto de Toluca— que el aire tiemble —los vi atropellar animales y campesinos en la carretera— no dejando nada vivo a su paso. Como los tigres, los Sigfridos eran puro instinto. A diferencia de los tigres, los Sigfridos tenían memoria.

41

Observará el lector que todo se reúne, como en un coro, para el final de mi narración. Góngora ha invadido por partida doble mi vida privada. Seduce a Priscila. Agrede a Ele. Mina, también, mi vida pública. Crea una situación en que ninguna instancia me favorece. Su política de ataque y seducción parejas a la clase media —castiga a unos pero satisface a otros— se extiende a la represión de gente sin importancia ni reputación, a la diseminación de "falsos positivos" —muchachos inocentes y humildes asesinados para dar prueba de que Góngora actúa—. Góngora actúa para advertirnos: —Los gobiernos se van, las armas se quedan.

Entiendo esto y para ello mando traer a una brigada de Sigfridos alemanes comandada por Zacarías Werner, un poeta romántico que publica versos y disfraza así su verdadera vocación, que es el espionaje y la violencia.

Digo que entiendo todo esto pero no el accidente del camino, la pequeña desviación que me es impuesta, inesperadamente, por mi cuñado Abelardo Holguín. ¿Qué le ha pasado a este hombre joven, el hermano de Priscila, el hijo de don Celestino? ¿De qué manera ha transitado de niño-bien a poeta-fracasado a autor-de-telenovelas a…?

No sé cómo definirlo ahora que, habiéndome introducido al Niño Santo del crucero de Insurgentes y Quintana Roo, Abelardo me da nueva cita en un Sanborns de Insurgentes.

Tomo asiento frente a él y espero el café con sabor a tinta que le ofrecen a los mexicanos para evitar el café aguado que exigen los norteamericanos.

Le sonrío. Me cae bien. Está loco. Y me sorprende.

—Adán, cuñado, necesito lana.

Pongo cara de pariente simpático pero que exige razones. Sé muy bien que de su padre el Rey del Bizcocho no recibirá un centavo y sé que no ha podido mantener un puesto o recibir un sueldo. Lo vuelvo a ver en la catacumba de Chapultepec… pero no adelanto juicio. ¿Qué quiere con el dinero?

—Adán, tú has visto lo que pasa.

—¿Qué pasa?

—Todo se derrumba, cuñado. No hay concierto. Las fuerzas del orden sólo crean más desorden. No hay autoridad. Los criminales se burlan del gobierno. Los criminales se vuelven, donde pueden, gobierno. Son como Al Capone, exigen sumisión o muerte. Se están apoderando del país.

—Es posible. Quién sabe. ¿Qué me estás proponiendo?

Creo que Abelardo entra en trance. Mira al cielo del Sanborns (como si Sanborns tuviera cielo), y en vez de ordenar unas enchiladas suizas, me ofrece una enchilada azteca: México es un país enamorado del fracaso, todos los revolucionarios terminan mal, los contrarrevolucionarios sólo disfrazan el fracaso, hay un gigantesco engaño en todo esto, cuñado, a veces creemos que sólo la violencia revolucionaria nos salvará, a veces creemos que sólo la falsa paz contrarrevolucionaria es nuestra salud, ve lo que pasa, usamos la violencia sin revolución, la paz sin seguridad, la democracia con violencia, círculo vicioso, Adán, ¿cómo salir de él?

—¿Cómo?

—Por la vía del espíritu.

—Dime —oculto mi escepticismo.

—Todo fracasa —insiste Abelardo—, todo es puesto en duda, el Estado, los partidos, la democracia misma, todo nos infecta, la droga, el crimen, la violencia impune, ¿qué nos puede salvar?

—¿Qué?

—El alma.

—¿Cómo?

Como siempre, continúa con una especie de exaltación serena, casi religiosa: el alma, el espíritu religioso del pueblo, lo que siempre nos ha salvado: la fe, el respeto a la religión, a sus símbolos, a la gente santa.

—¿Santa? —me refugio en un escepticismo nimio, que no ofenda a Abelardo.

—Lo has visto. El Niño Santo. En eso sí se puede creer, en medio de tanto desengaño y mentira. Ve cómo reúne a la gente todas las tardes en el crucero. Ve cómo se junta la gente y deja atrás todo lo que nos amenaza, cuñado.

Que el lector no lo dude. Opongo razones. ¿Qué nos asegura que el Niño Santo de marras puede oponerse y derrotar los males del país?

—La Virgen de Guadalupe —responde Abelardo.

Trato de restarle importancia a esta respuesta. Le recuerdo la discusión en la prensa entre el ateo científico don Juan Antonio Vizarrón y el devoto eclesiástico don Francisco de Güemes. Abelardo me contesta que eso prueba la perseverancia del tema religioso; ¿quién habla de la vicetiple María Conesa la "Gatita Blanca"?; ¿quién recuerda la precandidatura presidencial del general Arnulfo R. Gómez?, ¿quién, para ir más lejos, recuerda cuándo se fundó la villa de El Rosario en Sinaloa?, ¿cuándo se acuñó por primera vez el oro en la Casa de Moneda?, ¿cuándo ganamos la batalla de La Limonada, eh, cuñado, La Limonada?, ¿que en 1665 hizo erupción el Popocatépetl, eh?, ¿que en el terremoto del 28 de julio de 1957 se cayó el Ángel de la Independencia?, ¿que los cometas pasan regularmente por el cielo de México, cometa en 1965, en 1957, en 1910, en 1852, en…? (ya no lo oigo: vuelvo a recordarme apresado entre los muslos de Zoraida, viviendo el terror mayor de todo macho: ser capado, así sea en el instante del placer…).

—Y la Virgen de Guadalupe jamás olvidada, Adán cuñado, presente en medio de todos los olvidos.

Sonrío. —Pero no existe. Supersticiones.

—Sí existe. Mira la calle, Adán.

En la esquina de Insurgentes y Quintana Roo, la gente empezaba a reunirse, en espera de la cotidiana aparición del Santo-Niño. Éste arriba puntualmente, abriéndose paso entre la respetuosa muchedumbre. Sólo que no solo. Quiero decir, viene acompañado.

La reconozco por el hábito negro, de pies a cabeza, salvo las manos de anciana y la mirada dormilona. Subió el niño al escaño de su prédica diaria.

La mujer subió con él.

—Es mi madre —anunció el niño.

La mujer se despojó de la capa oscura y se reveló, morena y dulce, cubierta por un manto azul de estrellas, las manos unidas en oración, vestida de blanco… Las manos antiguas.

Nadie gritó ¡milagro, milagro!, porque los milagros, Sancho, rara vez ocurren y en consecuencia hay que certificarlos con largas audiencias, investigaciones y sospechas de superchería antes de declarar públicamente: esto que habéis visto es *opus sensibile*, que trasciende a la naturaleza porque es obra de Dios que así decide manifestarse, y no resultado de la ignorancia popular, que al aparecer el niño con su madre se asombra y regocija pero tarda en manifestarse, como si dudase entre darle la razón al ateo Vizarrón o al creyente Güemes en la disputa cotidiana en los medios.

Toda duda se evapora, sin embargo, cuando el Niño de diez, once años toma a su madre, la levanta en vilo y la mantiene así, sobre su cabeza, a medida que la muchedumbre se remueve, exclama, al cabo grita:

—¡Milagro, milagro!

Y Abelardo, a mi lado en el café, demuestra su estirpe panadera y racional, explicando:

—El asunto con el milagro es que no lo puedas atribuir a la naturaleza, sino a Dios, y Dios no es naturaleza ni obedece a las reglas de la sociedad. Dios actúa *directamente*, ¿me entiendes?, sin pasar por las causas naturales.

—¿Y? —digo con escepticismo creciente.

—Que la causa del Niño y la Virgen requiere no sólo fe, cuñado, sino dinero. Lana. Morlaca. Pesos y centavos para propagarse. Eso, por desgracia, no lo da Dios.

Me mira, no lo niego, con cierto cariño.

—Por eso necesitamos que nos ayudes. *Cuñado*.

42

De manera, lector, que se me van juntando los asuntos, poniendo a prueba mi capacidad ejecutiva. Bueno, le daré dinerito a Abelardo para que mantenga al Niño y a la Madre. Sólo que mi actividad primaria no se concentra en la manifestación de fe en Insurgentes.

Llega el comando Sigfrido en vuelos de Frankfurt a Sao Paulo a Cancún a Toluca, para despistar. Tengo todo listo para ellos. Las armas. Las instrucciones. Los uniformes.

Actúan rápido. Actúan eficaz. Las máscaras —antigás y antitodo— les ocultan las facciones. Los Sigfridos son casi todos altos y rubios como su wagneriano nombre lo indica. Algunos son muy bajos, casi enanos, y se llaman entre sí los Alberich, pero están al mando de la tropa.

Y la tropa actúa.

Tienen la lista precisa de los criminales mexicanos. Sus casas. Sus familias. Viejos y jóvenes. Ancianos y niños. Mujeres.

Actúan rápido. Actúan duro.

Secuestran a los viejos.

Se roban a los niños.

Asesinan a los hombres.

Los Sigfridos van dejando un reguero de sangre y dolor entre las familias de los grandes criminales. Nadie se salva. Nadie tiene fuero. El mayor. El más chiquito. Todos se quedaron, en un par de semanas, huérfanos, viudos, sin hijos.

Es espeluznante, lo admito.

Este niño amanece colgado de un poste de telégrafo.

Este anciano aparece ahogado en la alberca de su casa.

Se anuncia que esta mujer ha sido raptada —para siempre, para servir a usted. *For good. Für immer.*

Que en dos semanas no hay un criminal que no haya sentido el crimen en carne propia.

Que los funerales se suceden como un carnaval de la muerte.

Que los cementerios se llenan.

Que nadie identifica a los Sigfridos.

Que si es el gobierno.

Que si son las bandas matándose entre sí.

Que si son venganzas.

Que si son disputas por el territorio, el dinero, el consumo.

Ahora, ahora es cuando le digo a Abelardo, cuenta con el dinero, cuenta, cuñado, pero que esta noche el Santo Niño proclame desde su altar en el crucero de Insurgentes y Quintana Roo que no, no es el gobierno, no se matan entre sí, no son venganzas entre hombres.

—¡Es la venganza del cielo! ¡Los ángeles han bajado a hacer justicia! ¡No se culpe a nadie! ¡La providencia de Dios actúa! ¡Oigan la voz de Dios! ¡Crean en la espada divina!

Y nadie admira más a un Dios que se manifiesta activo, justiciero, acabando a mansalva con las familias de los criminales que ayer nomás secuestraban, asesinaban, pedían dinero por niños muertos de antemano, y ahora son ellos los que mueren, son asesinados y no tienen un centavo para impedir la horrenda acción de los Sigfridos: la muerte de toda una clase. El apocalipsis en persona.

Cuando veo a Adán Góngora colgado patas arriba, como un perro, del poste de teléfonos frente a mi casa, siento que he cumplido una tarea de salubridad. Ahora sí: el poder se le fue a la cabeza.

Cuando veo a mi esposa Priscila asomarse a la ventana de su recámara y pegar un grito de horror (inaudible detrás del vidrio) viendo a Góngora convertido en piñata, apenas puedo ocultar mi satisfacción.

Cuando veo salir de la casa a don Celestino mi suegro, el Rey del Bizcocho, sin mirar siquiera el cadáver colgado de Góngora, llego a admirar el carácter del viejo: por algo he vivido bajo su techo desde que me casé con su hija, ¡viejo cabrón, mi camarada oculto!, ¡mi semejante aunque no mi hermano!

Cuando me siento en el café y le hago entrega a Abelardo del subsidio para que el Niño y la Virgen sigan actuando, pienso que es dinero muy, muy bien empleado.

Cuando miro a la calle y veo al Santo Niño y a la Virgen engañando, una vez más y por los siglos de los siglos a mi país, agradezco la gran distracción de la fe, el engaño milenario que obliga a la mayoría a ir de rodillas a la Basílica de Guadalupe y a la minoría a tener retratos de la Virgen en la recámara, y a unos y a otros, hacerse perdonar sus pecados.

Mis colaboradores se han quitado las gafas oscuras.

Y cuando regreso a casa de Ele y me desnudo con Ele y ante Ele, sólo mi amante y yo, y nadie más, sabemos que no tengo ombligo.

Soy el primer hombre.

Cuando don Xocoyotzín, mi jardinero, fue a darse una vuelta por el Zoológico de Chapultepec, se acercó a la jaula del águila y le dio pena. La gran ave rapaz y fuerte, diurna, águila de águilas, águila arpía del trópico con patas emplumadas, revoloteaba desesperada en un espacio reducido. Don Xocoyotzín, hombre del pueblo y hombre de fiar, sintió pena por el ave prisionera y aprovechando la soledad de la noche (que es cuando él camina por las calles) abrió de un machetazo (con esta arma se defiende del peligro urbano) la puerta de la jaula y sólo entonces vio que allí yacía, inmóvil —¿muerta?— una gran serpiente.

El águila, sin siquiera darle las gracias al jardinero, salió volando de la prisión, extendió los gigantescos doscientos dos centímetros de sus alas y voló en busca de su gran aire, el firmamento del día, la altura de la montaña, lejos de los pesticidas, lejos de los cazadores y las escopetas, lejos de la ciudad sin aire…

Don Xocoyotzín recogió a la serpiente y se la llevó a su casa, con la esperanza de reanimarla.

Se le olvidó abrir la jaula del tigre. El animal gruñe amenazante.

Al día siguiente, pasó el mismo cometa que en el año de…

La obra narrativa de Carlos Fuentes

LA EDAD DEL TIEMPO

I. El mal del tiempo
1) Aura
2) Cumpleaños
3) Una familia lejana

II. Tiempo de fundaciones
1) Terra nostra
2) El naranjo

III. El tiempo romántico
1) La campaña
2) La novia muerta
3) El baile del Centenario

IV. El tiempo revolucionario
1) Gringo viejo
2) Emiliano en Chinameca

V. La región más transparente

VI. La muerte de Artemio Cruz

VII. Los años con Laura Díaz

VIII. La voluntad y la fortuna

IX. Dos educaciones
1) Las buenas conciencias
2) Zona sagrada

Carlos Fuentes nació en 1928. Connotado intelectual y uno de los principales exponentes de la narrativa mexicana, tiene una vasta obra que incluye novela, cuento, teatro y ensayo. Ha recibido numerosos premios, entre ellos los siguientes: Premio Biblioteca Breve 1967 por *Cambio de piel*; Premio Xavier Villaurrutia y Premio Rómulo Gallegos por *Terra nostra*. Premio Internacional Alfonso Reyes 1979. Premio Nacional de Ciencias y Artes en Lingüística y Literatura 1984. Premio Cervantes 1987. Orden de la Independencia Cultural Rubén Darío, otorgada por el Gobierno Sandinista, 1988. Premio del Instituto Italo-Americano 1989 por *Gringo viejo*. Medalla Rectoral de la Universidad de Chile, 1991. Condecoración con la Orden al Mérito de Chile, en grado de Comendador, 1993. Premio Príncipe de Asturias, 1994. Premio Internacional Grinzane Cavour, 1994. Premio Picasso, otorgado por la UNESCO, Francia, 1994. Premio de la Latinidad otorgado por las Academias Brasileña y Francesa de la Lengua, 2000. Legión de Honor del Gobierno Francés, 2003. Premio Roger Caillois, 2003. Premio Real Academia Española 2004 por *En esto creo*. Premio Galileo 2000, Italia, 2005. Gran Cruz de la Orden de Isabel la Católica, 2008. Premio Internacional Don Quijote de la Mancha, 2008.

Este libro se terminó de imprimir en el mes de
septiembre de 2009, en Edamsa Impresiones S.A. de C.V.
Av. Hidalgo No. 111, Col. Fracc. San Nicolás Tolentino C.P. 09850,
Del. Iztapalapa, México, D.F.

Dear Pastor,

Since the New Living Translation's initial release in 1996, the translation team has spent thousands of hours carefully refining it to be even more faithful to the original texts. The result is the NLT second edition—a new standard in Bible translations.

Within these pages, you'll find a translation worthy of serious study where the translation of difficult terms is more concise, the wording is more consistent, and literary character has been preserved. Yet for all its scholarly enhancements, the NLT second edition remains the easy-to-understand, emotive translation that touches hearts like no other.

Thank you for all you do to minister to God's people and to teach His Word. It is our prayer that the NLT second edition will make your ministry even more fruitful in the lives of your congregation.

The Publishers

HOLY
BIBLE
New Testament

New Living
Translation®

SECOND EDITION

Tyndale House Publishers, Inc.
Wheaton, Illinois

Visit Tyndale's exciting Web site at www.tyndale.com.

TYNDALE is a registered trademark of Tyndale House Publishers, Inc. All rights reserved.

Holy Bible, New Living Translation, *New Testament* © 2005 by Tyndale House Publishers, Inc., Wheaton, IL 60189. All rights reserved.

Holy Bible, New Living Translation, copyright © 1996, 2004 by Tyndale Charitable Trust. All rights reserved.

The text of the *Holy Bible,* New Living Translation, may be quoted in any form (written, visual, electronic, or audio) up to and inclusive of five hundred (500) verses without express written permission of the publisher, provided that the verses quoted do not account for more than 25 percent of the work in which they are quoted, and provided that a complete book of the Bible is not quoted.

When the *Holy Bible,* New Living Translation, is quoted, one of the following credit lines must appear on the copyright page or title page of the work:

Scripture quotations marked NLT are taken from the *Holy Bible,* New Living Translation, copyright © 1996, 2004. Used by permission of Tyndale House Publishers, Inc., Wheaton, Illinois 60189. All rights reserved.

Scripture quotations are taken from the *Holy Bible,* New Living Translation, copyright © 1996, 2004. Used by permission of Tyndale House Publishers, Inc., Wheaton, Illinois 60189. All rights reserved.

Unless otherwise indicated, all Scripture quotations are taken from the *Holy Bible,* New Living Translation, copyright © 1996, 2004. Used by permission of Tyndale House Publishers, Inc., Wheaton, Illinois 60189. All rights reserved.

When quotations from the NLT text are used in nonsalable media, such as church bulletins, orders of service, newsletters, transparencies, or similar media, a complete copyright notice is not required, but the initials NLT must appear at the end of each quotation.

Quotations in excess of five hundred (500) verses or 25 percent of the work, or other permission requests, must be approved in writing by Tyndale House Publishers, Inc. Send requests by e-mail to: permission@tyndale.com or call 630-668-8300, ext. 8817.

Publication of any commentary or other Bible reference work produced for commercial sale that uses the New Living Translation requires written permission for use of the NLT text.

New Living Translation, NLT, and the New Living Translation logo are registered trademarks of Tyndale House Publishers, Inc.

Cover image copyright © Photodisc. All rights reserved.

ISBN 1-4143-0748-9 Softcover

Printed in the United States of America

10 09 08 07 06 05
10 9 8 7 6 5 4 3 2 1

Tyndale House Publishers and Wycliffe Bible Translators share the vision for an understandable, accurate translation of the Bible for every person in the world. Each sale of the *Holy Bible,* New Living Translation, benefits Wycliffe Bible Translators. Wycliffe is working with partners around the world to accomplish Vision 2025—an initiative to start a Bible translation program in every language group that needs it by the year 2025.

CONTENTS

THE NEW TESTAMENT

Tyndale Bible Verse Finder

- **ABUSE**
  Jesus was abused (Matthew 26:67-68)
  Abuse has no place in family relationships (Ephesians 5:21–6:4)

- **ACCOUNTABILITY**
  We are accountable for every word that we speak (Matthew 12:36)
  Confronting others with their sins should be done in private
  (Matthew 18:15)
  We should hold each other accountable (Luke 17:3)
  We are accountable for what we believe (John 3:18)
  God holds Christians accountable (Romans 14:11-12)
  God will reward Christians for their good deeds (1 Corinthians 3:8)
  God will examine our actions (2 Corinthians 5:10)

- **ACCUSATIONS**
  Jesus was falsely accused (Matthew 26:59-60)
  Christians' sins are forgiven (Colossians 1:22)
  Accusations against church leaders must come from more than one
  person (1 Timothy 5:19)
  Satan is known as the Accuser (Revelation 12.10)

- **ADOLESCENCE**
  Young people should be an example to others (1 Timothy 4:12)
  Young people should run from their youthful lust (2 Timothy 2:22)

- **ADOPTION, SPIRITUAL**
  God is our Father (Matthew 6:9)
  Christians are God's children (John 1:12)
  God's Spirit leads his children (Romans 8:14-17)
  Christians should be separate from the world (2 Corinthians 6:17-18)
  All of God's children are equal in God's eyes (Galatians 3:28)
  God's children will receive a spiritual inheritance (Galatians 4:4-7)
  God chose us to be his children (Ephesians 1:4-5)
  Jesus is our spiritual brother (Hebrews 2:11)

- **ADULTERY**
  God considers lust as sinful as adultery (Matthew 5:27-28)
  Divorce often leads to adultery (Mark 10:11-12)
  God can forgive the adulterer (John 8:1-11)

- **ALCOHOL**
  Becoming drunk is sin (Romans 13:13-14)
  God hates drunkenness (Galatians 5:19-21)
  Church leaders should not be controlled by alcohol (Titus 1:7)

- **ANGELS**
  Angels do not marry (Matthew 22:30)
  Angels do not die (Luke 20:36)
  Angels will be judged by people (1 Corinthians 6:3)
  Satan disguises himself as an angel of light (2 Corinthians 11:14)

Angels encourage Christians (Hebrews 1:14)
Angels who sinned were thrown into hell (2 Peter 2:4)
Angels are holy (Jude 1:14)
Angels are in the presence of God (Revelation 4:8)
Angels should not be worshiped (Revelation 22:8-9)

◆ ANGER

Anger is like murdering someone (Matthew 5:21-22)
Jesus grew angry at sin (John 2:13-17)
Anger can give Satan a place in your life (Ephesians 4:26-27)
Christians should get rid of anger (Colossians 3:8)
Leaders in the church should not be quick-tempered (Titus 1:7)
Be slow to become angry (James 1:19)

◆ ANTICHRIST

Many will claim to be God's messenger (Matthew 24:5)
Many will have miraculous powers (Matthew 24:24)
Many will claim to be Christ (Luke 21:8)
The Antichrist will be lawless and deceitful (2 Thessalonians 2:1-10)
There are many antichrists (1 John 2:18)
The Antichrist will oppose God (1 John 4:3)
The Antichrist will curse God (Revelation 13:1-8)
The Antichrist will be punished by God (Revelation 20:10)

◆ APPEARANCE

Do not worry about clothes (Matthew 6:25-34)
Appearances can be deceiving (Matthew 23:27)
Christians should care more about their spiritual welfare than their
    physical appearance (1 Timothy 2:9-10)
Do not judge others by their appearance (James 2:2-4)
Inner beauty is more important than physical beauty (1 Peter 3:1-6)

◆ ARGUMENTS

Avoid arguing with a weak Christian (Romans 14:1)
We should avoid arguments (Philippians 2:14)
Arguments between Christians are useless (Titus 3:9)

◆ ARMOR

Spiritual armor prepares us for life (Romans 13:12)
Righteousness is a spiritual weapon (2 Corinthians 6:7)
God's weapons conquer Satan's strongholds (2 Corinthians 10:4)
Put on the armor of God (Ephesians 6:11-18)

◆ ASSURANCE

False assurance is dangerous (Luke 18:18-30)
We can be assured of eternal life (John 5:24)
God will not refuse any who come to him (John 6:37-40)
Our place in God's family is secure (John 10:27-28)
Christians have peace with God (Romans 5:1-5)
Nothing can separate us from God's love (Romans 8:35-39)
Salvation cannot be canceled (Romans 11:29)
Accountability should help others (Galatians 6:1)
Our salvation was guaranteed before Creation (Ephesians 1:4-5)
Assurance comes from faith (Ephesians 3:12)
God will guard what has been entrusted to him (2 Timothy 1:12)

◆ **ATONEMENT**
Atonement is good news (Luke 4:18-19)
Jesus willingly died for our sins (John 10:17)
Christ secured salvation through his blood (Acts 20:28)
Jesus provided the atonement for sins (Romans 3:23-25)
Jesus' death purchased forgiveness (1 Corinthians 7:23)
Jesus died for sins (1 Corinthians 15:3)
Our atonement allows us to know God (Ephesians 2:13)
Jesus' death rescues us from eternal punishment (Colossians 1:13)
Christ's death purifies God's people (Titus 2:14)
Sin requires that a sacrifice be made (Hebrews 9:22)
Jesus' sacrifice was perfect (1 Peter 1:18-19)
Jesus took our punishment (1 Peter 2:21-24)
We cannot improve Jesus' sacrifice (1 Peter 3:18)

◆ **ATTITUDE**
God will reward the meek (Matthew 5:5)
God gives Christians a new attitude (Philippians 1:20-25)
We should imitate Jesus' attitude (Philippians 2:5)
Christians should always rejoice (Philippians 4:4)
Never be anxious (Philippians 4:6-7)

◆ **AUTHORITY (*see also* RESPECT)**
Jesus is the highest authority (Matthew 28:18)
God gave government its authority (John 19:11)
Christians should obey the government (Romans 13:1-2)
Parents are authorities to their children (Ephesians 6:1)
The Bible is our authority (2 Timothy 3:16)
Church leaders are authoritative (Hebrews 13:17)

◆ **BAPTISM**
Baptism signifies repentance (Matthew 3:11)
All followers of Jesus should be baptized (Matthew 28:19)
Jesus was baptized (Mark 1:9)
Jesus baptizes with the Holy Spirit (John 1:32-33)
Baptism is closely linked with a changed life (Acts 2:38)
New Christians should be baptized (Acts 8:12-17)
Entire families of the early church were baptized (Acts 16:33-34)
Baptism initiates us into Christ (Romans 6:3-8)
Salvation is identified with baptism (1 Peter 3:21)

◆ **BELIEF**
Belief affects the way we live (Mark 1:15)
Right beliefs are important for salvation (Romans 10:9)
Believing is more than acknowledging (James 2:21)

◆ **BIBLE**
The Bible reveals the truth (Acts 18:28)
The Bible is holy (Romans 1:2)
God's Holy Spirit helps us understand the Bible (1 Corinthians 2:12-16)
The Bible is authoritative (Galatians 3:10)
The Bible is a Christian's spiritual weapon (Ephesians 6:17)
The Bible is inspired by God (2 Timothy 3:16)
The Bible judges our life (Hebrews 4:12)
The Bible helps us grow spiritually (1 Peter 2:2)

◆ **BIRTH**

Jesus' birth (Luke 2:7)

God's children are reborn spiritually (John 1:12-13)

People must be reborn spiritually to enter heaven (John 3:3)

◆ **BLESSING**

God blesses us when we seek to please him (Matthew 6:33)

Christians should bless their enemies (Luke 6:28)

Salvation is our greatest blessing (Ephesians 1:3)

The Bible brings us blessing (James 1:25)

◆ **BLOOD**

Jesus' blood seals God's relationship with his people (Matthew 26:28)

Jesus' blood allows us to have access to God (Romans 5:8-9)

Christians are redeemed by Jesus' blood (Ephesians 1:5-7)

Blood is required for forgiveness (Hebrews 9:22)

◆ **BODY OF CHRIST**

The body of Christ has been given many gifts (Romans 12:3-6)

There are many parts, but one body (1 Corinthians 12:12-13)

Christians make up the body of Christ (1 Corinthians 12:27)

Christians of different nationalities form one body (Ephesians 3:6)

There must be unity in the body of Christ (Ephesians 4:3)

Different members of the body help each other grow
(Ephesians 4:11-12)

Jesus is the head of the body (Colossians 1:18)

◆ **BOOK OF LIFE**

The names of Christians are in the Book of Life (Philippians 4:3)

Our names cannot be removed from the Book of Life (Revelation 3:5)

People whose names are not written in the Book of Life will experience
God's wrath (Revelation 20:15)

Only those whose names are in God's Book will enter heaven
(Revelation 21:27)

◆ **BRIDE**

The church is the bride of Christ (2 Corinthians 11:2-3)

The bride of Christ will be presented to Christ (Revelation 19:7)

◆ **BUSINESS**

Work as though Jesus were your boss (Ephesians 6:6-7)

Christians should do their best at their job (Titus 2:9-10)

◆ **CARING**

Care for your enemies (Luke 6:27)

God's people should care for the needy (Luke 14:13-14)

God cares for his children (Romans 1:6-7)

Treat parents with care (Ephesians 6:2)

Treat coworkers with care (Colossians 4:1)

Care for the elderly (1 Timothy 5:1-4)

Christians need to care for the needy (James 1:27)

◆ **CHILDREN**

Christians are children of God (John 1:12)

Children of God should imitate God (Ephesians 5:1)

Parents should nurture their children (Ephesians 6:4)

Children must obey their parents (Colossians 3:20)

◆ **CHURCH (*see also* WORSHIP)**
Satan works against the church (Matthew 16:18)
Members of the church should take care of each other
(Acts 2:44)
The church sends out missionaries (Acts 13:2)
The church is like a body (1 Corinthians 12:12-13)
The church is a family of Christians (Galatians 6:10)
God's children form the church (Ephesians 2:19-22)
The church should not allow immoral behavior by its members
(Ephesians 5:3-4)
Christ is the head of the church (Colossians 1:18)
Many people groups form one universal church (Colossians 3:11)
Church leaders are qualified to lead by their character (Titus 1:6-9)
The church is made up of God's children (1 John 3:1)
The church is the bride of Christ (Revelation 19:7-8)

◆ **COMFORT**
God promises to comfort those who mourn (Matthew 5:4)
God's Holy Spirit is our Comforter (John 14:16)
Jesus has overcome the world's troubles (John 16:33)
God comforts those who are hurting (2 Corinthians 1:3-11)
Christians should comfort each other (1 Thessalonians 4:18)
All pain will end (Revelation 21:3-4)

◆ **COMPLAIN**
Christians should not complain to each other (Philippians 2:14)
People complain because they want their own way (Jude 1:16)

◆ **COMPROMISE**
Compromise can be wise (Matthew 5:25)
Compromise can divide our loyalty (Matthew 6:24)
Compromise can keep us from doing what is right (Mark 15:15)
Compromise can weaken faith (2 Corinthians 6:14-18)

◆ **CONFESSION OF SIN (*see also* REPENTANCE)**
Confession of sin accompanies a changed lifestyle (2 Timothy 2:19)
God purifies those who confess their sin (1 John 1:9)

◆ **CONSCIENCE**
The Holy Spirit can speak through our conscience (Romans 9:1)
Keep your conscience clear (1 Timothy 1:18-19)
Church leaders must have clear consciences (1 Timothy 3:9)
Consciences can be destroyed (1 Timothy 4:2)
Jesus' forgiveness clears our conscience (Hebrews 9:14)
A clear conscience helps us live a God-honoring life (1 Peter 3:16)

◆ **COURAGE**
Jesus' strength gives us courage (John 16:33)
Courage helps us boldly represent Christ (Acts 4:31)
Christians should be courageous (1 Corinthians 16:13)
Pray for courage (Ephesians 6:19-20)
Christians can pray to God with confidence (Hebrews 4:16)

◆ **COVENANT**
Jesus established a new covenant (Luke 22:20)
God's covenant brings life (2 Corinthians 3:6)
The new covenant is superior to the old covenant (Hebrews 8:6)
The old covenant foreshadowed the new covenant (Hebrews 10:1)

◆ **CREATION**
Jesus was involved in Creation (Colossians 1:16)
God the Creator is worthy of worship (Revelation 4:11)
God will make a new heaven and a new earth (Revelation 21:1-4)

◆ **CRITICISM**
Take care of your own problems before criticizing others (Matthew 7:3-5)
Criticism should help people deepen their relationship with God
(Luke 17:3-5)
Criticism should be given with a loving attitude (1 Corinthians 13:4-5)
Harsh criticism can destroy rather than help (Galatians 5:15)

◆ **CROSS**
Jesus was crucified (Matthew 27:31-35)
Christians should pick up their own crosses (Mark 8:34-38)
Jesus' death was powerful (1 Corinthians 1:17-18)
Jesus' death unified all Christians (Ephesians 2:16)
Jesus' death was a sacrifice (Colossians 1:20-22)
Jesus' death defeated Satan (Colossians 2:14-15)
Jesus' cross is an example for us (Hebrews 12:2)

◆ **CULT**
False teachers will come (Matthew 7:15)
Only Jesus brings salvation (John 14:6)
Members of the occult will never enter God's Kingdom (Galatians 5:19-21)
Be careful in your spiritual life (1 Thessalonians 5:21)

◆ **DARKNESS, SPIRITUAL**
Jesus brings light to darkened lives (John 1:5)
Living without God is living in spiritual darkness (Acts 26:17-18)
Christians do not live in spiritual darkness (Ephesians 5:8)
God rescued us from eternal darkness (Colossians 1:13)
There is no darkness in Jesus (1 John 1:5)
Sinners' eternal punishment will be in darkness (Jude 1:4-13)

◆ **DEATH**
God has power over death (John 14:19)
The death of Christians brings fellowship with Jesus (Acts 7:59)
God provides eternal life (Romans 6:23)
Jesus will raise everyone who has died (1 Corinthians 15:20-23)
Living in heaven is better than living on earth (2 Corinthians 5:6-7)
Death is not the end of a person (1 Thessalonians 4:13-14)
Prepare your spiritual life for death (Hebrews 9:27-28)
We don't know how long we'll live (James 4:13-14)
God will destroy death (Revelation 21:4)

◆ **DEMONS (*see also* SATAN)**
Demons are no match for Jesus (Mark 1:34)
Demons want to destroy people (Mark 5:5)
Demons submit to the name of Jesus (Luke 10:17)
Demons can be driven out by Jesus' followers (Acts 16:16-18)
Demons are powerful (Acts 19:16)
Demons cannot separate people from God's love (Romans 8:38-39)
Demons deceive people (2 Corinthians 11:13-15)
Christians fight against the plans of demons (Ephesians 6:12)
Demons want to mislead people (1 Timothy 4:1-2)
Demons believe in God (James 2:19)

Demons are angels that have sinned (2 Peter 2:4)
God will judge demons (Jude 1:6)
Do not take demons lightly (Jude 1:8-9)
Demons can work miracles (Revelation 16:13-14)
In the last days, demons will be bound by God (Revelation 20:1-3)

◆ **DEPRESSION**
Abraham had hope when there was no reason to hope (Romans 4:18-22)
God will wipe away depression (Revelation 21:4)

◆ **DESIRES**
Christians should not give in to sinful desires (Ephesians 4:22)
Sinful desires should not have a home with God's children (1 Peter 1:14)
Desire to do God's will (1 Peter 4:2)
God's children desire to obey God (1 John 2:3-6)

◆ **DISCERNMENT**
The Bible will help you discern bad teaching (Acts 17:11)
God grants discernment (1 Corinthians 12:10)
Discern between right and wrong behavior (Hebrews 5:14)
Ask God for help in discerning his will (James 1:5)

◆ **DISCIPLESHIP**
Christians are to make disciples (Matthew 28:19-20)
Jesus' followers are known by their love (John 13:35)
Christians should help other Christians grow (Acts 14:21-22)

◆ **DISCIPLINE**
Punishment for sin may be swift and severe (Acts 5:1-11)
Paul commanded punishment for blatant sin in the church
    (1 Corinthians 5:1-5)
Punishment should lead to repentance (2 Corinthians 7:8-9)
Sometimes God punishes us to bring us back to himself
    (Hebrews 12:5-11)

◆ **DISCRIMINATION**
God does not discriminate among his people (Acts 10:34)
All Christians are equal in God's eyes (Galatians 3:28)
God will judge those who discriminate (Colossians 3:25)
Do not discriminate against the poor (James 2:1-9)

◆ **DOCTRINE**
Protect sound doctrine (2 Timothy 1:13-14)
Doctrine comes from the Bible (2 Timothy 3:16)
Leaders in the church must have sound doctrine (Titus 1:6-9)
Christians should teach correct beliefs (Titus 2:1)

◆ **DOUBT**
Help those who have spiritual doubts (Hebrews 3:12)
Doubt inhibits our prayers (James 1:5-7)

◆ **DRINKING**
Becoming drunk is dangerous (Luke 21:34)
Drunkenness is not fitting for a Christian (Romans 13:11-14)
Drunkenness can cause immoral behavior (Ephesians 5:18)

◆ **EARTH**
The earth was created for God's glory (Colossians 1:16)
Jesus sustains the earth (Hebrews 1:3)

◆ **EMBARRASSMENT**
Embarrassment can lead to rash actions (Matthew 14:1-12)
We should not be embarrassed about the gospel (Romans 1:16)
We should not be embarrassed by Jesus (Galatians 1:10)

◆ **EMOTIONS**
Jesus experienced emotions (John 11:35)
Emotions are not reliable guides (Galatians 5:1-17)
Some emotions can be sinful (Ephesians 4:31)

◆ **EMPLOYMENT**
Work as though Jesus were your boss (Ephesians 6:6-7)
Christians should do their best at their job (Titus 2:9-10)

◆ **ENCOURAGEMENT**
The Holy Spirit encourages us (Acts 9:31)
Encourage your neighbor (Romans 15:2)
The Bible encourages us (Romans 15:4)
Our position in Christ encourages us (Philippians 2:1)
We should encourage each other (1 Thessalonians 4:18)
Encourage those who are weak and afraid (1 Thessalonians 5:14)
Encourage elderly people (1 Timothy 5:1-4)
Encourage others not to sin (Hebrews 3:13)
Encourage others to love (Hebrews 10:24)

◆ **ENVY**
Envy can cause you to act rashly (Acts 7:9)
Envy characterizes sinful people (Romans 1:29)
We should not envy other Christians (Galatians 5:26)
Envy has no place in a Christian's life (Titus 3:3)
Do not harbor envy (James 3:14-15)
Get rid of envy (1 Peter 2:1)

◆ **ETERNAL LIFE**
Eternal life is only for those who do God's will (Matthew 7:21)
The righteous will receive eternal life (Matthew 25:46)
Belief in Jesus is required for eternal life (John 3:15-16)
Evil people will receive eternal punishment (John 5:28-29)
Jesus came to give life (John 10:10)
Jesus gives eternal life (John 11:25)
Jesus is eternal life (John 14:6)
Eternal life cannot be earned (Ephesians 2:8-9)
Eternal life comes from God (Titus 1:2)
Eternal life gives us hope (Titus 3:7)

◆ **EVANGELISM (*see also* WITNESSING)**
Christians bring light to a spiritually dark world (Matthew 5:14-16)
Jesus made salvation available to all people (Matthew 9:9-13)
Be bold in your evangelism (Matthew 10:33)
Jesus sent his followers to make disciples (Matthew 28:18-20)
The Holy Spirit gives us power to evangelize (Acts 1:8)

◆ **EVIL**
God permits evil (Romans 1:24-28)
God cannot coexist with evil (Galatians 5:16-17)
Christians should put away evil from their lives (Ephesians 4:22)
There are spiritual forces behind evil (Ephesians 6:12)

- **FAITH**
  Only a small amount of faith is needed (Luke 17:6)
  Faith is needed for salvation (Romans 3:28)
  Faith puts us in a right relationship with God (Romans 5:1)
  Faith comes from hearing the Word of God (Romans 10:17)
  Accept the person who has weak faith (Romans 14:1)
  Christianity is the only true faith (Ephesians 4:5)
  Faith is hoping in what is not seen (Hebrews 11:1)
  Faith accompanies obedience to God (Hebrews 11:7-12)

- **FAMILY**
  Christian faith is of greater importance than family (Luke 12:51-53)
  Christians are members of God's family (Ephesians 2:19)
  Husbands and wives should love each other (Ephesians 5:21-33)
  Children should obey their parents (Ephesians 6:1)
  Church leaders must have a good family life (1 Timothy 3:4-5)
  Families should take care of each other (1 Timothy 5:3-5)

- **FORGIVENESS**
  We must forgive others (Matthew 6:14-15)
  Don't keep track of how many times you forgive (Matthew 18:21-35)
  Freely forgive others as God has forgiven you (Colossians 3:13)
  God will forgive our sins if we confess them (1 John 1:8-9)

- **FOUL LANGUAGE**
  Foul language is not fitting for a Christian (Ephesians 5:4)
  Our speech reflects our relationship with God (Colossians 4:6)
  Our speech should be an example to others (1 Timothy 4:12)

- **FREEDOM**
  Christians are spiritually free (John 8:36)
  Christians are free from sin's power (Romans 5:21)
  Christians are free in order to serve others (Galatians 5:1)

- **FRIENDSHIP (*see also* RELATIONSHIPS)**
  Friendship is marked by sacrifice (John 15:13-15)
  We can be friends with God (James 2:23)

- **GIVING**
  God will reward us for giving to others (Mark 9:41)
  Giving helps others live (Acts 2:44-45)
  We should support Christian workers (Acts 28:10)
  Wealthy people should give generously (1 Timothy 6:17-19)
  God is pleased with our gifts (Hebrews 13:16)
  Giving reflects God's love (1 John 3:17)

- **GOD**
  God is our father (Matthew 6:9)
  God is all-powerful (Luke 1:37)
  God is spirit (John 4:24)
  God is all-knowing (Romans 11:33)
  God is knowable (Ephesians 1:17)
  God is living (1 Timothy 4:10)
  God is King of kings (1 Timothy 6:15)
  God is approachable (James 4:8)
  God is judge (James 4:12)
  God is love (1 John 4:16)
  God is almighty (Revelation 1:8)

◆ GOD'S WILL

God directs events in our life (Acts 16:6-7)

God gives wisdom for making decisions (James 1:2-5)

◆ GOSPEL

Christians should tell others about the gospel (Matthew 28:18-19)

The gospel's message is for everyone (Luke 24:46-47)

People should respond to the gospel with faith (John 1:12)

The gospel is powerful (Romans 1:16)

The gospel of Jesus (1 Corinthians 15:1-5)

Believing the gospel brings a change to life (1 Thessalonians 1:4-5)

◆ GOSSIP

People who gossip are wicked (Romans 1:29)

Gossip should have no place among Christians (1 Timothy 5:13)

◆ GOVERNMENT

God gives authority to those in government (Romans 13:1)

Christians should obey the government (Titus 3:1)

◆ GRACE

God's grace makes salvation possible (Ephesians 1:7-8)

God accepts us by his grace (Ephesians 2:8-9)

God's grace gives us hope (1 Peter 1:13)

◆ GREED

The Pharisees had greedy hearts (Matthew 23:25)

Christians should avoid being greedy (Ephesians 5:3)

People full of greed will not enter heaven (Ephesians 5:5)

Leaders of the church must not be greedy (Titus 1:7)

◆ GRIEF (*see also* SORROW)

God promises to comfort those who grieve (Matthew 5:4)

God's Holy Spirit is our Comforter (John 14:16)

Jesus has overcome the world's troubles (John 16:33)

The Holy Spirit comforts us (Acts 9:31)

The Bible comforts us (Romans 15:4)

God comforts those who grieve (2 Corinthians 1:3-11)

All grief will end (Revelation 21:3-4)

◆ GUILT

All people are guilty of sin (Romans 3:9-12)

Jesus Christ takes away all guilt (Romans 3:23-24)

◆ HATRED

Followers of Jesus will be hated (Matthew 10:22)

Many in the world hate Jesus (John 15:18)

Christians should hate evil (Romans 12:9)

All people are equal in Christ (Galatians 3:28-29)

Christians need to get rid of their own hatred (Colossians 3:8)

◆ HEART

Those who have pure hearts will see God (Matthew 5:8)

Words and actions begin in the heart (Luke 6:45)

◆ HEAVEN

Only righteous people will enter heaven (Matthew 5:17-20)

Few people will enter heaven (Matthew 7:13-14)

Jesus is preparing heaven for his followers (John 14:2-3)

Our lives will not be complete until we enter heaven
(2 Corinthians 5:2)
Heaven is much better than earth (Philippians 1:23)
Christians should look forward to heaven (Colossians 3:1-5)
Heaven is the home of righteousness (2 Peter 3:13)
God is the focus of attention in heaven (Revelation 7:17)
There will not be any sadness in heaven (Revelation 21:4)
People in heaven will walk with God (Revelation 22:5)

◆ HELL

Hell is a place of weeping (Matthew 8:12)
Hell was prepared for Satan and demons (Matthew 25:41)
Wicked people will receive punishment (Romans 1:18-20)
God will punish those who do not turn from their sin (2 Peter 2:4-9)
Hell is a place of eternal fire (Jude 1:7)
God will send to hell those who do not believe in him (Revelation 21:8)

◆ HOLY

God uses his Word to make us holy (John 17:17)
Christians should try to be holy (1 Peter 1:15)
God is worthy of praise because he is holy (Revelation 4:8)

◆ HOLY SPIRIT

The Holy Spirit teaches us (John 14:26)
The Holy Spirit guides us (John 16:13)
The Holy Spirit empowers us to be witnesses (Acts 1:8)
The Holy Spirit lives within us (Romans 8:11)
The Holy Spirit sanctifies us (Romans 15:16)
The Holy Spirit opens our spiritual eyes (1 Corinthians 2:10)
The Holy Spirit is involved in salvation (Titus 3:5)

◆ HOMOSEXUALITY

God will judge those who practice homosexual behavior
(Romans 1:18-32)
Homosexual behavior has no place among Christians
(1 Corinthians 6:9-10)

◆ HONESTY

Christians should be known by their honesty (Matthew 5:37)
Lies make someone unclean before God (Matthew 15:18-20)
Christians should put away dishonesty from their lives (Ephesians 4:25)

◆ HOPE

Christians always have hope (Romans 8:28)
Hope comes from the Holy Spirit (Romans 15:13)
Jesus' resurrection gives us hope (1 Corinthians 6:14)
We have hope in Jesus (1 Corinthians 15:19)
We have confidence of eternal life (Titus 1:1-2)

◆ HOSPITALITY

Christians should take care of those in need (Matthew 25:34-40)
Hospitality brings heavenly reward (Mark 9:41)
Christians should be hospitable (Romans 12:13)
Christians should be hospitable to people they do not know well
(Hebrews 13:2)
Be cheerful about being hospitable (1 Peter 4:9-11)
Hospitality reflects God's love (3 John 1:5-8)

◆ **HUMILITY**

God will exalt the humble (Luke 18:14)
Be humble in dealing with others (Philippians 2:1-11)
Humble yourself before God (James 4:10)

◆ **HYPOCRISY**

God finds hypocrites repulsive (Matthew 23:27-28)
Beware of hypocrisy in your life (Luke 12:1-2)
God will punish hypocrisy (Luke 20:46-47)
Hypocrites are worthless (Titus 1:16)
Get rid of hypocrisy (1 Peter 2:1)

◆ **IMMORALITY**

Stay away from immoral Christians (1 Corinthians 5:9-11)
Practicing immorality treats God lightly (1 Corinthians 6:19-20)
Immorality should have no place among Christians (Ephesians 4:17-19)

◆ **INSULT**

God will bless Christians who are insulted because of their faith
(Luke 6:22)
Do not insult others (1 Peter 3:9)

◆ **INTEGRITY**

Leaders in the church should be full of integrity (Titus 1:7)
Maintain integrity in teaching others (Titus 2:7)

◆ **INTIMIDATION**

Jesus' strength can give us courage (John 16:33)
God will help us be bold (Acts 4:31)
Be on your guard against intimidation (1 Corinthians 16:13)
Pray for courage (Ephesians 6:19-20)
Christians can pray without being intimidated (Hebrews 4:16)

◆ **JEALOUSY**

Jealousy can cause rash behavior (Acts 7:9)
We should not be jealous of other Christians (Galatians 5:26)
Jealousy has no place in a Christian's life (Titus 3:3-5)

◆ **JESUS CHRIST**

Jesus has authority over demons (Mark 1:27)
Jesus is the Son of God (Luke 1:35)
Jesus is God (John 1:1-5)
Jesus is the Messiah (John 4:25-26)
Jesus is the Judge (John 5:22)
Jesus gives life (John 10:10)
Jesus is the Good Shepherd (John 10:11)
Jesus is the only way to God (John 14:6)
Jesus is the author of life (Acts 3:15)
Jesus is the wisdom of God (1 Corinthians 1:21-24)
Jesus is the head of the church (Ephesians 5:23)
Jesus is the highest authority (Philippians 2:9-10)
Jesus is the Creator (Colossians 1:15-16)
Jesus is faithful (2 Timothy 2:13)
Jesus is coming again (Titus 2:13)
Jesus is sinless (Hebrews 4:15)
Jesus is holy (Hebrews 7:26)
Jesus is the King of the ages (Revelation 15:3)
Jesus is the Lamb of God (Revelation 21:22)

◆ **JUDGMENT**
> God will judge the words we speak (Matthew 12:36)
> God does not judge by appearances (John 7:21-24)
> God will judge Christians (Romans 14:10)
> God will judge Christians for their actions (2 Corinthians 5:10)
> God will judge all people (Hebrews 9:27)
> People whose names are in God's Book of Life will enter heaven
>   (Revelation 20:11-15)

◆ **KINDNESS**
> Christians should be kind to each other (Ephesians 4:32)
> Be kind to people who treat you wrongly (1 Thessalonians 5:15)
> Choose to be kind rather than to argue (2 Timothy 2:24)
> Being kind takes effort (2 Peter 1:5-7)

◆ **KINGDOM OF GOD/HEAVEN**
> You must turn from sin before you can enter God's Kingdom
>   (Matthew 3:1-2)
> Jesus describes members of God's Kingdom (Matthew 5:1-19)
> Obeying God's commands yields great rewards in his Kingdom
>   (Matthew 5:19)
> Only righteous people will enter God's Kingdom (Matthew 5:20)
> God's Kingdom is open to those who do his will (Matthew 7:21)
> Healed lives are associated with God's Kingdom (Matthew 9:35-36)
> Entering God's Kingdom costs someone everything (Matthew 13:44-45)
> God's Kingdom is reserved for the humble (Matthew 18:2-3)
> No one deserves God's Kingdom (Matthew 18:23-35)
> God's Kingdom is within our hearts (Luke 17:20-21)
> God's Kingdom will fully arrive in the future (Luke 21:25-31)
> Only those who are spiritually reborn can enter God's Kingdom (John 3:3)
> Entering God's Kingdom is not easy (Acts 14:22)
> Christians should tell others about the Kingdom of God (Acts 28:31)
> God's Kingdom affects our lives (Romans 14:17)
> God's Kingdom is powerful (1 Corinthians 4:20)
> No immoral person will be allowed into God's Kingdom (Ephesians 5:5)
> Christians are members of God's Kingdom (Colossians 1:13)
> Christians' lives should reflect their membership in God's Kingdom
>   (1 Thessalonians 2:12)
> God calls people into his Kingdom (1 Thessalonians 2:12)
> God's Kingdom cannot be shaken (Hebrews 12:28)
> God's Kingdom will one day be fully consummated (Revelation 11:15)

◆ **LAZINESS**
> Encourage lazy people to work (1 Thessalonians 5:14)
> Lazy people should not be allowed to be freeloaders
>   (2 Thessalonians 3:10)

◆ **LEADERSHIP**
> Leaders must serve others (Matthew 20:26-28)
> Leaders should sacrifice for others (John 10:11)
> Leaders should be obeyed (Romans 13:1-4)
> Leaders give an account to God for their actions (Hebrews 13:17)

◆ **LIFE**
> People must be reborn spiritually to enter heaven (John 3:3)
> Jesus came to give abundant life (John 10:10)

We should live lives worthy of our Christian calling (Ephesians 4:1)
Christ is the reason for life (Philippians 1:21)
Our lives should honor God (Colossians 3:17)

◆ LIGHT

Christians are the light of the world (Matthew 5:14)
Jesus is the Light of the World (John 8:12)
Light shines in the hearts of Christians (2 Corinthians 4:6)
Christians are children of light (Ephesians 5:8)

◆ LORD'S SUPPER

Jesus celebrated the Lord's Supper with his disciples (Matthew 26:26-29)
Christians should be thankful for the Lord's Supper (1 Corinthians 10:16)
Christians who celebrate the Lord's Supper together should be unified
(1 Corinthians 11:20-34)

◆ LOVE

Love your enemies (Matthew 5:43-44)
Loving God is the most important command (Mark 12:29-30)
Christians must love each other (John 13:34)
We cannot be separated from Jesus' love (Romans 8:35-39)
Love must be genuine (Romans 12:9)
Love never quits (1 Corinthians 13:4-8)
God's love for us is beyond our understanding (Ephesians 3:18)
Love helps you look past offenses (1 Peter 4:8)
God is love (1 John 4:16)
We must be known for our love (2 John 1:5)

◆ LOYALTY

We cannot divide our loyalty (Matthew 6:24)
There must be loyalty in marriage (Hebrews 13:4)

◆ LUST

Lustful thoughts are sinful (Matthew 5:28)
Christians should not give in to lust (Colossians 3:5)
Christians should avoid lust (1 Thessalonians 4:3-5)
Godless people enjoy immorality (1 Peter 4:3)

◆ MARRIAGE

Two people become one through marriage (Mark 10:2-12)
Angels do not get married (Mark 12:25)
Married partners should meet each other's needs (1 Corinthians 7:2-5)
Married partners are united to each other for life (1 Corinthians 7:39)
A Christian wife can witness to her non-Christian husband
(1 Peter 3:1-6)

◆ MERCY

People who show mercy to others will be rewarded (Matthew 5:7)
We should imitate God's mercy (Luke 6:36)
Jesus is merciful (1 Timothy 1:2)
Mercy is from God (2 Timothy 1:2)

◆ MESSIAH

Jesus' disciples knew he was the Messiah (Mark 8:27-29)
The Messiah will come again (Mark 14:61-62)
Jesus claimed to be the Messiah (John 4:25-42)
The Messiah brings salvation (Hebrews 2:10)

◆ **MIND**
> Keep away from mental sins (Matthew 5:27-30)
> A Christian's thoughts should be holy (Romans 12:2)
> Our fellowship with God helps us make decisions (1 Corinthians 2:6-16)
> Christians should please God with their thoughts (Philippians 4:8)

◆ **MONEY**
> Do not make money the most important part of your life (Matthew 6:19)
> Money can distract people from God (Mark 10:17-24)
> You cannot serve both God and money (Luke 16:13)
> Christians should share their resources with those in need (Acts 2:42-45)
> Christians should not be lovers of money (1 Timothy 3:3)
> We should look to God for security, not money (1 Timothy 6:17-19)
> Do not love money (Hebrews 13:5)
> Be careful to treat rich and poor equally (James 2:1-9)

◆ **OBEDIENCE**
> People who obey God's Word will be blessed (Luke 11:28)
> Christians should obey the government (Romans 13:1-4)
> Children should obey their parents (Ephesians 6:1)
> Christians obey God (1 John 2:3)

◆ **PAIN**
> God promises to comfort those who mourn (Matthew 5:4)
> God's Holy Spirit is our Comforter (John 14:16)
> Christians should comfort each other (1 Thessalonians 4:18)
> All pain will end (Revelation 21:3-4)

◆ **PARENTS**
> Parents should nurture their children (Ephesians 6:4)
> Children must obey their parents (Colossians 3:20)

◆ **PATIENCE**
> Patience demonstrates love (1 Corinthians 13:4)
> Patience is evidence of the Holy Spirit working in our lives (Galatians 5:22)
> Be patient with each other (Ephesians 4:2)

◆ **PEACE**
> Make peace with others quickly (Matthew 5:23-26)
> The peace Jesus gives is different than the world's peace (John 14:27)
> Jesus gives us peace (Romans 5:1)
> Peace is evidence of the Holy Spirit working in our lives (Galatians 5:22)
> We can have peace through prayer (Philippians 4:4-7)

◆ **POWER**
> Christians receive power from the Holy Spirit (Acts 1:8)
> The Bible is a powerful weapon (Ephesians 6:17)
> Jesus is the greatest power (Hebrews 1:1-4)
> Prayer can be powerful (James 5:16)
> Christians have power to overcome the world (1 John 5:4-5)

◆ **PRAISE (*see* WORSHIP)**

◆ **PRAYER**
> Prayer should not be a show (Matthew 6:6)
> Jesus taught his disciples how to pray (Matthew 6:9-13)
> Pray with an attitude of humility (Luke 18:9-14)
> Pray in Jesus' name (John 16:23-24)
> Pray all the time (Ephesians 6:18)

Pray without doubting (James 1:6)
Pray with the right motives (James 4:3)
Pray according to God's will (1 John 5:14-15)

◆ **PRIDE** (*see also* **SELF-ESTEEM**)
Pride cuts us off from God and others (Luke 18:9-14)
There is no place for proud boasting in the Christian life (Romans 3:27)
God chose to reveal himself to the humble, not the proud
(1 Corinthians 1:26-31)
Pride is not compatible with the fruit of the Spirit (Galatians 5:22-26)
God opposes the proud (James 4:6)

◆ **PROBLEMS** (*see* **STRESS, SUFFERING, TRIALS**)

◆ **PROCRASTINATION**
Those who procrastinate lose out (Luke 14:16-21)
Today is the day to be saved (2 Corinthians 6:2)
No one can procrastinate forever (Revelation 10:6)

◆ **PROPHECY** (*see also* **TEACHING**)
Claiming to prophesy does not indicate salvation (Matthew 7:21-23)
The Holy Spirit allows believers to prophesy (Acts 2:17-18)
Prophecy is a spiritual gift (1 Corinthians 14:1-5)
We should listen to God's message (1 Thessalonians 5:20)
True prophets speak God's words (2 Peter 1:20-21)

◆ **PURITY**
The pure in heart will see God (Matthew 5:8)
Purity begins in the heart (Matthew 5:27-30)
Outward purity cannot substitute for inner purity (Matthew 23:25-28)
Purity comes from God (John 17:17)
Purity ought to mark believers' lives (Ephesians 5:1-4)
Our minds should think about things that are pure (Philippians 4:8)
One day our purity will be like Christ's (1 John 3:1-3)

◆ **QUESTIONS**
God welcomes our sincere questions (Luke 7:18-23)
We need not be afraid when questioned about our faith (Luke 21:12-15)
We should be ready with answers when questioned about our faith
(1 Peter 3:15)

◆ **RAPTURE** (*see* **SECOND COMING OF CHRIST**)

◆ **RELATIONSHIPS** (*see also* **FRIENDSHIP, MARRIAGE**)
Our relationship with God is made possible through Jesus Christ
(John 14:19-21)
Our relationships should not compromise our faith (2 Corinthians 6:14-18)
We are unified with all believers in God's family (Ephesians 2:21-22)
Our relationship with Christ is deep and abiding (2 Timothy 2:11-13)
Our relationship with Christ makes us children of God (1 John 3:1-3)

◆ **REPENTANCE** (*see also* **CONFESSION OF SIN**)
Repentance of sin opens the way for a relationship with God (Luke 3:7-8)
Unless we repent of our sins, we will perish (Luke 13:3-5)
Angels rejoice when a sinner repents (Luke 15:7)
Forgive those who repent of wrongs done to you (Luke 17:4)
Repentance is essential for the Holy Spirit to work (Acts 2:38)
God can use difficulties to encourage us to repent (2 Corinthians 7:9-10)
God would like everyone to repent and believe (2 Peter 3:9)

- **REPUTATION**
  The Christians in Rome had a reputation for obedience (Romans 16:19)
  Guard your reputation (2 Corinthians 8:18-24)
  Maintain a good reputation among non-Christians (Colossians 4:5)

- **RESPECT (*see also* AUTHORITY)**
  Husbands and wives should respect each other (Ephesians 5:33)
  Those in leadership should have respectful children (1 Timothy 3:4)
  Show respect to all people (1 Peter 2:17)

- **RESPONSIBILITY**
  Responsible people are faithful with what they have been given
  (Matthew 25:14-30)
  People are responsible for their decision about Christ (John 3:18-19)
  Responsible people know their abilities and limitations (Acts 6:1-7)
  People are responsible for their own actions (James 1:13-15)

- **REST**
  Jesus promises to give us rest from our burdens (Matthew 11:28-30)
  Rest is a gift of God (Hebrews 4:9-11)
  Heaven will be a place of rest (Revelation 14:13)

- **RESURRECTION**
  Christ's resurrection is a historical fact (Matthew 28:5-10)
  All people will be resurrected (John 5:24-30)
  Jesus promised to raise his followers (John 6:38-40)
  We know we will be resurrected (John 11:24-26)
  We will experience resurrection (Romans 6:3-11)
  Jesus' resurrection is the foundation of Christianity
  (1 Corinthians 15:12-21)
  Our resurrected bodies will be eternal bodies (1 Corinthians 15:51-53)

- **REVENGE**
  Believers ought to resist revenge (Matthew 5:38-42)
  Leave revenge in God's hands (Romans 12:19)
  Desire for revenge is not compatible with the Christian life
  (1 Thessalonians 5:15)
  Jesus is our example (1 Peter 2:21-23)

- **RIGHTEOUS/RIGHTEOUSNESS**
  Human nature is the opposite of righteousness (Romans 3:10-18)
  Righteousness is not attained by works (Romans 4:18-25)
  Strict legalism cannot make us righteous (Galatians 3:11-21)
  Our God-given righteousness is armor against Satan's attacks
  (Ephesians 6:14)
  We become righteous through faith in Christ (Philippians 3:9)
  Studying God's Word helps us grow in righteousness (2 Timothy 3:16)
  Righteousness ought to characterize each believer's life (1 Peter 2:24)

- **SADNESS (*see* GRIEF, SORROW)**

- **SALVATION**
  Those who receive salvation become God's children (John 1:12-13)
  Salvation is a work of the Holy Spirit in a person's life (John 3:1-16)
  Belief and trust in Jesus Christ are the only way to be saved (John 14:6)
  Salvation includes gaining a relationship with God (John 17:1-5)
  Receiving salvation means we must turn from our sins (Acts 2:37-38)
  Salvation cannot be earned; it is a gift of God (Romans 6:23)

Receiving salvation is simple and personal (Romans 10:8-10)

Salvation is by God's grace alone (Ephesians 2:1-9)

Salvation rescues us from Satan's dominion (Colossians 1:13-14)

Our salvation was obtained by Jesus' blood (1 Peter 1:18-19)

◆ **SATAN** (*see also* **DEMONS**)

Satan will tempt Jesus' followers (Matthew 4:1-11)

Satan is completely evil (John 8:44)

Satan is the temporary ruler over this world (Ephesians 2:1-2)

Satan and his demons are spiritual (Ephesians 6:12)

Satan works through an army of demons (1 Timothy 4:1)

Believers have the authority to resist Satan (James 4:1-10)

Satan is an enemy to Christians (1 Peter 5:8)

Jesus destroyed Satan's work with his death on the cross (1 John 3:7-8)

Satan is a defeated enemy (Revelation 20:10)

◆ **SECOND COMING OF CHRIST**

We do not know when Jesus will return (Matthew 24:36)

Christ's return will be unmistakable (Mark 13:26-27)

Christ's return will be joyous for those who are ready (Luke 12:35-40)

The Second Coming will be a time of judgment on unbelievers
(John 12:37-50)

At Christ's second coming we will be with him forever (John 14:1-3)

The promise of Christ's return (Acts 1:10-11)

Believers will be resurrected and given glorious bodies
(1 Corinthians 15:51-57)

Christ's return will be visible and glorious (1 Thessalonians 4:16)

At Christ's return, Christians who are dead and alive will rise to meet him
(1 Thessalonians 4:16-17)

Continue to serve God as you await the Second Coming (1 Peter 4:7-8)

Patiently await Christ's return (2 Peter 3:8-13)

Jesus is coming soon (Revelation 22:20-21)

◆ **SELF-ESTEEM** (*see also* **PRIDE**)

We are of great value to God (Luke 12:4-12)

God gave his Son for us (John 3:16)

Our self-esteem is affected by our relationship with Christ
(Romans 12:1-8)

Our self-esteem is based on God's approval (2 Corinthians 10:12-18)

We should not overestimate ourselves (Galatians 6:3-5)

◆ **SEX**

Sexual sin begins in the mind (Matthew 5:27-30)

Sex is a powerful bond not meant to be taken lightly
(1 Corinthians 6:13-20)

Sexual immorality has no place among Christians (Ephesians 5:1-3)

We are to have nothing to do with sexual immorality (Colossians 3:5)

God wants us to live in holiness, not lustful passion (1 Thessalonians 4:1-8)

Sex in marriage is honorable and pure (Hebrews 13:4)

◆ **SICKNESS**

Jesus can heal sickness (Matthew 4:23-25)

Believers ought to have compassion on the sick (Matthew 25:34-40)

It is better to be physically crippled than spiritually crippled
(Mark 9:43-48)

Paul had an infirmity that God would not remove (2 Corinthians 12:7-10)

◆ **SIN**

Sin begins in the mind (Matthew 5:27-28)
All people have sinned (Romans 3:23)
Sin leads to eternal death (Romans 6:23)
Jesus takes the penalty of our sin on himself (Romans 8:1-2)
Sin begins with temptation (James 1:15)
We can sin by avoiding something we should do (James 4:17)
God is willing to forgive our sins (1 John 1:8-9)

◆ **SINGLENESS**

Some people remain single to work for God's Kingdom (Matthew 19:12)
Singleness is a gift from God (1 Corinthians 7:7-8)
Single people can serve God (1 Corinthians 7:25-31)
Single people have more time to focus on service for God
(1 Corinthians 7:32-35)

◆ **SORROW (*see also* GRIEF)**

God promises comfort to those who experience sorrow (Matthew 5:4)
God may use sorrow to point out sin and draw us back to him
(2 Corinthians 7:10-11)
We sorrow over believers who die, but one day we will meet again
(1 Thessalonians 4:13-18)
Sorrow will not exist in God's Kingdom (Revelation 21:3-4)

◆ **SOUL**

People cannot destroy your soul (Matthew 10:28)
We are to love God with our whole being—heart, soul, and mind
(Matthew 22:36-40)
It is of no value to gain the world but lose your soul (Mark 8:34-38)
We can place our soul under Christ's protection (John 10:27-29)
Believers are assured of immortality (1 Corinthians 15:46-53)

◆ **SPIRITUAL GIFTS**

God expects us to use our gifts (Romans 12:3-8)
God gives us our spiritual gifts (1 Corinthians 12:4-11)
Spiritual gifts build up the body of Christ (Ephesians 4:11-13)
Spiritual gifts ought not be denied nor overemphasized
(1 Thessalonians 5:19-22)
God distributes spiritual gifts according to his will (Hebrews 2:4)

◆ **STRESS**

God is always with us (Romans 8:31-39)
God cares about our stress (2 Corinthians 4:8-12)
Don't let stress cause you to worry (Philippians 4:4-9)

◆ **SUBMISSION (*see also* OBEDIENCE)**

Christ is our example of submission to the Father's will
(Matthew 26:39, 42)
Following Christ requires submission to him (Luke 14:27)
God created lines of authority for harmonious relationships
(1 Corinthians 11:2-16)
Marriage calls for mutual submission (Ephesians 5:21-33)
Submit to God (James 4:7-10)

◆ **SUFFERING (*see also* TRIALS)**

Christ's followers will face suffering (Matthew 16:21-26)
Our suffering helps us comfort others who are suffering
(2 Corinthians 1:3-7)

Our suffering will end in glory (2 Corinthians 4:17-18)
Jesus can help us through suffering (Hebrews 2:11-18)
Christ showed how to handle suffering (1 Peter 2:21-24)
There will be no suffering in Christ's Kingdom (Revelation 21:4)

◆ **TEACHING (***see also* **WITNESSING)**
Believers teach each other (2 Timothy 2:2)
Qualities of a good teacher (2 Timothy 2:22-26)
Instruction to those who teach God's Word (Titus 2:1-15)

◆ **TEMPTATION**
How to respond when tempted (Matthew 4:1-11)
God will provide a way of escape from every temptation
        (1 Corinthians 10:13)
Run from temptation (2 Timothy 2:22)
Christ can help us, for he, too, has faced temptation (Hebrews 4:15-16)
God never tempts people to sin (James 1:13-15)

◆ **THANKFULNESS**
Be thankful for salvation (Ephesians 2:4-10)
Our prayers should include words of thankfulness (Philippians 4:6)
Our life should be characterized by thankfulness to God
        (Colossians 3:15-17)
We are called to give thanks in all circumstances
        (1 Thessalonians 5:16-18)

◆ **TRIALS (***see also* **SUFFERING)**
Christ promises us rest from our trials (Matthew 11:28-30)
Jesus understands our struggles (John 15:18)
Have peace in trials (John 16:33)
Trials help us develop patience (Romans 5:1-5)
God knows what he is doing with our life (Romans 8:28)
Believers can expect to suffer for their faith (2 Corinthians 6:3-13)
Present trials fade in comparison to the joy of our relationship with Christ
        (Philippians 3:7-11)
God expects us to grow through our trials (James 1:2-4)

◆ **TRUST (***see* **FAITH)**

◆ **TRUTH**
Truth sets us free (John 8:31-32)
Truth is found in Jesus Christ (John 14:6)
God's Word is truth (John 17:17)
We must not only believe the truth but also live by it (1 John 1:5-7)

◆ **UNBELIEVERS**
We must share the gospel with unbelievers (John 17:14-19)
Unbelievers do not belong to Christ (Romans 8:9)
We should avoid situations that force us to compromise our beliefs
        (2 Corinthians 6:14-18)
Unbelievers will not enter heaven (1 John 5:10-12)

◆ **UNITY**
Christians are not supposed to live in isolation (John 17:11)
Unity includes bearing one another's joys and burdens (Romans 12:9-16)
Believers must seek unity in all essentials (1 Corinthians 1:10)
There can be great unity even in great diversity (Ephesians 4:3-13)

The love Christ commanded should create unity among believers
(Philippians 1:3-11)

Unity ought to be a distinctive mark among Christians (Philippians 2:1-2)

- **WISDOM**

    Wise people build on the solid foundation of God and his Word
    (Matthew 7:24-27)

    God's wisdom is different from the world's wisdom (1 Corinthians 2:1-16)

    God will give us wisdom if we ask for it (James 1:5)

- **WITNESSING (*see also* EVANGELISM, TEACHING)**

    Let your light shine (Matthew 5:14-16)

    Jesus commanded all believers to witness (Matthew 28:16-20)

    If we acknowledge our faith before people, Jesus will acknowledge us
    (Luke 12:8-9)

    Christians are called to spread the gospel across the world (Acts 1:8)

    We plant or water the seed of faith, but only God makes it grow
    (1 Corinthians 3:5-9)

    God has entrusted us with the message we need to share with others
    (2 Corinthians 5:18-21)

    Always be ready to tell what God has done for you (1 Peter 3:15)

- **WOMEN**

    Women and men are equal before God (Galatians 3:28)

    The church should care for widows who have no relatives
    (1 Timothy 5:3-16)

- **WORK**

    Our work for God is never wasted (1 Corinthians 15:58)

    All work should be done as though we are working for God
    (Ephesians 6:5-9)

- **WORRY (*see* STRESS)**

- **WORSHIP (*see also* CHURCH)**

    We can worship because of Christ's sacrifice on our behalf
    (Hebrews 10:1-10)

    We should worship with reverence for God (Hebrews 12:28)

    When we draw near to God, he draws near to us (James 4:8)

- **YOUTH (*see* ADOLESCENCE)**

INTRODUCTION TO THE
New Living Translation

Translation Philosophy and Methodology

ENGLISH BIBLE TRANSLATIONS tend to be governed by one of two general translation theories. The first theory has been called "formal-equivalence," "literal," or "word-for-word" translation. According to this theory, the translator attempts to render each word of the original language into English and seeks to preserve the original syntax and sentence structure as much as possible in translation. The second theory has been called "dynamic-equivalence," "functional-equivalence," or "thought-for-thought" translation. The goal of this translation theory is to produce in English the closest natural equivalent of the message expressed by the original-language text, both in meaning and in style.

Both of these translation theories have their strengths. A formal-equivalence translation preserves aspects of the original text—including ancient idioms, term consistency, and original-language syntax—that are valuable for scholars and professional study. It allows a reader to trace formal elements of the original-language text through the English translation. A dynamic-equivalence translation, on the other hand, focuses on translating the message of the original-language text. It ensures that the meaning of the text is readily apparent to the contemporary reader. This allows the message to come through with immediacy, without requiring the reader to struggle with foreign idioms and awkward syntax. It also facilitates serious study of the text's message and clarity in both devotional and public reading.

The pure application of either of these translation philosophies would create translations at opposite ends of the translation spectrum. But in reality, all translations contain a mixture of these two philosophies. A purely formal-equivalence translation would be unintelligible in English, and a purely dynamic-equivalence translation would risk being unfaithful to the original. That is why translations shaped by dynamic-equivalence theory are usually quite literal when the original text is relatively clear, and the translations shaped by formal-equivalence theory are sometimes quite dynamic when the original text is obscure.

The translators of the New Living Translation set out to render the message of the original texts of Scripture into clear, contemporary English. As they did so, they kept the concerns of both formal-equivalence and dynamic-equivalence in mind. On the one hand, they translated as simply and literally as possible when that approach yielded an accurate, clear, and natural English text. Many words and phrases were rendered literally and consistently into English, preserving essential literary and rhetorical devices, ancient metaphors, and word choices that give structure to the text and provide echoes of meaning from one passage to the next.

On the other hand, the translators rendered the message more dynamically when the literal rendering was hard to understand, was misleading, or yielded archaic or foreign wording. They clarified difficult metaphors and terms to aid in the reader's understanding. The translators first struggled with the meaning of the words and phrases in the ancient context; then they rendered the message into clear, natural English. Their goal was to be both faithful to the ancient texts and eminently readable. The result is a translation that is both exegetically accurate and idiomatically powerful.

Translation Process and Team

To produce an accurate translation of the Bible into contemporary English, the translation team needed the skills necessary to enter into the thought patterns of the ancient authors and then to render their ideas, connotations, and effects into clear, contemporary English. To begin this process, qualified biblical scholars were needed to interpret the meaning of the original text and to check it against our base English translation. In order to guard against personal and theological biases, the scholars needed to represent a diverse group of Evangelicals who would employ the best exegetical tools. Then to work alongside the scholars, skilled English stylists were needed to shape the text into clear, contemporary English.

With these concerns in mind, the Bible Translation Committee recruited teams of scholars that represented a broad spectrum of denominations, theological perspectives, and backgrounds within the worldwide Evangelical community. (These scholars are listed at the end of this introduction.) Each book of the Bible was assigned to three different scholars with proven expertise in the book or group of books to be reviewed. Each of these scholars made a thorough review of a base translation and submitted suggested revisions to the appropriate Senior Translator. The Senior Translator then reviewed and summarized these suggestions and proposed a first-draft revision of the base text. This draft served as the basis for several additional phases of exegetical and stylistic committee review. Then the Bible Translation Committee jointly reviewed and approved every verse of the final translation.

Throughout the translation and editing process, the Senior Translators and their scholar teams were given a chance to review the editing done by the team of stylists. This ensured that exegetical errors would not be introduced late in the process and that the entire Bible Translation Committee was happy with the final result. By choosing a team of qualified scholars and skilled stylists and by setting up a process that allowed their interaction throughout the process, the New Living Translation has been refined to preserve the essential formal elements of the original biblical texts, while also creating a clear, understandable English text.

The New Living Translation was first published in 1996. Shortly after its initial publication, the Bible Translation Committee began a process of further committee review and translation refinement. The purpose of this continued revision was to increase the level of precision without sacrificing the text's easy-to-understand quality. This second-edition text was completed in 2004, and this printing of the New Living Translation reflects the updated text.

Written to Be Read Aloud

It is evident in Scripture that the biblical documents were written to be read aloud, often in public worship (see Nehemiah 8; Luke 4:16-20; 1 Timothy 4:13; Revelation 1:3). It is still the case today that more people will hear the Bible read aloud in church than are likely to read it for themselves. Therefore, a new translation must communicate with clarity and power when it is read publicly. Clarity was a primary goal for the NLT translators, not only to facilitate private reading and understanding, but also to ensure that it would be excellent for public reading and make an immediate and powerful impact on any listener.

The Texts behind the New Living Translation

The Old Testament translators used the Masoretic Text of the Hebrew Bible as represented in *Biblia Hebraica Stuttgartensia* (1977), with its extensive system of textual notes; this is an update of Rudolf Kittel's *Biblia Hebraica* (Stuttgart, 1937). The translators also further compared the Dead Sea Scrolls, the Septuagint and other Greek manuscripts, the Samaritan Pentateuch, the Syriac Peshitta, the Latin Vulgate, and any other versions or manuscripts that shed light on the meaning of difficult passages.

The New Testament translators used the two standard editions of the Greek New Testament: the *Greek New Testament,* published by the United Bible Societies (UBS, fourth revised edition, 1993), and *Novum Testamentum Graece,* edited by Nestle and Aland (NA, twenty-seventh edition, 1993). These two editions, which have the same text but differ in punctuation and textual notes, represent, for the most part, the best in modern textual scholarship. However, in cases where strong textual or other scholarly evidence supported the decision, the translators sometimes chose to differ from the UBS and NA Greek texts and followed variant readings found in other ancient witnesses. Significant textual variants of this sort are always noted in the textual notes of the New Living Translation.

Translation Issues

The translators have made a conscious effort to provide a text that can be easily understood by the typical reader of modern English. To this end, we sought to use only vocabulary and language structures in common use today. We avoided using language likely to become quickly dated or that reflects only a narrow sub-dialect of English, with the goal of making the New Living Translation as broadly useful and timeless as possible.

But our concern for readability goes beyond the concerns of vocabulary and sentence structure. We are also concerned about historical and cultural barriers to understanding the Bible, and we have sought to translate terms shrouded in history and culture in ways that can be immediately understood. To this end:

◆ We have converted ancient weights and measures (for example, "ephah" [a unit of dry volume] or "cubit" [a unit of length]) to modern English (American) equivalents, since the ancient measures are not generally meaningful to today's readers. Then in the textual footnotes we offer the literal Hebrew, Aramaic, or Greek measures, along with modern metric equivalents.

◆ Instead of translating ancient currency values literally, we have expressed them in common terms that communicate the message. For example, in the Old Testament, "ten shekels of silver" becomes "ten pieces of silver" to convey the intended message. In the New Testament, we have often translated the "denarius" as "the normal daily wage" to facilitate understanding. Then a footnote offers: "Greek *a denarius,* the payment for a full day's wage." In general, we give a clear English rendering and then state the literal Hebrew, Aramaic, or Greek in a textual footnote.

◆ Since the names of Hebrew months are unknown to most contemporary readers, and since the Hebrew lunar calendar fluctuates from year to year in relation to the solar calendar used today, we have looked for clear ways to communicate the time of year the Hebrew months (such as Abib) refer to. When an expanded or interpretive rendering is given in the text, a textual note gives the literal rendering. Where it is possible to define a specific ancient date in terms of our modern calendar, we use modern dates in the text. A textual footnote then gives the literal Hebrew date and states the rationale for our rendering. For example, Ezra 6:15 pinpoints the date when the post-exilic Temple was completed in Jerusalem: "the third day of the month Adar." This was during the sixth year of King Darius's reign (that is, 515 B.C.). We have translated that date as March 12, with a footnote giving the Hebrew and identifying the year as 515 B.C.

♦ Since ancient references to the time of day differ from our modern methods of denoting time, we have used renderings that are instantly understandable to the modern reader. Accordingly, we have rendered specific times of day by using approximate equivalents in terms of our common "o'clock" system. On occasion, translations such as "at dawn the next morning" or "as the sun began to set" have been used when the biblical reference is more general.

♦ When the meaning of a proper name (or a wordplay inherent in a proper name) is relevant to the message of the text, its meaning is often illuminated with a textual footnote. For example, in Exodus 2:10 the text reads: "The princess named him Moses, for she explained, 'I lifted him out of the water.'" The accompanying footnote reads: "*Moses* sounds like a Hebrew term that means 'to lift out.'"

♦ Sometimes, when the actual meaning of a name is clear, that meaning is included in parentheses within the text itself. For example, the text at Genesis 16:11 reads: "You are to name him Ishmael *(which means 'God hears'),* for the LORD has heard your cry of distress." Since the original hearers and readers would have instantly understood the meaning of the name "Ishmael," we have provided modern readers with the same information so they can experience the text in a similar way.

♦ Many words and phrases carry a great deal of cultural meaning that was obvious to the original readers but needs explanation in our own culture. For example, the phrase "they beat their breasts" (Luke 23:48) in ancient times meant that people were very upset, often in mourning. In our translation we chose to translate this phrase dynamically for clarity: "They went home *in deep sorrow.*" Then we included a footnote with the literal Greek, which reads: "Greek *went home beating their breasts.*" In other similar cases, however, we have sometimes chosen to illuminate the existing literal expression to make it immediately understandable. For example, here we might have expanded the literal phrase to read: "They went home beating their breasts *in sorrow.*" If we had done this, we would not have included a textual footnote, since the literal Greek clearly appears in translation.

♦ Metaphorical language is sometimes difficult for contemporary readers to understand, so at times we have chosen to translate or illuminate the meaning of a metaphor. For example, the ancient poet writes, "Your neck is *like* the tower of David" (Song of Songs 4:4). We have rendered it "Your neck is *as beautiful as* the tower of David" to clarify the intended positive meaning of the simile. Another example comes in Ecclesiastes 12:3, which can be literally rendered: "Remember him . . . when the grinding women cease because they are few, and the women who look through the windows see dimly." We have rendered it: "Remember him before your teeth—your few remaining servants—stop grinding; and before your eyes—the women looking through the windows—see dimly." We clarified such metaphors only when we believed a typical reader might be confused by the literal text.

◆ When the content of the original language text is poetic in character, we have rendered it in English poetic form. We sought to break lines in ways that clarify and highlight the relationships between phrases of the text. Hebrew poetry often uses parallelism, a literary form where a second phrase (or in some instances a third or fourth) echoes the initial phrase in some way. In Hebrew parallelism, the subsequent parallel phrases continue, while also furthering and sharpening, the thought expressed in the initial line or phrase. Whenever possible, we sought to represent these parallel phrases in natural poetic English.

◆ The Greek term *hoi Ioudaioi* is literally translated "the Jews" in many English translations. In the Gospel of John, however, this term doesn't always refer to the Jewish people generally. In some contexts, it refers more particularly to the Jewish religious leaders. We have attempted to capture the meaning in these different contexts by using terms such as "the people" (with a footnote: Greek *the Jewish people*) or "the religious leaders," where appropriate.

◆ One challenge we faced was how to translate accurately the ancient biblical text that was originally written in a context where male-oriented terms were used to refer to humanity generally. We needed to respect the nature of the ancient context while also trying to make the translation clear to a modern audience that tends to read male-oriented language as applying only to males. Often the original text, though using masculine nouns and pronouns, clearly intends that the message be applied to both men and women. A typical example is found in the New Testament letters, where the believers are called "brothers" (*adelphoi*). Yet it is clear from the content of these letters that they were addressed to all the believers—male and female. Thus, we have usually translated this Greek word as "brothers and sisters" in order to represent the historical situation more accurately.

We have also been sensitive to passages where the text applies generally to human beings or to the human condition. In some instances we have used plural pronouns (they, them) in place of the masculine singular (he, him). For example, a traditional rendering of Proverbs 22:6 is: "Train up a child in the way he should go, and when he is old he will not turn from it." We have rendered it: "Direct your children onto the right path, and when they are older, they will not leave it." At times, we have also replaced third person pronouns with the second person to ensure clarity. A traditional rendering of Proverbs 26:27 is: "He who digs a pit will fall into it, and he who rolls a stone, it will come back on him." We have rendered it: "If you set a trap for others, you will get caught in it yourself. If you roll a boulder down on others, it will crush you instead."

We should emphasize, however, that all masculine nouns and pronouns used to represent God (for example, "Father") have been maintained without exception. All decisions of this kind have been driven by the concern to reflect accurately the intended meaning of the original texts of Scripture.

Lexical Consistency in Terminology

For the sake of clarity, we have translated certain original-language terms consistently, especially within synoptic passages and for commonly repeated rhetorical phrases, and within certain word categories such as divine names and non-theological technical terminology (e.g., liturgical, legal, cultural, zoological, and botanical terms). For theological terms, we have allowed a greater semantic range of acceptable English words or phrases for a single Hebrew or Greek word. We have avoided some theological terms that are not readily understood by many modern readers. For example, we avoided using words such as "justification," "sanctification," and "regeneration," which are carryovers from Latin translations. In place of these words, we have provided renderings such as "we are made right with God," "we are made holy," and "we are born anew."

The Spelling of Proper Names

Many individuals in the Bible, especially the Old Testament, are known by more than one name (e.g., Uzziah/Azariah). For the sake of clarity, we have tried to use a single spelling for any one individual, footnoting the literal spelling whenever we differ from it. This is especially helpful in delineating the kings of Israel and Judah. King Joash/Jehoash of Israel has been consistently called Jehoash, while King Joash/Jehoash of Judah is called Joash. A similar distinction has been used to distinguish between Joram/Jehoram of Israel and Joram/Jehoram of Judah. All such decisions were made with the goal of clarifying the text for the reader. When the ancient biblical writers clearly had a theological purpose in their choice of a variant name (e.g., Eshbaal/Ishbosheth), the different names have been maintained with an explanatory footnote.

For the names Jacob and Israel, which are used interchangeably for both the individual patriarch and the nation, we generally render it "Israel" when it refers to the nation and "Jacob" when it refers to the individual. When our rendering of the name differs from the underlying Hebrew text, we provide a textual footnote, which includes this explanation: "The names 'Jacob' and 'Israel' are often interchanged throughout the Old Testament, referring sometimes to the individual patriarch and sometimes to the nation."

The Rendering of Divine Names

All appearances of *'el, 'elohim,* or *'eloah* have been translated "God," except where the context demands the translation "god(s)." We have generally rendered the tetragrammaton (*YHWH*) consistently as "the LORD," utilizing a form with small capitals that is common among English translations. This will distinguish it from the name *'adonai,* which we render "Lord." When *'adonai* and *YHWH* appear together, we have rendered it "Sovereign LORD." This also distinguishes *'adonai YHWH* from cases where *YHWH* appears with *'elohim,* which is rendered "LORD God." When *YH* (the short form of *YHWH*) and *YHWH* appear together, we have rendered it "LORD GOD." When *YHWH* appears with the term *tseba'oth,* we have rendered it "LORD of Heaven's Armies" to translate the meaning of the name. In a few cases, we have utilized the transliteration, *Yahweh,* when the personal character of the name is being invoked in contrast to another divine name or the name of some other god (for example, see Exod 3:15; 6:2-3).

In the New Testament, the Greek word *christos* has been translated as "Messiah" when the context assumes a Jewish audience. When a Gentile audience can be assumed, *christos* has been translated as "Christ." The Greek word *kurios* is consistently translated "Lord," except that it is translated "LORD" wherever the New Testament text explicitly quotes from the Old Testament, and the text there has it in small capitals.

Textual Footnotes

The New Living Translation provides several kinds of textual footnotes, all designated in the text with an asterisk:

◆ When for the sake of clarity the NLT renders a difficult or potentially confusing phrase dynamically, we generally give the literal rendering in a textual footnote. This allows the reader to see the literal source of our dynamic rendering and how our translation relates to other more literal translations. These notes are prefaced with "Hebrew," "Aramaic," or "Greek," identifying the language of the underlying source text. For example, in Acts 2:42 we translated the literal "breaking of bread" (from the Greek) as "the Lord's Supper" to clarify that this verse refers to the ceremonial practice of the church rather than just an ordinary meal. Then we attached a footnote to "the Lord's Supper," which reads: "Greek *the breaking of bread.*"

◆ Textual footnotes are also used to show alternative renderings, prefaced with the word "Or." These normally occur for passages where an aspect of the meaning is debated. On occasion, we also provide notes on words or phrases that represent a departure from long-standing tradition. These notes are prefaced with "Traditionally rendered." For example, the footnote to the translation "serious skin disease" at Leviticus 13:2 says: "Traditionally rendered *leprosy.* The Hebrew word used throughout this passage is used to describe various skin diseases."

◆ When our translators follow a textual variant that differs significantly from our standard Hebrew or Greek texts (listed earlier), we document that difference with a footnote. We also footnote cases when the NLT excludes a passage that is included in the Greek text known as the *Textus Receptus* (and familiar to readers through its translation in the King James Version). In such cases, we offer a translation of the excluded text in a footnote, even though it is generally recognized as a later addition to the Greek text and not part of the original Greek New Testament.

◆ All Old Testament passages that are quoted in the New Testament are identified by a textual footnote at the New Testament location. When the New Testament clearly quotes from the Greek translation of the Old Testament, and when it differs significantly in wording from the Hebrew text, we also place a textual footnote at the Old Testament location. This note includes a rendering of the Greek version, along with a cross-reference to the New Testament passage(s) where it is cited (for example, see notes on Proverbs 3:12; Psalms 8:2; 53:3).

◆ Some textual footnotes provide cultural and historical information on places, things, and people in the Bible that are probably obscure to modern readers. Such notes should aid the reader in understanding the message of the text. For example, in Acts 12:1, "King Herod" is named in this translation as "King Herod Agrippa" and is identified in a footnote as being "the nephew of Herod Antipas and a grandson of Herod the Great."

◆ When the meaning of a proper name (or a wordplay inherent in a proper name) is relevant to the meaning of the text, it is either illuminated with a textual footnote or included within parentheses in the text itself. For example, the footnote concerning the name "Eve" at Genesis 3:20 reads: "Eve sounds like a Hebrew term that means 'to give life.'" This wordplay in the Hebrew illuminates the meaning of the text, which goes on to say that Eve "would be the mother of all who live."

As WE SUBMIT this translation for publication, we recognize that any translation of the Scriptures is subject to limitations and imperfections. Anyone who has attempted to communicate the richness of God's Word into another language will realize it is impossible to make a perfect translation. Recognizing these limitations, we sought God's guidance and wisdom throughout this project. Now we pray that he will accept our efforts and use this translation for the benefit of the church and of all people.

We pray that the New Living Translation will overcome some of the barriers of history, culture, and language that have kept people from reading and understanding God's Word. We hope that readers unfamiliar with the Bible will find the words clear and easy to understand and that readers well versed in the Scriptures will gain a fresh perspective. We pray that readers will gain insight and wisdom for living, but most of all that they will meet the God of the Bible and be forever changed by knowing him.

The Bible Translation Committee

July 2004

BIBLE TRANSLATION TEAM
Holy Bible, New Living Translation

PENTATEUCH
Daniel I. Block, Senior Translator
The Southern Baptist Theological Seminary

GENESIS
Allan Ross, *Beeson Divinity School, Samford University*
Gordon Wenham, *University of Gloucester*

EXODUS
Robert Bergen, *Hannibal-LaGrange College*
Daniel I. Block, *The Southern Baptist Theological Seminary*
Eugene Carpenter, *Bethel College, Mishawaka, Indiana*

LEVITICUS
David Baker, *Ashland Theological Seminary*
Victor Hamilton, *Asbury College*
Kenneth Mathews, *Beeson Divinity School, Samford University*

NUMBERS
Dale A. Brueggemann, *Assemblies of God Division of Foreign Missions*
R. K. Harrison (deceased), *Wycliffe College*
Paul R. House, *Wheaton College*
Gerald L. Mattingly, *Johnson Bible College*

DEUTERONOMY
J. Gordon McConville, *University of Gloucester*
Eugene H. Merrill, *Dallas Theological Seminary*
John A. Thompson (deceased), *University of Melbourne*

HISTORICAL BOOKS
Barry J. Beitzel, Senior Translator
Trinity Evangelical Divinity School

JOSHUA, JUDGES
Carl E. Armerding, *Schloss Mittersill Study Centre*
Barry J. Beitzel, *Trinity Evangelical Divinity School*
Lawson Stone, *Asbury Theological Seminary*

1 & 2 SAMUEL
Robert Gordon, *Cambridge University*
V. Philips Long, *Regent College*
J. Robert Vannoy, *Biblical Theological Seminary*

1 & 2 KINGS
Bill T. Arnold, *Asbury Theological Seminary*
William H. Barnes, *North Central University*
Frederic W. Bush, *Fuller Theological Seminary*

1 & 2 CHRONICLES
Raymond B. Dillard (deceased), *Westminster Theological Seminary*
David A. Dorsey, *Evangelical School of Theology*
Terry Eves, *Erskine College*

RUTH, EZRA—ESTHER
William C. Williams, *Vanguard University*
H. G. M. Williamson, *Oxford University*

WISDOM BOOKS
Tremper Longman III, Senior Translator
Westmont College
JOB
August Konkel, *Providence Theological Seminary*
Tremper Longman III, *Westmont College*
Al Wolters, *Redeemer College*
PSALMS 1–75
Mark D. Futato, *Reformed Theological Seminary*
Douglas Green, *Westminster Theological Seminary*
Richard Pratt, *Reformed Theological Seminary*
PSALMS 76–150
David M. Howard Jr., *Bethel Theological Seminary*
Raymond C. Ortlund Jr., *Trinity Evangelical Divinity School*
Willem VanGemeren, *Trinity Evangelical Divinity School*
PROVERBS
Ted Hildebrandt, *Gordon College*
Richard Schultz, *Wheaton College*
Raymond C. Van Leeuwen, *Eastern College*
ECCLESIASTES, SONG OF SONGS
Daniel C. Fredericks, *Belhaven College*
David Hubbard (deceased), *Fuller Theological Seminary*
Tremper Longman III, *Westmont College*

PROPHETS
John N. Oswalt, Senior Translator
Wesley Biblical Seminary
ISAIAH
John N. Oswalt, *Wesley Biblical Seminary*
Gary Smith, *Midwestern Baptist Theological Seminary*
John Walton, *Wheaton College*
JEREMIAH, LAMENTATIONS
G. Herbert Livingston, *Asbury Theological Seminary*
Elmer A. Martens, *Mennonite Brethren Biblical Seminary*
EZEKIEL
Daniel I. Block, *The Southern Baptist Theological Seminary*
David H. Engelhard, *Calvin Theological Seminary*
David Thompson, *Asbury Theological Seminary*
DANIEL, HAGGAI—MALACHI
Joyce Baldwin Caine (deceased), *Trinity College, Bristol*
Douglas Gropp, *Catholic University of America*
Roy Hayden, *Oral Roberts School of Theology*
Andrew Hill, *Wheaton College*
Tremper Longman III, *Westmont College*
HOSEA—ZEPHANIAH
Joseph Coleson, *Nazarene Theological Seminary*
Roy Hayden, *Oral Roberts School of Theology*
Andrew Hill, *Wheaton College*
Richard Patterson, *Liberty University*

GOSPELS AND ACTS
Grant R. Osborne, Senior Translator
Trinity Evangelical Divinity School
MATTHEW
Craig Blomberg, *Denver Seminary*
Donald A. Hagner, *Fuller Theological Seminary*
David Turner, *Grand Rapids Baptist Seminary*

MARK
  Robert Guelich (deceased), *Fuller Theological Seminary*
  George Guthrie, *Union University*
  Grant R. Osborne, *Trinity Evangelical Divinity School*

LUKE
  Darrell Bock, *Dallas Theological Seminary*
  Scot McKnight, *North Park University*
  Robert Stein, *The Southern Baptist Theological Seminary*

JOHN
  Gary M. Burge, *Wheaton College*
  Philip W. Comfort, *Coastal Carolina University*
  Marianne Meye Thompson, *Fuller Theological Seminary*

ACTS
  D. A. Carson, *Trinity Evangelical Divinity School*
  William J. Larkin, *Columbia International University*
  Roger Mohrlang, *Whitworth College*

LETTERS AND REVELATION
  Norman R. Ericson, Senior Translator
  Wheaton College

ROMANS, GALATIANS
  Gerald Borchert, *Northern Baptist Theological Seminary*
  Douglas J. Moo, *Wheaton College*
  Thomas R. Schreiner, *The Southern Baptist Theological Seminary*

1 & 2 CORINTHIANS
  Joseph Alexanian, *Trinity International University*
  Linda Belleville, *North Park Theological Seminary*
  Douglas A. Oss, *Central Bible College*
  Robert Sloan, *Baylor University*

EPHESIANS—PHILEMON
  Harold W. Hoehner, *Dallas Theological Seminary*
  Moises Silva, *Gordon-Conwell Theological Seminary*
  Klyne Snodgrass, *North Park Theological Seminary*

HEBREWS, JAMES, 1 & 2 PETER, JUDE
  Peter Davids, *Schloss Mittersill Study Centre*
  Norman R. Ericson, *Wheaton College*
  William Lane (deceased), *Seattle Pacific University*
  J. Ramsey Michaels, *S. W. Missouri State University*

1—3 JOHN, REVELATION
  Greg Beale, *Wheaton College*
  Robert Mounce, *Whitworth College*
  M. Robert Mulholland Jr., *Asbury Theological Seminary*

SPECIAL REVIEWERS
  F. F. Bruce (deceased), *University of Manchester*
  Kenneth N. Taylor, *Translator,* The Living Bible

COORDINATING TEAM
  Mark D. Taylor, *Director and Chief Stylist*
  Ronald A. Beers, *Executive Director and Stylist*
  Mark R. Norton, *Managing Editor and O.T. Coordinating Editor*
  Philip W. Comfort, *N.T. Coordinating Editor*
  Daniel W. Taylor, *Bethel University, Senior Stylist*

Matthew

The Ancestors of Jesus the Messiah

1 This is a record of the ancestors of Jesus the Messiah, a descendant of David* and of Abraham:

2 Abraham was the father of Isaac.
Isaac was the father of Jacob.
Jacob was the father of Judah and his
brothers.
3 Judah was the father of Perez and Zerah
(whose mother was Tamar).
Perez was the father of Hezron.
Hezron was the father of Ram.*
4 Ram was the father of Amminadab.
Amminadab was the father of Nahshon.
Nahshon was the father of Salmon.
5 Salmon was the father of Boaz (whose
mother was Rahab).
Boaz was the father of Obed (whose mother
was Ruth).
Obed was the father of Jesse.
6 Jesse was the father of King David.
David was the father of Solomon (whose
mother was Bathsheba, the widow
of Uriah).
7 Solomon was the father of Rehoboam.
Rehoboam was the father of Abijah.
Abijah was the father of Asa.*
8 Asa was the father of Jehoshaphat.
Jehoshaphat was the father of Jehoram.*
Jehoram was the father* of Uzziah.
9 Uzziah was the father of Jotham.
Jotham was the father of Ahaz.
Ahaz was the father of Hezekiah.
10 Hezekiah was the father of Manasseh.
Manasseh was the father of Amon.*
Amon was the father of Josiah.
11 Josiah was the father of Jehoiachin* and his
brothers (born at the time of the exile
to Babylon).
12 After the Babylonian exile:
Jehoiachin was the father of Shealtiel.
Shealtiel was the father of Zerubbabel.
13 Zerubbabel was the father of Abiud.
Abiud was the father of Eliakim.

Eliakim was the father of Azor.
14 Azor was the father of Zadok.
Zadok was the father of Akim.
Akim was the father of Eliud.
15 Eliud was the father of Eleazar.
Eleazar was the father of Matthan.
Matthan was the father of Jacob.
16 Jacob was the father of Joseph, the husband
of Mary.
Mary gave birth to Jesus, who is called
the Messiah.

17All those listed above include fourteen generations from Abraham to David, fourteen from David to the Babylonian exile, and fourteen from the Babylonian exile to the Messiah.

The Birth of Jesus the Messiah

18This is how Jesus the Messiah was born. His mother, Mary, was engaged to be married to Joseph. But before the marriage took place, while she was still a virgin, she became pregnant through the power of the Holy Spirit. 19Joseph, her fiancé, was a good man and did not want to disgrace her publicly, so he decided to break the engagement* quietly.

20As he considered this, an angel of the Lord appeared to him in a dream. "Joseph, son of David," the angel said, "do not be afraid to take Mary as your wife. For the child within her was conceived by the Holy Spirit. 21And she will have a son, and you are to name him Jesus,* for he will save his people from their sins."

22All of this occurred to fulfill the Lord's message through his prophet:

23 "Look! The virgin will conceive a child!
She will give birth to a son,
and they will call him Immanuel,*
which means 'God is with us.'"

24When Joseph woke up, he did as the angel of the Lord commanded and took Mary as his wife. 25But he did not have sexual relations with her until her son was born. And Joseph named him Jesus.

1:1 Greek *Jesus the Messiah, son of David.* **1:3** Greek *Aram,* a variant spelling of Ram; also in 1:4. See 1 Chr 2:9-10. **1:7** Greek *Asaph,* a variant spelling of Asa; also in 1:8. See 1 Chr 3:10. **1:8a** Greek *Joram,* a variant spelling of Jehoram; also in 1:8b. See 1 Kgs 22:50 and note at 1 Chr 3:11. **1:8b** Or *ancestor;* also in 1:11. **1:10** Greek *Amos,* a variant spelling of Amon; also in 1:10b. See 1 Chr 3:14. **1:11** Greek *Jeconiah,* a variant spelling of Jehoiachin; also in 1:12. See 2 Kgs 24:6 and note at 1 Chr 3:16. **1:19** Greek *to divorce her.* **1:21** *Jesus* means "The LORD saves." **1:23** Isa 7:14; 8:8, 10 (Greek version).

Visitors from the East

2 Jesus was born in Bethlehem in Judea, during the reign of King Herod. About that time some wise men* from eastern lands arrived in Jerusalem, asking, 2"Where is the newborn king of the Jews? We saw his star as it rose,* and we have come to worship him."

3King Herod was deeply disturbed when he heard this, as was everyone in Jerusalem. 4He called a meeting of the leading priests and teachers of religious law and asked, "Where is the Messiah supposed to be born?"

5"In Bethlehem in Judea," they said, "for this is what the prophet wrote:

6 'And you, O Bethlehem in the land of Judah,
   are not least among the ruling cities* of
      Judah,
   for a ruler will come from you
   who will be the shepherd for my people
      Israel.'*"

7Then Herod called for a private meeting with the wise men, and he learned from them the time when the star first appeared. 8Then he told them, "Go to Bethlehem and search carefully for the child. And when you find him, come back and tell me so that I can go and worship him, too!"

9After this interview the wise men went their way. And the star they had seen in the east guided them to Bethlehem. It went ahead of them and stopped over the place where the child was. 10When they saw the star, they were filled with joy! 11They entered the house and saw the child with his mother, Mary, and they bowed down and worshiped him. Then they opened their treasure chests and gave him gifts of gold, frankincense, and myrrh.

12When it was time to leave, they returned to their own country by another route, for God had warned them in a dream not to return to Herod.

The Escape to Egypt

13After the wise men were gone, an angel of the Lord appeared to Joseph in a dream. "Get up! Flee to Egypt with the child and his mother," the angel said. "Stay there until I tell you to return, because Herod is going to search for the child to kill him."

14That night Joseph left for Egypt with the child and Mary, his mother, 15and they stayed there until Herod's death. This fulfilled what the Lord had spoken through the prophet: "I called my Son out of Egypt."*

16Herod was furious when he realized that the wise men had outwitted him. He sent soldiers to kill all the boys in and around Bethlehem who were two years old and under, based on the wise men's report of the star's first ap-

pearance. 17Herod's brutal action fulfilled what God had spoken through the prophet Jeremiah:

18 "A cry was heard in Ramah—
      weeping and great mourning.
   Rachel weeps for her children,
      refusing to be comforted,
   for they are dead."*

The Return to Nazareth

19When Herod died, an angel of the Lord appeared in a dream to Joseph in Egypt. 20"Get up!" the angel said. "Take the child and his mother back to the land of Israel, because those who were trying to kill the child are dead."

21So Joseph got up and returned to the land of Israel with Jesus and his mother. 22But when he learned that the new ruler of Judea was Herod's son Archelaus, he was afraid to go there. Then, after being warned in a dream, he left for the region of Galilee. 23So the family went and lived in a town called Nazareth. This fulfilled what the prophets had said: "He will be called a Nazarene."

John the Baptist Prepares the Way

3 In those days John the Baptist came to the Judean wilderness and began preaching. His message was, 2"Repent of your sins and turn to God, for the Kingdom of Heaven is near.*" 3The prophet Isaiah was speaking about John when he said,

"He is a voice shouting in the wilderness,
   'Prepare the way for the Lord's coming!
   Clear the road for him!'"*

4John's clothes were woven from coarse camel hair, and he wore a leather belt around his waist. For food he ate locusts and wild honey. 5People from Jerusalem and from all of Judea and all over the Jordan Valley went out to see and hear John. 6And when they confessed their sins, he baptized them in the Jordan River.

7But when he saw many Pharisees and Sadducees coming to watch him baptize,* he denounced them. "You brood of snakes!" he exclaimed. "Who warned you to flee God's coming wrath? 8Prove by the way you live that you have repented of your sins and turned to God. 9Don't just say to each other, 'We're safe, for we are descendants of Abraham.' That means nothing, for I tell you, God can create children of Abraham from these very stones. 10Even now the ax of God's judgment is poised, ready to sever the roots of the trees. Yes, every tree that does not produce good fruit will be chopped down and thrown into the fire.

11"I baptize with* water those who repent of their sins and turn to God. But someone is com-

---

2:1 Or *royal astrologers;* Greek reads *magi;* also in 2:7, 16.   **2:2** Or *star in the east.*   **2:6a** Greek *the rulers.*   **2:6b** Mic 5:2; 2 Sam 5:2.   **2:15** Hos 11:1.   **2:18** Jer 31:15.   **3:2** Or *has come,* or *is coming soon.*   **3:3** Isa 40:3 (Greek version).   **3:7** Or *coming to be baptized.*   **3:11a** Or *in.*

ing soon who is greater than I am—so much greater that I'm not worthy even to be his slave and carry his sandals. He will baptize you with the Holy Spirit and with fire.* [17]He is ready to separate the chaff from the wheat with his winnowing fork. Then he will clean up the threshing area, gathering the wheat into his barn but burning the chaff with never-ending fire."

The Baptism of Jesus

[13]Then Jesus went from Galilee to the Jordan River to be baptized by John. [14]But John tried to talk him out of it. "I am the one who needs to be baptized by you," he said, "so why are you coming to me?"

[15]But Jesus said, "It should be done, for we must carry out all that God requires.*" So John agreed to baptize him.

[16]After his baptism, as Jesus came up out of the water, the heavens were opened* and he saw the Spirit of God descending like a dove and settling on him. [17]And a voice from heaven said, "This is my dearly loved Son, who brings me great joy."

The Temptation of Jesus

4 Then Jesus was led by the Spirit into the wilderness to be tempted there by the devil. [2]For forty days and forty nights he fasted and became very hungry.

[3]During that time the devil* came and said to him, "If you are the Son of God, tell these stones to become loaves of bread."

[4]But Jesus told him, "No! The Scriptures say,

'People do not live by bread alone,
  but by every word that comes from the
    mouth of God.'*"

[5]Then the devil took him to the holy city, Jerusalem, to the highest point of the Temple, [6]and said, "If you are the Son of God, jump off! For the Scriptures say,

'He will order his angels to protect you.
And they will hold you up with their hands
  so you won't even hurt your foot on a
    stone.'*"

[7]Jesus responded, "The Scriptures also say, 'You must not test the LORD your God.'*"

[8]Next the devil took him to the peak of a very high mountain and showed him the kingdoms of the world and all their glory. [9]"I will give it all to you," he said, "if you will kneel down and worship me."

[10]"Get out of here, Satan," Jesus told him. "For the Scriptures say,

'You must worship the LORD your God
  and serve only him.'*"

[11]Then the devil went away, and angels came and took care of Jesus.

The Ministry of Jesus Begins

[12]When Jesus heard that John had been arrested, he left Judea and returned to Galilee. [13]He went first to Nazareth, then left there and moved to Capernaum, beside the Sea of Galilee, in the region of Zebulun and Naphtali. [14]This fulfilled what God said through the prophet Isaiah:

[15] "In the land of Zebulun and of Naphtali,
  beside the sea, beyond the Jordan River,
  in Galilee where so many Gentiles live,
[16] the people who sat in darkness
  have seen a great light.
And for those who lived in the land where
    death casts its shadow,
  a light has shined."*

[17]From then on Jesus began to preach, "Repent of your sins and turn to God, for the Kingdom of Heaven is near.*"

The First Disciples

[18]One day as Jesus was walking along the shore of the Sea of Galilee, he saw two brothers—Simon, also called Peter, and Andrew—throwing a net into the water, for they fished for a living. [19]Jesus called out to them, "Come, follow me, and I will show you how to fish for people!" [20]And they left their nets at once and followed him.

[21]A little farther up the shore he saw two other brothers, James and John, sitting in a boat with their father, Zebedee, repairing their nets. And he called them to come, too. [22]They immediately followed him, leaving the boat and their father behind.

Crowds Follow Jesus

[23]Jesus traveled throughout the region of Galilee, teaching in the synagogues and announcing the Good News about the Kingdom. And he healed every kind of disease and illness. [24]News about him spread as far as Syria, and people soon began bringing to him all who were sick. And whatever their sickness or disease, or if they were demon-possessed or epileptic or paralyzed—he healed them all. [25]Large crowds followed him wherever he went—people from Galilee, the Ten Towns,* Jerusalem, from all over Judea, and from east of the Jordan River.

The Sermon on the Mount

5 One day as he saw the crowds gathering, Jesus went up on the mountainside and sat down. His disciples gathered around him, [2]and he began to teach them.

3:11b Or *in the Holy Spirit and in fire.*   **3:15** Or *for we must fulfill all righteousness.*   **3:16** Some manuscripts read *opened to him.*
4:3 Greek *the tempter.*   **4:4** Deut 8:3.   **4:6** Ps 91:11-12.   **4:7** Deut 6:16.   **4:10** Deut 6:13.   **4:15-16** Isa 9:1-2 (Greek version).
4:17 Or *has come,* or *is coming soon.*   **4:25** Greek *Decapolis.*

The Beatitudes

3 "God blesses those who are poor and realize
their need for him,*
for the Kingdom of Heaven is theirs.
4 God blesses those who mourn,
for they will be comforted.
5 God blesses those who are humble,
for they will inherit the whole earth.
6 God blesses those who hunger and thirst
for justice,*
for they will be satisfied.
7 God blesses those who are merciful,
for they will be shown mercy.
8 God blesses those whose hearts are pure,
for they will see God.
9 God blesses those who work for peace,
for they will be called the children of God.
10 God blesses those who are persecuted for
doing right,
for the Kingdom of Heaven is theirs.

11"God blesses you when people mock you
and persecute you and lie about you* and say all
sorts of evil things against you because you are
my followers. 12Be happy about it! Be very glad!
For a great reward awaits you in heaven. And remember, the ancient prophets were persecuted
in the same way.

Teaching about Salt and Light

13"You are the salt of the earth. But what good is
salt if it has lost its flavor? Can you make it salty
again? It will be thrown out and trampled under-
foot as worthless.

14"You are the light of the world—like a city on
a hilltop that cannot be hidden. 15No one lights a
lamp and then puts it under a basket. Instead, a
lamp is placed on a stand, where it gives light to
everyone in the house. 16In the same way, let your
good deeds shine out for all to see, so that everyone will praise your heavenly Father.

Teaching about the Law

17"Don't misunderstand why I have come. I did
not come to abolish the law of Moses or the writings of the prophets. No, I came to accomplish
their purpose. 18I tell you the truth, until heaven
and earth disappear, not even the smallest detail
of God's law will disappear until its purpose is
achieved. 19So if you ignore the least commandment and teach others to do the same, you will
be called the least in the Kingdom of Heaven.
But anyone who obeys God's laws and teaches
them will be called great in the Kingdom of
Heaven.

20"But I warn you—unless your righteousness
is better than the righteousness of the teachers
of religious law and the Pharisees, you will never
enter the Kingdom of Heaven!

Teaching about Anger

21"You have heard that our ancestors were told,
'You must not murder. If you commit murder,
you are subject to judgment.'* 22But I say, if you
are even angry with someone,* you are subject
to judgment! If you call someone an idiot,* you
are in danger of being brought before the court.
And if you curse someone,* you are in danger of
the fires of hell.*

23"So if you are presenting a sacrifice at the altar in the Temple and you suddenly remember
that someone has something against you, 24leave
your sacrifice there at the altar. Go and be reconciled to that person. Then come and offer
your sacrifice to God.

25"When you are on the way to court with
your adversary, settle your differences quickly.
Otherwise, your accuser may hand you over to
the judge, who will hand you over to an officer,
and you will be thrown into prison. 26And if that
happens, you surely won't be free again until you
have paid the last penny.*

Teaching about Adultery

27"You have heard the commandment that says,
'You must not commit adultery.'* 28But I say,
anyone who even looks at a woman with lust has
already committed adultery with her in his heart.
29So if your eye—even your good eye*—causes
you to lust, gouge it out and throw it away. It is
better for you to lose one part of your body than
for your whole body to be thrown into hell.
30And if your hand—even your stronger hand*—
causes you to sin, cut it off and throw it away. It is
better for you to lose one part of your body than
for your whole body to be thrown into hell.

Teaching about Divorce

31"You have heard the law that says, 'A man can
divorce his wife by merely giving her a written
notice of divorce.'* 32But I say that a man who divorces his wife, unless she has been unfaithful,
causes her to commit adultery. And anyone who
marries a divorced woman also commits adultery.

Teaching about Vows

33"You have also heard that our ancestors were
told, 'You must not break your vows; you must
carry out the vows you make to the LORD.'* 34But
I say, do not make any vows! Do not say, 'By
heaven!' because heaven is God's throne. 35And
do not say, 'By the earth!' because the earth is his
footstool. And do not say, 'By Jerusalem!' for Jerusalem is the city of the great King. 36Do not
even say, 'By my head!' for you can't turn one
hair white or black. 37Just say a simple, 'Yes, I
will,' or 'No, I won't.' Anything beyond this is
from the evil one.

5:3 Greek *poor in spirit.*   5:6 Or *for righteousness.*   5:11 Some manuscripts omit *and lie about you.*   5:21 Exod 20:13; Deut 5:17.
5:22a Some manuscripts add *without cause.*   5:22b Greek uses an Aramaic term of contempt: *If you say to your brother, 'Raca.'*
5:22c Greek *if you say, 'You fool.'*   5:22d Greek *Gehenna;* also in 5:29, 30.   5:26 Greek *the last kodrantes* [i.e., quadrans].
5:27 Exod 20:14; Deut 5:18.   5:29 Greek *your right eye.*   5:30 Greek *your right hand.*   5:31 Deut 24:1.   5:33 Num 30:2.

Teaching about Revenge

38"You have heard the law that says the punishment must match the injury: 'An eye for an eye, and a tooth for a tooth.'* 39But I say, do not resist an evil person! If someone slaps you on the right cheek, offer the other cheek also. 40If you are sued in court and your shirt is taken from you, give your coat, too. 41If a soldier demands that you carry his gear for a mile,* carry it two miles. 42Give to those who ask, and don't turn away from those who want to borrow.

Teaching about Love for Enemies

43"You have heard the law that says, 'Love your neighbor'* and hate your enemy. 44But I say, love your enemies!* Pray for those who persecute you! 45In that way, you will be acting as true children of your Father in heaven. For he gives his sunlight to both the evil and the good, and he sends rain on the just and the unjust alike. 46If you love only those who love you, what reward is there for that? Even corrupt tax collectors do that much. 47If you are kind only to your friends,* how are you different from anyone else? Even pagans do that. 48But you are to be perfect, even as your Father in heaven is perfect.

Teaching about Giving to the Needy

6 "Watch out! Don't do your good deeds publicly, to be admired by others, for you will lose the reward from your Father in heaven. 2When you give to someone in need, don't do as the hypocrites do—blowing trumpets in the synagogues and streets to call attention to their acts of charity! I tell you the truth, they have received all the reward they will ever get. 3But when you give to someone in need, don't let your left hand know what your right hand is doing. 4Give your gifts in private, and your Father, who sees everything, will reward you.

Teaching about Prayer and Fasting

5"When you pray, don't be like the hypocrites who love to pray publicly on street corners and in the synagogues where everyone can see them. I tell you the truth, that is all the reward they will ever get. 6But when you pray, go away by yourself, shut the door behind you, and pray to your Father in private. Then your Father, who sees everything, will reward you.

7"When you pray, don't babble on and on as people of other religions do. They think their prayers are answered merely by repeating their words again and again. 8Don't be like them, for your Father knows exactly what you need even before you ask him! 9Pray like this:

Our Father in heaven,
    may your name be kept holy.
10 May your Kingdom come soon.
    May your will be done on earth,
        as it is in heaven.
11 Give us today the food we need,*
12 and forgive us our sins,
        as we have forgiven those who sin
            against us.
13 And don't let us yield to temptation,*
        but rescue us from the evil one.*

14"If you forgive those who sin against you, your heavenly Father will forgive you. 15But if you refuse to forgive others, your Father will not forgive your sins.

16"And when you fast, don't make it obvious, as the hypocrites do, for they try to look miserable and disheveled so people will admire them for their fasting. I tell you the truth, that is the only reward they will ever get. 17But when you fast, comb your hair and wash your face. 18Then no one will notice that you are fasting, except your Father, who knows what you do in private. And your Father, who sees everything, will reward you.

Teaching about Money and Possessions

19"Don't store up treasures here on earth, where moths eat them and rust destroys them, and where thieves break in and steal. 20Store your treasures in heaven, where moths and rust cannot destroy, and thieves do not break in and steal. 21Wherever your treasure is, there the desires of your heart will also be.

22"Your eye is a lamp that provides light for your body. When your eye is good, your whole body is filled with light. 23But when your eye is bad, your whole body is filled with darkness. And if the light you think you have is actually darkness, how deep that darkness is!

24"No one can serve two masters. For you will hate one and love the other; you will be devoted to one and despise the other. You cannot serve both God and money.

25"That is why I tell you not to worry about everyday life—whether you have enough food and drink, or enough clothes to wear. Isn't life more than food, and your body more than clothing? 26Look at the birds. They don't plant or harvest or store food in barns, for your heavenly Father feeds them. And aren't you far more valuable to him than they are? 27Can all your worries add a single moment to your life?

28"And why worry about your clothing? Look at the lilies of the field and how they grow. They don't work or make their clothing, 29yet Solomon in all his glory was not dressed as beautifully as

---

5:38 Greek *the law that says: 'An eye for an eye and a tooth for a tooth.'* Exod 21:24; Lev 24:20; Deut 19:21.   **5:41** Greek *milion* [4,854 feet or 1,478 meters].   **5:43** Lev 19:18.   **5:44** Some manuscripts add *Bless those who curse you. Do good to those who hate you.* Compare Luke 6:27-28.   **5:47** Greek *your brothers.*   **6:11** Or *Give us today our food for the day;* or *Give us today our food for tomorrow.*   **6:13a** Or *And keep us from being tested.*   **6:13b** Or *from evil.* Some manuscripts add *For yours is the kingdom and the power and the glory forever. Amen.*

they are. 30And if God cares so wonderfully for wildflowers that are here today and thrown into the fire tomorrow, he will certainly care for you. Why do you have so little faith?

31"So don't worry about these things, saying, 'What will we eat? What will we drink? What will we wear?' 32These things dominate the thoughts of unbelievers, but your heavenly Father already knows all your needs. 33Seek the Kingdom of God* above all else, and live righteously, and he will give you everything you need.

34"So don't worry about tomorrow, for tomorrow will bring its own worries. Today's trouble is enough for today.

Do Not Judge Others

7 "Do not judge others, and you will not be judged. 2For you will be treated as you treat others.* The standard you use in judging is the standard by which you will be judged.*

3"And why worry about a speck in your friend's eye* when you have a log in your own? 4How can you think of saying to your friend,* 'Let me help you get rid of that speck in your eye,' when you can't see past the log in your own eye? 5Hypocrite! First get rid of the log in your own eye; then you will see well enough to deal with the speck in your friend's eye.

6"Don't waste what is holy on people who are unholy.* Don't throw your pearls to pigs! They will trample the pearls, then turn and attack you.

Effective Prayer

7"Keep on asking, and you will receive what you ask for. Keep on seeking, and you will find. Keep on knocking, and the door will be opened to you. 8For everyone who asks, receives. Everyone who seeks, finds. And to everyone who knocks, the door will be opened.

9"You parents—if your children ask for a loaf of bread, do you give them a stone instead? 10Or if they ask for a fish, do you give them a snake? Of course not! 11So if you sinful people know how to give good gifts to your children, how much more will your heavenly Father give good gifts to those who ask him.

The Golden Rule

12"Do to others whatever you would like them to do to you. This is the essence of all that is taught in the law and the prophets.

The Narrow Gate

13"You can enter God's Kingdom only through the narrow gate. The highway to hell* is broad, and its gate is wide for the many who choose that way. 14But the gateway to life is very narrow and the road is difficult, and only a few ever find it.

The Tree and Its Fruit

15"Beware of false prophets who come disguised as harmless sheep but are really vicious wolves. 16You can identify them by their fruit, that is, by the way they act. Can you pick grapes from thornbushes, or figs from thistles? 17A good tree produces good fruit, and a bad tree produces bad fruit. 18A good tree can't produce bad fruit, and a bad tree can't produce good fruit. 19So every tree that does not produce good fruit is chopped down and thrown into the fire. 20Yes, just as you can identify a tree by its fruit, so you can identify people by their actions.

True Disciples

21"Not everyone who calls out to me, 'Lord! Lord!' will enter the Kingdom of Heaven. Only those who actually do the will of my Father in heaven will enter. 22On judgment day many will say to me, 'Lord! Lord! We prophesied in your name and cast out demons in your name and performed many miracles in your name.' 23But I will reply, 'I never knew you. Get away from me, you who break God's laws.'

Building on a Solid Foundation

24"Anyone who listens to my teaching and follows it is wise, like a person who builds a house on solid rock. 25Though the rain comes in torrents and the floodwaters rise and the winds beat against that house, it won't collapse because it is built on bedrock. 26But anyone who hears my teaching and ignores it is foolish, like a person who builds a house on sand. 27When the rains and floods come and the winds beat against that house, it will collapse with a mighty crash."

28When Jesus had finished saying these things, the crowds were amazed at his teaching, 29for he taught with real authority—quite unlike their teachers of religious law.

Jesus Heals a Man with Leprosy

8 Large crowds followed Jesus as he came down the mountainside. 2Suddenly, a man with leprosy approached him and knelt before him. "Lord," the man said, "if you are willing, you can heal me and make me clean."

3Jesus reached out and touched him. "I am willing," he said. "Be healed!" And instantly the leprosy disappeared. 4Then Jesus said to him, "Don't tell anyone about this. Instead, go to the priest and let him examine you. Take along the offering required in the law of Moses for those who have been healed of leprosy.* This will be a public testimony that you have been cleansed."

The Faith of a Roman Officer

5When Jesus returned to Capernaum, a Roman officer* came and pleaded with him, 6"Lord, my

6:33 Some manuscripts do not include *of God.*   7:2a Or *For God will judge you as you judge others.*   7:2b Or *The measure you give will be the measure you get back.*   7:3 Greek *your brother's eye;* also in 7:5.   7:4 Greek *your brother.*   7:6 Greek *Don't give the sacred to dogs.*   7:13 Greek *The road that leads to destruction.*   8:4 See Lev 14:2-32.   8:5 Greek *a centurion;* similarly in 8:8, 13.

young servant* lies in bed, paralyzed and in terrible pain."

7Jesus said, "I will come and heal him."

8But the officer said, "Lord, I am not worthy to have you come into my home. Just say the word from where you are, and my servant will be healed. 9I know this because I am under the authority of my superior officers, and I have authority over my soldiers. I only need to say, 'Go,' and they go, or 'Come,' and they come. And if I say to my slaves, 'Do this,' they do it."

10When Jesus heard this, he was amazed. Turning to those who were following him, he said, "I tell you the truth, I haven't seen faith like this in all Israel! 11And I tell you this, that many Gentiles will come from all over the world—from east and west—and sit down with Abraham, Isaac, and Jacob at the feast in the Kingdom of Heaven. 12But many Israelites—those for whom the Kingdom was prepared—will be thrown into outer darkness, where there will be weeping and gnashing of teeth."

13Then Jesus said to the Roman officer, "Go back home. Because you believed, it has happened." And the young servant was healed that same hour.

Jesus Heals Many People

14When Jesus arrived at Peter's house, Peter's mother-in-law was sick in bed with a high fever. 15But when Jesus touched her hand, the fever left her. Then she got up and prepared a meal for him.

16That evening many demon-possessed people were brought to Jesus. He cast out the evil spirits with a simple command, and he healed all the sick. 17This fulfilled the word of the Lord through the prophet Isaiah, who said,

"He took our sicknesses
    and removed our diseases."*

The Cost of Following Jesus

18When Jesus saw the crowd around him, he instructed his disciples to cross to the other side of the lake.

19Then one of the teachers of religious law said to him, "Teacher, I will follow you wherever you go."

20But Jesus replied, "Foxes have dens to live in, and birds have nests, but the Son of Man* has no place even to lay his head."

21Another of his disciples said, "Lord, first let me return home and bury my father."

22But Jesus told him, "Follow me now. Let the spiritually dead bury their own dead.*"

Jesus Calms the Storm

23Then Jesus got into the boat and started across the lake with his disciples. 24Suddenly, a fierce storm struck the lake, with waves breaking into the boat. But Jesus was sleeping. 25The disciples went and woke him up, shouting, "Lord, save us! We're going to drown!"

26Jesus responded, "Why are you afraid? You have so little faith!" Then he got up and rebuked the wind and waves, and suddenly all was calm.

27The disciples were amazed. "Who is this man?" they asked. "Even the winds and waves obey him!"

Jesus Heals Two Demon-Possessed Men

28When Jesus arrived on the other side of the lake, in the region of the Gadarenes,* two men who were possessed by demons met him. They lived in a cemetery and were so violent that no one could go through that area.

29They began screaming at him, "Why are you interfering with us, Son of God? Have you come here to torture us before God's appointed time?"

30There happened to be a large herd of pigs feeding in the distance. 31So the demons begged, "If you cast us out, send us into that herd of pigs."

32"All right, go!" Jesus commanded them. So the demons came out of the men and entered the pigs, and the whole herd plunged down the steep hillside into the lake and drowned in the water.

33The herdsmen fled to the nearby town, telling everyone what happened to the demon-possessed men. 34Then the entire town came out to meet Jesus, but they begged him to go away and leave them alone.

Jesus Heals a Paralyzed Man

9 Jesus climbed into a boat and went back across the lake to his own town. 2Some people brought to him a paralyzed man on a mat. Seeing their faith, Jesus said to the paralyzed man, "Be encouraged, my child! Your sins are forgiven."

3But some of the teachers of religious law said to themselves, "That's blasphemy! Does he think he's God?"

4Jesus knew* what they were thinking, so he asked them, "Why do you have such evil thoughts in your hearts? 5Is it easier to say 'Your sins are forgiven,' or 'Stand up and walk'? 6So I will prove to you that the Son of Man* has the authority on earth to forgive sins." Then Jesus turned to the paralyzed man and said, "Stand up, pick up your mat, and go home!"

7And the man jumped up and went home! 8Fear swept through the crowd as they saw this happen. And they praised God for sending a man with such great authority.*

Jesus Calls Matthew

9As Jesus was walking along, he saw a man named Matthew sitting at his tax collector's

---

8:6 Or *child;* also in 8:13. 8:17 Isa 53:4. 8:20 "Son of Man" is a title Jesus used for himself. 8:22 Greek *Let the dead bury their own dead.* 8:28 Other manuscripts read *Gerasenes;* still others read *Gergesenes.* Compare Mark 5:1; Luke 8:26. 9:4 Some manuscripts read *saw.* 9:6 "Son of Man" is a title Jesus used for himself. 9:8 Greek *for giving such authority to human beings.*

booth. "Follow me and be my disciple," Jesus said to him. So Matthew got up and followed him.

¹⁰Later, Matthew invited Jesus and his disciples to his home as dinner guests, along with many tax collectors and other disreputable sinners. ¹¹But when the Pharisees saw this, they asked his disciples, "Why does your teacher eat with such scum?*"

¹²When Jesus heard this, he said, "Healthy people don't need a doctor—sick people do." ¹³Then he added, "Now go and learn the meaning of this Scripture: 'I want you to show mercy, not offer sacrifices.'* For I have come to call not those who think they are righteous, but those who know they are sinners."

A Discussion about Fasting

¹⁴One day the disciples of John the Baptist came to Jesus and asked him, "Why don't your disciples fast* like we do and the Pharisees do?"

¹⁵Jesus replied, "Do wedding guests mourn while celebrating with the groom? Of course not. But someday the groom will be taken away from them, and then they will fast.

¹⁶"Besides, who would patch old clothing with new cloth? For the new patch would shrink and rip away from the old cloth, leaving an even bigger tear than before.

¹⁷"And no one puts new wine into old wineskins. For the old skins would burst from the pressure, spilling the wine and ruining the skins. New wine is stored in new wineskins so that both are preserved."

Jesus Heals in Response to Faith

¹⁸As Jesus was saying this, the leader of a synagogue came and knelt before him. "My daughter has just died," he said, "but you can bring her back to life again if you just come and lay your hand on her."

¹⁹So Jesus and his disciples got up and went with him. ²⁰Just then a woman who had suffered for twelve years with constant bleeding came up behind him. She touched the fringe of his robe, ²¹for she thought, "If I can just touch his robe, I will be healed."

²²Jesus turned around, and when he saw her he said, "Daughter, be encouraged! Your faith has made you well." And the woman was healed at that moment.

²³When Jesus arrived at the official's home, he saw the noisy crowd and heard the funeral music. ²⁴"Get out!" he told them. "The girl isn't dead; she's only asleep." But the crowd laughed at him. ²⁵After the crowd was put outside, however, Jesus went in and took the girl by the hand, and she stood up! ²⁶The report of this miracle swept through the entire countryside.

Jesus Heals the Blind

²⁷After Jesus left the girl's home, two blind men followed along behind him, shouting, "Son of David, have mercy on us!"

²⁸They went right into the house where he was staying, and Jesus asked them, "Do you believe I can make you see?"

"Yes, Lord," they told him, "we do."

²⁹Then he touched their eyes and said, "Because of your faith, it will happen." ³⁰Then their eyes were opened, and they could see! Jesus sternly warned them, "Don't tell anyone about this." ³¹But instead, they went out and spread his fame all over the region.

³²When they left, a demon-possessed man who couldn't speak was brought to Jesus. ³³So Jesus cast out the demon, and then the man began to speak. The crowds were amazed. "Nothing like this has ever happened in Israel!" they exclaimed.

³⁴But the Pharisees said, "He can cast out demons because he is empowered by the prince of demons."

The Need for Workers

³⁵Jesus traveled through all the towns and villages of that area, teaching in the synagogues and announcing the Good News about the Kingdom. And he healed every kind of disease and illness. ³⁶When he saw the crowds, he had compassion on them because they were confused and helpless, like sheep without a shepherd. ³⁷He said to his disciples, "The harvest is great, but the workers are few. ³⁸So pray to the Lord who is in charge of the harvest; ask him to send more workers into his fields."

Jesus Sends Out the Twelve Apostles

10 Jesus called his twelve disciples together and gave them authority to cast out evil* spirits and to heal every kind of disease and illness. ²Here are the names of the twelve apostles:

first, Simon (also called Peter),
then Andrew (Peter's brother),
James (son of Zebedee),
John (James's brother),
³ Philip,
Bartholomew,
Thomas,
Matthew (the tax collector),
James (son of Alphaeus),
Thaddaeus,*
⁴ Simon (the zealot*),
Judas Iscariot (who later betrayed him).

⁵Jesus sent out the twelve apostles with these instructions: "Don't go to the Gentiles or the Samaritans, ⁶but only to the people of Israel—God's lost sheep. ⁷Go and announce to them

9:11 Greek *with tax collectors and sinners?* 9:13 Hos 6:6 (Greek version). 9:14 Some manuscripts read *fast often.* 10:1 Greek *unclean.* 10:3 Other manuscripts read *Lebbaeus;* still others read *Lebbaeus who is called Thaddaeus.* 10:4 Greek *the Cananean,* an Aramaic term for Jewish nationalists.

that the Kingdom of Heaven is near.* 8Heal the sick, raise the dead, cure those with leprosy, and cast out demons. Give as freely as you have received!

9"Don't take any money in your money belts—no gold, silver, or even copper coins. 10Don't carry a traveler's bag with a change of clothes and sandals or even a walking stick. Don't hesitate to accept hospitality, because those who work deserve to be fed.

11"Whenever you enter a city or village, search for a worthy person and stay in his home until you leave town. 12When you enter the home, give it your blessing. 13If it turns out to be a worthy home, let your blessing stand; if it is not, take back the blessing. 14If any household or town refuses to welcome you or listen to your message, shake its dust from your feet as you leave. 15I tell you the truth, the wicked cities of Sodom and Gomorrah will be better off than such a town on the judgment day.

16"Look, I am sending you out as sheep among wolves. So be as shrewd as snakes and harmless as doves. 17But beware! For you will be handed over to the courts and will be flogged with whips in the synagogues. 18You will stand trial before governors and kings because you are my followers. But this will be your opportunity to tell the rulers and other unbelievers about me.* 19When you are arrested, don't worry about how to respond or what to say. God will give you the right words at the right time. 20For it is not you who will be speaking—it will be the Spirit of your Father speaking through you.

21"A brother will betray his brother to death, a father will betray his own child, and children will rebel against their parents and cause them to be killed. 22And all nations will hate you because you are my followers.* But everyone who endures to the end will be saved. 23When you are persecuted in one town, flee to the next. I tell you the truth, the Son of Man* will return before you have reached all the towns of Israel.

24"Students* are not greater than their teacher, and slaves are not greater than their master. 25Students are to be like their teacher, and slaves are to be like their master. And since I, the master of the household, have been called the prince of demons,* the members of my household will be called by even worse names!

26"But don't be afraid of those who threaten you. For the time is coming when everything that is covered will be revealed, and all that is secret will be made known to all. 27What I tell you now in the darkness, shout abroad when daybreak comes. What I whisper in your ear, shout from the housetops for all to hear!

28"Don't be afraid of those who want to kill your body; they cannot touch your soul. Fear only God, who can destroy both soul and body in hell.* 29What is the price of two sparrows—one copper coin*? But not a single sparrow can fall to the ground without your Father knowing it. 30And the very hairs on your head are all numbered. 31So don't be afraid; you are more valuable to God than a whole flock of sparrows.

32"Everyone who acknowledges me publicly here on earth, I will also acknowledge before my Father in heaven. 33But everyone who denies me here on earth, I will also deny before my Father in heaven.

34"Don't imagine that I came to bring peace to the earth! I came not to bring peace, but a sword.

35 'I have come to set a man against his father,
   a daughter against her mother,
and a daughter-in-law against her
   mother-in-law.
36   Your enemies will be right in your own
   household!'*

37"If you love your father or mother more than you love me, you are not worthy of being mine; or if you love your son or daughter more than me, you are not worthy of being mine. 38If you refuse to take up your cross and follow me, you are not worthy of being mine. 39If you cling to your life, you will lose it; but if you give up your life for me, you will find it.

40"Anyone who receives you receives me, and anyone who receives me receives the Father who sent me. 41If you receive a prophet as one who speaks for God,* you will be given the same reward as a prophet. And if you receive righteous people because of their righteousness, you will be given a reward like theirs. 42And if you give even a cup of cold water to one of the least of my followers, you will surely be rewarded."

Jesus and John the Baptist

11 When Jesus had finished giving these instructions to his twelve disciples, he went out to teach and preach in towns throughout the region.

2John the Baptist, who was in prison, heard about all the things the Messiah was doing. So he sent his disciples to ask Jesus, 3"Are you the Messiah we've been expecting,* or should we keep looking for someone else?"

4Jesus told them, "Go back to John and tell him what you have heard and seen—5the blind see, the lame walk, the lepers are cured, the deaf hear, the dead are raised to life, and the Good News is being preached to the poor. 6And tell him, 'God blesses those who do not turn away because of me.*'"

10:7 Or *has come,* or *is coming soon.* **10:18** Or *But this will be your testimony against the rulers and other unbelievers.* **10:22** Greek *on account of my name.* **10:23** "Son of Man" is a title Jesus used for himself. **10:24** Or *Disciples.* **10:25** Greek *Beelzeboul;* other manuscripts read *Beezeboul;* Latin version reads *Beelzebub.* **10:28** Greek *Gehenna.* **10:29** Greek *one assarion* [i.e., one "as," a Roman coin equal to ¹⁄₁₆ of a denarius]. **10:35-36** Mic 7:6. **10:41** Greek *receive a prophet in the name of a prophet.* **11:3** Greek *Are you the one who is coming?* **11:6** Or *who are not offended by me.*

7As John's disciples were leaving, Jesus began talking about him to the crowds. "What kind of man did you go into the wilderness to see? Was he a weak reed, swayed by every breath of wind? 8Or were you expecting to see a man dressed in expensive clothes? No, people with expensive clothes live in palaces. 9Were you looking for a prophet? Yes, and he is more than a prophet. 10John is the man to whom the Scriptures refer when they say,

'Look, I am sending my messenger ahead
    of you,
and he will prepare your way before you.'*

11"I tell you the truth, of all who have ever lived, none is greater than John the Baptist. Yet even the least person in the Kingdom of Heaven is greater than he is! 12And from the time John the Baptist began preaching until now, the Kingdom of Heaven has been forcefully advancing, and violent people are attacking it.* 13For before John came, all the prophets and the law of Moses looked forward to this present time. 14And if you are willing to accept what I say, he is Elijah, the one the prophets said would come.* 15Anyone with ears to hear should listen and understand!

16"To what can I compare this generation? It is like children playing a game in the public square. They complain to their friends,

17 'We played wedding songs,
    and you didn't dance,
so we played funeral songs,
    and you didn't mourn.'

18For John didn't spend his time eating and drinking, and you say, 'He's possessed by a demon.' 19The Son of Man,* on the other hand, feasts and drinks, and you say, 'He's a glutton and a drunkard, and a friend of tax collectors and other sinners!' But wisdom is shown to be right by its results."

Judgment for the Unbelievers

20Then Jesus began to denounce the towns where he had done so many of his miracles, because they hadn't repented of their sins and turned to God. 21"What sorrow awaits you, Korazin and Bethsaida! For if the miracles I did in you had been done in wicked Tyre and Sidon, their people would have repented of their sins long ago, clothing themselves in burlap and throwing ashes on their heads to show their remorse. 22I tell you, Tyre and Sidon will be better off on judgment day than you.

23"And you people of Capernaum, will you be honored in heaven? No, you will go down to the place of the dead.* For if the miracles I did for you had been done in wicked Sodom, it would still be here today. 24I tell you, even Sodom will be better off on judgment day than you."

Jesus' Prayer of Thanksgiving

25At that time Jesus prayed this prayer: "O Father, Lord of heaven and earth, thank you for hiding these things from those who think themselves wise and clever, and for revealing them to the childlike. 26Yes, Father, it pleased you to do it this way!

27"My Father has entrusted everything to me. No one truly knows the Son except the Father, and no one truly knows the Father except the Son and those to whom the Son chooses to reveal him."

28Then Jesus said, "Come to me, all of you who are weary and carry heavy burdens, and I will give you rest. 29Take my yoke upon you. Let me teach you, because I am humble and gentle at heart, and you will find rest for your souls. 30For my yoke is easy to bear, and the burden I give you is light."

A Discussion about the Sabbath

12 At about that time Jesus was walking through some grainfields on the Sabbath. His disciples were hungry, so they began breaking off some heads of grain and eating them. 2But some Pharisees saw them do it and protested, "Look, your disciples are breaking the law by harvesting grain on the Sabbath."

3Jesus said to them, "Haven't you read in the Scriptures what David did when he and his companions were hungry? 4He went into the house of God, and they broke the law by eating the sacred loaves of bread that only the priests are allowed to eat. 5And haven't you read in the law of Moses that the priests on duty in the Temple may work on the Sabbath? 6I tell you, there is one here who is even greater than the Temple! 7But you would not have condemned my innocent disciples if you knew the meaning of this Scripture: 'I want you to show mercy, not offer sacrifices.'* 8For the Son of Man* is Lord, even over the Sabbath!"

Jesus Heals on the Sabbath

9Then Jesus went over to their synagogue, 10where he noticed a man with a deformed hand. The Pharisees asked Jesus, "Does the law permit a person to work by healing on the Sabbath?" (They were hoping he would say yes, so they could bring charges against him.)

11And he answered, "If you had a sheep that fell into a well on the Sabbath, wouldn't you work to pull it out? Of course you would. 12And how much more valuable is a person than a sheep! Yes, the law permits a person to do good on the Sabbath."

13Then he said to the man, "Hold out your

11:10 Mal 3:1.   11:12 Or *until now, eager multitudes have been pressing into the Kingdom of Heaven.*   11:14 See Mal 4:5.
11:19 "Son of Man" is a title Jesus used for himself.   11:23 Greek *to Hades.*   12:7 Hos 6:6 (Greek version).   12:8 "Son of Man" is a title Jesus used for himself.

hand." So the man held out his hand, and it was restored, just like the other one! 14Then the Pharisees called a meeting to plot how to kill Jesus.

Jesus, God's Chosen Servant

15But Jesus knew what they were planning. So he left that area, and many people followed him. He healed all the sick among them, 16but he warned them not to reveal who he was. 17This fulfilled the prophecy of Isaiah concerning him:

18 "Look at my Servant, whom I have chosen.
    He is my Beloved, who pleases me.
  I will put my Spirit upon him,
    and he will proclaim justice to the nations.
19 He will not fight or shout
    or raise his voice in public.
20 He will not crush the weakest reed
    or put out a flickering candle.
    Finally he will cause justice to be
      victorious.
21 And his name will be the hope
    of all the world."*

Jesus and the Prince of Demons

22Then a demon-possessed man, who was blind and couldn't speak, was brought to Jesus. He healed the man so that he could both speak and see. 23The crowd was amazed and asked, "Could it be that Jesus is the Son of David, the Messiah?"

24But when the Pharisees heard about the miracle, they said, "No wonder he can cast out demons. He gets his power from Satan,* the prince of demons."

25Jesus knew their thoughts and replied, "Any kingdom divided by civil war is doomed. A town or family splintered by feuding will fall apart. 26And if Satan is casting out Satan, he is divided and fighting against himself. His own kingdom will not survive. 27And if I am empowered by Satan, what about your own exorcists? They cast out demons, too, so they will condemn you for what you have said. 28But if I am casting out demons by the Spirit of God, then the Kingdom of God has arrived among you. 29For who is powerful enough to enter the house of a strong man like Satan and plunder his goods? Only someone even stronger—someone who could tie him up and then plunder his house.

30"Anyone who isn't with me opposes me, and anyone who isn't working with me is actually working against me.

31"Every sin and blasphemy can be forgiven—except blasphemy against the Holy Spirit, which will never be forgiven. 32Anyone who speaks against the Son of Man can be forgiven, but anyone who speaks against the Holy Spirit will never be forgiven, either in this world or in the world to come.

33"A tree is identified by its fruit. If a tree is good, its fruit will be good. If a tree is bad, its fruit will be bad. 34You brood of snakes! How could evil men like you speak what is good and right? For whatever is in your heart determines what you say. 35A good person produces good things from the treasury of a good heart, and an evil person produces evil things from the treasury of an evil heart. 36And I tell you this, you must give an account on judgment day for every idle word you speak. 37The words you say will either acquit you or condemn you."

The Sign of Jonah

38One day some teachers of religious law and Pharisees came to Jesus and said, "Teacher, we want you to show us a miraculous sign to prove your authority."

39But Jesus replied, "Only an evil, adulterous generation would demand a miraculous sign; but the only sign I will give them is the sign of the prophet Jonah. 40For as Jonah was in the belly of the great fish for three days and three nights, so will the Son of Man be in the heart of the earth for three days and three nights.

41"The people of Nineveh will stand up against this generation on judgment day and condemn it, for they repented of their sins at the preaching of Jonah. Now someone greater than Jonah is here—but you refuse to repent. 42The queen of Sheba* will also stand up against this generation on judgment day and condemn it, for she came from a distant land to hear the wisdom of Solomon. Now someone greater than Solomon is here—but you refuse to listen.

43"When an evil* spirit leaves a person, it goes into the desert, seeking rest but finding none. 44Then it says, 'I will return to the person I came from.' So it returns and finds its former home empty, swept, and in order. 45Then the spirit finds seven other spirits more evil than itself, and they all enter the person and live there. And so that person is worse off than before. That will be the experience of this evil generation."

The True Family of Jesus

46As Jesus was speaking to the crowd, his mother and brothers stood outside, asking to speak to him. 47Someone told Jesus, "Your mother and your brothers are outside, and they want to speak to you."*

48Jesus asked, "Who is my mother? Who are my brothers?" 49Then he pointed to his disciples and said, "Look, these are my mother and brothers. 50Anyone who does the will of my Father in heaven is my brother and sister and mother!"

12:18-21 Isa 42:1-4 (Greek version for 42:4).   12:24 Greek *Beelzeboul;* also in 12:27. Other manuscripts read *Beezeboul;* Latin version reads *Beelzebub.*   12:42 Greek *The queen of the south.*   12:43 Greek *unclean.*   12:47 Some manuscripts do not include verse 47. Compare Mark 3:32 and Luke 8:20.

Parable of the Farmer Scattering Seed

13 Later that same day Jesus left the house and sat beside the lake. ²A large crowd soon gathered around him, so he got into a boat. Then he sat there and taught as the people stood on the shore. ³He told many stories in the form of parables, such as this one:

"Listen! A farmer went out to plant some seeds. ⁴As he scattered them across his field, some seeds fell on a footpath, and the birds came and ate them. ⁵Other seeds fell on shallow soil with underlying rock. The seeds sprouted quickly because the soil was shallow. ⁶But the plants soon wilted under the hot sun, and since they didn't have deep roots, they died. ⁷Other seeds fell among thorns that grew up and choked out the tender plants. ⁸Still other seeds fell on fertile soil, and they produced a crop that was thirty, sixty, and even a hundred times as much as had been planted! ⁹Anyone with ears to hear should listen and understand."

¹⁰His disciples came and asked him, "Why do you use parables when you talk to the people?"

¹¹He replied, "You are permitted to understand the secrets* of the Kingdom of Heaven, but others are not. ¹²To those who listen to my teaching, more understanding will be given, and they will have an abundance of knowledge. But for those who are not listening, even what little understanding they have will be taken away from them. ¹³That is why I use these parables,

For they look, but they don't really see.
They hear, but they don't really listen or
understand.

¹⁴This fulfills the prophecy of Isaiah that says,

'When you hear what I say,
you will not understand.
When you see what I do,
you will not comprehend.
¹⁵ For the hearts of these people are hardened,
and their ears cannot hear,
and they have closed their eyes—
so their eyes cannot see,
and their ears cannot hear,
and their hearts cannot understand,
and they cannot turn to me
and let me heal them.'*

¹⁶"But blessed are your eyes, because they see; and your ears, because they hear. ¹⁷I tell you the truth, many prophets and righteous people longed to see what you see, but they didn't see it. And they longed to hear what you hear, but they didn't hear it.

¹⁸"Now listen to the explanation of the parable about the farmer planting seeds: ¹⁹The seed that fell on the footpath represents those who hear the message about the Kingdom and don't understand it. Then the evil one comes and snatches away the seed that was planted in their hearts. ²⁰The seed on the rocky soil represents those who hear the message and immediately receive it with joy. ²¹But since they don't have deep roots, they don't last long. They fall away as soon as they have problems or are persecuted for believing God's word. ²²The seed that fell among the thorns represents those who hear God's word, but all too quickly the message is crowded out by the worries of this life and the lure of wealth, so no fruit is produced. ²³The seed that fell on good soil represents those who truly hear and understand God's word and produce a harvest of thirty, sixty, or even a hundred times as much as had been planted!"

Parable of the Wheat and Weeds

²⁴Here is another story Jesus told: "The Kingdom of Heaven is like a farmer who planted good seed in his field. ²⁵But that night as the workers slept, his enemy came and planted weeds among the wheat, then slipped away. ²⁶When the crop began to grow and produce grain, the weeds also grew.

²⁷"The farmer's workers went to him and said, 'Sir, the field where you planted that good seed is full of weeds! Where did they come from?'

²⁸"'An enemy has done this!' the farmer exclaimed.

"'Should we pull out the weeds?' they asked.

²⁹"'No,' he replied, 'you'll uproot the wheat if you do. ³⁰Let both grow together until the harvest. Then I will tell the harvesters to sort out the weeds, tie them into bundles, and burn them, and to put the wheat in the barn.'"

Parable of the Mustard Seed

³¹Here is another illustration Jesus used: "The Kingdom of Heaven is like a mustard seed planted in a field. ³²It is the smallest of all seeds, but it becomes the largest of garden plants; it grows into a tree, and birds come and make nests in its branches."

Parable of the Yeast

³³Jesus also used this illustration: "The Kingdom of Heaven is like the yeast a woman used in making bread. Even though she put only a little yeast in three measures of flour, it permeated every part of the dough."

³⁴Jesus always used stories and illustrations like these when speaking to the crowds. In fact, he never spoke to them without using such parables. ³⁵This fulfilled what God had spoken through the prophet:

"I will speak to you in parables.
I will explain things hidden since the
creation of the world.*"

13:11 Greek *the mysteries.*   **13:14-15** Isa 6:9-10 (Greek version).   **13:35** Some manuscripts do not include *of the world.* Ps 78:2.

Parable of the Wheat and Weeds Explained

³⁶Then, leaving the crowds outside, Jesus went into the house. His disciples said, "Please explain to us the story of the weeds in the field."

³⁷Jesus replied, "The Son of Man* is the farmer who plants the good seed. ³⁸The field is the world, and the good seed represents the people of the Kingdom. The weeds are the people who belong to the evil one. ³⁹The enemy who planted the weeds among the wheat is the devil. The harvest is the end of the world,* and the harvesters are the angels.

⁴⁰"Just as the weeds are sorted out and burned in the fire, so it will be at the end of the world. ⁴¹The Son of Man will send his angels, and they will remove from his Kingdom everything that causes sin and all who do evil. ⁴²And the angels will throw them into the fiery furnace, where there will be weeping and gnashing of teeth. ⁴³Then the righteous will shine like the sun in their Father's Kingdom. Anyone with ears to hear should listen and understand!

Parables of the Hidden Treasure and the Pearl

⁴⁴"The Kingdom of Heaven is like a treasure that a man discovered hidden in a field. In his excitement, he hid it again and sold everything he owned to get enough money to buy the field.

⁴⁵"Again, the Kingdom of Heaven is like a merchant on the lookout for choice pearls. ⁴⁶When he discovered a pearl of great value, he sold everything he owned and bought it!

Parable of the Fishing Net

⁴⁷"Again, the Kingdom of Heaven is like a fishing net that was thrown into the water and caught fish of every kind. ⁴⁸When the net was full, they dragged it up onto the shore, sat down, and sorted the good fish into crates, but threw the bad ones away. ⁴⁹That is the way it will be at the end of the world. The angels will come and separate the wicked people from the righteous, ⁵⁰throwing the wicked into the fiery furnace, where there will be weeping and gnashing of teeth. ⁵¹Do you understand all these things?"

"Yes," they said, "we do."

⁵²Then he added, "Every teacher of religious law who becomes a disciple in the Kingdom of Heaven is like a homeowner who brings from his storeroom new gems of truth as well as old."

Jesus Rejected at Nazareth

⁵³When Jesus had finished telling these stories and illustrations, he left that part of the country. ⁵⁴He returned to Nazareth, his hometown. When he taught there in the synagogue, everyone was amazed and said, "Where does he get this wisdom and the power to do miracles?" ⁵⁵Then they scoffed, "He's just the carpenter's son, and we know Mary, his mother, and his brothers—James, Joseph,* Simon, and Judas. ⁵⁶All his sisters live right here among us. Where did he learn all these things?" ⁵⁷And they were deeply offended and refused to believe in him.

Then Jesus told them, "A prophet is honored everywhere except in his own hometown and among his own family." ⁵⁸And so he did only a few miracles there because of their unbelief.

The Death of John the Baptist

14 When Herod Antipas, the ruler of Galilee,* heard about Jesus, ²he said to his advisers, "This must be John the Baptist raised from the dead! That is why he can do such miracles."

³For Herod had arrested and imprisoned John as a favor to his wife Herodias (the former wife of Herod's brother Philip). ⁴John had been telling Herod, "It is against God's law for you to marry her." ⁵Herod wanted to kill John, but he was afraid of a riot, because all the people believed John was a prophet.

⁶But at a birthday party for Herod, Herodias's daughter performed a dance that greatly pleased him, ⁷so he promised with a vow to give her anything she wanted. ⁸At her mother's urging, the girl said, "I want the head of John the Baptist on a tray!" ⁹Then the king regretted what he had said; but because of the vow he had made in front of his guests, he issued the necessary orders. ¹⁰So John was beheaded in the prison, ¹¹and his head was brought on a tray and given to the girl, who took it to her mother. ¹²Later, John's disciples came for his body and buried it. Then they went and told Jesus what had happened.

Jesus Feeds Five Thousand

¹³As soon as Jesus heard the news, he left in a boat to a remote area to be alone. But the crowds heard where he was headed and followed on foot from many towns. ¹⁴Jesus saw the huge crowd as he stepped from the boat, and he had compassion on them and healed their sick.

¹⁵That evening the disciples came to him and said, "This is a remote place, and it's already getting late. Send the crowds away so they can go to the villages and buy food for themselves."

¹⁶But Jesus said, "That isn't necessary—you feed them."

¹⁷"But we have only five loaves of bread and two fish!" they answered.

¹⁸"Bring them here," he said. ¹⁹Then he told the people to sit down on the grass. Jesus took the five loaves and two fish, looked up toward heaven, and blessed them. Then, breaking the loaves into pieces, he gave the bread to the disciples, who distributed it to the people. ²⁰They all ate as much as they wanted, and afterward, the disciples picked up twelve baskets of leftovers.

13:37 "Son of Man" is a title Jesus used for himself.   **13:39** Or *the age;* also in 13:40, 49.   **13:55** Other manuscripts read *Joses;* still others read *John.*   **14:1** Greek *Herod the tetrarch.* Herod Antipas was a son of King Herod and was ruler over Galilee.

21About 5,000 men were fed that day, in addition to all the women and children!

Jesus Walks on Water

22Immediately after this, Jesus insisted that his disciples get back into the boat and cross to the other side of the lake, while he sent the people home. 23After sending them home, he went up into the hills by himself to pray. Night fell while he was there alone.

24Meanwhile, the disciples were in trouble far away from land, for a strong wind had risen, and they were fighting heavy waves. 25About three o'clock in the morning* Jesus came toward them, walking on the water. 26When the disciples saw him walking on the water, they were terrified. In their fear, they cried out, "It's a ghost!"

27But Jesus spoke to them at once. "Don't be afraid," he said. "Take courage. I am here!*"

28Then Peter called to him, "Lord, if it's really you, tell me to come to you, walking on the water."

29"Yes, come," Jesus said.

So Peter went over the side of the boat and walked on the water toward Jesus. 30But when he saw the strong* wind and the waves, he was terrified and began to sink. "Save me, Lord!" he shouted.

31Jesus immediately reached out and grabbed him. "You have so little faith," Jesus said. "Why did you doubt me?"

32When they climbed back into the boat, the wind stopped. 33Then the disciples worshiped him. "You really are the Son of God!" they exclaimed.

34After they had crossed the lake, they landed at Gennesaret. 35When the people recognized Jesus, the news of his arrival spread quickly throughout the whole area, and soon people were bringing all their sick to be healed. 36They begged him to let the sick touch at least the fringe of his robe, and all who touched him were healed.

Jesus Teaches about Inner Purity

15 Some Pharisees and teachers of religious law now arrived from Jerusalem to see Jesus. 2"Why do your disciples disobey our age-old tradition?" they demanded. "They ignore our tradition of ceremonial hand washing before they eat."

3Jesus replied, "And why do you, by your traditions, violate the direct commandments of God? 4For instance, God says, 'Honor your father and mother,'* and 'Anyone who speaks disrespectfully of father or mother must be put to death.'* 5But you say it is all right for people to say to their parents, 'Sorry, I can't help you. For I have vowed to give to God what I would have given to you.' 6In this way, you say they don't need to honor their parents.* And so you cancel the word of God for the sake of your own tradition. 7You hypocrites! Isaiah was right when he prophesied about you, for he wrote,

8 'These people honor me with their lips,
   but their hearts are far from me.
9 Their worship is a farce,
   for they teach man-made ideas as
      commands from God.'*"

10Then Jesus called to the crowd to come and hear. "Listen," he said, "and try to understand. 11It's not what goes into your mouth that defiles you; you are defiled by the words that come out of your mouth."

12Then the disciples came to him and asked, "Do you realize you offended the Pharisees by what you just said?"

13Jesus replied, "Every plant not planted by my heavenly Father will be uprooted, 14so ignore them. They are blind guides leading the blind, and if one blind person guides another, they will both fall into a ditch."

15Then Peter said to Jesus, "Explain to us the parable that says people aren't defiled by what they eat."

16"Don't you understand yet?" Jesus asked. 17"Anything you eat passes through the stomach and then goes into the sewer. 18But the words you speak come from the heart—that's what defiles you. 19For from the heart come evil thoughts, murder, adultery, all sexual immorality, theft, lying, and slander. 20These are what defile you. Eating with unwashed hands will never defile you."

The Faith of a Gentile Woman

21Then Jesus left Galilee and went north to the region of Tyre and Sidon. 22A Gentile* woman who lived there came to him, pleading, "Have mercy on me, O Lord, Son of David! For my daughter is possessed by a demon that torments her severely."

23But Jesus gave her no reply, not even a word. Then his disciples urged him to send her away. "Tell her to go away," they said. "She is bothering us with all her begging."

24Then Jesus said to the woman, "I was sent only to help God's lost sheep—the people of Israel."

25But she came and worshiped him, pleading again, "Lord, help me!"

26Jesus responded, "It isn't right to take food from the children and throw it to the dogs."

27She replied, "That's true, Lord, but even dogs are allowed to eat the scraps that fall beneath their master's table."

28"Dear woman," Jesus said to her, "your faith is great. Your request is granted." And her daughter was instantly healed.

14:25 Greek *In the fourth watch of the night.* **14:27** Or *The 'I AM' is here;* Greek reads *I am.* See Exod 3:14. **14:30** Some manuscripts do not include *strong.* **15:4a** Exod 20:12; Deut 5:16. **15:4b** Exod 21:17 (Greek version); Lev 20:9 (Greek version). **15:6** Greek *their father;* other manuscripts read *their father or their mother.* **15:8-9** Isa 29:13 (Greek version). **15:22** Greek *Canaanite.*

Jesus Heals Many People

²⁹Jesus returned to the Sea of Galilee and climbed a hill and sat down. ³⁰A vast crowd brought to him people who were lame, blind, crippled, those who couldn't speak, and many others. They laid them before Jesus, and he healed them all. ³¹The crowd was amazed! Those who hadn't been able to speak were talking, the crippled were made well, the lame were walking, and the blind could see again! And they praised the God of Israel.

Jesus Feeds Four Thousand

³²Then Jesus called his disciples and told them, "I feel sorry for these people. They have been here with me for three days, and they have nothing left to eat. I don't want to send them away hungry, or they will faint along the way."

³³The disciples replied, "Where would we get enough food here in the wilderness for such a huge crowd?"

³⁴Jesus asked, "How much bread do you have?"

They replied, "Seven loaves, and a few small fish."

³⁵So Jesus told all the people to sit down on the ground. ³⁶Then he took the seven loaves and the fish, thanked God for them, and broke them into pieces. He gave them to the disciples, who distributed the food to the crowd.

³⁷They all ate as much as they wanted. Afterward, the disciples picked up seven large baskets of leftover food. ³⁸There were 4,000 men who were fed that day, in addition to all the women and children. ³⁹Then Jesus sent the people home, and he got into a boat and crossed over to the region of Magadan.

Leaders Demand a Miraculous Sign

16 One day the Pharisees and Sadducees came to test Jesus, demanding that he show them a miraculous sign from heaven to prove his authority.

²He replied, "You know the saying, 'Red sky at night means fair weather tomorrow; ³red sky in the morning means foul weather all day.' You know how to interpret the weather signs in the sky, but you don't know how to interpret the signs of the times!* ⁴Only an evil, adulterous generation would demand a miraculous sign, but the only sign I will give them is the sign of the prophet Jonah.*" Then Jesus left them and went away.

Yeast of the Pharisees and Sadducees

⁵Later, after they crossed to the other side of the lake, the disciples discovered they had forgotten to bring any bread. ⁶"Watch out!" Jesus warned them. "Beware of the yeast of the Pharisees and Sadducees."

⁷At this they began to argue with each other because they hadn't brought any bread. ⁸Jesus knew what they were saying, so he said, "You have so little faith! Why are you arguing with each other about having no bread? ⁹Don't you understand even yet? Don't you remember the 5,000 I fed with five loaves, and the baskets of leftovers you picked up? ¹⁰Or the 4,000 I fed with seven loaves, and the large baskets of leftovers you picked up? ¹¹Why can't you understand that I'm not talking about bread? So again I say, 'Beware of the yeast of the Pharisees and Sadducees.'"

¹²Then at last they understood that he wasn't speaking about the yeast in bread, but about the deceptive teaching of the Pharisees and Sadducees.

Peter's Declaration about Jesus

¹³When Jesus came to the region of Caesarea Philippi, he asked his disciples, "Who do people say that the Son of Man is?"*

¹⁴"Well," they replied, "some say John the Baptist, some say Elijah, and others say Jeremiah or one of the other prophets."

¹⁵Then he asked them, "But who do you say I am?"

¹⁶Simon Peter answered, "You are the Messiah,* the Son of the living God."

¹⁷Jesus replied, "You are blessed, Simon son of John,* because my Father in heaven has revealed this to you. You did not learn this from any human being. ¹⁸Now I say to you that you are Peter (which means 'rock'),* and upon this rock I will build my church, and all the powers of hell* will not conquer it. ¹⁹And I will give you the keys of the Kingdom of Heaven. Whatever you forbid* on earth will be forbidden in heaven, and whatever you permit* on earth will be permitted in heaven."

²⁰Then he sternly warned the disciples not to tell anyone that he was the Messiah.

Jesus Predicts His Death

²¹From then on Jesus* began to tell his disciples plainly that it was necessary for him to go to Jerusalem, and that he would suffer many terrible things at the hands of the elders, the leading priests, and the teachers of religious law. He would be killed, but on the third day he would be raised from the dead.

²²But Peter took him aside and began to reprimand him* for saying such things. "Heaven forbid, Lord," he said. "This will never happen to you!"

²³Jesus turned to Peter and said, "Get away from me, Satan! You are a dangerous trap to me.

16:2-3 Several manuscripts do not include any of the words in 16:2-3 after *He replied.*   **16:4** Greek *the sign of Jonah.*   **16:13** "Son of Man" is a title Jesus used for himself.   **16:16** Or *the Christ. Messiah* (a Hebrew term) and *Christ* (a Greek term) both mean "the anointed one."   **16:17** Greek *Simon bar-Jonah;* see John 1:42; 21:15-17.   **16:18a** Greek *that you are Peter.*   **16:18b** Greek *and the gates of Hades.*   **16:19a** Or *bind,* or *lock.*   **16:19b** Or *loose,* or *open.*   **16:21** Some manuscripts read *Jesus the Messiah.* **16:22** Or *began to correct him.*

You are seeing things merely from a human point of view, not from God's."

24Then Jesus said to his disciples, "If any of you wants to be my follower, you must turn from your selfish ways, take up your cross, and follow me. 25If you try to hang on to your life, you will lose it. But if you give up your life for my sake, you will save it. 26And what do you benefit if you gain the whole world but lose your own soul?* Is anything worth more than your soul? 27For the Son of Man will come with his angels in the glory of his Father and will judge all people according to their deeds. 28And I tell you the truth, some standing here right now will not die before they see the Son of Man coming in his Kingdom."

The Transfiguration

17 Six days later Jesus took Peter and the two brothers, James and John, and led them up a high mountain to be alone. 2As the men watched, Jesus' appearance was transformed so that his face shone like the sun, and his clothes became as white as light. 3Suddenly, Moses and Elijah appeared and began talking with Jesus.

4Peter blurted out, "Lord, it's wonderful for us to be here! If you want, I'll make three shelters as memorials*—one for you, one for Moses, and one for Elijah."

5But even as he spoke, a bright cloud came over them, and a voice from the cloud said, "This is my dearly loved Son, who brings me great joy. Listen to him." 6The disciples were terrified and fell face down on the ground.

7Then Jesus came over and touched them. "Get up," he said. "Don't be afraid." 8And when they looked, they saw only Jesus.

9As they went back down the mountain, Jesus commanded them, "Don't tell anyone what you have seen until the Son of Man* has been raised from the dead."

10Then his disciples asked him, "Why do the teachers of religious law insist that Elijah must return before the Messiah comes?*"

11Jesus replied, "Elijah is indeed coming first to get everything ready for the Messiah. 12But I tell you, Elijah has already come, but he wasn't recognized, and they chose to abuse him. And in the same way they will also make the Son of Man suffer." 13Then the disciples realized he was talking about John the Baptist.

Jesus Heals a Demon-Possessed Boy

14At the foot of the mountain, a large crowd was waiting for them. A man came and knelt before Jesus and said, 15"Lord, have mercy on my son. He has seizures and suffers terribly. He often falls into the fire or into the water. 16So I brought him to your disciples, but they couldn't heal him."

17Jesus replied, "You faithless and corrupt people! How long must I be with you? How long must I put up with you? Bring the boy to me." 18Then Jesus rebuked the demon in the boy, and it left him. From that moment the boy was well.

19Afterward the disciples asked Jesus privately, "Why couldn't we cast out that demon?"

20"You don't have enough faith," Jesus told them. "I tell you the truth, if you had faith even as small as a mustard seed, you could say to this mountain, 'Move from here to there,' and it would move. Nothing would be impossible.*"

Jesus Again Predicts His Death

22After they gathered again in Galilee, Jesus told them, "The Son of Man is going to be betrayed into the hands of his enemies. 23He will be killed, but on the third day he will be raised from the dead." And the disciples were filled with grief.

Payment of the Temple Tax

24On their arrival in Capernaum, the collectors of the Temple tax* came to Peter and asked him, "Doesn't your teacher pay the Temple tax?"

25"Yes, he does," Peter replied. Then he went into the house.

But before he had a chance to speak, Jesus asked him, "What do you think, Peter?* Do kings tax their own people or the people they have conquered?*"

26"They tax the people they have conquered," Peter replied.

"Well, then," Jesus said, "the citizens are free! 27However, we don't want to offend them, so go down to the lake and throw in a line. Open the mouth of the first fish you catch, and you will find a large silver coin.* Take it and pay the tax for both of us."

The Greatest in the Kingdom

18 About that time the disciples came to Jesus and asked, "Who is greatest in the Kingdom of Heaven?"

2Jesus called a little child to him and put the child among them. 3Then he said, "I tell you the truth, unless you turn from your sins and become like little children, you will never get into the Kingdom of Heaven. 4So anyone who becomes as humble as this little child is the greatest in the Kingdom of Heaven.

5"And anyone who welcomes a little child like this on my behalf* is welcoming me. 6But if you cause one of these little ones who trusts in me to fall into sin, it would be better for you to have a large millstone tied around your neck and be drowned in the depths of the sea.

16:26 Or *your self?* also in 16:26b.   **17:4** Greek *three tabernacles.*   **17:9** "Son of Man" is a title Jesus used for himself.
17:10 Greek *that Elijah must come first?*   **17:20** Some manuscripts add verse 21, *But this kind of demon won't leave except by prayer and fasting.* Compare Mark 9:29.   **17:24** Greek *the two-drachma [tax];* also in 17:24b. See Exod 30:13-16; Neh 10:32-33.
17:25a Greek *Simon?*   **17:25b** Greek *their sons or others?*   **17:27** Greek *a stater* [a Greek coin equivalent to four drachmas].
18:5 Greek *in my name.*

7"What sorrow awaits the world, because it tempts people to sin. Temptations are inevitable, but what sorrow awaits the person who does the tempting. 8So if your hand or foot causes you to sin, cut it off and throw it away. It's better to enter eternal life with only one hand or one foot than to be thrown into eternal fire with both of your hands and feet. 9And if your eye causes you to sin, gouge it out and throw it away. It's better to enter eternal life with only one eye than to have two eyes and be thrown into the fire of hell.*

10"Beware that you don't look down on any of these little ones. For I tell you that in heaven their angels are always in the presence of my heavenly Father.*

Parable of the Lost Sheep

12"If a man has a hundred sheep and one of them wanders away, what will he do? Won't he leave the ninety-nine others on the hills and go out to search for the one that is lost? 13And if he finds it, I tell you the truth, he will rejoice over it more than over the ninety-nine that didn't wander away! 14In the same way, it is not my heavenly Father's will that even one of these little ones should perish.

Correcting Another Believer

15"If another believer* sins against you,* go privately and point out the offense. If the other person listens and confesses it, you have won that person back. 16But if you are unsuccessful, take one or two others with you and go back again, so that everything you say may be confirmed by two or three witnesses. 17If the person still refuses to listen, take your case to the church. Then if he or she won't accept the church's decision, treat that person as a pagan or a corrupt tax collector.

18"I tell you the truth, whatever you forbid* on earth will be forbidden in heaven, and whatever you permit* on earth will be permitted in heaven.

19"I also tell you this: If two of you agree here on earth concerning anything you ask, my Father in heaven will do it for you. 20For where two or three gather together as my followers,* I am there among them."

Parable of the Unforgiving Debtor

21Then Peter came to him and asked, "Lord, how often should I forgive someone* who sins against me? Seven times?"

22"No, not seven times," Jesus replied, "but seventy times seven!*

23"Therefore, the Kingdom of Heaven can be compared to a king who decided to bring his accounts up to date with servants who had borrowed money from him. 24In the process, one of his debtors was brought in who owed him millions of dollars.* 25He couldn't pay, so his master ordered that he be sold—along with his wife, his children, and everything he owned—to pay the debt.

26"But the man fell down before his master and begged him, 'Please, be patient with me, and I will pay it all.' 27Then his master was filled with pity for him, and he released him and forgave his debt.

28"But when the man left the king, he went to a fellow servant who owed him a few thousand dollars.* He grabbed him by the throat and demanded instant payment.

29"His fellow servant fell down before him and begged for a little more time. 'Be patient with me, and I will pay it,' he pleaded. 30But his creditor wouldn't wait. He had the man arrested and put in prison until the debt could be paid in full.

31"When some of the other servants saw this, they were very upset. They went to the king and told him everything that had happened. 32Then the king called in the man he had forgiven and said, 'You evil servant! I forgave you that tremendous debt because you pleaded with me. 33Shouldn't you have mercy on your fellow servant, just as I had mercy on you?' 34Then the angry king sent the man to prison to be tortured until he had paid his entire debt.

35"That's what my heavenly Father will do to you if you refuse to forgive your brothers and sisters* from your heart."

Discussion about Divorce and Marriage

19 When Jesus had finished saying these things, he left Galilee and went down to the region of Judea east of the Jordan River. 2Large crowds followed him there, and he healed their sick.

3Some Pharisees came and tried to trap him with this question: "Should a man be allowed to divorce his wife for just any reason?"

4"Haven't you read the Scriptures?" Jesus replied. "They record that from the beginning 'God made them male and female.'* 5And he said, 'This explains why a man leaves his father and mother and is joined to his wife, and the two are united into one.'* 6Since they are no longer two but one, let no one split apart what God has joined together."

7"Then why did Moses say in the law that a man could give his wife a written notice of divorce and send her away?"* they asked.

8Jesus replied, "Moses permitted divorce only as a concession to your hard hearts, but it was not what God had originally intended. 9And I tell you this, whoever divorces his wife and marries

---

18:9 Greek *the Gehenna of fire.* **18:10** Some manuscripts add verse 11, *And the Son of Man came to save those who are lost.* Compare Luke 19:10. **18:15a** Greek *If your brother.* **18:15b** Some manuscripts do not include *against you.* **18:18a** Or *bind,* or *lock.* **18:18b** Or *loose,* or *open.* **18:20** Greek *gather together in my name.* **18:21** Greek *my brother.* **18:22** Or *seventy-seven times.* **18:24** Greek *10,000 talents* [375 tons or 340 metric tons of silver]. **18:28** Greek *100 denarii.* A denarius was equivalent to a laborer's full day's wage. **18:35** Greek *your brother.* **19:4** Gen 1:27; 5:2. **19:5** Gen 2:24. **19:7** See Deut 24:1.

someone else commits adultery—unless his wife has been unfaithful.*"

¹⁰Jesus' disciples then said to him, "If this is the case, it is better not to marry!"

¹¹"Not everyone can accept this statement," Jesus said. "Only those whom God helps. ¹²Some are born as eunuchs, some have been made eunuchs by others, and some choose not to marry for the sake of the Kingdom of Heaven. Let anyone accept this who can."

Jesus Blesses the Children

¹³One day some parents brought their children to Jesus so he could lay his hands on them and pray for them. But the disciples scolded the parents for bothering him.

¹⁴But Jesus said, "Let the children come to me. Don't stop them! For the Kingdom of Heaven belongs to those who are like these children." ¹⁵And he placed his hands on their heads and blessed them before he left.

The Rich Man

¹⁶Someone came to Jesus with this question: "Teacher,* what good deed must I do to have eternal life?"

¹⁷"Why ask me about what is good?" Jesus replied. "There is only One who is good. But to answer your question—if you want to receive eternal life, keep* the commandments."

¹⁸"Which ones?" the man asked.

And Jesus replied: " 'You must not murder. You must not commit adultery. You must not steal. You must not testify falsely. ¹⁹Honor your father and mother. Love your neighbor as yourself.'*"

²⁰"I've obeyed all these commandments," the young man replied. "What else must I do?"

²¹Jesus told him, "If you want to be perfect, go and sell all your possessions and give the money to the poor, and you will have treasure in heaven. Then come, follow me."

²²But when the young man heard this, he went away very sad, for he had many possessions.

²³Then Jesus said to his disciples, "I tell you the truth, it is very hard for a rich person to enter the Kingdom of Heaven. ²⁴I'll say it again—it is easier for a camel to go through the eye of a needle than for a rich person to enter the Kingdom of God!"

²⁵The disciples were astounded. "Then who in the world can be saved?" they asked.

²⁶Jesus looked at them intently and said, "Humanly speaking, it is impossible. But with God everything is possible."

²⁷Then Peter said to him, "We've given up everything to follow you. What will we get?"

²⁸"Yes," Jesus replied, "and I assure you that when the world is made new* and the Son of Man* sits upon his glorious throne, you who have been my followers will also sit on twelve thrones, judging the twelve tribes of Israel. ²⁹And everyone who has given up houses or brothers or sisters or father or mother or children or property, for my sake, will receive a hundred times as much in return and will inherit eternal life. ³⁰But many who are the greatest now will be least important then, and those who seem least important now will be the greatest then.*

Parable of the Vineyard Workers

20 "For the Kingdom of Heaven is like the landowner who went out early one morning to hire workers for his vineyard. ²He agreed to pay the normal daily wage* and sent them out to work.

³"At nine o'clock in the morning he was passing through the marketplace and saw some people standing around doing nothing. ⁴So he hired them, telling them he would pay them whatever was right at the end of the day. ⁵So they went to work in the vineyard. At noon and again at three o'clock he did the same thing.

⁶"At five o'clock that afternoon he was in town again and saw some more people standing around. He asked them, 'Why haven't you been working today?'

⁷"They replied, 'Because no one hired us.'

"The landowner told them, 'Then go out and join the others in my vineyard.'

⁸"That evening he told the foreman to call the workers in and pay them, beginning with the last workers first. ⁹When those hired at five o'clock were paid, each received a full day's wage. ¹⁰When those hired first came to get their pay, they assumed they would receive more. But they, too, were paid a day's wage. ¹¹When they received their pay, they protested to the owner, ¹²'Those people worked only one hour, and yet you've paid them just as much as you paid us who worked all day in the scorching heat.'

¹³"He answered one of them, 'Friend, I haven't been unfair! Didn't you agree to work all day for the usual wage? ¹⁴Take your money and go. I wanted to pay this last worker the same as you. ¹⁵Is it against the law for me to do what I want with my money? Should you be jealous because I am kind to others?'

¹⁶"So those who are last now will be first then, and those who are first will be last."

Jesus Again Predicts His Death

¹⁷As Jesus was going up to Jerusalem, he took the twelve disciples aside privately and told them what was going to happen to him. ¹⁸"Listen," he said, "we're going up to Jerusalem, where the

---

19:9 Some manuscripts add *And anyone who marries a divorced woman commits adultery.* Compare Matt 5:32. **19:16** Some manuscripts read *Good Teacher.* **19:17** Some manuscripts read *continue to keep.* **19:18-19** Exod 20:12-16; Deut 5:16-20; Lev 19:18. **19:28a** Or *in the regeneration.* **19:28b** "Son of Man" is a title Jesus used for himself. **19:30** Greek *But many who are first will be last; and the last, first.* **20:2** Greek *a denarius,* the payment for a full day's labor; similarly in 20:9, 10, 13.

Son of Man* will be betrayed to the leading priests and the teachers of religious law. They will sentence him to die. ¹⁹Then they will hand him over to the Romans* to be mocked, flogged with a whip, and crucified. But on the third day he will be raised from the dead."

Jesus Teaches about Serving Others

²⁰Then the mother of James and John, the sons of Zebedee, came to Jesus with her sons. She knelt respectfully to ask a favor. ²¹"What is your request?" he asked.

She replied, "In your Kingdom, please let my two sons sit in places of honor next to you, one on your right and the other on your left."

²²But Jesus answered by saying to them, "You don't know what you are asking! Are you able to drink from the bitter cup of suffering I am about to drink?"

"Oh yes," they replied, "we are able!"

²³Jesus told them, "You will indeed drink from my bitter cup. But I have no right to say who will sit on my right or my left. My Father has prepared those places for the ones he has chosen."

²⁴When the ten other disciples heard what James and John had asked, they were indignant. ²⁵But Jesus called them together and said, "You know that the rulers in this world lord it over their people, and officials flaunt their authority over those under them. ²⁶But among you it will be different. Whoever wants to be a leader among you must be your servant, ²⁷and whoever wants to be first among you must become your slave. ²⁸For even the Son of Man came not to be served but to serve others and to give his life as a ransom for many."

Jesus Heals Two Blind Men

²⁹As Jesus and the disciples left the town of Jericho, a large crowd followed behind. ³⁰Two blind men were sitting beside the road. When they heard that Jesus was coming that way, they began shouting, "Lord, Son of David, have mercy on us!"

³¹"Be quiet!" the crowd yelled at them.

But they only shouted louder, "Lord, Son of David, have mercy on us!"

³²When Jesus heard them, he stopped and called, "What do you want me to do for you?"

³³"Lord," they said, "we want to see!" ³⁴Jesus felt sorry for them and touched their eyes. Instantly they could see! Then they followed him.

Jesus' Triumphant Entry

21 As Jesus and the disciples approached Jerusalem, they came to the town of Bethphage on the Mount of Olives. Jesus sent two of them on ahead. ²"Go into the village over there," he said. "As soon as you enter it, you will see a donkey tied there, with its colt beside it. Untie them and bring them to me. ³If anyone asks what you are doing, just say, 'The Lord needs them,' and he will immediately let you take them."

⁴This took place to fulfill the prophecy that said,

⁵ "Tell the people of Israel,*
'Look, your King is coming to you.
He is humble, riding on a donkey—
    riding on a donkey's colt.'"*

⁶The two disciples did as Jesus commanded. ⁷They brought the donkey and the colt to him and threw their garments over the colt, and he sat on it.*

⁸Most of the crowd spread their garments on the road ahead of him, and others cut branches from the trees and spread them on the road. ⁹Jesus was in the center of the procession, and the people all around him were shouting,

"Praise God* for the Son of David!
Blessings on the one who comes in the
    name of the LORD!
Praise God in highest heaven!"*

¹⁰The entire city of Jerusalem was in an uproar as he entered. "Who is this?" they asked.

¹¹And the crowds replied, "It's Jesus, the prophet from Nazareth in Galilee."

Jesus Clears the Temple

¹²Jesus entered the Temple and began to drive out all the people buying and selling animals for sacrifice. He knocked over the tables of the money changers and the chairs of those selling doves. ¹³He said to them, "The Scriptures declare, 'My Temple will be called a house of prayer,' but you have turned it into a den of thieves!"*

¹⁴The blind and the lame came to him in the Temple, and he healed them. ¹⁵The leading priests and the teachers of religious law saw these wonderful miracles and heard even the children in the Temple shouting, "Praise God for the Son of David."

But the leaders were indignant. ¹⁶They asked Jesus, "Do you hear what these children are saying?"

"Yes," Jesus replied. "Haven't you ever read the Scriptures? For they say, 'You have taught children and infants to give you praise.'*"

¹⁷Then he returned to Bethany, where he stayed overnight.

Jesus Curses the Fig Tree

¹⁸In the morning, as Jesus was returning to Jerusalem, he was hungry, ¹⁹and he noticed a fig tree beside the road. He went over to see if there

---

20:18 "Son of Man" is a title Jesus used for himself.   20:19 Greek *the Gentiles*.   21:5a Greek *Tell the daughter of Zion*. Isa 62:11.
21:5b Zech 9:9.   21:7 Greek *over them, and he sat on them*.   21:9a Greek *Hosanna*, an exclamation of praise that literally means "save now"; also in 21:9b, 15.   21:9b Pss 118:25-26; 148:1.   21:13 Isa 56:7; Jer 7:11.   21:16 Ps 8:2.

were any figs, but there were only leaves. Then he said to it, "May you never bear fruit again!" And immediately the fig tree withered up.

20The disciples were amazed when they saw this and asked, "How did the fig tree wither so quickly?"

21Then Jesus told them, "I tell you the truth, if you have faith and don't doubt, you can do things like this and much more. You can even say to this mountain, 'May you be lifted up and thrown into the sea,' and it will happen. 22You can pray for anything, and if you have faith, you will receive it."

The Authority of Jesus Challenged

23When Jesus returned to the Temple and began teaching, the leading priests and elders came up to him. They demanded, "By what authority are you doing all these things? Who gave you the right?"

24"I'll tell you by what authority I do these things if you answer one question," Jesus replied. 25"Did John's authority to baptize come from heaven, or was it merely human?"

They talked it over among themselves. "If we say it was from heaven, he will ask us why we didn't believe John. 26But if we say it was merely human, we'll be mobbed because the people believe John was a prophet." 27So they finally replied, "We don't know."

And Jesus responded, "Then I won't tell you by what authority I do these things.

Parable of the Two Sons

28"But what do you think about this? A man with two sons told the older boy, 'Son, go out and work in the vineyard today.' 29The son answered, 'No, I won't go,' but later he changed his mind and went anyway. 30Then the father told the other son, 'You go,' and he said, 'Yes, sir, I will.' But he didn't go.

31"Which of the two obeyed his father?"

They replied, "The first."*

Then Jesus explained his meaning: "I tell you the truth, corrupt tax collectors and prostitutes will get into the Kingdom of God before you do. 32For John the Baptist came and showed you the right way to live, but you didn't believe him, while tax collectors and prostitutes did. And even when you saw this happening, you refused to believe him and repent of your sins.

Parable of the Evil Farmers

33"Now listen to another story. A certain landowner planted a vineyard, built a wall around it, dug a pit for pressing out the grape juice, and built a lookout tower. Then he leased the vineyard to tenant farmers and moved to another country. 34At the time of the grape harvest, he

sent his servants to collect his share of the crop. 35But the farmers grabbed his servants, beat one, killed one, and stoned another. 36So the landowner sent a larger group of his servants to collect for him, but the results were the same.

37"Finally, the owner sent his son, thinking, 'Surely they will respect my son.'

38"But when the tenant farmers saw his son coming, they said to one another, 'Here comes the heir to this estate. Come on, let's kill him and get the estate for ourselves!' 39So they grabbed him, dragged him out of the vineyard, and murdered him.

40"When the owner of the vineyard returns," Jesus asked, "what do you think he will do to those farmers?"

41The religious leaders replied, "He will put the wicked men to a horrible death and lease the vineyard to others who will give him his share of the crop after each harvest."

42Then Jesus asked them, "Didn't you ever read this in the Scriptures?

'The stone that the builders rejected
  has now become the cornerstone.
This is the LORD's doing,
  and it is wonderful to see.'*

43I tell you, the Kingdom of God will be taken away from you and given to a nation that will produce the proper fruit. 44Anyone who stumbles over that stone will be broken to pieces, and it will crush anyone it falls on.*"

45When the leading priests and Pharisees heard this parable, they realized he was telling the story against them—they were the wicked farmers. 46They wanted to arrest him, but they were afraid of the crowds, who considered Jesus to be a prophet.

Parable of the Great Feast

22 Jesus also told them other parables. He said, 2"The Kingdom of Heaven can be illustrated by the story of a king who prepared a great wedding feast for his son. 3When the banquet was ready, he sent his servants to notify those who were invited. But they all refused to come!

4"So he sent other servants to tell them, 'The feast has been prepared. The bulls and fattened cattle have been killed, and everything is ready. Come to the banquet!' 5But the guests he had invited ignored them and went their own way, one to his farm, another to his business. 6Others seized his messengers and insulted them and killed them.

7"The king was furious, and he sent out his army to destroy the murderers and burn their town. 8And he said to his servants, 'The wedding feast is ready, and the guests I invited aren't wor-

---

21:29-31 Other manuscripts read *"The second."* In still other manuscripts the first son says "Yes" but does nothing, the second son says "No" but then repents and goes, and the answer to Jesus' question is that the second son obeyed his father.   21:42 Ps 118:22-23.
21:44 This verse is omitted in some early manuscripts. Compare Luke 20:18.

thy of the honor. ⁹Now go out to the street corners and invite everyone you see.' ¹⁰So the servants brought in everyone they could find, good and bad alike, and the banquet hall was filled with guests.

¹¹"But when the king came in to meet the guests, he noticed a man who wasn't wearing the proper clothes for a wedding. ¹²'Friend,' he asked, 'how is it that you are here without wedding clothes?' But the man had no reply. ¹³Then the king said to his aides, 'Bind his hands and feet and throw him into the outer darkness, where there will be weeping and gnashing of teeth.'

¹⁴"For many are called, but few are chosen."

Taxes for Caesar

¹⁵Then the Pharisees met together to plot how to trap Jesus into saying something for which he could be arrested. ¹⁶They sent some of their disciples, along with the supporters of Herod, to meet with him. "Teacher," they said, "we know how honest you are. You teach the way of God truthfully. You are impartial and don't play favorites. ¹⁷Now tell us what you think about this: Is it right to pay taxes to Caesar or not?"

¹⁸But Jesus knew their evil motives. "You hypocrites!" he said. "Why are you trying to trap me? ¹⁹Here, show me the coin used for the tax." When they handed him a Roman coin,* ²⁰he asked, "Whose picture and title are stamped on it?"

²¹"Caesar's," they replied.

"Well, then," he said, "give to Caesar what belongs to Caesar, and give to God what belongs to God."

²²His reply amazed them, and they went away.

Discussion about Resurrection

²³That same day Jesus was approached by some Sadducees—religious leaders who say there is no resurrection from the dead. They posed this question: ²⁴"Teacher, Moses said, 'If a man dies without children, his brother should marry the widow and have a child who will carry on the brother's name.'* ²⁵Well, suppose there were seven brothers. The oldest one married and then died without children, so his brother married the widow. ²⁶But the second brother also died, and the third brother married her. This continued with all seven of them. ²⁷Last of all, the woman also died. ²⁸So tell us, whose wife will she be in the resurrection? For all seven were married to her."

²⁹Jesus replied, "Your mistake is that you don't know the Scriptures, and you don't know the power of God. ³⁰For when the dead rise, they will neither marry nor be given in marriage. In this respect they will be like the angels in heaven.

³¹"But now, as to whether there will be a resurrection of the dead—haven't you ever read about this in the Scriptures? Long after Abraham, Isaac, and Jacob had died, God said,* ³²'I am the God of Abraham, the God of Isaac, and the God of Jacob.'* So he is the God of the living, not the dead."

³³When the crowds heard him, they were astounded at his teaching.

The Most Important Commandment

³⁴But when the Pharisees heard that he had silenced the Sadducees with his reply, they met together to question him again. ³⁵One of them, an expert in religious law, tried to trap him with this question: ³⁶"Teacher, which is the most important commandment in the law of Moses?"

³⁷Jesus replied, "'You must love the LORD your God with all your heart, all your soul, and all your mind.'* ³⁸This is the first and greatest commandment. ³⁹A second is equally important: 'Love your neighbor as yourself.'* ⁴⁰The entire law and all the demands of the prophets are based on these two commandments."

Whose Son Is the Messiah?

⁴¹Then, surrounded by the Pharisees, Jesus asked them a question: ⁴²"What do you think about the Messiah? Whose son is he?"

They replied, "He is the son of David."

⁴³Jesus responded, "Then why does David, speaking under the inspiration of the Spirit, call the Messiah 'my Lord'? For David said,

⁴⁴ 'The LORD said to my Lord,
  Sit in the place of honor at my right hand
    until I humble your enemies beneath your
      feet.'*

⁴⁵Since David called the Messiah 'my Lord,' how can the Messiah be his son?"

⁴⁶No one could answer him. And after that, no one dared to ask him any more questions.

Jesus Criticizes the Religious Leaders

23 Then Jesus said to the crowds and to his disciples, ²"The teachers of religious law and the Pharisees are the official interpreters of the law of Moses.* ³So practice and obey whatever they tell you, but don't follow their example. For they don't practice what they teach. ⁴They crush people with impossible religious demands and never lift a finger to ease the burden.

⁵"Everything they do is for show. On their arms they wear extra wide prayer boxes with Scripture verses inside, and they wear robes with extra long tassels.* ⁶And they love to sit at the head table at banquets and in the seats of honor in the synagogues. ⁷They love to receive respectful greetings as they walk in the marketplaces, and to be called 'Rabbi.'*

⁸"Don't let anyone call you 'Rabbi,' for you

22:19 Greek *a denarius.*   **22:24** Deut 25:5-6.   **22:31** Greek *read about this? God said.*   **22:32** Exod 3:6.   **22:37** Deut 6:5.
22:39 Lev 19:18.   **22:44** Ps 110:1.   **23:2** Greek *and the Pharisees sit in the seat of Moses.*   **23:5** Greek *They enlarge their phylacteries and lengthen their tassels.*   **23:7** *Rabbi,* from Aramaic, means "master" or "teacher."

have only one teacher, and all of you are equal as brothers and sisters.* ⁹And don't address anyone here on earth as 'Father,' for only God in heaven is your spiritual Father. ¹⁰And don't let anyone call you 'Teacher,' for you have only one teacher, the Messiah. ¹¹The greatest among you must be a servant. ¹²But those who exalt themselves will be humbled, and those who humble themselves will be exalted.

¹³"What sorrow awaits you teachers of religious law and you Pharisees. Hypocrites! For you shut the door of the Kingdom of Heaven in people's faces. You won't go in yourselves, and you don't let others enter either.*

¹⁵"What sorrow awaits you teachers of religious law and you Pharisees. Hypocrites! For you cross land and sea to make one convert, and then you turn that person into twice the child of hell* you yourselves are!

¹⁶"Blind guides! What sorrow awaits you! For you say that it means nothing to swear 'by God's Temple,' but that it is binding to swear 'by the gold in the Temple.' ¹⁷Blind fools! Which is more important—the gold or the Temple that makes the gold sacred? ¹⁸And you say that to swear 'by the altar' is not binding, but to swear 'by the gifts on the altar' is binding. ¹⁹How blind! For which is more important—the gift on the altar or the altar that makes the gift sacred? ²⁰When you swear 'by the altar,' you are swearing by it and by everything on it. ²¹And when you swear 'by the Temple,' you are swearing by it and by God, who lives in it. ²²And when you swear 'by heaven,' you are swearing by the throne of God and by God, who sits on the throne.

²³"What sorrow awaits you teachers of religious law and you Pharisees. Hypocrites! For you are careful to tithe even the tiniest income from your herb gardens,* but you ignore the more important aspects of the law—justice, mercy, and faith. You should tithe, yes, but do not neglect the more important things. ²⁴Blind guides! You strain your water so you won't accidentally swallow a gnat, but you swallow a camel!*

²⁵"What sorrow awaits you teachers of religious law and you Pharisees. Hypocrites! For you are so careful to clean the outside of the cup and the dish, but inside you are filthy—full of greed and self-indulgence! ²⁶You blind Pharisee! First wash the inside of the cup and the dish,* and then the outside will become clean, too.

²⁷"What sorrow awaits you teachers of religious law and you Pharisees. Hypocrites! For you are like whitewashed tombs—beautiful on the outside but filled on the inside with dead people's bones and all sorts of impurity. ²⁸Outwardly you look like righteous people, but inwardly your hearts are filled with hypocrisy and lawlessness.

²⁹"What sorrow awaits you teachers of religious law and you Pharisees. Hypocrites! For you build tombs for the prophets your ancestors killed, and you decorate the monuments of the godly people your ancestors destroyed. ³⁰Then you say, 'If we had lived in the days of our ancestors, we would never have joined them in killing the prophets.'

³¹"But in saying that, you testify against yourselves that you are indeed the descendants of those who murdered the prophets. ³²Go ahead and finish what your ancestors started. ³³Snakes! Sons of vipers! How will you escape the judgment of hell?

³⁴"Therefore, I am sending you prophets and wise men and teachers of religious law. But you will kill some by crucifixion, and you will flog others with whips in your synagogues, chasing them from city to city. ³⁵As a result, you will be held responsible for the murder of all godly people of all time—from the murder of righteous Abel to the murder of Zechariah son of Barachiah, whom you killed in the Temple between the sanctuary and the altar. ³⁶I tell you the truth, this judgment will fall on this very generation.

Jesus Grieves over Jerusalem

³⁷"O Jerusalem, Jerusalem, the city that kills the prophets and stones God's messengers! How often I have wanted to gather your children together as a hen protects her chicks beneath her wings, but you wouldn't let me. ³⁸And now, look, your house is abandoned and desolate.* ³⁹For I tell you this, you will never see me again until you say, 'Blessings on the one who comes in the name of the Lord!'*"

Jesus Foretells the Future

24 As Jesus was leaving the Temple grounds, his disciples pointed out to him the various Temple buildings. ²But he responded, "Do you see all these buildings? I tell you the truth, they will be completely demolished. Not one stone will be left on top of another!"

³Later, Jesus sat on the Mount of Olives. His disciples came to him privately and said, "Tell us, when will all this happen? What sign will signal your return and the end of the world?*"

⁴Jesus told them, "Don't let anyone mislead you, ⁵for many will come in my name, claiming, 'I am the Messiah.' They will deceive many. ⁶And you will hear of wars and threats of wars, but don't panic. Yes, these things must take place, but the end won't follow immediately. ⁷Nation will go to war against nation, and kingdom

---

23:8 Greek *brothers.* **23:13** Some manuscripts add verse 14, *What sorrow awaits you teachers of religious law and you Pharisees. Hypocrites! You shamelessly cheat widows out of their property and then pretend to be pious by making long prayers in public. Because of this, you will be severely punished.* Compare Mark 12:40 and Luke 20:47. **23:15** Greek *of Gehenna;* also in 23:33. **23:23** Greek *tithe the mint, the dill, and the cumin.* **23:24** See Lev 11:4, 23, where gnats and camels are both forbidden as food. **23:26** Some manuscripts do not include *and the dish.* **23:38** Some manuscripts do not include *and desolate.* **23:39** Ps 118:26. **24:3** Or *the age?*

against kingdom. There will be famines and earthquakes in many parts of the world. 8But all this is only the first of the birth pains, with more to come.

9"Then you will be arrested, persecuted, and killed. You will be hated all over the world because you are my followers.* 10And many will turn away from me and betray and hate each other. 11And many false prophets will appear and will deceive many people. 12Sin will be rampant everywhere, and the love of many will grow cold. 13But the one who endures to the end will be saved. 14And the Good News about the Kingdom will be preached throughout the whole world, so that all nations* will hear it; and then the end will come.

15"The day is coming when you will see what Daniel the prophet spoke about—the sacrilegious object that causes desecration* standing in the Holy Place." (Reader, pay attention!) 16"Then those in Judea must flee to the hills. 17A person out on the deck of a roof must not go down into the house to pack. 18A person out in the field must not return even to get a coat. 19How terrible it will be for pregnant women and for nursing mothers in those days. 20And pray that your flight will not be in winter or on the Sabbath. 21For there will be greater anguish than at any time since the world began. And it will never be so great again. 22In fact, unless that time of calamity is shortened, not a single person will survive. But it will be shortened for the sake of God's chosen ones.

23"Then if anyone tells you, 'Look, here is the Messiah,' or 'There he is,' don't believe it. 24For false messiahs and false prophets will rise up and perform great signs and wonders so as to deceive, if possible, even God's chosen ones. 25See, I have warned you about this ahead of time.

26"So if someone tells you, 'Look, the Messiah is out in the desert,' don't bother to go and look. Or, 'Look, he is hiding here,' don't believe it! 27For as the lightning flashes in the east and shines to the west, so it will be when the Son of Man* comes. 28Just as the gathering of vultures shows there is a carcass nearby, so these signs indicate that the end is near.*

29"Immediately after the anguish of those days,

the sun will be darkened,
the moon will give no light,
the stars will fall from the sky,
and the powers in the heavens will be
shaken.*

30And then at last, the sign that the Son of Man is coming will appear in the heavens, and there will be deep mourning among all the peoples of the earth. And they will see the Son of Man coming on the clouds of heaven with power and great glory.* 31And he will send out his angels with the mighty blast of a trumpet, and they will gather his chosen ones from all over the world*—from the farthest ends of the earth and heaven.

32"Now learn a lesson from the fig tree. When its branches bud and its leaves begin to sprout, you know that summer is near. 33In the same way, when you see all these things, you can know his return is very near, right at the door. 34I tell you the truth, this generation* will not pass from the scene until all these things take place. 35Heaven and earth will disappear, but my words will never disappear.

36"However, no one knows the day or hour when these things will happen, not even the angels in heaven or the Son himself.* Only the Father knows.

37"When the Son of Man returns, it will be like it was in Noah's day. 38In those days before the flood, the people were enjoying banquets and parties and weddings right up to the time Noah entered his boat. 39People didn't realize what was going to happen until the flood came and swept them all away. That is the way it will be when the Son of Man comes.

40"Two men will be working together in the field; one will be taken, the other left. 41Two women will be grinding flour at the mill; one will be taken, the other left.

42"So you, too, must keep watch! For you don't know what day your Lord is coming. 43Understand this. If a homeowner knew exactly when a burglar was coming, he would keep watch and not permit his house to be broken into. 44You also must be ready all the time, for the Son of Man will come when least expected.

45"A faithful, sensible servant is one to whom the master can give the responsibility of managing his other household servants and feeding them. 46If the master returns and finds that the servant has done a good job, there will be a reward. 47I tell you the truth, the master will put that servant in charge of all he owns. 48But what if the servant is evil and thinks, 'My master won't be back for a while,' 49and he begins beating the other servants, partying, and getting drunk? 50The master will return unannounced and unexpected, 51and he will cut the servant to pieces and assign him a place with the hypocrites. In that place there will be weeping and gnashing of teeth.

Parable of the Ten Bridesmaids

25 "The Kingdom of Heaven can be illustrated by the story of ten bridesmaids* who took their lamps and went to meet the bridegroom. 2Five of them were foolish, and five were wise. 3The five who were foolish didn't

---

24:9 Greek *on account of my name.*   **24:14** Or *all peoples.*   **24:15** Greek *the abomination of desolation.* See Dan 9:27; 11:31; 12:11.   **24:27** "Son of Man" is a title Jesus used for himself.   **24:28** Greek *Wherever the carcass is, the vultures gather.* **24:29** See Isa 13:10; 34:4; Joel 2:10.   **24:30** See Dan 7:13.   **24:31** Greek *from the four winds.*   **24:34** Or *this age,* or *this nation.* **24:36** Some manuscripts do not include *or the Son himself.*   **25:1** Or *virgins;* also in 25:7, 11.

take enough olive oil for their lamps, ⁴but the other five were wise enough to take along extra oil. ⁵When the bridegroom was delayed, they all became drowsy and fell asleep.

⁶"At midnight they were roused by the shout, 'Look, the bridegroom is coming! Come out and meet him!'

⁷"All the bridesmaids got up and prepared their lamps. ⁸Then the five foolish ones asked the others, 'Please give us some of your oil because our lamps are going out.'

⁹"But the others replied, 'We don't have enough for all of us. Go to a shop and buy some for yourselves.'

¹⁰"But while they were gone to buy oil, the bridegroom came. Then those who were ready went in with him to the marriage feast, and the door was locked. ¹¹Later, when the other five bridesmaids returned, they stood outside, calling, 'Lord! Lord! Open the door for us!'

¹²"But he called back, 'Believe me, I don't know you!'

¹³"So you, too, must keep watch! For you do not know the day or hour of my return.

Parable of the Three Servants

¹⁴"Again, the Kingdom of Heaven can be illustrated by the story of a man going on a long trip. He called together his servants and entrusted his money to them while he was gone. ¹⁵He gave five bags of silver* to one, two bags of silver to another, and one bag of silver to the last—dividing it in proportion to their abilities. He then left on his trip.

¹⁶"The servant who received the five bags of silver began to invest the money and earned five more. ¹⁷The servant with two bags of silver also went to work and earned two more. ¹⁸But the servant who received the one bag of silver dug a hole in the ground and hid the master's money.

¹⁹"After a long time their master returned from his trip and called them to give an account of how they had used his money. ²⁰The servant to whom he had entrusted the five bags of silver came forward with five more and said, 'Master, you gave me five bags of silver to invest, and I have earned five more.'

²¹"The master was full of praise. 'Well done, my good and faithful servant. You have been faithful in handling this small amount, so now I will give you many more responsibilities. Let's celebrate together!*'

²²"The servant who had received the two bags of silver came forward and said, 'Master, you gave me two bags of silver to invest, and I have earned two more.'

²³"The master said, 'Well done, my good and faithful servant. You have been faithful in handling this small amount, so now I will give you

many more responsibilities. Let's celebrate together!'

²⁴"Then the servant with the one bag of silver came and said, 'Master, I knew you were a harsh man, harvesting crops you didn't plant and gathering crops you didn't cultivate. ²⁵I was afraid I would lose your money, so I hid it in the earth. Look, here is your money back.'

²⁶"But the master replied, 'You wicked and lazy servant! If you knew I harvested crops I didn't plant and gathered crops I didn't cultivate, ²⁷why didn't you deposit my money in the bank? At least I could have gotten some interest on it.'

²⁸"Then he ordered, 'Take the money from this servant, and give it to the one with the ten bags of silver. ²⁹To those who use well what they are given, even more will be given, and they will have an abundance. But from those who do nothing, even what little they have will be taken away. ³⁰Now throw this useless servant into outer darkness, where there will be weeping and gnashing of teeth.'

The Final Judgment

³¹"But when the Son of Man* comes in his glory, and all the angels with him, then he will sit upon his glorious throne. ³²All the nations* will be gathered in his presence, and he will separate the people as a shepherd separates the sheep from the goats. ³³He will place the sheep at his right hand and the goats at his left.

³⁴"Then the King will say to those on his right, 'Come, you who are blessed by my Father, inherit the Kingdom prepared for you from the creation of the world. ³⁵For I was hungry, and you fed me. I was thirsty, and you gave me a drink. I was a stranger, and you invited me into your home. ³⁶I was naked, and you gave me clothing. I was sick, and you cared for me. I was in prison, and you visited me.'

³⁷"Then these righteous ones will reply, 'Lord, when did we ever see you hungry and feed you? Or thirsty and give you something to drink? ³⁸Or a stranger and show you hospitality? Or naked and give you clothing? ³⁹When did we ever see you sick or in prison and visit you?'

⁴⁰"And the King will say, 'I tell you the truth, when you did it to one of the least of these my brothers and sisters,* you were doing it to me!'

⁴¹"Then the King will turn to those on the left and say, 'Away with you, you cursed ones, into the eternal fire prepared for the devil and his demons.* ⁴²For I was hungry, and you didn't feed me. I was thirsty, and you didn't give me a drink. ⁴³I was a stranger, and you didn't invite me into your home. I was naked, and you didn't give me clothing. I was sick and in prison, and you didn't visit me.'

⁴⁴"Then they will reply, 'Lord, when did we

25:15 Greek *talents*; also throughout the story. A talent is equal to 75 pounds or 34 kilograms. **25:21** Greek *Enter into the joy of your master* [or *your Lord*]; also in 25:23. **25:31** "Son of Man" is a title Jesus used for himself. **25:32** Or *peoples*. **25:40** Greek *my brothers.* **25:41** Greek *his angels.*

ever see you hungry or thirsty or a stranger or naked or sick or in prison, and not help you?'

45"And he will answer, 'I tell you the truth, when you refused to help the least of these my brothers and sisters, you were refusing to help me.'

46"And they will go away into eternal punishment, but the righteous will go into eternal life."

The Plot to Kill Jesus

26 When Jesus had finished saying all these things, he said to his disciples, 2"As you know, Passover begins in two days, and the Son of Man* will be handed over to be crucified."

3At that same time the leading priests and elders were meeting at the residence of Caiaphas, the high priest, 4plotting how to capture Jesus secretly and kill him. 5"But not during the Passover celebration," they agreed, "or the people may riot."

Jesus Anointed at Bethany

6Meanwhile, Jesus was in Bethany at the home of Simon, a man who had previously had leprosy. 7While he was eating,* a woman came in with a beautiful alabaster jar of expensive perfume and poured it over his head.

8The disciples were indignant when they saw this. "What a waste of money," they said. 9"It could have been sold for a high price and the money given to the poor."

10But Jesus, aware of this, replied, "Why criticize this woman for doing such a good thing to me? 11You will always have the poor among you, but you will not always have me. 12She has poured this perfume on me to prepare my body for burial. 13I tell you the truth, wherever the Good News is preached throughout the world, this woman's deed will be remembered and discussed."

Judas Agrees to Betray Jesus

14Then Judas Iscariot, one of the twelve disciples, went to the leading priests 15and asked, "How much will you pay me to betray Jesus to you?" And they gave him thirty pieces of silver. 16From that time on, Judas began looking for an opportunity to betray Jesus.

The Last Supper

17On the first day of the Festival of Unleavened Bread, the disciples came to Jesus and asked, "Where do you want us to prepare the Passover meal for you?"

18"As you go into the city," he told them, "you will see a certain man. Tell him, 'The Teacher says: My time has come, and I will eat the Passover meal with my disciples at your house.'" 19So the disciples did as Jesus told them and prepared the Passover meal there.

20When it was evening, Jesus sat down at the table* with the twelve disciples.* 21While they were eating, he said, "I tell you the truth, one of you will betray me."

22Greatly distressed, each one asked in turn, "Am I the one, Lord?"

23He replied, "One of you who has just eaten from this bowl with me will betray me. 24For the Son of Man must die, as the Scriptures declared long ago. But how terrible it will be for the one who betrays him. It would be far better for that man if he had never been born!"

25Judas, the one who would betray him, also asked, "Rabbi, am I the one?"

And Jesus told him, "You have said it."

26As they were eating, Jesus took some bread and blessed it. Then he broke it in pieces and gave it to the disciples, saying, "Take this and eat it, for this is my body."

27And he took a cup of wine and gave thanks to God for it. He gave it to them and said, "Each of you drink from it, 28for this is my blood, which confirms the covenant* between God and his people. It is poured out as a sacrifice to forgive the sins of many. 29Mark my words—I will not drink wine again until the day I drink it new with you in my Father's Kingdom."

30Then they sang a hymn and went out to the Mount of Olives.

Jesus Predicts Peter's Denial

31On the way, Jesus told them, "Tonight all of you will desert me. For the Scriptures say,

'God will strike* the Shepherd,
and the sheep of the flock will be scattered.'

32But after I have been raised from the dead, I will go ahead of you to Galilee and meet you there."

33Peter declared, "Even if everyone else deserts you, I will never desert you."

34Jesus replied, "I tell you the truth, Peter—this very night, before the rooster crows, you will deny three times that you even know me."

35"No!" Peter insisted. "Even if I have to die with you, I will never deny you!" And all the other disciples vowed the same.

Jesus Prays in Gethsemane

36Then Jesus went with them to the olive grove called Gethsemane, and he said, "Sit here while I go over there to pray." 37He took Peter and Zebedee's two sons, James and John, and he became anguished and distressed. 38He told them, "My soul is crushed with grief to the point of death. Stay here and keep watch with me."

39He went on a little farther and bowed with his face to the ground, praying, "My Father! If it is possible, let this cup of suffering be taken

26:2 "Son of Man" is a title Jesus used for himself.   26:7 Or reclining.   26:20a Or Jesus reclined.   26:20b Some manuscripts read the Twelve.   26:28 Some manuscripts read the new covenant.   26:31 Greek I will strike. Zech 13:7.

away from me. Yet I want your will to be done, not mine."

⁴⁰Then he returned to the disciples and found them asleep. He said to Peter, "Couldn't you watch with me even one hour? ⁴¹Keep watch and pray, so that you will not give in to temptation. For the spirit is willing, but the body is weak!"

⁴²Then Jesus left them a second time and prayed, "My Father! If this cup cannot be taken away* unless I drink it, your will be done." ⁴³When he returned to them again, he found them sleeping, for they couldn't keep their eyes open.

⁴⁴So he went to pray a third time, saying the same things again. ⁴⁵Then he came to the disciples and said, "Go ahead and sleep. Have your rest. But look—the time has come. The Son of Man is betrayed into the hands of sinners. ⁴⁶Up, let's be going. Look, my betrayer is here!"

Jesus Is Betrayed and Arrested

⁴⁷And even as Jesus said this, Judas, one of the twelve disciples, arrived with a crowd of men armed with swords and clubs. They had been sent by the leading priests and elders of the people. ⁴⁸The traitor, Judas, had given them a prearranged signal: "You will know which one to arrest when I greet him with a kiss." ⁴⁹So Judas came straight to Jesus. "Greetings, Rabbi!" he exclaimed and gave him the kiss.

⁵⁰Jesus said, "My friend, go ahead and do what you have come for."

Then the others grabbed Jesus and arrested him. ⁵¹But one of the men with Jesus pulled out his sword and struck the high priest's slave, slashing off his ear.

⁵²"Put away your sword," Jesus told him. "Those who use the sword will die by the sword. ⁵³Don't you realize that I could ask my Father for thousands* of angels to protect us, and he would send them instantly? ⁵⁴But if I did, how would the Scriptures be fulfilled that describe what must happen now?"

⁵⁵Then Jesus said to the crowd, "Am I some dangerous revolutionary, that you come with swords and clubs to arrest me? Why didn't you arrest me in the Temple? I was there teaching every day. ⁵⁶But this is all happening to fulfill the words of the prophets as recorded in the Scriptures." At that point, all the disciples deserted him and fled.

Jesus before the Council

⁵⁷Then the people who had arrested Jesus led him to the home of Caiaphas, the high priest, where the teachers of religious law and the elders had gathered. ⁵⁸Meanwhile, Peter followed him at a distance and came to the high priest's courtyard. He went in and sat with the guards and waited to see how it would all end.

⁵⁹Inside, the leading priests and the entire high council* were trying to find witnesses who would lie about Jesus, so they could put him to death. ⁶⁰But even though they found many who agreed to give false witness, they could not use anyone's testimony. Finally, two men came forward ⁶¹who declared, "This man said, 'I am able to destroy the Temple of God and rebuild it in three days.'"

⁶²Then the high priest stood up and said to Jesus, "Well, aren't you going to answer these charges? What do you have to say for yourself?" ⁶³But Jesus remained silent. Then the high priest said to him, "I demand in the name of the living God—tell us if you are the Messiah, the Son of God."

⁶⁴Jesus replied, "You have said it. And in the future you will see the Son of Man seated in the place of power at God's right hand* and coming on the clouds of heaven."*

⁶⁵Then the high priest tore his clothing to show his horror and said, "Blasphemy! Why do we need other witnesses? You have all heard his blasphemy. ⁶⁶What is your verdict?"

"Guilty!" they shouted. "He deserves to die!"

⁶⁷Then they began to spit in Jesus' face and beat him with their fists. And some slapped him, ⁶⁸jeering, "Prophesy to us, you Messiah! Who hit you that time?"

Peter Denies Jesus

⁶⁹Meanwhile, Peter was sitting outside in the courtyard. A servant girl came over and said to him, "You were one of those with Jesus the Galilean."

⁷⁰But Peter denied it in front of everyone. "I don't know what you're talking about," he said.

⁷¹Later, out by the gate, another servant girl noticed him and said to those standing around, "This man was with Jesus of Nazareth.*"

⁷²Again Peter denied it, this time with an oath. "I don't even know the man," he said.

⁷³A little later some of the other bystanders came over to Peter and said, "You must be one of them; we can tell by your Galilean accent."

⁷⁴Peter swore, "A curse on me if I'm lying—I don't know the man!" And immediately the rooster crowed.

⁷⁵Suddenly, Jesus' words flashed through Peter's mind: "Before the rooster crows, you will deny three times that you even know me." And he went away, weeping bitterly.

Judas Hangs Himself

27 Very early in the morning the leading priests and the elders met again to lay plans for putting Jesus to death. ²Then they bound him, led him away, and took him to Pilate, the Roman governor.

³When Judas, who had betrayed him, realized that Jesus had been condemned to die, he was filled with remorse. So he took the thirty pieces

---

26:42 Greek *If this cannot pass.*   **26:53** Greek *twelve legions.*   **26:59** Greek *the Sanhedrin.*   **26:64a** Greek *seated at the right hand of the power.* See Ps 110:1.   **26:64b** See Dan 7:13.   **26:71** Or *Jesus the Nazarene.*

of silver back to the leading priests and the elders. ⁴"I have sinned," he declared, "for I have betrayed an innocent man."

"What do we care?" they retorted. "That's your problem."

⁵Then Judas threw the silver coins down in the Temple and went out and hanged himself.

⁶The leading priests picked up the coins. "It wouldn't be right to put this money in the Temple treasury," they said, "since it was payment for murder."* ⁷After some discussion they finally decided to buy the potter's field, and they made it into a cemetery for foreigners. ⁸That is why the field is still called the Field of Blood. ⁹This fulfilled the prophecy of Jeremiah that says,

"They took* the thirty pieces of silver—
the price at which he was valued by the people of Israel,
¹⁰ and purchased the potter's field,
as the LORD directed.*"

Jesus' Trial before Pilate

¹¹Now Jesus was standing before Pilate, the Roman governor. "Are you the king of the Jews?" the governor asked him.

Jesus replied, "You have said it."

¹²But when the leading priests and the elders made their accusations against him, Jesus remained silent. ¹³"Don't you hear all these charges they are bringing against you?" Pilate demanded. ¹⁴But Jesus made no response to any of the charges, much to the governor's surprise.

¹⁵Now it was the governor's custom each year during the Passover celebration to release one prisoner to the crowd—anyone they wanted. ¹⁶This year there was a notorious prisoner, a man named Barabbas.* ¹⁷As the crowds gathered before Pilate's house that morning, he asked them, "Which one do you want me to release to you—Barabbas, or Jesus who is called the Messiah?" ¹⁸(He knew very well that the religious leaders had arrested Jesus out of envy.)

¹⁹Just then, as Pilate was sitting on the judgment seat, his wife sent him this message: "Leave that innocent man alone. I suffered through a terrible nightmare about him last night."

²⁰Meanwhile, the leading priests and the elders persuaded the crowd to ask for Barabbas to be released and for Jesus to be put to death. ²¹So the governor asked again, "Which of these two do you want me to release to you?"

The crowd shouted back, "Barabbas!"

²²Pilate responded, "Then what should I do with Jesus who is called the Messiah?"

They shouted back, "Crucify him!"

²³"Why?" Pilate demanded. "What crime has he committed?"

But the mob roared even louder, "Crucify him!"

²⁴Pilate saw that he wasn't getting anywhere and that a riot was developing. So he sent for a bowl of water and washed his hands before the crowd, saying, "I am innocent of this man's blood. The responsibility is yours!"

²⁵And all the people yelled back, "We will take responsibility for his death—we and our children!"*

²⁶So Pilate released Barabbas to them. He ordered Jesus flogged with a lead-tipped whip, then turned him over to the Roman soldiers to be crucified.

The Soldiers Mock Jesus

²⁷Some of the governor's soldiers took Jesus into their headquarters* and called out the entire regiment. ²⁸They stripped him and put a scarlet robe on him. ²⁹They wove thorn branches into a crown and put it on his head, and they placed a reed stick in his right hand as a scepter. Then they knelt before him in mockery and taunted, "Hail! King of the Jews!" ³⁰And they spit on him and grabbed the stick and struck him on the head with it. ³¹When they were finally tired of mocking him, they took off the robe and put his own clothes on him again. Then they led him away to be crucified.

The Crucifixion

³²Along the way, they came across a man named Simon, who was from Cyrene,* and the soldiers forced him to carry Jesus' cross. ³³And they went out to a place called Golgotha (which means "Place of the Skull"). ³⁴The soldiers gave him wine mixed with bitter gall, but when he had tasted it, he refused to drink it.

³⁵After they had nailed him to the cross, the soldiers gambled for his clothes by throwing dice.* ³⁶Then they sat around and kept guard as he hung there. ³⁷A sign was fastened to the cross above Jesus' head, announcing the charge against him. It read: "This is Jesus, the King of the Jews." ³⁸Two revolutionaries* were crucified with him, one on his right and one on his left.

³⁹The people passing by shouted abuse, shaking their heads in mockery. ⁴⁰"Look at you now!" they yelled at him. "You said you were going to destroy the Temple and rebuild it in three days. Well then, if you are the Son of God, save yourself and come down from the cross!"

⁴¹The leading priests, the teachers of religious law, and the elders also mocked Jesus. ⁴²"He saved others," they scoffed, "but he can't save himself! So he is the King of Israel, is he? Let him come down from the cross right now, and we will believe in him! ⁴³He trusted God, so let God rescue him now if he wants him! For he

27:6 Greek *since it is the price for blood.* **27:9** Or *I took.* **27:9-10** Greek *as the LORD directed me.* Zech 11:12-13; Jer 32:6-9. **27:16** Some manuscripts read *Jesus Barabbas;* also in 27:17. **27:25** Greek *"His blood be on us and on our children."* **27:27** Or *into the Praetorium.* **27:32** *Cyrene* was a city in northern Africa. **27:35** Greek *by casting lots.* A few late manuscripts add *This fulfilled the word of the prophet: "They divided my garments among themselves and cast lots for my robe."* See Ps 22:18. **27:38** Or *criminals;* also in 27:44.

said, 'I am the Son of God.'" ⁴⁴Even the revolutionaries who were crucified with him ridiculed him in the same way.

The Death of Jesus

⁴⁵At noon, darkness fell across the whole land until three o'clock. ⁴⁶At about three o'clock, Jesus called out with a loud voice, *"Eli, Eli,* lema sabachthani?"* which means "My God, my God, why have you abandoned me?"*

⁴⁷Some of the bystanders misunderstood and thought he was calling for the prophet Elijah. ⁴⁸One of them ran and filled a sponge with sour wine, holding it up to him on a reed stick so he could drink. ⁴⁹But the rest said, "Wait! Let's see whether Elijah comes to save him."*

⁵⁰Then Jesus shouted out again, and he released his spirit. ⁵¹At that moment the curtain in the sanctuary of the Temple was torn in two, from top to bottom. The earth shook, rocks split apart, ⁵²and tombs opened. The bodies of many godly men and women who had died were raised from the dead. ⁵³They left the cemetery after Jesus' resurrection, went into the holy city of Jerusalem, and appeared to many people.

⁵⁴The Roman officer* and the other soldiers at the crucifixion were terrified by the earthquake and all that had happened. They said, "This man truly was the Son of God!"

⁵⁵And many women who had come from Galilee with Jesus to care for him were watching from a distance. ⁵⁶Among them were Mary Magdalene, Mary (the mother of James and Joseph), and the mother of James and John, the sons of Zebedee.

The Burial of Jesus

⁵⁷As evening approached, Joseph, a rich man from Arimathea who had become a follower of Jesus, ⁵⁸went to Pilate and asked for Jesus' body. And Pilate issued an order to release it to him. ⁵⁹Joseph took the body and wrapped it in a long sheet of clean linen cloth. ⁶⁰He placed it in his own new tomb, which had been carved out of the rock. Then he rolled a great stone across the entrance and left. ⁶¹Both Mary Magdalene and the other Mary were sitting across from the tomb and watching.

The Guard at the Tomb

⁶²The next day, on the Sabbath,* the leading priests and Pharisees went to see Pilate. ⁶³They told him, "Sir, we remember what that deceiver once said while he was still alive: 'After three days I will rise from the dead.' ⁶⁴So we request that you seal the tomb until the third day. This will prevent his disciples from coming and stealing his body and then telling everyone he was raised from the dead! If that happens, we'll be worse off than we were at first."

⁶⁵Pilate replied, "Take guards and secure it the best you can." ⁶⁶So they sealed the tomb and posted guards to protect it.

The Resurrection

28 Early on Sunday morning,* as the new day was dawning, Mary Magdalene and the other Mary went out to visit the tomb.

²Suddenly there was a great earthquake! For an angel of the Lord came down from heaven, rolled aside the stone, and sat on it. ³His face shone like lightning, and his clothing was as white as snow. ⁴The guards shook with fear when they saw him, and they fell into a dead faint.

⁵Then the angel spoke to the women. "Don't be afraid!" he said. "I know you are looking for Jesus, who was crucified. ⁶He isn't here! He is risen from the dead, just as he said would happen. Come, see where his body was lying. ⁷And now, go quickly and tell his disciples that he has risen from the dead, and he is going ahead of you to Galilee. You will see him there. Remember what I have told you."

⁸The women ran quickly from the tomb. They were very frightened but also filled with great joy, and they rushed to give the disciples the angel's message. ⁹And as they went, Jesus met them and greeted them. And they ran to him, grasped his feet, and worshiped him. ¹⁰Then Jesus said to them, "Don't be afraid! Go tell my brothers to leave for Galilee, and they will see me there."

The Report of the Guard

¹¹As the women were on their way, some of the guards went into the city and told the leading priests what had happened. ¹²A meeting with the elders was called, and they decided to give the soldiers a large bribe. ¹³They told the soldiers, "You must say, 'Jesus' disciples came during the night while we were sleeping, and they stole his body.' ¹⁴If the governor hears about it, we'll stand up for you so you won't get in trouble." ¹⁵So the guards accepted the bribe and said what they were told to say. Their story spread widely among the Jews, and they still tell it today.

The Great Commission

¹⁶Then the eleven disciples left for Galilee, going to the mountain where Jesus had told them to go. ¹⁷When they saw him, they worshiped him—but some of them doubted!

¹⁸Jesus came and told his disciples, "I have been given all authority in heaven and on earth. ¹⁹Therefore, go and make disciples of all the nations,* baptizing them in the name of the Father and the Son and the Holy Spirit. ²⁰Teach these new disciples to obey all the commands I have given you. And be sure of this: I am with you always, even to the end of the age."

27:46a Some manuscripts read *Eloi, Eloi.*   **27:46b** Ps 22:1.   **27:49** Some manuscripts add *And another took a spear and pierced his side, and out flowed water and blood.* Compare John 19:34.   **27:54** Greek *The centurion.*   **27:62** Or *On the next day, which is after the Preparation.*   **28:1** Greek *After the Sabbath, on the first day of the week.*   **28:19** Or *all peoples.*

Mark

John the Baptist Prepares the Way

1 This is the Good News about Jesus the Messiah, the Son of God.* It began ²just as the prophet Isaiah had written:

"Look, I am sending my messenger ahead
of you,
and he will prepare your way.*
³ He is a voice shouting in the wilderness,
'Prepare the way for the LORD's coming!
Clear the road for him!'*"

⁴This messenger was John the Baptist. He was in the wilderness and preached that people should be baptized to show that they had turned to God to receive forgiveness for their sins. ⁵All of Judea, including all the people of Jerusalem, went out to see and hear John. And when they confessed their sins, he baptized them in the Jordan River. ⁶His clothes were woven from coarse camel hair, and he wore a leather belt around his waist. For food he ate locusts and wild honey.

⁷John announced: "Someone is coming soon who is greater than I am—so much greater that I'm not even worthy to stoop down like a slave and untie the straps of his sandals. ⁸I baptize you with* water, but he will baptize you with the Holy Spirit!"

The Baptism and Temptation of Jesus

⁹One day Jesus came from Nazareth in Galilee, and John baptized him in the Jordan River. ¹⁰As Jesus came up out of the water, he saw the heavens splitting apart and the Holy Spirit descending on him* like a dove. ¹¹And a voice from heaven said, "You are my dearly loved Son, and you bring me great joy."

¹²The Spirit then compelled Jesus to go into the wilderness, ¹³where he was tempted by Satan for forty days. He was out among the wild animals, and angels took care of him.

¹⁴Later on, after John was arrested, Jesus went into Galilee, where he preached God's Good News.* ¹⁵"The time promised by God has come at last!" he announced. "The Kingdom of God is near! Repent of your sins and believe the Good News!"

The First Disciples

¹⁶One day as Jesus was walking along the shore of the Sea of Galilee, he saw Simon* and his brother Andrew throwing a net into the water, for they fished for a living. ¹⁷Jesus called out to them, "Come, follow me, and I will show you how to fish for people!" ¹⁸And they left their nets at once and followed him.

¹⁹A little farther up the shore Jesus saw Zebedee's sons, James and John, in a boat repairing their nets. ²⁰He called them at once, and they also followed him, leaving their father, Zebedee, in the boat with the hired men.

Jesus Casts Out an Evil Spirit

²¹Jesus and his companions went to the town of Capernaum. When the Sabbath day came, he went into the synagogue and began to teach. ²²The people were amazed at his teaching, for he taught with real authority—quite unlike the teachers of religious law.

²³Suddenly, a man in the synagogue who was possessed by an evil* spirit began shouting, ²⁴"Why are you interfering with us, Jesus of Nazareth? Have you come to destroy us? I know who you are—the Holy One sent from God!"

²⁵Jesus cut him short. "Be quiet! Come out of the man," he ordered. ²⁶At that, the evil spirit screamed, threw the man into a convulsion, and then came out of him.

²⁷Amazement gripped the audience, and they began to discuss what had happened. "What sort of new teaching is this?" they asked excitedly. "It has such authority! Even evil spirits obey his orders!" ²⁸The news about Jesus spread quickly throughout the entire region of Galilee.

Jesus Heals Many People

²⁹After Jesus left the synagogue with James and John, they went to Simon and Andrew's home. ³⁰Now Simon's mother-in-law was sick in bed with a high fever. They told Jesus about her right away. ³¹So he went to her bedside, took her by the hand, and helped her sit up. Then the fever left her, and she prepared a meal for them.

³²That evening after sunset, many sick and demon-possessed people were brought to Jesus.

1:1 Some manuscripts do not include *the Son of God.* **1:2** Mal 3:1. **1:3** Isa 40:3 (Greek version). **1:8** Or *in;* also in 1:8b. **1:10** Or *toward him,* or *into him.* **1:14** Some manuscripts read *the Good News of the Kingdom of God.* **1:16** *Simon* is called "Peter" in 3:16 and thereafter. **1:23** Greek *unclean;* also in 1:26, 27.

33The whole town gathered at the door to watch. 34So Jesus healed many people who were sick with various diseases, and he cast out many demons. But because the demons knew who he was, he did not allow them to speak.

Jesus Preaches in Galilee

35Before daybreak the next morning, Jesus got up and went out to an isolated place to pray. 36Later Simon and the others went out to find him. 37When they found him, they said, "Everyone is looking for you."

38But Jesus replied, "We must go on to other towns as well, and I will preach to them, too. That is why I came." 39So he traveled throughout the region of Galilee, preaching in the synagogues and casting out demons.

Jesus Heals a Man with Leprosy

40A man with leprosy came and knelt in front of Jesus, begging to be healed. "If you are willing, you can heal me and make me clean," he said.

41Moved with compassion,* Jesus reached out and touched him. "I am willing," he said. "Be healed!" 42Instantly the leprosy disappeared, and the man was healed. 43Then Jesus sent him on his way with a stern warning: 44"Don't tell anyone about this. Instead, go to the priest and let him examine you. Take along the offering required in the law of Moses for those who have been healed of leprosy.* This will be a public testimony that you have been cleansed."

45But the man went and spread the word, proclaiming to everyone what had happened. As a result, large crowds soon surrounded Jesus, and he couldn't publicly enter a town anywhere. He had to stay out in the secluded places, but people from everywhere kept coming to him.

Jesus Heals a Paralyzed Man

2 When Jesus returned to Capernaum several days later, the news spread quickly that he was back home. 2Soon the house where he was staying was so packed with visitors that there was no more room, even outside the door. While he was preaching God's word to them, 3four men arrived carrying a paralyzed man on a mat. 4They couldn't bring him to Jesus because of the crowd, so they dug a hole through the roof above his head. Then they lowered the man on his mat, right down in front of Jesus. 5Seeing their faith, Jesus said to the paralyzed man, "My child, your sins are forgiven."

6But some of the teachers of religious law who were sitting there thought to themselves, 7"What is he saying? This is blasphemy! Only God can forgive sins!"

8Jesus knew immediately what they were thinking, so he asked them, "Why do you question this in your hearts? 9Is it easier to say to the paralyzed man 'Your sins are forgiven,' or 'Stand up, pick up your mat, and walk'? 10So I will prove to you that the Son of Man* has the authority on earth to forgive sins." Then Jesus turned to the paralyzed man and said, 11"Stand up, pick up your mat, and go home!"

12And the man jumped up, grabbed his mat, and walked out through the stunned onlookers. They were all amazed and praised God, exclaiming, "We've never seen anything like this before!"

Jesus Calls Levi (Matthew)

13Then Jesus went out to the lakeshore again and taught the crowds that were coming to him. 14As he walked along, he saw Levi son of Alphaeus sitting at his tax collector's booth. "Follow me and be my disciple," Jesus said to him. So Levi got up and followed him.

15Later, Levi invited Jesus and his disciples to his home as dinner guests, along with many tax collectors and other disreputable sinners. (There were many people of this kind among Jesus' followers.) 16But when the teachers of religious law who were Pharisees* saw him eating with tax collectors and other sinners, they asked his disciples, "Why does he eat with such scum?*"

17When Jesus heard this, he told them, "Healthy people don't need a doctor—sick people do. I have come to call not those who think they are righteous, but those who know they are sinners."

A Discussion about Fasting

18Once when John's disciples and the Pharisees were fasting, some people came to Jesus and asked, "Why don't your disciples fast like John's disciples and the Pharisees do?"

19Jesus replied, "Do wedding guests fast while celebrating with the groom? Of course not. They can't fast while the groom is with them. 20But someday the groom will be taken away from them, and then they will fast.

21"Besides, who would patch old clothing with new cloth? For the new patch would shrink and rip away from the old cloth, leaving an even bigger tear than before.

22"And no one puts new wine into old wineskins. For the wine would burst the wineskins, and the wine and the skins would both be lost. New wine calls for new wineskins."

A Discussion about the Sabbath

23One Sabbath day as Jesus was walking through some grainfields, his disciples began breaking off heads of grain to eat. 24But the Pharisees said to Jesus, "Look, why are they breaking the law by harvesting grain on the Sabbath?"

25Jesus said to them, "Haven't you ever read in the Scriptures what David did when he and his companions were hungry? 26He went into the

1:41 Some manuscripts read *Moved with anger.*   1:44 See Lev 14:2-32.   2:10 "Son of Man" is a title Jesus used for himself.
2:16a Greek *the scribes of the Pharisees.*   2:16b Greek *with tax collectors and sinners?*

house of God (during the days when Abiathar was high priest) and broke the law by eating the sacred loaves of bread that only the priests are allowed to eat. He also gave some to his companions."

27Then Jesus said to them, "The Sabbath was made to meet the needs of people, and not people to meet the requirements of the Sabbath. 28So the Son of Man is Lord, even over the Sabbath!"

Jesus Heals on the Sabbath

3 Jesus went into the synagogue again and noticed a man with a deformed hand. 2Since it was the Sabbath, Jesus' enemies watched him closely. If he healed the man's hand, they planned to accuse him of working on the Sabbath.

3Jesus said to the man, "Come and stand in front of everyone." 4Then he turned to his critics and asked, "Does the law permit good deeds on the Sabbath, or is it a day for doing evil? Is this a day to save life or to destroy it?" But they wouldn't answer him.

5He looked around at them angrily and was deeply saddened by their hard hearts. Then he said to the man, "Hold out your hand." So the man held out his hand, and it was restored! 6At once the Pharisees went away and met with the supporters of Herod to plot how to kill Jesus.

Crowds Follow Jesus

7Jesus went out to the lake with his disciples, and a large crowd followed him. They came from all over Galilee, Judea, 8Jerusalem, Idumea, from east of the Jordan River, and even from as far north as Tyre and Sidon. The news about his miracles had spread far and wide, and vast numbers of people came to see him.

9Jesus instructed his disciples to have a boat ready so the crowd would not crush him. 10He had healed many people that day, so all the sick people eagerly pushed forward to touch him. 11And whenever those possessed by evil* spirits caught sight of him, the spirits would throw them to the ground in front of him shrieking, "You are the Son of God!" 12But Jesus sternly commanded the spirits not to reveal who he was.

Jesus Chooses the Twelve Apostles

13Afterward Jesus went up on a mountain and called out the ones he wanted to go with him. And they came to him. 14Then he appointed twelve of them and called them his apostles.* They were to accompany him, and he would send them out to preach, 15giving them authority to cast out demons. 16Here are their names:

Simon (whom he named Peter),
17 James and John (the sons of Zebedee, but Jesus nicknamed them "Sons of Thunder"*),
18 Andrew,
Philip,
Bartholomew,
Matthew,
Thomas,
James (son of Alphaeus),
Thaddaeus,
Simon (the zealot*),
19 Judas Iscariot (who later betrayed him).

Jesus and the Prince of Demons

20One time Jesus entered a house, and the crowds began to gather again. Soon he and his disciples couldn't even find time to eat. 21When his family heard what was happening, they tried to take him away. "He's out of his mind," they said.

22But the teachers of religious law who had arrived from Jerusalem said, "He's possessed by Satan,* the prince of demons. That's where he gets the power to cast out demons."

23Jesus called them over and responded with an illustration. "How can Satan cast out Satan?" he asked. 24"A kingdom divided by civil war will collapse. 25Similarly, a family splintered by feuding will fall apart. 26And if Satan is divided and fights against himself, how can he stand? He would never survive. 27Let me illustrate this further. Who is powerful enough to enter the house of a strong man like Satan and plunder his goods? Only someone even stronger—someone who could tie him up and then plunder his house.

28"I tell you the truth, all sin and blasphemy can be forgiven, 29but anyone who blasphemes the Holy Spirit will never be forgiven. This is a sin with eternal consequences." 30He told them this because they were saying, "He's possessed by an evil spirit."

The True Family of Jesus

31Then Jesus' mother and brothers came to see him. They stood outside and sent word for him to come out and talk with them. 32There was a crowd sitting around Jesus, and someone said, "Your mother and your brothers* are outside asking for you."

33Jesus replied, "Who is my mother? Who are my brothers?" 34Then he looked at those around him and said, "Look, these are my mother and brothers. 35Anyone who does God's will is my brother and sister and mother."

Parable of the Farmer Scattering Seed

4 Once again Jesus began teaching by the lakeshore. A very large crowd soon gathered around him, so he got into a boat. Then he sat in the boat while all the people remained on the shore. 2He taught them by telling many stories in the form of parables, such as this one:

3:11 Greek *unclean;* also in 3:30.   **3:14** Some manuscripts do not include *and called them his apostles.*   **3:17** Greek *whom he named Boanerges, which means Sons of Thunder.*   **3:18** Greek *the Cananean,* an Aramaic term for Jewish nationalists.   **3:22** Greek *Beelzeboul;* other manuscripts read *Beezeboul;* Latin version reads *Beelzebub.*   **3:32** Some manuscripts add *and sisters.*

³"Listen! A farmer went out to plant some seed. ⁴As he scattered it across his field, some of the seed fell on a footpath, and the birds came and ate it. ⁵Other seed fell on shallow soil with underlying rock. The seed sprouted quickly because the soil was shallow. ⁶But the plant soon wilted under the hot sun, and since it didn't have deep roots, it died. ⁷Other seed fell among thorns that grew up and choked out the tender plants so they produced no grain. ⁸Still other seeds fell on fertile soil, and they sprouted, grew, and produced a crop that was thirty, sixty, and even a hundred times as much as had been planted!" ⁹Then he said, "Anyone with ears to hear should listen and understand."

¹⁰Later, when Jesus was alone with the twelve disciples and with the others who were gathered around, they asked him what the parables meant.

¹¹He replied, "You are permitted to understand the secret* of the Kingdom of God. But I use parables for everything I say to outsiders, ¹²so that the Scriptures might be fulfilled:

'When they see what I do,
   they will learn nothing.
When they hear what I say,
   they will not understand.
Otherwise, they will turn to me
   and be forgiven.'*"

¹³Then Jesus said to them, "If you can't understand the meaning of this parable, how will you understand all the other parables? ¹⁴The farmer plants seed by taking God's word to others. ¹⁵The seed that fell on the footpath represents those who hear the message, only to have Satan come at once and take it away. ¹⁶The seed on the rocky soil represents those who hear the message and immediately receive it with joy. ¹⁷But since they don't have deep roots, they don't last long. They fall away as soon as they have problems or are persecuted for believing God's word. ¹⁸The seed that fell among the thorns represents others who hear God's word, ¹⁹but all too quickly the message is crowded out by the worries of this life, the lure of wealth, and the desire for other things, so no fruit is produced. ²⁰And the seed that fell on good soil represents those who hear and accept God's word and produce a harvest of thirty, sixty, or even a hundred times as much as had been planted!"

Parable of the Lamp

²¹Then Jesus asked them, "Would anyone light a lamp and then put it under a basket or under a bed? Of course not! A lamp is placed on a stand, where its light will shine. ²²For everything that is hidden will eventually be brought into the open, and every secret will be brought to light. ²³Anyone with ears to hear should listen and understand."

²⁴Then he added, "Pay close attention to what you hear. The closer you listen, the more understanding you will be given*—and you will receive even more. ²⁵To those who listen to my teaching, more understanding will be given. But for those who are not listening, even what little understanding they have will be taken away from them."

Parable of the Growing Seed

²⁶Jesus also said, "The Kingdom of God is like a farmer who scatters seed on the ground. ²⁷Night and day, while he's asleep or awake, the seed sprouts and grows, but he does not understand how it happens. ²⁸The earth produces the crops on its own. First a leaf blade pushes through, then the heads of wheat are formed, and finally the grain ripens. ²⁹And as soon as the grain is ready, the farmer comes and harvests it with a sickle, for the harvest time has come."

Parable of the Mustard Seed

³⁰Jesus said, "How can I describe the Kingdom of God? What story should I use to illustrate it? ³¹It is like a mustard seed planted in the ground. It is the smallest of all seeds, ³²but it becomes the largest of all garden plants; it grows long branches, and birds can make nests in its shade."

³³Jesus used many similar stories and illustrations to teach the people as much as they could understand. ³⁴In fact, in his public ministry he never taught without using parables; but afterward, when he was alone with his disciples, he explained everything to them.

Jesus Calms the Storm

³⁵As evening came, Jesus said to his disciples, "Let's cross to the other side of the lake." ³⁶So they took Jesus in the boat and started out, leaving the crowds behind (although other boats followed). ³⁷But soon a fierce storm came up. High waves were breaking into the boat, and it began to fill with water.

³⁸Jesus was sleeping at the back of the boat with his head on a cushion. The disciples woke him up, shouting, "Teacher, don't you care that we're going to drown?"

³⁹When Jesus woke up, he rebuked the wind and said to the water, "Silence! Be still!" Suddenly the wind stopped, and there was a great calm. ⁴⁰Then he asked them, "Why are you afraid? Do you still have no faith?"

⁴¹The disciples were absolutely terrified. "Who is this man?" they asked each other. "Even the wind and waves obey him!"

Jesus Heals a Demon-Possessed Man

5 So they arrived at the other side of the lake, in the region of the Gerasenes.* ²When Jesus climbed out of the boat, a man possessed

4:11 Greek *mystery.*   4:12 Isa 6:9-10 (Greek version).   4:24 Or *The measure you give will be the measure you get back.*   5:1 Other manuscripts read *Gadarenes;* still others read *Gergesenes.* See Matt 8:28; Luke 8:26.

by an evil* spirit came out from a cemetery to meet him. ³This man lived among the burial caves and could no longer be restrained, even with a chain. ⁴Whenever he was put into chains and shackles—as he often was—he snapped the chains from his wrists and smashed the shackles. No one was strong enough to subdue him. ⁵Day and night he wandered among the burial caves and in the hills, howling and cutting himself with sharp stones.

⁶When Jesus was still some distance away, the man saw him, ran to meet him, and bowed low before him. ⁷With a shriek, he screamed, "Why are you interfering with me, Jesus, Son of the Most High God? In the name of God, I beg you, don't torture me!" ⁸For Jesus had already said to the spirit, "Come out of the man, you evil spirit."

⁹Then Jesus demanded, "What is your name?"

And he replied, "My name is Legion, because there are many of us inside this man." ¹⁰Then the evil spirits begged him again and again not to send them to some distant place.

¹¹There happened to be a large herd of pigs feeding on the hillside nearby. ¹²"Send us into those pigs," the spirits begged. "Let us enter them."

¹³So Jesus gave them permission. The evil spirits came out of the man and entered the pigs, and the entire herd of 2,000 pigs plunged down the steep hillside into the lake and drowned in the water.

¹⁴The herdsmen fled to the nearby town and the surrounding countryside, spreading the news as they ran. People rushed out to see what had happened. ¹⁵A crowd soon gathered around Jesus, and they saw the man who had been possessed by the legion of demons. He was sitting there fully clothed and perfectly sane, and they were all afraid. ¹⁶Then those who had seen what happened told the others about the demon-possessed man and the pigs. ¹⁷And the crowd began pleading with Jesus to go away and leave them alone.

¹⁸As Jesus was getting into the boat, the man who had been demon possessed begged to go with him. ¹⁹But Jesus said, "No, go home to your family, and tell them everything the Lord has done for you and how merciful he has been." ²⁰So the man started off to visit the Ten Towns* of that region and began to proclaim the great things Jesus had done for him; and everyone was amazed at what he told them.

Jesus Heals in Response to Faith

²¹Jesus got into the boat again and went back to the other side of the lake, where a large crowd gathered around him on the shore. ²²Then a leader of the local synagogue, whose name was Jairus, arrived. When he saw Jesus, he fell at his feet, ²³pleading fervently with him. "My little daughter is dying," he said.

"Please come and lay your hands on her; heal her so she can live."

²⁴Jesus went with him, and all the people followed, crowding around him. ²⁵A woman in the crowd had suffered for twelve years with constant bleeding. ²⁶She had suffered a great deal from many doctors, and over the years she had spent everything she had to pay them, but she had gotten no better. In fact, she had gotten worse. ²⁷She had heard about Jesus, so she came up behind him through the crowd and touched his robe. ²⁸For she thought to herself, "If I can just touch his robe, I will be healed." ²⁹Immediately the bleeding stopped, and she could feel in her body that she had been healed of her terrible condition.

³⁰Jesus realized at once that healing power had gone out from him, so he turned around in the crowd and asked, "Who touched my robe?"

³¹His disciples said to him, "Look at this crowd pressing around you. How can you ask, 'Who touched me?'"

³²But he kept on looking around to see who had done it. ³³Then the frightened woman, trembling at the realization of what had happened to her, came and fell at his feet and told him what she had done. ³⁴And he said to her, "Daughter, your faith has made you well. Go in peace. Your suffering is over."

³⁵While he was still speaking to her, messengers arrived from the home of Jairus, the leader of the synagogue. They told him, "Your daughter is dead. There's no use troubling the Teacher now."

³⁶But Jesus overheard them and said to Jairus, "Don't be afraid. Just have faith."

³⁷Then Jesus stopped the crowd and wouldn't let anyone go with him except Peter, James, and John (the brother of James). ³⁸When they came to the home of the synagogue leader, Jesus saw much commotion and weeping and wailing. ³⁹He went inside and asked, "Why all this commotion and weeping? The child isn't dead; she's only asleep."

⁴⁰The crowd laughed at him. But he made them all leave, and he took the girl's father and mother and his three disciples into the room where the girl was lying. ⁴¹Holding her hand, he said to her, *"Talitha koum,"* which means "Little girl, get up!" ⁴²And the girl, who was twelve years old, immediately stood up and walked around! They were overwhelmed and totally amazed. ⁴³Jesus gave them strict orders not to tell anyone what had happened, and then he told them to give her something to eat.

Jesus Rejected at Nazareth

6 Jesus left that part of the country and returned with his disciples to Nazareth, his hometown. ²The next Sabbath he began teaching in the synagogue, and many who heard him were amazed. They asked, "Where did he get all this wisdom and the power to perform such

5:2 Greek *unclean;* also in 5:8, 13.   5:20 Greek *Decapolis.*

miracles?" ³Then they scoffed, "He's just a carpenter, the son of Mary* and the brother of James, Joseph,* Judas, and Simon. And his sisters live right here among us." They were deeply offended and refused to believe in him.

⁴Then Jesus told them, "A prophet is honored everywhere except in his own hometown and among his relatives and his own family." ⁵And because of their unbelief, he couldn't do any mighty miracles among them except to place his hands on a few sick people and heal them. ⁶And he was amazed at their unbelief.

Jesus Sends Out the Twelve Disciples

Then Jesus went from village to village, teaching the people. ⁷And he called his twelve disciples together and began sending them out two by two, giving them authority to cast out evil* spirits. ⁸He told them to take nothing for their journey except a walking stick—no food, no traveler's bag, no money.* ⁹He allowed them to wear sandals but not to take a change of clothes.

¹⁰"Wherever you go," he said, "stay in the same house until you leave town. ¹¹But if any place refuses to welcome you or listen to you, shake its dust from your feet as you leave to show that you have abandoned those people to their fate."

¹²So the disciples went out, telling everyone they met to repent of their sins and turn to God. ¹³And they cast out many demons and healed many sick people, anointing them with olive oil.

The Death of John the Baptist

¹⁴Herod Antipas, the king, soon heard about Jesus, because everyone was talking about him. Some were saying,* "This must be John the Baptist raised from the dead. That is why he can do such miracles." ¹⁵Others said, "He's the prophet Elijah." Still others said, "He's a prophet like the other great prophets of the past."

¹⁶When Herod heard about Jesus, he said, "John, the man I beheaded, has come back from the dead."

¹⁷For Herod had sent soldiers to arrest and imprison John as a favor to Herodias. She had been his brother Philip's wife, but Herod had married her. ¹⁸John had been telling Herod, "It is against God's law for you to marry your brother's wife." ¹⁹So Herodias bore a grudge against John and wanted to kill him. But without Herod's approval she was powerless, ²⁰for Herod respected John; and knowing that he was a good and holy man, he protected him. Herod was greatly disturbed whenever he talked with John, but even so, he liked to listen to him.

²¹Herodias's chance finally came on Herod's birthday. He gave a party for his high government officials, army officers, and the leading citizens of Galilee. ²²Then his daughter, also named Herodias,* came in and performed a dance that greatly pleased Herod and his guests. "Ask me for anything you like," the king said to the girl, "and I will give it to you." ²³He even vowed, "I will give you whatever you ask, up to half my kingdom!"

²⁴She went out and asked her mother, "What should I ask for?"

Her mother told her, "Ask for the head of John the Baptist!"

²⁵So the girl hurried back to the king and told him, "I want the head of John the Baptist, right now, on a tray!"

²⁶Then the king deeply regretted what he had said; but because of the vows he had made in front of his guests, he couldn't refuse her. ²⁷So he immediately sent an executioner to the prison to cut off John's head and bring it to him. The soldier beheaded John in the prison, ²⁸brought his head on a tray, and gave it to the girl, who took it to her mother. ²⁹When John's disciples heard what had happened, they came to get his body and buried it in a tomb.

Jesus Feeds Five Thousand

³⁰The apostles returned to Jesus from their ministry tour and told him all they had done and taught. ³¹Then Jesus said, "Let's go off by ourselves to a quiet place and rest awhile." He said this because there were so many people coming and going that Jesus and his apostles didn't even have time to eat.

³²So they left by boat for a quiet place, where they could be alone. ³³But many people recognized them and saw them leaving, and people from many towns ran ahead along the shore and got there ahead of them. ³⁴Jesus saw the huge crowd as he stepped from the boat, and he had compassion on them because they were like sheep without a shepherd. So he began teaching them many things.

³⁵Late in the afternoon his disciples came to him and said, "This is a remote place, and it's already getting late. ³⁶Send the crowds away so they can go to the nearby farms and villages and buy something to eat."

³⁷But Jesus said, "You feed them."

"With what?" they asked. "We'd have to work for months to earn enough money* to buy food for all these people!"

³⁸"How much bread do you have?" he asked. "Go and find out."

They came back and reported, "We have five loaves of bread and two fish."

³⁹Then Jesus told the disciples to have the people sit down in groups on the green grass. ⁴⁰So they sat down in groups of fifty or a hundred.

6:3a Some manuscripts read *He's just the son of the carpenter and of Mary.* **6:3b** Most manuscripts read *Joses;* see Matt 13:55. **6:7** Greek *unclean.* **6:8** Greek *no copper coins in their money belts.* **6:14** Some manuscripts read *He was saying.* **6:22** Some manuscripts read *the daughter of Herodias herself.* **6:37** Greek *It would take 200 denarii.* A denarius was equivalent to a laborer's full day's wage.

⁴¹Jesus took the five loaves and two fish, looked up toward heaven, and blessed them. Then, breaking the loaves into pieces, he kept giving the bread to the disciples so they could distribute it to the people. He also divided the fish for everyone to share. ⁴²They all ate as much as they wanted, ⁴³and afterward, the disciples picked up twelve baskets of leftover bread and fish. ⁴⁴A total of 5,000 men and their families were fed from those loaves!

Jesus Walks on Water

⁴⁵Immediately after this, Jesus insisted that his disciples get back into the boat and head across the lake to Bethsaida, while he sent the people home. ⁴⁶After telling everyone good-bye, he went up into the hills by himself to pray.

⁴⁷Late that night, the disciples were in their boat in the middle of the lake, and Jesus was alone on land. ⁴⁸He saw that they were in serious trouble, rowing hard and struggling against the wind and waves. About three o'clock in the morning* Jesus came toward them, walking on the water. He intended to go past them, ⁴⁹but when they saw him walking on the water, they cried out in terror, thinking he was a ghost. ⁵⁰They were all terrified when they saw him.

But Jesus spoke to them at once. "Don't be afraid," he said. "Take courage! I am here!*" ⁵¹Then he climbed into the boat, and the wind stopped. They were totally amazed, ⁵²for they still didn't understand the significance of the miracle of the loaves. Their hearts were too hard to take it in.

⁵³After they had crossed the lake, they landed at Gennesaret. They brought the boat to shore ⁵⁴and climbed out. The people recognized Jesus at once, ⁵⁵and they ran throughout the whole area, carrying sick people on mats to wherever they heard he was. ⁵⁶Wherever he went—in villages, cities, or the countryside—they brought the sick out to the marketplaces. They begged him to let the sick touch at least the fringe of his robe, and all who touched him were healed.

Jesus Teaches about Inner Purity

7 One day some Pharisees and teachers of religious law arrived from Jerusalem to see Jesus. ²They noticed that some of his disciples failed to follow the Jewish ritual of hand washing before eating. ³(The Jews, especially the Pharisees, do not eat until they have poured water over their cupped hands,* as required by their ancient traditions. ⁴Similarly, they don't eat anything from the market until they immerse their hands* in water. This is but one of many traditions they have clung to—such as their ceremonial washing of cups, pitchers, and kettles.*)

⁵So the Pharisees and teachers of religious law asked him, "Why don't your disciples follow our age-old tradition? They eat without first performing the hand-washing ceremony."

⁶Jesus replied, "You hypocrites! Isaiah was right when he prophesied about you, for he wrote,

'These people honor me with their lips,
 but their hearts are far from me.
⁷ Their worship is a farce,
 for they teach man-made ideas as
 commands from God.'*

⁸For you ignore God's law and substitute your own tradition."

⁹Then he said, "You skillfully sidestep God's law in order to hold on to your own tradition. ¹⁰For instance, Moses gave you this law from God: 'Honor your father and mother,'* and 'Anyone who speaks disrespectfully of father or mother must be put to death.'* ¹¹But you say it is all right for people to say to their parents, 'Sorry, I can't help you. For I have vowed to give to God what I would have given to you.'* ¹²In this way, you let them disregard their needy parents. ¹³And so you cancel the word of God in order to hand down your own tradition. And this is only one example among many others."

¹⁴Then Jesus called to the crowd to come and hear. "All of you listen," he said, "and try to understand. ¹⁵It's not what goes into your body that defiles you; you are defiled by what comes from your heart.*"

¹⁷Then Jesus went into a house to get away from the crowd, and his disciples asked him what he meant by the parable he had just used. ¹⁸"Don't you understand either?" he asked. "Can't you see that the food you put into your body cannot defile you? ¹⁹Food doesn't go into your heart, but only passes through the stomach and then goes into the sewer." (By saying this, he declared that every kind of food is acceptable in God's eyes.)

²⁰And then he added, "It is what comes from inside that defiles you. ²¹For from within, out of a person's heart, come evil thoughts, sexual immorality, theft, murder, ²²adultery, greed, wickedness, deceit, lustful desires, envy, slander, pride, and foolishness. ²³All these vile things come from within; they are what defile you."

The Faith of a Gentile Woman

²⁴Then Jesus left Galilee and went north to the region of Tyre.* He didn't want anyone to know which house he was staying in, but he couldn't keep it a secret. ²⁵Right away a woman who had heard about him came and fell at his feet. Her

---

6:48 Greek *About the fourth watch of the night.* **6:50** Or *The 'I AM' is here;* Greek reads *I am.* See Exod 3:14. **7:3** Greek *have washed with the fist.* **7:4a** Some manuscripts read *sprinkle themselves.* **7:4b** Some manuscripts add *and dining couches.* **7:7** Isa 29:13 (Greek version). **7:10a** Exod 20:12; Deut 5:16. **7:10b** Exod 21:17 (Greek version); Lev 20:9 (Greek version). **7:11** Greek *'What I would have given to you is Corban' (that is, a gift).* **7:15** Some manuscripts add verse 16, *Anyone with ears to hear should listen and understand.* Compare 4:9, 23. **7:24** Some manuscripts add *and Sidon.*

little girl was possessed by an evil* spirit, ²⁶and she begged him to cast out the demon from her daughter.

Since she was a Gentile, born in Syrian Phoenicia, ²⁷Jesus told her, "First I should feed the children—my own family, the Jews.* It isn't right to take food from the children and throw it to the dogs."

²⁸She replied, "That's true, Lord, but even the dogs under the table are allowed to eat the scraps from the children's plates."

²⁹"Good answer!" he said. "Now go home, for the demon has left your daughter." ³⁰And when she arrived home, she found her little girl lying quietly in bed, and the demon was gone.

Jesus Heals a Deaf Man

³¹Jesus left Tyre and went up to Sidon before going back to the Sea of Galilee and the region of the Ten Towns.* ³²A deaf man with a speech impediment was brought to him, and the people begged Jesus to lay his hands on the man to heal him.

³³Jesus led him away from the crowd so they could be alone. He put his fingers into the man's ears. Then, spitting on his own fingers, he touched the man's tongue. ³⁴Looking up to heaven, he sighed and said, *"Ephphatha,"* which means, "Be opened!" ³⁵Instantly the man could hear perfectly, and his tongue was freed so he could speak plainly!

³⁶Jesus told the crowd not to tell anyone, but the more he told them not to, the more they spread the news. ³⁷They were completely amazed and said again and again, "Everything he does is wonderful. He even makes the deaf to hear and gives speech to those who cannot speak."

Jesus Feeds Four Thousand

8 About this time another large crowd had gathered, and the people ran out of food again. Jesus called his disciples and told them, ²"I feel sorry for these people. They have been here with me for three days, and they have nothing left to eat. ³If I send them home hungry, they will faint along the way. For some of them have come a long distance."

⁴His disciples replied, "How are we supposed to find enough food to feed them out here in the wilderness?"

⁵Jesus asked, "How much bread do you have?"

"Seven loaves," they replied.

⁶So Jesus told all the people to sit down on the ground. Then he took the seven loaves, thanked God for them, and broke them into pieces. He gave them to his disciples, who distributed the bread to the crowd. ⁷A few small fish were found, too, so Jesus also blessed these and told the disciples to distribute them.

⁸They ate as much as they wanted. Afterward, the disciples picked up seven large baskets of leftover food. ⁹There were about 4,000 people in the crowd that day, and Jesus sent them home after they had eaten. ¹⁰Immediately after this, he got into a boat with his disciples and crossed over to the region of Dalmanutha.

Pharisees Demand a Miraculous Sign

¹¹When the Pharisees heard that Jesus had arrived, they came and started to argue with him. Testing him, they demanded that he show them a miraculous sign from heaven to prove his authority.

¹²When he heard this, he sighed deeply in his spirit and said, "Why do these people keep demanding a miraculous sign? I tell you the truth, I will not give this generation any such sign." ¹³So he got back into the boat and left them, and he crossed to the other side of the lake.

Yeast of the Pharisees and Herod

¹⁴But the disciples had forgotten to bring any food. They had only one loaf of bread with them in the boat. ¹⁵As they were crossing the lake, Jesus warned them, "Watch out! Beware of the yeast of the Pharisees and of Herod."

¹⁶At this they began to argue with each other because they hadn't brought any bread. ¹⁷Jesus knew what they were saying, so he said, "Why are you arguing about having no bread? Don't you know or understand even yet? Are your hearts too hard to take it in? ¹⁸'You have eyes—can't you see? You have ears—can't you hear?'* Don't you remember anything at all? ¹⁹When I fed the 5,000 with five loaves of bread, how many baskets of leftovers did you pick up afterward?"

"Twelve," they said.

²⁰"And when I fed the 4,000 with seven loaves, how many large baskets of leftovers did you pick up?"

"Seven," they said.

²¹"Don't you understand yet?" he asked them.

Jesus Heals a Blind Man

²²When they arrived at Bethsaida, some people brought a blind man to Jesus, and they begged him to touch the man and heal him. ²³Jesus took the blind man by the hand and led him out of the village. Then, spitting on the man's eyes, he laid his hands on him and asked, "Can you see anything now?"

²⁴The man looked around. "Yes," he said, "I see people, but I can't see them very clearly. They look like trees walking around."

²⁵Then Jesus placed his hands on the man's eyes again, and his eyes were opened. His sight was completely restored, and he could see everything clearly. ²⁶Jesus sent him away, saying, "Don't go back into the village on your way home."

7:25 Greek *unclean.* 7:27 Greek *Let the children eat first.* 7:31 Greek *Decapolis.* 8:18 Jer 5:21.

Peter's Declaration about Jesus

27Jesus and his disciples left Galilee and went up to the villages near Caesarea Philippi. As they were walking along, he asked them, "Who do people say I am?"

28"Well," they replied, "some say John the Baptist, some say Elijah, and others say you are one of the other prophets."

29Then he asked them, "But who do you say I am?"

Peter replied, "You are the Messiah.*"

30But Jesus warned them not to tell anyone about him.

Jesus Predicts His Death

31Then Jesus began to tell them that the Son of Man* must suffer many terrible things and be rejected by the elders, the leading priests, and the teachers of religious law. He would be killed, but three days later he would rise from the dead. 32As he talked about this openly with his disciples, Peter took him aside and began to reprimand him for saying such things.*

33Jesus turned around and looked at his disciples, then reprimanded Peter. "Get away from me, Satan!" he said. "You are seeing things merely from a human point of view, not from God's."

34Then, calling the crowd to join his disciples, he said, "If any of you wants to be my follower, you must turn from your selfish ways, take up your cross, and follow me. 35If you try to hang on to your life, you will lose it. But if you give up your life for my sake and for the sake of the Good News, you will save it. 36And what do you benefit if you gain the whole world but lose your own soul?* 37Is anything worth more than your soul? 38If anyone is ashamed of me and my message in these adulterous and sinful days, the Son of Man will be ashamed of that person when he returns in the glory of his Father with the holy angels."

9 Jesus went on to say, "I tell you the truth, some standing here right now will not die before they see the Kingdom of God arrive in great power!"

The Transfiguration

2Six days later Jesus took Peter, James, and John, and led them up a high mountain to be alone. As the men watched, Jesus' appearance was transformed, 3and his clothes became dazzling white, far whiter than any earthly bleach could ever make them. 4Then Elijah and Moses appeared and began talking with Jesus.

5Peter exclaimed, "Rabbi, it's wonderful for us to be here! Let's make three shelters as memorials*—one for you, one for Moses, and one

for Elijah." 6He said this because he didn't really know what else to say, for they were all terrified.

7Then a cloud overshadowed them, and a voice from the cloud said, "This is my dearly loved Son. Listen to him." 8Suddenly, when they looked around, Moses and Elijah were gone, and only Jesus was with them.

9As they went back down the mountain, he told them not to tell anyone what they had seen until the Son of Man* had risen from the dead. 10So they kept it to themselves, but they often asked each other what he meant by "rising from the dead."

11Then they asked him, "Why do the teachers of religious law insist that Elijah must return before the Messiah comes?*"

12Jesus responded, "Elijah is indeed coming first to get everything ready for the Messiah. Yet why do the Scriptures say that the Son of Man must suffer greatly and be treated with utter contempt? 13But I tell you, Elijah has already come, and they chose to abuse him, just as the Scriptures predicted."

Jesus Heals a Demon-Possessed Boy

14When they returned to the other disciples, they saw a large crowd surrounding them, and some teachers of religious law were arguing with them. 15When the crowd saw Jesus, they were overwhelmed with awe, and they ran to greet him.

16"What is all this arguing about?" Jesus asked.

17One of the men in the crowd spoke up and said, "Teacher, I brought my son so you could heal him. He is possessed by an evil spirit that won't let him talk. 18And whenever this spirit seizes him, it throws him violently to the ground. Then he foams at the mouth and grinds his teeth and becomes rigid.* So I asked your disciples to cast out the evil spirit, but they couldn't do it."

19Jesus said to them,* "You faithless people! How long must I be with you? How long must I put up with you? Bring the boy to me."

20So they brought the boy. But when the evil spirit saw Jesus, it threw the child into a violent convulsion, and he fell to the ground, writhing and foaming at the mouth.

21"How long has this been happening?" Jesus asked the boy's father.

He replied, "Since he was a little boy. 22The spirit often throws him into the fire or into water, trying to kill him. Have mercy on us and help us, if you can."

23"What do you mean, 'If I can'?" Jesus asked. "Anything is possible if a person believes."

24The father instantly cried out, "I do believe, but help me overcome my unbelief!"

²⁵When Jesus saw that the crowd of onlookers was growing, he rebuked the evil* spirit. "Listen, you spirit that makes this boy unable to hear and speak," he said. "I command you to come out of this child and never enter him again!"

²⁶Then the spirit screamed and threw the boy into another violent convulsion and left him. The boy appeared to be dead. A murmur ran through the crowd as people said, "He's dead." ²⁷But Jesus took him by the hand and helped him to his feet, and he stood up.

²⁸Afterward, when Jesus was alone in the house with his disciples, they asked him, "Why couldn't we cast out that evil spirit?" ²⁹Jesus replied, "This kind can be cast out only by prayer.*"

Jesus Again Predicts His Death

³⁰Leaving that region, they traveled through Galilee. Jesus didn't want anyone to know he was there, ³¹for he wanted to spend more time with his disciples and teach them. He said to them, "The Son of Man is going to be betrayed into the hands of his enemies. He will be killed, but three days later he will rise from the dead." ³²They didn't understand what he was saying, however, and they were afraid to ask him what he meant.

The Greatest in the Kingdom

³³After they arrived at Capernaum and settled in a house, Jesus asked his disciples, "What were you discussing out on the road?" ³⁴But they didn't answer, because they had been arguing about which of them was the greatest. ³⁵He sat down, called the twelve disciples over to him, and said, "Whoever wants to be first must take last place and be the servant of everyone else."

³⁶Then he put a little child among them. Taking the child in his arms, he said to them, ³⁷"Anyone who welcomes a little child like this on my behalf* welcomes me, and anyone who welcomes me welcomes not only me but also my Father who sent me."

Using the Name of Jesus

³⁸John said to Jesus, "Teacher, we saw someone using your name to cast out demons, but we told him to stop because he wasn't in our group."

³⁹"Don't stop him!" Jesus said. "No one who performs a miracle in my name will soon be able to speak evil of me. ⁴⁰Anyone who is not against us is for us. ⁴¹If anyone gives you even a cup of water because you belong to the Messiah, I tell you the truth, that person will surely be rewarded.

⁴²"But if you cause one of these little ones who trusts in me to fall into sin, it would be better for you to be thrown into the sea with a large millstone hung around your neck. ⁴³If your hand causes you to sin, cut it off. It's better to enter eternal life with only one hand than to go into the unquenchable fires of hell* with two hands.* ⁴⁵If your foot causes you to sin, cut it off. It's better to enter eternal life with only one foot than to be thrown into hell with two feet.* ⁴⁷And if your eye causes you to sin, gouge it out. It's better to enter the Kingdom of God with only one eye than to have two eyes and be thrown into hell, ⁴⁸'where the maggots never die and the fire never goes out.'*

⁴⁹"For everyone will be tested with fire.* ⁵⁰Salt is good for seasoning. But if it loses its flavor, how do you make it salty again? You must have the qualities of salt among yourselves and live in peace with each other."

Discussion about Divorce and Marriage

10 Then Jesus left Capernaum and went down to the region of Judea and into the area east of the Jordan River. Once again crowds gathered around him, and as usual he was teaching them.

²Some Pharisees came and tried to trap him with this question: "Should a man be allowed to divorce his wife?"

³Jesus answered them with a question: "What did Moses say in the law about divorce?"

⁴"Well, he permitted it," they replied. "He said a man can give his wife a written notice of divorce and send her away."*

⁵But Jesus responded, "He wrote this commandment only as a concession to your hard hearts. ⁶But 'God made them male and female'* from the beginning of creation. ⁷This explains why a man leaves his father and mother and is joined to his wife,* ⁸and the two are united into one.'* Since they are no longer two but one, ⁹let no one split apart what God has joined together."

¹⁰Later, when he was alone with his disciples in the house, they brought up the subject again. ¹¹He told them, "Whoever divorces his wife and marries someone else commits adultery against her. ¹²And if a woman divorces her husband and marries someone else, she commits adultery."

Jesus Blesses the Children

¹³One day some parents brought their children to Jesus so he could touch and bless them. But the disciples scolded the parents for bothering him.

¹⁴When Jesus saw what was happening, he was angry with his disciples. He said to them, "Let the children come to me. Don't stop them! For the Kingdom of God belongs to those who are like these children. ¹⁵I tell you the truth, anyone who doesn't receive the Kingdom of God

9:25 Greek *unclean.* **9:29** Some manuscripts read *by prayer and fasting.* **9:37** Greek *in my name.* **9:43a** Greek *Gehenna; also in 9:45, 47.* **9:43b** Some manuscripts add verse 44, *'where the maggots never die and the fire never goes out.'* See 9:48. **9:45** Some manuscripts add verse 46, *'where the maggots never die and the fire never goes out.'* See 9:48. **9:48** Isa 66:24. **9:49** Greek *salted with fire;* other manuscripts add *and every sacrifice will be salted with salt.* **10:4** See Deut 24:1. **10:6** Gen 1:27; 5:2. **10:7** Some manuscripts do not include *and is joined to his wife.* **10:7-8** Gen 2:24.

like a child will never enter it." ¹⁶Then he took the children in his arms and placed his hands on their heads and blessed them.

The Rich Man

¹⁷As Jesus was starting out on his way to Jerusalem, a man came running up to him, knelt down, and asked, "Good Teacher, what must I do to inherit eternal life?"

¹⁸"Why do you call me good?" Jesus asked. "Only God is truly good. ¹⁹But to answer your question, you know the commandments: 'You must not murder. You must not commit adultery. You must not steal. You must not testify falsely. You must not cheat anyone. Honor your father and mother.'*"

²⁰"Teacher," the man replied, "I've obeyed all these commandments since I was young."

²¹Looking at the man, Jesus felt genuine love for him. "There is still one thing you haven't done," he told him. "Go and sell all your possessions and give the money to the poor, and you will have treasure in heaven. Then come, follow me."

²²At this the man's face fell, and he went away very sad, for he had many possessions.

²³Jesus looked around and said to his disciples, "How hard it is for the rich to enter the Kingdom of God!" ²⁴This amazed them. But Jesus said again, "Dear children, it is very hard* to enter the Kingdom of God. ²⁵In fact, it is easier for a camel to go through the eye of a needle than for a rich person to enter the Kingdom of God!"

²⁶The disciples were astounded. "Then who in the world can be saved?" they asked.

²⁷Jesus looked at them intently and said, "Humanly speaking, it is impossible. But not with God. Everything is possible with God."

²⁸Then Peter began to speak up. "We've given up everything to follow you," he said.

²⁹"Yes," Jesus replied, "and I assure you that everyone who has given up house or brothers or sisters or mother or father or children or property, for my sake and for the Good News, ³⁰will receive now in return a hundred times as many houses, brothers, sisters, mothers, children, and property—along with persecution. And in the world to come that person will have eternal life. ³¹But many who are the greatest now will be least important then, and those who seem least important now will be the greatest then.*"

Jesus Again Predicts His Death

³²They were now on the way up to Jerusalem, and Jesus was walking ahead of them. The disciples were filled with awe, and the people following behind were overwhelmed with fear. Taking the twelve disciples aside, Jesus once more be-

gan to describe everything that was about to happen to him. ³³"Listen," he said, "we're going up to Jerusalem, where the Son of Man* will be betrayed to the leading priests and the teachers of religious law. They will sentence him to die and hand him over to the Romans.* ³⁴They will mock him, spit on him, flog him with a whip, and kill him, but after three days he will rise again."

Jesus Teaches about Serving Others

³⁵Then James and John, the sons of Zebedee, came over and spoke to him. "Teacher," they said, "we want you to do us a favor."

³⁶"What is your request?" he asked.

³⁷They replied, "When you sit on your glorious throne, we want to sit in places of honor next to you, one on your right and the other on your left."

³⁸But Jesus said to them, "You don't know what you are asking! Are you able to drink from the bitter cup of suffering I am about to drink? Are you able to be baptized with the baptism of suffering I must be baptized with?"

³⁹"Oh yes," they replied, "we are able!"

Then Jesus told them, "You will indeed drink from my bitter cup and be baptized with my baptism of suffering. ⁴⁰But I have no right to say who will sit on my right or my left. God has prepared those places for the ones he has chosen."

⁴¹When the ten other disciples heard what James and John had asked, they were indignant. ⁴²So Jesus called them together and said, "You know that the rulers in this world lord it over their people, and officials flaunt their authority over those under them. ⁴³But among you it will be different. Whoever wants to be a leader among you must be your servant, ⁴⁴and whoever wants to be first among you must be the slave of everyone else. ⁴⁵For even the Son of Man came not to be served but to serve others and to give his life as a ransom for many."

Jesus Heals Blind Bartimaeus

⁴⁶Then they reached Jericho, and as Jesus and his disciples left town, a large crowd followed him. A blind beggar named Bartimaeus (son of Timaeus) was sitting beside the road. ⁴⁷When Bartimaeus heard that Jesus of Nazareth was nearby, he began to shout, "Jesus, Son of David, have mercy on me!"

⁴⁸"Be quiet!" many of the people yelled at him.

But he only shouted louder, "Son of David, have mercy on me!"

⁴⁹When Jesus heard him, he stopped and said, "Tell him to come here."

So they called the blind man. "Cheer up," they said. "Come on, he's calling you!" ⁵⁰Bartimaeus threw aside his coat, jumped up, and came to Jesus.

10:19 Exod 20:12-16; Deut 5:16-20.   **10:24** Some manuscripts read *very hard for those who trust in riches.*   **10:31** Greek *But many who are first will be last; and the last, first.*   **10:33a** "Son of Man" is a title Jesus used for himself.   **10:33b** Greek *the Gentiles.*

51"What do you want me to do for you?" Jesus asked.

"My rabbi,*" the blind man said, "I want to see!"

52And Jesus said to him, "Go, for your faith has healed you." Instantly the man could see, and he followed Jesus down the road.*

Jesus' Triumphant Entry

11 As Jesus and his disciples approached Jerusalem, they came to the towns of Bethphage and Bethany on the Mount of Olives. Jesus sent two of them on ahead. 2"Go into that village over there," he told them. "As soon as you enter it, you will see a young donkey tied there that no one has ever ridden. Untie it and bring it here. 3If anyone asks, 'What are you doing?' just say, 'The Lord needs it and will return it soon.'"

4The two disciples left and found the colt standing in the street, tied outside the front door. 5As they were untying it, some bystanders demanded, "What are you doing, untying that colt?" 6They said what Jesus had told them to say, and they were permitted to take it. 7Then they brought the colt to Jesus and threw their garments over it, and he sat on it.

8Many in the crowd spread their garments on the road ahead of him, and others spread leafy branches they had cut in the fields. 9Jesus was in the center of the procession, and the people all around him were shouting,

"Praise God!*
   Blessings on the one who comes in the
       name of the LORD!
10 Blessings on the coming Kingdom of our
       ancestor David!
   Praise God in highest heaven!"*

11So Jesus came to Jerusalem and went into the Temple. After looking around carefully at everything, he left because it was late in the afternoon. Then he returned to Bethany with the twelve disciples.

Jesus Curses the Fig Tree

12The next morning as they were leaving Bethany, Jesus was hungry. 13He noticed a fig tree in full leaf a little way off, so he went over to see if he could find any figs. But there were only leaves because it was too early in the season for fruit. 14Then Jesus said to the tree, "May no one ever eat your fruit again!" And the disciples heard him say it.

Jesus Clears the Temple

15When they arrived back in Jerusalem, Jesus entered the Temple and began to drive out the people buying and selling animals for sacrifices.

He knocked over the tables of the money changers and the chairs of those selling doves, 16and he stopped everyone from using the Temple as a marketplace.* 17He said to them, "The Scriptures declare, 'My Temple will be called a house of prayer for all nations,' but you have turned it into a den of thieves."*

18When the leading priests and teachers of religious law heard what Jesus had done, they began planning how to kill him. But they were afraid of him because the people were so amazed at his teaching.

19That evening Jesus and the disciples left* the city.

20The next morning as they passed by the fig tree he had cursed, the disciples noticed it had withered from the roots up. 21Peter remembered what Jesus had said to the tree on the previous day and exclaimed, "Look, Rabbi! The fig tree you cursed has withered and died!"

22Then Jesus said to the disciples, "Have faith in God. 23I tell you the truth, you can say to this mountain, 'May you be lifted up and thrown into the sea,' and it will happen. But you must really believe it will happen and have no doubt in your heart. 24I tell you, you can pray for anything, and if you believe that you've received it, it will be yours. 25But when you are praying, first forgive anyone you are holding a grudge against, so that your Father in heaven will forgive your sins, too.*"

The Authority of Jesus Challenged

27Again they entered Jerusalem. As Jesus was walking through the Temple area, the leading priests, the teachers of religious law, and the elders came up to him. 28They demanded, "By what authority are you doing all these things? Who gave you the right to do them?"

29"I'll tell you by what authority I do these things if you answer one question," Jesus replied. 30"Did John's authority to baptize come from heaven, or was it merely human? Answer me!"

31They talked it over among themselves. "If we say it was from heaven, he will ask why we didn't believe John. 32But do we dare say it was merely human?" For they were afraid of what the people would do, because everyone believed that John was a prophet. 33So they finally replied, "We don't know."

And Jesus responded, "Then I won't tell you by what authority I do these things."

Parable of the Evil Farmers

12 Then Jesus began teaching them with stories: "A man planted a vineyard. He built a wall around it, dug a pit for pressing out the grape juice, and built a lookout tower. Then he leased the vineyard to tenant farmers and

10:51 Greek uses the Hebrew term *Rabboni.* 10:52 Or *on the way.* 11:9 Greek *Hosanna*, an exclamation of praise that literally means "save now"; also in 11:10. 11:9-10 Pss 118:25-26; 148:1. 11:16 Or *from carrying merchandise through the Temple.* 11:17 Isa 56:7; Jer 7:11. 11:19 Greek *they left;* other manuscripts read *he left.* 11:25 Some manuscripts add verse 26, *But if you refuse to forgive, your Father in heaven will not forgive your sins.* Compare Matt 6:15.

moved to another country. ²At the time of the grape harvest, he sent one of his servants to collect his share of the crop. ³But the farmers grabbed the servant, beat him up, and sent him back empty-handed. ⁴The owner then sent another servant, but they insulted him and beat him over the head. ⁵The next servant he sent was killed. Others he sent were either beaten or killed, ⁶until there was only one left—his son whom he loved dearly. The owner finally sent him, thinking, 'Surely they will respect my son.'

⁷"But the tenant farmers said to one another, 'Here comes the heir to this estate. Let's kill him and get the estate for ourselves!' ⁸So they grabbed him and murdered him and threw his body out of the vineyard.

⁹"What do you suppose the owner of the vineyard will do?" Jesus asked. "I'll tell you—he will come and kill those farmers and lease the vineyard to others. ¹⁰Didn't you ever read this in the Scriptures?

'The stone that the builders rejected
    has now become the cornerstone.
¹¹ This is the Lord's doing,
    and it is wonderful to see.'*"

¹²The religious leaders* wanted to arrest Jesus because they realized he was telling the story against them—they were the wicked farmers. But they were afraid of the crowd, so they left him and went away.

Taxes for Caesar

¹³Later the leaders sent some Pharisees and supporters of Herod to trap Jesus into saying something for which he could be arrested. ¹⁴"Teacher," they said, "we know how honest you are. You are impartial and don't play favorites. You teach the way of God truthfully. Now tell us—is it right to pay taxes to Caesar or not? ¹⁵Should we pay them, or shouldn't we?"

Jesus saw through their hypocrisy and said, "Why are you trying to trap me? Show me a Roman coin,* and I'll tell you." ¹⁶When they handed it to him, he asked, "Whose picture and title are stamped on it?"

"Caesar's," they replied.

¹⁷"Well, then," Jesus said, "give to Caesar what belongs to Caesar, and give to God what belongs to God."

His reply completely amazed them.

Discussion about Resurrection

¹⁸Then Jesus was approached by some Sadducees—religious leaders who say there is no resurrection from the dead. They posed this question: ¹⁹"Teacher, Moses gave us a law that if a man dies, leaving a wife without children, his brother should marry the widow and have a child who will carry on the brother's name.*

²⁰Well, suppose there were seven brothers. The oldest one married and then died without children. ²¹So the second brother married the widow, but he also died without children. Then the third brother married her. ²²This continued with all seven of them, and still there were no children. Last of all, the woman also died. ²³So tell us, whose wife will she be in the resurrection? For all seven were married to her."

²⁴Jesus replied, "Your mistake is that you don't know the Scriptures, and you don't know the power of God. ²⁵For when the dead rise, they will neither marry nor be given in marriage. In this respect they will be like the angels in heaven.

²⁶"But now, as to whether the dead will be raised—haven't you ever read about this in the writings of Moses, in the story of the burning bush? Long after Abraham, Isaac, and Jacob had died, God said to Moses,* 'I am the God of Abraham, the God of Isaac, and the God of Jacob.'* ²⁷So he is the God of the living, not the dead. You have made a serious error."

The Most Important Commandment

²⁸One of the teachers of religious law was standing there listening to the debate. He realized that Jesus had answered well, so he asked, "Of all the commandments, which is the most important?"

²⁹Jesus replied, "The most important commandment is this: 'Listen, O Israel! The Lord our God is the one and only Lord. ³⁰And you must love the Lord your God with all your heart, all your soul, all your mind, and all your strength.'* ³¹The second is equally important: 'Love your neighbor as yourself.'* No other commandment is greater than these."

³²The teacher of religious law replied, "Well said, Teacher. You have spoken the truth by saying that there is only one God and no other. ³³And I know it is important to love him with all my heart and all my understanding and all my strength, and to love my neighbor as myself. This is more important than to offer all of the burnt offerings and sacrifices required in the law."

³⁴Realizing how much the man understood, Jesus said to him, "You are not far from the Kingdom of God." And after that, no one dared to ask him any more questions.

Whose Son Is the Messiah?

³⁵Later, as Jesus was teaching the people in the Temple, he asked, "Why do the teachers of religious law claim that the Messiah is the son of David? ³⁶For David himself, speaking under the inspiration of the Holy Spirit, said,

'The Lord said to my Lord,
    Sit in the place of honor at my right hand
    until I humble your enemies beneath
        your feet.'*

12:10-11 Ps 118:22-23. **12:12** Greek *They.* **12:15** Greek *a denarius.* **12:19** See Deut 25:5-6. **12:26a** Greek *in the story of the bush? God said to him.* **12:26b** Exod 3:6. **12:29-30** Deut 6:4-5. **12:31** Lev 19:18. **12:36** Ps 110:1.

³⁷Since David himself called the Messiah 'my Lord,' how can the Messiah be his son?" The large crowd listened to him with great delight.

³⁸Jesus also taught: "Beware of these teachers of religious law! For they like to parade around in flowing robes and receive respectful greetings as they walk in the marketplaces. ³⁹And how they love the seats of honor in the synagogues and the head table at banquets. ⁴⁰Yet they shamelessly cheat widows out of their property and then pretend to be pious by making long prayers in public. Because of this, they will be more severely punished."

The Widow's Offering

⁴¹Jesus sat down near the collection box in the Temple and watched as the crowds dropped in their money. Many rich people put in large amounts. ⁴²Then a poor widow came and dropped in two small coins.*

⁴³Jesus called his disciples to him and said, "I tell you the truth, this poor widow has given more than all the others who are making contributions. ⁴⁴For they gave a tiny part of their surplus, but she, poor as she is, has given everything she had to live on."

Jesus Foretells the Future

13 As Jesus was leaving the Temple that day, one of his disciples said, "Teacher, look at these magnificent buildings! Look at the impressive stones in the walls."

²Jesus replied, "Yes, look at these great buildings. But they will be completely demolished. Not one stone will be left on top of another!"

³Later, Jesus sat on the Mount of Olives across the valley from the Temple. Peter, James, John, and Andrew came to him privately and asked him, ⁴"Tell us, when will all this happen? What sign will show us that these things are about to be fulfilled?"

⁵Jesus replied, "Don't let anyone mislead you, ⁶for many will come in my name, claiming, 'I am the Messiah.'* They will deceive many. ⁷And you will hear of wars and threats of wars, but don't panic. Yes, these things must take place, but the end won't follow immediately. ⁸Nation will go to war against nation, and kingdom against kingdom. There will be earthquakes in many parts of the world, as well as famines. But this is only the first of the birth pains, with more to come.

⁹"When these things begin to happen, watch out! You will be handed over to the local councils and beaten in the synagogues. You will stand trial before governors and kings because you are my followers. But this will be your opportunity to tell them about me.* ¹⁰For the Good News must first be preached to all nations.* ¹¹But when you are arrested and stand trial, don't worry in advance about what to say. Just say what God tells you at that time, for it is not you who will be speaking, but the Holy Spirit.

¹²"A brother will betray his brother to death, a father will betray his own child, and children will rebel against their parents and cause them to be killed. ¹³And everyone will hate you because you are my followers.* But the one who endures to the end will be saved.

¹⁴"The day is coming when you will see the sacrilegious object that causes desecration* standing where he* should not be." (Reader, pay attention!) "Then those in Judea must flee to the hills. ¹⁵A person out on the deck of a roof must not go down into the house to pack. ¹⁶A person out in the field must not return even to get a coat. ¹⁷How terrible it will be for pregnant women and for nursing mothers in those days. ¹⁸And pray that your flight will not be in winter. ¹⁹For there will be greater anguish in those days than at any time since God created the world. And it will never be so great again. ²⁰In fact, unless the Lord shortens that time of calamity, not a single person will survive. But for the sake of his chosen ones he has shortened those days.

²¹"Then if anyone tells you, 'Look, here is the Messiah,' or 'There he is,' don't believe it. ²²For false messiahs and false prophets will rise up and perform signs and wonders so as to deceive, if possible, even God's chosen ones. ²³Watch out! I have warned you about this ahead of time!

²⁴"At that time, after the anguish of those days,

the sun will be darkened,
the moon will give no light,
²⁵ the stars will fall from the sky,
and the powers in the heavens will be shaken.*

²⁶Then everyone will see the Son of Man* coming on the clouds with great power and glory.* ²⁷And he will send out his angels to gather his chosen ones from all over the world*—from the farthest ends of the earth and heaven.

²⁸"Now learn a lesson from the fig tree. When its branches bud and its leaves begin to sprout, you know that summer is near. ²⁹In the same way, when you see all these things taking place, you can know that his return is very near, right at the door. ³⁰I tell you the truth, this generation* will not pass from the scene before all these things take place. ³¹Heaven and earth will disappear, but my words will never disappear.

³²"However, no one knows the day or hour when these things will happen, not even the angels in heaven or the Son himself. Only the Fa-

12:42 Greek *two lepta, which is a kodrantes* [i.e., a quadrans]. **13:6** Greek *claiming, 'I am.'* **13:9** Or *But this will be your testimony against them.* **13:10** Or *all peoples.* **13:13** Greek *on account of my name.* **13:14a** Greek *the abomination of desolation.* See Dan 9:27; 11:31; 12:11. **13:14b** Or *it.* **13:24-25** See Isa 13:10; 34:4; Joel 2:10. **13:26a** "Son of Man" is a title Jesus used for himself. **13:26b** See Dan 7:13. **13:27** Greek *from the four winds.* **13:30** Or *this age,* or *this nation.*

ther knows. [33]And since you don't know when that time will come, be on guard! Stay alert*!

[34]"The coming of the Son of Man can be illustrated by the story of a man going on a long trip. When he left home, he gave each of his slaves instructions about the work they were to do, and he told the gatekeeper to watch for his return. [35]You, too, must keep watch! For you don't know when the master of the household will return—in the evening, at midnight, before dawn, or at daybreak. [36]Don't let him find you sleeping when he arrives without warning. [37]I say to you what I say to everyone: Watch for him!"

Jesus Anointed at Bethany

14 It was now two days before Passover and the Festival of Unleavened Bread. The leading priests and the teachers of religious law were still looking for an opportunity to capture Jesus secretly and kill him. [2]"But not during the Passover celebration," they agreed, "or the people may riot."

[3]Meanwhile, Jesus was in Bethany at the home of Simon, a man who had previously had leprosy. While he was eating,* a woman came in with a beautiful alabaster jar of expensive perfume made from essence of nard. She broke open the jar and poured the perfume over his head.

[4]Some of those at the table were indignant. "Why waste such expensive perfume?" they asked. [5]"It could have been sold for a year's wages* and the money given to the poor!" So they scolded her harshly.

[6]But Jesus replied, "Leave her alone. Why criticize her for doing such a good thing to me? [7]You will always have the poor among you, and you can help them whenever you want to. But you will not always have me. [8]She has done what she could and has anointed my body for burial ahead of time. [9]I tell you the truth, wherever the Good News is preached throughout the world, this woman's deed will be remembered and discussed."

Judas Agrees to Betray Jesus

[10]Then Judas Iscariot, one of the twelve disciples, went to the leading priests to arrange to betray Jesus to them. [11]They were delighted when they heard why he had come, and they promised to give him money. So he began looking for an opportunity to betray Jesus.

The Last Supper

[12]On the first day of the Festival of Unleavened Bread, when the Passover lamb is sacrificed, Jesus' disciples asked him, "Where do you want us to go to prepare the Passover meal for you?"

[13]So Jesus sent two of them into Jerusalem with these instructions: "As you go into the city, a man carrying a pitcher of water will meet you.

Follow him. [14]At the house he enters, say to the owner, 'The Teacher asks: Where is the guest room where I can eat the Passover meal with my disciples?' [15]He will take you upstairs to a large room that is already set up. That is where you should prepare our meal." [16]So the two disciples went into the city and found everything just as Jesus had said, and they prepared the Passover meal there.

[17]In the evening Jesus arrived with the twelve disciples.* [18]As they were at the table* eating, Jesus said, "I tell you the truth, one of you eating with me here will betray me."

[19]Greatly distressed, each one asked in turn, "Am I the one?"

[20]He replied, "It is one of you twelve who is eating from this bowl with me. [21]For the Son of Man* must die, as the Scriptures declared long ago. But how terrible it will be for the one who betrays him. It would be far better for that man if he had never been born!"

[22]As they were eating, Jesus took some bread and blessed it. Then he broke it in pieces and gave it to the disciples, saying, "Take it, for this is my body."

[23]And he took a cup of wine and gave thanks to God for it. He gave it to them, and they all drank from it. [24]And he said to them, "This is my blood, which confirms the covenant* between God and his people. It is poured out as a sacrifice for many. [25]I tell you the truth, I will not drink wine again until the day I drink it new in the Kingdom of God."

[26]Then they sang a hymn and went out to the Mount of Olives.

Jesus Predicts Peter's Denial

[27]On the way, Jesus told them, "All of you will desert me. For the Scriptures say,

'God will strike* the Shepherd,
    and the sheep will be scattered.'

[28]But after I am raised from the dead, I will go ahead of you to Galilee and meet you there."

[29]Peter said to him, "Even if everyone else deserts you, I never will."

[30]Jesus replied, "I tell you the truth, Peter—this very night, before the rooster crows twice, you will deny three times that you even know me."

[31]"No!" Peter declared emphatically. "Even if I have to die with you, I will never deny you!" And all the others vowed the same.

Jesus Prays in Gethsemane

[32]They went to the olive grove called Gethsemane, and Jesus said, "Sit here while I go and pray." [33]He took Peter, James, and John with him, and he became deeply troubled and distressed. [34]He told

13:33 Some manuscripts add *and pray.* **14:3** Or *reclining.* **14:5** Greek *for 300 denarii.* A denarius was equivalent to a laborer's full day's wage. **14:17** Greek *the Twelve.* **14:18** Or *As they reclined.* **14:21** "Son of Man" is a title Jesus used for himself. **14:24** Some manuscripts read *the new covenant.* **14:27** Greek *I will strike.* Zech 13:7.

them, "My soul is crushed with grief to the point of death. Stay here and keep watch with me."

35He went on a little farther and fell to the ground. He prayed that, if it were possible, the awful hour awaiting him might pass him by. 36"Abba, Father,"* he cried out, "everything is possible for you. Please take this cup of suffering away from me. Yet I want your will to be done, not mine."

37Then he returned and found the disciples asleep. He said to Peter, "Simon, are you asleep? Couldn't you watch with me even one hour? 38Keep watch and pray, so that you will not give in to temptation. For the spirit is willing, but the body is weak."

39Then Jesus left them again and prayed the same prayer as before. 40When he returned to them again, he found them sleeping, for they couldn't keep their eyes open. And they didn't know what to say.

41When he returned to them the third time, he said, "Go ahead and sleep. Have your rest. But no—the time has come. The Son of Man is betrayed into the hands of sinners. 42Up, let's be going. Look, my betrayer is here!"

Jesus Is Betrayed and Arrested

43And immediately, even as Jesus said this, Judas, one of the twelve disciples, arrived with a crowd of men armed with swords and clubs. They had been sent by the leading priests, the teachers of religious law, and the elders. 44The traitor, Judas, had given them a prearranged signal: "You will know which one to arrest when I greet him with a kiss. Then you can take him away under guard." 45As soon as they arrived, Judas walked up to Jesus. "Rabbi!" he exclaimed, and gave him the kiss.

46Then the others grabbed Jesus and arrested him. 47But one of the men with Jesus pulled out his sword and struck the high priest's slave, slashing off his ear.

48Jesus asked them, "Am I some dangerous revolutionary, that you come with swords and clubs to arrest me? 49Why didn't you arrest me in the Temple? I was there among you teaching every day. But these things are happening to fulfill what the Scriptures say about me."

50Then all his disciples deserted him and ran away. 51One young man following behind was clothed only in a long linen shirt. When the mob tried to grab him, 52he slipped out of his shirt and ran away naked.

Jesus before the Council

53They took Jesus to the high priest's home where the leading priests, the elders, and the teachers of religious law had gathered. 54Meanwhile, Peter followed him at a distance and went right into the high priest's courtyard. There he sat with the guards, warming himself by the fire.

55Inside, the leading priests and the entire high council* were trying to find evidence against Jesus, so they could put him to death. But they couldn't find any. 56Many false witnesses spoke against him, but they contradicted each other. 57Finally, some men stood up and gave this false testimony: 58"We heard him say, 'I will destroy this Temple made with human hands, and in three days I will build another, made without human hands.'" 59But even then they didn't get their stories straight!

60Then the high priest stood up before the others and asked Jesus, "Well, aren't you going to answer these charges? What do you have to say for yourself?" 61But Jesus was silent and made no reply. Then the high priest asked him, "Are you the Messiah, the Son of the Blessed One?"

62Jesus said, "I AM.* And you will see the Son of Man seated in the place of power at God's right hand* and coming on the clouds of heaven.*"

63Then the high priest tore his clothing to show his horror and said, "Why do we need other witnesses? 64You have all heard his blasphemy. What is your verdict?"

"Guilty!" they all cried. "He deserves to die!"

65Then some of them began to spit at him, and they blindfolded him and beat him with their fists. "Prophesy to us," they jeered. And the guards slapped him as they took him away.

Peter Denies Jesus

66Meanwhile, Peter was in the courtyard below. One of the servant girls who worked for the high priest came by 67and noticed Peter warming himself at the fire. She looked at him closely and said, "You were one of those with Jesus of Nazareth.*"

68But Peter denied it. "I don't know what you're talking about," he said, and he went out into the entryway. Just then, a rooster crowed.*

69When the servant girl saw him standing there, she began telling the others, "This man is definitely one of them!" 70But Peter denied it again.

A little later some of the other bystanders confronted Peter and said, "You must be one of them, because you are a Galilean."

71Peter swore, "A curse on me if I'm lying—I don't know this man you're talking about!" 72And immediately the rooster crowed the second time.

Suddenly, Jesus' words flashed through Peter's mind: "Before the rooster crows twice, you will deny three times that you even know me." And he broke down and wept.

14:36 *Abba* is an Aramaic term for "father." 14:55 Greek *the Sanhedrin.* 14:62a Or *The 'I AM' is here;* or *I am the LORD.* See Exod 3:14. 14:62b Greek *at the right hand of the power.* See Ps 110:1. 14:62c See Dan 7:13. 14:67 Or *Jesus the Nazarene.*
14:68 Some manuscripts do not include *Just then, a rooster crowed.*

Jesus' Trial before Pilate

15 Very early in the morning the leading priests, the elders, and the teachers of religious law—the entire high council*—met to discuss their next step. They bound Jesus, led him away, and took him to Pilate, the Roman governor.

²Pilate asked Jesus, "Are you the king of the Jews?"

Jesus replied, "You have said it."

³Then the leading priests kept accusing him of many crimes, ⁴and Pilate asked him, "Aren't you going to answer them? What about all these charges they are bringing against you?" ⁵But Jesus said nothing, much to Pilate's surprise.

⁶Now it was the governor's custom each year during the Passover celebration to release one prisoner—anyone the people requested. ⁷One of the prisoners at that time was Barabbas, a revolutionary who had committed murder in an uprising. ⁸The crowd went to Pilate and asked him to release a prisoner as usual.

⁹"Would you like me to release this 'King of the Jews'?" Pilate asked. ¹⁰(For he realized by now that the leading priests had arrested Jesus out of envy.) ¹¹But at this point the leading priests stirred up the crowd to demand the release of Barabbas instead of Jesus. ¹²Pilate asked them, "Then what should I do with this man you call the king of the Jews?"

¹³They shouted back, "Crucify him!"

¹⁴"Why?" Pilate demanded. "What crime has he committed?"

But the mob roared even louder, "Crucify him!"

¹⁵So to pacify the crowd, Pilate released Barabbas to them. He ordered Jesus flogged with a lead-tipped whip, then turned him over to the Roman soldiers to be crucified.

The Soldiers Mock Jesus

¹⁶The soldiers took Jesus into the courtyard of the governor's headquarters (called the Praetorium) and called out the entire regiment. ¹⁷They dressed him in a purple robe, and they wove thorn branches into a crown and put it on his head. ¹⁸Then they saluted him and taunted, "Hail! King of the Jews!" ¹⁹And they struck him on the head with a reed stick, spit on him, and dropped to their knees in mock worship. ²⁰When they were finally tired of mocking him, they took off the purple robe and put his own clothes on him again. Then they led him away to be crucified.

The Crucifixion

²¹A passerby named Simon, who was from Cyrene,* was coming in from the countryside just then, and the soldiers forced him to carry Jesus'

cross. (Simon was the father of Alexander and Rufus.) ²²And they brought Jesus to a place called Golgotha (which means "Place of the Skull"). ²³They offered him wine drugged with myrrh, but he refused it.

²⁴Then the soldiers nailed him to the cross. They divided his clothes and threw dice* to decide who would get each piece. ²⁵It was nine o'clock in the morning when they crucified him. ²⁶A sign was fastened to the cross, announcing the charge against him. It read, "The King of the Jews." ²⁷Two revolutionaries* were crucified with him, one on his right and one on his left.*

²⁹The people passing by shouted abuse, shaking their heads in mockery. "Ha! Look at you now!" they yelled at him. "You said you were going to destroy the Temple and rebuild it in three days. ³⁰Well then, save yourself and come down from the cross!"

³¹The leading priests and teachers of religious law also mocked Jesus. "He saved others," they scoffed, "but he can't save himself! ³²Let this Messiah, this King of Israel, come down from the cross so we can see it and believe him!" Even the men who were crucified with Jesus ridiculed him.

The Death of Jesus

³³At noon, darkness fell across the whole land until three o'clock. ³⁴Then at three o'clock Jesus called out with a loud voice, *"Eloi, Eloi, lema sabachthani?"* which means "My God, my God, why have you abandoned me?"*

³⁵Some of the bystanders misunderstood and thought he was calling for the prophet Elijah. ³⁶One of them ran and filled a sponge with sour wine, holding it up to him on a reed stick so he could drink. "Wait!" he said. "Let's see whether Elijah comes to take him down!"

³⁷Then Jesus uttered another loud cry and breathed his last. ³⁸And the curtain in the sanctuary of the Temple was torn in two, from top to bottom.

³⁹When the Roman officer* who stood facing him* saw how he had died, he exclaimed, "This man truly was the Son of God!"

⁴⁰Some women were there, watching from a distance, including Mary Magdalene, Mary (the mother of James the younger and of Joseph*), and Salome. ⁴¹They had been followers of Jesus and had cared for him while he was in Galilee. Many other women who had come with him to Jerusalem were also there.

The Burial of Jesus

⁴²This all happened on Friday, the day of preparation,* the day before the Sabbath. As evening

15:1 Greek *the Sanhedrin;* also in 15:43.   **15:21** *Cyrene* was a city in northern Africa.   **15:24** Greek *cast lots.* See Ps 22:18.
15:27a Or *Two criminals.*   **15:27b** Some manuscripts add verse 28, *And the Scripture was fulfilled that said, "He was counted among those who were rebels."* See Isa 53:12; also compare Luke 22:37.   **15:34** Ps 22:1.   **15:39a** Greek *the centurion;* similarly in 15:44, 45.   **15:39b** Some manuscripts add *heard his cry and.*   **15:40** Greek *Joses;* also in 15:47. See Matt 27:56.   **15:42** Greek *It was the day of preparation.*

approached, 43Joseph of Arimathea took a risk and went to Pilate and asked for Jesus' body. (Joseph was an honored member of the high council, and he was waiting for the Kingdom of God to come.) 44Pilate couldn't believe that Jesus was already dead, so he called for the Roman officer and asked if he had died yet. 45The officer confirmed that Jesus was dead, so Pilate told Joseph he could have the body. 46Joseph bought a long sheet of linen cloth. Then he took Jesus' body down from the cross, wrapped it in the cloth, and laid it in a tomb that had been carved out of the rock. Then he rolled a stone in front of the entrance. 47Mary Magdalene and Mary the mother of Joseph saw where Jesus' body was laid.

The Resurrection

16 Saturday evening, when the Sabbath ended, Mary Magdalene and Salome and Mary the mother of James went out and purchased burial spices so they could anoint Jesus' body. 2Very early on Sunday morning,* just at sunrise, they went to the tomb. 3On the way they were asking each other, "Who will roll away the stone for us from the entrance to the tomb?" 4But as they arrived, they looked up and saw that the stone, which was very large, had already been rolled aside.

5When they entered the tomb, they saw a young man clothed in a white robe sitting on the right side. The women were shocked, 6but the angel said, "Don't be alarmed. You are looking for Jesus of Nazareth,* who was crucified. He isn't here! He is risen from the dead! Look, this is where they laid his body. 7Now go and tell his disciples, including Peter, that Jesus is going ahead of you to Galilee. You will see him there, just as he told you before he died."

8The women fled from the tomb, trembling and bewildered, and they said nothing to anyone because they were too frightened.*

[Shorter Ending of Mark]

Then they briefly reported all this to Peter and his companions. Afterward Jesus himself sent them out from east to west with the sacred and unfailing message of salvation that gives eternal life. Amen.

[Longer Ending of Mark]

9After Jesus rose from the dead early on Sunday morning, the first person who saw him was Mary Magdalene, the woman from whom he had cast out seven demons. 10She went to the disciples, who were grieving and weeping, and told them what had happened. 11But when she told them that Jesus was alive and she had seen him, they didn't believe her.

12Afterward he appeared in a different form to two of his followers who were walking from Jerusalem into the country. 13They rushed back to tell the others, but no one believed them.

14Still later he appeared to the eleven disciples as they were eating together. He rebuked them for their stubborn unbelief because they refused to believe those who had seen him after he had been raised from the dead.*

15And then he told them, "Go into all the world and preach the Good News to everyone. 16Anyone who believes and is baptized will be saved. But anyone who refuses to believe will be condemned. 17These miraculous signs will accompany those who believe: They will cast out demons in my name, and they will speak in new languages.* 18They will be able to handle snakes with safety, and if they drink anything poisonous, it won't hurt them. They will be able to place their hands on the sick, and they will be healed."

19When the Lord Jesus had finished talking with them, he was taken up into heaven and sat down in the place of honor at God's right hand. 20And the disciples went everywhere and preached, and the Lord worked through them, confirming what they said by many miraculous signs.

16:2 Greek *on the first day of the week;* also in 16:9.   **16:6** Or *Jesus the Nazarene.*   **16:8** The most reliable early manuscripts of the Gospel of Mark end at verse 8. Other manuscripts include various endings to the Gospel. A few include both the "shorter ending" and the "longer ending." The majority of manuscripts include the "longer ending" immediately after verse 8.   **16:14** Some early manuscripts add: *And they excused themselves, saying, "This age of lawlessness and unbelief is under Satan, who does not permit God's truth and power to conquer the evil [unclean] spirits. Therefore, reveal your justice now." This is what they said to Christ. And Christ replied to them, "The period of years of Satan's power has been fulfilled, but other dreadful things will happen soon. And I was handed over to death for those who have sinned, so that they may return to the truth and sin no more, and so they may inherit the spiritual, incorruptible, and righteous glory in heaven."*   **16:17** Or *new tongues;* some manuscripts omit *new.*

Luke

Introduction

1 Many people have set out to write accounts about the events that have been fulfilled among us. ²They used the eyewitness reports circulating among us from the early disciples.* ³Having carefully investigated everything from the beginning, I also have decided to write a careful account for you, most honorable Theophilus, ⁴so you can be certain of the truth of everything you were taught.

The Birth of John the Baptist Foretold

⁵When Herod was king of Judea, there was a Jewish priest named Zechariah. He was a member of the priestly order of Abijah, and his wife, Elizabeth, was also from the priestly line of Aaron. ⁶Zechariah and Elizabeth were righteous in God's eyes, careful to obey all of the Lord's commandments and regulations. ⁷They had no children because Elizabeth was unable to conceive, and they were both very old.

⁸One day Zechariah was serving God in the Temple, for his order was on duty that week. ⁹As was the custom of the priests, he was chosen by lot to enter the sanctuary of the Lord and burn incense. ¹⁰While the incense was being burned, a great crowd stood outside, praying.

¹¹While Zechariah was in the sanctuary, an angel of the Lord appeared to him, standing to the right of the incense altar. ¹²Zechariah was shaken and overwhelmed with fear when he saw him. ¹³But the angel said, "Don't be afraid, Zechariah! God has heard your prayer. Your wife, Elizabeth, will give you a son, and you are to name him John. ¹⁴You will have great joy and gladness, and many will rejoice at his birth, ¹⁵for he will be great in the eyes of the Lord. He must never touch wine or other alcoholic drinks. He will be filled with the Holy Spirit, even before his birth.* ¹⁶And he will turn many Israelites to the Lord their God. ¹⁷He will be a man with the spirit and power of Elijah. He will prepare the people for the coming of the Lord. He will turn the hearts of the fathers to their children,* and he will cause those who are rebellious to accept the wisdom of the godly."

¹⁸Zechariah said to the angel, "How can I be sure this will happen? I'm an old man now, and my wife is also well along in years."

¹⁹Then the angel said, "I am Gabriel! I stand in the very presence of God. It was he who sent me to bring you this good news! ²⁰But now, since you didn't believe what I said, you will be silent and unable to speak until the child is born. For my words will certainly be fulfilled at the proper time."

²¹Meanwhile, the people were waiting for Zechariah to come out of the sanctuary, wondering why he was taking so long. ²²When he finally did come out, he couldn't speak to them. Then they realized from his gestures and his silence that he must have seen a vision in the sanctuary.

²³When Zechariah's week of service in the Temple was over, he returned home. ²⁴Soon afterward his wife, Elizabeth, became pregnant and went into seclusion for five months. ²⁵"How kind the Lord is!" she exclaimed. "He has taken away my disgrace of having no children."

The Birth of Jesus Foretold

²⁶In the sixth month of Elizabeth's pregnancy, God sent the angel Gabriel to Nazareth, a village in Galilee, ²⁷to a virgin named Mary. She was engaged to be married to a man named Joseph, a descendant of King David. ²⁸Gabriel appeared to her and said, "Greetings, favored woman! The Lord is with you!*"

²⁹Confused and disturbed, Mary tried to think what the angel could mean. ³⁰"Don't be afraid, Mary," the angel told her, "for you have found favor with God! ³¹You will conceive and give birth to a son, and you will name him Jesus. ³²He will be very great and will be called the Son of the Most High. The Lord God will give him the throne of his ancestor David. ³³And he will reign over Israel* forever; his Kingdom will never end!"

³⁴Mary asked the angel, "But how can this happen? I am a virgin."

³⁵The angel replied, "The Holy Spirit will come upon you, and the power of the Most High will overshadow you. So the baby to be born will

---

1:2 Greek *from those who from the beginning were servants of the word.*   **1:15** Or *even from birth.*   **1:17** See Mal 4:5-6.
1:28 Some manuscripts add *Blessed are you among women.*   **1:33** Greek *over the house of Jacob.*

be holy, and he will be called the Son of God. [36]What's more, your relative Elizabeth has become pregnant in her old age! People used to say she was barren, but she's now in her sixth month. [37]For nothing is impossible with God.*"

[38]Mary responded, "I am the Lord's servant. May everything you have said about me come true." And then the angel left her.

Mary Visits Elizabeth

[39]A few days later Mary hurried to the hill country of Judea, to the town [40]where Zechariah lived. She entered the house and greeted Elizabeth. [41]At the sound of Mary's greeting, Elizabeth's child leaped within her, and Elizabeth was filled with the Holy Spirit.

[42]Elizabeth gave a glad cry and exclaimed to Mary, "God has blessed you above all women, and your child is blessed. [43]Why am I so honored, that the mother of my Lord should visit me? [44]When I heard your greeting, the baby in my womb jumped for joy. [45]You are blessed because you believed that the Lord would do what he said."

The Magnificat: Mary's Song of Praise

[46]Mary responded,

"Oh, how my soul praises the Lord.
[47]   How my spirit rejoices in God my Savior!
[48] For he took notice of his lowly servant girl,
     and from now on all generations will call
     me blessed.
[49] For the Mighty One is holy,
     and he has done great things for me.
[50] He shows mercy from generation to
     generation
     to all who fear him.
[51] His mighty arm has done tremendous
     things!
     He has scattered the proud and haughty
     ones.
[52] He has brought down princes from their
     thrones
     and exalted the humble.
[53] He has filled the hungry with good
     things
     and sent the rich away with empty hands.
[54] He has helped his servant Israel
     and remembered to be merciful.
[55] For he made this promise to our ancestors,
     to Abraham and his children forever."

[56]Mary stayed with Elizabeth about three months and then went back to her own home.

The Birth of John the Baptist

[57]When it was time for Elizabeth's baby to be born, she gave birth to a son. [58]And when her neighbors and relatives heard that the Lord had been very merciful to her, everyone rejoiced with her.

[59]When the baby was eight days old, they all came for the circumcision ceremony. They wanted to name him Zechariah, after his father. [60]But Elizabeth said, "No! His name is John!"

[61]"What?" they exclaimed. "There is no one in all your family by that name." [62]So they used gestures to ask the baby's father what he wanted to name him. [63]He motioned for a writing tablet, and to everyone's surprise he wrote, "His name is John." [64]Instantly Zechariah could speak again, and he began praising God.

[65]Awe fell upon the whole neighborhood, and the news of what had happened spread throughout the Judean hills. [66]Everyone who heard about it reflected on these events and asked, "What will this child turn out to be?" For the hand of the Lord was surely upon him in a special way.

Zechariah's Prophecy

[67]Then his father, Zechariah, was filled with the Holy Spirit and gave this prophecy:

[68] "Praise the Lord, the God of Israel,
     because he has visited and redeemed
     his people.
[69] He has sent us a mighty Savior*
     from the royal line of his servant David,
[70] just as he promised
     through his holy prophets long ago.
[71] Now we will be saved from our enemies
     and from all who hate us.
[72] He has been merciful to our ancestors
     by remembering his sacred covenant—
[73] the covenant he swore with an oath
     to our ancestor Abraham.
[74] We have been rescued from our enemies
     so we can serve God without fear,
[75] in holiness and righteousness
     for as long as we live.
[76] "And you, my little son,
     will be called the prophet of the
     Most High,
     because you will prepare the way for
     the Lord.
[77] You will tell his people how to find
     salvation
     through forgiveness of their sins.
[78] Because of God's tender mercy,
     the morning light from heaven is about to
     break upon us,*
[79] to give light to those who sit in darkness and
     in the shadow of death,
     and to guide us to the path of peace."

[80]John grew up and became strong in spirit. And he lived in the wilderness until he began his public ministry to Israel.

1:37 Some manuscripts read *For the word of God will never fail.*   **1:69** Greek *has raised up a horn of salvation for us.*   **1:78** Or *the Morning Light from Heaven is about to visit us.*

The Birth of Jesus

2 At that time the Roman emperor, Augustus, decreed that a census should be taken throughout the Roman Empire. 2(This was the first census taken when Quirinius was governor of Syria.) 3All returned to their own ancestral towns to register for this census. 4And because Joseph was a descendant of King David, he had to go to Bethlehem in Judea, David's ancient home. He traveled there from the village of Nazareth in Galilee. 5He took with him Mary, his fiancée, who was now obviously pregnant.

6And while they were there, the time came for her baby to be born. 7She gave birth to her first child, a son. She wrapped him snugly in strips of cloth and laid him in a manger, because there was no lodging available for them.

The Shepherds and Angels

8That night there were shepherds staying in the fields nearby, guarding their flocks of sheep. 9Suddenly, an angel of the Lord appeared among them, and the radiance of the Lord's glory surrounded them. They were terrified, 10but the angel reassured them. "Don't be afraid!" he said. "I bring you good news that will bring great joy to all people. 11The Savior—yes, the Messiah, the Lord—has been born today in Bethlehem, the city of David! 12And you will recognize him by this sign: You will find a baby wrapped snugly in strips of cloth, lying in a manger."

13Suddenly, the angel was joined by a vast host of others—the armies of heaven—praising God and saying,

14 "Glory to God in highest heaven,
     and peace on earth to those with whom
          God is pleased."

15When the angels had returned to heaven, the shepherds said to each other, "Let's go to Bethlehem! Let's see this thing that has happened, which the Lord has told us about."

16They hurried to the village and found Mary and Joseph. And there was the baby, lying in the manger. 17After seeing him, the shepherds told everyone what had happened and what the angel had said to them about this child. 18All who heard the shepherds' story were astonished, 19but Mary kept all these things in her heart and thought about them often. 20The shepherds went back to their flocks, glorifying and praising God for all they had heard and seen. It was just as the angel had told them.

Jesus Is Presented in the Temple

21Eight days later, when the baby was circumcised, he was named Jesus, the name given him by the angel even before he was conceived.

22Then it was time for their purification offering, as required by the law of Moses after the birth of a child; so his parents took him to Jerusalem to present him to the Lord. 23The law of the Lord says, "If a woman's first child is a boy, he must be dedicated to the LORD."* 24So they offered the sacrifice required in the law of the Lord—"either a pair of turtledoves or two young pigeons."*

The Prophecy of Simeon

25At that time there was a man in Jerusalem named Simeon. He was righteous and devout and was eagerly waiting for the Messiah to come and rescue Israel. The Holy Spirit was upon him 26and had revealed to him that he would not die until he had seen the Lord's Messiah. 27That day the Spirit led him to the Temple. So when Mary and Joseph came to present the baby Jesus to the Lord as the law required, 28Simeon was there. He took the child in his arms and praised God, saying,

29 "Sovereign Lord, now let your servant die
          in peace,
     as you have promised.
30 I have seen your salvation,
31   which you have prepared for all people.
32 He is a light to reveal God to the nations,
     and he is the glory of your people Israel!"

33Jesus' parents were amazed at what was being said about him. 34Then Simeon blessed them, and he said to Mary, the baby's mother, "This child is destined to cause many in Israel to fall, but he will be a joy to many others. He has been sent as a sign from God, but many will oppose him. 35As a result, the deepest thoughts of many hearts will be revealed. And a sword will pierce your very soul."

The Prophecy of Anna

36Anna, a prophet, was also there in the Temple. She was the daughter of Phanuel from the tribe of Asher, and she was very old. Her husband died when they had been married only seven years. 37Then she lived as a widow to the age of eighty-four.* She never left the Temple but stayed there day and night, worshiping God with fasting and prayer. 38She came along just as Simeon was talking with Mary and Joseph, and she began praising God. She talked about the child to everyone who had been waiting expectantly for God to rescue Jerusalem.

39When Jesus' parents had fulfilled all the requirements of the law of the Lord, they returned home to Nazareth in Galilee. 40There the child grew up healthy and strong. He was filled with wisdom, and God's favor was on him.

Jesus Speaks with the Teachers

41Every year Jesus' parents went to Jerusalem for the Passover festival. 42When Jesus was twelve

2:23 Exod 13:2.   **2:24** Lev 12:8.   **2:37** Or *She had been a widow for eighty-four years.*

years old, they attended the festival as usual. [43]After the celebration was over, they started home to Nazareth, but Jesus stayed behind in Jerusalem. His parents didn't miss him at first, [44]because they assumed he was among the other travelers. But when he didn't show up that evening, they started looking for him among their relatives and friends.

[45]When they couldn't find him, they went back to Jerusalem to search for him there. [46]Three days later they finally discovered him in the Temple, sitting among the religious teachers, listening to them and asking questions. [47]All who heard him were amazed at his understanding and his answers.

[48]His parents didn't know what to think. "Son," his mother said to him, "why have you done this to us? Your father and I have been frantic, searching for you everywhere."

[49]"But why did you need to search?" he asked. "Didn't you know that I must be in my Father's house?"* [50]But they didn't understand what he meant.

[51]Then he returned to Nazareth with them and was obedient to them. And his mother stored all these things in her heart.

[52]Jesus grew in wisdom and in stature and in favor with God and all the people.

John the Baptist Prepares the Way

3 It was now the fifteenth year of the reign of Tiberius, the Roman emperor. Pontius Pilate was governor over Judea; Herod Antipas was ruler* over Galilee; his brother Philip was ruler* over Iturea and Traconitis; Lysanias was ruler over Abilene. [2]Annas and Caiaphas were the high priests. At this time a message from God came to John son of Zechariah, who was living in the wilderness. [3]Then John went from place to place on both sides of the Jordan River, preaching that people should be baptized to show that they had turned to God to receive forgiveness for their sins. [4]Isaiah had spoken of John when he said,

"He is a voice shouting in the wilderness,
'Prepare the way for the LORD's coming!
    Clear the road for him!
[5] The valleys will be filled,
    and the mountains and hills made level.
The curves will be straightened,
    and the rough places made smooth.
[6] And then all people will see
    the salvation sent from God.'"*

[7]When the crowds came to John for baptism, he said, "You brood of snakes! Who warned you to flee God's coming wrath? [8]Prove by the way you live that you have repented of your sins and turned to God. Don't just say to each other, 'We're safe, for we are descendants of Abraham.' That means nothing, for I tell you, God can create children of Abraham from these very stones. [9]Even now the ax of God's judgment is poised, ready to sever the roots of the trees. Yes, every tree that does not produce good fruit will be chopped down and thrown into the fire."

[10]The crowds asked, "What should we do?"

[11]John replied, "If you have two shirts, give one to the poor. If you have food, share it with those who are hungry."

[12]Even corrupt tax collectors came to be baptized and asked, "Teacher, what should we do?"

[13]He replied, "Collect no more taxes than the government requires."

[14]"What should we do?" asked some soldiers.

John replied, "Don't extort money or make false accusations. And be content with your pay."

[15]Everyone was expecting the Messiah to come soon, and they were eager to know whether John might be the Messiah. [16]John answered their questions by saying, "I baptize you with* water; but someone is coming soon who is greater than I am—so much greater that I'm not even worthy to be his slave and untie the straps of his sandals. He will baptize you with the Holy Spirit and with fire.* [17]He is ready to separate the chaff from the wheat with his winnowing fork. Then he will clean up the threshing area, gathering the wheat into his barn but burning the chaff with never-ending fire." [18]John used many such warnings as he announced the Good News to the people.

[19]John also publicly criticized Herod Antipas, the ruler of Galilee,* for marrying Herodias, his brother's wife, and for many other wrongs he had done. [20]So Herod put John in prison, adding this sin to his many others.

The Baptism of Jesus

[21]One day when the crowds were being baptized, Jesus himself was baptized. As he was praying, the heavens opened, [22]and the Holy Spirit, in bodily form, descended on him like a dove. And a voice from heaven said, "You are my dearly loved Son, and you bring me great joy.*"

The Ancestors of Jesus

[23]Jesus was about thirty years old when he began his public ministry.

Jesus was known as the son of Joseph.
Joseph was the son of Heli.
[24] Heli was the son of Matthat.
Matthat was the son of Levi.
Levi was the son of Melki.
Melki was the son of Jannai.
Jannai was the son of Joseph.

2:49 Or *"Didn't you realize that I should be involved with my Father's affairs?"*   **3:1a** Greek *Herod was tetrarch.* Herod Antipas was a son of King Herod.   **3:1b** Greek *tetrarch;* also in 3:1c.   **3:4-6** Isa 40:3-5 (Greek version).   **3:16a** Or *in.*   **3:16b** Or *in the Holy Spirit and in fire.*   **3:19** Greek *Herod the tetrarch.*   **3:22** Some manuscripts read *and today I have become your Father.*

25 Joseph was the son of Mattathias.
Mattathias was the son of Amos.
Amos was the son of Nahum.
Nahum was the son of Esli.
Esli was the son of Naggai.
26 Naggai was the son of Maath.
Maath was the son of Mattathias.
Mattathias was the son of Semein.
Semein was the son of Josech.
Josech was the son of Joda.
27 Joda was the son of Joanan.
Joanan was the son of Rhesa.
Rhesa was the son of Zerubbabel.
Zerubbabel was the son of Shealtiel.
Shealtiel was the son of Neri.
28 Neri was the son of Melki.
Melki was the son of Addi.
Addi was the son of Cosam.
Cosam was the son of Elmadam.
Elmadam was the son of Er.
29 Er was the son of Joshua.
Joshua was the son of Eliezer.
Eliezer was the son of Jorim.
Jorim was the son of Matthat.
Matthat was the son of Levi.
30 Levi was the son of Simeon.
Simeon was the son of Judah.
Judah was the son of Joseph.
Joseph was the son of Jonam.
Jonam was the son of Eliakim.
31 Eliakim was the son of Melea.
Melea was the son of Menna.
Menna was the son of Mattatha.
Mattatha was the son of Nathan.
Nathan was the son of David.
32 David was the son of Jesse.
Jesse was the son of Obed.
Obed was the son of Boaz.
Boaz was the son of Salmon.*
Salmon was the son of Nahshon.
33 Nahshon was the son of Amminadab.
Amminadab was the son of Admin.
Admin was the son of Arni.*
Arni was the son of Hezron.
Hezron was the son of Perez.
Perez was the son of Judah.
34 Judah was the son of Jacob.
Jacob was the son of Isaac.
Isaac was the son of Abraham.
Abraham was the son of Terah.
Terah was the son of Nahor.
35 Nahor was the son of Serug.
Serug was the son of Reu.
Reu was the son of Peleg.
Peleg was the son of Eber.
Eber was the son of Shelah.
36 Shelah was the son of Cainan.
Cainan was the son of Arphaxad.

Arphaxad was the son of Shem.
Shem was the son of Noah.
Noah was the son of Lamech.
37 Lamech was the son of Methuselah.
Methuselah was the son of Enoch.
Enoch was the son of Jared.
Jared was the son of Mahalalel.
Mahalalel was the son of Kenan.
38 Kenan was the son of Enosh.*
Enosh was the son of Seth.
Seth was the son of Adam.
Adam was the son of God.

The Temptation of Jesus

4 Then Jesus, full of the Holy Spirit, returned from the Jordan River. He was led by the Spirit in the wilderness,* 2where he was tempted by the devil for forty days. Jesus ate nothing all that time and became very hungry.

3Then the devil said to him, "If you are the Son of God, change this stone into a loaf of bread."

4But Jesus told him, "No! The Scriptures say, 'People do not live by bread alone.'*"

5Then the devil took him up and revealed to him all the kingdoms of the world in a moment of time. 6"I will give you the glory of these kingdoms and authority over them," the devil said, "because they are mine to give to anyone I please. 7I will give it all to you if you will worship me."

8Jesus replied, "The Scriptures say,

'You must worship the LORD your God
and serve only him.'*"

9Then the devil took him to Jerusalem, to the highest point of the Temple, and said, "If you are the Son of God, jump off! 10For the Scriptures say,

'He will order his angels to protect and guard you.
11 And they will hold you up with their hands
so you won't even hurt your foot on a stone.'*"

12Jesus responded, "The Scriptures also say, 'You must not test the LORD your God.'*"

13When the devil had finished tempting Jesus, he left him until the next opportunity came.

Jesus Rejected at Nazareth

14Then Jesus returned to Galilee, filled with the Holy Spirit's power. Reports about him spread quickly through the whole region. 15He taught regularly in their synagogues and was praised by everyone.

16When he came to the village of Nazareth, his boyhood home, he went as usual to the synagogue on the Sabbath and stood up to read the

3:32 Greek *Sala*, a variant spelling of Salmon; also in 3:32b. See Ruth 4:22. 3:33 Some manuscripts read *Amminadab was the son of Aram. Arni* and *Aram* are alternate spellings of Ram. See 1 Chr 2:9-10. 3:38 Greek *Enos*, a variant spelling of Enosh; also in 3:38b. See Gen 5:6. 4:1 Some manuscripts read *into the wilderness.* 4:4 Deut 8:3. 4:8 Deut 6:13. 4:10-11 Ps 91:11-12. 4:12 Deut 6:16.

Scriptures. [17]The scroll of Isaiah the prophet was handed to him. He unrolled the scroll and found the place where this was written:

[18] "The Spirit of the LORD is upon me,
    for he has anointed me to bring Good
        News to the poor.
He has sent me to proclaim that captives
        will be released,
    that the blind will see,
    that the oppressed will be set free,
[19]   and that the time of the LORD's favor
        has come.*"

[20]He rolled up the scroll, handed it back to the attendant, and sat down. All eyes in the synagogue looked at him intently. [21]Then he began to speak to them. "The Scripture you've just heard has been fulfilled this very day!"

[22]Everyone spoke well of him and was amazed by the gracious words that came from his lips. "How can this be?" they asked. "Isn't this Joseph's son?"

[23]Then he said, "You will undoubtedly quote me this proverb: 'Physician, heal yourself'—meaning, 'Do miracles here in your hometown like those you did in Capernaum.' [24]But I tell you the truth, no prophet is accepted in his own hometown.

[25]"Certainly there were many needy widows in Israel in Elijah's time, when the heavens were closed for three and a half years, and a severe famine devastated the land. [26]Yet Elijah was not sent to any of them. He was sent instead to a foreigner—a widow of Zarephath in the land of Sidon. [27]And there were many lepers in Israel in the time of the prophet Elisha, but the only one healed was Naaman, a Syrian."

[28]When they heard this, the people in the synagogue were furious. [29]Jumping up, they mobbed him and forced him to the edge of the hill on which the town was built. They intended to push him over the cliff, [30]but he passed right through the crowd and went on his way.

Jesus Casts Out a Demon

[31]Then Jesus went to Capernaum, a town in Galilee, and taught there in the synagogue every Sabbath day. [32]There, too, the people were amazed at his teaching, for he spoke with authority.

[33]Once when he was in the synagogue, a man possessed by a demon—an evil* spirit—began shouting at Jesus, [34]"Go away! Why are you interfering with us, Jesus of Nazareth? Have you come to destroy us? I know who you are—the Holy One sent from God!"

[35]Jesus cut him short. "Be quiet! Come out of the man," he ordered. At that, the demon threw the man to the floor as the crowd watched; then it came out of him without hurting him further.

[36]Amazed, the people exclaimed, "What authority and power this man's words possess! Even evil spirits obey him, and they flee at his command!" [37]The news about Jesus spread through every village in the entire region.

Jesus Heals Many People

[38]After leaving the synagogue that day, Jesus went to Simon's home, where he found Simon's mother-in-law very sick with a high fever. "Please heal her," everyone begged. [39]Standing at her bedside, he rebuked the fever, and it left her. And she got up at once and prepared a meal for them.

[40]As the sun went down that evening, people throughout the village brought sick family members to Jesus. No matter what their diseases were, the touch of his hand healed every one. [41]Many were possessed by demons; and the demons came out at his command, shouting, "You are the Son of God!" But because they knew he was the Messiah, he rebuked them and refused to let them speak.

Jesus Continues to Preach

[42]Early the next morning Jesus went out to an isolated place. The crowds searched everywhere for him, and when they finally found him, they begged him not to leave them. [43]But he replied, "I must preach the Good News of the Kingdom of God in other towns, too, because that is why I was sent." [44]So he continued to travel around, preaching in synagogues throughout Judea.*

The First Disciples

5 One day as Jesus was preaching on the shore of the Sea of Galilee,* great crowds pressed in on him to listen to the word of God. [2]He noticed two empty boats at the water's edge, for the fishermen had left them and were washing their nets. [3]Stepping into one of the boats, Jesus asked Simon,* its owner, to push it out into the water. So he sat in the boat and taught the crowds from there.

[4]When he had finished speaking, he said to Simon, "Now go out where it is deeper, and let down your nets to catch some fish."

[5]"Master," Simon replied, "we worked hard all last night and didn't catch a thing. But if you say so, I'll let the nets down again." [6]And this time their nets were so full of fish they began to tear! [7]A shout for help brought their partners in the other boat, and soon both boats were filled with fish and on the verge of sinking.

[8]When Simon Peter realized what had happened, he fell to his knees before Jesus and said, "Oh, Lord, please leave me—I'm too much of a

---

4:18-19 Or *and to proclaim the acceptable year of the LORD.* Isa 61:1-2 (Greek version); 58:6.   4:33 Greek *unclean;* also in 4:36.
4:44 Some manuscripts read *Galilee.*   5:1 Greek *Lake Gennesaret,* another name for the Sea of Galilee.   5:3 *Simon* is called "Peter" in 6:14 and thereafter.

sinner to be around you." ⁹For he was awestruck by the number of fish they had caught, as were the others with him. ¹⁰His partners, James and John, the sons of Zebedee, were also amazed.

Jesus replied to Simon, "Don't be afraid! From now on you'll be fishing for people!" ¹¹And as soon as they landed, they left everything and followed Jesus.

Jesus Heals a Man with Leprosy

¹²In one of the villages, Jesus met a man with an advanced case of leprosy. When the man saw Jesus, he bowed with his face to the ground, begging to be healed. "Lord," he said, "if you are willing, you can heal me and make me clean."

¹³Jesus reached out and touched him. "I am willing," he said. "Be healed!" And instantly the leprosy disappeared. ¹⁴Then Jesus instructed him not to tell anyone what had happened. He said, "Go to the priest and let him examine you. Take along the offering required in the law of Moses for those who have been healed of leprosy.* This will be a public testimony that you have been cleansed."

¹⁵But despite Jesus' instructions, the report of his power spread even faster, and vast crowds came to hear him preach and to be healed of their diseases. ¹⁶But Jesus often withdrew to the wilderness for prayer.

Jesus Heals a Paralyzed Man

¹⁷One day while Jesus was teaching, some Pharisees and teachers of religious law were sitting nearby. (It seemed that these men showed up from every village in all Galilee and Judea, as well as from Jerusalem.) And the Lord's healing power was strongly with Jesus.

¹⁸Some men came carrying a paralyzed man on a sleeping mat. They tried to take him inside to Jesus, ¹⁹but they couldn't reach him because of the crowd. So they went up to the roof and took off some tiles. Then they lowered the sick man on his mat down into the crowd, right in front of Jesus. ²⁰Seeing their faith, Jesus said to the man, "Young man, your sins are forgiven."

²¹But the Pharisees and teachers of religious law said to themselves, "Who does he think he is? That's blasphemy! Only God can forgive sins!"

²²Jesus knew what they were thinking, so he asked them, "Why do you question this in your hearts? ²³Is it easier to say 'Your sins are forgiven,' or 'Stand up and walk'? ²⁴So I will prove to you that the Son of Man* has the authority on earth to forgive sins." Then Jesus turned to the paralyzed man and said, "Stand up, pick up your mat, and go home!"

²⁵And immediately, as everyone watched, the man jumped up, picked up his mat, and went home praising God. ²⁶Everyone was gripped with great wonder and awe, and they praised God, exclaiming, "We have seen amazing things today!"

Jesus Calls Levi (Matthew)

²⁷Later, as Jesus left the town, he saw a tax collector named Levi sitting at his tax collector's booth. "Follow me and be my disciple," Jesus said to him. ²⁸So Levi got up, left everything, and followed him.

²⁹Later, Levi held a banquet in his home with Jesus as the guest of honor. Many of Levi's fellow tax collectors and other guests also ate with them. ³⁰But the Pharisees and their teachers of religious law complained bitterly to Jesus' disciples, "Why do you eat and drink with such scum?*"

³¹Jesus answered them, "Healthy people don't need a doctor—sick people do. ³²I have come to call not those who think they are righteous, but those who know they are sinners and need to repent."

A Discussion about Fasting

³³One day some people said to Jesus, "John the Baptist's disciples fast and pray regularly, and so do the disciples of the Pharisees. Why are your disciples always eating and drinking?"

³⁴Jesus responded, "Do wedding guests fast while celebrating with the groom? Of course not. ³⁵But someday the groom will be taken away from them, and then they will fast."

³⁶Then Jesus gave them this illustration: "No one tears a piece of cloth from a new garment and uses it to patch an old garment. For then the new garment would be ruined, and the new patch wouldn't even match the old garment.

³⁷"And no one puts new wine into old wineskins. For the new wine would burst the wineskins, spilling the wine and ruining the skins. ³⁸New wine must be stored in new wineskins. ³⁹But no one who drinks the old wine seems to want the new wine. 'The old is just fine,' they say."

A Discussion about the Sabbath

6 One Sabbath day as Jesus was walking through some grainfields, his disciples broke off heads of grain, rubbed off the husks in their hands, and ate the grain. ²But some Pharisees said, "Why are you breaking the law by harvesting grain on the Sabbath?"

³Jesus replied, "Haven't you read in the Scriptures what David did when he and his companions were hungry? ⁴He went into the house of God and broke the law by eating the sacred loaves of bread that only the priests can eat. He also gave some to his companions." ⁵And Jesus added, "The Son of Man* is Lord, even over the Sabbath."

5:14 See Lev 14:2-32.　**5:24** "Son of Man" is a title Jesus used for himself.　**5:30** Greek *with tax collectors and sinners?*　**6:5** "Son of Man" is a title Jesus used for himself.

Jesus Heals on the Sabbath

⁶On another Sabbath day, a man with a deformed right hand was in the synagogue while Jesus was teaching. ⁷The teachers of religious law and the Pharisees watched Jesus closely. If he healed the man's hand, they planned to accuse him of working on the Sabbath.

⁸But Jesus knew their thoughts. He said to the man with the deformed hand, "Come and stand in front of everyone." So the man came forward. ⁹Then Jesus said to his critics, "I have a question for you. Does the law permit good deeds on the Sabbath, or is it a day for doing evil? Is this a day to save life or to destroy it?"

¹⁰He looked around at them one by one and then said to the man, "Hold out your hand." So the man held out his hand, and it was restored! ¹¹At this, the enemies of Jesus were wild with rage and began to discuss what to do with him.

Jesus Chooses the Twelve Apostles

¹²One day soon afterward Jesus went up on a mountain to pray, and he prayed to God all night. ¹³At daybreak he called together all of his disciples and chose twelve of them to be apostles. Here are their names:

¹⁴ Simon (whom he named Peter),
Andrew (Peter's brother),
James,
John,
Philip,
Bartholomew,
¹⁵ Matthew,
Thomas,
James (son of Alphaeus),
Simon (who was called the zealot),
¹⁶ Judas (son of James),
Judas Iscariot (who later betrayed him).

Crowds Follow Jesus

¹⁷When they came down from the mountain, the disciples stood with Jesus on a large, level area, surrounded by many of his followers and by the crowds. There were people from all over Judea and from Jerusalem and from as far north as the seacoasts of Tyre and Sidon. ¹⁸They had come to hear him and to be healed of their diseases; and Jesus also cast out many evil* spirits. ¹⁹Everyone tried to touch him, because healing power went out from him, and he healed everyone.

The Beatitudes

²⁰Then Jesus turned to his disciples and said,

"God blesses you who are poor,
for the Kingdom of God is yours.
²¹ God blesses you who are hungry now,
for you will be satisfied.
God blesses you who weep now,
for in due time you will laugh.

²²What blessings await you when people hate you and exclude you and mock you and curse you as evil because you follow the Son of Man. ²³When that happens, be happy! Yes, leap for joy! For a great reward awaits you in heaven. And remember, their ancestors treated the ancient prophets that same way.

Sorrows Foretold

²⁴ "What sorrow awaits you who are rich,
for you have your only happiness now.
²⁵ What sorrow awaits you who are fat and
prosperous now,
for a time of awful hunger awaits you.
What sorrow awaits you who laugh now,
for your laughing will turn to mourning
and sorrow.
²⁶ What sorrow awaits you who are praised by
the crowds,
for their ancestors also praised false
prophets.

Love for Enemies

²⁷"But to you who are willing to listen, I say, love your enemies! Do good to those who hate you. ²⁸Bless those who curse you. Pray for those who hurt you. ²⁹If someone slaps you on one cheek, offer the other cheek also. If someone demands your coat, offer your shirt also. ³⁰Give to anyone who asks; and when things are taken away from you, don't try to get them back. ³¹Do to others as you would like them to do to you.

³²"If you love only those who love you, why should you get credit for that? Even sinners love those who love them! ³³And if you do good only to those who do good to you, why should you get credit? Even sinners do that much! ³⁴And if you lend money only to those who can repay you, why should you get credit? Even sinners will lend to other sinners for a full return.

³⁵"Love your enemies! Do good to them. Lend to them without expecting to be repaid. Then your reward from heaven will be very great, and you will truly be acting as children of the Most High, for he is kind to those who are unthankful and wicked. ³⁶You must be compassionate, just as your Father is compassionate.

Do Not Judge Others

³⁷"Do not judge others, and you will not be judged. Do not condemn others, or it will all come back against you. Forgive others, and you will be forgiven. ³⁸Give, and you will receive. Your gift will return to you in full—pressed down, shaken together to make room for more, running over, and poured into your lap. The amount you give will determine the amount you get back.*"

³⁹Then Jesus gave the following illustration: "Can one blind person lead another? Won't they

6:18 Greek *unclean.*   6:38 Or *The measure you give will be the measure you get back.*

both fall into a ditch? 40Students* are not greater than their teacher. But the student who is fully trained will become like the teacher.

41"And why worry about a speck in your friend's eye* when you have a log in your own? 42How can you think of saying, 'Friend,* let me help you get rid of that speck in your eye,' when you can't see past the log in your own eye? Hypocrite! First get rid of the log in your own eye; then you will see well enough to deal with the speck in your friend's eye.

The Tree and Its Fruit

43"A good tree can't produce bad fruit, and a bad tree can't produce good fruit. 44A tree is identified by its fruit. Figs never grow on thornbushes, nor grapes on bramble bushes. 45A good person produces good things from the treasury of a good heart, and an evil person produces evil things from the treasury of an evil heart. What you say flows from what is in your heart.

Building on a Solid Foundation

46"So why do you keep calling me 'Lord, Lord!' when you don't do what I say? 47I will show you what it's like when someone comes to me, listens to my teaching, and then follows it. 48It is like a person building a house who digs deep and lays the foundation on solid rock. When the floodwaters rise and break against the house, it stands firm because it is well built. 49But anyone who hears and doesn't obey is like a person who builds a house without a foundation. When the floods sweep down against that house, it will collapse into a heap of ruins."

The Faith of a Roman Officer

7 When Jesus had finished saying all this to the people, he returned to Capernaum. 2At that time the highly valued slave of a Roman officer* was sick and near death. 3When the officer heard about Jesus, he sent some respected Jewish elders to ask him to come and heal his slave. 4So they earnestly begged Jesus to help the man. "If anyone deserves your help, he does," they said, 5"for he loves the Jewish people and even built a synagogue for us."

6So Jesus went with them. But just before they arrived at the house, the officer sent some friends to say, "Lord, don't trouble yourself by coming to my home, for I am not worthy of such an honor. 7I am not even worthy to come and meet you. Just say the word from where you are, and my servant will be healed. 8I know this because I am under the authority of my superior officers, and I have authority over my soldiers. I only need to say, 'Go,' and they go, or 'Come,' and they come. And if I say to my slaves, 'Do this,' they do it."

9When Jesus heard this, he was amazed. Turning to the crowd that was following him, he said, "I tell you, I haven't seen faith like this in all Israel!" 10And when the officer's friends returned to his house, they found the slave completely healed.

Jesus Raises a Widow's Son

11Soon afterward Jesus went with his disciples to the village of Nain, and a large crowd followed him. 12A funeral procession was coming out as he approached the village gate. The young man who had died was a widow's only son, and a large crowd from the village was with her. 13When the Lord saw her, his heart overflowed with compassion. "Don't cry!" he said. 14Then he walked over to the coffin and touched it, and the bearers stopped. "Young man," he said, "I tell you, get up." 15Then the dead boy sat up and began to talk! And Jesus gave him back to his mother.

16Great fear swept the crowd, and they praised God, saying, "A mighty prophet has risen among us," and "God has visited his people today." 17And the news about Jesus spread throughout Judea and the surrounding countryside.

Jesus and John the Baptist

18The disciples of John the Baptist told John about everything Jesus was doing. So John called for two of his disciples, 19and he sent them to the Lord to ask him, "Are you the Messiah we've been expecting,* or should we keep looking for someone else?"

20John's two disciples found Jesus and said to him, "John the Baptist sent us to ask, 'Are you the Messiah we've been expecting, or should we keep looking for someone else?'"

21At that very time, Jesus cured many people of their diseases and illnesses, and he cast out evil spirits and restored sight to many who were blind. 22Then he told John's disciples, "Go back to John and tell him what you have seen and heard—the blind see, the lame walk, the lepers are cured, the deaf hear, the dead are raised to life, and the Good News is being preached to the poor. 23And tell him, 'God blesses those who do not turn away because of me.*'"

24After John's disciples left, Jesus began talking about him to the crowds. "What kind of man did you go into the wilderness to see? Was he a weak reed, swayed by every breath of wind? 25Or were you expecting to see a man dressed in expensive clothes? No, people who wear beautiful clothes and live in luxury are found in palaces. 26Were you looking for a prophet? Yes, and he is more than a prophet. 27John is the man to whom the Scriptures refer when they say,

'Look, I am sending my messenger ahead
  of you,
  and he will prepare your way before you.'*

6:40 Or *Disciples.* 6:41 Greek *your brother's eye;* also in 6:42. 6:42 Greek *Brother.* 7:2 Greek *a centurion;* similarly in 7:6.
7:19 Greek *Are you the one who is coming?* Also in 7:20. 7:23 Or *who are not offended by me.* 7:27 Mal 3:1.

²⁸I tell you, of all who have ever lived, none is greater than John. Yet even the least person in the Kingdom of God is greater than he is!"

²⁹When they heard this, all the people—even the tax collectors—agreed that God's way was right,* for they had been baptized by John. ³⁰But the Pharisees and experts in religious law rejected God's plan for them, for they had refused John's baptism.

³¹"To what can I compare the people of this generation?" Jesus asked. "How can I describe them? ³²They are like children playing a game in the public square. They complain to their friends,

'We played wedding songs,
    and you didn't dance,
so we played funeral songs,
    and you didn't weep.'

³³For John the Baptist didn't spend his time eating bread or drinking wine, and you say, 'He's possessed by a demon.' ³⁴The Son of Man,* on the other hand, feasts and drinks, and you say, 'He's a glutton and a drunkard, and a friend of tax collectors and other sinners!' ³⁵But wisdom is shown to be right by the lives of those who follow it.*"

Jesus Anointed by a Sinful Woman

³⁶One of the Pharisees asked Jesus to have dinner with him, so Jesus went to his home and sat down to eat.* ³⁷When a certain immoral woman from that city heard he was eating there, she brought a beautiful alabaster jar filled with expensive perfume. ³⁸Then she knelt behind him at his feet, weeping. Her tears fell on his feet, and she wiped them off with her hair. Then she kept kissing his feet and putting perfume on them.

³⁹When the Pharisee who had invited him saw this, he said to himself, "If this man were a prophet, he would know what kind of woman is touching him. She's a sinner!"

⁴⁰Then Jesus answered his thoughts. "Simon," he said to the Pharisee, "I have something to say to you."

"Go ahead, Teacher," Simon replied.

⁴¹Then Jesus told him this story: "A man loaned money to two people—500 pieces of silver* to one and 50 pieces to the other. ⁴²But neither of them could repay him, so he kindly forgave them both, canceling their debts. Who do you suppose loved him more after that?"

⁴³Simon answered, "I suppose the one for whom he canceled the larger debt."

"That's right," Jesus said. ⁴⁴Then he turned to the woman and said to Simon, "Look at this woman kneeling here. When I entered your home, you didn't offer me water to wash the dust from my feet, but she has washed them

with her tears and wiped them with her hair. ⁴⁵You didn't greet me with a kiss, but from the time I first came in, she has not stopped kissing my feet. ⁴⁶You neglected the courtesy of olive oil to anoint my head, but she has anointed my feet with rare perfume.

⁴⁷"I tell you, her sins—and they are many—have been forgiven, so she has shown me much love. But a person who is forgiven little shows only little love." ⁴⁸Then Jesus said to the woman, "Your sins are forgiven."

⁴⁹The men at the table said among themselves, "Who is this man, that he goes around forgiving sins?"

⁵⁰And Jesus said to the woman, "Your faith has saved you; go in peace."

Women Who Followed Jesus

8 Soon afterward Jesus began a tour of the nearby towns and villages, preaching and announcing the Good News about the Kingdom of God. He took his twelve disciples with him, ²along with some women he had healed and from whom he had cast out evil spirits. Among them were Mary Magdalene, from whom he had cast out seven demons; ³Joanna, the wife of Chuza, Herod's business manager; Susanna; and many others who were contributing their own resources to support Jesus and his disciples.

Parable of the Farmer Scattering Seed

⁴One day Jesus told a story to a large crowd that had gathered from many towns to hear him: ⁵"A farmer went out to plant his seed. As he scattered it across his field, some seed fell on a footpath, where it was stepped on, and the birds ate it. ⁶Other seed fell among rocks. It began to grow, but the plant soon wilted and died for lack of moisture. ⁷Other seed fell among thorns that grew up with it and choked out the tender plants. ⁸Still other seed fell on fertile soil. This seed grew and produced a crop that was a hundred times as much as had been planted!" When he had said this, he called out, "Anyone with ears to hear should listen and understand."

⁹His disciples asked him what this parable meant. ¹⁰He replied, "You are permitted to understand the secrets* of the Kingdom of God. But I use parables to teach the others so that the Scriptures might be fulfilled:

'When they look, they won't really see.
    When they hear, they won't understand.'*

¹¹"This is the meaning of the parable: The seed is God's word. ¹²The seeds that fell on the footpath represent those who hear the message, only to have the devil come and take it away from their hearts and prevent them from believing and being saved. ¹³The seeds on the rocky

7:29 Or *praised God for his justice.*   **7:34** "Son of Man" is a title Jesus used for himself.   **7:35** Or *But wisdom is justified by all her children.*   **7:36** Or *and reclined.*   **7:41** Greek *500 denarii.* A denarius was equivalent to a laborer's full day's wage.   **8:10a** Greek *mysteries.*   **8:10b** Isa 6:9 (Greek version).

soil represent those who hear the message and receive it with joy. But since they don't have deep roots, they believe for a while, then they fall away when they face temptation. ¹⁴The seeds that fell among the thorns represent those who hear the message, but all too quickly the message is crowded out by the cares and riches and pleasures of this life. And so they never grow into maturity. ¹⁵And the seeds that fell on the good soil represent honest, good-hearted people who hear God's word, cling to it, and patiently produce a huge harvest.

Parable of the Lamp

¹⁶"No one lights a lamp and then covers it with a bowl or hides it under a bed. A lamp is placed on a stand, where its light can be seen by all who enter the house. ¹⁷For all that is secret will eventually be brought into the open, and everything that is concealed will be brought to light and made known to all.

¹⁸"So pay attention to how you hear. To those who listen to my teaching, more understanding will be given. But for those who are not listening, even what they think they understand will be taken away from them."

The True Family of Jesus

¹⁹Then Jesus' mother and brothers came to see him, but they couldn't get to him because of the crowd. ²⁰Someone told Jesus, "Your mother and your brothers are outside, and they want to see you."

²¹Jesus replied, "My mother and my brothers are all those who hear God's word and obey it."

Jesus Calms the Storm

²²One day Jesus said to his disciples, "Let's cross to the other side of the lake." So they got into a boat and started out. ²³As they sailed across, Jesus settled down for a nap. But soon a fierce storm came down on the lake. The boat was filling with water, and they were in real danger.

²⁴The disciples went and woke him up, shouting, "Master, Master, we're going to drown!"

When Jesus woke up, he rebuked the wind and the raging waves. The storm stopped and all was calm! ²⁵Then he asked them, "Where is your faith?"

The disciples were terrified and amazed. "Who is this man?" they asked each other. "When he gives a command, even the wind and waves obey him!"

Jesus Heals a Demon-Possessed Man

²⁶So they arrived in the region of the Gerasenes,* across the lake from Galilee. ²⁷As Jesus was climbing out of the boat, a man who was possessed by demons came out to meet him. For a long time he had been homeless and naked, living in a cemetery outside the town.

²⁸As soon as he saw Jesus, he shrieked and fell down in front of him. Then he screamed, "Why are you interfering with me, Jesus, Son of the Most High God? Please, I beg you, don't torture me!" ²⁹For Jesus had already commanded the evil* spirit to come out of him. This spirit had often taken control of the man. Even when he was placed under guard and put in chains and shackles, he simply broke them and rushed out into the wilderness, completely under the demon's power.

³⁰Jesus demanded, "What is your name?"

"Legion," he replied, for he was filled with many demons. ³¹The demons kept begging Jesus not to send them into the bottomless pit.*

³²There happened to be a large herd of pigs feeding on the hillside nearby, and the demons begged him to let them enter into the pigs. So Jesus gave them permission. ³³Then the demons came out of the man and entered the pigs, and the entire herd plunged down the steep hillside into the lake and drowned.

³⁴When the herdsmen saw it, they fled to the nearby town and the surrounding countryside, spreading the news as they ran. ³⁵People rushed out to see what had happened. A crowd soon gathered around Jesus, and they saw the man who had been freed from the demons. He was sitting at Jesus' feet, fully clothed and perfectly sane, and they were all afraid. ³⁶Then those who had seen what happened told the others how the demon-possessed man had been healed. ³⁷And all the people in the region of the Gerasenes begged Jesus to go away and leave them alone, for a great wave of fear swept over them.

So Jesus returned to the boat and left, crossing back to the other side of the lake. ³⁸The man who had been freed from the demons begged to go with him. But Jesus sent him home, saying, ³⁹"No, go back to your family, and tell them everything God has done for you." So he went all through the town proclaiming the great things Jesus had done for him.

Jesus Heals in Response to Faith

⁴⁰On the other side of the lake the crowds welcomed Jesus, because they had been waiting for him. ⁴¹Then a man named Jairus, a leader of the local synagogue, came and fell at Jesus' feet, pleading with him to come home with him. ⁴²His only daughter,* who was twelve years old, was dying.

As Jesus went with him, he was surrounded by the crowds. ⁴³A woman in the crowd had suffered for twelve years with constant bleeding,* and she could find no cure. ⁴⁴Coming up behind

8:26 Other manuscripts read *Gadarenes;* still others read *Gergesenes;* also in 8:37. See Matt 8:28; Mark 5:1. **8:29** Greek *unclean.* **8:31** Or *the abyss,* or *the underworld.* **8:42** Or *His only child, a daughter.* **8:43** Some manuscripts add *having spent everything she had on doctors.*

Jesus, she touched the fringe of his robe. Immediately, the bleeding stopped.

⁴⁵"Who touched me?" Jesus asked.

Everyone denied it, and Peter said, "Master, this whole crowd is pressing up against you."

⁴⁶But Jesus said, "Someone deliberately touched me, for I felt healing power go out from me." ⁴⁷When the woman realized that she could not stay hidden, she began to tremble and fell to her knees before him. The whole crowd heard her explain why she had touched him and that she had been immediately healed. ⁴⁸"Daughter," he said to her, "your faith has made you well. Go in peace."

⁴⁹While he was still speaking to her, a messenger arrived from the home of Jairus, the leader of the synagogue. He told him, "Your daughter is dead. There's no use troubling the Teacher now."

⁵⁰But when Jesus heard what had happened, he said to Jairus, "Don't be afraid. Just have faith, and she will be healed."

⁵¹When they arrived at the house, Jesus wouldn't let anyone go in with him except Peter, John, James, and the little girl's father and mother. ⁵²The house was filled with people weeping and wailing, but he said, "Stop the weeping! She isn't dead; she's only asleep."

⁵³But the crowd laughed at him because they all knew she had died. ⁵⁴Then Jesus took her by the hand and said in a loud voice, "My child, get up!" ⁵⁵And at that moment her life* returned, and she immediately stood up! Then Jesus told them to give her something to eat. ⁵⁶Her parents were overwhelmed, but Jesus insisted that they not tell anyone what had happened.

Jesus Sends Out the Twelve Disciples

9 One day Jesus called together his twelve disciples* and gave them power and authority to cast out demons and to heal all diseases. ²Then he sent them out to tell everyone about the Kingdom of God and to heal the sick. ³"Take nothing for your journey," he instructed them. "Don't take a walking stick, a traveler's bag, food, money,* or even a change of clothes. ⁴Wherever you go, stay in the same house until you leave town. ⁵And if a town refuses to welcome you, shake its dust from your feet as you leave to show that you have abandoned those people to their fate."

⁶So they began their circuit of the villages, preaching the Good News and healing the sick.

Herod's Confusion

⁷When Herod Antipas, the ruler of Galilee,* heard about everything Jesus was doing, he was puzzled. Some were saying that John the Baptist had been raised from the dead. ⁸Others thought Jesus was Elijah or one of the other prophets risen from the dead.

⁹"I beheaded John," Herod said, "so who is this man about whom I hear such stories?" And he kept trying to see him.

Jesus Feeds Five Thousand

¹⁰When the apostles returned, they told Jesus everything they had done. Then he slipped quietly away with them toward the town of Bethsaida. ¹¹But the crowds found out where he was going, and they followed him. He welcomed them and taught them about the Kingdom of God, and he healed those who were sick.

¹²Late in the afternoon the twelve disciples came to him and said, "Send the crowds away to the nearby villages and farms, so they can find food and lodging for the night. There is nothing to eat here in this remote place."

¹³But Jesus said, "You feed them."

"But we have only five loaves of bread and two fish," they answered. "Or are you expecting us to go and buy enough food for this whole crowd?" ¹⁴For there were about 5,000 men there.

Jesus replied, "Tell them to sit down in groups of about fifty each." ¹⁵So the people all sat down. ¹⁶Jesus took the five loaves and two fish, looked up toward heaven, and blessed them. Then, breaking the loaves into pieces, he kept giving the bread and fish to the disciples so they could distribute it to the people. ¹⁷They all ate as much as they wanted, and afterward, the disciples picked up twelve baskets of leftovers!

Peter's Declaration about Jesus

¹⁸One day Jesus left the crowds to pray alone. Only his disciples were with him, and he asked them, "Who do people say I am?"

¹⁹"Well," they replied, "some say John the Baptist, some say Elijah, and others say you are one of the other ancient prophets risen from the dead."

²⁰Then he asked them, "But who do you say I am?"

Peter replied, "You are the Messiah* sent from God!"

Jesus Predicts His Death

²¹Jesus warned his disciples not to tell anyone who he was. ²²"The Son of Man* must suffer many terrible things," he said. "He will be rejected by the elders, the leading priests, and the teachers of religious law. He will be killed, but on the third day he will be raised from the dead."

²³Then he said to the crowd, "If any of you wants to be my follower, you must turn from

---

8:55 Or *her spirit.*   **9:1** Greek *the Twelve;* other manuscripts read *the twelve apostles.*   **9:3** Or *silver coins.*   **9:7** Greek *Herod the tetrarch.* Herod Antipas was a son of King Herod and was ruler over Galilee.   **9:20** Or *the Christ. Messiah* (a Hebrew term) and *Christ* (a Greek term) both mean "the anointed one."   **9:22** "Son of Man" is a title Jesus used for himself.

your selfish ways, take up your cross daily, and follow me. 24If you try to hang on to your life, you will lose it. But if you give up your life for my sake, you will save it. 25And what do you benefit if you gain the whole world but are yourself lost or destroyed? 26If anyone is ashamed of me and my message, the Son of Man will be ashamed of that person when he returns in his glory and in the glory of the Father and the holy angels. 27I tell you the truth, some standing here right now will not die before they see the Kingdom of God."

The Transfiguration

28About eight days later Jesus took Peter, James, and John up on a mountain to pray. 29And as he was praying, the appearance of his face was transformed, and his clothes became dazzling white. 30Then two men, Moses and Elijah, appeared and began talking with Jesus. 31They were glorious to see. And they were speaking about his exodus from this world, which was about to be fulfilled in Jerusalem.

32Peter and the others had fallen asleep. When they woke up, they saw Jesus' glory and the two men standing with him. 33As Moses and Elijah were starting to leave, Peter, not even knowing what he was saying, blurted out, "Master, it's wonderful for us to be here! Let's make three shelters as memorials*—one for you, one for Moses, and one for Elijah." 34But even as he was saying this, a cloud came over them, and terror gripped them as the cloud covered them.

35Then a voice from the cloud said, "This is my Son, my Chosen One.* Listen to him." 36When the voice finished, Jesus was there alone. They didn't tell anyone at that time what they had seen.

Jesus Heals a Demon-Possessed Boy

37The next day, after they had come down the mountain, a large crowd met Jesus. 38A man in the crowd called out to him, "Teacher, I beg you to look at my son, my only child. 39An evil spirit keeps seizing him, making him scream. It throws him into convulsions so that he foams at the mouth. It batters him and hardly ever leaves him alone. 40I begged your disciples to cast out the spirit, but they couldn't do it."

41"You faithless and corrupt people," Jesus said, "how long must I be with you and put up with you?" Then he said to the man, "Bring your son here."

42As the boy came forward, the demon knocked him to the ground and threw him into a violent convulsion. But Jesus rebuked the evil* spirit and healed the boy. Then he gave him back to his father. 43Awe gripped the peo-

ple as they saw this majestic display of God's power.

Jesus Again Predicts His Death

While everyone was marveling at everything he was doing, Jesus said to his disciples, 44"Listen to me and remember what I say. The Son of Man is going to be betrayed into the hands of his enemies." 45But they didn't know what he meant. Its significance was hidden from them, so they couldn't understand it, and they were afraid to ask him about it.

The Greatest in the Kingdom

46Then his disciples began arguing about which of them was the greatest. 47But Jesus knew their thoughts, so he brought a little child to his side. 48Then he said to them, "Anyone who welcomes a little child like this on my behalf* welcomes me, and anyone who welcomes me also welcomes my Father who sent me. Whoever is the least among you is the greatest."

Using the Name of Jesus

49John said to Jesus, "Master, we saw someone using your name to cast out demons, but we told him to stop because he isn't in our group."

50But Jesus said, "Don't stop him! Anyone who is not against you is for you."

Opposition from Samaritans

51As the time drew near for him to ascend to heaven, Jesus resolutely set out for Jerusalem. 52He sent messengers ahead to a Samaritan village to prepare for his arrival. 53But the people of the village did not welcome Jesus because he was on his way to Jerusalem. 54When James and John saw this, they said to Jesus, "Lord, should we call down fire from heaven to burn them up*?" 55But Jesus turned and rebuked them.* 56So they went on to another village.

The Cost of Following Jesus

57As they were walking along, someone said to Jesus, "I will follow you wherever you go."

58But Jesus replied, "Foxes have dens to live in, and birds have nests, but the Son of Man has no place even to lay his head."

59He said to another person, "Come, follow me."

The man agreed, but he said, "Lord, first let me return home and bury my father."

60But Jesus told him, "Let the spiritually dead bury their own dead!* Your duty is to go and preach about the Kingdom of God."

61Another said, "Yes, Lord, I will follow you, but first let me say good-bye to my family."

62But Jesus told him, "Anyone who puts a hand to the plow and then looks back is not fit for the Kingdom of God."

9:33 Greek *three tabernacles.* 9:35 Some manuscripts read *This is my dearly loved Son.* 9:42 Greek *unclean.* 9:48 Greek *in my name.* 9:54 Some manuscripts add *as Elijah did.* 9:55 Some manuscripts add *And he said, "You don't realize what your hearts are like.* 56For the Son of Man has not come to destroy people's lives, but to save them."* 9:60 Greek *Let the dead bury their own dead.*

Jesus Sends Out His Disciples

10 The Lord now chose seventy-two* other disciples and sent them ahead in pairs to all the towns and places he planned to visit. ²These were his instructions to them: "The harvest is great, but the workers are few. So pray to the Lord who is in charge of the harvest; ask him to send more workers into his fields. ³Now go, and remember that I am sending you out as lambs among wolves. ⁴Don't take any money with you, nor a traveler's bag, nor an extra pair of sandals. And don't stop to greet anyone on the road.

⁵"Whenever you enter someone's home, first say, 'May God's peace be on this house.' ⁶If those who live there are peaceful, the blessing will stand; if they are not, the blessing will return to you. ⁷Don't move around from home to home. Stay in one place, eating and drinking what they provide. Don't hesitate to accept hospitality, because those who work deserve their pay.

⁸"If you enter a town and it welcomes you, eat whatever is set before you. ⁹Heal the sick, and tell them, 'The Kingdom of God is near you now.' ¹⁰But if a town refuses to welcome you, go out into its streets and say, ¹¹'We wipe even the dust of your town from our feet to show that we have abandoned you to your fate. And know this—the Kingdom of God is near!' ¹²I assure you, even wicked Sodom will be better off than such a town on judgment day.

¹³"What sorrow awaits you, Korazin and Bethsaida! For if the miracles I did in you had been done in wicked Tyre and Sidon, their people would have repented of their sins long ago, clothing themselves in burlap and throwing ashes on their heads to show their remorse. ¹⁴Yes, Tyre and Sidon will be better off on judgment day than you. ¹⁵And you people of Capernaum, will you be honored in heaven? No, you will go down to the place of the dead.*"

¹⁶Then he said to the disciples, "Anyone who accepts your message is also accepting me. And anyone who rejects you is rejecting me. And anyone who rejects me is rejecting God, who sent me."

¹⁷When the seventy-two disciples returned, they joyfully reported to him, "Lord, even the demons obey us when we use your name!"

¹⁸"Yes," he told them, "I saw Satan fall from heaven like lightning! ¹⁹Look, I have given you authority over all the power of the enemy, and you can walk among snakes and scorpions and crush them. Nothing will injure you. ²⁰But don't rejoice because evil spirits obey you; rejoice because your names are registered in heaven."

Jesus' Prayer of Thanksgiving

²¹At that same time Jesus was filled with the joy of the Holy Spirit, and he said, "O Father, Lord of heaven and earth, thank you for hiding these things from those who think themselves wise and clever, and for revealing them to the childlike. Yes, Father, it pleased you to do it this way.

²²"My Father has entrusted everything to me. No one truly knows the Son except the Father, and no one truly knows the Father except the Son and those to whom the Son chooses to reveal him."

²³Then when they were alone, he turned to the disciples and said, "Blessed are the eyes that see what you have seen. ²⁴I tell you, many prophets and kings longed to see what you see, but they didn't see it. And they longed to hear what you hear, but they didn't hear it."

The Most Important Commandment

²⁵One day an expert in religious law stood up to test Jesus by asking him this question: "Teacher, what should I do to inherit eternal life?"

²⁶Jesus replied, "What does the law of Moses say? How do you read it?"

²⁷The man answered, " 'You must love the LORD your God with all your heart, all your soul, all your strength, and all your mind.' And, 'Love your neighbor as yourself.' "*

²⁸"Right!" Jesus told him. "Do this and you will live!"

²⁹The man wanted to justify his actions, so he asked Jesus, "And who is my neighbor?"

Parable of the Good Samaritan

³⁰Jesus replied with a story: "A Jewish man was traveling on a trip from Jerusalem to Jericho, and he was attacked by bandits. They stripped him of his clothes, beat him up, and left him half dead beside the road.

³¹"By chance a priest came along. But when he saw the man lying there, he crossed to the other side of the road and passed him by. ³²A Temple assistant* walked over and looked at him lying there, but he also passed by on the other side.

³³"Then a despised Samaritan came along, and when he saw the man, he felt compassion for him. ³⁴Going over to him, the Samaritan soothed his wounds with olive oil and wine and bandaged them. Then he put the man on his own donkey and took him to an inn, where he took care of him. ³⁵The next day he handed the innkeeper two silver coins,* telling him, 'Take care of this man. If his bill runs higher than this, I'll pay you the next time I'm here.'

³⁶"Now which of these three would you say was a neighbor to the man who was attacked by bandits?" Jesus asked.

³⁷The man replied, "The one who showed him mercy."

Then Jesus said, "Yes, now go and do the same."

10:1 Some manuscripts read *seventy;* also in 10:17.   **10:15** Greek *to Hades.*   **10:27** Deut 6:5; Lev 19:18.   **10:32** Greek *A Levite.*
10:35 Greek *two denarii.* A denarius was equivalent to a laborer's full day's wage.

Jesus Visits Martha and Mary

³⁸As Jesus and the disciples continued on their way to Jerusalem, they came to a certain village where a woman named Martha welcomed them into her home. ³⁹Her sister, Mary, sat at the Lord's feet, listening to what he taught. ⁴⁰But Martha was distracted by the big dinner she was preparing. She came to Jesus and said, "Lord, doesn't it seem unfair to you that my sister just sits here while I do all the work? Tell her to come and help me."

⁴¹But the Lord said to her, "My dear Martha, you are worried and upset over all these details! ⁴²There is only one thing worth being concerned about. Mary has discovered it, and it will not be taken away from her."

Teaching about Prayer

11 Once Jesus was in a certain place praying. As he finished, one of his disciples came to him and said, "Lord, teach us to pray, just as John taught his disciples."

²Jesus said, "This is how you should pray:*

"Father, may your name be kept holy.
  May your Kingdom come soon.
³ Give us each day the food we need,*
⁴ and forgive us our sins,
    as we forgive those who sin against us.
  And don't let us yield to temptation.*'"

⁵Then, teaching them more about prayer, he used this story: "Suppose you went to a friend's house at midnight, wanting to borrow three loaves of bread. You say to him, ⁶'A friend of mine has just arrived for a visit, and I have nothing for him to eat.' ⁷And suppose he calls out from his bedroom, 'Don't bother me. The door is locked for the night, and my family and I are all in bed. I can't help you.' ⁸But I tell you this—though he won't do it for friendship's sake, if you keep knocking long enough, he will get up and give you whatever you need because of your shameless persistence.*

⁹"And so I tell you, keep on asking, and you will receive what you ask for. Keep on seeking, and you will find. Keep on knocking, and the door will be opened to you. ¹⁰For everyone who asks, receives. Everyone who seeks, finds. And to everyone who knocks, the door will be opened.

¹¹"You fathers—if your children ask* for a fish, do you give them a snake instead? ¹²Or if they ask for an egg, do you give them a scorpion? Of course not! ¹³So if you sinful people know how to give good gifts to your children, how much more will your heavenly Father give the Holy Spirit to those who ask him."

Jesus and the Prince of Demons

¹⁴One day Jesus cast out a demon from a man who couldn't speak, and when the demon was gone, the man began to speak. The crowds were amazed, ¹⁵but some of them said, "No wonder he can cast out demons. He gets his power from Satan,* the prince of demons." ¹⁶Others, trying to test Jesus, demanded that he show them a miraculous sign from heaven to prove his authority.

¹⁷He knew their thoughts, so he said, "Any kingdom divided by civil war is doomed. A family splintered by feuding will fall apart. ¹⁸You say I am empowered by Satan. But if Satan is divided and fighting against himself, how can his kingdom survive? ¹⁹And if I am empowered by Satan, what about your own exorcists? They cast out demons, too, so they will condemn you for what you have said. ²⁰But if I am casting out demons by the power of God,* then the Kingdom of God has arrived among you. ²¹For when a strong man like Satan is fully armed and guards his palace, his possessions are safe—²²until someone even stronger attacks and overpowers him, strips him of his weapons, and carries off his belongings.

²³"Anyone who isn't with me opposes me, and anyone who isn't working with me is actually working against me.

²⁴"When an evil* spirit leaves a person, it goes into the desert, searching for rest. But when it finds none, it says, 'I will return to the person I came from.' ²⁵So it returns and finds that its former home is all swept and in order. ²⁶Then the spirit finds seven other spirits more evil than itself, and they all enter the person and live there. And so that person is worse off than before."

²⁷As he was speaking, a woman in the crowd called out, "God bless your mother—the womb from which you came, and the breasts that nursed you!"

²⁸Jesus replied, "But even more blessed are all who hear the word of God and put it into practice."

The Sign of Jonah

²⁹As the crowd pressed in on Jesus, he said, "This evil generation keeps asking me to show them a miraculous sign. But the only sign I will give them is the sign of Jonah. ³⁰What happened to him was a sign to the people of Nineveh that God had sent him. What happens to the Son of Man* will be a sign to these people that he was sent by God.

³¹"The queen of Sheba* will stand up against this generation on judgment day and condemn it, for she came from a distant land to hear the wisdom of Solomon. Now someone greater than Solomon is here—but you refuse to listen. ³²The

---

11:2 Some manuscripts add additional phrases from the Lord's Prayer as it reads in Matt 6:9-13.   11:3 Or *Give us each day our food for the day;* or *Give us each day our food for tomorrow.*   11:4 Or *And keep us from being tested.*   11:8 Or *in order to avoid shame,* or *so his reputation won't be damaged.*   11:11 Some manuscripts add *for bread, do you give them a stone? Or if they ask.*   11:15 Greek *Beelzeboul;* also in 11:18, 19. Other manuscripts read *Beezeboul;* Latin version reads *Beelzebub.*   11:20 Greek *by the finger of God.*   11:24 Greek *unclean.*   11:30 "Son of Man" is a title Jesus used for himself.   11:31 Greek *The queen of the south.*

people of Nineveh will also stand up against this generation on judgment day and condemn it, for they repented of their sins at the preaching of Jonah. Now someone greater than Jonah is here—but you refuse to repent.

Receiving the Light

33"No one lights a lamp and then hides it or puts it under a basket.* Instead, a lamp is placed on a stand, where its light can be seen by all who enter the house.

34"Your eye is a lamp that provides light for your body. When your eye is good, your whole body is filled with light. But when it is bad, your body is filled with darkness. 35Make sure that the light you think you have is not actually darkness. 36If you are filled with light, with no dark corners, then your whole life will be radiant, as though a floodlight were filling you with light."

Jesus Criticizes the Religious Leaders

37As Jesus was speaking, one of the Pharisees invited him home for a meal. So he went in and took his place at the table.* 38His host was amazed to see that he sat down to eat without first performing the hand-washing ceremony required by Jewish custom. 39Then the Lord said to him, "You Pharisees are so careful to clean the outside of the cup and the dish, but inside you are filthy—full of greed and wickedness! 40Fools! Didn't God make the inside as well as the outside? 41So clean the inside by giving gifts to the poor, and you will be clean all over.

42"What sorrow awaits you Pharisees! For you are careful to tithe even the tiniest income from your herb gardens,* but you ignore justice and the love of God. You should tithe, yes, but do not neglect the more important things.

43"What sorrow awaits you Pharisees! For you love to sit in the seats of honor in the synagogues and receive respectful greetings as you walk in the marketplaces. 44Yes, what sorrow awaits you! For you are like hidden graves in a field. People walk over them without knowing the corruption they are stepping on."

45"Teacher," said an expert in religious law, "you have insulted us, too, in what you just said."

46"Yes," said Jesus, "what sorrow also awaits you experts in religious law! For you crush people with impossible religious demands, and you never lift a finger to ease the burden. 47What sorrow awaits you! For you build monuments for the prophets your own ancestors killed long ago. 48But in fact, you stand as witnesses who agree with what your ancestors did. They killed the prophets, and you join in their crime by building the monuments! 49This is what God in his wisdom said about you:* 'I will send proph-

ets and apostles to them, but they will kill some and persecute the others.'

50"As a result, this generation will be held responsible for the murder of all God's prophets from the creation of the world—51from the murder of Abel to the murder of Zechariah, who was killed between the altar and the sanctuary. Yes, it will certainly be charged against this generation.

52"What sorrow awaits you experts in religious law! For you remove the key to knowledge from the people. You don't enter the Kingdom yourselves, and you prevent others from entering."

53As Jesus was leaving, the teachers of religious law and the Pharisees became hostile and tried to provoke him with many questions. 54They wanted to trap him into saying something they could use against him.

A Warning against Hypocrisy

12 Meanwhile, the crowds grew until thousands were milling about and stepping on each other. Jesus turned first to his disciples and warned them, "Beware of the yeast of the Pharisees—their hypocrisy. 2The time is coming when everything that is covered up will be revealed, and all that is secret will be made known to all. 3Whatever you have said in the dark will be heard in the light, and what you have whispered behind closed doors will be shouted from the housetops for all to hear!

4"Dear friends, don't be afraid of those who want to kill your body; they cannot do any more to you after that. 5But I'll tell you whom to fear. Fear God, who has the power to kill you and then throw you into hell.* Yes, he's the one to fear.

6"What is the price of five sparrows—two copper coins*? Yet God does not forget a single one of them. 7And the very hairs on your head are all numbered. So don't be afraid; you are more valuable to God than a whole flock of sparrows.

8"I tell you the truth, everyone who acknowledges me publicly here on earth, the Son of Man* will also acknowledge in the presence of God's angels. 9But anyone who denies me here on earth will be denied before God's angels. 10Anyone who speaks against the Son of Man can be forgiven, but anyone who blasphemes the Holy Spirit will not be forgiven.

11"And when you are brought to trial in the synagogues and before rulers and authorities, don't worry about how to defend yourself or what to say, 12for the Holy Spirit will teach you at that time what needs to be said."

Parable of the Rich Fool

13Then someone called from the crowd, "Teacher, please tell my brother to divide our father's estate with me."

11:33 Some manuscripts omit *or puts it under a basket.*   **11:37** Or *and reclined.*   **11:42** Greek *tithe the mint, the rue, and every herb.*   **11:49** Greek *Therefore, the wisdom of God said.*   **12:5** Greek *Gehenna.*   **12:6** Greek *two assaria* [Roman coins equal to ¹⁄₁₆ of a denarius].   **12:8** "Son of Man" is a title Jesus used for himself.

14Jesus replied, "Friend, who made me a judge over you to decide such things as that?" 15Then he said, "Beware! Guard against every kind of greed. Life is not measured by how much you own."

16Then he told them a story: "A rich man had a fertile farm that produced fine crops. 17He said to himself, 'What should I do? I don't have room for all my crops.' 18Then he said, 'I know! I'll tear down my barns and build bigger ones. Then I'll have room enough to store all my wheat and other goods. 19And I'll sit back and say to myself, "My friend, you have enough stored away for years to come. Now take it easy! Eat, drink, and be merry!"'

20"But God said to him, 'You fool! You will die this very night. Then who will get everything you worked for?'

21"Yes, a person is a fool to store up earthly wealth but not have a rich relationship with God."

Teaching about Money and Possessions

22Then, turning to his disciples, Jesus said, "That is why I tell you not to worry about everyday life—whether you have enough food to eat or enough clothes to wear. 23For life is more than food, and your body more than clothing. 24Look at the ravens. They don't plant or harvest or store food in barns, for God feeds them. And you are far more valuable to him than any birds! 25Can all your worries add a single moment to your life? 26And if worry can't accomplish a little thing like that, what's the use of worrying over bigger things?

27"Look at the lilies and how they grow. They don't work or make their clothing, yet Solomon in all his glory was not dressed as beautifully as they are. 28And if God cares so wonderfully for flowers that are here today and thrown into the fire tomorrow, he will certainly care for you. Why do you have so little faith?

29"And don't be concerned about what to eat and what to drink. Don't worry about such things. 30These things dominate the thoughts of unbelievers all over the world, but your Father already knows your needs. 31Seek the Kingdom of God above all else, and he will give you everything you need.

32"So don't be afraid, little flock. For it gives your Father great happiness to give you the Kingdom.

33"Sell your possessions and give to those in need. This will store up treasure for you in heaven! And the purses of heaven never get old or develop holes. Your treasure will be safe; no thief can steal it and no moth can destroy it. 34Wherever your treasure is, there the desires of your heart will also be.

Be Ready for the Lord's Coming

35"Be dressed for service and keep your lamps burning, 36as though you were waiting for your master to return from the wedding feast. Then you will be ready to open the door and let him in the moment he arrives and knocks. 37The servants who are ready and waiting for his return will be rewarded. I tell you the truth, he himself will seat them, put on an apron, and serve them as they sit and eat! 38He may come in the middle of the night or just before dawn.* But whenever he comes, he will reward the servants who are ready.

39"Understand this: If a homeowner knew exactly when a burglar was coming, he would not permit his house to be broken into. 40You also must be ready all the time, for the Son of Man will come when least expected."

41Peter asked, "Lord, is that illustration just for us or for everyone?"

42And the Lord replied, "A faithful, sensible servant is one to whom the master can give the responsibility of managing his other household servants and feeding them. 43If the master returns and finds that the servant has done a good job, there will be a reward. 44I tell you the truth, the master will put that servant in charge of all he owns. 45But what if the servant thinks, 'My master won't be back for a while,' and he begins beating the other servants, partying, and getting drunk? 46The master will return unannounced and unexpected, and he will cut the servant in pieces and banish him with the unfaithful.

47"And a servant who knows what the master wants, but isn't prepared and doesn't carry out those instructions, will be severely punished. 48But someone who does not know, and then does something wrong, will be punished only lightly. When someone has been given much, much will be required in return; and when someone has been entrusted with much, even more will be required.

Jesus Causes Division

49"I have come to set the world on fire, and I wish it were already burning! 50I have a terrible baptism of suffering ahead of me, and I am under a heavy burden until it is accomplished. 51Do you think I have come to bring peace to the earth? No, I have come to divide people against each other! 52From now on families will be split apart, three in favor of me, and two against—or two in favor and three against.

53 'Father will be divided against son
    and son against father;
  mother against daughter
    and daughter against mother;
  and mother-in-law against daughter-in-law
    and daughter-in-law against
      mother-in-law.'*"

12:38 Greek *in the second or third watch.*   12:53 Mic 7:6.

54Then Jesus turned to the crowd and said, "When you see clouds beginning to form in the west, you say, 'Here comes a shower.' And you are right. 55When the south wind blows, you say, 'Today will be a scorcher.' And it is. 56You fools! You know how to interpret the weather signs of the earth and sky, but you don't know how to interpret the present times.

57"Why can't you decide for yourselves what is right? 58When you are on the way to court with your accuser, try to settle the matter before you get there. Otherwise, your accuser may drag you before the judge, who will hand you over to an officer, who will throw you into prison. 59And if that happens, you won't be free again until you have paid the very last penny.*"

A Call to Repentance

13 About this time Jesus was informed that Pilate had murdered some people from Galilee as they were offering sacrifices at the Temple. 2"Do you think those Galileans were worse sinners than all the other people from Galilee?" Jesus asked. "Is that why they suffered? 3Not at all! And you will perish, too, unless you repent of your sins and turn to God. 4And what about the eighteen people who died when the tower in Siloam fell on them? Were they the worst sinners in Jerusalem? 5No, and I tell you again that unless you repent, you will perish, too."

Parable of the Barren Fig Tree

6Then Jesus told this story: "A man planted a fig tree in his garden and came again and again to see if there was any fruit on it, but he was always disappointed. 7Finally, he said to his gardener, 'I've waited three years, and there hasn't been a single fig! Cut it down. It's just taking up space in the garden.'

8"The gardener answered, 'Sir, give it one more chance. Leave it another year, and I'll give it special attention and plenty of fertilizer. 9If we get figs next year, fine. If not, then you can cut it down.'"

Jesus Heals on the Sabbath

10One Sabbath day as Jesus was teaching in a synagogue, 11he saw a woman who had been crippled by an evil spirit. She had been bent double for eighteen years and was unable to stand up straight. 12When Jesus saw her, he called her over and said, "Dear woman, you are healed of your sickness!" 13Then he touched her, and instantly she could stand straight. How she praised God!

14But the leader in charge of the synagogue was indignant that Jesus had healed her on the Sabbath day. "There are six days of the week for working," he said to the crowd. "Come on those days to be healed, not on the Sabbath."

15But the Lord replied, "You hypocrites! Each of you works on the Sabbath day! Don't you untie your ox or your donkey from its stall on the Sabbath and lead it out for water? 16This dear woman, a daughter of Abraham, has been held in bondage by Satan for eighteen years. Isn't it right that she be released, even on the Sabbath?"

17This shamed his enemies, but all the people rejoiced at the wonderful things he did.

Parable of the Mustard Seed

18Then Jesus said, "What is the Kingdom of God like? How can I illustrate it? 19It is like a tiny mustard seed that a man planted in a garden; it grows and becomes a tree, and the birds make nests in its branches."

Parable of the Yeast

20He also asked, "What else is the Kingdom of God like? 21It is like the yeast a woman used in making bread. Even though she put only a little yeast in three measures of flour, it permeated every part of the dough."

The Narrow Door

22Jesus went through the towns and villages, teaching as he went, always pressing on toward Jerusalem. 23Someone asked him, "Lord, will only a few be saved?"

He replied, 24"Work hard to enter the narrow door to God's Kingdom, for many will try to enter but will fail. 25When the master of the house has locked the door, it will be too late. You will stand outside knocking and pleading, 'Lord, open the door for us!' But he will reply, 'I don't know you or where you come from.' 26Then you will say, 'But we ate and drank with you, and you taught in our streets.' 27And he will reply, 'I tell you, I don't know you or where you come from. Get away from me, all you who do evil.'

28"There will be weeping and gnashing of teeth, for you will see Abraham, Isaac, Jacob, and all the prophets in the Kingdom of God, but you will be thrown out. 29And people will come from all over the world—from east and west, north and south—to take their places in the Kingdom of God. 30And note this: Some who seem least important now will be the greatest then, and some who are the greatest now will be least important then.*"

Jesus Grieves over Jerusalem

31At that time some Pharisees said to him, "Get away from here if you want to live! Herod Antipas wants to kill you!"

32Jesus replied, "Go tell that fox that I will keep on casting out demons and healing people today and tomorrow; and the third day I will accomplish my purpose. 33Yes, today, tomorrow, and the next day I must proceed on my way. For

12:59 Greek *last lepton* [the smallest Jewish coin]. **13:30** Greek *Some are last who will be first, and some are first who will be last.*

it wouldn't do for a prophet of God to be killed except in Jerusalem!

34"O Jerusalem, Jerusalem, the city that kills the prophets and stones God's messengers! How often I have wanted to gather your children together as a hen protects her chicks beneath her wings, but you wouldn't let me. 35And now, look, your house is abandoned. And you will never see me again until you say, 'Blessings on the one who comes in the name of the LORD!'*"

Jesus Heals on the Sabbath

14 One Sabbath day Jesus went to eat dinner in the home of a leader of the Pharisees, and the people were watching him closely. 2There was a man there whose arms and legs were swollen.* 3Jesus asked the Pharisees and experts in religious law, "Is it permitted in the law to heal people on the Sabbath day, or not?" 4When they refused to answer, Jesus touched the sick man and healed him and sent him away. 5Then he turned to them and said, "Which of you doesn't work on the Sabbath? If your son* or your cow falls into a pit, don't you rush to get him out?" 6Again they could not answer.

Jesus Teaches about Humility

7When Jesus noticed that all who had come to the dinner were trying to sit in the seats of honor near the head of the table, he gave them this advice: 8"When you are invited to a wedding feast, don't sit in the seat of honor. What if someone who is more distinguished than you has also been invited? 9The host will come and say, 'Give this person your seat.' Then you will be embarrassed, and you will have to take whatever seat is left at the foot of the table!

10"Instead, take the lowest place at the foot of the table. Then when your host sees you, he will come and say, 'Friend, we have a better place for you!' Then you will be honored in front of all the other guests. 11For those who exalt themselves will be humbled, and those who humble themselves will be exalted."

12Then he turned to his host. "When you put on a luncheon or a banquet," he said, "don't invite your friends, brothers, relatives, and rich neighbors. For they will invite you back, and that will be your only reward. 13Instead, invite the poor, the crippled, the lame, and the blind. 14Then at the resurrection of the righteous, God will reward you for inviting those who could not repay you."

Parable of the Great Feast

15Hearing this, a man sitting at the table with Jesus exclaimed, "What a blessing it will be to attend a banquet* in the Kingdom of God!"

16Jesus replied with this story: "A man prepared a great feast and sent out many invitations. 17When the banquet was ready, he sent his servant to tell the guests, 'Come, the banquet is ready.' 18But they all began making excuses. One said, 'I have just bought a field and must inspect it. Please excuse me.' 19Another said, 'I have just bought five pairs of oxen, and I want to try them out. Please excuse me.' 20Another said, 'I now have a wife, so I can't come.'

21"The servant returned and told his master what they had said. His master was furious and said, 'Go quickly into the streets and alleys of the town and invite the poor, the crippled, the blind, and the lame.' 22After the servant had done this, he reported, 'There is still room for more.' 23So his master said, 'Go out into the country lanes and behind the hedges and urge anyone you find to come, so that the house will be full. 24For none of those I first invited will get even the smallest taste of my banquet.'"

The Cost of Being a Disciple

25A large crowd was following Jesus. He turned around and said to them, 26"If you want to be my disciple, you must hate everyone else by comparison—your father and mother, wife and children, brothers and sisters—yes, even your own life. Otherwise, you cannot be my disciple. 27And if you do not carry your own cross and follow me, you cannot be my disciple.

28"But don't begin until you count the cost. For who would begin construction of a building without first calculating the cost to see if there is enough money to finish it? 29Otherwise, you might complete only the foundation before running out of money, and then everyone would laugh at you. 30They would say, 'There's the person who started that building and couldn't afford to finish it!'

31"Or what king would go to war against another king without first sitting down with his counselors to discuss whether his army of 10,000 could defeat the 20,000 soldiers marching against him? 32And if he can't, he will send a delegation to discuss terms of peace while the enemy is still far away. 33So you cannot become my disciple without giving up everything you own.

34"Salt is good for seasoning. But if it loses its flavor, how do you make it salty again? 35Flavorless salt is good neither for the soil nor for the manure pile. It is thrown away. Anyone with ears to hear should listen and understand!"

Parable of the Lost Sheep

15 Tax collectors and other notorious sinners often came to listen to Jesus teach. 2This made the Pharisees and teachers of religious law complain that he was associating with such sinful people—even eating with them!

3So Jesus told them this story: 4"If a man has a hundred sheep and one of them gets lost, what

13:35 Ps 118:26.   **14:2** Or *who had dropsy.*   **14:5** Some manuscripts read *donkey.*   **14:15** Greek *to eat bread.*

will he do? Won't he leave the ninety-nine others in the wilderness and go to search for the one that is lost until he finds it? ⁵And when he has found it, he will joyfully carry it home on his shoulders. ⁶When he arrives, he will call together his friends and neighbors, saying, 'Rejoice with me because I have found my lost sheep.' ⁷In the same way, there is more joy in heaven over one lost sinner who repents and returns to God than over ninety-nine others who are righteous and haven't strayed away!

Parable of the Lost Coin

⁸"Or suppose a woman has ten silver coins* and loses one. Won't she light a lamp and sweep the entire house and search carefully until she finds it? ⁹And when she finds it, she will call in her friends and neighbors and say, 'Rejoice with me because I have found my lost coin.' ¹⁰In the same way, there is joy in the presence of God's angels when even one sinner repents."

Parable of the Lost Son

¹¹To illustrate the point further, Jesus told them this story: "A man had two sons. ¹²The younger son told his father, 'I want my share of your estate now before you die.' So his father agreed to divide his wealth between his sons.

¹³"A few days later this younger son packed all his belongings and moved to a distant land, and there he wasted all his money in wild living. ¹⁴About the time his money ran out, a great famine swept over the land, and he began to starve. ¹⁵He persuaded a local farmer to hire him, and the man sent him into his fields to feed the pigs. ¹⁶The young man became so hungry that even the pods he was feeding the pigs looked good to him. But no one gave him anything.

¹⁷"When he finally came to his senses, he said to himself, 'At home even the hired servants have food enough to spare, and here I am dying of hunger! ¹⁸I will go home to my father and say, "Father, I have sinned against both heaven and you, ¹⁹and I am no longer worthy of being called your son. Please take me on as a hired servant."'

²⁰"So he returned home to his father. And while he was still a long way off, his father saw him coming. Filled with love and compassion, he ran to his son, embraced him, and kissed him. ²¹His son said to him, 'Father, I have sinned against both heaven and you, and I am no longer worthy of being called your son.*'

²²"But his father said to the servants, 'Quick! Bring the finest robe in the house and put it on him. Get a ring for his finger and sandals for his feet. ²³And kill the calf we have been fattening. We must celebrate with a feast, ²⁴for this son of mine was dead and has now returned to life. He was lost, but now he is found.' So the party began.

²⁵"Meanwhile, the older son was in the fields working. When he returned home, he heard music and dancing in the house, ²⁶and he asked one of the servants what was going on. ²⁷'Your brother is back,' he was told, 'and your father has killed the fattened calf. We are celebrating because of his safe return.'

²⁸"The older brother was angry and wouldn't go in. His father came out and begged him, ²⁹but he replied, 'All these years I've slaved for you and never once refused to do a single thing you told me to. And in all that time you never gave me even one young goat for a feast with my friends. ³⁰Yet when this son of yours comes back after squandering your money on prostitutes, you celebrate by killing the fattened calf!'

³¹"His father said to him, 'Look, dear son, you have always stayed by me, and everything I have is yours. ³²We had to celebrate this happy day. For your brother was dead and has come back to life! He was lost, but now he is found!'"

Parable of the Shrewd Manager

16 Jesus told this story to his disciples: "There was a certain rich man who had a manager handling his affairs. One day a report came that the manager was wasting his employer's money. ²So the employer called him in and said, 'What's this I hear about you? Get your report in order, because you are going to be fired.'

³"The manager thought to himself, 'Now what? My boss has fired me. I don't have the strength to dig ditches, and I'm too proud to beg. ⁴Ah, I know how to ensure that I'll have plenty of friends who will give me a home when I am fired.'

⁵"So he invited each person who owed money to his employer to come and discuss the situation. He asked the first one, 'How much do you owe him?' ⁶The man replied, 'I owe him 800 gallons of olive oil.' So the manager told him, 'Take the bill and quickly change it to 400 gallons.*'

⁷"'And how much do you owe my employer?' he asked the next man. 'I owe him 1,000 bushels of wheat,' was the reply. 'Here,' the manager said, 'take the bill and change it to 800 bushels.*'

⁸"The rich man had to admire the dishonest rascal for being so shrewd. And it is true that the children of this world are more shrewd in dealing with the world around them than are the children of the light. ⁹Here's the lesson: Use your worldly resources to benefit others and make friends. Then, when your earthly possessions are gone, they will welcome you to an eternal home.*

¹⁰"If you are faithful in little things, you will be faithful in large ones. But if you are dishonest in little things, you won't be honest with greater responsibilities. ¹¹And if you are untrustworthy about worldly wealth, who will trust you with the

---

15:8 Greek *ten drachmas.* A drachma was the equivalent of a full day's wage.   15:21 Some manuscripts add *Please take me on as a hired servant.*   16:6 Greek *100 baths . . . 50 [baths].*   16:7 Greek *100 korous . . . 80 [korous].*   16:9 Or *you will be welcomed into eternal homes.*

true riches of heaven? ¹²And if you are not faithful with other people's things, why should you be trusted with things of your own?

¹³"No one can serve two masters. For you will hate one and love the other; you will be devoted to one and despise the other. You cannot serve both God and money."

¹⁴The Pharisees, who dearly loved their money, heard all this and scoffed at him. ¹⁵Then he said to them, "You like to appear righteous in public, but God knows your hearts. What this world honors is detestable in the sight of God.

¹⁶"Until John the Baptist, the law of Moses and the messages of the prophets were your guides. But now the Good News of the Kingdom of God is preached, and everyone is eager to get in.* ¹⁷But that doesn't mean that the law has lost its force. It is easier for heaven and earth to disappear than for the smallest point of God's law to be overturned.

¹⁸"For example, a man who divorces his wife and marries someone else commits adultery. And anyone who marries a woman divorced from her husband commits adultery."

Parable of the Rich Man and Lazarus

¹⁹Jesus said, "There was a certain rich man who was splendidly clothed in purple and fine linen and who lived each day in luxury. ²⁰At his gate lay a poor man named Lazarus who was covered with sores. ²¹As Lazarus lay there longing for scraps from the rich man's table, the dogs would come and lick his open sores.

²²"Finally, the poor man died and was carried by the angels to be with Abraham.* The rich man also died and was buried, ²³and his soul went to the place of the dead.* There, in torment, he saw Abraham in the far distance with Lazarus at his side.

²⁴"The rich man shouted, 'Father Abraham, have some pity! Send Lazarus over here to dip the tip of his finger in water and cool my tongue. I am in anguish in these flames.'

²⁵"But Abraham said to him, 'Son, remember that during your lifetime you had everything you wanted, and Lazarus had nothing. So now he is here being comforted, and you are in anguish. ²⁶And besides, there is a great chasm separating us. No one can cross over to you from here, and no one can cross over to us from there.'

²⁷"Then the rich man said, 'Please, Father Abraham, at least send him to my father's home. ²⁸For I have five brothers, and I want him to warn them so they don't end up in this place of torment.'

²⁹"But Abraham said, 'Moses and the prophets have warned them. Your brothers can read what they wrote.'

³⁰"The rich man replied, 'No, Father Abraham! But if someone is sent to them from the dead, then they will repent of their sins and turn to God.'

³¹"But Abraham said, 'If they won't listen to Moses and the prophets, they won't listen even if someone rises from the dead.'"

Teachings about Forgiveness and Faith

17 One day Jesus said to his disciples, "There will always be temptations to sin, but what sorrow awaits the person who does the tempting! ²It would be better to be thrown into the sea with a millstone hung around your neck than to cause one of these little ones to fall into sin. ³So watch yourselves!

"If another believer* sins, rebuke that person; then if there is repentance, forgive. ⁴Even if that person wrongs you seven times a day and each time turns again and asks forgiveness, you must forgive."

⁵The apostles said to the Lord, "Show us how to increase our faith."

⁶The Lord answered, "If you had faith even as small as a mustard seed, you could say to this mulberry tree, 'May you be uprooted and thrown into the sea,' and it would obey you!

⁷"When a servant comes in from plowing or taking care of sheep, does his master say, 'Come in and eat with me'? ⁸No, he says, 'Prepare my meal, put on your apron, and serve me while I eat. Then you can eat later.' ⁹And does the master thank the servant for doing what he was told to do? Of course not. ¹⁰In the same way, when you obey me you should say, 'We are unworthy servants who have simply done our duty.'"

Ten Healed of Leprosy

¹¹As Jesus continued on toward Jerusalem, he reached the border between Galilee and Samaria. ¹²As he entered a village there, ten lepers stood at a distance, ¹³crying out, "Jesus, Master, have mercy on us!"

¹⁴He looked at them and said, "Go show yourselves to the priests."* And as they went, they were cleansed of their leprosy.

¹⁵One of them, when he saw that he was healed, came back to Jesus, shouting, "Praise God!" ¹⁶He fell to the ground at Jesus' feet, thanking him for what he had done. This man was a Samaritan.

¹⁷Jesus asked, "Didn't I heal ten men? Where are the other nine? ¹⁸Has no one returned to give glory to God except this foreigner?" ¹⁹And Jesus said to the man, "Stand up and go. Your faith has healed you.*"

The Coming of the Kingdom

²⁰One day the Pharisees asked Jesus, "When will the Kingdom of God come?"

Jesus replied, "The Kingdom of God can't be

16:16 Or *everyone is urged to enter in.*   **16:22** Greek *into Abraham's bosom.*   **16:23** Greek *to Hades.*   **17:3** Greek *If your brother.*
17:14 See Lev 14:2-32.   **17:19** Or *Your faith has saved you.*

detected by visible signs.* ²¹You won't be able to say, 'Here it is!' or 'It's over there!' For the Kingdom of God is already among you.*"

²²Then he said to his disciples, "The time is coming when you will long to see the day when the Son of Man returns,* but you won't see it. ²³People will tell you, 'Look, there is the Son of Man,' or 'Here he is,' but don't go out and follow them. ²⁴For as the lightning flashes and lights up the sky from one end to the other, so it will be on the day when the Son of Man comes. ²⁵But first the Son of Man must suffer terribly* and be rejected by this generation.

²⁶"When the Son of Man returns, it will be like it was in Noah's day. ²⁷In those days, the people enjoyed banquets and parties and weddings right up to the time Noah entered his boat and the flood came and destroyed them all.

²⁸"And the world will be as it was in the days of Lot. People went about their daily business—eating and drinking, buying and selling, farming and building—²⁹until the morning Lot left Sodom. Then fire and burning sulfur rained down from heaven and destroyed them all. ³⁰Yes, it will be 'business as usual' right up to the day when the Son of Man is revealed. ³¹On that day a person out on the deck of a roof must not go down into the house to pack. A person out in the field must not return home. ³²Remember what happened to Lot's wife! ³³If you cling to your life, you will lose it, and if you let your life go, you will save it. ³⁴That night two people will be asleep in one bed; one will be taken, the other left. ³⁵Two women will be grinding flour together at the mill; one will be taken, the other left.*"

³⁷"Where will this happen, Lord?"* the disciples asked.

Jesus replied, "Just as the gathering of vultures shows there is a carcass nearby, so these signs indicate that the end is near."*

Parable of the Persistent Widow

18 One day Jesus told his disciples a story to show that they should always pray and never give up. ²"There was a judge in a certain city," he said, "who neither feared God nor cared about people. ³A widow of that city came to him repeatedly, saying, 'Give me justice in this dispute with my enemy.' ⁴The judge ignored her for a while, but finally he said to himself, 'I don't fear God or care about people, ⁵but this woman is driving me crazy. I'm going to see that she gets justice, because she is wearing me out with her constant requests!'"

⁶Then the Lord said, "Learn a lesson from this unjust judge. ⁷Even he rendered a just decision in the end. So don't you think God will surely give justice to his chosen people who cry out to him day and night? Will he keep putting them off? ⁸I tell you, he will grant justice to them quickly! But when the Son of Man* returns, how many will he find on the earth who have faith?"

Parable of the Pharisee and Tax Collector

⁹Then Jesus told this story to some who had great confidence in their own righteousness and scorned everyone else: ¹⁰"Two men went to the Temple to pray. One was a Pharisee, and the other was a despised tax collector. ¹¹The Pharisee stood by himself and prayed this prayer*: 'I thank you, God, that I am not a sinner like everyone else. For I don't cheat, I don't sin, and I don't commit adultery. I'm certainly not like that tax collector! ¹²I fast twice a week, and I give you a tenth of my income.'

¹³"But the tax collector stood at a distance and dared not even lift his eyes to heaven as he prayed. Instead, he beat his chest in sorrow, saying, 'O God, be merciful to me, for I am a sinner.' ¹⁴I tell you, this sinner, not the Pharisee, returned home justified before God. For those who exalt themselves will be humbled, and those who humble themselves will be exalted."

Jesus Blesses the Children

¹⁵One day some parents brought their little children to Jesus so he could touch and bless them. But when the disciples saw this, they scolded the parents for bothering him.

¹⁶Then Jesus called for the children and said to the disciples, "Let the children come to me. Don't stop them! For the Kingdom of God belongs to those who are like these children. ¹⁷I tell you the truth, anyone who doesn't receive the Kingdom of God like a child will never enter it."

The Rich Man

¹⁸Once a religious leader asked Jesus this question: "Good Teacher, what should I do to inherit eternal life?"

¹⁹"Why do you call me good?" Jesus asked him. "Only God is truly good. ²⁰But to answer your question, you know the commandments: 'You must not commit adultery. You must not murder. You must not steal. You must not testify falsely. Honor your father and mother.'*"

²¹The man replied, "I've carefully obeyed all these commandments since I was young."

²²When Jesus heard his answer, he said, "There is still one thing you haven't done. Sell all your possessions and give the money to the poor, and you will have treasure in heaven. Then come, follow me."

17:20 Or *by your speculations.* **17:21** Or *is within you, or is in your grasp.* **17:22** Or *long for even one day with the Son of Man.* "Son of Man" is a title Jesus used for himself. **17:25** Or *suffer many things.* **17:35** Some manuscripts add verse 36, *Two men will be working in the field; one will be taken, the other left.* Compare Matt 24:40. **17:37a** Greek *"Where, Lord?"* **17:37b** Greek *"Wherever the carcass is, the vultures gather."* **18:8** "Son of Man" is a title Jesus used for himself. **18:11** Some manuscripts read *stood and prayed this prayer to himself.* **18:20** Exod 20:12-16; Deut 5:16-20.

²³But when the man heard this he became sad, for he was very rich.

²⁴When Jesus saw this,* he said, "How hard it is for the rich to enter the Kingdom of God! ²⁵In fact, it is easier for a camel to go through the eye of a needle than for a rich person to enter the Kingdom of God!"

²⁶Those who heard this said, "Then who in the world can be saved?"

²⁷He replied, "What is impossible for people is possible with God."

²⁸Peter said, "We've left our homes to follow you."

²⁹"Yes," Jesus replied, "and I assure you that everyone who has given up house or wife or brothers or parents or children, for the sake of the Kingdom of God, ³⁰will be repaid many times over in this life, and will have eternal life in the world to come."

Jesus Again Predicts His Death

³¹Taking the twelve disciples aside, Jesus said, "Listen, we're going up to Jerusalem, where all the predictions of the prophets concerning the Son of Man will come true. ³²He will be handed over to the Romans,* and he will be mocked, treated shamefully, and spit upon. ³³They will flog him with a whip and kill him, but on the third day he will rise again."

³⁴But they didn't understand any of this. The significance of his words was hidden from them, and they failed to grasp what he was talking about.

Jesus Heals a Blind Beggar

³⁵As Jesus approached Jericho, a blind beggar was sitting beside the road. ³⁶When he heard the noise of a crowd going past, he asked what was happening. ³⁷They told him that Jesus the Nazarene* was going by. ³⁸So he began shouting, "Jesus, Son of David, have mercy on me!"

³⁹"Be quiet!" the people in front yelled at him.

But he only shouted louder, "Son of David, have mercy on me!"

⁴⁰When Jesus heard him, he stopped and ordered that the man be brought to him. As the man came near, Jesus asked him, ⁴¹"What do you want me to do for you?"

"Lord," he said, "I want to see!"

⁴²And Jesus said, "All right, receive your sight! Your faith has healed you." ⁴³Instantly the man could see, and he followed Jesus, praising God. And all who saw it praised God, too.

Jesus and Zacchaeus

19 Jesus entered Jericho and made his way through the town. ²There was a man there named Zacchaeus. He was the chief tax collector in the region, and he had become very rich. ³He tried to get a look at Jesus, but he was too short to see over the crowd. ⁴So he ran ahead and climbed a sycamore-fig tree beside the road, for Jesus was going to pass that way.

⁵When Jesus came by, he looked up at Zacchaeus and called him by name. "Zacchaeus!" he said. "Quick, come down! I must be a guest in your home today."

⁶Zacchaeus quickly climbed down and took Jesus to his house in great excitement and joy. ⁷But the people were displeased. "He has gone to be the guest of a notorious sinner," they grumbled.

⁸Meanwhile, Zacchaeus stood before the Lord and said, "I will give half my wealth to the poor, Lord, and if I have cheated people on their taxes, I will give them back four times as much!"

⁹Jesus responded, "Salvation has come to this home today, for this man has shown himself to be a true son of Abraham. ¹⁰For the Son of Man* came to seek and save those who are lost."

Parable of the Ten Servants

¹¹The crowd was listening to everything Jesus said. And because he was nearing Jerusalem, he told them a story to correct the impression that the Kingdom of God would begin right away. ¹²He said, "A nobleman was called away to a distant empire to be crowned king and then return. ¹³Before he left, he called together ten of his servants and divided among them ten pounds of silver,* saying, 'Invest this for me while I am gone.' ¹⁴But his people hated him and sent a delegation after him to say, 'We do not want him to be our king.'

¹⁵"After he was crowned king, he returned and called in the servants to whom he had given the money. He wanted to find out what their profits were. ¹⁶The first servant reported, 'Master, I invested your money and made ten times the original amount!'

¹⁷"'Well done!' the king exclaimed. 'You are a good servant. You have been faithful with the little I entrusted to you, so you will be governor of ten cities as your reward.'

¹⁸"The next servant reported, 'Master, I invested your money and made five times the original amount.'

¹⁹"'Well done!' the king said. 'You will be governor over five cities.'

²⁰"But the third servant brought back only the original amount of money and said, 'Master, I hid your money and kept it safe. ²¹I was afraid because you are a hard man to deal with, taking what isn't yours and harvesting crops you didn't plant.'

²²"'You wicked servant!' the king roared. 'Your own words condemn you. If you knew that I'm a hard man who takes what isn't mine and harvests crops I didn't plant, ²³why didn't you deposit my money in the bank? At least I could have gotten some interest on it.'

18:24 Some manuscripts read *When Jesus saw how sad the man was.* **18:32** Greek *the Gentiles.* **18:37** Or *Jesus of Nazareth.* **19:10** "Son of Man" is a title Jesus used for himself. **19:13** Greek *ten minas; one mina was worth about three months' wages.*

²⁴"Then, turning to the others standing nearby, the king ordered, 'Take the money from this servant, and give it to the one who has ten pounds.'

²⁵"'But, master,' they said, 'he already has ten pounds!'

²⁶"'Yes,' the king replied, 'and to those who use well what they are given, even more will be given. But from those who do nothing, even what little they have will be taken away. ²⁷And as for these enemies of mine who didn't want me to be their king—bring them in and execute them right here in front of me.'"

Jesus' Triumphant Entry

²⁸After telling this story, Jesus went on toward Jerusalem, walking ahead of his disciples. ²⁹As they came to the towns of Bethphage and Bethany on the Mount of Olives, he sent two disciples ahead. ³⁰"Go into that village over there," he told them. "As you enter it, you will see a young donkey tied there that no one has ever ridden. Untie it and bring it here. ³¹If anyone asks, 'Why are you untying that colt?' just say, 'The Lord needs it.'"

³²So they went and found the colt, just as Jesus had said. ³³And sure enough, as they were untying it, the owners asked them, "Why are you untying that colt?"

³⁴And the disciples simply replied, "The Lord needs it." ³⁵So they brought the colt to Jesus and threw their garments over it for him to ride on.

³⁶As he rode along, the crowds spread out their garments on the road ahead of him. ³⁷When they reached the place where the road started down the Mount of Olives, all of his followers began to shout and sing as they walked along, praising God for all the wonderful miracles they had seen.

³⁸ "Blessings on the King who comes in the
name of the LORD!
Peace in heaven, and glory in highest
heaven!"*

³⁹But some of the Pharisees among the crowd said, "Teacher, rebuke your followers for saying things like that!"

⁴⁰He replied, "If they kept quiet, the stones along the road would burst into cheers!"

Jesus Weeps over Jerusalem

⁴¹But as they came closer to Jerusalem and Jesus saw the city ahead, he began to weep. ⁴²"How I wish today that you of all people would understand the way to peace. But now it is too late, and peace is hidden from your eyes. ⁴³Before long your enemies will build ramparts against your walls and encircle you and close in on you from every side. ⁴⁴They will crush you into the ground, and your children with you. Your enemies will not leave a single stone in place, because you did not accept your opportunity for salvation."

Jesus Clears the Temple

⁴⁵Then Jesus entered the Temple and began to drive out the people selling animals for sacrifices. ⁴⁶He said to them, "The Scriptures declare, 'My Temple will be a house of prayer,' but you have turned it into a den of thieves."*

⁴⁷After that, he taught daily in the Temple, but the leading priests, the teachers of religious law, and the other leaders of the people began planning how to kill him. ⁴⁸But they could think of nothing, because all the people hung on every word he said.

The Authority of Jesus Challenged

20 One day as Jesus was teaching the people and preaching the Good News in the Temple, the leading priests, the teachers of religious law, and the elders came up to him. ²They demanded, "By what authority are you doing all these things? Who gave you the right?"

³"Let me ask you a question first," he replied. ⁴"Did John's authority to baptize come from heaven, or was it merely human?"

⁵They talked it over among themselves. "If we say it was from heaven, he will ask why we didn't believe John. ⁶But if we say it was merely human, the people will stone us because they are convinced John was a prophet." ⁷So they finally replied that they didn't know.

⁸And Jesus responded, "Then I won't tell you by what authority I do these things."

Parable of the Evil Farmers

⁹Now Jesus turned to the people again and told them this story: "A man planted a vineyard, leased it to tenant farmers, and moved to another country to live for several years. ¹⁰At the time of the grape harvest, he sent one of his servants to collect his share of the crop. But the farmers attacked the servant, beat him up, and sent him back empty-handed. ¹¹So the owner sent another servant, but they also insulted him, beat him up, and sent him away empty-handed. ¹²A third man was sent, and they wounded him and chased him away.

¹³"'What will I do?' the owner asked himself. 'I know! I'll send my cherished son. Surely they will respect him.'

¹⁴"But when the tenant farmers saw his son, they said to each other, 'Here comes the heir to this estate. Let's kill him and get the estate for ourselves!' ¹⁵So they dragged him out of the vineyard and murdered him.

"What do you suppose the owner of the vineyard will do to them?" Jesus asked. ¹⁶"I'll tell you—he will come and kill those farmers and lease the vineyard to others."

19:38 Pss 118:26; 148:1.   19:46 Isa 56:7; Jer 7:11.

"How terrible that such a thing should ever happen," his listeners protested.

¹⁷Jesus looked at them and said, "Then what does this Scripture mean?

'The stone that the builders rejected
has now become the cornerstone.'*

¹⁸Everyone who stumbles over that stone will be broken to pieces, and it will crush anyone it falls on."

¹⁹The teachers of religious law and the leading priests wanted to arrest Jesus immediately because they realized he was telling the story against them—they were the wicked farmers. But they were afraid of the people's reaction.

Taxes for Caesar

²⁰Watching for their opportunity, the leaders sent spies pretending to be honest men. They tried to get Jesus to say something that could be reported to the Roman governor so he would arrest Jesus. ²¹"Teacher," they said, "we know that you speak and teach what is right and are not influenced by what others think. You teach the way of God truthfully. ²²Now tell us—is it right for us to pay taxes to Caesar or not?"

²³He saw through their trickery and said, ²⁴"Show me a Roman coin.* Whose picture and title are stamped on it?"

"Caesar's," they replied.

²⁵"Well then," he said, "give to Caesar what belongs to Caesar, and give to God what belongs to God."

²⁶So they failed to trap him by what he said in front of the people. Instead, they were amazed by his answer, and they became silent.

Discussion about Resurrection

²⁷Then Jesus was approached by some Sadducees—religious leaders who say there is no resurrection from the dead. ²⁸They posed this question: "Teacher, Moses gave us a law that if a man dies, leaving a wife but no children, his brother should marry the widow and have a child who will carry on the brother's name.* ²⁹Well, suppose there were seven brothers. The oldest one married and then died without children. ³⁰So the second brother married the widow, but he also died. ³¹Then the third brother married her. This continued with all seven of them, who died without children. ³²Finally, the woman also died. ³³So tell us, whose wife will she be in the resurrection? For all seven were married to her!"

³⁴Jesus replied, "Marriage is for people here on earth. ³⁵But in the age to come, those worthy of being raised from the dead will neither marry nor be given in marriage. ³⁶And they will never die again. In this respect they will be like angels. They are children of God and children of the resurrection.

³⁷"But now, as to whether the dead will be raised—even Moses proved this when he wrote about the burning bush. Long after Abraham, Isaac, and Jacob had died, he referred to the Lord* as 'the God of Abraham, the God of Isaac, and the God of Jacob.'* ³⁸So he is the God of the living, not the dead, for they are all alive to him."

³⁹"Well said, Teacher!" remarked some of the teachers of religious law who were standing there. ⁴⁰And then no one dared to ask him any more questions.

Whose Son Is the Messiah?

⁴¹Then Jesus presented them with a question. "Why is it," he asked, "that the Messiah is said to be the son of David? ⁴²For David himself wrote in the book of Psalms:

'The LORD said to my Lord,
Sit in the place of honor at my right hand
⁴³ until I humble your enemies,
making them a footstool under your feet.'*

⁴⁴Since David called the Messiah 'Lord,' how can the Messiah be his son?"

⁴⁵Then, with the crowds listening, he turned to his disciples and said, ⁴⁶"Beware of these teachers of religious law! For they like to parade around in flowing robes and love to receive respectful greetings as they walk in the marketplaces. And how they love the seats of honor in the synagogues and the head table at banquets. ⁴⁷Yet they shamelessly cheat widows out of their property and then pretend to be pious by making long prayers in public. Because of this, they will be severely punished."

The Widow's Offering

21 While Jesus was in the Temple, he watched the rich people dropping their gifts in the collection box. ²Then a poor widow came by and dropped in two small coins.*

³"I tell you the truth," Jesus said, "this poor widow has given more than all the rest of them. ⁴For they have given a tiny part of their surplus, but she, poor as she is, has given everything she has."

Jesus Foretells the Future

⁵Some of his disciples began talking about the majestic stonework of the Temple and the memorial decorations on the walls. But Jesus said, ⁶"The time is coming when all these things will be completely demolished. Not one stone will be left on top of another!"

⁷"Teacher," they asked, "when will all this

20:17 Ps 118:22.   **20:24** Greek *a denarius*.   **20:28** See Deut 25:5-6.   **20:37a** Greek *when he wrote about the bush. He referred to the Lord.*   **20:37b** Exod 3:6.   **20:42-43** Ps 110:1.   **21:2** Greek *two lepta* [the smallest of Jewish coins].

happen? What sign will show us that these things are about to take place?"

8He replied, "Don't let anyone mislead you, for many will come in my name, claiming, 'I am the Messiah,'* and saying, 'The time has come!' But don't believe them. 9And when you hear of wars and insurrections, don't panic. Yes, these things must take place first, but the end won't follow immediately." 10Then he added, "Nation will go to war against nation, and kingdom against kingdom. 11There will be great earthquakes, and there will be famines and plagues in many lands, and there will be terrifying things and great miraculous signs from heaven.

12"But before all this occurs, there will be a time of great persecution. You will be dragged into synagogues and prisons, and you will stand trial before kings and governors because you are my followers. 13But this will be your opportunity to tell them about me.* 14So don't worry in advance about how to answer the charges against you, 15for I will give you the right words and such wisdom that none of your opponents will be able to reply or refute you! 16Even those closest to you—your parents, brothers, relatives, and friends—will betray you. They will even kill some of you. 17And everyone will hate you because you are my followers.* 18But not a hair of your head will perish! 19By standing firm, you will win your souls.

20"And when you see Jerusalem surrounded by armies, then you will know that the time of its destruction has arrived. 21Then those in Judea must flee to the hills. Those in Jerusalem must get out, and those out in the country should not return to the city. 22For those will be days of God's vengeance, and the prophetic words of the Scriptures will be fulfilled. 23How terrible it will be for pregnant women and for nursing mothers in those days. For there will be disaster in the land and great anger against this people. 24They will be killed by the sword or sent away as captives to all the nations of the world. And Jerusalem will be trampled down by the Gentiles until the period of the Gentiles comes to an end.

25"And there will be strange signs in the sun, moon, and stars. And here on earth the nations will be in turmoil, perplexed by the roaring seas and strange tides. 26People will be terrified at what they see coming upon the earth, for the powers in the heavens will be shaken. 27Then everyone will see the Son of Man* coming on a cloud with power and great glory.* 28So when all these things begin to happen, stand and look up, for your salvation is near!"

29Then he gave them this illustration: "Notice the fig tree, or any other tree. 30When the leaves come out, you know without being told that summer is near. 31In the same way, when you see

all these things taking place, you can know that the Kingdom of God is near. 32I tell you the truth, this generation will not pass from the scene until all these things have taken place. 33Heaven and earth will disappear, but my words will never disappear.

34"Watch out! Don't let your hearts be dulled by carousing and drunkenness, and by the worries of this life. Don't let that day catch you unaware, 35like a trap. For that day will come upon everyone living on the earth. 36Keep alert at all times. And pray that you might be strong enough to escape these coming horrors and stand before the Son of Man."

37Every day Jesus went to the Temple to teach, and each evening he returned to spend the night on the Mount of Olives. 38The crowds gathered at the Temple early each morning to hear him.

Judas Agrees to Betray Jesus

22 The Festival of Unleavened Bread, which is also called Passover, was approaching. 2The leading priests and teachers of religious law were plotting how to kill Jesus, but they were afraid of the people's reaction.

3Then Satan entered into Judas Iscariot, who was one of the twelve disciples, 4and he went to the leading priests and captains of the Temple guard to discuss the best way to betray Jesus to them. 5They were delighted, and they promised to give him money. 6So he agreed and began looking for an opportunity to betray Jesus so they could arrest him when the crowds weren't around.

The Last Supper

7Now the Festival of Unleavened Bread arrived, when the Passover lamb is sacrificed. 8Jesus sent Peter and John ahead and said, "Go and prepare the Passover meal, so we can eat it together."

9"Where do you want us to prepare it?" they asked him.

10He replied, "As soon as you enter Jerusalem, a man carrying a pitcher of water will meet you. Follow him. At the house he enters, 11say to the owner, 'The Teacher asks: Where is the guest room where I can eat the Passover meal with my disciples?' 12He will take you upstairs to a large room that is already set up. That is where you should prepare our meal." 13They went off to the city and found everything just as Jesus had said, and they prepared the Passover meal there.

14When the time came, Jesus and the apostles sat down together at the table.* 15Jesus said, "I have been very eager to eat this Passover meal with you before my suffering begins. 16For I tell you now that I won't eat this meal again until its meaning is fulfilled in the Kingdom of God."

17Then he took a cup of wine and gave thanks

21:8 Greek *claiming, 'I am.'*   21:13 Or *This will be your testimony against them.*   21:17 Greek *on account of my name.*
21:27a "Son of Man" is a title Jesus used for himself.   21:27b See Dan 7:13.   22:14 Or *reclined together.*

to God for it. Then he said, "Take this and share it among yourselves. 18For I will not drink wine again until the Kingdom of God has come."

19He took some bread and gave thanks to God for it. Then he broke it in pieces and gave it to the disciples, saying, "This is my body, which is given for you. Do this to remember me."

20After supper he took another cup of wine and said, "This cup is the new covenant between God and his people—an agreement confirmed with my blood, which is poured out as a sacrifice for you.*

21"But here at this table, sitting among us as a friend, is the man who will betray me. 22For it has been determined that the Son of Man* must die. But what sorrow awaits the one who betrays him." 23The disciples began to ask each other which of them would ever do such a thing.

24Then they began to argue among themselves about who would be the greatest among them. 25Jesus told them, "In this world the kings and great men lord it over their people, yet they are called 'friends of the people.' 26But among you it will be different. Those who are the greatest among you should take the lowest rank, and the leader should be like a servant. 27Who is more important, the one who sits at the table or the one who serves? The one who sits at the table, of course. But not here! For I am among you as one who serves.

28"You have stayed with me in my time of trial. 29And just as my Father has granted me a Kingdom, I now grant you the right 30to eat and drink at my table in my Kingdom. And you will sit on thrones, judging the twelve tribes of Israel.

Jesus Predicts Peter's Denial

31"Simon, Simon, Satan has asked to sift each of you like wheat. 32But I have pleaded in prayer for you, Simon, that your faith should not fail. So when you have repented and turned to me again, strengthen your brothers."

33Peter said, "Lord, I am ready to go to prison with you, and even to die with you."

34But Jesus said, "Peter, let me tell you something. Before the rooster crows tomorrow morning, you will deny three times that you even know me."

35Then Jesus asked them, "When I sent you out to preach the Good News and you did not have money, a traveler's bag, or extra clothing, did you need anything?"

"No," they replied.

36"But now," he said, "take your money and a traveler's bag. And if you don't have a sword, sell your cloak and buy one! 37For the time has come for this prophecy about me to be fulfilled: 'He was counted among the rebels.'* Yes, everything written about me by the prophets will come true."

38"Look, Lord," they replied, "we have two swords among us."

"That's enough," he said.

Jesus Prays on the Mount of Olives

39Then, accompanied by the disciples, Jesus left the upstairs room and went as usual to the Mount of Olives. 40There he told them, "Pray that you will not give in to temptation."

41He walked away, about a stone's throw, and knelt down and prayed, 42"Father, if you are willing, please take this cup of suffering away from me. Yet I want your will to be done, not mine." 43Then an angel from heaven appeared and strengthened him. 44He prayed more fervently, and he was in such agony of spirit that his sweat fell to the ground like great drops of blood.*

45At last he stood up again and returned to the disciples, only to find them asleep, exhausted from grief. 46"Why are you sleeping?" he asked them. "Get up and pray, so that you will not give in to temptation."

Jesus Is Betrayed and Arrested

47But even as Jesus said this, a crowd approached, led by Judas, one of his twelve disciples. Judas walked over to Jesus to greet him with a kiss. 48But Jesus said, "Judas, would you betray the Son of Man with a kiss?"

49When the other disciples saw what was about to happen, they exclaimed, "Lord, should we fight? We brought the swords!" 50And one of them struck at the high priest's slave, slashing off his right ear.

51But Jesus said, "No more of this." And he touched the man's ear and healed him.

52Then Jesus spoke to the leading priests, the captains of the Temple guard, and the elders who had come for him. "Am I some dangerous revolutionary," he asked, "that you come with swords and clubs to arrest me? 53Why didn't you arrest me in the Temple? I was there every day. But this is your moment, the time when the power of darkness reigns."

Peter Denies Jesus

54So they arrested him and led him to the high priest's home. And Peter followed at a distance. 55The guards lit a fire in the middle of the courtyard and sat around it, and Peter joined them there. 56A servant girl noticed him in the firelight and began staring at him. Finally she said, "This man was one of Jesus' followers!"

57But Peter denied it. "Woman," he said, "I don't even know him!"

58After a while someone else looked at him and said, "You must be one of them!"

"No, man, I'm not!" Peter retorted.

59About an hour later someone else insisted,

22:19-20 Some manuscripts omit 22:19b-20, *which is given for you . . . which is poured out as a sacrifice for you.* **22:22** "Son of Man" is a title Jesus used for himself. **22:37** Isa 53:12. **22:43-44** Verses 43 and 44 are not included in many ancient manuscripts.

"This must be one of them, because he is a Galilean, too."

⁶⁰But Peter said, "Man, I don't know what you are talking about." And immediately, while he was still speaking, the rooster crowed.

⁶¹At that moment the Lord turned and looked at Peter. Then Peter remembered that the Lord had said, "Before the rooster crows tomorrow morning, you will deny three times that you even know me." ⁶²And Peter left the courtyard, weeping bitterly.

⁶³The guards in charge of Jesus began mocking and beating him. ⁶⁴They blindfolded him and said, "Prophesy to us! Who hit you that time?" ⁶⁵And they hurled all sorts of terrible insults at him.

Jesus before the Council

⁶⁶At daybreak all the elders of the people assembled, including the leading priests and the teachers of religious law. Jesus was led before this high council,* ⁶⁷and they said, "Tell us, are you the Messiah?"

But he replied, "If I tell you, you won't believe me. ⁶⁸And if I ask you a question, you won't answer. ⁶⁹But from now on the Son of Man will be seated in the place of power at God's right hand.*"

⁷⁰They all shouted, "So, are you claiming to be the Son of God?"

And he replied, "You say that I am."

⁷¹"Why do we need other witnesses?" they said. "We ourselves heard him say it."

Jesus' Trial before Pilate

23 Then the entire council took Jesus to Pilate, the Roman governor. ²They began to state their case: "This man has been leading our people astray by telling them not to pay their taxes to the Roman government and by claiming he is the Messiah, a king."

³So Pilate asked him, "Are you the king of the Jews?"

Jesus replied, "You have said it."

⁴Pilate turned to the leading priests and to the crowd and said, "I find nothing wrong with this man!"

⁵Then they became insistent. "But he is causing riots by his teaching wherever he goes—all over Judea, from Galilee to Jerusalem!"

⁶"Oh, is he a Galilean?" Pilate asked. ⁷When they said that he was, Pilate sent him to Herod Antipas, because Galilee was under Herod's jurisdiction, and Herod happened to be in Jerusalem at the time.

⁸Herod was delighted at the opportunity to see Jesus, because he had heard about him and had been hoping for a long time to see him perform a miracle. ⁹He asked Jesus question after question, but Jesus refused to answer. ¹⁰Meanwhile, the leading priests and the teachers of religious law stood there shouting their accusations. ¹¹Then Herod and his soldiers began mocking and ridiculing Jesus. Finally, they put a royal robe on him and sent him back to Pilate. ¹²(Herod and Pilate, who had been enemies before, became friends that day.)

¹³Then Pilate called together the leading priests and other religious leaders, along with the people, ¹⁴and he announced his verdict. "You brought this man to me, accusing him of leading a revolt. I have examined him thoroughly on this point in your presence and find him innocent. ¹⁵Herod came to the same conclusion and sent him back to us. Nothing this man has done calls for the death penalty. ¹⁶So I will have him flogged, and then I will release him."*

¹⁸Then a mighty roar rose from the crowd, and with one voice they shouted, "Kill him, and release Barabbas to us!" ¹⁹(Barabbas was in prison for taking part in an insurrection in Jerusalem against the government, and for murder.) ²⁰Pilate argued with them, because he wanted to release Jesus. ²¹But they kept shouting, "Crucify him! Crucify him!"

²²For the third time he demanded, "Why? What crime has he committed? I have found no reason to sentence him to death. So I will have him flogged, and then I will release him."

²³But the mob shouted louder and louder, demanding that Jesus be crucified, and their voices prevailed. ²⁴So Pilate sentenced Jesus to die as they demanded. ²⁵As they had requested, he released Barabbas, the man in prison for insurrection and murder. But he turned Jesus over to them to do as they wished.

The Crucifixion

²⁶As they led Jesus away, a man named Simon, who was from Cyrene,* happened to be coming in from the countryside. The soldiers seized him and put the cross on him and made him carry it behind Jesus. ²⁷A large crowd trailed behind, including many grief-stricken women. ²⁸But Jesus turned and said to them, "Daughters of Jerusalem, don't weep for me, but weep for yourselves and for your children. ²⁹For the days are coming when they will say, 'Fortunate indeed are the women who are childless, the wombs that have not borne a child and the breasts that have never nursed.' ³⁰People will beg the mountains, 'Fall on us,' and plead with the hills, 'Bury us.'* ³¹For if these things are done when the tree is green, what will happen when it is dry?*"

³²Two others, both criminals, were led out to be executed with him. ³³When they came to a

---

22:66 Greek *before their Sanhedrin.* 22:69 See Ps 110:1. 23:16 Some manuscripts add verse 17, *Now it was necessary for him to release one prisoner to them during the Passover celebration.* Compare Matt 27:15; Mark 15:6; John 18:39. 23:26 *Cyrene* was a city in northern Africa. 23:30 Hos 10:8. 23:31 Or *If these things are done to me, the living tree, what will happen to you, the dry tree?*

place called The Skull,* they nailed him to the cross. And the criminals were also crucified—one on his right and one on his left.

³⁴Jesus said, "Father, forgive them, for they don't know what they are doing."* And the soldiers gambled for his clothes by throwing dice.*

³⁵The crowd watched and the leaders scoffed. "He saved others," they said, "let him save himself if he is really God's Messiah, the Chosen One." ³⁶The soldiers mocked him, too, by offering him a drink of sour wine. ³⁷They called out to him, "If you are the King of the Jews, save yourself!" ³⁸A sign was fastened to the cross above him with these words: "This is the King of the Jews."

³⁹One of the criminals hanging beside him scoffed, "So you're the Messiah, are you? Prove it by saving yourself—and us, too, while you're at it!"

⁴⁰But the other criminal protested, "Don't you fear God even when you have been sentenced to die? ⁴¹We deserve to die for our crimes, but this man hasn't done anything wrong." ⁴²Then he said, "Jesus, remember me when you come into your Kingdom."

⁴³And Jesus replied, "I assure you, today you will be with me in paradise."

The Death of Jesus

⁴⁴By this time it was noon, and darkness fell across the whole land until three o'clock. ⁴⁵The light from the sun was gone. And suddenly, the curtain in the sanctuary of the Temple was torn down the middle. ⁴⁶Then Jesus shouted, "Father, I entrust my spirit into your hands!"* And with those words he breathed his last.

⁴⁷When the Roman officer* overseeing the execution saw what had happened, he worshiped God and said, "Surely this man was innocent.*" ⁴⁸And when all the crowd that came to see the crucifixion saw what had happened, they went home in deep sorrow.* ⁴⁹But Jesus' friends, including the women who had followed him from Galilee, stood at a distance watching.

The Burial of Jesus

⁵⁰Now there was a good and righteous man named Joseph. He was a member of the Jewish high council, ⁵¹but he had not agreed with the decision and actions of the other religious leaders. He was from the town of Arimathea in Judea, and he was waiting for the Kingdom of God to come. ⁵²He went to Pilate and asked for Jesus' body. ⁵³Then he took the body down from the cross and wrapped it in a long sheet of linen cloth and laid it in a new tomb that had been carved out of rock. ⁵⁴This was done late on Friday afternoon, the day of preparation,* as the Sabbath was about to begin.

⁵⁵As his body was taken away, the women from Galilee followed and saw the tomb where his body was placed. ⁵⁶Then they went home and prepared spices and ointments to anoint his body. But by the time they were finished the Sabbath had begun, so they rested as required by the law.

The Resurrection

24 But very early on Sunday morning* the women went to the tomb, taking the spices they had prepared. ²They found that the stone had been rolled away from the entrance. ³So they went in, but they didn't find the body of the Lord Jesus. ⁴As they stood there puzzled, two men suddenly appeared to them, clothed in dazzling robes.

⁵The women were terrified and bowed with their faces to the ground. Then the men asked, "Why are you looking among the dead for someone who is alive? ⁶He isn't here! He is risen from the dead! Remember what he told you back in Galilee, ⁷that the Son of Man* must be betrayed into the hands of sinful men and be crucified, and that he would rise again on the third day."

⁸Then they remembered that he had said this. ⁹So they rushed back from the tomb to tell his eleven disciples—and everyone else—what had happened. ¹⁰It was Mary Magdalene, Joanna, Mary the mother of James, and several other women who told the apostles what had happened. ¹¹But the story sounded like nonsense to the men, so they didn't believe it. ¹²However, Peter jumped up and ran to the tomb to look. Stooping, he peered in and saw the empty linen wrappings; then he went home again, wondering what had happened.

The Walk to Emmaus

¹³That same day two of Jesus' followers were walking to the village of Emmaus, seven miles* from Jerusalem. ¹⁴As they walked along they were talking about everything that had happened. ¹⁵As they talked and discussed these things, Jesus himself suddenly came and began walking with them. ¹⁶But God kept them from recognizing him.

¹⁷He asked them, "What are you discussing so intently as you walk along?"

They stopped short, sadness written across their faces. ¹⁸Then one of them, Cleopas, replied, "You must be the only person in Jerusalem who hasn't heard about all the things that have happened there the last few days."

¹⁹"What things?" Jesus asked.

"The things that happened to Jesus, the man from Nazareth," they said. "He was a prophet who did powerful miracles, and he was a mighty

23:33 Sometimes rendered *Calvary*, which comes from the Latin word for "skull." **23:34a** This sentence is not included in many ancient manuscripts. **23:34b** Greek *by casting lots*. See Ps 22:18. **23:46** Ps 31:5. **23:47a** Greek *the centurion*. **23:47b** Or *righteous*. **23:48** Greek *went home beating their breasts*. **23:54** Greek *It was the day of preparation*. **24:1** Greek *But on the first day of the week, very early in the morning*. **24:7** "Son of Man" is a title Jesus used for himself. **24:13** Greek *60 stadia* [11.1 kilometers].

teacher in the eyes of God and all the people. 20But our leading priests and other religious leaders handed him over to be condemned to death, and they crucified him. 21We had hoped he was the Messiah who had come to rescue Israel. This all happened three days ago.

22"Then some women from our group of his followers were at his tomb early this morning, and they came back with an amazing report. 23They said his body was missing, and they had seen angels who told them Jesus is alive! 24Some of our men ran out to see, and sure enough, his body was gone, just as the women had said."

25Then Jesus said to them, "You foolish people! You find it so hard to believe all that the prophets wrote in the Scriptures. 26Wasn't it clearly predicted that the Messiah would have to suffer all these things before entering his glory?" 27Then Jesus took them through the writings of Moses and all the prophets, explaining from all the Scriptures the things concerning himself.

28By this time they were nearing Emmaus and the end of their journey. Jesus acted as if he were going on, 29but they begged him, "Stay the night with us, since it is getting late." So he went home with them. 30As they sat down to eat,* he took the bread and blessed it. Then he broke it and gave it to them. 31Suddenly, their eyes were opened, and they recognized him. And at that moment he disappeared!

32They said to each other, "Didn't our hearts burn within us as he talked with us on the road and explained the Scriptures to us?" 33And within the hour they were on their way back to Jerusalem. There they found the eleven disciples and the others who had gathered with them, 34who said, "The Lord has really risen! He appeared to Peter.*"

Jesus Appears to the Disciples

35Then the two from Emmaus told their story of how Jesus had appeared to them as they were walking along the road, and how they had recog-
nized him as he was breaking the bread. 36And just as they were telling about it, Jesus himself was suddenly standing there among them. "Peace be with you," he said. 37But the whole group was startled and frightened, thinking they were seeing a ghost!

38"Why are you frightened?" he asked. "Why are your hearts filled with doubt? 39Look at my hands. Look at my feet. You can see that it's really me. Touch me and make sure that I am not a ghost, because ghosts don't have bodies, as you see that I do." 40As he spoke, he showed them his hands and his feet.

41Still they stood there in disbelief, filled with joy and wonder. Then he asked them, "Do you have anything here to eat?" 42They gave him a piece of broiled fish, 43and he ate it as they watched.

44Then he said, "When I was with you before, I told you that everything written about me in the law of Moses and the prophets and in the Psalms must be fulfilled." 45Then he opened their minds to understand the Scriptures. 46And he said, "Yes, it was written long ago that the Messiah would suffer and die and rise from the dead on the third day. 47It was also written that this message would be proclaimed in the authority of his name to all the nations,* beginning in Jerusalem: 'There is forgiveness of sins for all who repent.' 48You are witnesses of all these things.

49"And now I will send the Holy Spirit, just as my Father promised. But stay here in the city until the Holy Spirit comes and fills you with power from heaven."

The Ascension

50Then Jesus led them to Bethany, and lifting his hands to heaven, he blessed them. 51While he was blessing them, he left them and was taken up to heaven.* 52So they worshiped him and then returned to Jerusalem filled with great joy. 53And they spent all of their time in the Temple, praising God.

24:30 Or *As they reclined.*   **24:34** Greek *Simon.*   **24:47** Or *all peoples.*   **24:51** Some manuscripts do not include *and was taken up to heaven.*

John

Prologue: Christ, the Eternal Word

1 ¹ In the beginning the Word already existed.
The Word was with God,
and the Word was God.
² He existed in the beginning with God.
³ God created everything through him,
and nothing was created except through him.
⁴ The Word gave life to everything that was created,*
and his life brought light to everyone.
⁵ The light shines in the darkness,
and the darkness can never extinguish it.*

⁶God sent a man, John the Baptist,* ⁷to tell about the light so that everyone might believe because of his testimony. ⁸John himself was not the light; he was simply a witness to tell about the light. ⁹The one who is the true light, who gives light to everyone, was coming into the world.

¹⁰He came into the very world he created, but the world didn't recognize him. ¹¹He came to his own people, and even they rejected him. ¹²But to all who believed him and accepted him, he gave the right to become children of God. ¹³They are reborn—not with a physical birth resulting from human passion or plan, but a birth that comes from God.

¹⁴So the Word became human* and made his home among us. He was full of unfailing love and faithfulness.* And we have seen his glory, the glory of the Father's one and only Son.

¹⁵John testified about him when he shouted to the crowds, "This is the one I was talking about when I said, 'Someone is coming after me who is far greater than I am, for he existed long before me.'"

¹⁶From his abundance we have all received one gracious blessing after another.* ¹⁷For the law was given through Moses, but God's unfailing love and faithfulness came through Jesus Christ. ¹⁸No one has ever seen God. But the one and only Son is himself God and* is near to the Father's heart. He has revealed God to us.

The Testimony of John the Baptist

¹⁹This was John's testimony when the Jewish leaders sent priests and Temple assistants* from Jerusalem to ask John, "Who are you?" ²⁰He came right out and said, "I am not the Messiah."

²¹"Well then, who are you?" they asked. "Are you Elijah?"

"No," he replied.

"Are you the Prophet we are expecting?"*

"No."

²²"Then who are you? We need an answer for those who sent us. What do you have to say about yourself?"

²³John replied in the words of the prophet Isaiah:

"I am a voice shouting in the wilderness,
'Clear the way for the LORD's coming!'"*

²⁴Then the Pharisees who had been sent ²⁵asked him, "If you aren't the Messiah or Elijah or the Prophet, what right do you have to baptize?"

²⁶John told them, "I baptize with* water, but right here in the crowd is someone you do not recognize. ²⁷Though his ministry follows mine, I'm not worthy to be his slave and untie the straps of his sandal."

²⁸This encounter took place in Bethany, an area east of the Jordan River, where John was baptizing.

Jesus, the Lamb of God

²⁹The next day John saw Jesus coming toward him and said, "Look! The Lamb of God who takes away the sin of the world! ³⁰He is the one I was talking about when I said, 'A man is coming after me who is far greater than I am, for he existed long before me.' ³¹I did not recognize him as the Messiah, but I have been baptizing with water so that he might be revealed to Israel."

³²Then John testified, "I saw the Holy Spirit descending like a dove from heaven and resting upon him. ³³I didn't know he was the one, but when God sent me to baptize with water, he told me, 'The one on whom you see the Spirit descend and rest is the one who will baptize with the Holy Spirit.' ³⁴I saw this happen to Jesus, so I testify that he is the Chosen One of God.*"

1:3-4 Or *and nothing that was created was created except through him. The Word gave life to everything.* **1:5** Or *and the darkness has not understood it.* **1:6** Greek *a man named John.* **1:14a** Greek *became flesh.* **1:14b** Or *grace and truth;* also in 1:17. **1:16** Or *received the grace of Christ rather than the grace of the law;* Greek reads *received grace upon grace.* **1:18** Greek *But [the] one and only God;* other manuscripts read *But the one and only Son.* **1:19** Greek *and Levites.* **1:21** Greek *Are you the Prophet?* See Deut 18:15, 18; Mal 4:5-6. **1:23** Isa 40:3. **1:26** Or *in;* also in 1:31, 33. **1:34** Some manuscripts read *the Son of God.*

The First Disciples

³⁵The following day John was again standing with two of his disciples. ³⁶As Jesus walked by, John looked at him and declared, "Look! There is the Lamb of God!" ³⁷When John's two disciples heard this, they followed Jesus.

³⁸Jesus looked around and saw them following. "What do you want?" he asked them.

They replied, "Rabbi" (which means "Teacher"), "where are you staying?"

³⁹"Come and see," he said. It was about four o'clock in the afternoon when they went with him to the place where he was staying, and they remained with him the rest of the day.

⁴⁰Andrew, Simon Peter's brother, was one of these men who heard what John said and then followed Jesus. ⁴¹Andrew went to find his brother, Simon, and told him, "We have found the Messiah" (which means "Christ"*).

⁴²Then Andrew brought Simon to meet Jesus. Looking intently at Simon, Jesus said, "Your name is Simon, son of John—but you will be called Cephas" (which means "Peter"*).

⁴³The next day Jesus decided to go to Galilee. He found Philip and said to him, "Come, follow me." ⁴⁴Philip was from Bethsaida, Andrew and Peter's hometown.

⁴⁵Philip went to look for Nathanael and told him, "We have found the very person Moses* and the prophets wrote about! His name is Jesus, the son of Joseph from Nazareth."

⁴⁶"Nazareth!" exclaimed Nathanael. "Can anything good come from Nazareth?"

"Come and see for yourself," Philip replied.

⁴⁷As they approached, Jesus said, "Now here is a genuine son of Israel—a man of complete integrity."

⁴⁸"How do you know about me?" Nathanael asked.

Jesus replied, "I could see you under the fig tree before Philip found you."

⁴⁹Then Nathanael exclaimed, "Rabbi, you are the Son of God—the King of Israel!"

⁵⁰Jesus asked him, "Do you believe this just because I told you I had seen you under the fig tree? You will see greater things than this." ⁵¹Then he said, "I tell you the truth, you will all see heaven open and the angels of God going up and down on the Son of Man, the one who is the stairway between heaven and earth.*"

The Wedding at Cana

2 The next day* there was a wedding celebration in the village of Cana in Galilee. Jesus' mother was there, ²and Jesus and his disciples were also invited to the celebration. ³The wine supply ran out during the festivities, so Jesus' mother told him, "They have no more wine."

⁴"Dear woman, that's not our problem," Jesus replied. "My time has not yet come."

⁵But his mother told the servants, "Do whatever he tells you."

⁶Standing nearby were six stone water jars, used for Jewish ceremonial washing. Each could hold twenty to thirty gallons.* ⁷Jesus told the servants, "Fill the jars with water." When the jars had been filled, ⁸he said, "Now dip some out, and take it to the master of ceremonies." So the servants followed his instructions.

⁹When the master of ceremonies tasted the water that was now wine, not knowing where it had come from (though, of course, the servants knew), he called the bridegroom over. ¹⁰"A host always serves the best wine first," he said. "Then, when everyone has had a lot to drink, he brings out the less expensive wine. But you have kept the best until now!"

¹¹This miraculous sign at Cana in Galilee was the first time Jesus revealed his glory. And his disciples believed in him.

¹²After the wedding he went to Capernaum for a few days with his mother, his brothers, and his disciples.

Jesus Clears the Temple

¹³It was nearly time for the Jewish Passover celebration, so Jesus went to Jerusalem. ¹⁴In the Temple area he saw merchants selling cattle, sheep, and doves for sacrifices; he also saw dealers at tables exchanging foreign money. ¹⁵Jesus made a whip from some ropes and chased them all out of the Temple. He drove out the sheep and cattle, scattered the money changers' coins over the floor, and turned over their tables. ¹⁶Then, going over to the people who sold doves, he told them, "Get these things out of here. Stop turning my Father's house into a marketplace!"

¹⁷Then his disciples remembered this prophecy from the Scriptures: "Passion for God's house will consume me."*

¹⁸But the Jewish leaders demanded, "What are you doing? If God gave you authority to do this, show us a miraculous sign to prove it."

¹⁹"All right," Jesus replied. "Destroy this temple, and in three days I will raise it up."

²⁰"What!" they exclaimed. "It has taken forty-six years to build this Temple, and you can rebuild it in three days?" ²¹But when Jesus said "this temple," he meant his own body. ²²After he was raised from the dead, his disciples remembered he had said this, and they believed both the Scriptures and what Jesus had said.

Jesus and Nicodemus

²³Because of the miraculous signs Jesus did in Jerusalem at the Passover celebration, many be-

---

1:41 *Messiah* (a Hebrew term) and *Christ* (a Greek term) both mean "the anointed one."   **1:42** The names *Cephas* (from Aramaic) and *Peter* (from Greek) both mean "rock."   **1:45** Greek *Moses in the law.*   **1:51** Greek *going up and down on the Son of Man;* see Gen 28:10-17. "Son of Man" is a title Jesus used for himself.   **2:1** Greek *On the third day;* see 1:35, 43.   **2:6** Greek *2 or 3 measures* [75 to 113 liters].   **2:17** Or *"Concern for God's house will be my undoing."* Ps 69:9.

gan to trust in him. ²⁴But Jesus didn't trust them, because he knew human nature. ²⁵No one needed to tell him what mankind is really like.

3 There was a man named Nicodemus, a Jewish religious leader who was a Pharisee. ²After dark one evening, he came to speak with Jesus. "Rabbi," he said, "we all know that God has sent you to teach us. Your miraculous signs are evidence that God is with you."

³Jesus replied, "I tell you the truth, unless you are born again,* you cannot see the Kingdom of God."

⁴"What do you mean?" exclaimed Nicodemus. "How can an old man go back into his mother's womb and be born again?"

⁵Jesus replied, "I assure you, no one can enter the Kingdom of God without being born of water and the Spirit.* ⁶Humans can reproduce only human life, but the Holy Spirit gives birth to spiritual life.* ⁷So don't be surprised when I say, 'You* must be born again.' ⁸The wind blows wherever it wants. Just as you can hear the wind but can't tell where it comes from or where it is going, so you can't explain how people are born of the Spirit."

⁹"How are these things possible?" Nicodemus asked.

¹⁰Jesus replied, "You are a respected Jewish teacher, and yet you don't understand these things? ¹¹I assure you, we tell you what we know and have seen, and yet you won't believe our testimony. ¹²But if you don't believe me when I tell you about earthly things, how can you possibly believe if I tell you about heavenly things? ¹³No one has ever gone to heaven and returned. But the Son of Man* has come down from heaven. ¹⁴And as Moses lifted up the bronze snake on a pole in the wilderness, so the Son of Man must be lifted up, ¹⁵so that everyone who believes in him will have eternal life.*

¹⁶"For God loved the world so much that he gave his one and only Son, so that everyone who believes in him will not perish but have eternal life. ¹⁷God sent his Son into the world not to judge the world, but to save the world through him.

¹⁸"There is no judgment against anyone who believes in him. But anyone who does not believe in him has already been judged for not believing in God's one and only Son. ¹⁹And the judgment is based on this fact: God's light came into the world, but people loved the darkness more than the light, for their actions were evil. ²⁰All who do evil hate the light and refuse to go near it for fear their sins will be exposed. ²¹But those who do what is right come to the light so others can see that they are doing what God wants.*"

John the Baptist Exalts Jesus

²²Then Jesus and his disciples left Jerusalem and went into the Judean countryside. Jesus spent some time with them there, baptizing people. ²³At this time John the Baptist was baptizing at Aenon, near Salim, because there was plenty of water there; and people kept coming to him for baptism. ²⁴(This was before John was thrown into prison.) ²⁵A debate broke out between John's disciples and a certain Jew* over ceremonial cleansing. ²⁶So John's disciples came to him and said, "Rabbi, the man you met on the other side of the Jordan River, the one you identified as the Messiah, is also baptizing people. And everybody is going to him instead of coming to us."

²⁷John replied, "No one can receive anything unless God gives it from heaven. ²⁸You yourselves know how plainly I told you, 'I am not the Messiah. I am only here to prepare the way for him.' ²⁹It is the bridegroom who marries the bride, and the best man is simply glad to stand with him and hear his vows. Therefore, I am filled with joy at his success. ³⁰He must become greater and greater, and I must become less and less.

³¹"He has come from above and is greater than anyone else. We are of the earth, and we speak of earthly things, but he has come from heaven and is greater than anyone else.* ³²He testifies about what he has seen and heard, but how few believe what he tells them! ³³Anyone who accepts his testimony can affirm that God is true. ³⁴For he is sent by God. He speaks God's words, for God gives him the Spirit without limit. ³⁵The Father loves his Son and has put everything into his hands. ³⁶And anyone who believes in God's Son has eternal life. Anyone who doesn't obey the Son will never experience eternal life but remains under God's angry judgment."

Jesus and the Samaritan Woman

4 Jesus* knew the Pharisees had heard that he was baptizing and making more disciples than John ²(though Jesus himself didn't baptize them—his disciples did). ³So he left Judea and returned to Galilee.

⁴He had to go through Samaria on the way. ⁵Eventually he came to the Samaritan village of Sychar, near the field that Jacob gave to his son Joseph. ⁶Jacob's well was there; and Jesus, tired from the long walk, sat wearily beside the well about noontime. ⁷Soon a Samaritan woman came to draw water, and Jesus said to her, "Please give me a drink." ⁸He was alone at the time because his disciples had gone into the village to buy some food.

⁹The woman was surprised, for Jews refuse to have anything to do with Samaritans.* She said

3:3 Or *born from above;* also in 3:7.   **3:5** Or *and spirit.* The Greek word for *Spirit* can also be translated *wind;* see 3:8.   **3:6** Greek *what is born of the Spirit is spirit.*   **3:7** The Greek word for *you* is plural; also in 3:12.   **3:13** Some manuscripts add *who lives in heaven.* "Son of Man" is a title Jesus used for himself.   **3:15** Or *everyone who believes will have eternal life in him.*   **3:21** Or *can see God at work in what he is doing.*   **3:25** Some manuscripts read *some Jews.*   **3:31** Some manuscripts omit *and is greater than anyone else.*   **4:1** Some manuscripts read *The Lord.*   **4:9** Some manuscripts omit this sentence.

to Jesus, "You are a Jew, and I am a Samaritan woman. Why are you asking me for a drink?"

¹⁰Jesus replied, "If you only knew the gift God has for you and who you are speaking to, you would ask me, and I would give you living water."

¹¹"But sir, you don't have a rope or a bucket," she said, "and this well is very deep. Where would you get this living water? ¹²And besides, do you think you're greater than our ancestor Jacob, who gave us this well? How can you offer better water than he and his sons and his animals enjoyed?"

¹³Jesus replied, "Anyone who drinks this water will soon become thirsty again. ¹⁴But those who drink the water I give will never be thirsty again. It becomes a fresh, bubbling spring within them, giving them eternal life."

¹⁵"Please, sir," the woman said, "give me this water! Then I'll never be thirsty again, and I won't have to come here to get water."

¹⁶"Go and get your husband," Jesus told her.

¹⁷"I don't have a husband," the woman replied.

Jesus said, "You're right! You don't have a husband—¹⁸for you have had five husbands, and you aren't even married to the man you're living with now. You certainly spoke the truth!"

¹⁹"Sir," the woman said, "you must be a prophet. ²⁰So tell me, why is it that you Jews insist that Jerusalem is the only place of worship, while we Samaritans claim it is here at Mount Gerizim,* where our ancestors worshiped?"

²¹Jesus replied, "Believe me, dear woman, the time is coming when it will no longer matter whether you worship the Father on this mountain or in Jerusalem. ²²You Samaritans know very little about the one you worship, while we Jews know all about him, for salvation comes through the Jews. ²³But the time is coming—indeed it's here now—when true worshipers will worship the Father in spirit and in truth. The Father is looking for those who will worship him that way. ²⁴For God is Spirit, so those who worship him must worship in spirit and in truth."

²⁵The woman said, "I know the Messiah is coming—the one who is called Christ. When he comes, he will explain everything to us."

²⁶Then Jesus told her, "I AM the Messiah!"*

²⁷Just then his disciples came back. They were shocked to find him talking to a woman, but none of them had the nerve to ask, "What do you want with her?" or "Why are you talking to her?" ²⁸The woman left her water jar beside the well and ran back to the village, telling everyone, ²⁹"Come and see a man who told me everything I ever did! Could he possibly be the Messiah?" ³⁰So the people came streaming from the village to see him.

³¹Meanwhile, the disciples were urging Jesus, "Rabbi, eat something."

³²But Jesus replied, "I have a kind of food you know nothing about."

³³"Did someone bring him food while we were gone?" the disciples asked each other.

³⁴Then Jesus explained: "My nourishment comes from doing the will of God, who sent me, and from finishing his work. ³⁵You know the saying, 'Four months between planting and harvest.' But I say, wake up and look around. The fields are already ripe* for harvest. ³⁶The harvesters are paid good wages, and the fruit they harvest is people brought to eternal life. What joy awaits both the planter and the harvester alike! ³⁷You know the saying, 'One plants and another harvests.' And it's true. ³⁸I sent you to harvest where you didn't plant; others had already done the work, and now you will get to gather the harvest."

Many Samaritans Believe

³⁹Many Samaritans from the village believed in Jesus because the woman had said, "He told me everything I ever did!" ⁴⁰When they came out to see him, they begged him to stay in their village. So he stayed for two days, ⁴¹long enough for many more to hear his message and believe. ⁴²Then they said to the woman, "Now we believe, not just because of what you told us, but because we have heard him ourselves. Now we know that he is indeed the Savior of the world."

Jesus Heals an Official's Son

⁴³At the end of the two days, Jesus went on to Galilee. ⁴⁴He himself had said that a prophet is not honored in his own hometown. ⁴⁵Yet the Galileans welcomed him, for they had been in Jerusalem at the Passover celebration and had seen everything he did there.

⁴⁶As he traveled through Galilee, he came to Cana, where he had turned the water into wine. There was a government official in nearby Capernaum whose son was very sick. ⁴⁷When he heard that Jesus had come from Judea to Galilee, he went and begged Jesus to come to Capernaum to heal his son, who was about to die.

⁴⁸Jesus asked, "Will you never believe in me unless you see miraculous signs and wonders?"

⁴⁹The official pleaded, "Lord, please come now before my little boy dies."

⁵⁰Then Jesus told him, "Go back home. Your son will live!" And the man believed what Jesus said and started home.

⁵¹While the man was on his way, some of his servants met him with the news that his son was alive and well. ⁵²He asked them when the boy had begun to get better, and they replied, "Yesterday afternoon at one o'clock his fever suddenly disappeared!" ⁵³Then the father realized that that was the very time Jesus had told him, "Your son will live." And he and his entire house-

4:20 Greek *on this mountain.* 4:26 Or *"The 'I AM' is here"*; or *"I am the LORD"*; Greek reads *"I am, the one speaking to you."* See Exod 3:14. 4:35 Greek *white.*

hold believed in Jesus. 54This was the second miraculous sign Jesus did in Galilee after coming from Judea.

Jesus Heals a Lame Man

5 Afterward Jesus returned to Jerusalem for one of the Jewish holy days. 2Inside the city, near the Sheep Gate, was the pool of Bethesda,* with five covered porches. 3Crowds of sick people—blind, lame, or paralyzed—lay on the porches.* 5One of the men lying there had been sick for thirty-eight years. 6When Jesus saw him and knew he had been ill for a long time, he asked him, "Would you like to get well?"

7"I can't, sir," the sick man said, "for I have no one to put me into the pool when the water bubbles up. Someone else always gets there ahead of me."

8Jesus told him, "Stand up, pick up your mat, and walk!"

9Instantly, the man was healed! He rolled up his sleeping mat and began walking! But this miracle happened on the Sabbath, 10so the Jewish leaders objected. They said to the man who was cured, "You can't work on the Sabbath! The law doesn't allow you to carry that sleeping mat!"

11But he replied, "The man who healed me told me, 'Pick up your mat and walk.'"

12"Who said such a thing as that?" they demanded.

13The man didn't know, for Jesus had disappeared into the crowd. 14But afterward Jesus found him in the Temple and told him, "Now you are well; so stop sinning, or something even worse may happen to you." 15Then the man went and told the Jewish leaders that it was Jesus who had healed him.

Jesus Claims to Be the Son of God

16So the Jewish leaders began harassing* Jesus for breaking the Sabbath rules. 17But Jesus replied, "My Father is always working, and so am I." 18So the Jewish leaders tried all the harder to find a way to kill him. For he not only broke the Sabbath, he called God his Father, thereby making himself equal with God.

19So Jesus explained, "I tell you the truth, the Son can do nothing by himself. He does only what he sees the Father doing. Whatever the Father does, the Son also does. 20For the Father loves the Son and shows him everything he is doing. In fact, the Father will show him how to do even greater works than healing this man. Then you will truly be astonished. 21For just as the Father gives life to those he raises from the dead, so the Son gives life to anyone he wants. 22In addition, the Father judges no one. Instead, he has given the Son absolute authority to judge, 23so that everyone will honor the Son, just as they honor the Father. Anyone who does not honor the Son is certainly not honoring the Father who sent him.

24"I tell you the truth, those who listen to my message and believe in God who sent me have eternal life. They will never be condemned for their sins, but they have already passed from death into life.

25"And I assure you that the time is coming, indeed it's here now, when the dead will hear my voice—the voice of the Son of God. And those who listen will live. 26The Father has life in himself, and he has granted that same life-giving power to his Son. 27And he has given him authority to judge everyone because he is the Son of Man.* 28Don't be so surprised! Indeed, the time is coming when all the dead in their graves will hear the voice of God's Son, 29and they will rise again. Those who have done good will rise to experience eternal life, and those who have continued in evil will rise to experience judgment. 30I can do nothing on my own. I judge as God tells me. Therefore, my judgment is just, because I carry out the will of the one who sent me, not my own will.

Witnesses to Jesus

31"If I were to testify on my own behalf, my testimony would not be valid. 32But someone else is also testifying about me, and I assure you that everything he says about me is true. 33In fact, you sent investigators to listen to John the Baptist, and his testimony about me was true. 34Of course, I have no need of human witnesses, but I say these things so you might be saved. 35John was like a burning and shining lamp, and you were excited for a while about his message. 36But I have a greater witness than John—my teachings and my miracles. The Father gave me these works to accomplish, and they prove that he sent me. 37And the Father who sent me has testified about me himself. You have never heard his voice or seen him face to face, 38and you do not have his message in your hearts, because you do not believe me—the one he sent to you.

39"You search the Scriptures because you think they give you eternal life. But the Scriptures point to me! 40Yet you refuse to come to me to receive this life.

41"Your approval means nothing to me, 42because I know you don't have God's love within you. 43For I have come to you in my Father's name, and you have rejected me. Yet if others come in their own name, you gladly welcome them. 44No wonder you can't believe! For you gladly honor each other, but you don't care about the honor that comes from the one who alone is God.*

5:2 Other manuscripts read Beth-zatha; still others read Bethsaida.   5:3 Some manuscripts add waiting for a certain movement of the water, ⁴for an angel of the Lord came from time to time and stirred up the water. And the first person to step in after the water was stirred was healed of whatever disease he had.   5:16 Or persecuting.   5:27 "Son of Man" is a title Jesus used for himself.   5:44 Some manuscripts read from the only One.

45"Yet it isn't I who will accuse you before the Father. Moses will accuse you! Yes, Moses, in whom you put your hopes. 46If you really believed Moses, you would believe me, because he wrote about me. 47But since you don't believe what he wrote, how will you believe what I say?"

Jesus Feeds Five Thousand

6 After this, Jesus crossed over to the far side of the Sea of Galilee, also known as the Sea of Tiberias. 2A huge crowd kept following him wherever he went, because they saw his miraculous signs as he healed the sick. 3Then Jesus climbed a hill and sat down with his disciples around him. 4(It was nearly time for the Jewish Passover celebration.) 5Jesus soon saw a huge crowd of people coming to look for him. Turning to Philip, he asked, "Where can we buy bread to feed all these people?" 6He was testing Philip, for he already knew what he was going to do.

7Philip replied, "Even if we worked for months, we wouldn't have enough money* to feed them!"

8Then Andrew, Simon Peter's brother, spoke up. 9"There's a young boy here with five barley loaves and two fish. But what good is that with this huge crowd?"

10"Tell everyone to sit down," Jesus said. So they all sat down on the grassy slopes. (The men alone numbered 5,000.) 11Then Jesus took the loaves, gave thanks to God, and distributed them to the people. Afterward he did the same with the fish. And they all ate as much as they wanted. 12After everyone was full, Jesus told his disciples, "Now gather the leftovers, so that nothing is wasted." 13So they picked up the pieces and filled twelve baskets with scraps left by the people who had eaten from the five barley loaves.

14When the people saw him* do this miraculous sign, they exclaimed, "Surely, he is the Prophet we have been expecting!"* 15When Jesus saw that they were ready to force him to be their king, he slipped away into the hills by himself.

Jesus Walks on Water

16That evening Jesus' disciples went down to the shore to wait for him. 17But as darkness fell and Jesus still hadn't come back, they got into the boat and headed across the lake toward Capernaum. 18Soon a gale swept down upon them, and the sea grew very rough. 19They had rowed three or four miles* when suddenly they saw Jesus walking on the water toward the boat. They were terrified, 20but he called out to them, "Don't be afraid. I am here!*" 21Then they were eager to let him in the boat, and immediately they arrived at their destination!

Jesus, the Bread of Life

22The next day the crowd that had stayed on the far shore saw that the disciples had taken the only boat, and they realized Jesus had not gone with them. 23Several boats from Tiberias landed near the place where the Lord had blessed the bread and the people had eaten. 24So when the crowd saw that neither Jesus nor his disciples were there, they got into the boats and went across to Capernaum to look for him. 25They found him on the other side of the lake and asked, "Rabbi, when did you get here?"

26Jesus replied, "I tell you the truth, you want to be with me because I fed you, not because you understood the miraculous signs. 27But don't be so concerned about perishable things like food. Spend your energy seeking the eternal life that the Son of Man* can give you. For God the Father has given me the seal of his approval."

28They replied, "We want to perform God's works, too. What should we do?"

29Jesus told them, "This is the only work God wants from you: Believe in the one he has sent."

30They answered, "Show us a miraculous sign if you want us to believe in you. What can you do? 31After all, our ancestors ate manna while they journeyed through the wilderness! The Scriptures say, 'Moses gave them bread from heaven to eat.'*"

32Jesus said, "I tell you the truth, Moses didn't give you bread from heaven. My Father did. And now he offers you the true bread from heaven. 33The true bread of God is the one who comes down from heaven and gives life to the world."

34"Sir," they said, "give us that bread every day."

35Jesus replied, "I am the bread of life. Whoever comes to me will never be hungry again. Whoever believes in me will never be thirsty. 36But you haven't believed in me even though you have seen me. 37However, those the Father has given me will come to me, and I will never reject them. 38For I have come down from heaven to do the will of God who sent me, not to do my own will. 39And this is the will of God, that I should not lose even one of all those he has given me, but that I should raise them up at the last day. 40For it is my Father's will that all who see his Son and believe in him should have eternal life. I will raise them up at the last day."

41Then the people* began to murmur in disagreement because he had said, "I am the bread that came down from heaven." 42They said, "Isn't this Jesus, the son of Joseph? We know his father and mother. How can he say, 'I came down from heaven'?"

43But Jesus replied, "Stop complaining about what I said. 44For no one can come to me unless

---

6:7 Greek *Two hundred denarii would not be enough.* A denarius was equivalent to a laborer's full day's wage. 6:14a Some manuscripts read *Jesus.* 6:14b See Deut 18:15, 18; Mal 4:5-6. 6:19 Greek *25 or 30 stadia* [4.6 or 5.5 kilometers]. 6:20 Or *The 'I AM' is here*; Greek reads *I am.* See Exod 3:14. 6:27 "Son of Man" is a title Jesus used for himself. 6:31 Exod 16:4; Ps 78:24. 6:41 Greek *Jewish people*; also in 6:52.

the Father who sent me draws them to me, and at the last day I will raise them up. ⁴⁵As it is written in the Scriptures,* 'They will all be taught by God.' Everyone who listens to the Father and learns from him comes to me. ⁴⁶(Not that anyone has ever seen the Father; only I, who was sent from God, have seen him.)

⁴⁷"I tell you the truth, anyone who believes has eternal life. ⁴⁸Yes, I am the bread of life! ⁴⁹Your ancestors ate manna in the wilderness, but they all died. ⁵⁰Anyone who eats the bread from heaven, however, will never die. ⁵¹I am the living bread that came down from heaven. Anyone who eats this bread will live forever; and this bread, which I will offer so the world may live, is my flesh."

⁵²Then the people began arguing with each other about what he meant. "How can this man give us his flesh to eat?" they asked.

⁵³So Jesus said again, "I tell you the truth, unless you eat the flesh of the Son of Man and drink his blood, you cannot have eternal life within you. ⁵⁴But anyone who eats my flesh and drinks my blood has eternal life, and I will raise that person at the last day. ⁵⁵For my flesh is true food, and my blood is true drink. ⁵⁶Anyone who eats my flesh and drinks my blood remains in me, and I in him. ⁵⁷I live because of the living Father who sent me; in the same way, anyone who feeds on me will live because of me. ⁵⁸I am the true bread that came down from heaven. Anyone who eats this bread will not die as your ancestors did (even though they ate the manna) but will live forever."

⁵⁹He said these things while he was teaching in the synagogue in Capernaum.

Many Disciples Desert Jesus

⁶⁰Many of his disciples said, "This is very hard to understand. How can anyone accept it?"

⁶¹Jesus was aware that his disciples were complaining, so he said to them, "Does this offend you? ⁶²Then what will you think if you see the Son of Man ascend to heaven again? ⁶³The Spirit alone gives eternal life. Human effort accomplishes nothing. And the very words I have spoken to you are spirit and life. ⁶⁴But some of you do not believe me." (For Jesus knew from the beginning which ones didn't believe, and he knew who would betray him.) ⁶⁵Then he said, "That is why I said that people can't come to me unless the Father gives them to me."

⁶⁶At this point many of his disciples turned away and deserted him. ⁶⁷Then Jesus turned to the Twelve and asked, "Are you also going to leave?"

⁶⁸Simon Peter replied, "Lord, to whom would we go? You have the words that give eternal life. ⁶⁹We believe, and we know you are the Holy One of God.*"

⁷⁰Then Jesus said, "I chose the twelve of you, but one is a devil." ⁷¹He was speaking of Judas, son of Simon Iscariot, one of the Twelve, who would later betray him.

Jesus and His Brothers

7 After this, Jesus traveled around Galilee. He wanted to stay out of Judea, where the Jewish leaders were plotting his death. ²But soon it was time for the Jewish Festival of Shelters, ³and Jesus' brothers said to him, "Leave here and go to Judea, where your followers can see your miracles! ⁴You can't become famous if you hide like this! If you can do such wonderful things, show yourself to the world!" ⁵For even his brothers didn't believe in him.

⁶Jesus replied, "Now is not the right time for me to go, but you can go anytime. ⁷The world can't hate you, but it does hate me because I accuse it of doing evil. ⁸You go on. I'm not going* to this festival, because my time has not yet come." ⁹After saying these things, Jesus remained in Galilee.

Jesus Teaches Openly at the Temple

¹⁰But after his brothers left for the festival, Jesus also went, though secretly, staying out of public view. ¹¹The Jewish leaders tried to find him at the festival and kept asking if anyone had seen him. ¹²There was a lot of grumbling about him among the crowds. Some argued, "He's a good man," but others said, "He's nothing but a fraud who deceives the people." ¹³But no one had the courage to speak favorably about him in public, for they were afraid of getting in trouble with the Jewish leaders.

¹⁴Then, midway through the festival, Jesus went up to the Temple and began to teach. ¹⁵The people* were surprised when they heard him. "How does he know so much when he hasn't been trained?" they asked.

¹⁶So Jesus told them, "My message is not my own; it comes from God who sent me. ¹⁷Anyone who wants to do the will of God will know whether my teaching is from God or is merely my own. ¹⁸Those who speak for themselves want glory only for themselves, but a person who seeks to honor the one who sent him speaks truth, not lies. ¹⁹Moses gave you the law, but none of you obeys it! In fact, you are trying to kill me."

²⁰The crowd replied, "You're demon possessed! Who's trying to kill you?"

²¹Jesus replied, "I did one miracle on the Sabbath, and you were amazed. ²²But you work on the Sabbath, too, when you obey Moses' law of circumcision. (Actually, this tradition of circumcision began with the patriarchs, long before the law of Moses.) ²³For if the correct time for circumcising your son falls on the Sabbath, you go

6:45 Greek *in the prophets.* Isa 54:13.　**6:69** Other manuscripts read *you are the Christ, the Holy One of God;* still others read *you are the Christ, the Son of God;* and still others read *you are the Christ, the Son of the living God.*　**7:8** Some manuscripts read *not yet going.*　**7:15** Greek *Jewish people.*

ahead and do it so as not to break the law of Moses. So why should you be angry with me for healing a man on the Sabbath? ²⁴Look beneath the surface so you can judge correctly."

Is Jesus the Messiah?

²⁵Some of the people who lived in Jerusalem started to ask each other, "Isn't this the man they are trying to kill? ²⁶But here he is, speaking in public, and they say nothing to him. Could our leaders possibly believe that he is the Messiah? ²⁷But how could he be? For we know where this man comes from. When the Messiah comes, he will simply appear; no one will know where he comes from."

²⁸While Jesus was teaching in the Temple, he called out, "Yes, you know me, and you know where I come from. But I'm not here on my own. The one who sent me is true, and you don't know him. ²⁹But I know him because I come from him, and he sent me to you." ³⁰Then the leaders tried to arrest him; but no one laid a hand on him, because his time* had not yet come.

³¹Many among the crowds at the Temple believed in him. "After all," they said, "would you expect the Messiah to do more miraculous signs than this man has done?"

³²When the Pharisees heard that the crowds were whispering such things, they and the leading priests sent Temple guards to arrest Jesus. ³³But Jesus told them, "I will be with you only a little longer. Then I will return to the one who sent me. ³⁴You will search for me but not find me. And you cannot go where I am going."

³⁵The Jewish leaders were puzzled by this statement. "Where is he planning to go?" they asked. "Is he thinking of leaving the country and going to the Jews in other lands?* Maybe he will even teach the Greeks! ³⁶What does he mean when he says, 'You will search for me but not find me,' and 'You cannot go where I am going'?"

Jesus Promises Living Water

³⁷On the last day, the climax of the festival, Jesus stood and shouted to the crowds, "Anyone who is thirsty may come to me! ³⁸Anyone who believes in me may come and drink! For the Scriptures declare, 'Rivers of living water will flow from his heart.' "* ³⁹(When he said "living water," he was speaking of the Spirit, who would be given to everyone believing in him. But the Spirit had not yet been given,* because Jesus had not yet entered into his glory.)

Division and Unbelief

⁴⁰When the crowds heard him say this, some of them declared, "Surely this man is the Prophet we've been expecting."* ⁴¹Others said, "He is the Messiah." Still others said, "But he can't be! Will the Messiah come from Galilee? ⁴²For the Scriptures clearly state that the Messiah will be born of the royal line of David, in Bethlehem, the village where King David was born."* ⁴³So the crowd was divided about him. ⁴⁴Some even wanted him arrested, but no one laid a hand on him.

⁴⁵When the Temple guards returned without having arrested Jesus, the leading priests and Pharisees demanded, "Why didn't you bring him in?"

⁴⁶"We have never heard anyone speak like this!" the guards responded.

⁴⁷"Have you been led astray, too?" the Pharisees mocked. ⁴⁸"Is there a single one of us rulers or Pharisees who believes in him? ⁴⁹This foolish crowd follows him, but they are ignorant of the law. God's curse is on them!"

⁵⁰Then Nicodemus, the leader who had met with Jesus earlier, spoke up. ⁵¹"Is it legal to convict a man before he is given a hearing?" he asked.

⁵²They replied, "Are you from Galilee, too? Search the Scriptures and see for yourself—no prophet ever comes* from Galilee!"

[The most ancient Greek manuscripts do not include John 7:53–8:11.]

⁵³Then the meeting broke up, and everybody went home.

A Woman Caught in Adultery

8 Jesus returned to the Mount of Olives, ²but early the next morning he was back again at the Temple. A crowd soon gathered, and he sat down and taught them. ³As he was speaking, the teachers of religious law and the Pharisees brought a woman who had been caught in the act of adultery. They put her in front of the crowd.

⁴"Teacher," they said to Jesus, "this woman was caught in the act of adultery. ⁵The law of Moses says to stone her. What do you say?"

⁶They were trying to trap him into saying something they could use against him, but Jesus stooped down and wrote in the dust with his finger. ⁷They kept demanding an answer, so he stood up again and said, "All right, but let the one who has never sinned throw the first stone!" ⁸Then he stooped down again and wrote in the dust.

⁹When the accusers heard this, they slipped away one by one, beginning with the oldest, until only Jesus was left in the middle of the crowd with the woman. ¹⁰Then Jesus stood up again and said to the woman, "Where are your accusers? Didn't even one of them condemn you?"

7:30 Greek *his hour.* **7:35** Or *the Jews who live among the Greeks?* **7:37-38** Or *"Let anyone who is thirsty come to me and drink.* **⁷:³⁸***For the Scriptures declare, 'Rivers of living water will flow from the heart of anyone who believes in me.'"* **7:39** Some manuscripts read *But as yet there was no [Holy] Spirit.* **7:40** See Deut 18:15, 18; Mal 4:5-6. **7:42** See Mic 5:2. **7:52** Some manuscripts read *the prophet does not come.*

[11]"No, Lord," she said.

And Jesus said, "Neither do I. Go and sin no more."

Jesus, the Light of the World

[12]Jesus spoke to the people once more and said, "I am the light of the world. If you follow me, you won't have to walk in darkness, because you will have the light that leads to life."

[13]The Pharisees replied, "You are making those claims about yourself! Such testimony is not valid."

[14]Jesus told them, "These claims are valid even though I make them about myself. For I know where I came from and where I am going, but you don't know this about me. [15]You judge me by human standards, but I do not judge anyone. [16]And if I did, my judgment would be correct in every respect because I am not alone. The Father* who sent me is with me. [17]Your own law says that if two people agree about something, their witness is accepted as fact.* [18]I am one witness, and my Father who sent me is the other."

[19]"Where is your father?" they asked.

Jesus answered, "Since you don't know who I am, you don't know who my Father is. If you knew me, you would also know my Father." [20]Jesus made these statements while he was teaching in the section of the Temple known as the Treasury. But he was not arrested, because his time* had not yet come.

The Unbelieving People Warned

[21]Later Jesus said to them again, "I am going away. You will search for me but will die in your sin. You cannot come where I am going."

[22]The people* asked, "Is he planning to commit suicide? What does he mean, 'You cannot come where I am going'?"

[23]Jesus continued, "You are from below; I am from above. You belong to this world; I do not. [24]That is why I said that you will die in your sins; for unless you believe that I AM who I claim to be,* you will die in your sins."

[25]"Who are you?" they demanded.

Jesus replied, "The one I have always claimed to be.* [26]I have much to say about you and much to condemn, but I won't. For I say only what I have heard from the one who sent me, and he is completely truthful." [27]But they still didn't understand that he was talking about his Father.

[28]So Jesus said, "When you have lifted up the Son of Man on the cross, then you will understand that I AM he.* I do nothing on my own but say only what the Father taught me. [29]And the one who sent me is with me—he has not deserted me. For I always do what pleases him."

[30]Then many who heard him say these things believed in him.

Jesus and Abraham

[31]Jesus said to the people who believed in him, "You are truly my disciples if you remain faithful to my teachings. [32]And you will know the truth, and the truth will set you free."

[33]"But we are descendants of Abraham," they said. "We have never been slaves to anyone. What do you mean, 'You will be set free'?"

[34]Jesus replied, "I tell you the truth, everyone who sins is a slave of sin. [35]A slave is not a permanent member of the family, but a son is part of the family forever. [36]So if the Son sets you free, you are truly free. [37]Yes, I realize that you are descendants of Abraham. And yet some of you are trying to kill me because there's no room in your hearts for my message. [38]I am telling you what I saw when I was with my Father. But you are following the advice of your father."

[39]"Our father is Abraham!" they declared.

"No," Jesus replied, "for if you were really the children of Abraham, you would follow his example.* [40]Instead, you are trying to kill me because I told you the truth, which I heard from God. Abraham never did such a thing. [41]No, you are imitating your real father."

They replied, "We aren't illegitimate children! God himself is our true Father."

[42]Jesus told them, "If God were your Father, you would love me, because I have come to you from God. I am not here on my own, but he sent me. [43]Why can't you understand what I am saying? It's because you can't even hear me! [44]For you are the children of your father the devil, and you love to do the evil things he does. He was a murderer from the beginning. He has always hated the truth, because there is no truth in him. When he lies, it is consistent with his character; for he is a liar and the father of lies. [45]So when I tell the truth, you just naturally don't believe me! [46]Which of you can truthfully accuse me of sin? And since I am telling you the truth, why don't you believe me? [47]Anyone who belongs to God listens gladly to the words of God. But you don't listen because you don't belong to God."

[48]The people retorted, "You Samaritan devil! Didn't we say all along that you were possessed by a demon?"

[49]"No," Jesus said, "I have no demon in me. For I honor my Father—and you dishonor me. [50]And though I have no wish to glorify myself, God is going to glorify me. He is the true judge. [51]I tell you the truth, anyone who obeys my teaching will never die!"

[52]The people said, "Now we know you are possessed by a demon. Even Abraham and the

8:16 Some manuscripts read *The One.*   **8:17** See Deut 19:15.   **8:20** Greek *his hour.*   **8:22** Greek *Jewish people;* also in 8:31, 48, 52, 57.   **8:24** Greek *unless you believe that I am.* See Exod 3:14.   **8:25** Or *Why do I speak to you at all?*   **8:28** Greek *When you have lifted up the Son of Man, then you will know that I am.* "Son of Man" is a title Jesus used for himself.   **8:39** Some manuscripts read *if you are really the children of Abraham, follow his example.*

prophets died, but you say, 'Anyone who obeys my teaching will never die!' ⁵³Are you greater than our father Abraham? He died, and so did the prophets. Who do you think you are?"

⁵⁴Jesus answered, "If I want glory for myself, it doesn't count. But it is my Father who will glorify me. You say, 'He is our God,' ⁵⁵but you don't even know him. I know him. If I said otherwise, I would be as great a liar as you! But I do know him and obey him. ⁵⁶Your father Abraham rejoiced as he looked forward to my coming. He saw it and was glad."

⁵⁷The people said, "You aren't even fifty years old. How can you say you have seen Abraham?*"

⁵⁸Jesus answered, "I tell you the truth, before Abraham was even born, I Am!*" ⁵⁹At that point they picked up stones to throw at him. But Jesus was hidden from them and left the Temple.

Jesus Heals a Man Born Blind

9 As Jesus was walking along, he saw a man who had been blind from birth. ²"Rabbi," his disciples asked him, "why was this man born blind? Was it because of his own sins or his parents' sins?"

³"It was not because of his sins or his parents' sins," Jesus answered. "This happened so the power of God could be seen in him. ⁴We must quickly carry out the tasks assigned us by the one who sent us.* The night is coming, and then no one can work. ⁵But while I am here in the world, I am the light of the world."

⁶Then he spit on the ground, made mud with the saliva, and spread the mud over the blind man's eyes. ⁷He told him, "Go wash yourself in the pool of Siloam" (Siloam means "sent"). So the man went and washed and came back seeing!

⁸His neighbors and others who knew him as a blind beggar asked each other, "Isn't this the man who used to sit and beg?" ⁹Some said he was, and others said, "No, he just looks like him!"

But the beggar kept saying, "Yes, I am the same one!"

¹⁰They asked, "Who healed you? What happened?"

¹¹He told them, "The man they call Jesus made mud and spread it over my eyes and told me, 'Go to the pool of Siloam and wash yourself.' So I went and washed, and now I can see!"

¹²"Where is he now?" they asked.

"I don't know," he replied.

¹³Then they took the man who had been blind to the Pharisees, ¹⁴because it was on the Sabbath that Jesus had made the mud and healed him. ¹⁵The Pharisees asked the man all about it. So he told them, "He put the mud over my eyes, and when I washed it away, I could see!"

¹⁶Some of the Pharisees said, "This man Jesus is not from God, for he is working on the Sabbath." Others said, "But how could an ordinary sinner do such miraculous signs?" So there was a deep division of opinion among them.

¹⁷Then the Pharisees again questioned the man who had been blind and demanded, "What's your opinion about this man who healed you?"

The man replied, "I think he must be a prophet."

¹⁸The Jewish leaders still refused to believe the man had been blind and could now see, so they called in his parents. ¹⁹They asked them, "Is this your son? Was he born blind? If so, how can he now see?"

²⁰His parents replied, "We know this is our son and that he was born blind, ²¹but we don't know how he can see or who healed him. Ask him. He is old enough to speak for himself." ²²His parents said this because they were afraid of the Jewish leaders, who had announced that anyone saying Jesus was the Messiah would be expelled from the synagogue. ²³That's why they said, "He is old enough. Ask him."

²⁴So for the second time they called in the man who had been blind and told him, "God should get the glory for this,* because we know this man Jesus is a sinner."

²⁵"I don't know whether he is a sinner," the man replied. "But I know this: I was blind, and now I can see!"

²⁶"But what did he do?" they asked. "How did he heal you?"

²⁷"Look!" the man exclaimed. "I told you once. Didn't you listen? Why do you want to hear it again? Do you want to become his disciples, too?"

²⁸Then they cursed him and said, "You are his disciple, but we are disciples of Moses! ²⁹We know God spoke to Moses, but we don't even know where this man comes from."

³⁰"Why, that's very strange!" the man replied. "He healed my eyes, and yet you don't know where he comes from? ³¹We know that God doesn't listen to sinners, but he is ready to hear those who worship him and do his will. ³²Ever since the world began, no one has been able to open the eyes of someone born blind. ³³If this man were not from God, he couldn't have done it."

³⁴"You were born a total sinner!" they answered. "Are you trying to teach us?" And they threw him out of the synagogue.

Spiritual Blindness

³⁵When Jesus heard what had happened, he found the man and asked, "Do you believe in the Son of Man?*"

8:57 Some manuscripts read *How can you say Abraham has seen you?* **8:58** Or *before Abraham was even born, I have always been alive;* Greek reads *before Abraham was, I am.* See Exod 3:14. **9:4** Other manuscripts read *I must quickly carry out the tasks assigned me by the one who sent me;* still others read *We must quickly carry out the tasks assigned us by the one who sent me.* **9:24** Or *Give glory to God, not to Jesus;* Greek reads *Give glory to God.* **9:35** Some manuscripts read *the Son of God?* "Son of Man" is a title Jesus used for himself.

³⁶The man answered, "Who is he, sir? I want to believe in him."

³⁷"You have seen him," Jesus said, "and he is speaking to you!"

³⁸"Yes, Lord, I believe!" the man said. And he worshiped Jesus.

³⁹Then Jesus told him,* "I entered this world to render judgment—to give sight to the blind and to show those who think they see* that they are blind."

⁴⁰Some Pharisees who were standing nearby heard him and asked, "Are you saying we're blind?"

⁴¹"If you were blind, you wouldn't be guilty," Jesus replied. "But you remain guilty because you claim you can see.

The Good Shepherd and His Sheep

10 "I tell you the truth, anyone who sneaks over the wall of a sheepfold, rather than going through the gate, must surely be a thief and a robber! ²But the one who enters through the gate is the shepherd of the sheep. ³The gatekeeper opens the gate for him, and the sheep recognize his voice and come to him. He calls his own sheep by name and leads them out. ⁴After he has gathered his own flock, he walks ahead of them, and they follow him because they know his voice. ⁵They won't follow a stranger; they will run from him because they don't know his voice."

⁶Those who heard Jesus use this illustration didn't understand what he meant, ⁷so he explained it to them: "I tell you the truth, I am the gate for the sheep. ⁸All who came before me* were thieves and robbers. But the true sheep did not listen to them. ⁹Yes, I am the gate. Those who come in through me will be saved.* They will come and go freely and will find good pastures. ¹⁰The thief's purpose is to steal and kill and destroy. My purpose is to give them a rich and satisfying life.

¹¹"I am the good shepherd. The good shepherd sacrifices his life for the sheep. ¹²A hired hand will run when he sees a wolf coming. He will abandon the sheep because they don't belong to him and he isn't their shepherd. And so the wolf attacks them and scatters the flock. ¹³The hired hand runs away because he's working only for the money and doesn't really care about the sheep.

¹⁴"I am the good shepherd; I know my own sheep, and they know me, ¹⁵just as my Father knows me and I know the Father. So I sacrifice my life for the sheep. ¹⁶I have other sheep, too, that are not in this sheepfold. I must bring them also. They will listen to my voice, and there will be one flock with one shepherd.

¹⁷"The Father loves me because I sacrifice my life so I may take it back again. ¹⁸No one can take my life from me. I sacrifice it voluntarily. For I have the authority to lay it down when I want to and also to take it up again. For this is what my Father has commanded."

¹⁹When he said these things, the people* were again divided in their opinions about him. ²⁰Some said, "He's demon possessed and out of his mind. Why listen to a man like that?" ²¹Others said, "This doesn't sound like a man possessed by a demon! Can a demon open the eyes of the blind?"

Jesus Claims to Be the Son of God

²²It was now winter, and Jesus was in Jerusalem at the time of Hanukkah, the Festival of Dedication. ²³He was in the Temple, walking through the section known as Solomon's Colonnade. ²⁴The people surrounded him and asked, "How long are you going to keep us in suspense? If you are the Messiah, tell us plainly."

²⁵Jesus replied, "I have already told you, and you don't believe me. The proof is the work I do in my Father's name. ²⁶But you don't believe me because you are not my sheep. ²⁷My sheep listen to my voice; I know them, and they follow me. ²⁸I give them eternal life, and they will never perish. No one can snatch them away from me, ²⁹for my Father has given them to me, and he is more powerful than anyone else.* No one can snatch them from the Father's hand. ³⁰The Father and I are one."

³¹Once again the people picked up stones to kill him. ³²Jesus said, "At my Father's direction I have done many good works. For which one are you going to stone me?"

³³They replied, "We're stoning you not for any good work, but for blasphemy! You, a mere man, claim to be God."

³⁴Jesus replied, "It is written in your own Scriptures* that God said to certain leaders of the people, 'I say, you are gods!'* ³⁵And you know that the Scriptures cannot be altered. So if those people who received God's message were called 'gods,' ³⁶why do you call it blasphemy when I say, 'I am the Son of God'? After all, the Father set me apart and sent me into the world. ³⁷Don't believe me unless I carry out my Father's work. ³⁸But if I do his work, believe in the evidence of the miraculous works I have done, even if you don't believe me. Then you will know and understand that the Father is in me, and I am in the Father."

³⁹Once again they tried to arrest him, but he got away and left them. ⁴⁰He went beyond the Jordan River near the place where John was first baptizing and stayed there awhile. ⁴¹And many

9:38-39a Some manuscripts do not include *"Yes, Lord, I believe!" the man said. And he worshiped Jesus. Then Jesus told him.*
9:39b Greek *those who see.*   **10:8** Some manuscripts do not include *before me.*   **10:9** Or *will find safety.*   **10:19** Greek *Jewish people;* also in 10:24, 31.   **10:29** Other manuscripts read *for what my Father has given me is more powerful than anything;* still others read *for regarding that which my Father has given me, he is greater than all.*   **10:34a** Greek *your own law.*   **10:34b** Ps 82:6.

followed him. "John didn't perform miraculous signs," they remarked to one another, "but everything he said about this man has come true." ⁴²And many who were there believed in Jesus.

The Raising of Lazarus

11 A man named Lazarus was sick. He lived in Bethany with his sisters, Mary and Martha. ²This is the Mary who later poured the expensive perfume on the Lord's feet and wiped them with her hair.* Her brother, Lazarus, was sick. ³So the two sisters sent a message to Jesus telling him, "Lord, your dear friend is very sick."

⁴But when Jesus heard about it he said, "Lazarus's sickness will not end in death. No, it happened for the glory of God so that the Son of God will receive glory from this." ⁵So although Jesus loved Martha, Mary, and Lazarus, ⁶he stayed where he was for the next two days. ⁷Finally, he said to his disciples, "Let's go back to Judea."

⁸But his disciples objected. "Rabbi," they said, "only a few days ago the people* in Judea were trying to stone you. Are you going there again?"

⁹Jesus replied, "There are twelve hours of daylight every day. During the day people can walk safely. They can see because they have the light of this world. ¹⁰But at night there is danger of stumbling because they have no light." ¹¹Then he said, "Our friend Lazarus has fallen asleep, but now I will go and wake him up."

¹²The disciples said, "Lord, if he is sleeping, he will soon get better!" ¹³They thought Jesus meant Lazarus was simply sleeping, but Jesus meant Lazarus had died.

¹⁴So he told them plainly, "Lazarus is dead. ¹⁵And for your sakes, I'm glad I wasn't there, for now you will really believe. Come, let's go see him."

¹⁶Thomas, nicknamed the Twin,* said to his fellow disciples, "Let's go, too—and die with Jesus."

¹⁷When Jesus arrived at Bethany, he was told that Lazarus had already been in his grave for four days. ¹⁸Bethany was only a few miles* down the road from Jerusalem, ¹⁹and many of the people had come to console Martha and Mary in their loss. ²⁰When Martha got word that Jesus was coming, she went to meet him. But Mary stayed in the house. ²¹Martha said to Jesus, "Lord, if only you had been here, my brother would not have died. ²²But even now I know that God will give you whatever you ask."

²³Jesus told her, "Your brother will rise again."

²⁴"Yes," Martha said, "he will rise when everyone else rises, at the last day."

²⁵Jesus told her, "I am the resurrection and the life.* Anyone who believes in me will live,

even after dying. ²⁶Everyone who lives in me and believes in me will never ever die. Do you believe this, Martha?"

²⁷"Yes, Lord," she told him. "I have always believed you are the Messiah, the Son of God, the one who has come into the world from God." ²⁸Then she returned to Mary. She called Mary aside from the mourners and told her, "The Teacher is here and wants to see you." ²⁹So Mary immediately went to him.

³⁰Jesus had stayed outside the village, at the place where Martha met him. ³¹When the people who were at the house consoling Mary saw her leave so hastily, they assumed she was going to Lazarus's grave to weep. So they followed her there. ³²When Mary arrived and saw Jesus, she fell at his feet and said, "Lord, if only you had been here, my brother would not have died."

³³When Jesus saw her weeping and saw the other people wailing with her, a deep anger welled up within him,* and he was deeply troubled. ³⁴"Where have you put him?" he asked them.

They told him, "Lord, come and see." ³⁵Then Jesus wept. ³⁶The people who were standing nearby said, "See how much he loved him!" ³⁷But some said, "This man healed a blind man. Couldn't he have kept Lazarus from dying?"

³⁸Jesus was still angry as he arrived at the tomb, a cave with a stone rolled across its entrance. ³⁹"Roll the stone aside," Jesus told them.

But Martha, the dead man's sister, protested, "Lord, he has been dead for four days. The smell will be terrible."

⁴⁰Jesus responded, "Didn't I tell you that you would see God's glory if you believe?" ⁴¹So they rolled the stone aside. Then Jesus looked up to heaven and said, "Father, thank you for hearing me. ⁴²You always hear me, but I said it out loud for the sake of all these people standing here, so that they will believe you sent me." ⁴³Then Jesus shouted, "Lazarus, come out!" ⁴⁴And the dead man came out, his hands and feet bound in graveclothes, his face wrapped in a headcloth. Jesus told them, "Unwrap him and let him go!"

The Plot to Kill Jesus

⁴⁵Many of the people who were with Mary believed in Jesus when they saw this happen. ⁴⁶But some went to the Pharisees and told them what Jesus had done. ⁴⁷Then the leading priests and Pharisees called the high council* together. "What are we going to do?" they asked each other. "This man certainly performs many miraculous signs. ⁴⁸If we allow him to go on like this, soon everyone will believe in him. Then the Roman army will come and destroy both our Temple* and our nation."

11:2 This incident is recorded in chapter 12.   **11:8** Greek *Jewish people;* also in 11:19, 31, 33, 36, 45, 54.   **11:16** Greek *Thomas, who was called Didymus.*   **11:18** Greek *was about 15 stadia* [about 2.8 kilometers].   **11:25** Some manuscripts do not include *and the life.*   **11:33** Or *he was angry in his spirit.*   **11:47** Greek *the Sanhedrin.*   **11:48** Or *our position;* Greek reads *our place.*

⁴⁹Caiaphas, who was high priest at that time,* said, "You don't know what you're talking about! ⁵⁰You don't realize that it's better for you that one man should die for the people than for the whole nation to be destroyed."

⁵¹He did not say this on his own; as high priest at that time he was led to prophesy that Jesus would die for the entire nation. ⁵²And not only for that nation, but to bring together and unite all the children of God scattered around the world.

⁵³So from that time on, the Jewish leaders began to plot Jesus' death. ⁵⁴As a result, Jesus stopped his public ministry among the people and left Jerusalem. He went to a place near the wilderness, to the village of Ephraim, and stayed there with his disciples.

⁵⁵It was now almost time for the Jewish Passover celebration, and many people from all over the country arrived in Jerusalem several days early so they could go through the purification ceremony before Passover began. ⁵⁶They kept looking for Jesus, but as they stood around in the Temple, they said to each other, "What do you think? He won't come for Passover, will he?" ⁵⁷Meanwhile, the leading priests and Pharisees had publicly ordered that anyone seeing Jesus must report it immediately so they could arrest him.

Jesus Anointed at Bethany

12 Six days before the Passover celebration began, Jesus arrived in Bethany, the home of Lazarus—the man he had raised from the dead. ²A dinner was prepared in Jesus' honor. Martha served, and Lazarus was among those who ate* with him. ³Then Mary took a twelve-ounce jar* of expensive perfume made from essence of nard, and she anointed Jesus' feet with it, wiping his feet with her hair. The house was filled with the fragrance.

⁴But Judas Iscariot, the disciple who would soon betray him, said, ⁵"That perfume was worth a year's wages.* It should have been sold and the money given to the poor." ⁶Not that he cared for the poor—he was a thief, and since he was in charge of the disciples' money, he often stole some for himself.

⁷Jesus replied, "Leave her alone. She did this in preparation for my burial. ⁸You will always have the poor among you, but you will not always have me."

⁹When all the people* heard of Jesus' arrival, they flocked to see him and also to see Lazarus, the man Jesus had raised from the dead. ¹⁰Then the leading priests decided to kill Lazarus, too, ¹¹for it was because of him that many of the people had deserted them* and believed in Jesus.

Jesus' Triumphant Entry

¹²The next day, the news that Jesus was on the way to Jerusalem swept through the city. A large crowd of Passover visitors ¹³took palm branches and went down the road to meet him. They shouted,

"Praise God!*
Blessings on the one who comes in the name
    of the Lord!
Hail to the King of Israel!"*

¹⁴Jesus found a young donkey and rode on it, fulfilling the prophecy that said:

¹⁵ "Don't be afraid, people of Jerusalem.*
Look, your King is coming,
    riding on a donkey's colt."*

¹⁶His disciples didn't understand at the time that this was a fulfillment of prophecy. But after Jesus entered into his glory, they remembered what had happened and realized that these things had been written about him.

¹⁷Many in the crowd had seen Jesus call Lazarus from the tomb, raising him from the dead, and they were telling others* about it. ¹⁸That was the reason so many went out to meet him—because they had heard about this miraculous sign. ¹⁹Then the Pharisees said to each other, "There's nothing we can do. Look, everyone* has gone after him!"

Jesus Predicts His Death

²⁰Some Greeks who had come to Jerusalem for the Passover celebration ²¹paid a visit to Philip, who was from Bethsaida in Galilee. They said, "Sir, we want to meet Jesus." ²²Philip told Andrew about it, and they went together to ask Jesus.

²³Jesus replied, "Now the time has come for the Son of Man* to enter into his glory. ²⁴I tell you the truth, unless a kernel of wheat is planted in the soil and dies, it remains alone. But its death will produce many new kernels—a plentiful harvest of new lives. ²⁵Those who love their life in this world will lose it. Those who care nothing for their life in this world will keep it for eternity. ²⁶Anyone who wants to be my disciple must follow me, because my servants must be where I am. And the Father will honor anyone who serves me.

²⁷"Now my soul is deeply troubled. Should I pray, 'Father, save me from this hour'? But this is the very reason I came! ²⁸Father, bring glory to your name."

Then a voice spoke from heaven, saying, "I have already brought glory to my name, and I will do so again." ²⁹When the crowd heard the voice, some thought it was thunder, while others declared an angel had spoken to him.

11:49 Greek *that year;* also in 11:51. **12:2** Or *who reclined.* **12:3** Greek *took 1 litra* [327 grams]. **12:5** Greek *worth 300 denarii.* A denarius was equivalent to a laborer's full day's wage. **12:9** Greek *Jewish people;* also in 12:11. **12:11** Or *had deserted their traditions;* Greek reads *had deserted.* **12:13a** Greek *Hosanna,* an exclamation of praise adapted from a Hebrew expression that means "save now." **12:13b** Ps 118:25-26; Zeph 3:15. **12:15a** Greek *daughter of Zion.* **12:15b** Zech 9:9. **12:17** Greek *were testifying.* **12:19** Greek *the world.* **12:23** "Son of Man" is a title Jesus used for himself.

³⁰Then Jesus told them, "The voice was for your benefit, not mine. ³¹The time for judging this world has come, when Satan, the ruler of this world, will be cast out. ³²And when I am lifted up from the earth, I will draw everyone to myself." ³³He said this to indicate how he was going to die.

³⁴The crowd responded, "We understood from Scripture* that the Messiah would live forever. How can you say the Son of Man will die? Just who is this Son of Man, anyway?"

³⁵Jesus replied, "My light will shine for you just a little longer. Walk in the light while you can, so the darkness will not overtake you. Those who walk in the darkness cannot see where they are going. ³⁶Put your trust in the light while there is still time; then you will become children of the light."

After saying these things, Jesus went away and was hidden from them.

The Unbelief of the People

³⁷But despite all the miraculous signs Jesus had done, most of the people still did not believe in him. ³⁸This is exactly what Isaiah the prophet had predicted:

"Lord, who has believed our message?
    To whom has the Lord revealed his
        powerful arm?"*

³⁹But the people couldn't believe, for as Isaiah also said,

⁴⁰ "The Lord has blinded their eyes
    and hardened their hearts—
so that their eyes cannot see,
    and their hearts cannot understand,
and they cannot turn to me
    and have me heal them."*

⁴¹Isaiah was referring to Jesus when he said this, because he saw the future and spoke of the Messiah's glory. ⁴²Many people did believe in him, however, including some of the Jewish leaders. But they wouldn't admit it for fear that the Pharisees would expel them from the synagogue. ⁴³For they loved human praise more than the praise of God.

⁴⁴Jesus shouted to the crowds, "If you trust me, you are trusting not only me, but also God who sent me. ⁴⁵For when you see me, you are seeing the one who sent me. ⁴⁶I have come as a light to shine in this dark world, so that all who put their trust in me will no longer remain in the dark. ⁴⁷I will not judge those who hear me but don't obey me, for I have come to save the world and not to judge it. ⁴⁸But all who reject me and my message will be judged on the day of judgment by the truth I have spoken. ⁴⁹I don't speak on my own authority. The Father who sent me

has commanded me what to say and how to say it. ⁵⁰And I know his commands lead to eternal life; so I say whatever the Father tells me to say."

Jesus Washes His Disciples' Feet

13 Before the Passover celebration, Jesus knew that his hour had come to leave this world and return to his Father. He had loved his disciples during his ministry on earth, and now he loved them to the very end.* ²It was time for supper, and the devil had already prompted Judas,* son of Simon Iscariot, to betray Jesus. ³Jesus knew that the Father had given him authority over everything and that he had come from God and would return to God. ⁴So he got up from the table, took off his robe, wrapped a towel around his waist, ⁵and poured water into a basin. Then he began to wash the disciples' feet, drying them with the towel he had around him.

⁶When Jesus came to Simon Peter, Peter said to him, "Lord, are you going to wash my feet?"

⁷Jesus replied, "You don't understand now what I am doing, but someday you will."

⁸"No," Peter protested, "you will never ever wash my feet!"

Jesus replied, "Unless I wash you, you won't belong to me."

⁹Simon Peter exclaimed, "Then wash my hands and head as well, Lord, not just my feet!"

¹⁰Jesus replied, "A person who has bathed all over does not need to wash, except for the feet,* to be entirely clean. And you disciples are clean, but not all of you." ¹¹For Jesus knew who would betray him. That is what he meant when he said, "Not all of you are clean."

¹²After washing their feet, he put on his robe again and sat down and asked, "Do you understand what I was doing? ¹³You call me 'Teacher' and 'Lord,' and you are right, because that's what I am. ¹⁴And since I, your Lord and Teacher, have washed your feet, you ought to wash each other's feet. ¹⁵I have given you an example to follow. Do as I have done to you. ¹⁶I tell you the truth, slaves are not greater than their master. Nor is the messenger more important than the one who sends the message. ¹⁷Now that you know these things, God will bless you for doing them.

Jesus Predicts His Betrayal

¹⁸"I am not saying these things to all of you; I know the ones I have chosen. But this fulfills the Scripture that says, 'The one who eats my food has turned against me.'* ¹⁹I tell you this beforehand, so that when it happens you will believe that I Am the Messiah.* ²⁰I tell you the truth, anyone who welcomes my messenger is welcoming me, and anyone who welcomes me is welcoming the Father who sent me."

²¹Now Jesus was deeply troubled,* and he ex-

12:34 Greek *from the law.*   12:38 Isa 53:1.   12:40 Isa 6:10.   13:1 Or *he showed them the full extent of his love.*   13:2 Or *the devil had already intended for Judas.*   13:10 Some manuscripts do not include *except for the feet.*   13:18 Ps 41:9.   13:19 Or *that the 'I Am' has come;* or *that I am the Lord;* Greek reads *that I am.* See Exod 3:14.   13:21 Greek *was troubled in his spirit.*

claimed, "I tell you the truth, one of you will betray me!"

22The disciples looked at each other, wondering whom he could mean. 23The disciple Jesus loved was sitting next to Jesus at the table.* 24Simon Peter motioned to him to ask, "Who's he talking about?" 25So that disciple leaned over to Jesus and asked, "Lord, who is it?"

26Jesus responded, "It is the one to whom I give the bread I dip in the bowl." And when he had dipped it, he gave it to Judas, son of Simon Iscariot. 27When Judas had eaten the bread, Satan entered into him. Then Jesus told him, "Hurry and do what you're going to do." 28None of the others at the table knew what Jesus meant. 29Since Judas was their treasurer, some thought Jesus was telling him to go and pay for the food or to give some money to the poor. 30So Judas left at once, going out into the night.

Jesus Predicts Peter's Denial

31As soon as Judas left the room, Jesus said, "The time has come for the Son of Man* to enter into his glory, and God will be glorified because of him. 32And since God receives glory because of the Son,* he will soon give glory to the Son. 33Dear children, I will be with you only a little longer. And as I told the Jewish leaders, you will search for me, but you can't come where I am going. 34So now I am giving you a new commandment: Love each other. Just as I have loved you, you should love each other. 35Your love for one another will prove to the world that you are my disciples."

36Simon Peter asked, "Lord, where are you going?"

And Jesus replied, "You can't go with me now, but you will follow me later."

37"But why can't I come now, Lord?" he asked. "I'm ready to die for you."

38Jesus answered, "Die for me? I tell you the truth, Peter—before the rooster crows tomorrow morning, you will deny three times that you even know me.

Jesus, the Way to the Father

14 "Don't let your hearts be troubled. Trust in God, and trust also in me. 2There is more than enough room in my Father's home.* If this were not so, would I have told you that I am going to prepare a place for you?* 3When everything is ready, I will come and get you, so that you will always be with me where I am. 4And you know the way to where I am going."

5"No, we don't know, Lord," Thomas said. "We have no idea where you are going, so how can we know the way?"

6Jesus told him, "I am the way, the truth, and the life. No one can come to the Father except through me. 7If you had really known me, you would know who my Father is.* From now on, you do know him and have seen him!"

8Philip said, "Lord, show us the Father, and we will be satisfied."

9Jesus replied, "Have I been with you all this time, Philip, and yet you still don't know who I am? Anyone who has seen me has seen the Father! So why are you asking me to show him to you? 10Don't you believe that I am in the Father and the Father is in me? The words I speak are not my own, but my Father who lives in me does his work through me. 11Just believe that I am in the Father and the Father is in me. Or at least believe because of the work you have seen me do.

12"I tell you the truth, anyone who believes in me will do the same works I have done, and even greater works, because I am going to be with the Father. 13You can ask for anything in my name, and I will do it, so that the Son can bring glory to the Father. 14Yes, ask me for anything in my name, and I will do it!

Jesus Promises the Holy Spirit

15"If you love me, obey* my commandments. 16And I will ask the Father, and he will give you another Advocate,* who will never leave you. 17He is the Holy Spirit, who leads into all truth. The world cannot receive him, because it isn't looking for him and doesn't recognize him. But you know him, because he lives with you now and later will be in you.* 18No, I will not abandon you as orphans—I will come to you. 19Soon the world will no longer see me, but you will see me. Since I live, you also will live. 20When I am raised to life again, you will know that I am in my Father, and you are in me, and I am in you. 21Those who accept my commandments and obey them are the ones who love me. And because they love me, my Father will love them. And I will love them and reveal myself to each of them."

22Judas (not Judas Iscariot, but the other disciple with that name) said to him, "Lord, why are you going to reveal yourself only to us and not to the world at large?"

23Jesus replied, "All who love me will do what I say. My Father will love them, and we will come and make our home with each of them. 24Anyone who doesn't love me will not obey me. And remember, my words are not my own. What I am telling you is from the Father who sent me. 25I am telling you these things now while I am still with you. 26But when the Father sends the Advocate as my representative—that is, the Holy

---

13:23 Greek *was reclining on Jesus' bosom.* The "disciple Jesus loved" was probably John.   **13:31** "Son of Man" is a title Jesus used for himself.   **13:32** Some manuscripts omit *And since God receives glory because of the Son.*   **14:2a** Or *There are many rooms in my Father's house.*   **14:2b** Or *If this were not so, I would have told you that I am going to prepare a place for you.* Some manuscripts read *If this were not so, I would have told you. I am going to prepare a place for you.*   **14:7** Some manuscripts read *If you have really known me, you will know who my Father is.*   **14:15** Other manuscripts read *you will obey;* still others read *you should obey.*   **14:16** Or *Comforter,* or *Encourager,* or *Counselor.* Greek reads *Paraclete;* also in 14:26.   **14:17** Some manuscripts read *and is in you.*

Spirit—he will teach you everything and will remind you of everything I have told you.

²⁷"I am leaving you with a gift—peace of mind and heart. And the peace I give is a gift the world cannot give. So don't be troubled or afraid. ²⁸Remember what I told you: I am going away, but I will come back to you again. If you really loved me, you would be happy that I am going to the Father, who is greater than I am. ²⁹I have told you these things before they happen so that when they do happen, you will believe.

³⁰"I don't have much more time to talk to you, because the ruler of this world approaches. He has no power over me, ³¹but I will do what the Father requires of me, so that the world will know that I love the Father. Come, let's be going.

Jesus, the True Vine

15 "I am the true grapevine, and my Father is the gardener. ²He cuts off every branch of mine that doesn't produce fruit, and he prunes the branches that do bear fruit so they will produce even more. ³You have already been pruned and purified by the message I have given you. ⁴Remain in me, and I will remain in you. For a branch cannot produce fruit if it is severed from the vine, and you cannot be fruitful unless you remain in me.

⁵"Yes, I am the vine; you are the branches. Those who remain in me, and I in them, will produce much fruit. For apart from me you can do nothing. ⁶Anyone who does not remain in me is thrown away like a useless branch and withers. Such branches are gathered into a pile to be burned. ⁷But if you remain in me and my words remain in you, you may ask for anything you want, and it will be granted! ⁸When you produce much fruit, you are my true disciples. This brings great glory to my Father.

⁹"I have loved you even as the Father has loved me. Remain in my love. ¹⁰When you obey my commandments, you remain in my love, just as I obey my Father's commandments and remain in his love. ¹¹I have told you these things so that you will be filled with my joy. Yes, your joy will overflow! ¹²This is my commandment: Love each other in the same way I have loved you. ¹³There is no greater love than to lay down one's life for one's friends. ¹⁴You are my friends if you do what I command. ¹⁵I no longer call you slaves, because a master doesn't confide in his slaves. Now you are my friends, since I have told you everything the Father told me. ¹⁶You didn't choose me. I chose you. I appointed you to go and produce lasting fruit, so that the Father will give you whatever you ask for, using my name. ¹⁷This is my command: Love each other.

The World's Hatred

¹⁸"If the world hates you, remember that it hated me first. ¹⁹The world would love you as one of its own if you belonged to it, but you are no longer part of the world. I chose you to come out of the world, so it hates you. ²⁰Do you remember what I told you? 'A slave is not greater than the master.' Since they persecuted me, naturally they will persecute you. And if they had listened to me, they would listen to you. ²¹They will do all this to you because of me, for they have rejected the One who sent me. ²²They would not be guilty if I had not come and spoken to them. But now they have no excuse for their sin. ²³Anyone who hates me also hates my Father. ²⁴If I hadn't done such miraculous signs among them that no one else could do, they would not be guilty. But as it is, they have seen everything I did, yet they still hate me and my Father. ²⁵This fulfills what is written in their Scriptures:* 'They hated me without cause.'

²⁶"But I will send you the Advocate*—the Spirit of truth. He will come to you from the Father and will testify all about me. ²⁷And you must also testify about me because you have been with me from the beginning of my ministry.

16 "I have told you these things so that you won't abandon your faith. ²For you will be expelled from the synagogues, and the time is coming when those who kill you will think they are doing a holy service for God. ³This is because they have never known the Father or me. ⁴Yes, I'm telling you these things now, so that when they happen, you will remember my warning. I didn't tell you earlier because I was going to be with you for a while longer.

The Work of the Holy Spirit

⁵"But now I am going away to the One who sent me, and not one of you is asking where I am going. ⁶Instead, you grieve because of what I've told you. ⁷But in fact, it is best for you that I go away, because if I don't, the Advocate* won't come. If I do go away, then I will send him to you. ⁸And when he comes, he will convict the world of its sin, and of God's righteousness, and of the coming judgment. ⁹The world's sin is that it refuses to believe in me. ¹⁰Righteousness is available because I go to the Father, and you will see me no more. ¹¹Judgment will come because the ruler of this world has already been judged.

¹²"There is so much more I want to tell you, but you can't bear it now. ¹³When the Spirit of truth comes, he will guide you into all truth. He will not speak on his own but will tell you what he has heard. He will tell you about the future. ¹⁴He will bring me glory by telling you whatever he receives from me. ¹⁵All that belongs to the

---

15:25 Greek *in their law.* Pss 35:19; 69:4. **15:26** Or *Comforter,* or *Encourager,* or *Counselor.* Greek reads *Paraclete.* **16:7** Or *Comforter,* or *Encourager,* or *Counselor.* Greek reads *Paraclete.*

Father is mine; this is why I said, 'The Spirit will tell you whatever he receives from me.'

Sadness Will Be Turned to Joy

¹⁶"In a little while you won't see me anymore. But a little while after that, you will see me again."

¹⁷Some of the disciples asked each other, "What does he mean when he says, 'In a little while you won't see me, but then you will see me,' and 'I am going to the Father'? ¹⁸And what does he mean by 'a little while'? We don't understand."

¹⁹Jesus realized they wanted to ask him about it, so he said, "Are you asking yourselves what I meant? I said in a little while you won't see me, but a little while after that you will see me again. ²⁰I tell you the truth, you will weep and mourn over what is going to happen to me, but the world will rejoice. You will grieve, but your grief will suddenly turn to wonderful joy. ²¹It will be like a woman suffering the pains of labor. When her child is born, her anguish gives way to joy because she has brought a new baby into the world. ²²So you have sorrow now, but I will see you again; then you will rejoice, and no one can rob you of that joy. ²³At that time you won't need to ask me for anything. I tell you the truth, you will ask the Father directly, and he will grant your request because you use my name. ²⁴You haven't done this before. Ask, using my name, and you will receive, and you will have abundant joy.

²⁵"I have spoken of these matters in figures of speech, but soon I will stop speaking figuratively and will tell you plainly all about the Father. ²⁶Then you will ask in my name. I'm not saying I will ask the Father on your behalf, ²⁷for the Father himself loves you dearly because you love me and believe that I came from God. ²⁸Yes, I came from the Father into the world, and now I will leave the world and return to the Father."

²⁹Then his disciples said, "At last you are speaking plainly and not figuratively. ³⁰Now we understand that you know everything, and there's no need to question you. From this we believe that you came from God."

³¹Jesus asked, "Do you finally believe? ³²But the time is coming—indeed it's here now—when you will be scattered, each one going his own way, leaving me alone. Yet I am not alone because the Father is with me. ³³I have told you all this so that you may have peace in me. Here on earth you will have many trials and sorrows. But take heart, because I have overcome the world."

The Prayer of Jesus

17 After saying all these things, Jesus looked up to heaven and said, "Father, the hour has come. Glorify your Son so he can give glory back to you. ²For you have given him authority over everyone. He gives eternal life to each one you have given him. ³And this is the way to have eternal life—to know you, the only true God, and Jesus Christ, the one you sent to earth. ⁴I brought glory to you here on earth by completing the work you gave me to do. ⁵Now, Father, bring me into the glory we shared before the world began.

⁶"I have revealed you* to the ones you gave me from this world. They were always yours. You gave them to me, and they have kept your word. ⁷Now they know that everything I have is a gift from you, ⁸for I have passed on to them the message you gave me. They accepted it and know that I came from you, and they believe you sent me.

⁹"My prayer is not for the world, but for those you have given me, because they belong to you. ¹⁰All who are mine belong to you, and you have given them to me, so they bring me glory. ¹¹Now I am departing from the world; they are staying in this world, but I am coming to you. Holy Father, you have given me your name;* now protect them by the power of your name so that they will be united just as we are. ¹²During my time here, I protected them by the power of the name you gave me.* I guarded them so that not one was lost, except the one headed for destruction, as the Scriptures foretold.

¹³"Now I am coming to you. I told them many things while I was with them in this world so they would be filled with my joy. ¹⁴I have given them your word. And the world hates them because they do not belong to the world, just as I do not belong to the world. ¹⁵I'm not asking you to take them out of the world, but to keep them safe from the evil one. ¹⁶They do not belong to this world any more than I do. ¹⁷Make them holy by your truth; teach them your word, which is truth. ¹⁸Just as you sent me into the world, I am sending them into the world. ¹⁹And I give myself as a holy sacrifice for them so they can be made holy by your truth.

²⁰"I am praying not only for these disciples but also for all who will ever believe in me through their message. ²¹I pray that they will all be one, just as you and I are one—as you are in me, Father, and I am in you. And may they be in us so that the world will believe you sent me.

²²"I have given them the glory you gave me, so they may be one as we are one. ²³I am in them and you are in me. May they experience such perfect unity that the world will know that you sent me and that you love them as much as you love me. ²⁴Father, I want these whom you have given me to be with me where I am. Then they can see all the glory you gave me because you loved me even before the world began!

²⁵"O righteous Father, the world doesn't know you, but I do; and these disciples know you sent me. ²⁶I have revealed you to them, and

17:6 Greek *have revealed your name;* also in 17:26.   **17:11** Some manuscripts read *you have given me these [disciples].*
17:12 Some manuscripts read *I protected those you gave me, by the power of your name.*

I will continue to do so. Then your love for me will be in them, and I will be in them."

Jesus Is Betrayed and Arrested

18 After saying these things, Jesus crossed the Kidron Valley with his disciples and entered a grove of olive trees. ²Judas, the betrayer, knew this place, because Jesus had often gone there with his disciples. ³The leading priests and Pharisees had given Judas a contingent of Roman soldiers and Temple guards to accompany him. Now with blazing torches, lanterns, and weapons, they arrived at the olive grove.

⁴Jesus fully realized all that was going to happen to him, so he stepped forward to meet them. "Who are you looking for?" he asked.

⁵"Jesus the Nazarene,"* they replied.

"I AM he,"* Jesus said. (Judas, who betrayed him, was standing with them.) ⁶As Jesus said "I AM he," they all drew back and fell to the ground! ⁷Once more he asked them, "Who are you looking for?"

And again they replied, "Jesus the Nazarene."

⁸"I told you that I AM he," Jesus said. "And since I am the one you want, let these others go." ⁹He did this to fulfill his own statement: "I did not lose a single one of those you have given me."*

¹⁰Then Simon Peter drew a sword and slashed off the right ear of Malchus, the high priest's slave. ¹¹But Jesus said to Peter, "Put your sword back into its sheath. Shall I not drink from the cup of suffering the Father has given me?"

Jesus at the High Priest's House

¹²So the soldiers, their commanding officer, and the Temple guards arrested Jesus and tied him up. ¹³First they took him to Annas, the father-in-law of Caiaphas, the high priest at that time.* ¹⁴Caiaphas was the one who had told the other Jewish leaders, "It's better that one man should die for the people."

Peter's First Denial

¹⁵Simon Peter followed Jesus, as did another of the disciples. That other disciple was acquainted with the high priest, so he was allowed to enter the high priest's courtyard with Jesus. ¹⁶Peter had to stay outside the gate. Then the disciple who knew the high priest spoke to the woman watching at the gate, and she let Peter in. ¹⁷The woman asked Peter, "You're not one of that man's disciples, are you?"

"No," he said, "I am not."

¹⁸Because it was cold, the household servants and the guards had made a charcoal fire. They stood around it, warming themselves, and Peter stood with them, warming himself.

The High Priest Questions Jesus

¹⁹Inside, the high priest began asking Jesus about his followers and what he had been teaching them. ²⁰Jesus replied, "Everyone knows what I teach. I have preached regularly in the synagogues and the Temple, where the people* gather. I have not spoken in secret. ²¹Why are you asking me this question? Ask those who heard me. They know what I said."

²²Then one of the Temple guards standing nearby slapped Jesus across the face. "Is that the way to answer the high priest?" he demanded.

²³Jesus replied, "If I said anything wrong, you must prove it. But if I'm speaking the truth, why are you beating me?"

²⁴Then Annas bound Jesus and sent him to Caiaphas, the high priest.

Peter's Second and Third Denials

²⁵Meanwhile, as Simon Peter was standing by the fire, they asked him again, "You're not one of his disciples, are you?"

He denied it, saying, "No, I am not."

²⁶But one of the household slaves of the high priest, a relative of the man whose ear Peter had cut off, asked, "Didn't I see you out there in the olive grove with Jesus?" ²⁷Again Peter denied it. And immediately a rooster crowed.

Jesus' Trial before Pilate

²⁸Jesus' trial before Caiaphas ended in the early hours of the morning. Then he was taken to the headquarters of the Roman governor.* His accusers didn't go inside because it would defile them, and they wouldn't be allowed to celebrate the Passover. ²⁹So Pilate, the governor, went out to them and asked, "What is your charge against this man?"

³⁰"We wouldn't have handed him over to you if he weren't a criminal!" they retorted.

³¹"Then take him away and judge him by your own law," Pilate told them.

"Only the Romans are permitted to execute someone," the Jewish leaders replied. ³²(This fulfilled Jesus' prediction about the way he would die.*)

³³Then Pilate went back into his headquarters and called for Jesus to be brought to him. "Are you the king of the Jews?" he asked him.

³⁴Jesus replied, "Is this your own question, or did others tell you about me?"

³⁵"Am I a Jew?" Pilate retorted. "Your own people and their leading priests brought you to me for trial. Why? What have you done?"

³⁶Jesus answered, "My Kingdom is not an earthly kingdom. If it were, my followers would fight to keep me from being handed over to the Jewish leaders. But my Kingdom is not of this world."

18:5a Or *Jesus of Nazareth;* also in 18:7.   **18:5b** Or *"The 'I AM' is here";* or *"I am the LORD";* Greek reads *I am;* also in 18:6, 8. See Exod 3:14.   **18:9** See John 6:39 and 17:12.   **18:13** Greek *that year.*   **18:20** Greek *Jewish people;* also in 18:38.   **18:28** Greek *to the Praetorium;* also in 18:33.   **18:32** See John 12:32-33.

37Pilate said, "So you are a king?"

Jesus responded, "You say I am a king. Actually, I was born and came into the world to testify to the truth. All who love the truth recognize that what I say is true."

38"What is truth?" Pilate asked. Then he went out again to the people and told them, "He is not guilty of any crime. 39But you have a custom of asking me to release one prisoner each year at Passover. Would you like me to release this 'King of the Jews'?"

40But they shouted back, "No! Not this man. We want Barabbas!" (Barabbas was a revolutionary.)

Jesus Sentenced to Death

19 Then Pilate had Jesus flogged with a lead-tipped whip. 2The soldiers wove a crown of thorns and put it on his head, and they put a purple robe on him. 3"Hail! King of the Jews!" they mocked, as they slapped him across the face.

4Pilate went outside again and said to the people, "I am going to bring him out to you now, but understand clearly that I find him not guilty." 5Then Jesus came out wearing the crown of thorns and the purple robe. And Pilate said, "Look, here is the man!"

6When they saw him, the leading priests and Temple guards began shouting, "Crucify him! Crucify him!"

"Take him yourselves and crucify him," Pilate said. "I find him not guilty."

7The Jewish leaders replied, "By our law he ought to die because he called himself the Son of God."

8When Pilate heard this, he was more frightened than ever. 9He took Jesus back into the headquarters* again and asked him, "Where are you from?" But Jesus gave no answer. 10"Why don't you talk to me?" Pilate demanded. "Don't you realize that I have the power to release you or crucify you?"

11Then Jesus said, "You would have no power over me at all unless it were given to you from above. So the one who handed me over to you has the greater sin."

12Then Pilate tried to release him, but the Jewish leaders shouted, "If you release this man, you are no 'friend of Caesar.'* Anyone who declares himself a king is a rebel against Caesar."

13When they said this, Pilate brought Jesus out to them again. Then Pilate sat down on the judgment seat on the platform that is called the Stone Pavement (in Hebrew, *Gabbatha*). 14It was now about noon on the day of preparation for the Passover. And Pilate said to the people,* "Look, here is your king!"

15"Away with him," they yelled. "Away with him! Crucify him!"

"What? Crucify your king?" Pilate asked.

"We have no king but Caesar," the leading priests shouted back.

16Then Pilate turned Jesus over to them to be crucified.

The Crucifixion

So they took Jesus away. 17Carrying the cross by himself, he went to the place called Place of the Skull (in Hebrew, *Golgotha*). 18There they nailed him to the cross. Two others were crucified with him, one on either side, with Jesus between them. 19And Pilate posted a sign over him that read, "Jesus of Nazareth,* the King of the Jews." 20The place where Jesus was crucified was near the city, and the sign was written in Hebrew, Latin, and Greek, so that many people could read it.

21Then the leading priests objected and said to Pilate, "Change it from 'The King of the Jews' to 'He said, I am King of the Jews.'"

22Pilate replied, "No, what I have written, I have written."

23When the soldiers had crucified Jesus, they divided his clothes among the four of them. They also took his robe, but it was seamless, woven in one piece from top to bottom. 24So they said, "Rather than tearing it apart, let's throw dice* for it." This fulfilled the Scripture that says, "They divided my garments among themselves and threw dice for my clothing."* So that is what they did.

25Standing near the cross were Jesus' mother, and his mother's sister, Mary (the wife of Clopas), and Mary Magdalene. 26When Jesus saw his mother standing there beside the disciple he loved, he said to her, "Dear woman, here is your son." 27And he said to this disciple, "Here is your mother." And from then on this disciple took her into his home.

The Death of Jesus

28Jesus knew that his mission was now finished, and to fulfill Scripture he said, "I am thirsty."* 29A jar of sour wine was sitting there, so they soaked a sponge in it, put it on a hyssop branch, and held it up to his lips. 30When Jesus had tasted it, he said, "It is finished!" Then he bowed his head and released his spirit.

31It was the day of preparation, and the Jewish leaders didn't want the bodies hanging there the next day, which was the Sabbath (and a very special Sabbath, because it was the Passover). So they asked Pilate to hasten their deaths by ordering that their legs be broken. Then their bodies could be taken down. 32So the soldiers came and broke the legs of the two men crucified with Jesus. 33But when they came to Jesus, they saw that he was already dead, so they didn't break his legs. 34One of the soldiers, however, pierced his side with a spear, and immediately blood and

19:9 Greek *the Praetorium.* 19:12 "Friend of Caesar" is a technical term that refers to an ally of the emperor. 19:14 Greek *Jewish people;* also in 19:20. 19:19 Or *Jesus the Nazarene.* 19:24a Greek *cast lots.* 19:24b Ps 22:18. 19:28 See Pss 22:15; 69:21.

water flowed out. 35(This report is from an eye-witness giving an accurate account. He speaks the truth so that you also can believe.*) 36These things happened in fulfillment of the Scriptures that say, "Not one of his bones will be broken,"* 37and "They will look on the one they pierced."*

The Burial of Jesus

38Afterward Joseph of Arimathea, who had been a secret disciple of Jesus (because he feared the Jewish leaders), asked Pilate for permission to take down Jesus' body. When Pilate gave permission, Joseph came and took the body away. 39With him came Nicodemus, the man who had come to Jesus at night. He brought seventy-five pounds* of perfumed ointment made from myrrh and aloes. 40Following Jewish burial custom, they wrapped Jesus' body with the spices in long sheets of linen cloth. 41The place of crucifixion was near a garden, where there was a new tomb, never used before. 42And so, because it was the day of preparation for the Jewish Passover* and since the tomb was close at hand, they laid Jesus there.

The Resurrection

20 Early on Sunday morning,* while it was still dark, Mary Magdalene came to the tomb and found that the stone had been rolled away from the entrance. 2She ran and found Simon Peter and the other disciple, the one whom Jesus loved. She said, "They have taken the Lord's body out of the tomb, and we don't know where they have put him!"

3Peter and the other disciple started out for the tomb. 4They were both running, but the other disciple outran Peter and reached the tomb first. 5He stooped and looked in and saw the linen wrappings lying there, but he didn't go in. 6Then Simon Peter arrived and went inside. He also noticed the linen wrappings lying there, 7while the cloth that had covered Jesus' head was folded up and lying apart from the other wrappings. 8Then the disciple who had reached the tomb first also went in, and he saw and believed—9for until then they still hadn't understood the Scriptures that said Jesus must rise from the dead. 10Then they went home.

Jesus Appears to Mary Magdalene

11Mary was standing outside the tomb crying, and as she wept, she stooped and looked in. 12She saw two white-robed angels, one sitting at the head and the other at the foot of the place where the body of Jesus had been lying. 13"Dear woman, why are you crying?" the angels asked her.

"Because they have taken away my Lord," she replied, "and I don't know where they have put him."

14She turned to leave and saw someone standing there. It was Jesus, but she didn't recognize him. 15"Dear woman, why are you crying?" Jesus asked her. "Who are you looking for?"

She thought he was the gardener. "Sir," she said, "if you have taken him away, tell me where you have put him, and I will go and get him."

16"Mary!" Jesus said.

She turned to him and cried out, "Rabboni!" (which is Hebrew for "Teacher").

17"Don't cling to me," Jesus said, "for I haven't yet ascended to the Father. But go find my brothers and tell them that I am ascending to my Father and your Father, to my God and your God."

18Mary Magdalene found the disciples and told them, "I have seen the Lord!" Then she gave them his message.

Jesus Appears to His Disciples

19That Sunday evening* the disciples were meeting behind locked doors because they were afraid of the Jewish leaders. Suddenly, Jesus was standing there among them! "Peace be with you," he said. 20As he spoke, he showed them the wounds in his hands and his side. They were filled with joy when they saw the Lord! 21Again he said, "Peace be with you. As the Father has sent me, so I am sending you." 22Then he breathed on them and said, "Receive the Holy Spirit. 23If you forgive anyone's sins, they are forgiven. If you do not forgive them, they are not forgiven."

Jesus Appears to Thomas

24One of the disciples, Thomas (nicknamed the Twin),* was not with the others when Jesus came. 25They told him, "We have seen the Lord!"

But he replied, "I won't believe it unless I see the nail wounds in his hands, put my fingers into them, and place my hand into the wound in his side."

26Eight days later the disciples were together again, and this time Thomas was with them. The doors were locked; but suddenly, as before, Jesus was standing among them. "Peace be with you," he said. 27Then he said to Thomas, "Put your finger here, and look at my hands. Put your hand into the wound in my side. Don't be faithless any longer. Believe!"

28"My Lord and my God!" Thomas exclaimed.

29Then Jesus told him, "You believe because you have seen me. Blessed are those who believe without seeing me."

Purpose of the Book

30The disciples saw Jesus do many other miraculous signs in addition to the ones recorded in this book. 31But these are written so that you

---

19:35 Some manuscripts read *can continue to believe.*   19:36 Exod 12:46; Num 9:12; Ps 34:20.   19:37 Zech 12:10.   19:39 Greek *100 litras* [32.7 kilograms].   19:42 Greek *because of the Jewish day of preparation.*   20:1 Greek *On the first day of the week.*   20:19 Greek *In the evening of that day, the first day of the week.*   20:24 Greek *Thomas, who was called Didymus.*

may continue to believe* that Jesus is the Messiah, the Son of God, and that by believing in him you will have life by the power of his name.

Epilogue: Jesus Appears to Seven Disciples

21 Later, Jesus appeared again to the disciples beside the Sea of Galilee.* This is how it happened. ²Several of the disciples were there—Simon Peter, Thomas (nicknamed the Twin),* Nathanael from Cana in Galilee, the sons of Zebedee, and two other disciples.

³Simon Peter said, "I'm going fishing."

"We'll come, too," they all said. So they went out in the boat, but they caught nothing all night.

⁴At dawn Jesus was standing on the beach, but the disciples couldn't see who he was. ⁵He called out, "Fellows,* have you caught any fish?"

"No," they replied.

⁶Then he said, "Throw out your net on the right-hand side of the boat, and you'll get some!" So they did, and they couldn't haul in the net because there were so many fish in it.

⁷Then the disciple Jesus loved said to Peter, "It's the Lord!" When Simon Peter heard that it was the Lord, he put on his tunic (for he had stripped for work), jumped into the water, and headed to shore. ⁸The others stayed with the boat and pulled the loaded net to the shore, for they were only about a hundred yards* from shore. ⁹When they got there, they found breakfast waiting for them—fish cooking over a charcoal fire, and some bread.

¹⁰"Bring some of the fish you've just caught," Jesus said. ¹¹So Simon Peter went aboard and dragged the net to the shore. There were 153 large fish, and yet the net hadn't torn.

¹²"Now come and have some breakfast!" Jesus said. None of the disciples dared to ask him, "Who are you?" They knew it was the Lord. ¹³Then Jesus served them the bread and the fish. ¹⁴This was the third time Jesus had appeared to his disciples since he had been raised from the dead.

¹⁵After breakfast Jesus asked Simon Peter, "Simon son of John, do you love me more than these?*"

"Yes, Lord," Peter replied, "you know I love you."

"Then feed my lambs," Jesus told him.

¹⁶Jesus repeated the question: "Simon son of John, do you love me?"

"Yes, Lord," Peter said, "you know I love you."

"Then take care of my sheep," Jesus said.

¹⁷A third time he asked him, "Simon son of John, do you love me?"

Peter was hurt that Jesus asked the question a third time. He said, "Lord, you know everything. You know that I love you."

Jesus said, "Then feed my sheep.

¹⁸"I tell you the truth, when you were young, you were able to do as you liked; you dressed yourself and went wherever you wanted to go. But when you are old, you will stretch out your hands, and others* will dress you and take you where you don't want to go." ¹⁹Jesus said this to let him know by what kind of death he would glorify God. Then Jesus told him, "Follow me."

²⁰Peter turned around and saw behind them the disciple Jesus loved—the one who had leaned over to Jesus during supper and asked, "Lord, who will betray you?" ²¹Peter asked Jesus, "What about him, Lord?"

²²Jesus replied, "If I want him to remain alive until I return, what is that to you? As for you, follow me." ²³So the rumor spread among the community of believers* that this disciple wouldn't die. But that isn't what Jesus said at all. He only said, "If I want him to remain alive until I return, what is that to you?"

²⁴This disciple is the one who testifies to these events and has recorded them here. And we know that his account of these things is accurate.

²⁵Jesus also did many other things. If they were all written down, I suppose the whole world could not contain the books that would be written.

20:31 Some manuscripts read *that you may believe.* **21:1** Greek *Sea of Tiberias,* another name for the Sea of Galilee. **21:2** Greek *Thomas, who was called Didymus.* **21:5** Greek *Children.* **21:8** Greek *200 cubits* [90 meters]. **21:15** Or *more than these others do?* **21:18** Some manuscripts read *and another one.* **21:23** Greek *the brothers.*

Acts

The Promise of the Holy Spirit

1 In my first book* I told you, Theophilus, about everything Jesus began to do and teach ²until the day he was taken up to heaven after giving his chosen apostles further instructions through the Holy Spirit. ³During the forty days after his crucifixion, he appeared to the apostles from time to time, and he proved to them in many ways that he was actually alive. And he talked to them about the Kingdom of God.

⁴Once when he was eating with them, he commanded them, "Do not leave Jerusalem until the Father sends you the gift he promised, as I told you before. ⁵John baptized with* water, but in just a few days you will be baptized with the Holy Spirit."

The Ascension of Jesus

⁶So when the apostles were with Jesus, they kept asking him, "Lord, has the time come for you to free Israel and restore our kingdom?"

⁷He replied, "The Father alone has the authority to set those dates and times, and they are not for you to know. ⁸But you will receive power when the Holy Spirit comes upon you. And you will be my witnesses, telling people about me everywhere—in Jerusalem, throughout Judea, in Samaria, and to the ends of the earth."

⁹After saying this, he was taken up into a cloud while they were watching, and they could no longer see him. ¹⁰As they strained to see him rising into heaven, two white-robed men suddenly stood among them. ¹¹"Men of Galilee," they said, "why are you standing here staring into heaven? Jesus has been taken from you into heaven, but someday he will return from heaven in the same way you saw him go!"

Matthias Replaces Judas

¹²Then the apostles returned to Jerusalem from the Mount of Olives, a distance of half a mile.* ¹³When they arrived, they went to the upstairs room of the house where they were staying.

Here are the names of those who were present: Peter, John, James, Andrew, Philip, Thomas, Bartholomew, Matthew, James (son of Alphaeus), Simon (the Zealot), and Judas (son of James).

¹⁴They all met together and were constantly united in prayer, along with Mary the mother of Jesus, several other women, and the brothers of Jesus.

¹⁵During this time, when about 120 believers* were together in one place, Peter stood up and addressed them. ¹⁶"Brothers," he said, "the Scriptures had to be fulfilled concerning Judas, who guided those who arrested Jesus. This was predicted long ago by the Holy Spirit, speaking through King David. ¹⁷Judas was one of us and shared in the ministry with us."

¹⁸(Judas had bought a field with the money he received for his treachery. Falling headfirst there, his body split open, spilling out all his intestines. ¹⁹The news of his death spread to all the people of Jerusalem, and they gave the place the Aramaic name *Akeldama*, which means "Field of Blood.")

²⁰Peter continued, "This was written in the book of Psalms, where it says, 'Let his home become desolate, with no one living in it.' It also says, 'Let someone else take his position.'*

²¹"So now we must choose a replacement for Judas from among the men who were with us the entire time we were traveling with the Lord Jesus—²²from the time he was baptized by John until the day he was taken from us. Whoever is chosen will join us as a witness of Jesus' resurrection."

²³So they nominated two men: Joseph called Barsabbas (also known as Justus) and Matthias. ²⁴Then they all prayed, "O Lord, you know every heart. Show us which of these men you have chosen ²⁵as an apostle to replace Judas in this ministry, for he has deserted us and gone where he belongs." ²⁶Then they cast lots, and Matthias was selected to become an apostle with the other eleven.

The Holy Spirit Comes

2 On the day of Pentecost* all the believers were meeting together in one place. ²Suddenly, there was a sound from heaven like the roaring of a mighty windstorm, and it filled the house where they were sitting. ³Then, what looked like flames or tongues of fire appeared and settled on each of them. ⁴And everyone

1:1 The reference is to the Gospel of Luke.   **1:5** Or *in;* also in 1:5b.   **1:12** Greek *a Sabbath day's journey.*   **1:15** Greek *brothers.*
1:20 Pss 69:25; 109:8.   **2:1** The Festival of Pentecost came 50 days after Passover (when Jesus was crucified).

present was filled with the Holy Spirit and began speaking in other languages,* as the Holy Spirit gave them this ability.

⁵At that time there were devout Jews from every nation living in Jerusalem. ⁶When they heard the loud noise, everyone came running, and they were bewildered to hear their own languages being spoken by the believers.

⁷They were completely amazed. "How can this be?" they exclaimed. "These people are all from Galilee, ⁸and yet we hear them speaking in our own native languages! ⁹Here we are—Parthians, Medes, Elamites, people from Mesopotamia, Judea, Cappadocia, Pontus, the province of Asia, ¹⁰Phrygia, Pamphylia, Egypt, and the areas of Libya around Cyrene, visitors from Rome (both Jews and converts to Judaism), ¹¹Cretans, and Arabs. And we all hear these people speaking in our own languages about the wonderful things God has done!" ¹²They stood there amazed and perplexed. "What can this mean?" they asked each other.

¹³But others in the crowd ridiculed them, saying, "They're just drunk, that's all!"

Peter Preaches to the Crowd

¹⁴Then Peter stepped forward with the eleven other apostles and shouted to the crowd, "Listen carefully, all of you, fellow Jews and residents of Jerusalem! Make no mistake about this. ¹⁵These people are not drunk, as some of you are assuming. Nine o'clock in the morning is much too early for that. ¹⁶No, what you see was predicted long ago by the prophet Joel:

¹⁷ 'In the last days,' God says,
'I will pour out my Spirit upon all people.
Your sons and daughters will prophesy.
Your young men will see visions,
and your old men will dream dreams.
¹⁸ In those days I will pour out my Spirit
even on my servants—men and women
alike—
and they will prophesy.
¹⁹ And I will cause wonders in the heavens
above
and signs on the earth below—
blood and fire and clouds of smoke.
²⁰ The sun will become dark,
and the moon will turn blood red
before that great and glorious day of the
Lord arrives.
²¹ But everyone who calls on the name of the
Lord
will be saved.'*

²²"People of Israel, listen! God publicly endorsed Jesus the Nazarene* by doing powerful miracles, wonders, and signs through him, as you well know. ²³But God knew what would hap-

pen, and his prearranged plan was carried out when Jesus was betrayed. With the help of lawless Gentiles, you nailed him to a cross and killed him. ²⁴But God released him from the horrors of death and raised him back to life, for death could not keep him in its grip. ²⁵King David said this about him:

'I see that the Lord is always with me.
I will not be shaken, for he is right
beside me.
²⁶ No wonder my heart is glad,
and my tongue shouts his praises!
My body rests in hope.
²⁷ For you will not leave my soul among the
dead*
or allow your Holy One to rot in the grave.
²⁸ You have shown me the way of life,
and you will fill me with the joy of your
presence.'*

²⁹"Dear brothers, think about this! You can be sure that the patriarch David wasn't referring to himself, for he died and was buried, and his tomb is still here among us. ³⁰But he was a prophet, and he knew God had promised with an oath that one of David's own descendants would sit on his throne. ³¹David was looking into the future and speaking of the Messiah's resurrection. He was saying that God would not leave him among the dead or allow his body to rot in the grave.

³²"God raised Jesus from the dead, and we are all witnesses of this. ³³Now he is exalted to the place of highest honor in heaven, at God's right hand. And the Father, as he had promised, gave him the Holy Spirit to pour out upon us, just as you see and hear today. ³⁴For David himself never ascended into heaven, yet he said,

'The Lord said to my Lord,
"Sit in the place of honor at my right hand
³⁵ until I humble your enemies,
making them a footstool under your
feet."'*

³⁶"So let everyone in Israel know for certain that God has made this Jesus, whom you crucified, to be both Lord and Messiah!"

³⁷Peter's words pierced their hearts, and they said to him and to the other apostles, "Brothers, what should we do?"

³⁸Peter replied, "Each of you must repent of your sins, turn to God, and be baptized in the name of Jesus Christ to show that you have received forgiveness for your sins. Then you will receive the gift of the Holy Spirit. ³⁹This promise is to you, and to your children, and even to the Gentiles*—all who have been called by the Lord our God." ⁴⁰Then Peter continued preaching for a long time, strongly urging all his listeners, "Save yourselves from this crooked generation!"

2:4 Or *in other tongues.* 2:17-21 Joel 2:28-32. 2:22 Or *Jesus of Nazareth.* 2:27 Greek *in Hades;* also in 2:31. 2:25-28 Ps 16:8-11 (Greek version). 2:34-35 Ps 110:1. 2:39 Or *and to people far in the future;* Greek reads *and to those far away.*

⁴¹Those who believed what Peter said were baptized and added to the church that day—about 3,000 in all.

The Believers Form a Community

⁴²All the believers devoted themselves to the apostles' teaching, and to fellowship, and to sharing in meals (including the Lord's Supper*), and to prayer.

⁴³A deep sense of awe came over them all, and the apostles performed many miraculous signs and wonders. ⁴⁴And all the believers met together in one place and shared everything they had. ⁴⁵They sold their property and possessions and shared the money with those in need. ⁴⁶They worshiped together at the Temple each day, met in homes for the Lord's Supper, and shared their meals with great joy and generosity*—⁴⁷all the while praising God and enjoying the goodwill of all the people. And each day the Lord added to their fellowship those who were being saved.

Peter Heals a Crippled Beggar

3 Peter and John went to the Temple one afternoon to take part in the three o'clock prayer service. ²As they approached the Temple, a man lame from birth was being carried in. Each day he was put beside the Temple gate, the one called the Beautiful Gate, so he could beg from the people going into the Temple. ³When he saw Peter and John about to enter, he asked them for some money.

⁴Peter and John looked at him intently, and Peter said, "Look at us!" ⁵The lame man looked at them eagerly, expecting some money. ⁶But Peter said, "I don't have any silver or gold for you. But I'll give you what I have. In the name of Jesus Christ the Nazarene,* get up and walk!"

⁷Then Peter took the lame man by the right hand and helped him up. And as he did, the man's feet and ankles were instantly healed and strengthened. ⁸He jumped up, stood on his feet, and began to walk! Then, walking, leaping, and praising God, he went into the Temple with them.

⁹All the people saw him walking and heard him praising God. ¹⁰When they realized he was the lame beggar they had seen so often at the Beautiful Gate, they were absolutely astounded! ¹¹They all rushed out in amazement to Solomon's Colonnade, where the man was holding tightly to Peter and John.

Peter Preaches in the Temple

¹²Peter saw his opportunity and addressed the crowd. "People of Israel," he said, "what is so surprising about this? And why stare at us as though we had made this man walk by our own power or godliness? ¹³For it is the God of Abraham, Isaac, and Jacob—the God of all our ances-

tors—who has brought glory to his servant Jesus by doing this. This is the same Jesus whom you handed over and rejected before Pilate, despite Pilate's decision to release him. ¹⁴You rejected this holy, righteous one and instead demanded the release of a murderer. ¹⁵You killed the author of life, but God raised him from the dead. And we are witnesses of this fact!

¹⁶"Through faith in the name of Jesus, this man was healed—and you know how crippled he was before. Faith in Jesus' name has healed him before your very eyes.

¹⁷"Friends,* I realize that what you and your leaders did to Jesus was done in ignorance. ¹⁸But God was fulfilling what all the prophets had foretold about the Messiah—that he must suffer these things. ¹⁹Now repent of your sins and turn to God, so that your sins may be wiped away. ²⁰Then times of refreshment will come from the presence of the Lord, and he will again send you Jesus, your appointed Messiah. ²¹For he must remain in heaven until the time for the final restoration of all things, as God promised long ago through his holy prophets. ²²Moses said, 'The LORD your God will raise up for you a Prophet like me from among your own people. Listen carefully to everything he tells you.'* ²³Then Moses said, 'Anyone who will not listen to that Prophet will be completely cut off from God's people.'*

²⁴"Starting with Samuel, every prophet spoke about what is happening today. ²⁵You are the children of those prophets, and you are included in the covenant God promised to your ancestors. For God said to Abraham, 'Through your descendants all the families on earth will be blessed.'* ²⁶When God raised up his servant, Jesus, he sent him first to you people of Israel, to bless you by turning each of you back from your sinful ways."

Peter and John before the Council

4 While Peter and John were speaking to the people, they were confronted by the priests, the captain of the Temple guard, and some of the Sadducees. ²These leaders were very disturbed that Peter and John were teaching the people that through Jesus there is a resurrection of the dead. ³They arrested them and, since it was already evening, put them in jail until morning. ⁴But many of the people who heard their message believed it, so the number of believers now totaled about 5,000 men, not counting women and children.*

⁵The next day the council of all the rulers and elders and teachers of religious law met in Jerusalem. ⁶Annas the high priest was there, along with Caiaphas, John, Alexander, and other relatives of the high priest. ⁷They brought in the two disciples and demanded, "By what power, or in whose name, have you done this?"

2:42 Greek *the breaking of bread;* also in 2:46. **2:46** Or *and sincere hearts.* **3:6** Or *Jesus Christ of Nazareth.* **3:17** Greek *Brothers.* **3:22** Deut 18:15. **3:23** Deut 18:19; Lev 23:29. **3:25** Gen 12:3; 22:18. **4:4** Greek *5,000 adult males.*

⁸Then Peter, filled with the Holy Spirit, said to them, "Rulers and elders of our people, ⁹are we being questioned today because we've done a good deed for a crippled man? Do you want to know how he was healed? ¹⁰Let me clearly state to all of you and to all the people of Israel that he was healed by the powerful name of Jesus Christ the Nazarene,* the man you crucified but whom God raised from the dead. ¹¹For Jesus is the one referred to in the Scriptures, where it says,

'The stone that you builders rejected
has now become the cornerstone.'*

¹²There is salvation in no one else! God has given no other name under heaven by which we must be saved."

¹³The members of the council were amazed when they saw the boldness of Peter and John, for they could see that they were ordinary men with no special training in the Scriptures. They also recognized them as men who had been with Jesus. ¹⁴But since they could see the man who had been healed standing right there among them, there was nothing the council could say. ¹⁵So they ordered Peter and John out of the council chamber* and conferred among themselves.

¹⁶"What should we do with these men?" they asked each other. "We can't deny that they have performed a miraculous sign, and everybody in Jerusalem knows about it. ¹⁷But to keep them from spreading their propaganda any further, we must warn them not to speak to anyone in Jesus' name again." ¹⁸So they called the apostles back in and commanded them never again to speak or teach in the name of Jesus.

¹⁹But Peter and John replied, "Do you think God wants us to obey you rather than him? ²⁰We cannot stop telling about everything we have seen and heard."

²¹The council then threatened them further, but they finally let them go because they didn't know how to punish them without starting a riot. For everyone was praising God ²²for this miraculous sign—the healing of a man who had been lame for more than forty years.

The Believers Pray for Courage

²³As soon as they were freed, Peter and John returned to the other believers and told them what the leading priests and elders had said. ²⁴When they heard the report, all the believers lifted their voices together in prayer to God: "O Sovereign Lord, Creator of heaven and earth, the sea, and everything in them—²⁵you spoke long ago by the Holy Spirit through our ancestor David, your servant, saying,

'Why were the nations so angry?
Why did they waste their time with futile
plans?

²⁶ The kings of the earth prepared for battle;
the rulers gathered together
against the Lord
and against his Messiah.'*

²⁷"In fact, this has happened here in this very city! For Herod Antipas, Pontius Pilate the governor, the Gentiles, and the people of Israel were all united against Jesus, your holy servant, whom you anointed. ²⁸But everything they did was determined beforehand according to your will. ²⁹And now, O Lord, hear their threats, and give us, your servants, great boldness in preaching your word. ³⁰Stretch out your hand with healing power; may miraculous signs and wonders be done through the name of your holy servant Jesus."

³¹After this prayer, the meeting place shook, and they were all filled with the Holy Spirit. Then they preached the word of God with boldness.

The Believers Share Their Possessions

³²All the believers were united in heart and mind. And they felt that what they owned was not their own, so they shared everything they had. ³³The apostles testified powerfully to the resurrection of the Lord Jesus, and God's great blessing was upon them all. ³⁴There were no needy people among them, because those who owned land or houses would sell them ³⁵and bring the money to the apostles to give to those in need.

³⁶For instance, there was Joseph, the one the apostles nicknamed Barnabas (which means "Son of Encouragement"). He was from the tribe of Levi and came from the island of Cyprus. ³⁷He sold a field he owned and brought the money to the apostles.

Ananias and Sapphira

5 But there was a certain man named Ananias who, with his wife, Sapphira, sold some property. ²He brought part of the money to the apostles, claiming it was the full amount. With his wife's consent, he kept the rest.

³Then Peter said, "Ananias, why have you let Satan fill your heart? You lied to the Holy Spirit, and you kept some of the money for yourself. ⁴The property was yours to sell or not sell, as you wished. And after selling it, the money was also yours to give away. How could you do a thing like this? You weren't lying to us but to God!"

⁵As soon as Ananias heard these words, he fell to the floor and died. Everyone who heard about it was terrified. ⁶Then some young men got up, wrapped him in a sheet, and took him out and buried him.

⁷About three hours later his wife came in, not knowing what had happened. ⁸Peter asked her, "Was this the price you and your husband received for your land?"

4:10 Or *Jesus Christ of Nazareth.*   **4:11** Ps 118:22.   **4:15** Greek *the Sanhedrin.*   **4:25-26** Or *his anointed one;* or *his Christ.* Ps 2:1-2.

"Yes," she replied, "that was the price."

⁹And Peter said, "How could the two of you even think of conspiring to test the Spirit of the Lord like this? The young men who buried your husband are just outside the door, and they will carry you out, too."

¹⁰Instantly, she fell to the floor and died. When the young men came in and saw that she was dead, they carried her out and buried her beside her husband. ¹¹Great fear gripped the entire church and everyone else who heard what had happened.

The Apostles Heal Many

¹²The apostles were performing many miraculous signs and wonders among the people. And all the believers were meeting regularly at the Temple in the area known as Solomon's Colonnade. ¹³But no one else dared to join them, even though all the people had high regard for them. ¹⁴Yet more and more people believed and were brought to the Lord—crowds of both men and women. ¹⁵As a result of the apostles' work, sick people were brought out into the streets on beds and mats so that Peter's shadow might fall across some of them as he went by. ¹⁶Crowds came from the villages around Jerusalem, bringing their sick and those possessed by evil* spirits, and they were all healed.

The Apostles Meet Opposition

¹⁷The high priest and his officials, who were Sadducees, were filled with jealousy. ¹⁸They arrested the apostles and put them in the public jail. ¹⁹But an angel of the Lord came at night, opened the gates of the jail, and brought them out. Then he told them, ²⁰"Go to the Temple and give the people this message of life!"

²¹So at daybreak the apostles entered the Temple, as they were told, and immediately began teaching.

When the high priest and his officials arrived, they convened the high council*—the full assembly of the elders of Israel. Then they sent for the apostles to be brought from the jail for trial. ²²But when the Temple guards went to the jail, the men were gone. So they returned to the council and reported, ²³"The jail was securely locked, with the guards standing outside, but when we opened the gates, no one was there!"

²⁴When the captain of the Temple guard and the leading priests heard this, they were perplexed, wondering where it would all end. ²⁵Then someone arrived with startling news: "The men you put in jail are standing in the Temple, teaching the people!"

²⁶The captain went with his Temple guards and arrested the apostles, but without violence, for they were afraid the people would stone them. ²⁷Then they brought the apostles before the high council, where the high priest confronted them. ²⁸"Didn't we tell you never again to teach in this man's name?" he demanded. "Instead, you have filled all Jerusalem with your teaching about him, and you want to make us responsible for his death!"

²⁹But Peter and the apostles replied, "We must obey God rather than any human authority. ³⁰The God of our ancestors raised Jesus from the dead after you killed him by hanging him on a cross.* ³¹Then God put him in the place of honor at his right hand as Prince and Savior. He did this so the people of Israel would repent of their sins and be forgiven. ³²We are witnesses of these things and so is the Holy Spirit, who is given by God to those who obey him."

³³When they heard this, the high council was furious and decided to kill them. ³⁴But one member, a Pharisee named Gamaliel, who was an expert in religious law and respected by all the people, stood up and ordered that the men be sent outside the council chamber for a while. ³⁵Then he said to his colleagues, "Men of Israel, take care what you are planning to do to these men! ³⁶Some time ago there was that fellow Theudas, who pretended to be someone great. About 400 others joined him, but he was killed, and all his followers went their various ways. The whole movement came to nothing. ³⁷After him, at the time of the census, there was Judas of Galilee. He got people to follow him, but he was killed, too, and all his followers were scattered.

³⁸"So my advice is, leave these men alone. Let them go. If they are planning and doing these things merely on their own, it will soon be overthrown. ³⁹But if it is from God, you will not be able to overthrow them. You may even find yourselves fighting against God!"

⁴⁰The others accepted his advice. They called in the apostles and had them flogged. Then they ordered them never again to speak in the name of Jesus, and they let them go.

⁴¹The apostles left the high council rejoicing that God had counted them worthy to suffer disgrace for the name of Jesus.* ⁴²And every day, in the Temple and from house to house, they continued to teach and preach this message: "Jesus is the Messiah."

Seven Men Chosen to Serve

6 But as the believers* rapidly multiplied, there were rumblings of discontent. The Greek-speaking believers complained about the Hebrew-speaking believers, saying that their widows were being discriminated against in the daily distribution of food.

²So the Twelve called a meeting of all the believers. They said, "We apostles should spend our time teaching the word of God, not running a food program. ³And so, brothers, select seven

5:16 Greek *unclean.*   5:21 Greek *Sanhedrin;* also in 5:27, 41.   5:30 Greek *on a tree.*   5:41 Greek *for the name.*   6:1 Greek *disciples;* also in 6:2, 7.

men who are well respected and are full of the Spirit and wisdom. We will give them this responsibility. [4]Then we apostles can spend our time in prayer and teaching the word."

[5]Everyone liked this idea, and they chose the following: Stephen (a man full of faith and the Holy Spirit), Philip, Procorus, Nicanor, Timon, Parmenas, and Nicolas of Antioch (an earlier convert to the Jewish faith). [6]These seven were presented to the apostles, who prayed for them as they laid their hands on them.

[7]So God's message continued to spread. The number of believers greatly increased in Jerusalem, and many of the Jewish priests were converted, too.

Stephen Is Arrested

[8]Stephen, a man full of God's grace and power, performed amazing miracles and signs among the people. [9]But one day some men from the Synagogue of Freed Slaves, as it was called, started to debate with him. They were Jews from Cyrene, Alexandria, Cilicia, and the province of Asia. [10]None of them could stand against the wisdom and the Spirit with which Stephen spoke.

[11]So they persuaded some men to lie about Stephen, saying, "We heard him blaspheme Moses, and even God." [12]This roused the people, the elders, and the teachers of religious law. So they arrested Stephen and brought him before the high council.* [13]The lying witnesses said, "This man is always speaking against the holy Temple and against the law of Moses. [14]We have heard him say that this Jesus of Nazareth* will destroy the Temple and change the customs Moses handed down to us."

[15]At this point everyone in the high council stared at Stephen, because his face became as bright as an angel's.

Stephen Addresses the Council

7 Then the high priest asked Stephen, "Are these accusations true?"

[2]This was Stephen's reply: "Brothers and fathers, listen to me. Our glorious God appeared to our ancestor Abraham in Mesopotamia before he settled in Haran.* [3]God told him, 'Leave your native land and your relatives, and come into the land that I will show you.'* [4]So Abraham left the land of the Chaldeans and lived in Haran until his father died. Then God brought him here to the land where you now live.

[5]"But God gave him no inheritance here, not even one square foot of land. God did promise, however, that eventually the whole land would belong to Abraham and his descendants—even though he had no children yet. [6]God also told him that his descendants would live in a foreign land, where they would be oppressed as slaves for 400 years. [7]'But I will punish the nation that enslaves them,' God said, 'and in the end they will come out and worship me here in this place.'*

[8]"God also gave Abraham the covenant of circumcision at that time. So when Abraham became the father of Isaac, he circumcised him on the eighth day. And the practice was continued when Isaac became the father of Jacob, and when Jacob became the father of the twelve patriarchs of the Israelite nation.

[9]"These patriarchs were jealous of their brother Joseph, and they sold him to be a slave in Egypt. But God was with him [10]and rescued him from all his troubles. And God gave him favor before Pharaoh, king of Egypt. God also gave Joseph unusual wisdom, so that Pharaoh appointed him governor over all of Egypt and put him in charge of the palace.

[11]"But a famine came upon Egypt and Canaan. There was great misery, and our ancestors ran out of food. [12]Jacob heard that there was still grain in Egypt, so he sent his sons—our ancestors—to buy some. [13]The second time they went, Joseph revealed his identity to his brothers,* and they were introduced to Pharaoh. [14]Then Joseph sent for his father, Jacob, and all his relatives to come to Egypt, seventy five persons in all. [15]So Jacob went to Egypt. He died there, as did our ancestors. [16]Their bodies were taken to Shechem and buried in the tomb Abraham had bought for a certain price from Hamor's sons in Shechem.

[17]"As the time drew near when God would fulfill his promise to Abraham, the number of our people in Egypt greatly increased. [18]But then a new king came to the throne of Egypt who knew nothing about Joseph. [19]This king exploited our people and oppressed them, forcing parents to abandon their newborn babies so they would die.

[20]"At that time Moses was born—a beautiful child in God's eyes. His parents cared for him at home for three months. [21]When they had to abandon him, Pharaoh's daughter adopted him and raised him as her own son. [22]Moses was taught all the wisdom of the Egyptians, and he was powerful in both speech and action.

[23]"One day when Moses was forty years old, he decided to visit his relatives, the people of Israel. [24]He saw an Egyptian mistreating an Israelite. So Moses came to the man's defense and avenged him, killing the Egyptian. [25]Moses assumed his fellow Israelites would realize that God had sent him to rescue them, but they didn't.

[26]"The next day he visited them again and saw two men of Israel fighting. He tried to be a peacemaker. 'Men,' he said, 'you are brothers. Why are you fighting each other?' [27]"But the man in the wrong pushed Moses aside. 'Who made you a ruler and judge over us?'

6:12 Greek *Sanhedrin;* also in 6:15.   6:14 Or *Jesus the Nazarene.*   7:2 *Mesopotamia* was the region now called Iraq. *Haran* was a city in what is now called Syria.   7:3 Gen 12:1.   7:5-7 Gen 12:7; 15:13-14; Exod 3:12.   7:13 Other manuscripts read *Joseph was recognized by his brothers.*

he asked. 28'Are you going to kill me as you killed that Egyptian yesterday?' 29When Moses heard that, he fled the country and lived as a foreigner in the land of Midian. There his two sons were born.

30"Forty years later, in the desert near Mount Sinai, an angel appeared to Moses in the flame of a burning bush. 31When Moses saw it, he was amazed at the sight. As he went to take a closer look, the voice of the LORD called out to him, 32'I am the God of your ancestors—the God of Abraham, Isaac, and Jacob.' Moses shook with terror and did not dare to look.

33"Then the LORD said to him, 'Take off your sandals, for you are standing on holy ground. 34I have certainly seen the oppression of my people in Egypt. I have heard their groans and have come down to rescue them. Now go, for I am sending you back to Egypt.'*

35"So God sent back the same man his people had previously rejected when they demanded, 'Who made you a ruler and judge over us?' Through the angel who appeared to him in the burning bush, God sent Moses to be their ruler and savior. 36And by means of many wonders and miraculous signs, he led them out of Egypt, through the Red Sea, and through the wilderness for forty years.

37"Moses himself told the people of Israel, 'God will raise up for you a Prophet like me from among your own people.'* 38Moses was with our ancestors, the assembly of God's people in the wilderness, when the angel spoke to him at Mount Sinai. And there Moses received life-giving words to pass on to us.*

39"But our ancestors refused to listen to Moses. They rejected him and wanted to return to Egypt. 40They told Aaron, 'Make us some gods who can lead us, for we don't know what has become of this Moses, who brought us out of Egypt.' 41So they made an idol shaped like a calf, and they sacrificed to it and celebrated over this thing they had made. 42Then God turned away from them and abandoned them to serve the stars of heaven as their gods! In the book of the prophets it is written,

'Was it to me you were bringing sacrifices
     and offerings
     during those forty years in the wilderness,
     Israel?
43 No, you carried your pagan gods—
     the shrine of Molech,
     the star of your god Rephan,
     and the images you made to worship
        them.
So I will send you into exile
     as far away as Babylon.'*

44"Our ancestors carried the Tabernacle* with them through the wilderness. It was con-structed according to the plan God had shown to Moses. 45Years later, when Joshua led our ancestors in battle against the nations that God drove out of this land, the Tabernacle was taken with them into their new territory. And it stayed there until the time of King David.

46"David found favor with God and asked for the privilege of building a permanent Temple for the God of Jacob.* 47But it was Solomon who actually built it. 48However, the Most High doesn't live in temples made by human hands. As the prophet says,

49 'Heaven is my throne,
     and the earth is my footstool.
   Could you build me a temple as good as
        that?'
        asks the LORD.
   'Could you build me such a resting place?
50   Didn't my hands make both heaven and
        earth?'*

51"You stubborn people! You are heathen* at heart and deaf to the truth. Must you forever resist the Holy Spirit? That's what your ancestors did, and so do you! 52Name one prophet your ancestors didn't persecute! They even killed the ones who predicted the coming of the Righteous One—the Messiah whom you betrayed and murdered. 53You deliberately disobeyed God's law, even though you received it from the hands of angels."

54The Jewish leaders were infuriated by Stephen's accusation, and they shook their fists at him in rage.* 55But Stephen, full of the Holy Spirit, gazed steadily into heaven and saw the glory of God, and he saw Jesus standing in the place of honor at God's right hand. 56And he told them, "Look, I see the heavens opened and the Son of Man standing in the place of honor at God's right hand!"

57Then they put their hands over their ears and began shouting. They rushed at him 58and dragged him out of the city and began to stone him. His accusers took off their coats and laid them at the feet of a young man named Saul.*

59As they stoned him, Stephen prayed, "Lord Jesus, receive my spirit." 60He fell to his knees, shouting, "Lord, don't charge them with this sin!" And with that, he died.

8 Saul was one of the witnesses, and he agreed completely with the killing of Stephen.

Persecution Scatters the Believers

A great wave of persecution began that day, sweeping over the church in Jerusalem; and all the believers except the apostles were scattered through the regions of Judea and Samaria. 2(Some devout men came and buried Stephen

7:31-34 Exod 3:5-10.   7:37 Deut 18:15.   7:38 Some manuscripts read *to you.*   7:42-43 Amos 5:25-27 (Greek version).
7:44 Greek *the tent of witness.*   7:46 Some manuscripts read *the house of Jacob.*   7:49-50 Isa 66:1-2.   7:51 Greek *uncircumcised.*
7:54 Greek *they were grinding their teeth against him.*   7:58 *Saul* is later called Paul; see 13:9.

with great mourning.) ³But Saul was going everywhere to destroy the church. He went from house to house, dragging out both men and women to throw them into prison.

Philip Preaches in Samaria

⁴But the believers who were scattered preached the Good News about Jesus wherever they went. ⁵Philip, for example, went to the city of Samaria and told the people there about the Messiah. ⁶Crowds listened intently to Philip because they were eager to hear his message and see the miraculous signs he did. ⁷Many evil* spirits were cast out, screaming as they left their victims. And many who had been paralyzed or lame were healed. ⁸So there was great joy in that city.

⁹A man named Simon had been a sorcerer there for many years, amazing the people of Samaria and claiming to be someone great. ¹⁰Everyone, from the least to the greatest, often spoke of him as "the Great One—the Power of God." ¹¹They listened closely to him because for a long time he had astounded them with his magic.

¹²But now the people believed Philip's message of Good News concerning the Kingdom of God and the name of Jesus Christ. As a result, many men and women were baptized. ¹³Then Simon himself believed and was baptized. He began following Philip wherever he went, and he was amazed by the signs and great miracles Philip performed.

¹⁴When the apostles in Jerusalem heard that the people of Samaria had accepted God's message, they sent Peter and John there. ¹⁵As soon as they arrived, they prayed for these new believers to receive the Holy Spirit. ¹⁶The Holy Spirit had not yet come upon any of them, for they had only been baptized in the name of the Lord Jesus. ¹⁷Then Peter and John laid their hands upon these believers, and they received the Holy Spirit.

¹⁸When Simon saw that the Spirit was given when the apostles laid their hands on people, he offered them money to buy this power. ¹⁹"Let me have this power, too," he exclaimed, "so that when I lay my hands on people, they will receive the Holy Spirit!"

²⁰But Peter replied, "May your money be destroyed with you for thinking God's gift can be bought! ²¹You can have no part in this, for your heart is not right with God. ²²Repent of your wickedness and pray to the Lord. Perhaps he will forgive your evil thoughts, ²³for I can see that you are full of bitter jealousy and are held captive by sin."

²⁴"Pray to the Lord for me," Simon exclaimed, "that these terrible things you've said won't happen to me!"

²⁵After testifying and preaching the word of the Lord in Samaria, Peter and John returned to Jerusalem. And they stopped in many Samaritan villages along the way to preach the Good News.

Philip and the Ethiopian Eunuch

²⁶As for Philip, an angel of the Lord said to him, "Go south* down the desert road that runs from Jerusalem to Gaza." ²⁷So he started out, and he met the treasurer of Ethiopia, a eunuch of great authority under the Kandake, the queen of Ethiopia. The eunuch had gone to Jerusalem to worship, ²⁸and he was now returning. Seated in his carriage, he was reading aloud from the book of the prophet Isaiah.

²⁹The Holy Spirit said to Philip, "Go over and walk along beside the carriage."

³⁰Philip ran over and heard the man reading from the prophet Isaiah. Philip asked, "Do you understand what you are reading?"

³¹The man replied, "How can I, unless someone instructs me?" And he urged Philip to come up into the carriage and sit with him.

³²The passage of Scripture he had been reading was this:

"He was led like a sheep to the slaughter.
And as a lamb is silent before the shearers,
he did not open his mouth.
³³ He was humiliated and received no justice.
Who can speak of his descendants?
For his life was taken from the earth."*

³⁴The eunuch asked Philip, "Tell me, was the prophet talking about himself or someone else?" ³⁵So beginning with this same Scripture, Philip told him the Good News about Jesus.

³⁶As they rode along, they came to some water, and the eunuch said, "Look! There's some water! Why can't I be baptized?"* ³⁸He ordered the carriage to stop, and they went down into the water, and Philip baptized him.

³⁹When they came up out of the water, the Spirit of the Lord snatched Philip away. The eunuch never saw him again but went on his way rejoicing. ⁴⁰Meanwhile, Philip found himself farther north at the town of Azotus. He preached the Good News there and in every town along the way until he came to Caesarea.

Saul's Conversion

9 Meanwhile, Saul was uttering threats with every breath and was eager to kill the Lord's followers.* So he went to the high priest. ²He requested letters addressed to the synagogues in Damascus, asking for their cooperation in the arrest of any followers of the Way he found there. He wanted to bring them—both men and women—back to Jerusalem in chains.

³As he was approaching Damascus on this mission, a light from heaven suddenly shone down around him. ⁴He fell to the ground and

8:7 Greek *unclean*. 8:26 Or *Go at noon*. 8:32-33 Isa 53:7-8 (Greek version). 8:36 Some manuscripts add verse 37, *"You can," Philip answered, "if you believe with all your heart." And the eunuch replied, "I believe that Jesus Christ is the Son of God."* 9:1 Greek *disciples*.

heard a voice saying to him, "Saul! Saul! Why are you persecuting me?"

⁵"Who are you, lord?" Saul asked.

And the voice replied, "I am Jesus, the one you are persecuting! ⁶Now get up and go into the city, and you will be told what you must do."

⁷The men with Saul stood speechless, for they heard the sound of someone's voice but saw no one! ⁸Saul picked himself up off the ground, but when he opened his eyes he was blind. So his companions led him by the hand to Damascus. ⁹He remained there blind for three days and did not eat or drink.

¹⁰Now there was a believer* in Damascus named Ananias. The Lord spoke to him in a vision, calling, "Ananias!"

"Yes, Lord!" he replied.

¹¹The Lord said, "Go over to Straight Street, to the house of Judas. When you get there, ask for a man from Tarsus named Saul. He is praying to me right now. ¹²I have shown him a vision of a man named Ananias coming in and laying hands on him so he can see again."

¹³"But Lord," exclaimed Ananias, "I've heard many people talk about the terrible things this man has done to the believers in Jerusalem! ¹⁴And he is authorized by the leading priests to arrest everyone who calls upon your name."

¹⁵But the Lord said, "Go, for Saul is my chosen instrument to take my message to the Gentiles and to kings, as well as to the people of Israel. ¹⁶And I will show him how much he must suffer for my name's sake."

¹⁷So Ananias went and found Saul. He laid his hands on him and said, "Brother Saul, the Lord Jesus, who appeared to you on the road, has sent me so that you might regain your sight and be filled with the Holy Spirit." ¹⁸Instantly something like scales fell from Saul's eyes, and he regained his sight. Then he got up and was baptized. ¹⁹Afterward he ate some food and regained his strength.

Saul in Damascus and Jerusalem

Saul stayed with the believers* in Damascus for a few days. ²⁰And immediately he began preaching about Jesus in the synagogues, saying, "He is indeed the Son of God!"

²¹All who heard him were amazed. "Isn't this the same man who caused such devastation among Jesus' followers in Jerusalem?" they asked. "And didn't he come here to arrest them and take them in chains to the leading priests?"

²²Saul's preaching became more and more powerful, and the Jews in Damascus couldn't refute his proofs that Jesus was indeed the Messiah. ²³After a while some of the Jews plotted together to kill him. ²⁴They were watching for him day and night at the city gate so they could murder him, but Saul was told about their plot.

²⁵So during the night, some of the other believers* lowered him in a large basket through an opening in the city wall.

²⁶When Saul arrived in Jerusalem, he tried to meet with the believers, but they were all afraid of him. They did not believe he had truly become a believer! ²⁷Then Barnabas brought him to the apostles and told them how Saul had seen the Lord on the way to Damascus and how the Lord had spoken to Saul. He also told them that Saul had preached boldly in the name of Jesus in Damascus.

²⁸So Saul stayed with the apostles and went all around Jerusalem with them, preaching boldly in the name of the Lord. ²⁹He debated with some Greek-speaking Jews, but they tried to murder him. ³⁰When the believers* heard about this, they took him down to Caesarea and sent him away to Tarsus, his hometown.

³¹The church then had peace throughout Judea, Galilee, and Samaria, and it became stronger as the believers lived in the fear of the Lord. And with the encouragement of the Holy Spirit, it also grew in numbers.

Peter Heals Aeneas and Raises Dorcas

³²Meanwhile, Peter traveled from place to place, and he came down to visit the believers in the town of Lydda. ³³There he met a man named Aeneas, who had been paralyzed and bedridden for eight years. ³⁴Peter said to him, "Aeneas, Jesus Christ heals you! Get up, and roll up your sleeping mat!" And he was healed instantly. ³⁵Then the whole population of Lydda and Sharon saw Aeneas walking around, and they turned to the Lord.

³⁶There was a believer in Joppa named Tabitha (which in Greek is Dorcas*). She was always doing kind things for others and helping the poor. ³⁷About this time she became ill and died. Her body was washed for burial and laid in an upstairs room. ³⁸But the believers had heard that Peter was nearby at Lydda, so they sent two men to beg him, "Please come as soon as possible!"

³⁹So Peter returned with them; and as soon as he arrived, they took him to the upstairs room. The room was filled with widows who were weeping and showing him the coats and other clothes Dorcas had made for them. ⁴⁰But Peter asked them all to leave the room; then he knelt and prayed. Turning to the body he said, "Get up, Tabitha." And she opened her eyes! When she saw Peter, she sat up! ⁴¹He gave her his hand and helped her up. Then he called in the widows and all the believers, and he presented her to them alive.

⁴²The news spread through the whole town, and many believed in the Lord. ⁴³And Peter stayed a long time in Joppa, living with Simon, a tanner of hides.

9:10 Greek *disciple;* also in 9:26, 36.   **9:19** Greek *disciples;* also in 9:26, 38.   **9:25** Greek *his disciples.*   **9:30** Greek *brothers.*
9:36 The names *Tabitha* in Aramaic and *Dorcas* in Greek both mean "gazelle."

Cornelius Calls for Peter

10 In Caesarea there lived a Roman army officer* named Cornelius, who was a captain of the Italian Regiment. ²He was a devout, God-fearing man, as was everyone in his household. He gave generously to the poor and prayed regularly to God. ³One afternoon about three o'clock, he had a vision in which he saw an angel of God coming toward him. "Cornelius!" the angel said.

⁴Cornelius stared at him in terror. "What is it, sir?" he asked the angel.

And the angel replied, "Your prayers and gifts to the poor have been received by God as an offering! ⁵Now send some men to Joppa, and summon a man named Simon Peter. ⁶He is staying with Simon, a tanner who lives near the seashore."

⁷As soon as the angel was gone, Cornelius called two of his household servants and a devout soldier, one of his personal attendants. ⁸He told them what had happened and sent them off to Joppa.

Peter Visits Cornelius

⁹The next day as Cornelius's messengers were nearing the town, Peter went up on the flat roof to pray. It was about noon, ¹⁰and he was hungry. But while a meal was being prepared, he fell into a trance. ¹¹He saw the sky open, and something like a large sheet was let down by its four corners. ¹²In the sheet were all sorts of animals, reptiles, and birds. ¹³Then a voice said to him, "Get up, Peter; kill and eat them."

¹⁴"No, Lord," Peter declared. "I have never eaten anything that our Jewish laws have declared impure and unclean.*"

¹⁵But the voice spoke again: "Do not call something unclean if God has made it clean." ¹⁶The same vision was repeated three times. Then the sheet was suddenly pulled up to heaven.

¹⁷Peter was very perplexed. What could the vision mean? Just then the men sent by Cornelius found Simon's house. Standing outside the gate, ¹⁸they asked if a man named Simon Peter was staying there.

¹⁹Meanwhile, as Peter was puzzling over the vision, the Holy Spirit said to him, "Three men have come looking for you. ²⁰Get up, go downstairs, and go with them without hesitation. Don't worry, for I have sent them."

²¹So Peter went down and said, "I'm the man you are looking for. Why have you come?"

²²They said, "We were sent by Cornelius, a Roman officer. He is a devout and God-fearing man, well respected by all the Jews. A holy angel instructed him to summon you to his house so that he can hear your message." ²³So Peter in-

vited the men to stay for the night. The next day he went with them, accompanied by some of the brothers from Joppa.

²⁴They arrived in Caesarea the following day. Cornelius was waiting for them and had called together his relatives and close friends. ²⁵As Peter entered his home, Cornelius fell at his feet and worshiped him. ²⁶But Peter pulled him up and said, "Stand up! I'm a human being just like you!" ²⁷So they talked together and went inside, where many others were assembled.

²⁸Peter told them, "You know it is against our laws for a Jewish man to enter a Gentile home like this or to associate with you. But God has shown me that I should no longer think of anyone as impure or unclean. ²⁹So I came without objection as soon as I was sent for. Now tell me why you sent for me."

³⁰Cornelius replied, "Four days ago I was praying in my house about this same time, three o'clock in the afternoon. Suddenly, a man in dazzling clothes was standing in front of me. ³¹He told me, 'Cornelius, your prayer has been heard, and your gifts to the poor have been noticed by God! ³²Now send messengers to Joppa, and summon a man named Simon Peter. He is staying in the home of Simon, a tanner who lives near the seashore.' ³³So I sent for you at once, and it was good of you to come. Now we are all here, waiting before God to hear the message the Lord has given you."

The Gentiles Hear the Good News

³⁴Then Peter replied, "I see very clearly that God shows no favoritism. ³⁵In every nation he accepts those who fear him and do what is right. ³⁶This is the message of Good News for the people of Israel—that there is peace with God through Jesus Christ, who is Lord of all. ³⁷You know what happened throughout Judea, beginning in Galilee, after John began preaching his message of baptism. ³⁸And you know that God anointed Jesus of Nazareth with the Holy Spirit and with power. Then Jesus went around doing good and healing all who were oppressed by the devil, for God was with him.

³⁹"And we apostles are witnesses of all he did throughout Judea and in Jerusalem. They put him to death by hanging him on a cross,* ⁴⁰but God raised him to life on the third day. Then God allowed him to appear, ⁴¹not to the general public,* but to us whom God had chosen in advance to be his witnesses. We were those who ate and drank with him after he rose from the dead. ⁴²And he ordered us to preach everywhere and to testify that Jesus is the one appointed by God to be the judge of all—the living and the dead. ⁴³He is the one all the prophets testified about, saying that everyone who believes in him will have their sins forgiven through his name."

10:1 Greek *a centurion;* similarly in 10:22.   **10:14** Greek *anything common and unclean.*   **10:39** Greek *on a tree.*   **10:41** Greek *the people.*

The Gentiles Receive the Holy Spirit

⁴⁴Even as Peter was saying these things, the Holy Spirit fell upon all who were listening to the message. ⁴⁵The Jewish believers* who came with Peter were amazed that the gift of the Holy Spirit had been poured out on the Gentiles, too. ⁴⁶For they heard them speaking in tongues and praising God.

Then Peter asked, ⁴⁷"Can anyone object to their being baptized, now that they have received the Holy Spirit just as we did?" ⁴⁸So he gave orders for them to be baptized in the name of Jesus Christ. Afterward Cornelius asked him to stay with them for several days.

Peter Explains His Actions

11 Soon the news reached the apostles and other believers* in Judea that the Gentiles had received the word of God. ²But when Peter arrived back in Jerusalem, the Jewish believers* criticized him. ³"You entered the home of Gentiles* and even ate with them!" they said.

⁴Then Peter told them exactly what had happened. ⁵"I was in the town of Joppa," he said, "and while I was praying, I went into a trance and saw a vision. Something like a large sheet was let down by its four corners from the sky. And it came right down to me. ⁶When I looked inside the sheet, I saw all sorts of small animals, wild animals, reptiles, and birds. ⁷And I heard a voice say, 'Get up, Peter; kill and eat them.'

⁸"'No, Lord,' I replied. 'I have never eaten anything that our Jewish laws have declared impure or unclean.*'

⁹"But the voice from heaven spoke again: 'Do not call something unclean if God has made it clean.' ¹⁰This happened three times before the sheet and all it contained was pulled back up to heaven.

¹¹"Just then three men who had been sent from Caesarea arrived at the house where we were staying. ¹²The Holy Spirit told me to go with them and not to worry that they were Gentiles. These six brothers here accompanied me, and we soon entered the home of the man who had sent for us. ¹³He told us how an angel had appeared to him in his home and had told him, 'Send messengers to Joppa, and summon a man named Simon Peter. ¹⁴He will tell you how you and everyone in your household can be saved!'

¹⁵"As I began to speak," Peter continued, "the Holy Spirit fell on them, just as he fell on us at the beginning. ¹⁶Then I thought of the Lord's words when he said, 'John baptized with* water, but you will be baptized with the Holy Spirit.' ¹⁷And since God gave these Gentiles the same gift he gave us when we believed in the Lord Jesus Christ, who was I to stand in God's way?"

¹⁸When the others heard this, they stopped objecting and began praising God. They said, "We can see that God has also given the Gentiles the privilege of repenting of their sins and receiving eternal life."

The Church in Antioch of Syria

¹⁹Meanwhile, the believers who had been scattered during the persecution after Stephen's death traveled as far as Phoenicia, Cyprus, and Antioch of Syria. They preached the word of God, but only to Jews. ²⁰However, some of the believers who went to Antioch from Cyprus and Cyrene began preaching to the Gentiles* about the Lord Jesus. ²¹The power of the Lord was with them, and a large number of these Gentiles believed and turned to the Lord.

²²When the church at Jerusalem heard what had happened, they sent Barnabas to Antioch. ²³When he arrived and saw this evidence of God's blessing, he was filled with joy, and he encouraged the believers to stay true to the Lord. ²⁴Barnabas was a good man, full of the Holy Spirit and strong in faith. And many people were brought to the Lord.

²⁵Then Barnabas went on to Tarsus to look for Saul. ²⁶When he found him, he brought him back to Antioch. Both of them stayed there with the church for a full year, teaching large crowds of people. (It was at Antioch that the believers* were first called Christians.)

²⁷During this time some prophets traveled from Jerusalem to Antioch. ²⁸One of them named Agabus stood up in one of the meetings and predicted by the Spirit that a great famine was coming upon the entire Roman world. (This was fulfilled during the reign of Claudius.) ²⁹So the believers in Antioch decided to send relief to the brothers and sisters* in Judea, everyone giving as much as they could. ³⁰This they did, entrusting their gifts to Barnabas and Saul to take to the elders of the church in Jerusalem.

James Is Killed and Peter Is Imprisoned

12 About that time King Herod Agrippa* began to persecute some believers in the church. ²He had the apostle James (John's brother) killed with a sword. ³When Herod saw how much this pleased the Jewish people, he also arrested Peter. (This took place during the Passover celebration.*) ⁴Then he imprisoned him, placing him under the guard of four squads of four soldiers each. Herod intended to bring Peter out for public trial after the Passover. ⁵But while Peter was in prison, the church prayed very earnestly for him.

10:45 Greek *The faithful ones of the circumcision.*   **11:1** Greek *brothers.*   **11:2** Greek *those of the circumcision.*   **11:3** Greek *of uncircumcised men.*   **11:8** Greek *anything common or unclean.*   **11:16** Or *in;* also in 11:16b.   **11:20** Greek *the Hellenists* (i.e., those who speak Greek); other manuscripts read *the Greeks.*   **11:26** Greek *disciples;* also in 11:29.   **11:29** Greek *the brothers.*   **12:1** Greek *Herod the king.* He was the nephew of Herod Antipas and a grandson of Herod the Great.   **12:3** Greek *the days of unleavened bread.*

Peter's Miraculous Escape from Prison

6The night before Peter was to be placed on trial, he was asleep, fastened with two chains between two soldiers. Others stood guard at the prison gate. 7Suddenly, there was a bright light in the cell, and an angel of the Lord stood before Peter. The angel struck him on the side to awaken him and said, "Quick! Get up!" And the chains fell off his wrists. 8Then the angel told him, "Get dressed and put on your sandals." And he did. "Now put on your coat and follow me," the angel ordered.

9So Peter left the cell, following the angel. But all the time he thought it was a vision. He didn't realize it was actually happening. 10They passed the first and second guard posts and came to the iron gate leading to the city, and this opened for them all by itself. So they passed through and started walking down the street, and then the angel suddenly left him.

11Peter finally came to his senses. "It's really true!" he said. "The Lord has sent his angel and saved me from Herod and from what the Jewish leaders* had planned to do to me!"

12When he realized this, he went to the home of Mary, the mother of John Mark, where many were gathered for prayer. 13He knocked at the door in the gate, and a servant girl named Rhoda came to open it. 14When she recognized Peter's voice, she was so overjoyed that, instead of opening the door, she ran back inside and told everyone, "Peter is standing at the door!"

15"You're out of your mind!" they said. When she insisted, they decided, "It must be his angel."

16Meanwhile, Peter continued knocking. When they finally opened the door and saw him, they were amazed. 17He motioned for them to quiet down and told them how the Lord had led him out of prison. "Tell James and the other brothers what happened," he said. And then he went to another place.

18At dawn there was a great commotion among the soldiers about what had happened to Peter. 19Herod Agrippa ordered a thorough search for him. When he couldn't be found, Herod interrogated the guards and sentenced them to death. Afterward Herod left Judea to stay in Caesarea for a while.

The Death of Herod Agrippa

20Now Herod was very angry with the people of Tyre and Sidon. So they sent a delegation to make peace with him because their cities were dependent upon Herod's country for food. The delegates won the support of Blastus, Herod's personal assistant, 21and an appointment with Herod was granted. When the day arrived, Herod put on his royal robes, sat on his throne, and made a speech to them. 22The people gave him a great ovation, shouting, "It's the voice of a god, not of a man!"

23Instantly, an angel of the Lord struck Herod with a sickness, because he accepted the people's worship instead of giving the glory to God. So he was consumed with worms and died.

24Meanwhile, the word of God continued to spread, and there were many new believers.

25When Barnabas and Saul had finished their mission to Jerusalem, they returned,* taking John Mark with them.

Barnabas and Saul Are Commissioned

13 Among the prophets and teachers of the church at Antioch of Syria were Barnabas, Simeon (called "the black man"*), Lucius (from Cyrene), Manaen (the childhood companion of King Herod Antipas*), and Saul. 2One day as these men were worshiping the Lord and fasting, the Holy Spirit said, "Dedicate Barnabas and Saul for the special work to which I have called them." 3So after more fasting and prayer, the men laid their hands on them and sent them on their way.

Paul's First Missionary Journey

4So Barnabas and Saul were sent out by the Holy Spirit. They went down to the seaport of Seleucia and then sailed for the island of Cyprus. 5There, in the town of Salamis, they went to the Jewish synagogues and preached the word of God. John Mark went with them as their assistant.

6Afterward they traveled from town to town across the entire island until finally they reached Paphos, where they met a Jewish sorcerer, a false prophet named Bar-Jesus. 7He had attached himself to the governor, Sergius Paulus, who was an intelligent man. The governor invited Barnabas and Saul to visit him, for he wanted to hear the word of God. 8But Elymas, the sorcerer (as his name means in Greek), interfered and urged the governor to pay no attention to what Barnabas and Saul said. He was trying to keep the governor from believing.

9Saul, also known as Paul, was filled with the Holy Spirit, and he looked the sorcerer in the eye. 10Then he said, "You son of the devil, full of every sort of deceit and fraud, and enemy of all that is good! Will you never stop perverting the true ways of the Lord? 11Watch now, for the Lord has laid his hand of punishment upon you, and you will be struck blind. You will not see the sunlight for some time." Instantly mist and darkness came over the man's eyes, and he began groping around begging for someone to take his hand and lead him.

12When the governor saw what had happened, he became a believer, for he was astonished at the teaching about the Lord.

12:11 Or *the Jewish people.*   **12:25** Or *mission, they returned to Jerusalem.* Other manuscripts read *mission, they returned from Jerusalem;* still others read *mission, they returned from Jerusalem to Antioch.*   **13:1a** Greek *who was called Niger.*   **13:1b** Greek *Herod the tetrarch.*

Paul Preaches in Antioch of Pisidia

¹³Paul and his companions then left Paphos by ship for Pamphylia, landing at the port town of Perga. There John Mark left them and returned to Jerusalem. ¹⁴But Paul and Barnabas traveled inland to Antioch of Pisidia.*

On the Sabbath they went to the synagogue for the services. ¹⁵After the usual readings from the books of Moses* and the prophets, those in charge of the service sent them this message: "Brothers, if you have any word of encouragement for the people, come and give it."

¹⁶So Paul stood, lifted his hand to quiet them, and started speaking. "Men of Israel," he said, "and you God-fearing Gentiles, listen to me.

¹⁷"The God of this nation of Israel chose our ancestors and made them multiply and grow strong during their stay in Egypt. Then with a powerful arm he led them out of their slavery. ¹⁸He put up with them* through forty years of wandering in the wilderness. ¹⁹Then he destroyed seven nations in Canaan and gave their land to Israel as an inheritance. ²⁰All this took about 450 years.

"After that, God gave them judges to rule until the time of Samuel the prophet. ²¹Then the people begged for a king, and God gave them Saul son of Kish, a man of the tribe of Benjamin, who reigned for forty years. ²²But God removed Saul and replaced him with David, a man about whom God said, 'I have found David son of Jesse, a man after my own heart. He will do everything I want him to do.'*

²³"And it is one of King David's descendants, Jesus, who is God's promised Savior of Israel! ²⁴Before he came, John the Baptist preached that all the people of Israel needed to repent of their sins and turn to God and be baptized. ²⁵As John was finishing his ministry he asked, 'Do you think I am the Messiah? No, I am not! But he is coming soon—and I'm not even worthy to be his slave and untie the sandals on his feet.'

²⁶"Brothers—you sons of Abraham, and also you God-fearing Gentiles—this message of salvation has been sent to us! ²⁷The people in Jerusalem and their leaders did not recognize Jesus as the one the prophets had spoken about. Instead, they condemned him, and in doing this they fulfilled the prophets' words that are read every Sabbath. ²⁸They found no legal reason to execute him, but they asked Pilate to have him killed anyway.

²⁹"When they had done all that the prophecies said about him, they took him down from the cross* and placed him in a tomb. ³⁰But God raised him from the dead! ³¹And over a period of many days he appeared to those who had gone with him from Galilee to Jerusalem. They are now his witnesses to the people of Israel.

³²"And now we are here to bring you this Good News. The promise was made to our ancestors, ³³and God has now fulfilled it for us, their descendants, by raising Jesus. This is what the second psalm says about Jesus:

'You are my Son.
Today I have become your Father.*'

³⁴For God had promised to raise him from the dead, not leaving him to rot in the grave. He said, 'I will give you the sacred blessings I promised to David.'* ³⁵Another psalm explains it more fully: 'You will not allow your Holy One to rot in the grave.'* ³⁶This is not a reference to David, for after David had done the will of God in his own generation, he died and was buried with his ancestors, and his body decayed. ³⁷No, it was a reference to someone else—someone whom God raised and whose body did not decay.

³⁸"Brothers, listen! We are here to proclaim that through this man Jesus there is forgiveness for your sins. ³⁹Everyone who believes in him is declared right with God—something the law of Moses could never do. ⁴⁰Be careful! Don't let the prophets' words apply to you. For they said,

⁴¹ 'Look, you mockers,
be amazed and die!
For I am doing something in your own day,
something you wouldn't believe
even if someone told you about it.'*"

⁴²As Paul and Barnabas left the synagogue that day, the people begged them to speak about these things again the next week. ⁴³Many Jews and devout converts to Judaism followed Paul and Barnabas, and the two men urged them to continue to rely on the grace of God.

Paul Turns to the Gentiles

⁴⁴The following week almost the entire city turned out to hear them preach the word of the Lord. ⁴⁵But when some of the Jews saw the crowds, they were jealous; so they slandered Paul and argued against whatever he said.

⁴⁶Then Paul and Barnabas spoke out boldly and declared, "It was necessary that we first preach the word of God to you Jews. But since you have rejected it and judged yourselves unworthy of eternal life, we will offer it to the Gentiles. ⁴⁷For the Lord gave us this command when he said,

'I have made you a light to the Gentiles,
to bring salvation to the farthest corners
of the earth.'*"

⁴⁸When the Gentiles heard this, they were very glad and thanked the Lord for his message; and all who were chosen for eternal life became

---

13:13-14 *Pamphylia* and *Pisidia* were districts in what is now Turkey.   13:15 Greek *from the law.*   13:18 Some manuscripts read *He cared for them;* compare Deut 1:31.   13:22 1 Sam 13:14.   13:29 Greek *from the tree.*   13:33 Or *Today I reveal you as my Son.* Ps 2:7.   13:34 Isa 55:3.   13:35 Ps 16:10.   13:38 English translations divide verses 38 and 39 in various ways.   13:41 Hab 1:5 (Greek version).   13:47 Isa 49:6.

believers. ⁴⁹So the Lord's message spread throughout that region.

⁵⁰Then the Jews stirred up the influential religious women and the leaders of the city, and they incited a mob against Paul and Barnabas and ran them out of town. ⁵¹So they shook the dust from their feet as a sign of rejection and went to the town of Iconium. ⁵²And the believers* were filled with joy and with the Holy Spirit.

Paul and Barnabas in Iconium

14 The same thing happened in Iconium.* Paul and Barnabas went to the Jewish synagogue and preached with such power that a great number of both Jews and Greeks became believers. ²Some of the Jews, however, spurned God's message and poisoned the minds of the Gentiles against Paul and Barnabas. ³But the apostles stayed there a long time, preaching boldly about the grace of the Lord. And the Lord proved their message was true by giving them power to do miraculous signs and wonders. ⁴But the people of the town were divided in their opinion about them. Some sided with the Jews, and some with the apostles.

⁵Then a mob of Gentiles and Jews, along with their leaders, decided to attack and stone them. ⁶When the apostles learned of it, they fled to the region of Lycaonia—to the towns of Lystra and Derbe and the surrounding area. ⁷And there they preached the Good News.

Paul and Barnabas in Lystra and Derbe

⁸While they were at Lystra, Paul and Barnabas came upon a man with crippled feet. He had been that way from birth, so he had never walked. He was sitting ⁹and listening as Paul preached. Looking straight at him, Paul realized he had faith to be healed. ¹⁰So Paul called to him in a loud voice, "Stand up!" And the man jumped to his feet and started walking.

¹¹When the crowd saw what Paul had done, they shouted in their local dialect, "These men are gods in human form!" ¹²They decided that Barnabas was the Greek god Zeus and that Paul was Hermes, since he was the chief speaker. ¹³Now the temple of Zeus was located just outside the town. So the priest of the temple and the crowd brought bulls and wreaths of flowers to the town gates, and they prepared to offer sacrifices to the apostles.

¹⁴But when Barnabas and Paul heard what was happening, they tore their clothing in dismay and ran out among the people, shouting, ¹⁵"Friends,* why are you doing this? We are merely human beings—just like you! We have come to bring you the Good News that you should turn from these worthless things and turn to the living God, who made heaven and earth, the sea, and everything in them. ¹⁶In the

past he permitted all the nations to go their own ways, ¹⁷but he never left them without evidence of himself and his goodness. For instance, he sends you rain and good crops and gives you food and joyful hearts." ¹⁸But even with these words, Paul and Barnabas could scarcely restrain the people from sacrificing to them.

¹⁹Then some Jews arrived from Antioch and Iconium and won the crowds to their side. They stoned Paul and dragged him out of town, thinking he was dead. ²⁰But as the believers* gathered around him, he got up and went back into the town. The next day he left with Barnabas for Derbe.

Paul and Barnabas Return to Antioch of Syria

²¹After preaching the Good News in Derbe and making many disciples, Paul and Barnabas returned to Lystra, Iconium, and Antioch of Pisidia, ²²where they strengthened the believers. They encouraged them to continue in the faith, reminding them that we must suffer many hardships to enter the Kingdom of God. ²³Paul and Barnabas also appointed elders in every church. With prayer and fasting, they turned the elders over to the care of the Lord, in whom they had put their trust. ²⁴Then they traveled back through Pisidia to Pamphylia. ²⁵They preached the word in Perga, then went down to Attalia.

²⁶Finally, they returned by ship to Antioch of Syria, where their journey had begun. The believers there had entrusted them to the grace of God to do the work they had now completed. ²⁷Upon arriving in Antioch, they called the church together and reported everything God had done through them and how he had opened the door of faith to the Gentiles, too. ²⁸And they stayed there with the believers for a long time.

The Council at Jerusalem

15 While Paul and Barnabas were at Antioch of Syria, some men from Judea arrived and began to teach the believers*: "Unless you are circumcised as required by the law of Moses, you cannot be saved." ²Paul and Barnabas disagreed with them, arguing vehemently. Finally, the church decided to send Paul and Barnabas to Jerusalem, accompanied by some local believers, to talk to the apostles and elders about this question. ³The church sent the delegates to Jerusalem, and they stopped along the way in Phoenicia and Samaria to visit the believers. They told them—much to everyone's joy—that the Gentiles, too, were being converted.

⁴When they arrived in Jerusalem, Barnabas and Paul were welcomed by the whole church, including the apostles and elders. They reported everything God had done through them. ⁵But then some of the believers who belonged to the sect of the Pharisees stood up and insisted, "The

13:52 Greek *the disciples.* 14:1 *Iconium,* as well as *Lystra* and *Derbe* (14:6), were towns in what is now Turkey. 14:15 Greek *Men.* 14:20 Greek *disciples;* also in 14:22, 28. 15:1 Greek *brothers,* also in 15:3, 23, 32, 33, 36, 40.

Gentile converts must be circumcised and required to follow the law of Moses."

⁶So the apostles and elders met together to resolve this issue. ⁷At the meeting, after a long discussion, Peter stood and addressed them as follows: "Brothers, you all know that God chose me from among you some time ago to preach to the Gentiles so that they could hear the Good News and believe. ⁸God knows people's hearts, and he confirmed that he accepts Gentiles by giving them the Holy Spirit, just as he did to us. ⁹He made no distinction between us and them, for he cleansed their hearts through faith. ¹⁰So why are you now challenging God by burdening the Gentile believers* with a yoke that neither we nor our ancestors were able to bear? ¹¹We believe that we are all saved the same way, by the undeserved grace of the Lord Jesus."

¹²Everyone listened quietly as Barnabas and Paul told about the miraculous signs and wonders God had done through them among the Gentiles.

¹³When they had finished, James stood and said, "Brothers, listen to me. ¹⁴Peter* has told you about the time God first visited the Gentiles to take from them a people for himself. ¹⁵And this conversion of Gentiles is exactly what the prophets predicted. As it is written:

¹⁶ 'Afterward I will return
    and restore the fallen house*
    of David.
  I will rebuild its ruins
    and restore it,
¹⁷ so that the rest of humanity might seek
    the LORD,
  including the Gentiles—
    all those I have called to be mine.
  The LORD has spoken—
¹⁸   he who made these things known so
      long ago.'*

¹⁹"And so my judgment is that we should not make it difficult for the Gentiles who are turning to God. ²⁰Instead, we should write and tell them to abstain from eating food offered to idols, from sexual immorality, from eating the meat of strangled animals, and from consuming blood. ²¹For these laws of Moses have been preached in Jewish synagogues in every city on every Sabbath for many generations."

The Letter for Gentile Believers

²²Then the apostles and elders together with the whole church in Jerusalem chose delegates, and they sent them to Antioch of Syria with Paul and Barnabas to report on this decision. The men chosen were two of the church leaders*—Judas (also called Barsabbas) and Silas. ²³This is the letter they took with them:

"This letter is from the apostles and elders, your brothers in Jerusalem. It is written to the Gentile believers in Antioch, Syria, and Cilicia. Greetings!

²⁴"We understand that some men from here have troubled you and upset you with their teaching, but we did not send them! ²⁵So we decided, having come to complete agreement, to send you official representatives, along with our beloved Barnabas and Paul, ²⁶who have risked their lives for the name of our Lord Jesus Christ. ²⁷We are sending Judas and Silas to confirm what we have decided concerning your question.

²⁸"For it seemed good to the Holy Spirit and to us to lay no greater burden on you than these few requirements: ²⁹You must abstain from eating food offered to idols, from consuming blood or the meat of strangled animals, and from sexual immorality. If you do this, you will do well. Farewell."

³⁰The messengers went at once to Antioch, where they called a general meeting of the believers and delivered the letter. ³¹And there was great joy throughout the church that day as they read this encouraging message.

³²Then Judas and Silas, both being prophets, spoke at length to the believers, encouraging and strengthening their faith. ³³They stayed for a while, and then the believers sent them back to the church in Jerusalem with a blessing of peace.* ³⁵Paul and Barnabas stayed in Antioch. They and many others taught and preached the word of the Lord there.

Paul and Barnabas Separate

³⁶After some time Paul said to Barnabas, "Let's go back and visit each city where we previously preached the word of the Lord, to see how the new believers are doing." ³⁷Barnabas agreed and wanted to take along John Mark. ³⁸But Paul disagreed strongly, since John Mark had deserted them in Pamphylia and had not continued with them in their work. ³⁹Their disagreement was so sharp that they separated. Barnabas took John Mark with him and sailed for Cyprus. ⁴⁰Paul chose Silas, and as he left, the believers entrusted him to the Lord's gracious care. ⁴¹Then he traveled throughout Syria and Cilicia, strengthening the churches there.

Paul's Second Missionary Journey

16 Paul went first to Derbe and then to Lystra, where there was a young disciple named Timothy. His mother was a Jewish believer, but his father was a Greek. ²Timothy was well thought of by the believers* in Lystra and Iconium, ³so Paul wanted him to join them on

---

15:10 Greek *disciples.* **15:14** Greek *Symeon.* **15:16** Or *kingdom;* Greek reads *tent.* **15:16-18** Amos 9:11-12 (Greek version); Isa 45:21. **15:22** Greek *were leaders among the brothers.* **15:33** Some manuscripts add verse 34, *But Silas decided to stay there.* **16:2** Greek *brothers;* also in 16:40.

their journey. In deference to the Jews of the area, he arranged for Timothy to be circumcised before they left, for everyone knew that his father was a Greek. 4Then they went from town to town, instructing the believers to follow the decisions made by the apostles and elders in Jerusalem. 5So the churches were strengthened in their faith and grew larger every day.

A Call from Macedonia

6Next Paul and Silas traveled through the area of Phrygia and Galatia, because the Holy Spirit had prevented them from preaching the word in the province of Asia at that time. 7Then coming to the borders of Mysia, they headed north for the province of Bithynia,* but again the Spirit of Jesus did not allow them to go there. 8So instead, they went on through Mysia to the seaport of Troas.

9That night Paul had a vision: A man from Macedonia in northern Greece was standing there, pleading with him, "Come over to Macedonia and help us!" 10So we* decided to leave for Macedonia at once, having concluded that God was calling us to preach the Good News there.

Lydia of Philippi Believes in Jesus

11We boarded a boat at Troas and sailed straight across to the island of Samothrace, and the next day we landed at Neapolis. 12From there we reached Philippi, a major city of that district of Macedonia and a Roman colony. And we stayed there several days.

13On the Sabbath we went a little way outside the city to a riverbank, where we thought people would be meeting for prayer, and we sat down to speak with some women who had gathered there. 14One of them was Lydia from Thyatira, a merchant of expensive purple cloth, who worshiped God. As she listened to us, the Lord opened her heart, and she accepted what Paul was saying. 15She was baptized along with other members of her household, and she asked us to be her guests. "If you agree that I am a true believer in the Lord," she said, "come and stay at my home." And she urged us until we agreed.

Paul and Silas in Prison

16One day as we were going down to the place of prayer, we met a demon-possessed slave girl. She was a fortune-teller who earned a lot of money for her masters. 17She followed Paul and the rest of us, shouting, "These men are servants of the Most High God, and they have come to tell you how to be saved."

18This went on day after day until Paul got so exasperated that he turned and said to the demon within her, "I command you in the name of Jesus Christ to come out of her." And instantly it left her.

19Her masters' hopes of wealth were now shattered, so they grabbed Paul and Silas and dragged them before the authorities at the marketplace. 20"The whole city is in an uproar because of these Jews!" they shouted to the city officials. 21"They are teaching customs that are illegal for us Romans to practice."

22A mob quickly formed against Paul and Silas, and the city officials ordered them stripped and beaten with wooden rods. 23They were severely beaten, and then they were thrown into prison. The jailer was ordered to make sure they didn't escape. 24So the jailer put them into the inner dungeon and clamped their feet in the stocks.

25Around midnight Paul and Silas were praying and singing hymns to God, and the other prisoners were listening. 26Suddenly, there was a massive earthquake, and the prison was shaken to its foundations. All the doors immediately flew open, and the chains of every prisoner fell off! 27The jailer woke up to see the prison doors wide open. He assumed the prisoners had escaped, so he drew his sword to kill himself. 28But Paul shouted to him, "Stop! Don't kill yourself! We are all here!"

29The jailer called for lights and ran to the dungeon and fell down trembling before Paul and Silas. 30Then he brought them out and asked, "Sirs, what must I do to be saved?"

31They replied, "Believe in the Lord Jesus and you will be saved, along with everyone in your household." 32And they shared the word of the Lord with him and with all who lived in his household. 33Even at that hour of the night, the jailer cared for them and washed their wounds. Then he and everyone in his household were immediately baptized. 34He brought them into his house and set a meal before them, and he and his entire household rejoiced because they all believed in God.

35The next morning the city officials sent the police to tell the jailer, "Let those men go!" 36So the jailer told Paul, "The city officials have said you and Silas are free to leave. Go in peace."

37But Paul replied, "They have publicly beaten us without a trial and put us in prison—and we are Roman citizens. So now they want us to leave secretly? Certainly not! Let them come themselves to release us!"

38When the police reported this, the city officials were alarmed to learn that Paul and Silas were Roman citizens. 39So they came to the jail and apologized to them. Then they brought them out and begged them to leave the city. 40When Paul and Silas left the prison, they returned to the home of Lydia. There they met with the believers and encouraged them once more. Then they left town.

16:6-7 *Phrygia, Galatia, Asia, Mysia,* and *Bithynia* were all districts in what is now Turkey.   16:10 Luke, the writer of this book, here joined Paul and accompanied him on his journey.

Paul Preaches in Thessalonica

17 Paul and Silas then traveled through the towns of Amphipolis and Apollonia and came to Thessalonica, where there was a Jewish synagogue. [2]As was Paul's custom, he went to the synagogue service, and for three Sabbaths in a row he used the Scriptures to reason with the people. [3]He explained the prophecies and proved that the Messiah must suffer and rise from the dead. He said, "This Jesus I'm telling you about is the Messiah." [4]Some of the Jews who listened were persuaded and joined Paul and Silas, along with many God-fearing Greek men and quite a few prominent women.*

[5]But some of the Jews were jealous, so they gathered some troublemakers from the marketplace to form a mob and start a riot. They attacked the home of Jason, searching for Paul and Silas so they could drag them out to the crowd.* [6]Not finding them there, they dragged out Jason and some of the other believers* instead and took them before the city council. "Paul and Silas have caused trouble all over the world," they shouted, "and now they are here disturbing our city, too. [7]And Jason has welcomed them into his home. They are all guilty of treason against Caesar, for they profess allegiance to another king, named Jesus."

[8]The people of the city, as well as the city council, were thrown into turmoil by these reports. [9]So the officials forced Jason and the other believers to post bond, and then they released them.

Paul and Silas in Berea

[10]That very night the believers sent Paul and Silas to Berea. When they arrived there, they went to the Jewish synagogue. [11]And the people of Berea were more open-minded than those in Thessalonica, and they listened eagerly to Paul's message. They searched the Scriptures day after day to see if Paul and Silas were teaching the truth. [12]As a result, many Jews believed, as did many of the prominent Greek women and men.

[13]But when some Jews in Thessalonica learned that Paul was preaching the word of God in Berea, they went there and stirred up trouble. [14]The believers acted at once, sending Paul on to the coast, while Silas and Timothy remained behind. [15]Those escorting Paul went with him all the way to Athens; then they returned to Berea with instructions for Silas and Timothy to hurry and join him.

Paul Preaches in Athens

[16]While Paul was waiting for them in Athens, he was deeply troubled by all the idols he saw everywhere in the city. [17]He went to the synagogue to reason with the Jews and the God-fearing Gentiles, and he spoke daily in the public square to all who happened to be there.

[18]He also had a debate with some of the Epicurean and Stoic philosophers. When he told them about Jesus and his resurrection, they said, "What's this babbler trying to say with these strange ideas he's picked up?" Others said, "He seems to be preaching about some foreign gods."

[19]Then they took him to the high council of the city.* "Come and tell us about this new teaching," they said. [20]"You are saying some rather strange things, and we want to know what it's all about." [21](It should be explained that all the Athenians as well as the foreigners in Athens seemed to spend all their time discussing the latest ideas.)

[22]So Paul, standing before the council,* addressed them as follows: "Men of Athens, I notice that you are very religious in every way, [23]for as I was walking along I saw your many shrines. And one of your altars had this inscription on it: 'To an Unknown God.' This God, whom you worship without knowing, is the one I'm telling you about.

[24]"He is the God who made the world and everything in it. Since he is Lord of heaven and earth, he doesn't live in man-made temples, [25]and human hands can't serve his needs—for he has no needs. He himself gives life and breath to everything, and he satisfies every need. [26]From one man* he created all the nations throughout the whole earth. He decided beforehand when they should rise and fall, and he determined their boundaries.

[27]"His purpose was for the nations to seek after God and perhaps feel their way toward him and find him—though he is not far from any one of us. [28]For in him we live and move and exist. As some of your* own poets have said, 'We are his offspring.' [29]And since this is true, we shouldn't think of God as an idol designed by craftsmen from gold or silver or stone.

[30]"God overlooked people's ignorance about these things in earlier times, but now he commands everyone everywhere to repent of their sins and turn to him. [31]For he has set a day for judging the world with justice by the man he has appointed, and he proved to everyone who this is by raising him from the dead."

[32]When they heard Paul speak about the resurrection of the dead, some laughed in contempt, but others said, "We want to hear more about this later." [33]That ended Paul's discussion with them, [34]but some joined him and became believers. Among them were Dionysius, a member of the council,* a woman named Damaris, and others with them.

17:4 Some manuscripts read *quite a few of the wives of the leading men.* 17:5 Or *the city council.* 17:6 Greek *brothers;* also in 17:10, 14. 17:19 Or *the most learned society of philosophers in the city.* Greek reads *the Areopagus.* 17:22 Traditionally rendered *standing in the middle of Mars Hill;* Greek reads *standing in the middle of the Areopagus.* 17:26 Greek *From one;* other manuscripts read *From one blood.* 17:28 Some manuscripts read *our.* 17:34 Greek *an Areopagite.*

Paul Meets Priscilla and Aquila in Corinth

18 Then Paul left Athens and went to Corinth.* ²There he became acquainted with a Jew named Aquila, born in Pontus, who had recently arrived from Italy with his wife, Priscilla. They had left Italy when Claudius Caesar deported all Jews from Rome. ³Paul lived and worked with them, for they were tentmakers* just as he was.

⁴Each Sabbath found Paul at the synagogue, trying to convince the Jews and Greeks alike. ⁵And after Silas and Timothy came down from Macedonia, Paul spent all his time preaching the word. He testified to the Jews that Jesus was the Messiah. ⁶But when they opposed and insulted him, Paul shook the dust from his clothes and said, "Your blood is upon your own heads—I am innocent. From now on I will go preach to the Gentiles."

⁷Then he left and went to the home of Titius Justus, a Gentile who worshiped God and lived next door to the synagogue. ⁸Crispus, the leader of the synagogue, and everyone in his household believed in the Lord. Many others in Corinth also heard Paul, became believers, and were baptized.

⁹One night the Lord spoke to Paul in a vision and told him, "Don't be afraid! Speak out! Don't be silent! ¹⁰For I am with you, and no one will attack and harm you, for many people in this city belong to me." ¹¹So Paul stayed there for the next year and a half, teaching the word of God.

¹²But when Gallio became governor of Achaia, some Jews rose up together against Paul and brought him before the governor for judgment. ¹³They accused Paul of "persuading people to worship God in ways that are contrary to our law."

¹⁴But just as Paul started to make his defense, Gallio turned to Paul's accusers and said, "Listen, you Jews, if this were a case involving some wrongdoing or a serious crime, I would have a reason to accept your case. ¹⁵But since it is merely a question of words and names and your Jewish law, take care of it yourselves. I refuse to judge such matters." ¹⁶And he threw them out of the courtroom.

¹⁷The crowd* then grabbed Sosthenes, the leader of the synagogue, and beat him right there in the courtroom. But Gallio paid no attention.

Paul Returns to Antioch of Syria

¹⁸Paul stayed in Corinth for some time after that, then said good-bye to the brothers and sisters* and went to nearby Cenchrea. There he shaved his head according to Jewish custom, marking the end of a vow. Then he set sail for Syria, taking Priscilla and Aquila with him.

¹⁹They stopped first at the port of Ephesus, where Paul left the others behind. While he was there, he went to the synagogue to reason with the Jews. ²⁰They asked him to stay longer, but he declined. ²¹As he left, however, he said, "I will come back later,* God willing." Then he set sail from Ephesus. ²²The next stop was at the port of Caesarea. From there he went up and visited the church at Jerusalem* and then went back to Antioch.

²³After spending some time in Antioch, Paul went back through Galatia and Phrygia, visiting and strengthening all the believers.*

Apollos Instructed at Ephesus

²⁴Meanwhile, a Jew named Apollos, an eloquent speaker who knew the Scriptures well, had arrived in Ephesus from Alexandria in Egypt. ²⁵He had been taught the way of the Lord, and he taught others about Jesus with an enthusiastic spirit* and with accuracy. However, he knew only about John's baptism. ²⁶When Priscilla and Aquila heard him preaching boldly in the synagogue, they took him aside and explained the way of God even more accurately.

²⁷Apollos had been thinking about going to Achaia, and the brothers and sisters in Ephesus encouraged him to go. They wrote to the believers in Achaia, asking them to welcome him. When he arrived there, he proved to be of great benefit to those who, by God's grace, had believed. ²⁸He refuted the Jews with powerful arguments in public debate. Using the Scriptures, he explained to them that Jesus was the Messiah.

Paul's Third Missionary Journey

19 While Apollos was in Corinth, Paul traveled through the interior regions until he reached Ephesus, on the coast, where he found several believers.* ²"Did you receive the Holy Spirit when you believed?" he asked them.

"No," they replied, "we haven't even heard that there is a Holy Spirit."

³"Then what baptism did you experience?" he asked.

And they replied, "The baptism of John."

⁴Paul said, "John's baptism called for repentance from sin. But John himself told the people to believe in the one who would come later, meaning Jesus."

⁵As soon as they heard this, they were baptized in the name of the Lord Jesus. ⁶Then when Paul laid his hands on them, the Holy Spirit came on them, and they spoke in other tongues and prophesied. ⁷There were about twelve men in all.

18:1 *Athens* and *Corinth* were major cities in Achaia, the region in the southern portion of the Greek peninsula. 18:3 Or *leather-workers.* 18:17 Greek *Everyone;* other manuscripts read *All the Greeks.* 18:18 Greek *brothers;* also in 18:27. 18:21 Some manuscripts read *"I must by all means be at Jerusalem for the upcoming festival, but I will come back later."* 18:22 Greek *the church.* 18:23 Greek *disciples;* also in 18:27. 18:25 Or *with enthusiasm in the Spirit.* 19:1 Greek *disciples;* also in 19:9, 30.

Paul Ministers in Ephesus

8Then Paul went to the synagogue and preached boldly for the next three months, arguing persuasively about the Kingdom of God. 9But some became stubborn, rejecting his message and publicly speaking against the Way. So Paul left the synagogue and took the believers with him. Then he held daily discussions at the lecture hall of Tyrannus. 10This went on for the next two years, so that people throughout the province of Asia—both Jews and Greeks—heard the word of the Lord.

11God gave Paul the power to perform unusual miracles. 12When handkerchiefs or aprons that had merely touched his skin were placed on sick people, they were healed of their diseases, and evil spirits were expelled.

13A group of Jews was traveling from town to town casting out evil spirits. They tried to use the name of the Lord Jesus in their incantation, saying, "I command you in the name of Jesus, whom Paul preaches, to come out!" 14Seven sons of Sceva, a leading priest, were doing this. 15But one time when they tried it, the evil spirit replied, "I know Jesus, and I know Paul, but who are you?" 16Then the man with the evil spirit leaped on them, overpowered them, and attacked them with such violence that they fled from the house, naked and battered.

17The story of what happened spread quickly all through Ephesus, to Jews and Greeks alike. A solemn fear descended on the city, and the name of the Lord Jesus was greatly honored. 18Many who became believers confessed their sinful practices. 19A number of them who had been practicing sorcery brought their incantation books and burned them at a public bonfire. The value of the books was several million dollars.* 20So the message about the Lord spread widely and had a powerful effect.

21Afterward Paul felt compelled by the Spirit* to go over to Macedonia and Achaia before going to Jerusalem. "And after that," he said, "I must go on to Rome!" 22He sent his two assistants, Timothy and Erastus, ahead to Macedonia while he stayed awhile longer in the province of Asia.

The Riot in Ephesus

23About that time, serious trouble developed in Ephesus concerning the Way. 24It began with Demetrius, a silversmith who had a large business manufacturing silver shrines of the Greek goddess Artemis.* He kept many craftsmen busy. 25He called them together, along with others employed in similar trades, and addressed them as follows:

"Gentlemen, you know that our wealth comes from this business. 26But as you have seen and heard, this man Paul has persuaded many people that handmade gods aren't really gods at all.

And he's done this not only here in Ephesus but throughout the entire province! 27Of course, I'm not just talking about the loss of public respect for our business. I'm also concerned that the temple of the great goddess Artemis will lose its influence and that Artemis—this magnificent goddess worshiped throughout the province of Asia and all around the world—will be robbed of her great prestige!"

28At this their anger boiled, and they began shouting, "Great is Artemis of the Ephesians!" 29Soon the whole city was filled with confusion. Everyone rushed to the amphitheater, dragging along Gaius and Aristarchus, who were Paul's traveling companions from Macedonia. 30Paul wanted to go in, too, but the believers wouldn't let him. 31Some of the officials of the province, friends of Paul, also sent a message to him, begging him not to risk his life by entering the amphitheater.

32Inside, the people were all shouting, some one thing and some another. Everything was in confusion. In fact, most of them didn't even know why they were there. 33The Jews in the crowd pushed Alexander forward and told him to explain the situation. He motioned for silence and tried to speak. 34But when the crowd realized he was a Jew, they started shouting again and kept it up for two hours: "Great is Artemis of the Ephesians! Great is Artemis of the Ephesians!"

35At last the mayor was able to quiet them down enough to speak. "Citizens of Ephesus," he said. "Everyone knows that Ephesus is the official guardian of the temple of the great Artemis, whose image fell down to us from heaven. 36Since this is an undeniable fact, you should stay calm and not do anything rash. 37You have brought these men here, but they have stolen nothing from the temple and have not spoken against our goddess.

38"If Demetrius and the craftsmen have a case against them, the courts are in session and the officials can hear the case at once. Let them make formal charges. 39And if there are complaints about other matters, they can be settled in a legal assembly. 40I am afraid we are in danger of being charged with rioting by the Roman government, since there is no cause for all this commotion. And if Rome demands an explanation, we won't know what to say." 41Then he dismissed them, and they dispersed.

Paul Goes to Macedonia and Greece

20 When the uproar was over, Paul sent for the believers* and encouraged them. Then he said good-bye and left for Macedonia. 2While there, he encouraged the believers in all the towns he passed through. Then he traveled down to Greece, 3where he stayed for three months. He was preparing to sail back to Syria

19:19 Greek *50,000 pieces of silver*, each of which was the equivalent of a day's wage. 19:21 Or *decided in his spirit.*
19:24 *Artemis* is otherwise known as Diana. 20:1 Greek *disciples.*

when he discovered a plot by some Jews against his life, so he decided to return through Macedonia.

4Several men were traveling with him. They were Sopater son of Pyrrhus from Berea; Aristarchus and Secundus from Thessalonica; Gaius from Derbe; Timothy; and Tychicus and Trophimus from the province of Asia. 5They went on ahead and waited for us at Troas. 6After the Passover* ended, we boarded a ship at Philippi in Macedonia and five days later joined them in Troas, where we stayed a week.

Paul's Final Visit to Troas

7On the first day of the week, we gathered with the local believers to share in the Lord's Supper.* Paul was preaching to them, and since he was leaving the next day, he kept talking until midnight. 8The upstairs room where we met was lighted with many flickering lamps. 9As Paul spoke on and on, a young man named Eutychus, sitting on the windowsill, became very drowsy. Finally, he fell sound asleep and dropped three stories to his death below. 10Paul went down, bent over him, and took him into his arms. "Don't worry," he said, "he's alive!" 11Then they all went back upstairs, shared in the Lord's Supper,* and ate together. Paul continued talking to them until dawn, and then he left. 12Meanwhile, the young man was taken home unhurt, and everyone was greatly relieved.

Paul Meets the Ephesian Elders

13Paul went by land to Assos, where he had arranged for us to join him, while we traveled by ship. 14He joined us there, and we sailed together to Mitylene. 15The next day we sailed past the island of Kios. The following day we crossed to the island of Samos, and* a day later we arrived at Miletus.

16Paul had decided to sail on past Ephesus, for he didn't want to spend any more time in the province of Asia. He was hurrying to get to Jerusalem, if possible, in time for the Festival of Pentecost. 17But when we landed at Miletus, he sent a message to the elders of the church at Ephesus, asking them to come and meet him.

18When they arrived he declared, "You know that from the day I set foot in the province of Asia until now 19I have done the Lord's work humbly and with many tears. I have endured the trials that came to me from the plots of the Jews. 20I never shrank back from telling you what you needed to hear, either publicly or in your homes. 21I have had one message for Jews and Greeks alike—the necessity of repenting from sin and turning to God, and of having faith in our Lord Jesus.

22"And now I am bound by the Spirit* to go to Jerusalem. I don't know what awaits me, 23except that the Holy Spirit tells me in city after city that jail and suffering lie ahead. 24But my life is worth nothing to me unless I use it for finishing the work assigned me by the Lord Jesus—the work of telling others the Good News about the wonderful grace of God.

25"And now I know that none of you to whom I have preached the Kingdom will ever see me again. 26I declare today that I have been faithful. If anyone suffers eternal death, it's not my fault,* 27for I didn't shrink from declaring all that God wants you to know.

28"So guard yourselves and God's people. Feed and shepherd God's flock—his church, purchased with his own blood*—over which the Holy Spirit has appointed you as elders.* 29I know that false teachers, like vicious wolves, will come in among you after I leave, not sparing the flock. 30Even some men from your own group will rise up and distort the truth in order to draw a following. 31Watch out! Remember the three years I was with you—my constant watch and care over you night and day, and my many tears for you.

32"And now I entrust you to God and the message of his grace that is able to build you up and give you an inheritance with all those he has set apart for himself.

33"I have never coveted anyone's silver or gold or fine clothes. 34You know that these hands of mine have worked to supply my own needs and even the needs of those who were with me. 35And I have been a constant example of how you can help those in need by working hard. You should remember the words of the Lord Jesus: 'It is more blessed to give than to receive.'"

36When he had finished speaking, he knelt and prayed with them. 37They all cried as they embraced and kissed him good-bye. 38They were sad most of all because he had said that they would never see him again. Then they escorted him down to the ship.

Paul's Journey to Jerusalem

21 After saying farewell to the Ephesian elders, we sailed straight to the island of Cos. The next day we reached Rhodes and then went to Patara. 2There we boarded a ship sailing for Phoenicia. 3We sighted the island of Cyprus, passed it on our left, and landed at the harbor of Tyre, in Syria, where the ship was to unload its cargo.

4We went ashore, found the local believers,* and stayed with them a week. These believers prophesied through the Holy Spirit that Paul should not go on to Jerusalem. 5When we returned to the ship at the end of the week, the entire congregation, including wives and

20:6 Greek *the days of unleavened bread.* 20:7 Greek *to break bread.* 20:11 Greek *broke the bread.* 20:15 Some manuscripts read *and having stayed at Trogyllium.* 20:22 Or *by my spirit,* or *by an inner compulsion;* Greek reads *by the spirit.* 20:26 Greek *I am innocent of the blood of all.* 20:28a Or *with the blood of his own [Son].* 20:28b Greek *overseers.* 21:4 Greek *disciples;* also in 21:16.

children, left the city and came down to the shore with us. There we knelt, prayed, 6and said our farewells. Then we went aboard, and they returned home.

7The next stop after leaving Tyre was Ptolemais, where we greeted the brothers and sisters* and stayed for one day. 8The next day we went on to Caesarea and stayed at the home of Philip the Evangelist, one of the seven men who had been chosen to distribute food. 9He had four unmarried daughters who had the gift of prophecy.

10Several days later a man named Agabus, who also had the gift of prophecy, arrived from Judea. 11He came over, took Paul's belt, and bound his own feet and hands with it. Then he said, "The Holy Spirit declares, 'So shall the owner of this belt be bound by the Jewish leaders in Jerusalem and turned over to the Gentiles.'" 12When we heard this, we and the local believers all begged Paul not to go on to Jerusalem.

13But he said, "Why all this weeping? You are breaking my heart! I am ready not only to be jailed at Jerusalem but even to die for the sake of the Lord Jesus." 14When it was clear that we couldn't persuade him, we gave up and said, "The Lord's will be done."

Paul Arrives at Jerusalem

15After this we packed our things and left for Jerusalem. 16Some believers from Caesarea accompanied us, and they took us to the home of Mnason, a man originally from Cyprus and one of the early believers. 17When we arrived, the brothers and sisters in Jerusalem welcomed us warmly.

18The next day Paul went with us to meet with James, and all the elders of the Jerusalem church were present. 19After greeting them, Paul gave a detailed account of the things God had accomplished among the Gentiles through his ministry.

20After hearing this, they praised God. And then they said, "You know, dear brother, how many thousands of Jews have also believed, and they all follow the law of Moses very seriously. 21But the Jewish believers here in Jerusalem have been told that you are teaching all the Jews who live among the Gentiles to turn their backs on the laws of Moses. They've heard that you teach them not to circumcise their children or follow other Jewish customs. 22What should we do? They will certainly hear that you have come.

23"Here's what we want you to do. We have four men here who have completed their vow. 24Go with them to the Temple and join them in the purification ceremony, paying for them to have their heads ritually shaved. Then everyone will know that the rumors are all false and that you yourself observe the Jewish laws.

25"As for the Gentile believers, they should do what we already told them in a letter: They should abstain from eating food offered to idols, from consuming blood or the meat of strangled animals, and from sexual immorality."

Paul Is Arrested

26So Paul went to the Temple the next day with the other men. They had already started the purification ritual, so he publicly announced the date when their vows would end and sacrifices would be offered for each of them.

27The seven days were almost ended when some Jews from the province of Asia saw Paul in the Temple and roused a mob against him. They grabbed him, 28yelling, "Men of Israel, help us! This is the man who preaches against our people everywhere and tells everybody to disobey the Jewish laws. He speaks against the Temple—and even defiles this holy place by bringing in Gentiles.*" 29(For earlier that day they had seen him in the city with Trophimus, a Gentile from Ephesus,* and they assumed Paul had taken him into the Temple.)

30The whole city was rocked by these accusations, and a great riot followed. Paul was grabbed and dragged out of the Temple, and immediately the gates were closed behind him. 31As they were trying to kill him, word reached the commander of the Roman regiment that all Jerusalem was in an uproar. 32He immediately called out his soldiers and officers* and ran down among the crowd. When the mob saw the commander and the troops coming, they stopped beating Paul.

33Then the commander arrested him and ordered him bound with two chains. He asked the crowd who he was and what he had done. 34Some shouted one thing and some another. Since he couldn't find out the truth in all the uproar and confusion, he ordered that Paul be taken to the fortress. 35As Paul reached the stairs, the mob grew so violent the soldiers had to lift him to their shoulders to protect him. 36And the crowd followed behind, shouting, "Kill him, kill him!"

Paul Speaks to the Crowd

37As Paul was about to be taken inside, he said to the commander, "May I have a word with you?"

"Do you know Greek?" the commander asked, surprised. 38"Aren't you the Egyptian who led a rebellion some time ago and took 4,000 members of the Assassins out into the desert?"

39"No," Paul replied, "I am a Jew and a citizen of Tarsus in Cilicia, which is an important city. Please, let me talk to these people." 40The commander agreed, so Paul stood on the stairs and motioned to the people to be quiet. Soon a deep silence enveloped the crowd, and he addressed them in their own language, Aramaic.*

21:7 Greek *brothers;* also in 21:17.   21:28 Greek *Greeks.*   21:29 Greek *Trophimus, the Ephesian.*   21:32 Greek *centurions.*
21:40 Or *Hebrew.*

22 "Brothers and esteemed fathers," Paul said, "listen to me as I offer my defense." ²When they heard him speaking in their own language,* the silence was even greater.

³Then Paul said, "I am a Jew, born in Tarsus, a city in Cilicia, and I was brought up and educated here in Jerusalem under Gamaliel. As his student, I was carefully trained in our Jewish laws and customs. I became very zealous to honor God in everything I did, just like all of you today. ⁴And I persecuted the followers of the Way, hounding some to death, arresting both men and women and throwing them in prison. ⁵The high priest and the whole council of elders can testify that this is so. For I received letters from them to our Jewish brothers in Damascus, authorizing me to bring the Christians from there to Jerusalem, in chains, to be punished.

⁶"As I was on the road, approaching Damascus about noon, a very bright light from heaven suddenly shone down around me. ⁷I fell to the ground and heard a voice saying to me, 'Saul, Saul, why are you persecuting me?'

⁸"'Who are you, lord?' I asked.

"And the voice replied, 'I am Jesus the Nazarene,* the one you are persecuting.' ⁹The people with me saw the light but didn't understand the voice speaking to me.

¹⁰"I asked, 'What should I do, Lord?'

"And the Lord told me, 'Get up and go into Damascus, and there you will be told everything you are to do.'

¹¹"I was blinded by the intense light and had to be led by the hand to Damascus by my companions. ¹²A man named Ananias lived there. He was a godly man, deeply devoted to the law, and well regarded by all the Jews of Damascus. ¹³He came and stood beside me and said, 'Brother Saul, regain your sight.' And that very moment I could see him!

¹⁴"Then he told me, 'The God of our ancestors has chosen you to know his will and to see the Righteous One and hear him speak. ¹⁵For you are to be his witness, telling everyone what you have seen and heard. ¹⁶What are you waiting for? Get up and be baptized. Have your sins washed away by calling on the name of the Lord.'

¹⁷"After I returned to Jerusalem, I was praying in the Temple and fell into a trance. ¹⁸I saw a vision of Jesus* saying to me, 'Hurry! Leave Jerusalem, for the people here won't accept your testimony about me.'

¹⁹"'But Lord,' I argued, 'they certainly know that in every synagogue I imprisoned and beat those who believed in you. ²⁰And I was in complete agreement when your witness Stephen was killed. I stood by and kept the coats they took off when they stoned him.'

²¹"But the Lord said to me, 'Go, for I will send you far away to the Gentiles!'"

²²The crowd listened until Paul said that word. Then they all began to shout, "Away with such a fellow! He isn't fit to live!" ²³They yelled, threw off their coats, and tossed handfuls of dust into the air.

Paul Reveals His Roman Citizenship

²⁴The commander brought Paul inside and ordered him lashed with whips to make him confess his crime. He wanted to find out why the crowd had become so furious. ²⁵When they tied Paul down to lash him, Paul said to the officer* standing there, "Is it legal for you to whip a Roman citizen who hasn't even been tried?"

²⁶When the officer heard this, he went to the commander and asked, "What are you doing? This man is a Roman citizen!"

²⁷So the commander went over and asked Paul, "Tell me, are you a Roman citizen?"

"Yes, I certainly am," Paul replied.

²⁸"I am, too," the commander muttered, "and it cost me plenty!"

Paul answered, "But I am a citizen by birth!"

²⁹The soldiers who were about to interrogate Paul quickly withdrew when they heard he was a Roman citizen, and the commander was frightened because he had ordered him bound and whipped.

Paul before the High Council

³⁰The next day the commander ordered the leading priests into session with the Jewish high council.* He wanted to find out what the trouble was all about, so he released Paul to have him stand before them.

23 Gazing intently at the high council,* Paul began: "Brothers, I have always lived before God with a clear conscience!"

²Instantly Ananias the high priest commanded those close to Paul to slap him on the mouth. ³But Paul said to him, "God will slap you, you corrupt hypocrite!* What kind of judge are you to break the law yourself by ordering me struck like that?"

⁴Those standing near Paul said to him, "Do you dare to insult God's high priest?"

⁵"I'm sorry, brothers. I didn't realize he was the high priest," Paul replied, "for the Scriptures say, 'You must not speak evil of any of your rulers.'*"

⁶Paul realized that some members of the high council were Sadducees and some were Pharisees, so he shouted, "Brothers, I am a Pharisee, as were my ancestors! And I am on trial because my hope is in the resurrection of the dead!"

⁷This divided the council—the Pharisees against the Sadducees—⁸for the Sadducees say there is no resurrection or angels or spirits, but the Pharisees believe in all of these. ⁹So there

22:2 Greek *in Aramaic*, or *in Hebrew.* **22:8** Or *Jesus of Nazareth.* **22:18** Greek *him.* **22:25** Greek *the centurion;* also in 22:26. **22:30** Greek *Sanhedrin.* **23:1** Greek *Sanhedrin;* also in 23:6, 15, 20, 28. **23:3** Greek *you whitewashed wall.* **23:5** Exod 22:28.

was a great uproar. Some of the teachers of religious law who were Pharisees jumped up and began to argue forcefully. "We see nothing wrong with him," they shouted. "Perhaps a spirit or an angel spoke to him." ¹⁰As the conflict grew more violent, the commander was afraid they would tear Paul apart. So he ordered his soldiers to go and rescue him by force and take him back to the fortress.

¹¹That night the Lord appeared to Paul and said, "Be encouraged, Paul. Just as you have been a witness to me here in Jerusalem, you must preach the Good News in Rome as well."

The Plan to Kill Paul

¹²The next morning a group of Jews* got together and bound themselves with an oath not to eat or drink until they had killed Paul. ¹³There were more than forty of them in the conspiracy. ¹⁴They went to the leading priests and elders and told them, "We have bound ourselves with an oath to eat nothing until we have killed Paul. ¹⁵So you and the high council should ask the commander to bring Paul back to the council again. Pretend you want to examine his case more fully. We will kill him on the way."

¹⁶But Paul's nephew—his sister's son—heard of their plan and went to the fortress and told Paul. ¹⁷Paul called for one of the Roman officers* and said, "Take this young man to the commander. He has something important to tell him."

¹⁸So the officer did, explaining, "Paul, the prisoner, called me over and asked me to bring this young man to you because he has something to tell you."

¹⁹The commander took his hand, led him aside, and asked, "What is it you want to tell me?"

²⁰Paul's nephew told him, "Some Jews are going to ask you to bring Paul before the high council tomorrow, pretending they want to get some more information. ²¹But don't do it! There are more than forty men hiding along the way ready to ambush him. They have vowed not to eat or drink anything until they have killed him. They are ready now, just waiting for your consent."

²²"Don't let anyone know you told me this," the commander warned the young man.

Paul Is Sent to Caesarea

²³Then the commander called two of his officers and ordered, "Get 200 soldiers ready to leave for Caesarea at nine o'clock tonight. Also take 200 spearmen and 70 mounted troops. ²⁴Provide horses for Paul to ride, and get him safely to Governor Felix." ²⁵Then he wrote this letter to the governor:

²⁶"From Claudius Lysias, to his Excellency, Governor Felix: Greetings!

²⁷"This man was seized by some Jews, and they were about to kill him when I arrived with the troops. When I learned that he was a Roman citizen, I removed him to safety. ²⁸Then I took him to their high council to try to learn the basis of the accusations against him. ²⁹I soon discovered the charge was something regarding their religious law—certainly nothing worthy of imprisonment or death. ³⁰But when I was informed of a plot to kill him, I immediately sent him on to you. I have told his accusers to bring their charges before you."

³¹So that night, as ordered, the soldiers took Paul as far as Antipatris. ³²They returned to the fortress the next morning, while the mounted troops took him on to Caesarea. ³³When they arrived in Caesarea, they presented Paul and the letter to Governor Felix. ³⁴He read it and then asked Paul what province he was from. "Cilicia," Paul answered.

³⁵"I will hear your case myself when your accusers arrive," the governor told him. Then the governor ordered him kept in the prison at Herod's headquarters.*

Paul Appears before Felix

24 Five days later Ananias, the high priest, arrived with some of the Jewish elders and the lawyer* Tertullus, to present their case against Paul to the governor. ²When Paul was called in, Tertullus presented the charges against Paul in the following address to the governor:

"Your Excellency, you have provided a long period of peace for us Jews and with foresight have enacted reforms for us. ³For all of this we are very grateful to you. ⁴But I don't want to bore you, so please give me your attention for only a moment. ⁵We have found this man to be a troublemaker who is constantly stirring up riots among the Jews all over the world. He is a ringleader of the cult known as the Nazarenes. ⁶Furthermore, he was trying to desecrate the Temple when we arrested him.* ⁸You can find out the truth of our accusations by examining him yourself." ⁹Then the other Jews chimed in, declaring that everything Tertullus said was true.

¹⁰The governor then motioned for Paul to speak. Paul said, "I know, sir, that you have been a judge of Jewish affairs for many years, so I gladly present my defense before you. ¹¹You can quickly discover that I arrived in Jerusalem no more than twelve days ago to worship at the Temple. ¹²My accusers never found me arguing with anyone in the Temple, nor stirring up a riot in any synagogue or on the streets of the city.

23:12 Greek *the Jews.*   **23:17** Greek *centurions;* also in 23:23.   **23:35** Greek *Herod's Praetorium.*   **24:1** Greek *some elders and an orator.*   **24:6** Some manuscripts add *We would have judged him by our law,* ⁷*but Lysias, the commander of the garrison, came and violently took him away from us,* ⁸*commanding his accusers to come before you.*

¹³These men cannot prove the things they accuse me of doing.

¹⁴"But I admit that I follow the Way, which they call a cult. I worship the God of our ancestors, and I firmly believe the Jewish law and everything written in the prophets. ¹⁵I have the same hope in God that these men have, that he will raise both the righteous and the unrighteous. ¹⁶Because of this, I always try to maintain a clear conscience before God and all people.

¹⁷"After several years away, I returned to Jerusalem with money to aid my people and to offer sacrifices to God. ¹⁸My accusers saw me in the Temple as I was completing a purification ceremony. There was no crowd around me and no rioting. ¹⁹But some Jews from the province of Asia were there—and they ought to be here to bring charges if they have anything against me! ²⁰Ask these men here what crime the Jewish high council* found me guilty of, ²¹except for the one time I shouted out, 'I am on trial before you today because I believe in the resurrection of the dead!'"

²²At that point Felix, who was quite familiar with the Way, adjourned the hearing and said, "Wait until Lysias, the garrison commander, arrives. Then I will decide the case." ²³He ordered an officer* to keep Paul in custody but to give him some freedom and allow his friends to visit him and take care of his needs.

²⁴A few days later Felix came back with his wife, Drusilla, who was Jewish. Sending for Paul, they listened as he told them about faith in Christ Jesus. ²⁵As he reasoned with them about righteousness and self-control and the coming day of judgment, Felix became frightened. "Go away for now," he replied. "When it is more convenient, I'll call for you again." ²⁶He also hoped that Paul would bribe him, so he sent for him quite often and talked with him.

²⁷After two years went by in this way, Felix was succeeded by Porcius Festus. And because Felix wanted to gain favor with the Jewish people, he left Paul in prison.

Paul Appears before Festus

25 Three days after Festus arrived in Caesarea to take over his new responsibilities, he left for Jerusalem, ²where the leading priests and other Jewish leaders met with him and made their accusations against Paul. ³They asked Festus as a favor to transfer Paul to Jerusalem (planning to ambush and kill him on the way). ⁴But Festus replied that Paul was at Caesarea and he himself would be returning there soon. ⁵So he said, "Those of you in authority can return with me. If Paul has done anything wrong, you can make your accusations."

⁶About eight or ten days later Festus returned to Caesarea, and on the following day he took his seat in court and ordered that Paul be brought in. ⁷When Paul arrived, the Jewish leaders from Jerusalem gathered around and made many serious accusations they couldn't prove.

⁸Paul denied the charges. "I am not guilty of any crime against the Jewish laws or the Temple or the Roman government," he said.

⁹Then Festus, wanting to please the Jews, asked him, "Are you willing to go to Jerusalem and stand trial before me there?"

¹⁰But Paul replied, "No! This is the official Roman court, so I ought to be tried right here. You know very well I am not guilty of harming the Jews. ¹¹If I have done something worthy of death, I don't refuse to die. But if I am innocent, no one has a right to turn me over to these men to kill me. I appeal to Caesar!"

¹²Festus conferred with his advisers and then replied, "Very well! You have appealed to Caesar, and to Caesar you will go!"

¹³A few days later King Agrippa arrived with his sister, Bernice,* to pay their respects to Festus. ¹⁴During their stay of several days, Festus discussed Paul's case with the king. "There is a prisoner here," he told him, "whose case was left for me by Felix. ¹⁵When I was in Jerusalem, the leading priests and Jewish elders pressed charges against him and asked me to condemn him. ¹⁶I pointed out to them that Roman law does not convict people without a trial. They must be given an opportunity to confront their accusers and defend themselves.

¹⁷"When his accusers came here for the trial, I didn't delay. I called the case the very next day and ordered Paul brought in. ¹⁸But the accusations made against him weren't any of the crimes I expected. ¹⁹Instead, it was something about their religion and a dead man named Jesus, who Paul insists is alive. ²⁰I was at a loss to know how to investigate these things, so I asked him whether he would be willing to stand trial on these charges in Jerusalem. ²¹But Paul appealed to have his case decided by the emperor. So I ordered that he be held in custody until I could arrange to send him to Caesar."

²²"I'd like to hear the man myself," Agrippa said.

And Festus replied, "You will—tomorrow!"

Paul Speaks to Agrippa

²³So the next day Agrippa and Bernice arrived at the auditorium with great pomp, accompanied by military officers and prominent men of the city. Festus ordered that Paul be brought in. ²⁴Then Festus said, "King Agrippa and all who are here, this is the man whose death is demanded by all the Jews, both here and in Jerusalem. ²⁵But in my opinion he has done nothing deserving death. However, since he appealed his case to the emperor, I have decided to send him to Rome.

24:20 Greek *Sanhedrin.*   **24:23** Greek *a centurion.*   **25:13** Greek *Agrippa the king and Bernice arrived.*

26"But what shall I write the emperor? For there is no clear charge against him. So I have brought him before all of you, and especially you, King Agrippa, so that after we examine him, I might have something to write. 27For it makes no sense to send a prisoner to the emperor without specifying the charges against him!"

26 Then Agrippa said to Paul, "You may speak in your defense."

So Paul, gesturing with his hand, started his defense: 2"I am fortunate, King Agrippa, that you are the one hearing my defense today against all these accusations made by the Jewish leaders, 3for I know you are an expert on all Jewish customs and controversies. Now please listen to me patiently!

4"As the Jewish leaders are well aware, I was given a thorough Jewish training from my earliest childhood among my own people and in Jerusalem. 5If they would admit it, they know that I have been a member of the Pharisees, the strictest sect of our religion. 6Now I am on trial because of my hope in the fulfillment of God's promise made to our ancestors. 7In fact, that is why the twelve tribes of Israel zealously worship God night and day, and they share the same hope I have. Yet, Your Majesty, they accuse me for having this hope! 8Why does it seem incredible to any of you that God can raise the dead?

9"I used to believe that I ought to do everything I could to oppose the very name of Jesus the Nazarene.* 10Indeed, I did just that in Jerusalem. Authorized by the leading priests, I caused many believers there to be sent to prison. And I cast my vote against them when they were condemned to death. 11Many times I had them punished in the synagogues to get them to curse Jesus.* I was so violently opposed to them that I even chased them down in foreign cities.

12"One day I was on such a mission to Damascus, armed with the authority and commission of the leading priests. 13About noon, Your Majesty, as I was on the road, a light from heaven brighter than the sun shone down on me and my companions. 14We all fell down, and I heard a voice saying to me in Aramaic,* 'Saul, Saul, why are you persecuting me? It is useless for you to fight against my will.*'

15"'Who are you, lord?' I asked.

"And the Lord replied, 'I am Jesus, the one you are persecuting. 16Now get to your feet! For I have appeared to you to appoint you as my servant and witness. You are to tell the world what you have seen and what I will show you in the future. 17And I will rescue you from both your own people and the Gentiles. Yes, I am sending you to the Gentiles 18to open their eyes, so they may turn from darkness to light and from the power of Satan to God. Then they will receive forgiveness for their sins and be given a place among God's people, who are set apart by faith in me.'

19"And so, King Agrippa, I obeyed that vision from heaven. 20I preached first to those in Damascus, then in Jerusalem and throughout all Judea, and also to the Gentiles, that all must repent of their sins and turn to God—and prove they have changed by the good things they do. 21Some Jews arrested me in the Temple for preaching this, and they tried to kill me. 22But God has protected me right up to this present time so I can testify to everyone, from the least to the greatest. I teach nothing except what the prophets and Moses said would happen—23that the Messiah would suffer and be the first to rise from the dead, and in this way announce God's light to Jews and Gentiles alike."

24Suddenly, Festus shouted, "Paul, you are insane. Too much study has made you crazy!"

25But Paul replied, "I am not insane, Most Excellent Festus. What I am saying is the sober truth. 26And King Agrippa knows about these things. I speak boldly, for I am sure these events are all familiar to him, for they were not done in a corner! 27King Agrippa, do you believe the prophets? I know you do—"

28Agrippa interrupted him. "Do you think you can persuade me to become a Christian so quickly?"*

29Paul replied, "Whether quickly or not, I pray to God that both you and everyone here in this audience might become the same as I am, except for these chains."

30Then the king, the governor, Bernice, and all the others stood and left. 31As they went out, they talked it over and agreed, "This man hasn't done anything to deserve death or imprisonment."

32And Agrippa said to Festus, "He could have been set free if he hadn't appealed to Caesar."

Paul Sails for Rome

27 When the time came, we set sail for Italy. Paul and several other prisoners were placed in the custody of a Roman officer* named Julius, a captain of the Imperial Regiment. 2Aristarchus, a Macedonian from Thessalonica, was also with us. We left on a ship whose home port was Adramyttium on the northwest coast of the province of Asia;* it was scheduled to make several stops at ports along the coast of the province.

3The next day when we docked at Sidon, Julius was very kind to Paul and let him go ashore to visit with friends so they could provide for his needs. 4Putting out to sea from there, we encountered strong headwinds that made it difficult to keep the ship on course, so we sailed north of Cy-

26:9 Or *Jesus of Nazareth.* 26:11 Greek *to blaspheme.* 26:14a Or *Hebrew.* 26:14b Greek *It is hard for you to kick against the oxgoads.* 26:28 Or *"A little more, and your arguments would make me a Christian."* 27:1 Greek *centurion;* similarly in 27:6, 11, 31, 43. 27:2 *Asia* was a Roman province in what is now western Turkey.

prus between the island and the mainland. ⁵Keeping to the open sea, we passed along the coast of Cilicia and Pamphylia, landing at Myra, in the province of Lycia. ⁶There the commanding officer found an Egyptian ship from Alexandria that was bound for Italy, and he put us on board.

⁷We had several days of slow sailing, and after great difficulty we finally neared Cnidus. But the wind was against us, so we sailed across to Crete and along the sheltered coast of the island, past the cape of Salmone. ⁸We struggled along the coast with great difficulty and finally arrived at Fair Havens, near the town of Lasea. ⁹We had lost a lot of time. The weather was becoming dangerous for sea travel because it was so late in the fall,* and Paul spoke to the ship's officers about it.

¹⁰"Men," he said, "I believe there is trouble ahead if we go on—shipwreck, loss of cargo, and danger to our lives as well." ¹¹But the officer in charge of the prisoners listened more to the ship's captain and the owner than to Paul. ¹²And since Fair Havens was an exposed harbor—a poor place to spend the winter—most of the crew wanted to go on to Phoenix, farther up the coast of Crete, and spend the winter there. Phoenix was a good harbor with only a south-west and northwest exposure.

The Storm at Sea

¹³When a light wind began blowing from the south, the sailors thought they could make it. So they pulled up anchor and sailed close to the shore of Crete. ¹⁴But the weather changed abruptly, and a wind of typhoon strength (called a "northeaster") caught the ship and blew it out to sea. ¹⁵They couldn't turn the ship into the wind, so they gave up and let it run before the gale.

¹⁶We sailed along the sheltered side of a small island named Cauda,* where with great difficulty we hoisted aboard the lifeboat being towed behind us. ¹⁷Then the sailors bound ropes around the hull of the ship to strengthen it. They were afraid of being driven across to the sandbars of Syrtis off the African coast, so they lowered the sea anchor to slow the ship and were driven before the wind.

¹⁸The next day, as gale-force winds continued to batter the ship, the crew began throwing cargo overboard. ¹⁹The following day they even took some of the ship's gear and threw it overboard. ²⁰The terrible storm raged for many days, blotting out the sun and the stars, until at last all hope was gone.

²¹No one had eaten for a long time. Finally, Paul called the crew together and said, "Men, you should have listened to me in the first place and not left Crete. You would have avoided all this damage and loss. ²²But take courage! None

of you will lose your lives, even though the ship will go down. ²³For last night an angel of the God to whom I belong and whom I serve stood beside me, ²⁴and he said, 'Don't be afraid, Paul, for you will surely stand trial before Caesar! What's more, God in his goodness has granted safety to everyone sailing with you.' ²⁵So take courage! For I believe God. It will be just as he said. ²⁶But we will be shipwrecked on an island."

The Shipwreck

²⁷About midnight on the fourteenth night of the storm, as we were being driven across the Sea of Adria,* the sailors sensed land was near. ²⁸They dropped a weighted line and found that the water was 120 feet deep. But a little later they measured again and found it was only 90 feet deep.* ²⁹At this rate they were afraid we would soon be driven against the rocks along the shore, so they threw out four anchors from the back of the ship and prayed for daylight.

³⁰Then the sailors tried to abandon the ship; they lowered the lifeboat as though they were going to put out anchors from the front of the ship. ³¹But Paul said to the commanding officer and the soldiers, "You will all die unless the sailors stay aboard." ³²So the soldiers cut the ropes to the lifeboat and let it drift away.

³³Just as day was dawning, Paul urged everyone to eat. "You have been so worried that you haven't touched food for two weeks," he said. ³⁴"Please eat something now for your own good. For not a hair of your heads will perish." ³⁵Then he took some bread, gave thanks to God before them all, and broke off a piece and ate it. ³⁶Then everyone was encouraged and began to eat— ³⁷all 276 of us who were on board. ³⁸After eating, the crew lightened the ship further by throwing the cargo of wheat overboard.

³⁹When morning dawned, they didn't recognize the coastline, but they saw a bay with a beach and wondered if they could get to shore by running the ship aground. ⁴⁰So they cut off the anchors and left them in the sea. Then they lowered the rudders, raised the foresail, and headed toward shore. ⁴¹But they hit a shoal and ran the ship aground too soon. The bow of the ship stuck fast, while the stern was repeatedly smashed by the force of the waves and began to break apart.

⁴²The soldiers wanted to kill the prisoners to make sure they didn't swim ashore and escape. ⁴³But the commanding officer wanted to spare Paul, so he didn't let them carry out their plan. Then he ordered all who could swim to jump overboard first and make for land. ⁴⁴The others held onto planks or debris from the broken ship.* So everyone escaped safely to shore.

27:9 Greek *because the fast was now already gone by.* This fast was associated with the Day of Atonement (*Yom Kippur*), which occurred in late September or early October. **27:16** Some manuscripts read *Clauda.* **27:27** The *Sea of Adria* includes the central portion of the Mediterranean. **27:28** Greek *20 fathoms . . . 15 fathoms* [37 meters . . . 27 meters]. **27:44** Or *or were helped by members of the ship's crew.*

Paul on the Island of Malta

28 Once we were safe on shore, we learned that we were on the island of Malta. [2]The people of the island were very kind to us. It was cold and rainy, so they built a fire on the shore to welcome us.

[3]As Paul gathered an armful of sticks and was laying them on the fire, a poisonous snake, driven out by the heat, bit him on the hand. [4]The people of the island saw it hanging from his hand and said to each other, "A murderer, no doubt! Though he escaped the sea, justice will not permit him to live." [5]But Paul shook off the snake into the fire and was unharmed. [6]The people waited for him to swell up or suddenly drop dead. But when they had waited a long time and saw that he wasn't harmed, they changed their minds and decided he was a god.

[7]Near the shore where we landed was an estate belonging to Publius, the chief official of the island. He welcomed us and treated us kindly for three days. [8]As it happened, Publius's father was ill with fever and dysentery. Paul went in and prayed for him, and laying his hands on him, he healed him. [9]Then all the other sick people on the island came and were healed. [10]As a result we were showered with honors, and when the time came to sail, people supplied us with everything we would need for the trip.

Paul Arrives at Rome

[11]It was three months after the shipwreck that we set sail on another ship that had wintered at the island—an Alexandrian ship with the twin gods* as its figurehead. [12]Our first stop was Syracuse,* where we stayed three days. [13]From there we sailed across to Rhegium.* A day later a south wind began blowing, so the following day we sailed up the coast to Puteoli. [14]There we found some believers,* who invited us to spend a week with them. And so we came to Rome.

[15]The brothers and sisters* in Rome had heard we were coming, and they came to meet us at the Forum* on the Appian Way. Others joined us at The Three Taverns.* When Paul saw them, he was encouraged and thanked God.

[16]When we arrived in Rome, Paul was permitted to have his own private lodging, though he was guarded by a soldier.

Paul Preaches at Rome under Guard

[17]Three days after Paul's arrival, he called together the local Jewish leaders. He said to them, "Brothers, I was arrested in Jerusalem and handed over to the Roman government, even though I had done nothing against our people or the customs of our ancestors. [18]The Romans tried me and wanted to release me, because they found no cause for the death sentence. [19]But when the Jewish leaders protested the decision, I felt it necessary to appeal to Caesar, even though I had no desire to press charges against my own people. [20]I asked you to come here today so we could get acquainted and so I could explain to you that I am bound with this chain because I believe that the hope of Israel—the Messiah—has already come."

[21]They replied, "We have had no letters from Judea or reports against you from anyone who has come here. [22]But we want to hear what you believe, for the only thing we know about this movement is that it is denounced everywhere."

[23]So a time was set, and on that day a large number of people came to Paul's lodging. He explained and testified about the Kingdom of God and tried to persuade them about Jesus from the Scriptures. Using the law of Moses and the books of the prophets, he spoke to them from morning until evening. [24]Some were persuaded by the things he said, but others did not believe. [25]And after they had argued back and forth among themselves, they left with this final word from Paul: "The Holy Spirit was right when he said to your ancestors through Isaiah the prophet,

[26] 'Go and say to this people:
When you hear what I say,
   you will not understand.
When you see what I do,
   you will not comprehend.
[27] For the hearts of these people are hardened,
   and their ears cannot hear,
   and they have closed their eyes—
so their eyes cannot see,
   and their ears cannot hear,
   and their hearts cannot understand,
and they cannot turn to me
   and let me heal them.'*

[28]So I want you to know that this salvation from God has also been offered to the Gentiles, and they will accept it."*

[30]For the next two years, Paul lived in Rome at his own expense.* He welcomed all who visited him, [31]boldly proclaiming the Kingdom of God and teaching about the Lord Jesus Christ. And no one tried to stop him.

28:11 The *twin gods* were the Roman gods Castor and Pollux.   28:12 *Syracuse* was on the island of Sicily.   28:13 *Rhegium* was on the southern tip of Italy.   28:14 Greek *brothers*.   28:15a Greek *brothers*.   28:15b *The Forum* was about 43 miles (70 kilometers) from Rome.   28:15c *The Three Taverns* was about 35 miles (57 kilometers) from Rome.   28:26-27 Isa 6:9-10 (Greek version).
28:28 Some manuscripts add verse 29, *And when he had said these words, the Jews departed, greatly disagreeing with each other.*
28:30 Or *in his own rented quarters.*

Romans

Greetings from Paul

1 This letter is from Paul, a slave of Christ Jesus, chosen by God to be an apostle and sent out to preach his Good News. ²God promised this Good News long ago through his prophets in the holy Scriptures. ³The Good News is about his Son, Jesus. In his earthly life he was born into King David's family line, ⁴and he was shown to be* the Son of God when he was raised from the dead by the power of the Holy Spirit.* He is Jesus Christ our Lord. ⁵Through Christ, God has given us the privilege and authority* as apostles to tell Gentiles everywhere what God has done for them, so that they will believe and obey him, bringing glory to his name.

⁶And you are included among those Gentiles who have been called to belong to Jesus Christ. ⁷I am writing to all of you in Rome who are loved by God and are called to be his own holy people.

May God our Father and the Lord Jesus Christ give you grace and peace.

God's Good News

⁸Let me say first that I thank my God through Jesus Christ for all of you, because your faith in him is being talked about all over the world. ⁹God knows how often I pray for you. Day and night I bring you and your needs in prayer to God, whom I serve with all my heart* by spreading the Good News about his Son.

¹⁰One of the things I always pray for is the opportunity, God willing, to come at last to see you. ¹¹For I long to visit you so I can bring you some spiritual gift that will help you grow strong in the Lord. ¹²When we get together, I want to encourage you in your faith, but I also want to be encouraged by yours.

¹³I want you to know, dear brothers and sisters,* that I planned many times to visit you, but I was prevented until now. I want to work among you and see spiritual fruit, just as I have seen among other Gentiles. ¹⁴For I have a great sense of obligation to people in both the civilized world and the rest of the world,* to the educated and uneducated alike. ¹⁵So I am eager to come to you in Rome, too, to preach the Good News.

¹⁶For I am not ashamed of this Good News about Christ. It is the power of God at work, saving everyone who believes—the Jew first and also the Gentile.* ¹⁷This Good News tells us how God makes us right in his sight. This is accomplished from start to finish by faith. As the Scriptures say, "It is through faith that a righteous person has life."*

God's Anger at Sin

¹⁸But God shows his anger from heaven against all sinful, wicked people who suppress the truth by their wickedness.* ¹⁹They know the truth about God because he has made it obvious to them. ²⁰For ever since the world was created, people have seen the earth and sky. Through everything God made, they can clearly see his invisible qualities—his eternal power and divine nature. So they have no excuse for not knowing God.

²¹Yes, they knew God, but they wouldn't worship him as God or even give him thanks. And they began to think up foolish ideas of what God was like. As a result, their minds became dark and confused. ²²Claiming to be wise, they instead became utter fools. ²³And instead of worshiping the glorious, ever-living God, they worshiped idols made to look like mere people and birds and animals and reptiles.

²⁴So God abandoned them to do whatever shameful things their hearts desired. As a result, they did vile and degrading things with each other's bodies. ²⁵They traded the truth about God for a lie. So they worshiped and served the things God created instead of the Creator himself, who is worthy of eternal praise! Amen. ²⁶That is why God abandoned them to their shameful desires. Even the women turned against the natural way to have sex and instead indulged in sex with each other. ²⁷And the men, instead of having normal sexual relations with women, burned with lust for each other. Men did shameful things with other men, and as a result of this sin, they suffered within themselves the penalty they deserved.

²⁸Since they thought it foolish to acknowledge God, he abandoned them to their foolish thinking and let them do things that should

---

1:4a Or *and was designated.*   **1:4b** Or *by the Spirit of holiness; or in the new realm of the Spirit.*   **1:5** Or *the grace.*   **1:9** Or *in my spirit.*   **1:13** Greek *brothers.*   **1:14** Greek *to Greeks and barbarians.*   **1:16** Greek *also the Greek.*   **1:17** Or *"The righteous will live by faith."* Hab 2:4.   **1:18** Or *who, by their wickedness, prevent the truth from being known.*

never be done. [29]Their lives became full of every kind of wickedness, sin, greed, hate, envy, murder, quarreling, deception, malicious behavior, and gossip. [30]They are backstabbers, haters of God, insolent, proud, and boastful. They invent new ways of sinning, and they disobey their parents. [31]They refuse to understand, break their promises, are heartless, and have no mercy. [32]They know God's justice requires that those who do these things deserve to die, yet they do them anyway. Worse yet, they encourage others to do them, too.

God's Judgment of Sin

2 You may think you can condemn such people, but you are just as bad, and you have no excuse! When you say they are wicked and should be punished, you are condemning yourself, for you who judge others do these very same things. [2]And we know that God, in his justice, will punish anyone who does such things. [3]Since you judge others for doing these things, why do you think you can avoid God's judgment when you do the same things? [4]Don't you see how wonderfully kind, tolerant, and patient God is with you? Does this mean nothing to you? Can't you see that his kindness is intended to turn you from your sin?

[5]But because you are stubborn and refuse to turn from your sin, you are storing up terrible punishment for yourself. For a day of anger is coming, when God's righteous judgment will be revealed. [6]He will judge everyone according to what they have done. [7]He will give eternal life to those who keep on doing good, seeking after the glory and honor and immortality that God offers. [8]But he will pour out his anger and wrath on those who live for themselves, who refuse to obey the truth and instead live lives of wickedness. [9]There will be trouble and calamity for everyone who keeps on doing what is evil—for the Jew first and also for the Gentile.* [10]But there will be glory and honor and peace from God for all who do good—for the Jew first and also for the Gentile. [11]For God does not show favoritism.

[12]When the Gentiles sin, they will be destroyed, even though they never had God's written law. And the Jews, who do have God's law, will be judged by that law when they fail to obey it. [13]For merely listening to the law doesn't make us right with God. It is obeying the law that makes us right in his sight. [14]Even Gentiles, who do not have God's written law, show that they know his law when they instinctively obey it, even without having heard it. [15]They demonstrate that God's law is written in their hearts, for their own conscience and thoughts either accuse them or tell them they are doing right. [16]And this is the message I proclaim—that the day is coming when God, through Christ Jesus, will judge everyone's secret life.

The Jews and the Law

[17]You who call yourselves Jews are relying on God's law, and you boast about your special relationship with him. [18]You know what he wants; you know what is right because you have been taught his law. [19]You are convinced that you are a guide for the blind and a light for people who are lost in darkness. [20]You think you can instruct the ignorant and teach children the ways of God. For you are certain that God's law gives you complete knowledge and truth.

[21]Well then, if you teach others, why don't you teach yourself? You tell others not to steal, but do you steal? [22]You say it is wrong to commit adultery, but do you commit adultery? You condemn idolatry, but do you use items stolen from pagan temples?* [23]You are so proud of knowing the law, but you dishonor God by breaking it. [24]No wonder the Scriptures say, "The Gentiles blaspheme the name of God because of you."*

[25]The Jewish ceremony of circumcision has value only if you obey God's law. But if you don't obey God's law, you are no better off than an uncircumcised Gentile. [26]And if the Gentiles obey God's law, won't God declare them to be his own people? [27]In fact, uncircumcised Gentiles who keep God's law will condemn you Jews who are circumcised and possess God's law but don't obey it.

[28]For you are not a true Jew just because you were born of Jewish parents or because you have gone through the ceremony of circumcision. [29]No, a true Jew is one whose heart is right with God. And true circumcision is not merely obeying the letter of the law; rather, it is a change of heart produced by God's Spirit. And a person with a changed heart seeks praise* from God, not from people.

God Remains Faithful

3 Then what's the advantage of being a Jew? Is there any value in the ceremony of circumcision? [2]Yes, there are great benefits! First of all, the Jews were entrusted with the whole revelation of God.*

[3]True, some of them were unfaithful; but just because they were unfaithful, does that mean God will be unfaithful? [4]Of course not! Even if everyone else is a liar, God is true. As the Scriptures say about him,

"You will be proved right in what you say,
    and you will win your case in court."*

[5]"But," some might say, "our sinfulness serves a good purpose, for it helps people see how righteous God is. Isn't it unfair, then, for him to pun-

---

2:9 Greek *also for the Greek;* also in 2:10. **2:22** Greek *do you steal from temples?* **2:24** Isa 52:5 (Greek version). **2:29** Or *receives praise.* **3:2** Greek *the oracles of God.* **3:4** Ps 51:4 (Greek version).

ish us?" (This is merely a human point of view.) ⁶Of course not! If God were not entirely fair, how would he be qualified to judge the world? ⁷"But," someone might still argue, "how can God condemn me as a sinner if my dishonesty highlights his truthfulness and brings him more glory?" ⁸And some people even slander us by claiming that we say, "The more we sin, the better it is!" Those who say such things deserve to be condemned.

All People Are Sinners

⁹Well then, should we conclude that we Jews are better than others? No, not at all, for we have already shown that all people, whether Jews or Gentiles,* are under the power of sin. ¹⁰As the Scriptures say,

"No one is righteous—
    not even one.
¹¹ No one is truly wise;
    no one is seeking God.
¹² All have turned away;
    all have become useless.
No one does good,
    not a single one."*
¹³ "Their talk is foul, like the stench from an
        open grave.
    Their tongues are filled with lies."
"Snake venom drips from their lips."*
¹⁴   "Their mouths are full of cursing and
        bitterness."*
¹⁵ "They rush to commit murder.
¹⁶   Destruction and misery always follow
        them.
¹⁷ They don't know where to find peace."*
¹⁸   "They have no fear of God at all."*

¹⁹Obviously, the law applies to those to whom it was given, for its purpose is to keep people from having excuses, and to show that the entire world is guilty before God. ²⁰For no one can ever be made right with God by doing what the law commands. The law simply shows us how sinful we are.

Christ Took Our Punishment

²¹But now God has shown us a way to be made right with him without keeping the requirements of the law, as was promised in the writings of Moses* and the prophets long ago. ²²We are made right with God by placing our faith in Jesus Christ. And this is true for everyone who believes, no matter who we are.

²³For everyone has sinned; we all fall short of God's glorious standard. ²⁴Yet God, with undeserved kindness, declares that we are righteous. He did this through Christ Jesus when he freed us from the penalty for our sins. ²⁵For God pre-

sented Jesus as the sacrifice for sin. People are made right with God when they believe that Jesus sacrificed his life, shedding his blood. This sacrifice shows that God was being fair when he held back and did not punish those who sinned in times past, ²⁶for he was looking ahead and including them in what he would do in this present time. God did this to demonstrate his righteousness, for he himself is fair and just, and he declares sinners to be right in his sight when they believe in Jesus.

²⁷Can we boast, then, that we have done anything to be accepted by God? No, because our acquittal is not based on obeying the law. It is based on faith. ²⁸So we are made right with God through faith and not by obeying the law.

²⁹After all, is God the God of the Jews only? Isn't he also the God of the Gentiles? Of course he is. ³⁰There is only one God, and he makes people right with himself only by faith, whether they are Jews or Gentiles.* ³¹Well then, if we emphasize faith, does this mean that we can forget about the law? Of course not! In fact, only when we have faith do we truly fulfill the law.

The Faith of Abraham

4 Abraham was, humanly speaking, the founder of our Jewish nation. What did he discover about being made right with God? ²If his good deeds had made him acceptable to God, he would have had something to boast about. But that was not God's way. ³For the Scriptures tell us, "Abraham believed God, and God counted him as righteous because of his faith."*

⁴When people work, their wages are not a gift, but something they have earned. ⁵But people are counted as righteous, not because of their work, but because of their faith in God who forgives sinners. ⁶David also spoke of this when he described the happiness of those who are declared righteous without working for it:

⁷ "Oh, what joy for those
    whose disobedience is forgiven,
    whose sins are put out of sight.
⁸ Yes, what joy for those
    whose record the LORD has cleared of
        sin."*

⁹Now, is this blessing only for the Jews, or is it also for uncircumcised Gentiles?* Well, we have been saying that Abraham was counted as righteous by God because of his faith. ¹⁰But how did this happen? Was he counted as righteous only after he was circumcised, or was it before he was circumcised? Clearly, God accepted Abraham before he was circumcised!

¹¹Circumcision was a sign that Abraham already had faith and that God had already

3:9 Greek *or Greeks.* **3:10-12** Pss 14:1-3; 53:1-3 (Greek version). **3:13** Pss 5:9 (Greek version); 140:3. **3:14** Ps 10:7 (Greek version). **3:15-17** Isa 59:7-8. **3:18** Ps 36:1. **3:21** Greek *in the law.* **3:30** Greek *whether they are circumcised or uncircumcised.* **4:3** Gen 15:6. **4:7-8** Ps 32:1-2 (Greek version). **4:9** Greek *is this blessing only for the circumcised, or is it also for the uncircumcised?*

accepted him and declared him to be righteous—even before he was circumcised. So Abraham is the spiritual father of those who have faith but have not been circumcised. They are counted as righteous because of their faith. ¹²And Abraham is also the spiritual father of those who have been circumcised, but only if they have the same kind of faith Abraham had before he was circumcised.

¹³Clearly, God's promise to give the whole earth to Abraham and his descendants was based not on his obedience to God's law, but on a right relationship with God that comes by faith. ¹⁴If God's promise is only for those who obey the law, then faith is not necessary and the promise is pointless. ¹⁵For the law always brings punishment on those who try to obey it. (The only way to avoid breaking the law is to have no law to break!)

¹⁶So the promise is received by faith. It is given as a free gift. And we are all certain to receive it, whether or not we live according to the law of Moses, if we have faith like Abraham's. For Abraham is the father of all who believe. ¹⁷That is what the Scriptures mean when God told him, "I have made you the father of many nations."* This happened because Abraham believed in the God who brings the dead back to life and who creates new things out of nothing.

¹⁸Even when there was no reason for hope, Abraham kept hoping—believing that he would become the father of many nations. For God had said to him, "That's how many descendants you will have!"* ¹⁹And Abraham's faith did not weaken, even though, at about 100 years of age, he figured his body was as good as dead—and so was Sarah's womb.

²⁰Abraham never wavered in believing God's promise. In fact, his faith grew stronger, and in this he brought glory to God. ²¹He was fully convinced that God is able to do whatever he promises. ²²And because of Abraham's faith, God counted him as righteous. ²³And when God counted him as righteous, it wasn't just for Abraham's benefit. It was recorded ²⁴for our benefit, too, assuring us that God will also count us as righteous if we believe in him, the one who raised Jesus our Lord from the dead. ²⁵He was handed over to die because of our sins, and he was raised to life to make us right with God.

Faith Brings Joy

5 Therefore, since we have been made right in God's sight by faith, we have peace with God because of what Jesus Christ our Lord has done for us. ²Because of our faith, Christ has brought us into this place of undeserved privilege where we now stand, and we confidently and joyfully look forward to sharing God's glory.

³We can rejoice, too, when we run into problems and trials, for we know that they help us de-

velop endurance. ⁴And endurance develops strength of character, and character strengthens our confident hope of salvation. ⁵And this hope will not lead to disappointment. For we know how dearly God loves us, because he has given us the Holy Spirit to fill our hearts with his love.

⁶When we were utterly helpless, Christ came at just the right time and died for us sinners. ⁷Now, most people would not be willing to die for an upright person, though someone might perhaps be willing to die for a person who is especially good. ⁸But God showed his great love for us by sending Christ to die for us while we were still sinners. ⁹And since we have been made right in God's sight by the blood of Christ, he will certainly save us from God's condemnation. ¹⁰For since our friendship with God was restored by the death of his Son while we were still his enemies, we will certainly be saved through the life of his Son. ¹¹So now we can rejoice in our wonderful new relationship with God because our Lord Jesus Christ has made us friends of God.

Adam and Christ Contrasted

¹²When Adam sinned, sin entered the world. Adam's sin brought death, so death spread to everyone, for everyone sinned. ¹³Yes, people sinned even before the law was given. But it was not counted as sin because there was not yet any law to break. ¹⁴Still, everyone died—from the time of Adam to the time of Moses—even those who did not disobey an explicit commandment of God, as Adam did. Now Adam is a symbol, a representation of Christ, who was yet to come. ¹⁵But there is a great difference between Adam's sin and God's gracious gift. For the sin of this one man, Adam, brought death to many. But even greater is God's wonderful grace and his gift of forgiveness to many through this other man, Jesus Christ. ¹⁶And the result of God's gracious gift is very different from the result of that one man's sin. For Adam's sin led to condemnation, but God's free gift leads to our being made right with God, even though we are guilty of many sins. ¹⁷For the sin of this one man, Adam, caused death to rule over many. But even greater is God's wonderful grace and his gift of righteousness, for all who receive it will live in triumph over sin and death through this one man, Jesus Christ.

¹⁸Yes, Adam's one sin brings condemnation for everyone, but Christ's one act of righteousness brings a right relationship with God and new life for everyone. ¹⁹Because one person disobeyed God, many became sinners. But because one other person obeyed God, many will be made righteous.

²⁰God's law was given so that all people could see how sinful they were. But as people sinned more and more, God's wonderful grace became more abundant. ²¹So just as sin ruled over all

4:17 Gen 17:5.   4:18 Gen 15:5.

people and brought them to death, now God's wonderful grace rules instead, giving us right standing with God and resulting in eternal life through Jesus Christ our Lord.

Sin's Power Is Broken

6 Well then, should we keep on sinning so that God can show us more and more of his wonderful grace? ²Of course not! Since we have died to sin, how can we continue to live in it? ³Or have you forgotten that when we were joined with Christ Jesus in baptism, we joined him in his death? ⁴For we died and were buried with Christ by baptism. And just as Christ was raised from the dead by the glorious power of the Father, now we also may live new lives.

⁵Since we have been united with him in his death, we will also be raised to life as he was. ⁶We know that our old sinful selves were crucified with Christ so that sin might lose its power in our lives. We are no longer slaves to sin. ⁷For when we died with Christ we were set free from the power of sin. ⁸And since we died with Christ, we know we will also live with him. ⁹We are sure of this because Christ was raised from the dead, and he will never die again. Death no longer has any power over him. ¹⁰When he died, he died once to break the power of sin. But now that he lives, he lives for the glory of God. ¹¹So you also should consider yourselves to be dead to the power of sin and alive to God through Christ Jesus.

¹²Do not let sin control the way you live;* do not give in to sinful desires. ¹³Do not let any part of your body become an instrument of evil to serve sin. Instead, give yourselves completely to God, for you were dead, but now you have new life. So use your whole body as an instrument to do what is right for the glory of God. ¹⁴Sin is no longer your master, for you no longer live under the requirements of the law. Instead, you live under the freedom of God's grace.

¹⁵Well then, since God's grace has set us free from the law, does that mean we can go on sinning? Of course not! ¹⁶Don't you realize that you become the slave of whatever you choose to obey? You can be a slave to sin, which leads to death, or you can choose to obey God, which leads to righteous living. ¹⁷Thank God! Once you were slaves of sin, but now you wholeheartedly obey this teaching we have given you. ¹⁸Now you are free from your slavery to sin, and you have become slaves to righteous living.

¹⁹Because of the weakness of your human nature, I am using the illustration of slavery to help you understand all this. Previously, you let yourselves be slaves to impurity and lawlessness, which led ever deeper into sin. Now you must give yourselves to be slaves to righteous living so that you will become holy.

²⁰When you were slaves to sin, you were free from the obligation to do right. ²¹And what was the result? You are now ashamed of the things you used to do, things that end in eternal doom. ²²But now you are free from the power of sin and have become slaves of God. Now you do those things that lead to holiness and result in eternal life. ²³For the wages of sin is death, but the free gift of God is eternal life through Christ Jesus our Lord.

No Longer Bound to the Law

7 Now, dear brothers and sisters*—you who are familiar with the law—don't you know that the law applies only while a person is living? ²For example, when a woman marries, the law binds her to her husband as long as he is alive. But if he dies, the laws of marriage no longer apply to her. ³So while her husband is alive, she would be committing adultery if she married another man. But if her husband dies, she is free from that law and does not commit adultery when she remarries.

⁴So, my dear brothers and sisters, this is the point: You died to the power of the law when you died with Christ. And now you are united with the one who was raised from the dead. As a result, we can produce a harvest of good deeds for God. ⁵When we were controlled by our old nature,* sinful desires were at work within us, and the law aroused these evil desires that produced a harvest of sinful deeds, resulting in death. ⁶But now we have been released from the law, for we died to it and are no longer captive to its power. Now we can serve God, not in the old way of obeying the letter of the law, but in the new way of living in the Spirit.

God's Law Reveals Our Sin

⁷Well then, am I suggesting that the law of God is sinful? Of course not! In fact, it was the law that showed me my sin. I would never have known that coveting is wrong if the law had not said, "You must not covet."* ⁸But sin used this command to arouse all kinds of covetous desires within me! If there were no law, sin would not have that power. ⁹At one time I lived without understanding the law. But when I learned the command not to covet, for instance, the power of sin came to life, ¹⁰and I died. So I discovered that the law's commands, which were supposed to bring life, brought spiritual death instead. ¹¹Sin took advantage of those commands and deceived me; it used the commands to kill me. ¹²But still, the law itself is holy, and its commands are holy and right and good.

¹³But how can that be? Did the law, which is good, cause my death? Of course not! Sin used what was good to bring about my condemnation to death. So we can see how terrible sin really is.

6:12 Or *Do not let sin reign in your body, which is subject to death.* **7:7** Exod 20:17; Deut 5:21. **7:1** Greek *brothers;* also in 7:4. **7:5** Greek *When we were in the flesh.*

It uses God's good commands for its own evil purposes.

Struggling with Sin

14So the trouble is not with the law, for it is spiritual and good. The trouble is with me, for I am all too human, a slave to sin. 15I don't really understand myself, for I want to do what is right, but I don't do it. Instead, I do what I hate. 16But if I know that what I am doing is wrong, this shows that I agree that the law is good. 17So I am not the one doing wrong; it is sin living in me that does it.

18And I know that nothing good lives in me, that is, in my sinful nature.* I want to do what is right, but I can't. 19I want to do what is good, but I don't. I don't want to do what is wrong, but I do it anyway. 20But if I do what I don't want to do, I am not really the one doing wrong; it is sin living in me that does it.

21I have discovered this principle of life—that when I want to do what is right, I inevitably do what is wrong. 22I love God's law with all my heart. 23But there is another power* within me that is at war with my mind. This power makes me a slave to the sin that is still within me. 24Oh, what a miserable person I am! Who will free me from this life that is dominated by sin and death? 25Thank God! The answer is in Jesus Christ our Lord. So you see how it is: In my mind I really want to obey God's law, but because of my sinful nature I am a slave to sin.

Life in the Spirit

8 So now there is no condemnation for those who belong to Christ Jesus. 2And because you belong to him, the power* of the life-giving Spirit has freed you* from the power of sin that leads to death. 3The law of Moses was unable to save us because of the weakness of our sinful nature.* So God did what the law could not do. He sent his own Son in a body like the bodies we sinners have. And in that body God declared an end to sin's control over us by giving his Son as a sacrifice for our sins. 4He did this so that the just requirement of the law would be fully satisfied for us, who no longer follow our sinful nature but instead follow the Spirit.

5Those who are dominated by the sinful nature think about sinful things, but those who are controlled by the Holy Spirit think about things that please the Spirit. 6So letting your sinful nature control your mind leads to death. But letting the Spirit control your mind leads to life and peace. 7For the sinful nature is always hostile to God. It never did obey God's laws, and it never will. 8That's why those who are still under the control of their sinful nature can never please God.

9But you are not controlled by your sinful nature. You are controlled by the Spirit if you have the Spirit of God living in you. (And remember that those who do not have the Spirit of Christ living in them do not belong to him at all.) 10And Christ lives within you, so even though your body will die because of sin, the Spirit gives you life* because you have been made right with God. 11The Spirit of God, who raised Jesus from the dead, lives in you. And just as God raised Christ Jesus from the dead, he will give life to your mortal bodies by this same Spirit living within you.

12Therefore, dear brothers and sisters,* you have no obligation to do what your sinful nature urges you to do. 13For if you live by its dictates, you will die. But if through the power of the Spirit you put to death the deeds of your sinful nature,* you will live. 14For all who are led by the Spirit of God are children* of God.

15So you have not received a spirit that makes you fearful slaves. Instead, you received God's Spirit when he adopted you as his own children.* Now we call him, "Abba, Father."* 16For his Spirit joins with our spirit to affirm that we are God's children. 17And since we are his children, we are his heirs. In fact, together with Christ we are heirs of God's glory. But if we are to share his glory, we must also share his suffering.

The Future Glory

18Yet what we suffer now is nothing compared to the glory he will reveal to us later. 19For all creation is waiting eagerly for that future day when God will reveal who his children really are. 20Against its will, all creation was subjected to God's curse. But with eager hope, 21the creation looks forward to the day when it will join God's children in glorious freedom from death and decay. 22For we know that all creation has been groaning as in the pains of childbirth right up to the present time. 23And we believers also groan, even though we have the Holy Spirit within us as a foretaste of future glory, for we long for our bodies to be released from sin and suffering. We, too, wait with eager hope for the day when God will give us our full rights as his adopted children,* including the new bodies he has promised us. 24We were given this hope when we were saved. (If we already have something, we don't need to hope* for it. 25But if we look forward to something we don't yet have, we must wait patiently and confidently.)

26And the Holy Spirit helps us in our weakness. For example, we don't know what God wants us to pray for. But the Holy Spirit prays for us with groanings that cannot be expressed in words. 27And the Father who knows all hearts

---

7:18 Greek *my flesh;* also in 7:25.   **7:23** Greek *law;* also in 7:23b.   **8:2a** Greek *the law;* also in 8:2b.   **8:2b** Some manuscripts read *me.*   **8:3** Greek *our flesh;* similarly in 8:4, 5, 6, 7, 8, 9, 12.   **8:10** Or *your spirit is alive.*   **8:12** Greek *brothers;* also in 8:29.   **8:13** Greek *deeds of the body.*   **8:14** Greek *sons;* also in 8:19.   **8:15a** Greek *you received a spirit of sonship.*   **8:15b** *Abba* is an Aramaic term for "father."   **8:23** Greek *wait anxiously for sonship.*   **8:24** Some manuscripts read *wait.*

knows what the Spirit is saying, for the Spirit pleads for us believers in harmony with God's own will. ²⁸And we know that God causes everything to work together* for the good of those who love God and are called according to his purpose for them. ²⁹For God knew his people in advance, and he chose them to become like his Son, so that his Son would be the firstborn among many brothers and sisters. ³⁰And having chosen them, he called them to come to him. And having called them, he gave them right standing with himself. And having given them right standing, he gave them his glory.

Nothing Can Separate Us from God's Love

³¹What shall we say about such wonderful things as these? If God is for us, who can ever be against us? ³²Since he did not spare even his own Son but gave him up for us all, won't he also give us everything else? ³³Who dares accuse us whom God has chosen for his own? No one—for God himself has given us right standing with himself. ³⁴Who then will condemn us? No one—for Christ Jesus died for us and was raised to life for us, and he is sitting in the place of honor at God's right hand, pleading for us.

³⁵Can anything ever separate us from Christ's love? Does it mean he no longer loves us if we have trouble or calamity, or are persecuted, or hungry, or destitute, or in danger, or threatened with death? ³⁶(As the Scriptures say, "For your sake we are killed every day; we are being slaughtered like sheep."*) ³⁷No, despite all these things, overwhelming victory is ours through Christ, who loved us.

³⁸And I am convinced that nothing can ever separate us from God's love. Neither death nor life, neither angels nor demons,* neither our fears for today nor our worries about tomorrow—not even the powers of hell can separate us from God's love. ³⁹No power in the sky above or in the earth below—indeed, nothing in all creation will ever be able to separate us from the love of God that is revealed in Christ Jesus our Lord.

God's Selection of Israel

9 With Christ as my witness, I speak with utter truthfulness. My conscience and the Holy Spirit confirm it. ²My heart is filled with bitter sorrow and unending grief ³for my people, my Jewish brothers and sisters.* I would be willing to be forever cursed—cut off from Christ!—if that would save them. ⁴They are the people of Israel, chosen to be God's adopted children.* God revealed his glory to them. He made covenants with them and gave them his law. He gave them the privilege of worshiping

him and receiving his wonderful promises. ⁵Abraham, Isaac, and Jacob are their ancestors, and Christ himself was an Israelite as far as his human nature is concerned. And he is God, the one who rules over everything and is worthy of eternal praise! Amen.*

⁶Well then, has God failed to fulfill his promise to Israel? No, for not all who are born into the nation of Israel are truly members of God's people! ⁷Being descendants of Abraham doesn't make them truly Abraham's children. For the Scriptures say, "Isaac is the son through whom your descendants will be counted,"* though Abraham had other children, too. ⁸This means that Abraham's physical descendants are not necessarily children of God. Only the children of the promise are considered to be Abraham's children. ⁹For God had promised, "I will return about this time next year, and Sarah will have a son."*

¹⁰This son was our ancestor Isaac. When he married Rebekah, she gave birth to twins.* ¹¹But before they were born, before they had done anything good or bad, she received a message from God. (This message shows that God chooses people according to his own purposes; ¹²he calls people, but not according to their good or bad works.) She was told, "Your older son will serve your younger son."* ¹³In the words of the Scriptures, "I loved Jacob, but I rejected Esau."*

¹⁴Are we saying, then, that God was unfair? Of course not! ¹⁵For God said to Moses,

"I will show mercy to anyone I choose,
    and I will show compassion to anyone I
    choose."*

¹⁶So it is God who decides to show mercy. We can neither choose it nor work for it.

¹⁷For the Scriptures say that God told Pharaoh, "I have appointed you for the very purpose of displaying my power in you and to spread my fame throughout the earth."* ¹⁸So you see, God chooses to show mercy to some, and he chooses to harden the hearts of others so they refuse to listen.

¹⁹Well then, you might say, "Why does God blame people for not responding? Haven't they simply done what he makes them do?"

²⁰No, don't say that. Who are you, a mere human being, to argue with God? Should the thing that was created say to the one who created it, "Why have you made me like this?" ²¹When a potter makes jars out of clay, doesn't he have a right to use the same lump of clay to make one jar for decoration and another to throw garbage into? ²²In the same way, even though God has the right to show his anger and his power, he is

---

8:28 Some manuscripts read *And we know that everything works together.* 8:36 Ps 44:22. 8:38 Greek *nor rulers.* 9:3 Greek *my brothers.* 9:4 Greek *chosen for sonship.* 9:5 Or *May God, the one who rules over everything, be praised forever. Amen.* 9:7 Gen 21:12. 9:9 Gen 18:10, 14. 9:10 Greek *she conceived children through this one man.* 9:12 Gen 25:23. 9:13 Mal 1:2-3. 9:15 Exod 33:19. 9:17 Exod 9:16 (Greek version).

very patient with those on whom his anger falls, who were made for destruction. [23]He does this to make the riches of his glory shine even brighter on those to whom he shows mercy, who were prepared in advance for glory. [24]And we are among those whom he selected, both from the Jews and from the Gentiles.

[25]Concerning the Gentiles, God says in the prophecy of Hosea,

"Those who were not my people,
    I will now call my people.
And I will love those
    whom I did not love before."*

[26]And,

"Then, at the place where they were told,
    'You are not my people,'
there they will be called
    'children of the living God.'"*

[27]And concerning Israel, Isaiah the prophet cried out,

"Though the people of Israel are as
        numerous as the sand of the seashore,
    only a remnant will be saved.
[28] For the LORD will carry out his sentence upon
        the earth
    quickly and with finality."*

[29]And Isaiah said the same thing in another place:

"If the LORD of Heaven's Armies
    had not spared a few of our children,
we would have been wiped out like Sodom,
    destroyed like Gomorrah."*

Israel's Unbelief

[30]What does all this mean? Even though the Gentiles were not trying to follow God's standards, they were made right with God. And it was by faith that this took place. [31]But the people of Israel, who tried so hard to get right with God by keeping the law, never succeeded. [32]Why not? Because they were trying to get right with God by keeping the law* instead of by trusting in him. They stumbled over the great rock in their path. [33]God warned them of this in the Scriptures when he said,

"I am placing a stone in Jerusalem* that
        makes people stumble,
    a rock that makes them fall.
But anyone who trusts in him
    will never be disgraced."*

10 Dear brothers and sisters,* the longing of my heart and my prayer to God is for the people of Israel to be saved. [2]I know what enthu-

siasm they have for God, but it is misdirected zeal. [3]For they don't understand God's way of making people right with himself. Refusing to accept God's way, they cling to their own way of getting right with God by trying to keep the law. [4]For Christ has already accomplished the purpose for which the law was given.* As a result, all who believe in him are made right with God.

Salvation Is for Everyone

[5]For Moses writes that the law's way of making a person right with God requires obedience to all of its commands.* [6]But faith's way of getting right with God says, "Don't say in your heart, 'Who will go up to heaven' (to bring Christ down to earth). [7]And don't say, 'Who will go down to the place of the dead' (to bring Christ back to life again)." [8]In fact, it says,

"The message is very close at hand;
    it is on your lips and in your heart."*

And that message is the very message about faith that we preach: [9]If you confess with your mouth that Jesus is Lord and believe in your heart that God raised him from the dead, you will be saved. [10]For it is by believing in your heart that you are made right with God, and it is by confessing with your mouth that you are saved. [11]As the Scriptures tell us, "Anyone who trusts in him will never be disgraced.*" [12]Jew and Gentile* are the same in this respect. They have the same Lord, who gives generously to all who call on him. [13]For "Everyone who calls on the name of the LORD will be saved."*

[14]But how can they call on him to save them unless they believe in him? And how can they believe in him if they have never heard about him? And how can they hear about him unless someone tells them? [15]And how will anyone go and tell them without being sent? That is why the Scriptures say, "How beautiful are the feet of messengers who bring good news!"*

[16]But not everyone welcomes the Good News, for Isaiah the prophet said, "LORD, who has believed our message?"* [17]So faith comes from hearing, that is, hearing the Good News about Christ. [18]But I ask, have the people of Israel actually heard the message? Yes, they have:

"The message has gone throughout the earth,
    and the words to all the world."*

[19]But I ask, did the people of Israel really understand? Yes, they did, for even in the time of Moses, God said,

"I will rouse your jealousy through people
    who are not even a nation.
I will provoke your anger through the
    foolish Gentiles."*

9:25 Hos 2:23.   **9:26** Greek *sons of the living God.* Hos 1:10.   **9:27-28** Isa 10:22-23 (Greek version).   **9:29** Isa 1:9.   **9:32** Greek *by works.*   **9:33a** Greek *in Zion.*   **9:33b** Isa 8:14; 28:16 (Greek version).   **10:1** Greek *Brothers.*   **10:4** Or *For Christ is the end of the law.*   **10:5** See Lev 18:5.   **10:6-8** Deut 30:12-14.   **10:11** Isa 28:16 (Greek version).   **10:12** Greek *and Greek.*   **10:13** Joel 2:32.   **10:15** Isa 52:7.   **10:16** Isa 53:1.   **10:18** Ps 19:4.   **10:19** Deut 32:21.

20And later Isaiah spoke boldly for God, saying,

"I was found by people who were not looking
for me.
I showed myself to those who were not
asking for me."*

21But regarding Israel, God said,

"All day long I opened my arms to them,
but they were disobedient and
rebellious."*

God's Mercy on Israel

11 I ask, then, has God rejected his own people, the nation of Israel? Of course not! I
myself am an Israelite, a descendant of Abraham and a member of the tribe of Benjamin.

2No, God has not rejected his own people,
whom he chose from the very beginning. Do you
realize what the Scriptures say about this? Elijah
the prophet complained to God about the people of Israel and said, 3"Lord, they have killed
your prophets and torn down your altars. I am
the only one left, and now they are trying to kill
me, too."*

4And do you remember God's reply? He said,
"No, I have 7,000 others who have never bowed
down to Baal!"*

5It is the same today, for a few of the people of
Israel* have remained faithful because of God's
grace—his undeserved kindness in choosing
them. 6And since it is through God's kindness,
then it is not by their good works. For in that
case, God's grace would not be what it really is—
free and undeserved.

7So this is the situation: Most of the people of
Israel have not found the favor of God they are
looking for so earnestly. A few have—the ones
God has chosen—but the hearts of the rest were
hardened. 8As the Scriptures say,

"God has put them into a deep sleep.
To this day he has shut their eyes so they do
not see,
and closed their ears so they do not
hear."*

9Likewise, David said,

"Let their bountiful table become a snare,
a trap that makes them think all is well.
Let their blessings cause them to stumble,
and let them get what they deserve.
10 Let their eyes go blind so they cannot see,
and let their backs be bent forever."*

11Did God's people stumble and fall beyond
recovery? Of course not! They were disobedient,
so God made salvation available to the Gentiles.
But he wanted his own people to become jealous
and claim it for themselves. 12Now if the

Gentiles were enriched because the people of Israel turned down God's offer of salvation, think
how much greater a blessing the world will
share when they finally accept it.

13I am saying all this especially for you
Gentiles. God has appointed me as the apostle
to the Gentiles. I stress this, 14for I want somehow to make the people of Israel jealous of
what you Gentiles have, so I might save some of
them. 15For since their rejection meant that
God offered salvation to the rest of the world,
their acceptance will be even more wonderful.
It will be life for those who were dead! 16And
since Abraham and the other patriarchs were
holy, their descendants will also be holy—just
as the entire batch of dough is holy because
the portion given as an offering is holy. For if
the roots of the tree are holy, the branches will
be, too.

17But some of these branches from Abraham's tree—some of the people of Israel—have
been broken off. And you Gentiles, who were
branches from a wild olive tree, have been
grafted in. So now you also receive the blessing
God has promised Abraham and his children,
sharing in the rich nourishment from the root
of God's special olive tree. 18But you must not
brag about being grafted in to replace the
branches that were broken off. You are just a
branch, not the root.

19"Well," you may say, "those branches were
broken off to make room for me." 20Yes, but remember—those branches were broken off because they didn't believe in Christ, and you are
there because you do believe. So don't think
highly of yourself, but fear what could happen.
21For if God did not spare the original branches,
he won't* spare you either.

22Notice how God is both kind and severe. He
is severe toward those who disobeyed, but kind
to you if you continue to trust in his kindness.
But if you stop trusting, you also will be cut off.
23And if the people of Israel turn from their unbelief, they will be grafted in again, for God has the
power to graft them back into the tree. 24You, by
nature, were a branch cut from a wild olive tree.
So if God was willing to do something contrary to
nature by grafting you into his cultivated tree, he
will be far more eager to graft the original
branches back into the tree where they belong.

God's Mercy Is for Everyone

25I want you to understand this mystery, dear
brothers and sisters,* so that you will not feel
proud about yourselves. Some of the people of
Israel have hard hearts, but this will last only until the full number of Gentiles comes to Christ.
26And so all Israel will be saved. As the Scriptures say,

10:20 Isa 65:1 (Greek version).   **10:21** Isa 65:2 (Greek version).   **11:3** 1 Kgs 19:10, 14.   **11:4** 1 Kgs 19:18.   **11:5** Greek *for a
remnant.*   **11:8** Isa 29:10; Deut 29:4.   **11:9-10** Ps 69:22-23 (Greek version).   **11:21** Some manuscripts read *perhaps he won't.*
11:25 Greek *brothers.*

"The one who rescues will come from
Jerusalem,*
and he will turn Israel* away from
ungodliness.
²⁷ And this is my covenant with them,
that I will take away their sins."*

²⁸Many of the people of Israel are now enemies of the Good News, and this benefits you
Gentiles. Yet they are still the people he loves because he chose their ancestors Abraham, Isaac,
and Jacob. ²⁹For God's gifts and his call can
never be withdrawn. ³⁰Once, you Gentiles were
rebels against God, but when the people of Israel
rebelled against him, God was merciful to you
instead. ³¹Now they are the rebels, and God's
mercy has come to you so that they, too, will
share* in God's mercy. ³²For God has imprisoned everyone in disobedience so he could have
mercy on everyone.

³³Oh, how great are God's riches and wisdom
and knowledge! How impossible it is for us to
understand his decisions and his ways!

³⁴ For who can know the LORD's thoughts?
Who knows enough to give him advice?*
³⁵ And who has given him so much
that he needs to pay it back?*

³⁶For everything comes from him and exists
by his power and is intended for his glory. All
glory to him forever! Amen.

A Living Sacrifice to God

12 And so, dear brothers and sisters,* I plead
with you to give your bodies to God because of all he has done for you. Let them be a
living and holy sacrifice—the kind he will find
acceptable. This is truly the way to worship
him.* ²Don't copy the behavior and customs of
this world, but let God transform you into a new
person by changing the way you think. Then you
will learn to know God's will for you, which is
good and pleasing and perfect.

³Because of the privilege and authority* God
has given me, I give each of you this warning:
Don't think you are better than you really are. Be
honest in your evaluation of yourselves, measuring yourselves by the faith God has given us.*
⁴Just as our bodies have many parts and each
part has a special function, ⁵so it is with Christ's
body. We are many parts of one body, and we all
belong to each other.

⁶In his grace, God has given us different gifts
for doing certain things well. So if God has given
you the ability to prophesy, speak out with as
much faith as God has given you. ⁷If your gift is
serving others, serve them well. If you are a
teacher, teach well. ⁸If your gift is to encourage

others, be encouraging. If it is giving, give generously. If God has given you leadership ability,
take the responsibility seriously. And if you have
a gift for showing kindness to others, do it
gladly.

⁹Don't just pretend to love others. Really love
them. Hate what is wrong. Hold tightly to what is
good. ¹⁰Love each other with genuine affection,* and take delight in honoring each other.
¹¹Never be lazy, but work hard and serve the
Lord enthusiastically.* ¹²Rejoice in our confident hope. Be patient in trouble, and keep on
praying. ¹³When God's people are in need, be
ready to help them. Always be eager to practice
hospitality.

¹⁴Bless those who persecute you. Don't curse
them; pray that God will bless them. ¹⁵Be happy
with those who are happy, and weep with those
who weep. ¹⁶Live in harmony with each other.
Don't be too proud to enjoy the company of ordinary people. And don't think you know it all!

¹⁷Never pay back evil with more evil. Do
things in such a way that everyone can see you
are honorable. ¹⁸Do all that you can to live in
peace with everyone.

¹⁹Dear friends, never take revenge. Leave that
to the righteous anger of God. For the Scriptures
say,

"I will take revenge;
I will pay them back,"*
says the LORD.

²⁰Instead,

"If your enemies are hungry, feed them.
If they are thirsty, give them something
to drink.
In doing this, you will heap
burning coals of shame on their heads."*

²¹Don't let evil conquer you, but conquer evil by
doing good.

Respect for Authority

13 Everyone must submit to governing authorities. For all authority comes from
God, and those in positions of authority have
been placed there by God. ²So anyone who rebels against authority is rebelling against what
God has instituted, and they will be punished.
³For the authorities do not strike fear in people
who are doing right, but in those who are doing
wrong. Would you like to live without fear of
the authorities? Do what is right, and they will
honor you. ⁴The authorities are God's servants,
sent for your good. But if you are doing wrong,
of course you should be afraid, for they have the
power to punish you. They are God's servants,

11:26a Greek *from Zion.*   11:26b Greek *Jacob.*   11:26-27 Isa 59:20-21; 27:9 (Greek version).   11:31 Other manuscripts read *will now share;* still others read *will someday share.*   11:34 Isa 40:13 (Greek version).   11:35 See Job 41:11.   12:1a Greek *brothers.* 12:1b Or *This is your spiritual worship;* or *This is your reasonable service.*   12:3a Or *Because of the grace;* compare 1:5.   12:3b Or *by the faith God has given you;* or *by the standard of our God-given faith.*   12:10 Greek *with brotherly love.*   12:11 Or *but serve the Lord with a zealous spirit;* or *but let the Spirit excite you as you serve the Lord.*   12:19 Deut 32:35.   12:20 Prov 25:21-22.

sent for the very purpose of punishing those who do what is wrong. [5]So you must submit to them, not only to avoid punishment, but also to keep a clear conscience.

[6]Pay your taxes, too, for these same reasons. For government workers need to be paid. They are serving God in what they do. [7]Give to everyone what you owe them: Pay your taxes and government fees to those who collect them, and give respect and honor to those who are in authority.

Love Fulfills God's Requirements

[8]Owe nothing to anyone—except for your obligation to love one another. If you love your neighbor, you will fulfill the requirements of God's law. [9]For the commandments say, "You must not commit adultery. You must not murder. You must not steal. You must not covet."* These—and other such commandments—are summed up in this one commandment: "Love your neighbor as yourself."* [10]Love does no wrong to others, so love fulfills the requirements of God's law.

[11]This is all the more urgent, for you know how late it is; time is running out. Wake up, for our salvation is nearer now than when we first believed. [12]The night is almost gone; the day of salvation will soon be here. So remove your dark deeds like dirty clothes, and put on the shining armor of right living. [13]Because we belong to the day, we must live decent lives for all to see. Don't participate in the darkness of wild parties and drunkenness, or in sexual promiscuity and immoral living, or in quarreling and jealousy. [14]Instead, clothe yourself with the presence of the Lord Jesus Christ. And don't let yourself think about ways to indulge your evil desires.

The Danger of Criticism

14 Accept other believers who are weak in faith, and don't argue with them about what they think is right or wrong. [2]For instance, one person believes it's all right to eat anything. But another believer with a sensitive conscience will eat only vegetables. [3]Those who feel free to eat anything must not look down on those who don't. And those who don't eat certain foods must not condemn those who do, for God has accepted them. [4]Who are you to condemn someone else's servants? They are responsible to the Lord, so let him judge whether they are right or wrong. And with the Lord's help, they will do what is right and will receive his approval.

[5]In the same way, some think one day is more holy than another day, while others think every day is alike. You should each be fully convinced that whichever day you choose is acceptable. [6]Those who worship the Lord on a special day do it to honor him. Those who eat any kind of food

do so to honor the Lord, since they give thanks to God before eating. And those who refuse to eat certain foods also want to please the Lord and give thanks to God. [7]For we don't live for ourselves or die for ourselves. [8]If we live, it's to honor the Lord. And if we die, it's to honor the Lord. So whether we live or die, we belong to the Lord. [9]Christ died and rose again for this very purpose—to be Lord both of the living and of the dead.

[10]So why do you condemn another believer*? Why do you look down on another believer? Remember, we will all stand before the judgment seat of God. [11]For the Scriptures say,

"'As surely as I live,' says the LORD,
'every knee will bend to me,
    and every tongue will confess and give
        praise to God.*'"

[12]Yes, each of us will give a personal account to God. [13]So let's stop condemning each other. Decide instead to live in such a way that you will not cause another believer to stumble and fall.

[14]I know and am convinced on the authority of the Lord Jesus that no food, in and of itself, is wrong to eat. But if someone believes it is wrong, then for that person it is wrong. [15]And if another believer is distressed by what you eat, you are not acting in love if you eat it. Don't let your eating ruin someone for whom Christ died. [16]Then you will not be criticized for doing something you believe is good. [17]For the Kingdom of God is not a matter of what we eat or drink, but of living a life of goodness and peace and joy in the Holy Spirit. [18]If you serve Christ with this attitude, you will please God, and others will approve of you, too. [19]So then, let us aim for harmony in the church and try to build each other up.

[20]Don't tear apart the work of God over what you eat. Remember, all foods are acceptable, but it is wrong to eat something if it makes another person stumble. [21]It is better not to eat meat or drink wine or do anything else if it might cause another believer to stumble. [22]You may believe there's nothing wrong with what you are doing, but keep it between yourself and God. Blessed are those who don't feel guilty for doing something they have decided is right. [23]But if you have doubts about whether or not you should eat something, you are sinning if you go ahead and do it. For you are not following your convictions. If you do anything you believe is not right, you are sinning.

Living to Please Others

15 We who are strong must be considerate of those who are sensitive about things like this. We must not just please ourselves. [2]We should help others do what is right and build

13:9a Exod 20:13-15, 17.   **13:9b** Lev 19:18.   **14:10** Greek *your brother;* also in 14:10b, 13, 15, 21.   **14:11** Or *confess allegiance to God.* Isa 49:18; 45:23 (Greek version).

them up in the Lord. ³For even Christ didn't live to please himself. As the Scriptures say, "The insults of those who insult you, O God, have fallen on me."* ⁴Such things were written in the Scriptures long ago to teach us. And the Scriptures give us hope and encouragement as we wait patiently for God's promises to be fulfilled.

⁵May God, who gives this patience and encouragement, help you live in complete harmony with each other, as is fitting for followers of Christ Jesus. ⁶Then all of you can join together with one voice, giving praise and glory to God, the Father of our Lord Jesus Christ.

⁷Therefore, accept each other just as Christ has accepted you so that God will be given glory. ⁸Remember that Christ came as a servant to the Jews* to show that God is true to the promises he made to their ancestors. ⁹He also came so that the Gentiles might give glory to God for his mercies to them. That is what the psalmist meant when he wrote:

"For this, I will praise you among the
   Gentiles;
   I will sing praises to your name."*

¹⁰And in another place it is written,

"Rejoice with his people,
   you Gentiles."*

¹¹And yet again,

"Praise the LORD, all you Gentiles.
   Praise him, all you people of the earth."*

¹²And in another place Isaiah said,

"The heir to David's throne* will come,
   and he will rule over the Gentiles.
They will place their hope on him."*

¹³I pray that God, the source of hope, will fill you completely with joy and peace because you trust in him. Then you will overflow with confident hope through the power of the Holy Spirit.

Paul's Reason for Writing

¹⁴I am fully convinced, my dear brothers and sisters,* that you are full of goodness. You know these things so well you can teach each other all about them. ¹⁵Even so, I have been bold enough to write about some of these points, knowing that all you need is this reminder. For by God's grace, ¹⁶I am a special messenger from Christ Jesus to you Gentiles. I bring you the Good News so that I might present you as an acceptable offering to God, made holy by the Holy Spirit. ¹⁷So I have reason to be enthusiastic about all Christ Jesus has done through me in my service to God.

¹⁸Yet I dare not boast about anything except what Christ has done through me, bringing the Gentiles to God by my message and by the way I worked among them. ¹⁹They were convinced by the power of miraculous signs and wonders and by the power of God's Spirit.* In this way, I have fully presented the Good News of Christ from Jerusalem all the way to Illyricum.*

²⁰My ambition has always been to preach the Good News where the name of Christ has never been heard, rather than where a church has already been started by someone else. ²¹I have been following the plan spoken of in the Scriptures, where it says,

"Those who have never been told about him
   will see,
and those who have never heard of him
   will understand."*

²²In fact, my visit to you has been delayed so long because I have been preaching in these places.

Paul's Travel Plans

²³But now I have finished my work in these regions, and after all these long years of waiting, I am eager to visit you. ²⁴I am planning to go to Spain, and when I do, I will stop off in Rome. And after I have enjoyed your fellowship for a little while, you can provide for my journey.

²⁵But before I come, I must go to Jerusalem to take a gift to the believers there. ²⁶For you see, the believers in Macedonia and Achaia* have eagerly taken up an offering for the poor among the believers in Jerusalem. ²⁷They were glad to do this because they feel they owe a real debt to them. Since the Gentiles received the spiritual blessings of the Good News from the believers in Jerusalem, they feel the least they can do in return is to help them financially. ²⁸As soon as I have delivered this money and completed this good deed of theirs, I will come to see you on my way to Spain. ²⁹And I am sure that when I come, Christ will richly bless our time together.

³⁰Dear brothers and sisters, I urge you in the name of our Lord Jesus Christ to join in my struggle by praying to God for me. Do this because of your love for me, given to you by the Holy Spirit. ³¹Pray that I will be rescued from those in Judea who refuse to obey God. Pray also that the believers there will be willing to accept the donation* I am taking to Jerusalem. ³²Then, by the will of God, I will be able to come to you with a joyful heart, and we will be an encouragement to each other.

³³And now may God, who gives us his peace, be with you all. Amen.*

15:3 Greek *who insult you have fallen on me.* Ps 69:9.   15:8 Greek *servant of circumcision.*   15:9 Ps 18:49.   15:10 Deut 32:43.
15:11 Ps 117:1.   15:12a Greek *The root of Jesse.* David was the son of Jesse.   15:12b Isa 11:10 (Greek version).   15:14 Greek *brothers;* also in 15:30.   15:19a Other manuscripts read *the Spirit;* still others read *the Holy Spirit.*   15:19b *Illyricum* was a region northeast of Italy.   15:21 Isa 52:15 (Greek version).   15:26 *Macedonia* and *Achaia* were the northern and southern regions of Greece.   15:31 Greek *the ministry;* other manuscripts read *the gift.*   15:33 Some manuscripts omit *Amen.* One very early manuscript places 16:25-27 here.

Paul Greets His Friends

16 I commend to you our sister Phoebe, who is a deacon in the church in Cenchrea. ²Welcome her in the Lord as one who is worthy of honor among God's people. Help her in whatever she needs, for she has been helpful to many, and especially to me.

³Give my greetings to Priscilla and Aquila, my co-workers in the ministry of Christ Jesus. ⁴In fact, they once risked their lives for me. I am thankful to them, and so are all the Gentile churches. ⁵Also give my greetings to the church that meets in their home.

Greet my dear friend Epenetus. He was the first person from the province of Asia to become a follower of Christ. ⁶Give my greetings to Mary, who has worked so hard for your benefit. ⁷Greet Andronicus and Junia,* my fellow Jews,* who were in prison with me. They are highly respected among the apostles and became followers of Christ before I did. ⁸Greet Ampliatus, my dear friend in the Lord. ⁹Greet Urbanus, our co-worker in Christ, and my dear friend Stachys.

¹⁰Greet Apelles, a good man whom Christ approves. And give my greetings to the believers from the household of Aristobulus. ¹¹Greet Herodion, my fellow Jew.* Greet the Lord's people from the household of Narcissus. ¹²Give my greetings to Tryphena and Tryphosa, the Lord's workers, and to dear Persis, who has worked so hard for the Lord. ¹³Greet Rufus, whom the Lord picked out to be his very own; and also his dear mother, who has been a mother to me.

¹⁴Give my greetings to Asyncritus, Phlegon, Hermes, Patrobas, Hermas, and the brothers and sisters* who meet with them. ¹⁵Give my greetings to Philologus, Julia, Nereus and his sister, and to Olympas and all the believers who meet with

them. ¹⁶Greet each other in Christian love.* All the churches of Christ send you their greetings.

Paul's Final Instructions

¹⁷And now I make one more appeal, my dear brothers and sisters. Watch out for people who cause divisions and upset people's faith by teaching things contrary to what you have been taught. Stay away from them. ¹⁸Such people are not serving Christ our Lord; they are serving their own personal interests. By smooth talk and glowing words they deceive innocent people. ¹⁹But everyone knows that you are obedient to the Lord. This makes me very happy. I want you to be wise in doing right and to stay innocent of any wrong. ²⁰The God of peace will soon crush Satan under your feet. May the grace of our Lord Jesus* be with you.

²¹Timothy, my fellow worker, sends you his greetings, as do Lucius, Jason, and Sosipater, my fellow Jews.

²²I, Tertius, the one writing this letter for Paul, send my greetings, too, as one of the Lord's followers.

²³Gaius says hello to you. He is my host and also serves as host to the whole church. Erastus, the city treasurer, sends you his greetings, and so does our brother Quartus.*

²⁵Now all glory to God, who is able to make you strong, just as my Good News says. This message about Jesus Christ has revealed his plan for you Gentiles, a plan kept secret from the beginning of time. ²⁶But now as the prophets* foretold and as the eternal God has commanded, this message is made known to all Gentiles everywhere, so that they too might believe and obey him. ²⁷All glory to the only wise God, through Jesus Christ, forever. Amen.

16:7a *Junia* is a feminine name. Some late manuscripts accent the word so it reads *Junias*, a masculine name; still others read *Julia* (feminine).   **16:7b** Or *compatriots;* also in 16:21.   **16:11** Or *compatriot.*   **16:14** Greek *brothers;* also in 16:17.   **16:16** Greek *with a sacred kiss.*   **16:20** Some manuscripts read *Lord Jesus Christ.*   **16:23** Some manuscripts add verse 24, *May the grace of our Lord Jesus Christ be with you all. Amen.* Still others add this sentence after verse 27.   **16:26** Greek *the prophetic writings.*

1 Corinthians

Greetings from Paul

1 This letter is from Paul, chosen by the will of God to be an apostle of Christ Jesus, and from our brother Sosthenes.

²I am writing to God's church in Corinth,* to you who have been called by God to be his own holy people. He made you holy by means of Christ Jesus,* just as he did for all people everywhere who call on the name of our Lord Jesus Christ, their Lord and ours.

³May God our Father and the Lord Jesus Christ give you grace and peace.

Paul Gives Thanks to God

⁴I always thank my God for you and for the gracious gifts he has given you, now that you belong to Christ Jesus. ⁵Through him, God has enriched your church in every way—with all of your eloquent words and all of your knowledge. ⁶This confirms that what I told you about Christ is true. ⁷Now you have every spiritual gift you need as you eagerly wait for the return of our Lord Jesus Christ. ⁸He will keep you strong to the end so that you will be free from all blame on the day when our Lord Jesus Christ returns. ⁹God will do this, for he is faithful to do what he says, and he has invited you into partnership with his Son, Jesus Christ our Lord.

Divisions in the Church

¹⁰I appeal to you, dear brothers and sisters,* by the authority of our Lord Jesus Christ, to live in harmony with each other. Let there be no divisions in the church. Rather, be of one mind, united in thought and purpose. ¹¹For some members of Chloe's household have told me about your quarrels, my dear brothers and sisters. ¹²Some of you are saying, "I am a follower of Paul." Others are saying, "I follow Apollos," or "I follow Peter,*" or "I follow only Christ."

¹³Has Christ been divided into factions? Was I, Paul, crucified for you? Were any of you baptized in the name of Paul? Of course not! ¹⁴I thank God that I did not baptize any of you except Crispus and Gaius, ¹⁵for now no one can say they were baptized in my name. ¹⁶(Oh yes, I also baptized the household of Stephanas, but I don't remember baptizing anyone else.) ¹⁷For Christ didn't send me to baptize, but to preach the Good News—and not with clever speech, for fear that the cross of Christ would lose its power.

The Wisdom of God

¹⁸The message of the cross is foolish to those who are headed for destruction! But we who are being saved know it is the very power of God. ¹⁹As the Scriptures say,

"I will destroy the wisdom of the wise
and discard the intelligence of the
intelligent."*

²⁰So where does this leave the philosophers, the scholars, and the world's brilliant debaters? God has made the wisdom of this world look foolish. ²¹Since God in his wisdom saw to it that the world would never know him through human wisdom, he has used our foolish preaching to save those who believe. ²²It is foolish to the Jews, who ask for signs from heaven. And it is foolish to the Greeks, who seek human wisdom. ²³So when we preach that Christ was crucified, the Jews are offended and the Gentiles say it's all nonsense.

²⁴But to those called by God to salvation, both Jews and Gentiles,* Christ is the power of God and the wisdom of God. ²⁵This foolish plan of God is wiser than the wisest of human plans, and God's weakness is stronger than the greatest of human strength.

²⁶Remember, dear brothers and sisters, that few of you were wise in the world's eyes or powerful or wealthy* when God called you. ²⁷Instead, God chose things the world considers foolish in order to shame those who think they are wise. And he chose things that are powerless to shame those who are powerful. ²⁸God chose things despised by the world,* things counted as nothing at all, and used them to bring to nothing what the world considers important. ²⁹As a result, no one can ever boast in the presence of God.

³⁰God has united you with Christ Jesus. For our benefit God made him to be wisdom itself. Christ made us right with God; he made us pure

1:2a *Corinth* was the capital city of Achaia, the southern region of the Greek peninsula. **1:2b** Or *because you belong to Christ Jesus.* **1:10** Greek *brothers;* also in 1:11, 26. **1:12** Greek *Cephas.* **1:19** Isa 29:14. **1:24** Greek *and Greeks.* **1:26** Or *high born.* **1:28** Or *God chose those who are low born.*

and holy, and he freed us from sin. ³¹Therefore, as the Scriptures say, "If you want to boast, boast only about the LORD."*

Paul's Message of Wisdom

2 When I first came to you, dear brothers and sisters,* I didn't use lofty words and impressive wisdom to tell you God's secret plan.* ²For I decided that while I was with you I would forget everything except Jesus Christ, the one who was crucified. ³I came to you in weakness—timid and trembling. ⁴And my message and my preaching were very plain. Rather than using clever and persuasive speeches, I relied only on the power of the Holy Spirit. ⁵I did this so you would trust not in human wisdom but in the power of God.

⁶Yet when I am among mature believers, I do speak with words of wisdom, but not the kind of wisdom that belongs to this world or to the rulers of this world, who are soon forgotten. ⁷No, the wisdom we speak of is the mystery of God*—his plan that was previously hidden, even though he made it for our ultimate glory before the world began. ⁸But the rulers of this world have not understood it; if they had, they would not have crucified our glorious Lord. ⁹That is what the Scriptures mean when they say,

"No eye has seen, no ear has heard,
  and no mind has imagined
what God has prepared
  for those who love him."*

¹⁰But* it was to us that God revealed these things by his Spirit. For his Spirit searches out everything and shows us God's deep secrets. ¹¹No one can know a person's thoughts except that person's own spirit, and no one can know God's thoughts except God's own Spirit. ¹²And we have received God's Spirit (not the world's spirit), so we can know the wonderful things God has freely given us.

¹³When we tell you these things, we do not use words that come from human wisdom. Instead, we speak words given to us by the Spirit, using the Spirit's words to explain spiritual truths.* ¹⁴But people who aren't spiritual* can't receive these truths from God's Spirit. It all sounds foolish to them and they can't understand it, for only those who are spiritual can understand what the Spirit means. ¹⁵Those who are spiritual can evaluate all things, but they themselves cannot be evaluated by others. ¹⁶For,

"Who can know the LORD's thoughts?
  Who knows enough to teach him?"*

But we understand these things, for we have the mind of Christ.

Paul and Apollos, Servants of Christ

3 Dear brothers and sisters,* when I was with you I couldn't talk to you as I would to spiritual people.* I had to talk as though you belonged to this world or as though you were infants in the Christian life.* ²I had to feed you with milk, not with solid food, because you weren't ready for anything stronger. And you still aren't ready, ³for you are still controlled by your sinful nature. You are jealous of one another and quarrel with each other. Doesn't that prove you are controlled by your sinful nature? Aren't you living like people of the world? ⁴When one of you says, "I am a follower of Paul," and another says, "I follow Apollos," aren't you acting just like people of the world?

⁵After all, who is Apollos? Who is Paul? We are only God's servants through whom you believed the Good News. Each of us did the work the Lord gave us. ⁶I planted the seed in your hearts, and Apollos watered it, but it was God who made it grow. ⁷It's not important who does the planting, or who does the watering. What's important is that God makes the seed grow. ⁸The one who plants and the one who waters work together with the same purpose. And both will be rewarded for their own hard work. ⁹For we are both God's workers. And you are God's field. You are God's building.

¹⁰Because of God's grace to me, I have laid the foundation like an expert builder. Now others are building on it. But whoever is building on this foundation must be very careful. ¹¹For no one can lay any foundation other than the one we already have—Jesus Christ.

¹²Anyone who builds on that foundation may use a variety of materials—gold, silver, jewels, wood, hay, or straw. ¹³But on the judgment day, fire will reveal what kind of work each builder has done. The fire will show if a person's work has any value. ¹⁴If the work survives, that builder will receive a reward. ¹⁵But if the work is burned up, the builder will suffer great loss. The builder will be saved, but like someone barely escaping through a wall of flames.

¹⁶Don't you realize that all of you together are the temple of God and that the Spirit of God lives in* you? ¹⁷God will destroy anyone who destroys this temple. For God's temple is holy, and you are that temple.

¹⁸Stop deceiving yourselves. If you think you are wise by this world's standards, you need to become a fool to be truly wise. ¹⁹For the wisdom of this world is foolishness to God. As the Scriptures say,

"He traps the wise
  in the snare of their own cleverness."*

1:31 Jer 9:24. 2:1a Greek *brothers.* 2:1b Greek *God's mystery;* other manuscripts read *God's testimony.* 2:7 Greek *But we speak God's wisdom in a mystery.* 2:9 Isa 64:4. 2:10 Some manuscripts read *For.* 2:13 Or *explaining spiritual truths in spiritual language,* or *explaining spiritual truths to spiritual people.* 2:14 Or *who don't have the Spirit;* or *who have only physical life.* 2:16 Isa 40:13 (Greek version). 3:1a Greek *Brothers.* 3:1b Or *to people who have the Spirit.* 3:1c Greek *in Christ.* 3:16 Or *among.* 3:19 Job 5:13.

²⁰And again,

"The Lᴏʀᴅ knows the thoughts of the wise;
he knows they are worthless."*

²¹So don't boast about following a particular human leader. For everything belongs to you— ²²whether Paul or Apollos or Peter,* or the world, or life and death, or the present and the future. Everything belongs to you, ²³and you belong to Christ, and Christ belongs to God.

Paul's Relationship with the Corinthians

4 So look at Apollos and me as mere servants of Christ who have been put in charge of explaining God's mysteries. ²Now, a person who is put in charge as a manager must be faithful. ³As for me, it matters very little how I might be evaluated by you or by any human authority. I don't even trust my own judgment on this point. ⁴My conscience is clear, but that doesn't prove I'm right. It is the Lord himself who will examine me and decide.

⁵So don't make judgments about anyone ahead of time—before the Lord returns. For he will bring our darkest secrets to light and will reveal our private motives. Then God will give to each one whatever praise is due.

⁶Dear brothers and sisters,* I have used Apollos and myself to illustrate what I've been saying. If you pay attention to what I have quoted from the Scriptures,* you won't be proud of one of your leaders at the expense of another. ⁷For what gives you the right to make such a judgment? What do you have that God hasn't given you? And if everything you have is from God, why boast as though it were not a gift?

⁸You think you already have everything you need. You think you are already rich. You have begun to reign in God's kingdom without us! I wish you really were reigning already, for then we would be reigning with you. ⁹Instead, I sometimes think God has put us apostles on display, like prisoners of war at the end of a victor's parade, condemned to die. We have become a spectacle to the entire world—to people and angels alike.

¹⁰Our dedication to Christ makes us look like fools, but you claim to be so wise in Christ! We are weak, but you are so powerful! You are honored, but we are ridiculed. ¹¹Even now we go hungry and thirsty, and we don't have enough clothes to keep warm. We are often beaten and have no home. ¹²We work wearily with our own hands to earn our living. We bless those who curse us. We are patient with those who abuse us. ¹³We appeal gently when evil things are said about us. Yet we are treated like the world's garbage, like everybody's trash—right up to the present moment.

¹⁴I am not writing these things to shame you, but to warn you as my beloved children. ¹⁵For even if you had ten thousand others to teach you about Christ, you have only one spiritual father. For I became your father in Christ Jesus when I preached the Good News to you. ¹⁶So I urge you to imitate me.

¹⁷That's why I have sent Timothy, my beloved and faithful child in the Lord. He will remind you of how I follow Christ Jesus, just as I teach in all the churches wherever I go.

¹⁸Some of you have become arrogant, thinking I will not visit you again. ¹⁹But I will come— and soon—if the Lord lets me, and then I'll find out whether these arrogant people just give pretentious speeches or whether they really have God's power. ²⁰For the Kingdom of God is not just a lot of talk; it is living by God's power. ²¹Which do you choose? Should I come with a rod to punish you, or should I come with love and a gentle spirit?

Paul Condemns Spiritual Pride

5 I can hardly believe the report about the sexual immorality going on among you— something that even pagans don't do. I am told that a man in your church is living in sin with his stepmother.* ²You are so proud of yourselves, but you should be mourning in sorrow and shame. And you should remove this man from your fellowship.

³Even though I am not with you in person, I am with you in the Spirit.* And as though I were there, I have already passed judgment on this man ⁴in the name of the Lord Jesus. You must call a meeting of the church.* I will be present with you in spirit, and so will the power of our Lord Jesus. ⁵Then you must throw this man out and hand him over to Satan so that his sinful nature will be destroyed* and he himself* will be saved on the day the Lord* returns.

⁶Your boasting about this is terrible. Don't you realize that this sin is like a little yeast that spreads through the whole batch of dough? ⁷Get rid of the old "yeast" by removing this wicked person from among you. Then you will be like a fresh batch of dough made without yeast, which is what you really are. Christ, our Passover Lamb, has been sacrificed for us.* ⁸So let us celebrate the festival, not with the old bread* of wickedness and evil, but with the new bread* of sincerity and truth.

⁹When I wrote to you before, I told you not to associate with people who indulge in sexual sin. ¹⁰But I wasn't talking about unbelievers who indulge in sexual sin, or are greedy, or cheat people, or worship idols. You would have to leave this world to avoid people like that. ¹¹I meant

---

3:20 Ps 94:11.   **3:22** Greek *Cephas.*   **4:6a** Greek *Brothers.*   **4:6b** Or *If you learn not to go beyond "what is written."*   **5:1** Greek *his father's wife.*   **5:3** Or *in spirit.*   **5:4** Or *In the name of the Lord Jesus, you must call a meeting of the church.*   **5:5a** Or *so that his body will be destroyed;* Greek reads *for the destruction of the flesh.*   **5:5b** Greek *and the spirit.*   **5:5c** Other manuscripts read *the Lord Jesus;* still others read *our Lord Jesus Christ.*   **5:7** Greek *has been sacrificed.*   **5:8a** Greek *not with old leaven.*   **5:8b** Greek *but with unleavened [bread].*

that you are not to associate with anyone who claims to be a believer* yet indulges in sexual sin, or is greedy, or worships idols, or is abusive, or is a drunkard, or cheats people. Don't even eat with such people.

¹²It isn't my responsibility to judge outsiders, but it certainly is your responsibility to judge those inside the church who are sinning. ¹³God will judge those on the outside; but as the Scriptures say, "You must remove the evil person from among you."*

Avoiding Lawsuits with Christians

6 When one of you has a dispute with another believer, how dare you file a lawsuit and ask a secular court to decide the matter instead of taking it to other believers! ²Don't you realize that someday we believers will judge the world? And since you are going to judge the world, can't you decide even these little things among yourselves? ³Don't you realize that we will judge angels? So you should surely be able to resolve ordinary disputes in this life. ⁴If you have legal disputes about such matters, why go to outside judges who are not respected by the church? ⁵I am saying this to shame you. Isn't there anyone in all the church who is wise enough to decide these issues? ⁶But instead, one believer* sues another—right in front of unbelievers!

⁷Even to have such lawsuits with one another is a defeat for you. Why not just accept the injustice and leave it at that? Why not let yourselves be cheated? ⁸Instead, you yourselves are the ones who do wrong and cheat even your fellow believers.*

⁹Don't you realize that those who do wrong will not inherit the Kingdom of God? Don't fool yourselves. Those who indulge in sexual sin, or who worship idols, or commit adultery, or are male prostitutes, or practice homosexuality, ¹⁰or are thieves, or greedy people, or drunkards, or are abusive, or cheat people—none of these will inherit the Kingdom of God. ¹¹Some of you were once like that. But you were cleansed; you were made holy; you were made right with God by calling on the name of the Lord Jesus Christ and by the Spirit of our God.

Avoiding Sexual Sin

¹²You say, "I am allowed to do anything"—but not everything is good for you. And even though "I am allowed to do anything," I must not become a slave to anything. ¹³You say, "Food was made for the stomach, and the stomach for food." (This is true, though someday God will do away with both of them.) But you can't say that our bodies were made for sexual immorality. They were made for the Lord, and the Lord cares about our bodies. ¹⁴And God will raise us from

the dead by his power, just as he raised our Lord from the dead.

¹⁵Don't you realize that your bodies are actually parts of Christ? Should a man take his body, which is part of Christ, and join it to a prostitute? Never! ¹⁶And don't you realize that if a man joins himself to a prostitute, he becomes one body with her? For the Scriptures say, "The two are united into one."* ¹⁷But the person who is joined to the Lord is one spirit with him.

¹⁸Run from sexual sin! No other sin so clearly affects the body as this one does. For sexual immorality is a sin against your own body. ¹⁹Don't you realize that your body is the temple of the Holy Spirit, who lives in you and was given to you by God? You do not belong to yourself, ²⁰for God bought you with a high price. So you must honor God with your body.

Instruction on Marriage

7 Now regarding the questions you asked in your letter. Yes, it is good to live a celibate life.* ²But because there is so much sexual immorality, each man should have his own wife, and each woman should have her own husband.

³The husband should fulfill his wife's sexual needs, and the wife should fulfill her husband's needs. ⁴The wife gives authority over her body to her husband, and the husband gives authority over his body to his wife.

⁵Do not deprive each other of sexual relations, unless you both agree to refrain from sexual intimacy for a limited time so you can give yourselves more completely to prayer. Afterward, you should come together again so that Satan won't be able to tempt you because of your lack of self-control. ⁶I say this as a concession, not as a command. ⁷But I wish everyone were single, just as I am. But God gives to some the gift of marriage, and to others the gift of singleness.

⁸So I say to those who aren't married and to widows—it's better to stay unmarried, just as I am. ⁹But if they can't control themselves, they should go ahead and marry. It's better to marry than to burn with lust.

¹⁰But for those who are married, I have a command that comes not from me, but from the Lord.* A wife must not leave her husband. ¹¹But if she does leave him, let her remain single or else be reconciled to him. And the husband must not leave his wife.

¹²Now, I will speak to the rest of you, though I do not have a direct command from the Lord. If a Christian man* has a wife who is not a believer and she is willing to continue living with him, he must not leave her. ¹³And if a Christian woman has a husband who is not a believer and he is willing to continue living with her, she must not leave him. ¹⁴For the Christian wife brings

5:11 Greek *a brother.*   **5:13** Deut 17:7.   **6:6** Greek *one brother.*   **6:8** Greek *even the brothers.*   **6:16** Gen 2:24.   **7:1** Greek *It is good for a man not to touch a woman.*   **7:10** See Matt 5:32; 19:9; Mark 10:11-12; Luke 16:18.   **7:12** Greek *a brother.*

holiness to her marriage, and the Christian husband* brings holiness to his marriage. Otherwise, your children would not be holy, but now they are holy. 15(But if the husband or wife who isn't a believer insists on leaving, let them go. In such cases the Christian husband or wife* is no longer bound to the other, for God has called you* to live in peace.) 16Don't you wives realize that your husbands might be saved because of you? And don't you husbands realize that your wives might be saved because of you?

17Each of you should continue to live in whatever situation the Lord has placed you, and remain as you were when God first called you. This is my rule for all the churches. 18For instance, a man who was circumcised before he became a believer should not try to reverse it. And the man who was uncircumcised when he became a believer should not be circumcised now. 19For it makes no difference whether or not a man has been circumcised. The important thing is to keep God's commandments.

20Yes, each of you should remain as you were when God called you. 21Are you a slave? Don't let that worry you—but if you get a chance to be free, take it. 22And remember, if you were a slave when the Lord called you, you are now free in the Lord. And if you were free when the Lord called you, you are now a slave of Christ. 23God paid a high price for you, so don't be enslaved by the world.* 24Each of you, dear brothers and sisters,* should remain as you were when God first called you.

25Now regarding your question about the young women who are not yet married. I do not have a command from the Lord for them. But the Lord in his mercy has given me wisdom that can be trusted, and I will share it with you. 26Because of the present crisis,* I think it is best to remain as you are. 27If you have a wife, do not seek to end the marriage. If you do not have a wife, do not seek to get married. 28But if you do get married, it is not a sin. And if a young woman gets married, it is not a sin. However, those who get married at this time will have troubles, and I am trying to spare you those problems.

29But let me say this, dear brothers and sisters: The time that remains is very short. So from now on, those with wives should not focus only on their marriage. 30Those who weep or who rejoice or who buy things should not be absorbed by their weeping or their joy or their possessions. 31Those who use the things of the world should not become attached to them. For this world as we know it will soon pass away.

32I want you to be free from the concerns of this life. An unmarried man can spend his time doing the Lord's work and thinking how to please him. 33But a married man has to think about his earthly responsibilities and how to please his wife. 34His interests are divided. In the same way, a woman who is no longer married or has never been married can be devoted to the Lord and holy in body and in spirit. But a married woman has to think about her earthly responsibilities and how to please her husband. 35I am saying this for your benefit, not to place restrictions on you. I want you to do whatever will help you serve the Lord best, with as few distractions as possible.

36But if a man thinks that he's treating his fiancée improperly and will inevitably give in to his passion, let him marry her as he wishes. It is not a sin. 37But if he has decided firmly not to marry and there is no urgency and he can control his passion, he does well not to marry. 38So the person who marries his fiancée does well, and the person who doesn't marry does even better.

39A wife is bound to her husband as long as he lives. If her husband dies, she is free to marry anyone she wishes, but only if he loves the Lord.* 40But in my opinion it would be better for her to stay single, and I think I am giving you counsel from God's Spirit when I say this.

Food Sacrificed to Idols

8 Now regarding your question about food that has been offered to idols. Yes, we know that "we all have knowledge" about this issue. But while knowledge makes us feel important, it is love that strengthens the church. 2Anyone who claims to know all the answers doesn't really know very much. 3But the person who loves God is the one whom God recognizes.*

4So, what about eating meat that has been offered to idols? Well, we all know that an idol is not really a god and that there is only one God. 5There may be so-called gods both in heaven and on earth, and some people actually worship many gods and many lords. 6But we know that there is only one God, the Father, who created everything, and we live for him. And there is only one Lord, Jesus Christ, through whom God made everything and through whom we have been given life.

7However, not all believers know this. Some are accustomed to thinking of idols as being real, so when they eat food that has been offered to idols, they think of it as the worship of real gods, and their weak consciences are violated. 8It's true that we can't win God's approval by what we eat. We don't lose anything if we don't eat it, and we don't gain anything if we do.

9But you must be careful so that your freedom does not cause others with a weaker conscience to stumble. 10For if others see you—with your "superior knowledge"—eating in the temple of

---

7:14 Greek *the brother.* 7:15a Greek *the brother or sister.* 7:15b Some manuscripts read *us.* 7:23 Greek *don't become slaves of people.* 7:24 Greek *brothers;* also in 7:29. 7:26 Or *the pressures of life.* 7:39 Greek *but only in the Lord.* 8:3 Some manuscripts read *the person who loves has full knowledge.*

an idol, won't they be encouraged to violate their conscience by eating food that has been offered to an idol? 11So because of your superior knowledge, a weak believer* for whom Christ died will be destroyed. 12And when you sin against other believers* by encouraging them to do something they believe is wrong, you are sinning against Christ. 13So if what I eat causes another believer to sin, I will never eat meat again as long as I live—for I don't want to cause another believer to stumble.

Paul Gives Up His Rights

9 Am I not as free as anyone else? Am I not an apostle? Haven't I seen Jesus our Lord with my own eyes? Isn't it because of my work that you belong to the Lord? 2Even if others think I am not an apostle, I certainly am to you. You yourselves are proof that I am the Lord's apostle.

3This is my answer to those who question my authority.* 4Don't we have the right to live in your homes and share your meals? 5Don't we have the right to bring a Christian wife with us as the other disciples and the Lord's brothers do, and as Peter* does? 6Or is it only Barnabas and I who have to work to support ourselves?

7What soldier has to pay his own expenses? What farmer plants a vineyard and doesn't have the right to eat some of its fruit? What shepherd cares for a flock of sheep and isn't allowed to drink some of the milk? 8Am I expressing merely a human opinion, or does the law say the same thing? 9For the law of Moses says, "You must not muzzle an ox to keep it from eating as it treads out the grain."* Was God thinking only about oxen when he said this? 10Wasn't he actually speaking to us? Yes, it was written for us, so that the one who plows and the one who threshes the grain might both expect a share of the harvest.

11Since we have planted spiritual seed among you, aren't we entitled to a harvest of physical food and drink? 12If you support others who preach to you, shouldn't we have an even greater right to be supported? But we have never used this right. We would rather put up with anything than be an obstacle to the Good News about Christ.

13Don't you realize that those who work in the temple get their meals from the offerings brought to the temple? And those who serve at the altar get a share of the sacrificial offerings. 14In the same way, the Lord ordered that those who preach the Good News should be supported by those who benefit from it. 15Yet I have never used any of these rights. And I am not writing this to suggest that I want to start now. In fact, I would rather die than lose my right to boast about preaching without charge. 16Yet preaching the Good News is not something I can boast about. I am compelled by God to do it. How terrible for me if I didn't preach the Good News!

17If I were doing this on my own initiative, I would deserve payment. But I have no choice, for God has given me this sacred trust. 18What then is my pay? It is the opportunity to preach the Good News without charging anyone. That's why I never demand my rights when I preach the Good News.

19Even though I am a free man with no master, I have become a slave to all people to bring many to Christ. 20When I was with the Jews, I lived like a Jew to bring the Jews to Christ. When I was with those who follow the Jewish law, I too lived under that law. Even though I am not subject to the law, I did this so I could bring to Christ those who are under the law. 21When I am with the Gentiles who do not follow the Jewish law,* I too live apart from that law so I can bring them to Christ. But I do not ignore the law of God; I obey the law of Christ.

22When I am with those who are weak, I share their weakness, for I want to bring the weak to Christ. Yes, I try to find common ground with everyone, doing everything I can to save some. 23I do everything to spread the Good News and share in its blessings.

24Don't you realize that in a race everyone runs, but only one person gets the prize? So run to win! 25All athletes are disciplined in their training. They do it to win a prize that will fade away, but we do it for an eternal prize. 26So I run with purpose in every step. I am not just shadowboxing. 27I discipline my body like an athlete, training it to do what it should. Otherwise, I fear that after preaching to others I myself might be disqualified.

Lessons from Israel's Idolatry

10 I don't want you to forget, dear brothers and sisters,* about our ancestors in the wilderness long ago. All of them were guided by a cloud that moved ahead of them, and all of them walked through the sea on dry ground. 2In the cloud and in the sea, all of them were baptized as followers of Moses. 3All of them ate the same spiritual food, 4and all of them drank the same spiritual water. For they drank from the spiritual rock that traveled with them, and that rock was Christ. 5Yet God was not pleased with most of them, and their bodies were scattered in the wilderness.

6These things happened as a warning to us, so that we would not crave evil things as they did, 7or worship idols as some of them did. As the Scriptures say, "The people celebrated with feasting and drinking, and they indulged in pagan revelry."* 8And we must not engage in sexual immorality as some of them did, causing 23,000 of them to die in one day.

⁹Nor should we put Christ* to the test, as some of them did and then died from snakebites. ¹⁰And don't grumble as some of them did, and then were destroyed by the angel of death. ¹¹These things happened to them as examples for us. They were written down to warn us who live at the end of the age.

¹²If you think you are standing strong, be careful not to fall. ¹³The temptations in your life are no different from what others experience. And God is faithful. He will not allow the temptation to be more than you can stand. When you are tempted, he will show you a way out so that you can endure.

¹⁴So, my dear friends, flee from the worship of idols. ¹⁵You are reasonable people. Decide for yourselves if what I am saying is true. ¹⁶When we bless the cup at the Lord's Table, aren't we sharing in the blood of Christ? And when we break the bread, aren't we sharing in the body of Christ? ¹⁷And though we are many, we all eat from one loaf of bread, showing that we are one body. ¹⁸Think about the people of Israel. Weren't they united by eating the sacrifices at the altar?

¹⁹What am I trying to say? Am I saying that food offered to idols has some significance, or that idols are real gods? ²⁰No, not at all. I am saying that these sacrifices are offered to demons, not to God. And I don't want you to participate with demons. ²¹You cannot drink from the cup of the Lord and from the cup of demons, too. You cannot eat at the Lord's Table and at the table of demons, too. ²²What? Do we dare to rouse the Lord's jealousy? Do you think we are stronger than he is?

²³You say, "I am allowed to do anything"*— but not everything is good for you. You say, "I am allowed to do anything"—but not everything is beneficial. ²⁴Don't be concerned for your own good but for the good of others.

²⁵So you may eat any meat that is sold in the marketplace without raising questions of conscience. ²⁶For "the earth is the LORD's, and everything in it."*

²⁷If someone who isn't a believer asks you home for dinner, accept the invitation if you want to. Eat whatever is offered to you without raising questions of conscience. ²⁸(But suppose someone tells you, "This meat was offered to an idol." Don't eat it, out of consideration for the conscience of the one who told you. ²⁹It might not be a matter of conscience for you, but it is for the other person.) For why should my freedom be limited by what someone else thinks? ³⁰If I can thank God for the food and enjoy it, why should I be condemned for eating it?

³¹So whether you eat or drink, or whatever you do, do it all for the glory of God. ³²Don't give offense to Jews or Gentiles* or the church of God. ³³I, too, try to please everyone in everything I do. I don't just do what is best for me; I do what is best for others so that many may be saved. ¹¹:¹And you should imitate me, just as I imitate Christ.

Instructions for Public Worship

11 ²I am so glad that you always keep me in your thoughts, and that you are following the teachings I passed on to you. ³But there is one thing I want you to know: The head of every man is Christ, the head of woman is man, and the head of Christ is God.* ⁴A man dishonors his head* if he covers his head while praying or prophesying. ⁵But a woman dishonors her head* if she prays or prophesies without a covering on her head, for this is the same as shaving her head. ⁶Yes, if she refuses to wear a head covering, she should cut off all her hair! But since it is shameful for a woman to have her hair cut or her head shaved, she should wear a covering.*

⁷A man should not wear anything on his head when worshiping, for man is made in God's image and reflects God's glory. And woman reflects man's glory. ⁸For the first man didn't come from woman, but the first woman came from man. ⁹And man was not made for woman, but woman was made for man. ¹⁰For this reason, and because the angels are watching, a woman should wear a covering on her head to show she is under authority.*

¹¹But among the Lord's people, women are not independent of men, and men are not independent of women. ¹²For although the first woman came from man, every other man was born from a woman, and everything comes from God.

¹³Judge for yourselves. Is it right for a woman to pray to God in public without covering her head? ¹⁴Isn't it obvious that it's disgraceful for a man to have long hair? ¹⁵And isn't long hair a woman's pride and joy? For it has been given to her as a covering. ¹⁶But if anyone wants to argue about this, I simply say that we have no other custom than this, and neither do God's other churches.

Order at the Lord's Supper

¹⁷But in the following instructions, I cannot praise you. For it sounds as if more harm than good is done when you meet together. ¹⁸First, I hear that there are divisions among you when you meet as a church, and to some extent I believe it. ¹⁹But, of course, there must be divisions among you so that you who have God's approval will be recognized!

²⁰When you meet together, you are not really interested in the Lord's Supper. ²¹For some of you hurry to eat your own meal without sharing

10:9 Some manuscripts read *the Lord.* **10:23** Greek *All things are lawful;* also in 10:23b. **10:26** Ps 24:1. **10:32** Greek *or Greeks.* **11:3** Or *to know: The source of every man is Christ, the source of woman is man, and the source of Christ is God.* Or *to know: Every man is responsible to Christ, a woman is responsible to her husband, and Christ is responsible to God.* **11:4** Or *dishonors Christ.* **11:5** Or *dishonors her husband.* **11:6** Or *should have long hair.* **11:10** Greek *should have an authority on her head.*

with others. As a result, some go hungry while others get drunk. ²²What? Don't you have your own homes for eating and drinking? Or do you really want to disgrace God's church and shame the poor? What am I supposed to say? Do you want me to praise you? Well, I certainly will not praise you for this!

²³For I pass on to you what I received from the Lord himself. On the night when he was betrayed, the Lord Jesus took some bread ²⁴and gave thanks to God for it. Then he broke it in pieces and said, "This is my body, which is given for you.* Do this to remember me." ²⁵In the same way, he took the cup of wine after supper, saying, "This cup is the new covenant between God and his people—an agreement confirmed with my blood. Do this to remember me as often as you drink it." ²⁶For every time you eat this bread and drink this cup, you are announcing the Lord's death until he comes again.

²⁷So anyone who eats this bread or drinks this cup of the Lord unworthily is guilty of sinning against* the body and blood of the Lord. ²⁸That is why you should examine yourself before eating the bread and drinking the cup. ²⁹For if you eat the bread or drink the cup without honoring the body of Christ,* you are eating and drinking God's judgment upon yourself. ³⁰That is why many of you are weak and sick and some have even died.

³¹But if we would examine ourselves, we would not be judged by God in this way. ³²Yet when we are judged by the Lord, we are being disciplined so that we will not be condemned along with the world.

³³So, my dear brothers and sisters,* when you gather for the Lord's Supper, wait for each other. ³⁴If you are really hungry, eat at home so you won't bring judgment upon yourselves when you meet together. I'll give you instructions about the other matters after I arrive.

Spiritual Gifts

12 Now, dear brothers and sisters,* regarding your question about the special abilities the Spirit gives us. I don't want you to misunderstand this. ²You know that when you were still pagans, you were led astray and swept along in worshiping speechless idols. ³So I want you to know that no one speaking by the Spirit of God will curse Jesus, and no one can say Jesus is Lord, except by the Holy Spirit.

⁴There are different kinds of spiritual gifts, but the same Spirit is the source of them all. ⁵There are different kinds of service, but we serve the same Lord. ⁶God works in different ways, but it is the same God who does the work in all of us.

⁷A spiritual gift is given to each of us so we can help each other. ⁸To one person the Spirit gives the ability to give wise advice*; to another the same Spirit gives a message of special knowledge.* ⁹The same Spirit gives great faith to another, and to someone else the one Spirit gives the gift of healing. ¹⁰He gives one person the power to perform miracles, and another the ability to prophesy. He gives someone else the ability to discern whether a message is from the Spirit of God or from another spirit. Still another person is given the ability to speak in unknown languages,* while another is given the ability to interpret what is being said. ¹¹It is the one and only Spirit who distributes all these gifts. He alone decides which gift each person should have.

One Body with Many Parts

¹²The human body has many parts, but the many parts make up one whole body. So it is with the body of Christ. ¹³Some of us are Jews, some are Gentiles,* some are slaves, and some are free. But we have all been baptized into one body by one Spirit, and we all share the same Spirit.*

¹⁴Yes, the body has many different parts, not just one part. ¹⁵If the foot says, "I am not a part of the body because I am not a hand," that does not make it any less a part of the body. ¹⁶And if the ear says, "I am not part of the body because I am not an eye," would that make it any less a part of the body? ¹⁷If the whole body were an eye, how would you hear? Or if your whole body were an ear, how would you smell anything?

¹⁸But our bodies have many parts, and God has put each part just where he wants it. ¹⁹How strange a body would be if it had only one part! ²⁰Yes, there are many parts, but only one body. ²¹The eye can never say to the hand, "I don't need you." The head can't say to the feet, "I don't need you."

²²In fact, some parts of the body that seem weakest and least important are actually the most necessary. ²³And the parts we regard as less honorable are those we clothe with the greatest care. So we carefully protect those parts that should not be seen, ²⁴while the more honorable parts do not require this special care. So God has put the body together such that extra honor and care are given to those parts that have less dignity. ²⁵This makes for harmony among the members, so that all the members care for each other. ²⁶If one part suffers, all the parts suffer with it, and if one part is honored, all the parts are glad.

²⁷All of you together are Christ's body, and each of you is a part of it. ²⁸Here are some of the parts God has appointed for the church:

first are apostles,
second are prophets,

11:24 Greek *which is for you;* other manuscripts read *which is broken for you.*   11:27 Or *is responsible for.*   11:29 Greek *the body;* other manuscripts read *the Lord's body.*   11:33 Greek *brothers.*   12:1 Greek *brothers.*   12:8a Or *gives a word of wisdom.*   12:8b Or *gives a word of knowledge.*   12:10 Or *in various tongues;* also in 12:28, 30.   12:13a Greek *some are Greeks.*   12:13b Greek *we were all given one Spirit to drink.*

third are teachers,
then those who do miracles,
those who have the gift of healing,
those who can help others,
those who have the gift of leadership,
those who speak in unknown languages.

29Are we all apostles? Are we all prophets? Are we all teachers? Do we all have the power to do miracles? 30Do we all have the gift of healing? Do we all have the ability to speak in unknown languages? Do we all have the ability to interpret unknown languages? Of course not! 31So you should earnestly desire the most helpful gifts.

But now let me show you a way of life that is best of all.

Love Is the Greatest

13 If I could speak all the languages of earth and of angels, but didn't love others, I would only be a noisy gong or a clanging cymbal. 2If I had the gift of prophecy, and if I understood all of God's secret plans and possessed all knowledge, and if I had such faith that I could move mountains, but didn't love others, I would be nothing. 3If I gave everything I have to the poor and even sacrificed my body, I could boast about it;* but if I didn't love others, I would have gained nothing.

4Love is patient and kind. Love is not jealous or boastful or proud 5or rude. It does not demand its own way. It is not irritable, and it keeps no record of being wronged. 6It does not rejoice about injustice but rejoices whenever the truth wins out. 7Love never gives up, never loses faith, is always hopeful, and endures through every circumstance.

8Prophecy and speaking in unknown languages* and special knowledge will become useless. But love will last forever! 9Now our knowledge is partial and incomplete, and even the gift of prophecy reveals only part of the whole picture! 10But when full understanding comes, these partial things will become useless.

11When I was a child, I spoke and thought and reasoned as a child. But when I grew up, I put away childish things. 12Now we see things imperfectly as in a cloudy mirror, but then we will see everything with perfect clarity.* All that I know now is partial and incomplete, but then I will know everything completely, just as God now knows me completely.

13Three things will last forever—faith, hope, and love—and the greatest of these is love.

Tongues and Prophecy

14 Let love be your highest goal! But you should also desire the special abilities the Spirit gives—especially the ability to proph-

esy. 2For if you have the ability to speak in tongues,* you will be talking only to God, since people won't be able to understand you. You will be speaking by the power of the Spirit, but it will all be mysterious. 3But one who prophesies strengthens others, encourages them, and comforts them. 4A person who speaks in tongues is strengthened personally, but one who speaks a word of prophecy strengthens the entire church.

5I wish you could all speak in tongues, but even more I wish you could all prophesy. For prophecy is greater than speaking in tongues, unless someone interprets what you are saying so that the whole church will be strengthened.

6Dear brothers and sisters,* if I should come to you speaking in an unknown language,* how would that help you? But if I bring you a revelation or some special knowledge or prophecy or teaching, that will be helpful. 7Even lifeless instruments like the flute or the harp must play the notes clearly, or no one will recognize the melody. 8And if the bugler doesn't sound a clear call, how will the soldiers know they are being called to battle?

9It's the same for you. If you speak to people in words they don't understand, how will they know what you are saying? You might as well be talking into empty space.

10There are many different languages in the world, and every language has meaning. 11But if I don't understand a language, I will be a foreigner to someone who speaks it, and the one who speaks it will be a foreigner to me. 12And the same is true for you. Since you are so eager to have the special abilities the Spirit gives, seek those that will strengthen the whole church.

13So anyone who speaks in tongues should pray also for the ability to interpret what has been said. 14For if I pray in tongues, my spirit is praying, but I don't understand what I am saying.

15Well then, what shall I do? I will pray in the spirit,* and I will also pray in words I understand. I will sing in the spirit, and I will also sing in words I understand. 16For if you praise God only in the spirit, how can those who don't understand you praise God along with you? How can they join you in giving thanks when they don't understand what you are saying? 17You will be giving thanks very well, but it won't strengthen the people who hear you.

18I thank God that I speak in tongues more than any of you. 19But in a church meeting I would rather speak five understandable words to help others than ten thousand words in an unknown language.

20Dear brothers and sisters, don't be childish in your understanding of these things. Be innocent as babies when it comes to evil, but be ma-

13:3 Some manuscripts read *sacrificed my body to be burned.*   13:8 Or *in tongues.*   13:12 Greek *see face to face.*   14:2 Or *in unknown languages; also in* 14:4, 5, 13, 14, 18, 22, 26, 27, 28, 39.   14:6a Greek *brothers; also in* 14:20, 26, 39.   14:6b Or *in tongues; also in* 14:19, 23.   14:15 Or *in the Spirit; also in* 14:15b, 16.

ture in understanding matters of this kind. 21It is written in the Scriptures:*

"I will speak to my own people
through strange languages
and through the lips of foreigners.
But even then, they will not listen to me,"*
says the LORD.

22So you see that speaking in tongues is a sign, not for believers, but for unbelievers. Prophecy, however, is for the benefit of believers, not unbelievers. 23Even so, if unbelievers or people who don't understand these things come into your church meeting and hear everyone speaking in an unknown language, they will think you are crazy. 24But if all of you are prophesying, and unbelievers or people who don't understand these things come into your meeting, they will be convicted of sin and judged by what you say. 25As they listen, their secret thoughts will be exposed, and they will fall to their knees and worship God, declaring, "God is truly here among you."

A Call to Orderly Worship

26Well, my brothers and sisters, let's summarize. When you meet together, one will sing, another will teach, another will tell some special revelation God has given, one will speak in tongues, and another will interpret what is said. But everything that is done must strengthen all of you.

27No more than two or three should speak in tongues. They must speak one at a time, and someone must interpret what they say. 28But if no one is present who can interpret, they must be silent in your church meeting and speak in tongues to God privately.

29Let two or three people prophesy, and let the others evaluate what is said. 30But if someone is prophesying and another person receives a revelation from the Lord, the one who is speaking must stop. 31In this way, all who prophesy will have a turn to speak, one after the other, so that everyone will learn and be encouraged. 32Remember that people who prophesy are in control of their spirit and can take turns. 33For God is not a God of disorder but of peace, as in all the meetings of God's holy people.*

34Women should be silent during the church meetings. It is not proper for them to speak. They should be submissive, just as the law says. 35If they have any questions, they should ask their husbands at home, for it is improper for women to speak in church meetings.*

36Or do you think God's word originated with you Corinthians? Are you the only ones to whom it was given? 37If you claim to be a prophet or think you are spiritual, you should recognize that what I am saying is a command from the Lord himself. 38But if you do not recognize this, you yourself will not be recognized.*

39So, my dear brothers and sisters, be eager to prophesy, and don't forbid speaking in tongues. 40But be sure that everything is done properly and in order.

The Resurrection of Christ

15 Let me now remind you, dear brothers and sisters,* of the Good News I preached to you before. You welcomed it then, and you still stand firm in it. 2It is this Good News that saves you if you continue to believe the message I told you—unless, of course, you believed something that was never true in the first place.*

3I passed on to you what was most important and what had also been passed on to me. Christ died for our sins, just as the Scriptures said. 4He was buried, and he was raised from the dead on the third day, just as the Scriptures said. 5He was seen by Peter* and then by the Twelve. 6After that, he was seen by more than 500 of his followers* at one time, most of whom are still alive, though some have died. 7Then he was seen by James and later by all the apostles. 8Last of all, as though I had been born at the wrong time, I also saw him. 9For I am the least of all the apostles. In fact, I'm not even worthy to be called an apostle after the way I persecuted God's church.

10But whatever I am now, it is all because God poured out his special favor on me—and not without results. For I have worked harder than any of the other apostles; yet it was not I but God who was working through me by his grace. 11So it makes no difference whether I preach or they preach, for we all preach the same message you have already believed.

The Resurrection of the Dead

12But tell me this—since we preach that Christ rose from the dead, why are some of you saying there will be no resurrection of the dead? 13For if there is no resurrection of the dead, then Christ has not been raised either. 14And if Christ has not been raised, then all our preaching is useless, and your faith is useless. 15And we apostles would all be lying about God—for we have said that God raised Christ from the grave. But that can't be true if there is no resurrection of the dead. 16And if there is no resurrection of the dead, then Christ has not been raised. 17And if Christ has not been raised, then your faith is useless and you are still guilty of your sins. 18In that case, all who have died believing in Christ are lost! 19And if our hope in Christ is only for this life, we are more to be pitied than anyone in the world.

14:21a Greek *in the law.* 14:21b Isa 28:11-12. 14:33 The phrase *as in all the meetings of God's holy people* could instead be joined to the beginning of 14:34. 14:35 Some manuscripts place verses 34-35 after 14:40. 14:38 Some manuscripts read *If you are ignorant of this, stay in your ignorance.* 15:1 Greek *brothers;* also in 15:31, 50, 58. 15:2 Or *unless you never believed it in the first place.* 15:5 Greek *Cephas.* 15:6 Greek *the brothers.*

²⁰But in fact, Christ has been raised from the dead. He is the first of a great harvest of all who have died. ²¹So you see, just as death came into the world through a man, now the resurrection from the dead has begun through another man. ²²Just as everyone dies because we all belong to Adam, everyone who belongs to Christ will be given new life. ²³But there is an order to this resurrection: Christ was raised as the first of the harvest; then all who belong to Christ will be raised when he comes back.

²⁴After that the end will come, when he will turn the Kingdom over to God the Father, having destroyed every ruler and authority and power. ²⁵For Christ must reign until he humbles all his enemies beneath his feet. ²⁶And the last enemy to be destroyed is death. ²⁷For the Scriptures say, "God has put all things under his authority."* (Of course, when it says "all things are under his authority," that does not include God himself, who gave Christ his authority.) ²⁸Then, when all things are under his authority, the Son will put himself under God's authority, so that God, who gave his Son authority over all things, will be utterly supreme over everything everywhere.

²⁹If the dead will not be raised, what point is there in people being baptized for those who are dead? Why do it unless the dead will someday rise again? ³⁰And why should we ourselves risk our lives hour by hour? ³¹For I swear, dear brothers and sisters, that I face death daily. This is as certain as my pride in what Christ Jesus our Lord has done in you. ³²And what value was there in fighting wild beasts—those people of Ephesus*—if there will be no resurrection from the dead? And if there is no resurrection, "Let's feast and drink, for tomorrow we die!"* ³³Don't be fooled by those who say such things, for "bad company corrupts good character." ³⁴Think carefully about what is right, and stop sinning. For to your shame I say that some of you don't know God at all.

The Resurrection Body

³⁵But someone may ask, "How will the dead be raised? What kind of bodies will they have?" ³⁶What a foolish question! When you put a seed into the ground, it doesn't grow into a plant unless it dies first. ³⁷And what you put in the ground is not the plant that will grow, but only a bare seed of wheat or whatever you are planting. ³⁸Then God gives it the new body he wants it to have. A different plant grows from each kind of seed. ³⁹Similarly there are different kinds of flesh—one kind for humans, another for animals, another for birds, and another for fish. ⁴⁰There are also bodies in the heavens and bodies on the earth. The glory of the heavenly bodies is different from the glory of the earthly bodies. ⁴¹The sun has one kind of glory, while the moon and stars each have another kind. And even the stars differ from each other in their glory.

⁴²It is the same way with the resurrection of the dead. Our earthly bodies are planted in the ground when we die, but they will be raised to live forever. ⁴³Our bodies are buried in brokenness, but they will be raised in glory. They are buried in weakness, but they will be raised in strength. ⁴⁴They are buried as natural human bodies, but they will be raised as spiritual bodies. For just as there are natural bodies, there are also spiritual bodies.

⁴⁵The Scriptures tell us, "The first man, Adam, became a living person."* But the last Adam—that is, Christ—is a life-giving Spirit. ⁴⁶What comes first is the natural body, then the spiritual body comes later. ⁴⁷Adam, the first man, was made from the dust of the earth, while Christ, the second man, came from heaven. ⁴⁸Earthly people are like the earthly man, and heavenly people are like the heavenly man. ⁴⁹Just as we are now like the earthly man, we will someday be like* the heavenly man.

⁵⁰What I am saying, dear brothers and sisters, is that our physical bodies cannot inherit the Kingdom of God. These dying bodies cannot inherit what will last forever.

⁵¹But let me reveal to you a wonderful secret. We will not all die, but we will all be transformed! ⁵²It will happen in a moment, in the blink of an eye, when the last trumpet is blown. For when the trumpet sounds, those who have died will be raised to live forever. And we who are living will also be transformed. ⁵³For our dying bodies must be transformed into bodies that will never die; our mortal bodies must be transformed into immortal bodies.

⁵⁴Then, when our dying bodies have been transformed into bodies that will never die,* this Scripture will be fulfilled:

"Death is swallowed up in victory.*
⁵⁵ O death, where is your victory?
    O death, where is your sting?*"

⁵⁶For sin is the sting that results in death, and the law gives sin its power. ⁵⁷But thank God! He gives us victory over sin and death through our Lord Jesus Christ.

⁵⁸So, my dear brothers and sisters, be strong and immovable. Always work enthusiastically for the Lord, for you know that nothing you do for the Lord is ever useless.

The Collection for Jerusalem

16 Now regarding your question about the money being collected for God's people in Jerusalem. You should follow the same proce-

---

15:27 Ps 8:6. **15:32a** Greek *fighting wild beasts in Ephesus.* **15:32b** Isa 22:13. **15:45** Gen 2:7. **15:49** Some manuscripts read *let us be like.* **15:54a** Some manuscripts add *and our mortal bodies have been transformed into immortal bodies.* **15:54b** Isa 25:8. **15:55** Hos 13:14 (Greek version).

dure I gave to the churches in Galatia. [2]On the first day of each week, you should each put aside a portion of the money you have earned. Don't wait until I get there and then try to collect it all at once. [3]When I come, I will write letters of recommendation for the messengers you choose to deliver your gift to Jerusalem. [4]And if it seems appropriate for me to go along, they can travel with me.

Paul's Final Instructions

[5]I am coming to visit you after I have been to Macedonia,* for I am planning to travel through Macedonia. [6]Perhaps I will stay awhile with you, possibly all winter, and then you can send me on my way to my next destination. [7]This time I don't want to make just a short visit and then go right on. I want to come and stay awhile, if the Lord will let me. [8]In the meantime, I will be staying here at Ephesus until the Festival of Pentecost. [9]There is a wide-open door for a great work here, although many oppose me.

[10]When Timothy comes, don't intimidate him. He is doing the Lord's work, just as I am. [11]Don't let anyone treat him with contempt. Send him on his way with your blessing when he returns to me. I expect him to come with the other believers.*

[12]Now about our brother Apollos—I urged him to visit you with the other believers, but he was not willing to go right now. He will see you later when he has the opportunity.

[13]Be on guard. Stand firm in the faith. Be courageous.* Be strong. [14]And do everything with love.

[15]You know that Stephanas and his household were the first of the harvest of believers in Greece,* and they are spending their lives in service to God's people. I urge you, dear brothers and sisters,* [16]to submit to them and others like them who serve with such devotion. [17]I am very glad that Stephanas, Fortunatus, and Achaicus have come here. They have been providing the help you weren't here to give me. [18]They have been a wonderful encouragement to me, as they have been to you. You must show your appreciation to all who serve so well.

Paul's Final Greetings

[19]The churches here in the province of Asia* send greetings in the Lord, as do Aquila and Priscilla* and all the others who gather in their home for church meetings. [20]All the brothers and sisters here send greetings to you. Greet each other with Christian love.*

[21]HERE IS MY GREETING IN MY OWN HANDWRITING—PAUL.

[22]If anyone does not love the Lord, that person is cursed. Our Lord, come!*

[23]May the grace of the Lord Jesus be with you.

[24]My love to all of you in Christ Jesus.*

16:5 *Macedonia* was in the northern region of Greece.   **16:11** Greek *with the brothers;* also in 16:12.   **16:13** Greek *Be men.*
16:15a Greek *in Achaia,* the southern region of the Greek peninsula.   **16:15b** Greek *brothers;* also in 16:20.   **16:19a** *Asia* was a
Roman province in what is now western Turkey.   **16:19b** Greek *Prisca.*   **16:20** Greek *with a sacred kiss.*   **16:22** From Aramaic,
Marana tha. Some manuscripts read *Maran atha, "Our Lord has come."*   **16:24** Some manuscripts add *Amen.*

2 Corinthians

Greetings from Paul

1 This letter is from Paul, chosen by the will of God to be an apostle of Christ Jesus, and from our brother Timothy.

I am writing to God's church in Corinth and to all of his holy people throughout Greece.*

²May God our Father and the Lord Jesus Christ give you grace and peace.

God Offers Comfort to All

³All praise to God, the Father of our Lord Jesus Christ. God is our merciful Father and the source of all comfort. ⁴He comforts us in all our troubles so that we can comfort others. When they are troubled, we will be able to give them the same comfort God has given us. ⁵For the more we suffer for Christ, the more God will shower us with his comfort through Christ. ⁶Even when we are weighed down with troubles, it is for your comfort and salvation! For when we ourselves are comforted, we will certainly comfort you. Then you can patiently endure the same things we suffer. ⁷We are confident that as you share in our sufferings, you will also share in the comfort God gives us.

⁸We think you ought to know, dear brothers and sisters,* about the trouble we went through in the province of Asia. We were crushed and overwhelmed beyond our ability to endure, and we thought we would never live through it. ⁹In fact, we expected to die. But as a result, we stopped relying on ourselves and learned to rely only on God, who raises the dead. ¹⁰And he did rescue us from mortal danger, and he will rescue us again. We have placed our confidence in him, and he will continue to rescue us. ¹¹And you are helping us by praying for us. Then many people will give thanks because God has graciously answered so many prayers for our safety.

Paul's Change of Plans

¹²We can say with confidence and a clear conscience that we have lived with a God-given holiness* and sincerity in all our dealings. We have depended on God's grace, not on our own human wisdom. That is how we have conducted ourselves before the world, and especially toward you. ¹³Our letters have been straightforward, and there is nothing written between the lines and nothing you can't understand. I hope someday you will fully understand us, ¹⁴even if you don't understand us now. Then on the day when the Lord Jesus* returns, you will be proud of us in the same way we are proud of you.

¹⁵Since I was so sure of your understanding and trust, I wanted to give you a double blessing by visiting you twice—¹⁶first on my way to Macedonia and again when I returned from Macedonia.* Then you could send me on my way to Judea.

¹⁷You may be asking why I changed my plan. Do you think I make my plans carelessly? Do you think I am like people of the world who say "Yes" when they really mean "No"? ¹⁸As surely as God is faithful, my word to you does not waver between "Yes" and "No." ¹⁹For Jesus Christ, the Son of God, does not waver between "Yes" and "No." He is the one whom Silas,* Timothy, and I preached to you, and as God's ultimate "Yes," he always does what he says. ²⁰For all of God's promises have been fulfilled in Christ with a resounding "Yes!" And through Christ, our "Amen" (which means "Yes") ascends to God for his glory.

²¹It is God who enables us, along with you, to stand firm for Christ. He has commissioned us, ²²and he has identified us as his own by placing the Holy Spirit in our hearts as the first installment that guarantees everything he has promised us.

²³Now I call upon God as my witness that I am telling the truth. The reason I didn't return to Corinth was to spare you from a severe rebuke. ²⁴But that does not mean we want to dominate you by telling you how to put your faith into practice. We want to work together with you so you will be full of joy, for it is by your own faith that you stand firm.

2 So I decided that I would not bring you grief with another painful visit. ²For if I cause you grief, who will make me glad? Certainly not someone I have grieved. ³That is why I wrote to you as I did, so that when I do come, I won't be grieved by the very ones who ought to give me the greatest joy. Surely you all know that my joy comes from your being joyful. ⁴I wrote that letter in great anguish, with a troubled heart and many

---

1:1 Greek *Achaia,* the southern region of the Greek peninsula. 1:8 Greek *brothers.* 1:12 Some manuscripts read *honesty.*
1:14 Some manuscripts read *our Lord Jesus.* 1:16 *Macedonia* was in the northern region of Greece. 1:19 Greek *Silvanus.*

tears. I didn't want to grieve you, but I wanted to let you know how much love I have for you.

Forgiveness for the Sinner

⁵I am not overstating it when I say that the man who caused all the trouble hurt all of you more than he hurt me. ⁶Most of you opposed him, and that was punishment enough. ⁷Now, however, it is time to forgive and comfort him. Otherwise he may be overcome by discouragement. ⁸So I urge you now to reaffirm your love for him.

⁹I wrote to you as I did to test you and see if you would fully comply with my instructions. ¹⁰When you forgive this man, I forgive him, too. And when I forgive whatever needs to be forgiven, I do so with Christ's authority for your benefit, ¹¹so that Satan will not outsmart us. For we are familiar with his evil schemes.

¹²When I came to the city of Troas to preach the Good News of Christ, the Lord opened a door of opportunity for me. ¹³But I had no peace of mind because my dear brother Titus hadn't yet arrived with a report from you. So I said goodbye and went on to Macedonia to find him.

Ministers of the New Covenant

¹⁴But thank God! He has made us his captives and continues to lead us along in Christ's triumphal procession. Now he uses us to spread the knowledge of Christ everywhere, like a sweet perfume. ¹⁵Our lives are a Christ-like fragrance rising up to God. But this fragrance is perceived differently by those who are being saved and by those who are perishing. ¹⁶To those who are perishing, we are a dreadful smell of death and doom. But to those who are being saved, we are a life-giving perfume. And who is adequate for such a task as this?

¹⁷You see, we are not like the many hucksters* who preach for personal profit. We preach the word of God with sincerity and with Christ's authority, knowing that God is watching us.

3 Are we beginning to praise ourselves again? Are we like others, who need to bring you letters of recommendation, or who ask you to write such letters on their behalf? Surely not! ²The only letter of recommendation we need is you yourselves. Your lives are a letter written in our* hearts; everyone can read it and recognize our good work among you. ³Clearly, you are a letter from Christ showing the result of our ministry among you. This "letter" is written not with pen and ink, but with the Spirit of the living God. It is carved not on tablets of stone, but on human hearts.

⁴We are confident of all this because of our great trust in God through Christ. ⁵It is not that we think we are qualified to do anything on our own. Our qualification comes from God. ⁶He has enabled us to be ministers of his new covenant. This is a covenant not of written laws, but of the Spirit. The old written covenant ends in death; but under the new covenant, the Spirit gives life.

The Glory of the New Covenant

⁷The old way,* with laws etched in stone, led to death, though it began with such glory that the people of Israel could not bear to look at Moses' face. For his face shone with the glory of God, even though the brightness was already fading away. ⁸Shouldn't we expect far greater glory under the new way, now that the Holy Spirit is giving life? ⁹If the old way, which brings condemnation, was glorious, how much more glorious is the new way, which makes us right with God! ¹⁰In fact, that first glory was not glorious at all compared with the overwhelming glory of the new way. ¹¹So if the old way, which has been replaced, was glorious, how much more glorious is the new, which remains forever!

¹²Since this new way gives us such confidence, we can be very bold. ¹³We are not like Moses, who put a veil over his face so the people of Israel would not see the glory, even though it was destined to fade away. ¹⁴But the people's minds were hardened, and to this day whenever the old covenant is being read, the same veil covers their minds so they cannot understand the truth. And this veil can be removed only by believing in Christ. ¹⁵Yes, even today when they read Moses' writings, their hearts are covered with that veil, and they do not understand.

¹⁶But whenever someone turns to the Lord, the veil is taken away. ¹⁷For the Lord is the Spirit, and wherever the Spirit of the Lord is, there is freedom. ¹⁸So all of us who have had that veil removed can see and reflect the glory of the Lord. And the Lord—who is the Spirit—makes us more and more like him as we are changed into his glorious image.

Treasure in Fragile Clay Jars

4 Therefore, since God in his mercy has given us this new way,* we never give up. ²We reject all shameful deeds and underhanded methods. We don't try to trick anyone or distort the word of God. We tell the truth before God, and all who are honest know this.

³If the Good News we preach is hidden behind a veil, it is hidden only from people who are perishing. ⁴Satan, who is the god of this world, has blinded the minds of those who don't believe. They are unable to see the glorious light of the Good News. They don't understand this message about the glory of Christ, who is the exact likeness of God.

⁵You see, we don't go around preaching about

2:17 Some manuscripts read *the rest of the hucksters.*   3:2 Some manuscripts read *your.*   3:7 Or *ministry;* also in 3:8, 9, 10, 11, 12.   4:1 Or *ministry.*

ourselves. We preach that Jesus Christ is Lord, and we ourselves are your servants for Jesus' sake. ⁶For God, who said, "Let there be light in the darkness," has made this light shine in our hearts so we could know the glory of God that is seen in the face of Jesus Christ.

⁷We now have this light shining in our hearts, but we ourselves are like fragile clay jars containing this great treasure.* This makes it clear that our great power is from God, not from ourselves.

⁸We are pressed on every side by troubles, but we are not crushed. We are perplexed, but not driven to despair. ⁹We are hunted down, but never abandoned by God. We get knocked down, but we are not destroyed. ¹⁰Through suffering, our bodies continue to share in the death of Jesus so that the life of Jesus may also be seen in our bodies.

¹¹Yes, we live under constant danger of death because we serve Jesus, so that the life of Jesus will be evident in our dying bodies. ¹²So we live in the face of death, but this has resulted in eternal life for you.

¹³But we continue to preach because we have the same kind of faith the psalmist had when he said, "I believed in God, so I spoke."* ¹⁴We know that God, who raised the Lord Jesus,* will also raise us with Jesus and present us to himself together with you. ¹⁵All of this is for your benefit. And as God's grace reaches more and more people, there will be great thanksgiving, and God will receive more and more glory.

¹⁶That is why we never give up. Though our bodies are dying, our spirits are* being renewed every day. ¹⁷For our present troubles are small and won't last very long. Yet they produce for us a glory that vastly outweighs them and will last forever! ¹⁸So we don't look at the troubles we can see now; rather, we fix our gaze on things that cannot be seen. For the things we see now will soon be gone, but the things we cannot see will last forever.

New Bodies

5 For we know that when this earthly tent we live in is taken down (that is, when we die and leave this earthly body), we will have a house in heaven, an eternal body made for us by God himself and not by human hands. ²We grow weary in our present bodies, and we long to put on our heavenly bodies like new clothing. ³For we will put on heavenly bodies; we will not be spirits without bodies.* ⁴While we live in these earthly bodies, we groan and sigh, but it's not that we want to die and get rid of these bodies that clothe us. Rather, we want to put on our new bodies so that these dying bodies will be swallowed up by life. ⁵God himself has prepared us

for this, and as a guarantee he has given us his Holy Spirit.

⁶So we are always confident, even though we know that as long as we live in these bodies we are not at home with the Lord. ⁷For we live by believing and not by seeing. ⁸Yes, we are fully confident, and we would rather be away from these earthly bodies, for then we will be at home with the Lord. ⁹So whether we are here in this body or away from this body, our goal is to please him. ¹⁰For we must all stand before Christ to be judged. We will each receive whatever we deserve for the good or evil we have done in this earthly body.

We Are God's Ambassadors

¹¹Because we understand our fearful responsibility to the Lord, we work hard to persuade others. God knows we are sincere, and I hope you know this, too. ¹²Are we commending ourselves to you again? No, we are giving you a reason to be proud of us,* so you can answer those who brag about having a spectacular ministry rather than having a sincere heart. ¹³If it seems we are crazy, it is to bring glory to God. And if we are in our right minds, it is for your benefit. ¹⁴Either way, Christ's love controls us.* Since we believe that Christ died for all, we also believe that we have all died to our old life.* ¹⁵He died for everyone so that those who receive his new life will no longer live for themselves. Instead, they will live for Christ, who died and was raised for them.

¹⁶So we have stopped evaluating others from a human point of view. At one time we thought of Christ merely from a human point of view. How differently we know him now! ¹⁷This means that anyone who belongs to Christ has become a new person. The old life is gone; a new life has begun!

¹⁸And all of this is a gift from God, who brought us back to himself through Christ. And God has given us this task of reconciling people to him. ¹⁹For God was in Christ, reconciling the world to himself, no longer counting people's sins against them. And he gave us this wonderful message of reconciliation. ²⁰So we are Christ's ambassadors; God is making his appeal through us. We speak for Christ when we plead, "Come back to God!" ²¹For God made Christ, who never sinned, to be the offering for our sin,* so that we could be made right with God through Christ.

6 As God's partners,* we beg you not to accept this marvelous gift of God's kindness and then ignore it. ²For God says,

"At just the right time, I heard you.
    On the day of salvation, I helped you."*

4:7 Greek *We now have this treasure in clay jars.*   4:13 Ps 116:10.   4:14 Some manuscripts read *who raised Jesus.*   4:16 Greek *our inner being is.*   5:3 Greek *we will not be naked.*   5:12 Some manuscripts read *proud of yourselves.*   5:14a Or *urges us on.*   5:14b Greek *Since one died for all, then all died.*   5:21 Or *to become sin itself.*   6:1 Or *As we work together.*   6:2 Isa 49:8 (Greek version).

Indeed, the "right time" is now. Today is the day of salvation.

Paul's Hardships

³We live in such a way that no one will stumble because of us, and no one will find fault with our ministry. ⁴In everything we do, we show that we are true ministers of God. We patiently endure troubles and hardships and calamities of every kind. ⁵We have been beaten, been put in prison, faced angry mobs, worked to exhaustion, endured sleepless nights, and gone without food. ⁶We prove ourselves by our purity, our understanding, our patience, our kindness, by the Holy Spirit within us,* and by our sincere love. ⁷We faithfully preach the truth. God's power is working in us. We use the weapons of righteousness in the right hand for attack and the left hand for defense. ⁸We serve God whether people honor us or despise us, whether they slander us or praise us. We are honest, but they call us impostors. ⁹We are ignored, even though we are well known. We live close to death, but we are still alive. We have been beaten, but we have not been killed. ¹⁰Our hearts ache, but we always have joy. We are poor, but we give spiritual riches to others. We own nothing, and yet we have everything.

¹¹Oh, dear Corinthian friends! We have spoken honestly with you, and our hearts are open to you. ¹²There is no lack of love on our part, but you have withheld your love from us. ¹³I am asking you to respond as if you were my own children. Open your hearts to us!

The Temple of the Living God

¹⁴Don't team up with those who are unbelievers. How can righteousness be a partner with wickedness? How can light live with darkness? ¹⁵What harmony can there be between Christ and the devil*? How can a believer be a partner with an unbeliever? ¹⁶And what union can there be between God's temple and idols? For we are the temple of the living God. As God said:

"I will live in them
  and walk among them.
I will be their God,
  and they will be my people.*
¹⁷ Therefore, come out from among
    unbelievers,
  and separate yourselves from them, says
    the LORD.
Don't touch their filthy things,
  and I will welcome you.*
¹⁸ And I will be your Father,
  and you will be my sons and daughters,
says the LORD Almighty.*"

7 Because we have these promises, dear friends, let us cleanse ourselves from everything that can defile our body or spirit. And let us work toward complete holiness because we fear God.

²Please open your hearts to us. We have not done wrong to anyone, nor led anyone astray, nor taken advantage of anyone. ³I'm not saying this to condemn you. I said before that you are in our hearts, and we live or die together with you. ⁴I have the highest confidence in you, and I take great pride in you. You have greatly encouraged me and made me happy despite all our troubles.

Paul's Joy at the Church's Repentance

⁵When we arrived in Macedonia, there was no rest for us. We faced conflict from every direction, with battles on the outside and fear on the inside. ⁶But God, who encourages those who are discouraged, encouraged us by the arrival of Titus. ⁷His presence was a joy, but so was the news he brought of the encouragement he received from you. When he told us how much you long to see me, and how sorry you are for what happened, and how loyal you are to me, I was filled with joy!

⁸I am not sorry that I sent that severe letter to you, though I was sorry at first, for I know it was painful to you for a little while. ⁹Now I am glad I sent it, not because it hurt you, but because the pain caused you to repent and change your ways. It was the kind of sorrow God wants his people to have, so you were not harmed by us in any way. ¹⁰For the kind of sorrow God wants us to experience leads us away from sin and results in salvation. There's no regret for that kind of sorrow. But worldly sorrow, which lacks repentance, results in spiritual death.

¹¹Just see what this godly sorrow produced in you! Such earnestness, such concern to clear yourselves, such indignation, such alarm, such longing to see me, such zeal, and such a readiness to punish wrong. You showed that you have done everything necessary to make things right. ¹²My purpose, then, was not to write about who did the wrong or who was wronged. I wrote to you so that in the sight of God you could see for yourselves how loyal you are to us. ¹³We have been greatly encouraged by this.

In addition to our own encouragement, we were especially delighted to see how happy Titus was about the way all of you welcomed him and set his mind* at ease. ¹⁴I had told him how proud I was of you—and you didn't disappoint me. I have always told you the truth, and now my boasting to Titus has also proved true! ¹⁵Now he cares for you more than ever when he remembers the way all of you obeyed him and welcomed him with such fear and deep respect. ¹⁶I am very happy now because I have complete confidence in you.

6:6 Or by our holiness of spirit.   6:15 Greek Beliar; various other manuscripts render this proper name of the devil as Belian, Beliab, or Belial.   6:16 Lev 26:12; Ezek 37:27.   6:17 Isa 52:11; Ezek 20:34 (Greek version).   6:18 2 Sam 7:14.   7:13 Greek his spirit.

A Call to Generous Giving

8 Now I want you to know, dear brothers and sisters,* what God in his kindness has done through the churches in Macedonia. ²They are being tested by many troubles, and they are very poor. But they are also filled with abundant joy, which has overflowed in rich generosity.

³For I can testify that they gave not only what they could afford, but far more. And they did it of their own free will. ⁴They begged us again and again for the privilege of sharing in the gift for the believers in Jerusalem. ⁵They even did more than we had hoped, for their first action was to give themselves to the Lord and to us, just as God wanted them to do.

⁶So we have urged Titus, who encouraged your giving in the first place, to return to you and encourage you to finish this ministry of giving. ⁷Since you excel in so many ways—in your faith, your gifted speakers, your knowledge, your enthusiasm, and your love from us*—I want you to excel also in this gracious act of giving.

⁸I am not commanding you to do this. But I am testing how genuine your love is by comparing it with the eagerness of the other churches.

⁹You know the generous grace of our Lord Jesus Christ. Though he was rich, yet for your sakes he became poor, so that by his poverty he could make you rich.

¹⁰Here is my advice: It would be good for you to finish what you started a year ago. Last year you were the first who wanted to give, and you were the first to begin doing it. ¹¹Now you should finish what you started. Let the eagerness you showed in the beginning be matched now by your giving. Give in proportion to what you have. ¹²Whatever you give is acceptable if you give it eagerly. And give according to what you have, not what you don't have. ¹³Of course, I don't mean your giving should make life easy for others and hard for yourselves. I only mean that there should be some equality. ¹⁴Right now you have plenty and can help those who are in need. Later, they will have plenty and can share with you when you need it. In this way, things will be equal. ¹⁵As the Scriptures say,

> "Those who gathered a lot had nothing left over,
> and those who gathered only a little had enough."*

Titus and His Companions

¹⁶But thank God! He has given Titus the same enthusiasm for you that I have. ¹⁷Titus welcomed our request that he visit you again. In fact, he himself was very eager to go and see you. ¹⁸We are also sending another brother with Titus. All the churches praise him as a preacher of the Good News. ¹⁹He was appointed by the churches to accompany us as we take the offering to Jerusalem*—a service that glorifies the Lord and shows our eagerness to help.

²⁰We are traveling together to guard against any criticism for the way we are handling this generous gift. ²¹We are careful to be honorable before the Lord, but we also want everyone else to see that we are honorable.

²²We are also sending with them another of our brothers who has proven himself many times and has shown on many occasions how eager he is. He is now even more enthusiastic because of his great confidence in you. ²³If anyone asks about Titus, say that he is my partner who works with me to help you. And the brothers with him have been sent by the churches,* and they bring honor to Christ. ²⁴So show them your love, and prove to all the churches that our boasting about you is justified.

The Collection for Christians in Jerusalem

9 I really don't need to write to you about this ministry of giving for the believers in Jerusalem.* ²For I know how eager you are to help, and I have been boasting to the churches in Macedonia that you in Greece* were ready to send an offering a year ago. In fact, it was your enthusiasm that stirred up many of the Macedonian believers to begin giving.

³But I am sending these brothers to be sure you really are ready, as I have been telling them, and that your money is all collected. I don't want to be wrong in my boasting about you. ⁴We would be embarrassed—not to mention your own embarrassment—if some Macedonian believers came with me and found that you weren't ready after all I had told them! ⁵So I thought I should send these brothers ahead of me to make sure the gift you promised is ready. But I want it to be a willing gift, not one given grudgingly.

⁶Remember this—a farmer who plants only a few seeds will get a small crop. But the one who plants generously will get a generous crop. ⁷You must each decide in your heart how much to give. And don't give reluctantly or in response to pressure. "For God loves a person who gives cheerfully."* ⁸And God will generously provide all you need. Then you will always have everything you need and plenty left over to share with others. ⁹As the Scriptures say,

> "They share freely and give generously to the poor.
> Their good deeds will be remembered forever."*

¹⁰For God is the one who provides seed for the farmer and then bread to eat. In the same way, he will provide and increase your resources and then produce a great harvest of generosity* in you.

8:1 Greek *brothers.*   **8:7** Some manuscripts read *your love for us.*   **8:15** Exod 16:18.   **8:19** See 1 Cor 16:3-4.   **8:23** Greek *are apostles of the churches.*   **9:1** Greek *about the offering for the saints.*   **9:2** Greek *in Achaia,* the southern region of the Greek peninsula. *Macedonia* was in the northern region of Greece.   **9:7** See footnote on Prov 22:8.   **9:9** Ps 112:9.

¹¹Yes, you will be enriched in every way so that you can always be generous. And when we take your gifts to those who need them, they will thank God. ¹²So two good things will result from this ministry of giving—the needs of the believers in Jerusalem will be met, and they will joyfully express their thanks to God.

¹³As a result of your ministry, they will give glory to God. For your generosity to them and to all believers will prove that you are obedient to the Good News of Christ. ¹⁴And they will pray for you with deep affection because of the overflowing grace God has given to you. ¹⁵Thank God for this gift* too wonderful for words!

Paul Defends His Authority

10 Now I, Paul, appeal to you with the gentleness and kindness of Christ—though I realize you think I am timid in person and bold only when I write from far away. ²Well, I am begging you now so that when I come I won't have to be bold with those who think we act from human motives.

³We are human, but we don't wage war as humans do. ⁴*We use God's mighty weapons, not worldly weapons, to knock down the strongholds of human reasoning and to destroy false arguments. ⁵We destroy every proud obstacle that keeps people from knowing God. We capture their rebellious thoughts and teach them to obey Christ. ⁶And after you have become fully obedient, we will punish everyone who remains disobedient.

⁷Look at the obvious facts.* Those who say they belong to Christ must recognize that we belong to Christ as much as they do. ⁸I may seem to be boasting too much about the authority given to us by the Lord. But our authority builds you up; it doesn't tear you down. So I will not be ashamed of using my authority.

⁹I'm not trying to frighten you by my letters. ¹⁰For some say, "Paul's letters are demanding and forceful, but in person he is weak, and his speeches are worthless!" ¹¹Those people should realize that our actions when we arrive in person will be as forceful as what we say in our letters from far away.

¹²Oh, don't worry; we wouldn't dare say that we are as wonderful as these other men who tell you how important they are! But they are only comparing themselves with each other, using themselves as the standard of measurement. How ignorant!

¹³We will not boast about things done outside our area of authority. We will boast only about what has happened within the boundaries of the work God has given us, which includes our working with you. ¹⁴We are not reaching beyond these boundaries when we claim authority over you, as if we had never visited you. For we

were the first to travel all the way to Corinth with the Good News of Christ.

¹⁵Nor do we boast and claim credit for the work someone else has done. Instead, we hope that your faith will grow so that the boundaries of our work among you will be extended. ¹⁶Then we will be able to go and preach the Good News in other places far beyond you, where no one else is working. Then there will be no question of our boasting about work done in someone else's territory. ¹⁷As the Scriptures say, "If you want to boast, boast only about the Lord."*

¹⁸When people commend themselves, it doesn't count for much. The important thing is for the Lord to commend them.

Paul and the False Apostles

11 I hope you will put up with a little more of my foolishness. Please bear with me. ²For I am jealous for you with the jealousy of God himself. I promised you as a pure bride* to one husband—Christ. ³But I fear that somehow your pure and undivided devotion to Christ will be corrupted, just as Eve was deceived by the cunning ways of the serpent. ⁴You happily put up with whatever anyone tells you, even if they preach a different Jesus than the one we preach, or a different kind of Spirit than the one you received, or a different kind of gospel than the one you believed.

⁵But I don't consider myself inferior in any way to these "super apostles" who teach such things. ⁶I may be unskilled as a speaker, but I'm not lacking in knowledge. We have made this clear to you in every possible way.

⁷Was I wrong when I humbled myself and honored you by preaching God's Good News to you without expecting anything in return? ⁸I "robbed" other churches by accepting their contributions so I could serve you at no cost. ⁹And when I was with you and didn't have enough to live on, I did not become a financial burden to anyone. For the brothers who came from Macedonia brought me all that I needed. I have never been a burden to you, and I never will be. ¹⁰As surely as the truth of Christ is in me, no one in all of Greece* will ever stop me from boasting about this. ¹¹Why? Because I don't love you? God knows that I do.

¹²But I will continue doing what I have always done. This will undercut those who are looking for an opportunity to boast that their work is just like ours. ¹³These people are false apostles. They are deceitful workers who disguise themselves as apostles of Christ. ¹⁴But I am not surprised! Even Satan disguises himself as an angel of light. ¹⁵So it is no wonder that his servants also disguise themselves as servants of righteousness. In the end they will get the punishment their wicked deeds deserve.

9:10 Greek *righteousness.* **9:15** Greek *his gift.* **10:4** English translations divide verses 4 and 5 in various ways. **10:7** Or *You look at things only on the basis of appearance.* **10:17** Jer 9:24. **11:2** Greek *a virgin.* **11:10** Greek *Achaia,* the southern region of the Greek peninsula.

Paul's Many Trials

¹⁶Again I say, don't think that I am a fool to talk like this. But even if you do, listen to me, as you would to a foolish person, while I also boast a little. ¹⁷Such boasting is not from the Lord, but I am acting like a fool. ¹⁸And since others boast about their human achievements, I will, too. ¹⁹After all, you think you are so wise, but you enjoy putting up with fools! ²⁰You put up with it when someone enslaves you, takes everything you have, takes advantage of you, takes control of everything, and slaps you in the face. ²¹I'm ashamed to say that we've been too "weak" to do that!

But whatever they dare to boast about—I'm talking like a fool again—I dare to boast about it, too. ²²Are they Hebrews? So am I. Are they Israelites? So am I. Are they descendants of Abraham? So am I. ²³Are they servants of Christ? I know I sound like a madman, but I have served him far more! I have worked harder, been put in prison more often, been whipped times without number, and faced death again and again. ²⁴Five different times the Jewish leaders gave me thirty-nine lashes. ²⁵Three times I was beaten with rods. Once I was stoned. Three times I was shipwrecked. Once I spent a whole night and a day adrift at sea. ²⁶I have traveled on many long journeys. I have faced danger from rivers and from robbers. I have faced danger from my own people, the Jews, as well as from the Gentiles. I have faced danger in the cities, in the deserts, and on the seas. And I have faced danger from men who claim to be believers but are not.* ²⁷I have worked hard and long, enduring many sleepless nights. I have been hungry and thirsty and have often gone without food. I have shivered in the cold, without enough clothing to keep me warm.

²⁸Then, besides all this, I have the daily burden of my concern for all the churches. ²⁹Who is weak without my feeling that weakness? Who is led astray, and I do not burn with anger?

³⁰If I must boast, I would rather boast about the things that show how weak I am. ³¹God, the Father of our Lord Jesus, who is worthy of eternal praise, knows I am not lying. ³²When I was in Damascus, the governor under King Aretas kept guards at the city gates to catch me. ³³I had to be lowered in a basket through a window in the city wall to escape from him.

Paul's Vision and His Thorn in the Flesh

12 This boasting will do no good, but I must go on. I will reluctantly tell about visions and revelations from the Lord. ²I* was caught up to the third heaven fourteen years ago. Whether I was in my body or out of my body, I don't know—only God knows. ³Yes, only God knows whether I was in my body or outside my body. But I do know ⁴that I was caught up* to paradise

and heard things so astounding that they cannot be expressed in words, things no human is allowed to tell.

⁵That experience is worth boasting about, but I'm not going to do it. I will boast only about my weaknesses. ⁶If I wanted to boast, I would be no fool in doing so, because I would be telling the truth. But I won't do it, because I don't want anyone to give me credit beyond what they can see in my life or hear in my message, ⁷even though I have received such wonderful revelations from God. So to keep me from becoming proud, I was given a thorn in my flesh, a messenger from Satan to torment me and keep me from becoming proud.

⁸Three different times I begged the Lord to take it away. ⁹Each time he said, "My grace is all you need. My power works best in weakness." So now I am glad to boast about my weaknesses, so that the power of Christ can work through me. ¹⁰That's why I take pleasure in my weaknesses, and in the insults, hardships, persecutions, and troubles that I suffer for Christ. For when I am weak, then I am strong.

Paul's Concern for the Corinthians

¹¹You have made me act like a fool—boasting like this.* You ought to be writing commendations for me, for I am not at all inferior to these "super apostles," even though I am nothing at all. ¹²When I was with you, I certainly gave you proof that I am an apostle. For I patiently did many signs and wonders and miracles among you. ¹³The only thing I failed to do, which I do in the other churches, was to become a financial burden to you. Please forgive me for this wrong!

¹⁴Now I am coming to you for the third time, and I will not be a burden to you. I don't want what you have—I want you. After all, children don't provide for their parents. Rather, parents provide for their children. ¹⁵I will gladly spend myself and all I have for you, even though it seems that the more I love you, the less you love me.

¹⁶Some of you admit I was not a burden to you. But others still think I was sneaky and took advantage of you by trickery. ¹⁷But how? Did any of the men I sent to you take advantage of you? ¹⁸When I urged Titus to visit you and sent our other brother with him, did Titus take advantage of you? No! For we have the same spirit and walk in each other's steps, doing things the same way.

¹⁹Perhaps you think we're saying these things just to defend ourselves. No, we tell you this as Christ's servants, and with God as our witness. Everything we do, dear friends, is to strengthen you. ²⁰For I am afraid that when I come I won't like what I find, and you won't like my response. I am afraid that I will find quarreling, jealousy,

---

11:26 Greek *from false brothers.* **12:2** Greek *I know a man in Christ who.* **12:3-4** Greek *But I know such a man, 'that he was caught up.* **12:11** Some manuscripts omit *boasting like this.*

anger, selfishness, slander, gossip, arrogance, and disorderly behavior. ²¹Yes, I am afraid that when I come again, God will humble me in your presence. And I will be grieved because many of you have not given up your old sins. You have not repented of your impurity, sexual immorality, and eagerness for lustful pleasure.

Paul's Final Advice

13 This is the third time I am coming to visit you (and as the Scriptures say, "The facts of every case must be established by the testimony of two or three witnesses"*). ²I have already warned those who had been sinning when I was there on my second visit. Now I again warn them and all others, just as I did before, that next time I will not spare them.

³I will give you all the proof you want that Christ speaks through me. Christ is not weak when he deals with you; he is powerful among you. ⁴Although he was crucified in weakness, he now lives by the power of God. We, too, are weak, just as Christ was, but when we deal with you we will be alive with him and will have God's power.

⁵Examine yourselves to see if your faith is genuine. Test yourselves. Surely you know that Jesus Christ is among you*; if not, you have failed the test of genuine faith. ⁶As you test yourselves, I hope you will recognize that we have not failed the test of apostolic authority.

⁷We pray to God that you will not do what is wrong by refusing our correction. I hope we won't need to demonstrate our authority when we arrive. Do the right thing before we come—even if that makes it look like we have failed to demonstrate our authority. ⁸For we cannot oppose the truth, but must always stand for the truth. ⁹We are glad to seem weak if it helps show that you are actually strong. We pray that you will become mature.

¹⁰I am writing this to you before I come, hoping that I won't need to deal severely with you when I do come. For I want to use the authority the Lord has given me to strengthen you, not to tear you down.

Paul's Final Greetings

¹¹Dear brothers and sisters,* I close my letter with these last words: Be joyful. Grow to maturity. Encourage each other. Live in harmony and peace. Then the God of love and peace will be with you.

¹²Greet each other with Christian love.* ¹³All of God's people here send you their greetings.

¹⁴*May the grace of the Lord Jesus Christ, the love of God, and the fellowship of the Holy Spirit be with you all.

13:1 Deut 19:15.   **13:5** Or *in you*.   **13:11** Greek *Brothers*.   **13:12** Greek *with a sacred kiss*.   **13:14** Some English translations include verse 13 as part of verse 12, and then verse 14 becomes verse 13.

Galatians

Greetings from Paul

1 This letter is from Paul, an apostle. I was not appointed by any group of people or any human authority, but by Jesus Christ himself and by God the Father, who raised Jesus from the dead.

²All the brothers and sisters* here join me in sending this letter to the churches of Galatia.

³May God our Father and the Lord Jesus Christ* give you grace and peace. ⁴Jesus gave his life for our sins, just as God our Father planned, in order to rescue us from this evil world in which we live. ⁵All glory to God forever and ever! Amen.

There Is Only One Good News

⁶I am shocked that you are turning away so soon from God, who called you to himself through the loving mercy of Christ.* You are following a different way that pretends to be the Good News ⁷but is not the Good News at all. You are being fooled by those who deliberately twist the truth concerning Christ.

⁸Let God's curse fall on anyone, including us or even an angel from heaven, who preaches a different kind of Good News than the one we preached to you. ⁹I say again what we have said before: If anyone preaches any other Good News than the one you welcomed, let that person be cursed.

¹⁰Obviously, I'm not trying to win the approval of people, but of God. If pleasing people were my goal, I would not be Christ's servant.

Paul's Message Comes from Christ

¹¹Dear brothers and sisters, I want you to understand that the gospel message I preach is not based on mere human reasoning. ¹²I received my message from no human source, and no one taught me. Instead, I received it by direct revelation from Jesus Christ.*

¹³You know what I was like when I followed the Jewish religion—how I violently persecuted God's church. I did my best to destroy it. ¹⁴I was far ahead of my fellow Jews in my zeal for the traditions of my ancestors.

¹⁵But even before I was born, God chose me and called me by his marvelous grace. Then it

pleased him ¹⁶to reveal his Son to me* so that I would proclaim the Good News about Jesus to the Gentiles.

When this happened, I did not rush out to consult with any human being.* ¹⁷Nor did I go up to Jerusalem to consult with those who were apostles before I was. Instead, I went away into Arabia, and later I returned to the city of Damascus.

¹⁸Then three years later I went to Jerusalem to get to know Peter,* and I stayed with him for fifteen days. ¹⁹The only other apostle I met at that time was James, the Lord's brother. ²⁰I declare before God that what I am writing to you is not a lie.

²¹After that visit I went north into the provinces of Syria and Cilicia. ²²And still the Christians in the churches in Judea didn't know me personally. ²³All they knew was that people were saying, "The one who used to persecute us is now preaching the very faith he tried to destroy!" ²⁴And they praised God because of me.

The Apostles Accept Paul

2 Then fourteen years later I went back to Jerusalem again, this time with Barnabas; and Titus came along, too. ²I went there because God revealed to me that I should go. While I was there I met privately with those considered to be leaders of the church and shared with them the message I had been preaching to the Gentiles. I wanted to make sure that we were in agreement, for fear that all my efforts had been wasted and I was running the race for nothing. ³And they supported me and did not even demand that my companion Titus be circumcised, though he was a Gentile.*

⁴Even that question came up only because of some so-called Christians there—false ones, really*—who were secretly brought in. They sneaked in to spy on us and take away the freedom we have in Christ Jesus. They wanted to enslave us and force us to follow their Jewish regulations. ⁵But we refused to give in to them for a single moment. We wanted to preserve the truth of the gospel message for you.

⁶And the leaders of the church had nothing to add to what I was preaching. (By the way, their reputation as great leaders made no difference to me, for God has no favorites.) ⁷Instead, they

1:2 Greek *brothers;* also in 1:11. 1:3 Some manuscripts read *God the Father and our Lord Jesus Christ.* 1:6 Some manuscripts read *through loving mercy.* 1:12 Or *by the revelation of Jesus Christ.* 1:16a Or *in me.* 1:16b Greek *with flesh and blood.* 1:18 Greek *Cephas.* 2:3 Greek *a Greek.* 2:4 Greek *some false brothers.*

saw that God had given me the responsibility of preaching the gospel to the Gentiles, just as he had given Peter the responsibility of preaching to the Jews. [8]For the same God who worked through Peter as the apostle to the Jews also worked through me as the apostle to the Gentiles.

[9]In fact, James, Peter,* and John, who were known as pillars of the church, recognized the gift God had given me, and they accepted Barnabas and me as their co-workers. They encouraged us to keep preaching to the Gentiles, while they continued their work with the Jews. [10]Their only suggestion was that we keep on helping the poor, which I have always been eager to do.

Paul Confronts Peter

[11]But when Peter came to Antioch, I had to oppose him to his face, for what he did was very wrong. [12]When he first arrived, he ate with the Gentile Christians, who were not circumcised. But afterward, when some friends of James came, Peter wouldn't eat with the Gentiles anymore. He was afraid of criticism from these people who insisted on the necessity of circumcision. [13]As a result, other Jewish Christians followed Peter's hypocrisy, and even Barnabas was led astray by their hypocrisy.

[14]When I saw that they were not following the truth of the gospel message, I said to Peter in front of all the others, "Since you, a Jew by birth, have discarded the Jewish laws and are living like a Gentile, why are you now trying to make these Gentiles follow the Jewish traditions?

[15]"You and I are Jews by birth, not 'sinners' like the Gentiles. [16]Yet we know that a person is made right with God by faith in Jesus Christ, not by obeying the law. And we have believed in Christ Jesus, so that we might be made right with God because of our faith in Christ, not because we have obeyed the law. For no one will ever be made right with God by obeying the law."*

[17]But suppose we seek to be made right with God through faith in Christ and then we are found guilty because we have abandoned the law. Would that mean Christ has led us into sin? Absolutely not! [18]Rather, I am a sinner if I rebuild the old system of law I already tore down. [19]For when I tried to keep the law, it condemned me. So I died to the law—I stopped trying to meet all its requirements—so that I might live for God. [20]My old self has been crucified with Christ.* It is no longer I who live, but Christ lives in me. So I live in this earthly body by trusting in the Son of God, who loved me and gave himself for me. [21]I do not treat the grace of God as meaningless. For if keeping the law could make us right with God, then there was no need for Christ to die.

The Law and Faith in Christ

3 Oh, foolish Galatians! Who has cast an evil spell on you? For the meaning of Jesus Christ's death was made as clear to you as if you had seen a picture of his death on the cross. [2]Let me ask you this one question: Did you receive the Holy Spirit by obeying the law of Moses? Of course not! You received the Spirit because you believed the message you heard about Christ. [3]How foolish can you be? After starting your Christian lives in the Spirit, why are you now trying to become perfect by your own human effort? [4]Have you experienced* so much for nothing? Surely it was not in vain, was it?

[5]I ask you again, does God give you the Holy Spirit and work miracles among you because you obey the law? Of course not! It is because you believe the message you heard about Christ.

[6]In the same way, "Abraham believed God, and God counted him as righteous because of his faith."* [7]The real children of Abraham, then, are those who put their faith in God.

[8]What's more, the Scriptures looked forward to this time when God would declare the Gentiles to be righteous because of their faith. God proclaimed this good news to Abraham long ago when he said, "All nations will be blessed through you."* [9]So all who put their faith in Christ share the same blessing Abraham received because of his faith.

[10]But those who depend on the law to make them right with God are under his curse, for the Scriptures say, "Cursed is everyone who does not observe and obey all the commands that are written in God's Book of the Law."* [11]So it is clear that no one can be made right with God by trying to keep the law. For the Scriptures say, "It is through faith that a righteous person has life."* [12]This way of faith is very different from the way of law, which says, "It is through obeying the law that a person has life."*

[13]But Christ has rescued us from the curse pronounced by the law. When he was hung on the cross, he took upon himself the curse for our wrongdoing. For it is written in the Scriptures, "Cursed is everyone who is hung on a tree."* [14]Through Christ Jesus, God has blessed the Gentiles with the same blessing he promised to Abraham, so that we who are believers might receive the promised* Holy Spirit through faith.

The Law and God's Promise

[15]Dear brothers and sisters,* here's an example from everyday life. Just as no one can set aside or amend an irrevocable agreement, so it is in this case. [16]God gave the promises to Abraham and his child.* And notice that the Scripture doesn't say "to his children,*" as if it meant

---

2:9 Greek *Cephas*; also in 2:11, 14.   2:16 Some translators hold that the quotation extends through verse 14; others through verse 16; and still others through verse 21.   2:20 Some English translations put this sentence in verse 19.   3:4 Or *Have you suffered*. 3:6 Gen 15:6.   3:8 Gen 12:3; 18:18; 22:18.   3:10 Deut 27:26.   3:11 Hab 2:4.   3:12 Lev 18:5.   3:13 Deut 21:23 (Greek version). 3:14 Some manuscripts read *the blessing of the*.   3:15 Greek *Brothers*.   3:16a Greek *seed*; also in 3:16c, 19. See notes on Gen 12:7 and 13:15.   3:16b Greek *seeds*.

many descendants. Rather, it says "to his child"—and that, of course, means Christ. ¹⁷This is what I am trying to say: The agreement God made with Abraham could not be canceled 430 years later when God gave the law to Moses. God would be breaking his promise. ¹⁸For if the inheritance could be received by keeping the law, then it would not be the result of accepting God's promise. But God graciously gave it to Abraham as a promise.

¹⁹Why, then, was the law given? It was given alongside the promise to show people their sins. But the law was designed to last only until the coming of the child who was promised. God gave his law through angels to Moses, who was the mediator between God and the people. ²⁰Now a mediator is helpful if more than one party must reach an agreement. But God, who is one, did not use a mediator when he gave his promise to Abraham.

²¹Is there a conflict, then, between God's law and God's promises?* Absolutely not! If the law could give us new life, we could be made right with God by obeying it. ²²But the Scriptures declare that we are all prisoners of sin, so we receive God's promise of freedom only by believing in Jesus Christ.

God's Children through Faith

²³Before the way of faith in Christ was available to us, we were placed under guard by the law. We were kept in protective custody, so to speak, until the way of faith was revealed.

²⁴Let me put it another way. The law was our guardian until Christ came; it protected us until we could be made right with God through faith. ²⁵And now that the way of faith has come, we no longer need the law as our guardian.

²⁶For you are all children* of God through faith in Christ Jesus. ²⁷And all who have been united with Christ in baptism have put on the character of Christ, like putting on new clothes.* ²⁸There is no longer Jew or Gentile,* slave or free, male and female. For you are all one in Christ Jesus. ²⁹And now that you belong to Christ, you are the true children* of Abraham. You are his heirs, and God's promise to Abraham belongs to you.

4 Think of it this way. If a father dies and leaves an inheritance for his young children, those children are not much better off than slaves until they grow up, even though they actually own everything their father had. ²They have to obey their guardians until they reach whatever age their father set. ³And that's the way it was with us before Christ came. We were like children; we were slaves to the basic spiritual principles* of this world.

⁴But when the right time came, God sent his Son, born of a woman, subject to the law. ⁵God sent him to buy freedom for us who were slaves to the law, so that he could adopt us as his very own children.* ⁶And because we* are his children, God has sent the Spirit of his Son into our hearts, prompting us to call out, "Abba, Father."* ⁷Now you are no longer a slave but God's own child.* And since you are his child, God has made you his heir.

Paul's Concern for the Galatians

⁸Before you Gentiles knew God, you were slaves to so-called gods that do not even exist. ⁹So now that you know God (or should I say, now that God knows you), why do you want to go back again and become slaves once more to the weak and useless spiritual principles of this world? ¹⁰You are trying to earn favor with God by observing certain days or months or seasons or years. ¹¹I fear for you. Perhaps all my hard work with you was for nothing. ¹²Dear brothers and sisters,* I plead with you to live as I do in freedom from these things, for I have become like you Gentiles—free from those laws.

You did not mistreat me when I first preached to you. ¹³Surely you remember that I was sick when I first brought you the Good News. ¹⁴But even though my condition tempted you to reject me, you did not despise me or turn me away. No, you took me in and cared for me as though I were an angel from God or even Christ Jesus himself. ¹⁵Where is that joyful and grateful spirit you felt then? I am sure you would have taken out your own eyes and given them to me if it had been possible. ¹⁶Have I now become your enemy because I am telling you the truth?

¹⁷Those false teachers are so eager to win your favor, but their intentions are not good. They are trying to shut you off from me so that you will pay attention only to them. ¹⁸If someone is eager to do good things for you, that's all right; but let them do it all the time, not just when I'm with you.

¹⁹Oh, my dear children! I feel as if I'm going through labor pains for you again, and they will continue until Christ is fully developed in your lives. ²⁰I wish I were with you right now so I could change my tone. But at this distance I don't know how else to help you.

Abraham's Two Children

²¹Tell me, you who want to live under the law, do you know what the law actually says? ²²The Scriptures say that Abraham had two sons, one from his slave-wife and one from his freeborn wife.* ²³The son of the slave-wife was born in a human attempt to bring about the fulfillment of God's

---

3:21 Some manuscripts read *and the promises?* **3:26** Greek *sons.* **3:27** Greek *have put on Christ.* **3:28** Greek *Jew or Greek.* **3:29** Greek *seed.* **4:3** Or *powers;* also in 4:9. **4:5** Greek *sons;* also in 4:6. **4:6a** Greek *you.* **4:6b** *Abba* is an Aramaic term for "father." **4:7** Greek *son;* also in 4:7b. **4:12** Greek *brothers;* also in 4:28, 31. **4:22** See Gen 16:15; 21:2-3.

promise. But the son of the freeborn wife was born as God's own fulfillment of his promise.

24These two women serve as an illustration of God's two covenants. The first woman, Hagar, represents Mount Sinai where people received the law that enslaved them. 25And now Jerusalem is just like Mount Sinai in Arabia,* because she and her children live in slavery to the law. 26But the other woman, Sarah, represents the heavenly Jerusalem. She is the free woman, and she is our mother. 27As Isaiah said,

"Rejoice, O childless woman,
    you who have never given birth!
Break into a joyful shout,
    you who have never been in labor!
For the desolate woman now has more
        children
    than the woman who lives with her
        husband!"*

28And you, dear brothers and sisters, are children of the promise, just like Isaac. 29But you are now being persecuted by those who want you to keep the law, just as Ishmael, the child born by human effort, persecuted Isaac, the child born by the power of the Spirit.

30But what do the Scriptures say about that? "Get rid of the slave and her son, for the son of the slave woman will not share the inheritance with the free woman's son."* 31So, dear brothers and sisters, we are not children of the slave woman; we are children of the free woman.

Freedom in Christ

5 So Christ has truly set us free. Now make sure that you stay free, and don't get tied up again in slavery to the law.

2Listen! I, Paul, tell you this: If you are counting on circumcision to make you right with God, then Christ will be of no benefit to you. 3I'll say it again. If you are trying to find favor with God by being circumcised, you must obey every regulation in the whole law of Moses. 4For if you are trying to make yourselves right with God by keeping the law, you have been cut off from Christ! You have fallen away from God's grace.

5But we who live by the Spirit eagerly wait to receive by faith the righteousness God has promised to us. 6For when we place our faith in Christ Jesus, there is no benefit in being circumcised or being uncircumcised. What is important is faith expressing itself in love.

7You were running the race so well. Who has held you back from following the truth? 8It certainly isn't God, for he is the one who called you to freedom. 9This false teaching is like a little yeast that spreads through the whole batch of dough! 10I am trusting the Lord to keep you

from believing false teachings. God will judge that person, whoever he is, who has been confusing you.

11Dear brothers and sisters,* if I were still preaching that you must be circumcised—as some say I do—why am I still being persecuted? If I were no longer preaching salvation through the cross of Christ, no one would be offended. 12I just wish that those troublemakers who want to mutilate you by circumcision would mutilate themselves.*

13For you have been called to live in freedom, my brothers and sisters. But don't use your freedom to satisfy your sinful nature. Instead, use your freedom to serve one another in love. 14For the whole law can be summed up in this one command: "Love your neighbor as yourself."* 15But if you are always biting and devouring one another, watch out! Beware of destroying one another.

Living by the Spirit's Power

16So I say, let the Holy Spirit guide your lives. Then you won't be doing what your sinful nature craves. 17The sinful nature wants to do evil, which is just the opposite of what the Spirit wants. And the Spirit gives us desires that are the opposite of what the sinful nature desires. These two forces are constantly fighting each other, so you are not free to carry out your good intentions. 18But when you are directed by the Spirit, you are not under obligation to the law of Moses.

19When you follow the desires of your sinful nature, the results are very clear: sexual immorality, impurity, lustful pleasures, 20idolatry, sorcery, hostility, quarreling, jealousy, outbursts of anger, selfish ambition, dissension, division, 21envy, drunkenness, wild parties, and other sins like these. Let me tell you again, as I have before, that anyone living that sort of life will not inherit the Kingdom of God.

22But the Holy Spirit produces this kind of fruit in our lives: love, joy, peace, patience, kindness, goodness, faithfulness, 23gentleness, and self-control. There is no law against these things!

24Those who belong to Christ Jesus have nailed the passions and desires of their sinful nature to his cross and crucified them there. 25Since we are living by the Spirit, let us follow the Spirit's leading in every part of our lives. 26Let us not become conceited, or provoke one another, or be jealous of one another.

We Harvest What We Plant

6 Dear brothers and sisters, if another believer* is overcome by some sin, you who are godly* should gently and humbly help that

---

4:25 Greek *And Hagar, which is Mount Sinai in Arabia, is now like Jerusalem;* other manuscripts read *And Mount Sinai in Arabia is now like Jerusalem.*   4:27 Isa 54:1.   4:30 Gen 21:10.   5:11 Greek *Brothers;* similarly in 5:13.   5:12 Or *castrate themselves,* or *cut themselves off from you;* Greek reads *cut themselves off.*   5:14 Lev 19:18.   6:1a Greek *Brothers, if a man.*   6:1b Greek *spiritual.*

person back onto the right path. And be careful not to fall into the same temptation yourself. ²Share each other's burdens, and in this way obey the law of Christ. ³If you think you are too important to help someone, you are only fooling yourself. You are not that important.

⁴Pay careful attention to your own work, for then you will get the satisfaction of a job well done, and you won't need to compare yourself to anyone else. ⁵For we are each responsible for our own conduct.

⁶Those who are taught the word of God should provide for their teachers, sharing all good things with them.

⁷Don't be misled—you cannot mock the justice of God. You will always harvest what you plant. ⁸Those who live only to satisfy their own sinful nature will harvest decay and death from that sinful nature. But those who live to please the Spirit will harvest everlasting life from the Spirit. ⁹So let's not get tired of doing what is good. At just the right time we will reap a harvest of blessing if we don't give up. ¹⁰Therefore, whenever we have the opportunity, we should do good to everyone—especially to those in the family of faith.

Paul's Final Advice

¹¹NOTICE WHAT LARGE LETTERS I USE AS I WRITE THESE CLOSING WORDS IN MY OWN HANDWRITING.

¹²Those who are trying to force you to be circumcised want to look good to others. They don't want to be persecuted for teaching that the cross of Christ alone can save. ¹³And even those who advocate circumcision don't keep the whole law themselves. They only want you to be circumcised so they can boast about it and claim you as their disciples.

¹⁴As for me, may I never boast about anything except the cross of our Lord Jesus Christ. Because of that cross,* my interest in this world has been crucified, and the world's interest in me has also died. ¹⁵It doesn't matter whether we have been circumcised or not. What counts is whether we have been transformed into a new creation. ¹⁶May God's peace and mercy be upon all who live by this principle; they are the new people of God.*

¹⁷From now on, don't let anyone trouble me with these things. For I bear on my body the scars that show I belong to Jesus.

¹⁸Dear brothers and sisters,* may the grace of our Lord Jesus Christ be with your spirit. Amen.

6:14 Or *Because of him.*   **6:16** Greek *this principle, and upon the Israel of God.*   **6:18** Greek *Brothers.*

Ephesians

Greetings from Paul

1 This letter is from Paul, chosen by the will of God to be an apostle of Christ Jesus.

I am writing to God's holy people in Ephesus,* who are faithful followers of Christ Jesus.

²May God our Father and the Lord Jesus Christ give you grace and peace.

Spiritual Blessings

³All praise to God, the Father of our Lord Jesus Christ, who has blessed us with every spiritual blessing in the heavenly realms because we are united with Christ. ⁴Even before he made the world, God loved us and chose us in Christ to be holy and without fault in his eyes. ⁵God decided in advance to adopt us into his own family by bringing us to himself through Jesus Christ. This is what he wanted to do, and it gave him great pleasure. ⁶So we praise God for the glorious grace he has poured out on us who belong to his dear Son.* ⁷He is so rich in kindness and grace that he purchased our freedom with the blood of his Son and forgave our sins. ⁸He has showered his kindness on us, along with all wisdom and understanding.

⁹God has now revealed to us his mysterious plan regarding Christ, a plan to fulfill his own good pleasure. ¹⁰And this is the plan: At the right time he will bring everything together under the authority of Christ—everything in heaven and on earth. ¹¹Furthermore, because we are united with Christ, we have received an inheritance from God,* for he chose us in advance, and he makes everything work out according to his plan.

¹²God's purpose was that we Jews who were the first to trust in Christ would bring praise and glory to God. ¹³And now you Gentiles have also heard the truth, the Good News that God saves you. And when you believed in Christ, he identified you as his own* by giving you the Holy Spirit, whom he promised long ago. ¹⁴The Spirit is God's guarantee that he will give us the inheritance he promised and that he has purchased us to be his own people. He did this so we would praise and glorify him.

Paul's Prayer for Spiritual Wisdom

¹⁵Ever since I first heard of your strong faith in the Lord Jesus and your love for God's people everywhere,* ¹⁶I have not stopped thanking God for you. I pray for you constantly, ¹⁷asking God, the glorious Father of our Lord Jesus Christ, to give you spiritual wisdom* and insight so that you might grow in your knowledge of God. ¹⁸I pray that your hearts will be flooded with light so that you can understand the confident hope he has given to those he called—his holy people who are his rich and glorious inheritance.*

¹⁹I also pray that you will understand the incredible greatness of God's power for us who believe him. This is the same mighty power ²⁰that raised Christ from the dead and seated him in the place of honor at God's right hand in the heavenly realms. ²¹Now he is far above any ruler or authority or power or leader or anything else—not only in this world but also in the world to come. ²²God has put all things under the authority of Christ and has made him head over all things for the benefit of the church. ²³And the church is his body; it is made full and complete by Christ, who fills all things everywhere with himself.

Made Alive with Christ

2 Once you were dead because of your disobedience and your many sins. ²You used to live in sin, just like the rest of the world, obeying the devil—the commander of the powers in the unseen world.* He is the spirit at work in the hearts of those who refuse to obey God. ³All of us used to live that way, following the passionate desires and inclinations of our sinful nature. By our very nature we were subject to God's anger, just like everyone else.

⁴But God is so rich in mercy, and he loved us so much, ⁵that even though we were dead because of our sins, he gave us life when he raised Christ from the dead. (It is only by God's grace that you have been saved!) ⁶For he raised us from the dead along with Christ and seated us with him in the heavenly realms because we are united with Christ Jesus. ⁷So God can point to us in all future ages as examples of the incredible

---

1:1 The most ancient manuscripts do not include *in Ephesus.*   **1:6** Greek *to us in the beloved.*   **1:11** Or *we have become God's inheritance.*   **1:13** Or *he put his seal on you.*   **1:15** Some manuscripts read *your faithfulness to the Lord Jesus and to God's people everywhere.*   **1:17** Or *to give you the Spirit of wisdom.*   **1:18** Or *called, and the rich and glorious inheritance he has given to his holy people.*   **2:2** Greek *obeying the commander of the power of the air.*

wealth of his grace and kindness toward us, as shown in all he has done for us who are united with Christ Jesus.

⁸God saved you by his grace when you believed. And you can't take credit for this; it is a gift from God. ⁹Salvation is not a reward for the good things we have done, so none of us can boast about it. ¹⁰For we are God's masterpiece. He has created us anew in Christ Jesus, so we can do the good things he planned for us long ago.

Oneness and Peace in Christ

¹¹Don't forget that you Gentiles used to be outsiders. You were called "uncircumcised heathens" by the Jews, who were proud of their circumcision, even though it affected only their bodies and not their hearts. ¹²In those days you were living apart from Christ. You were excluded from citizenship among the people of Israel, and you did not know the covenant promises God had made to them. You lived in this world without God and without hope. ¹³But now you have been united with Christ Jesus. Once you were far away from God, but now you have been brought near to him through the blood of Christ.

¹⁴For Christ himself has brought peace to us. He united Jews and Gentiles into one people when, in his own body on the cross, he broke down the wall of hostility that separated us. ¹⁵He did this by ending the system of law with its commandments and regulations. He made peace between Jews and Gentiles by creating in himself one new people from the two groups. ¹⁶Together as one body, Christ reconciled both groups to God by means of his death on the cross, and our hostility toward each other was put to death.

¹⁷He brought this Good News of peace to you Gentiles who were far away from him, and peace to the Jews who were near. ¹⁸Now all of us can come to the Father through the same Holy Spirit because of what Christ has done for us.

A Temple for the Lord

¹⁹So now you Gentiles are no longer strangers and foreigners. You are citizens along with all of God's holy people. You are members of God's family. ²⁰Together, we are his house, built on the foundation of the apostles and the prophets. And the cornerstone is Christ Jesus himself. ²¹We are carefully joined together in him, becoming a holy temple for the Lord. ²²Through him you Gentiles are also being made part of this dwelling where God lives by his Spirit.

God's Mysterious Plan Revealed

3 When I think of all this, I, Paul, a prisoner of Christ Jesus for the benefit of you Gentiles* . . . ²assuming, by the way, that you know God gave me the special responsibility of ex-

tending his grace to you Gentiles. ³As I briefly wrote earlier, God himself revealed his mysterious plan to me. ⁴As you read what I have written, you will understand my insight into this plan regarding Christ. ⁵God did not reveal it to previous generations, but now by his Spirit he has revealed it to his holy apostles and prophets.

⁶And this is God's plan: Both Gentiles and Jews who believe the Good News share equally in the riches inherited by God's children. Both are part of the same body, and both enjoy the promise of blessings because they belong to Christ Jesus.* ⁷By God's grace and mighty power, I have been given the privilege of serving him by spreading this Good News.

⁸Though I am the least deserving of all God's people, he graciously gave me the privilege of telling the Gentiles about the endless treasures available to them in Christ. ⁹I was chosen to explain to everyone* this mysterious plan that God, the Creator of all things, had kept secret from the beginning.

¹⁰God's purpose in all this was to use the church to display his wisdom in its rich variety to all the unseen rulers and authorities in the heavenly places. ¹¹This was his eternal plan, which he carried out through Christ Jesus our Lord.

¹²Because of Christ and our faith in him,* we can now come boldly and confidently into God's presence. ¹³So please don't lose heart because of my trials here. I am suffering for you, so you should feel honored.

Paul's Prayer for Spiritual Growth

¹⁴When I think of all this, I fall to my knees and pray to the Father,* ¹⁵the Creator of everything in heaven and on earth.* ¹⁶I pray that from his glorious, unlimited resources he will empower you with inner strength through his Spirit. ¹⁷Then Christ will make his home in your hearts as you trust in him. Your roots will grow down into God's love and keep you strong. ¹⁸And may you have the power to understand, as all God's people should, how wide, how long, how high, and how deep his love is. ¹⁹May you experience the love of Christ, though it is too great to understand fully. Then you will be made complete with all the fullness of life and power that comes from God.

²⁰Now all glory to God, who is able, through his mighty power at work within us, to accomplish infinitely more than we might ask or think. ²¹Glory to him in the church and in Christ Jesus through all generations forever and ever! Amen.

Unity in the Body

4 Therefore I, a prisoner for serving the Lord, beg you to lead a life worthy of your calling, for you have been called by God. ²Always be humble and gentle. Be patient with each other, mak-

---

3:1 Paul resumes this thought in verse 14: "When I think of all this, I fall to my knees and pray to the Father." **3:6** Or *because they are united with Christ Jesus.* **3:9** Some manuscripts omit *to everyone.* **3:12** Or *Because of Christ's faithfulness.* **3:14** Some manuscripts read *the Father of our Lord Jesus Christ.* **3:15** Or *from whom every family in heaven and on earth takes its name.*

ing allowance for each other's faults because of your love. ³Make every effort to keep yourselves united in the Spirit, binding yourselves together with peace. ⁴For there is one body and one Spirit, just as you have been called to one glorious hope for the future. ⁵There is one Lord, one faith, one baptism, ⁶and one God and Father, who is over all and in all and living through all.

⁷However, he has given each one of us a special gift* through the generosity of Christ. ⁸That is why the Scriptures say,

"When he ascended to the heights,
he led a crowd of captives
and gave gifts to his people."*

⁹Notice that it says "he ascended." This clearly means that Christ also descended to our lowly world.* ¹⁰And the same one who descended is the one who ascended higher than all the heavens, so that he might fill the entire universe with himself.

¹¹Now these are the gifts Christ gave to the church: the apostles, the prophets, the evangelists, and the pastors and teachers. ¹²Their responsibility is to equip God's people to do his work and build up the church, the body of Christ. ¹³This will continue until we all come to such unity in our faith and knowledge of God's Son that we will be mature in the Lord, measuring up to the full and complete standard of Christ.

¹⁴Then we will no longer be immature like children. We won't be tossed and blown about by every wind of new teaching. We will not be influenced when people try to trick us with lies so clever they sound like the truth. ¹⁵Instead, we will speak the truth in love, growing in every way more and more like Christ, who is the head of his body, the church. ¹⁶He makes the whole body fit together perfectly. As each part does its own special work, it helps the other parts grow, so that the whole body is healthy and growing and full of love.

Living as Children of Light

¹⁷With the Lord's authority I say this: Live no longer as the Gentiles do, for they are hopelessly confused. ¹⁸Their minds are full of darkness; they wander far from the life God gives because they have closed their minds and hardened their hearts against him. ¹⁹They have no sense of shame. They live for lustful pleasure and eagerly practice every kind of impurity.

²⁰But that isn't what you learned about Christ. ²¹Since you have heard about Jesus and have learned the truth that comes from him, ²²throw off your old sinful nature and your former way of life, which is corrupted by lust and deception. ²³Instead, let the Spirit renew your thoughts and attitudes. ²⁴Put on your new nature, created to be like God—truly righteous and holy.

²⁵So stop telling lies. Let us tell our neighbors the truth, for we are all parts of the same body. ²⁶And "don't sin by letting anger control you."* Don't let the sun go down while you are still angry, ²⁷for anger gives a foothold to the devil.

²⁸If you are a thief, quit stealing. Instead, use your hands for good hard work, and then give generously to others in need. ²⁹Don't use foul or abusive language. Let everything you say be good and helpful, so that your words will be an encouragement to those who hear them.

³⁰And do not bring sorrow to God's Holy Spirit by the way you live. Remember, he has identified you as his own,* guaranteeing that you will be saved on the day of redemption.

³¹Get rid of all bitterness, rage, anger, harsh words, and slander, as well as all types of evil behavior. ³²Instead, be kind to each other, tenderhearted, forgiving one another, just as God through Christ has forgiven you.

Living in the Light

5 Imitate God, therefore, in everything you do, because you are his dear children. ²Live a life filled with love, following the example of Christ. He loved us* and offered himself as a sacrifice for us, a pleasing aroma to God.

³Let there be no sexual immorality, impurity, or greed among you. Such sins have no place among God's people. ⁴Obscene stories, foolish talk, and coarse jokes—these are not for you. Instead, let there be thankfulness to God. ⁵You can be sure that no immoral, impure, or greedy person will inherit the Kingdom of Christ and of God. For a greedy person is an idolater, worshiping the things of this world.

⁶Don't be fooled by those who try to excuse these sins, for the anger of God will fall on all who disobey him. ⁷Don't participate in the things these people do. ⁸For once you were full of darkness, but now you have light from the Lord. So live as people of light! ⁹For this light within you produces only what is good and right and true.

¹⁰Carefully determine what pleases the Lord. ¹¹Take no part in the worthless deeds of evil and darkness; instead, expose them. ¹²It is shameful even to talk about the things that ungodly people do in secret. ¹³But their evil intentions will be exposed when the light shines on them, ¹⁴for the light makes everything visible. This is why it is said,

"Awake, O sleeper,
rise up from the dead,
and Christ will give you light."

Living by the Spirit's Power

¹⁵So be careful how you live. Don't live like fools, but like those who are wise. ¹⁶Make the most of

4:7 Greek *a grace.*   4:8 Ps 68:18.   4:9 Or *to the lowest parts of the earth.*   4:26 Ps 4:4.   4:30 Or *has put his seal on you.*
5:2 Some manuscripts read *loved you.*

every opportunity in these evil days. ¹⁷Don't act thoughtlessly, but understand what the Lord wants you to do. ¹⁸Don't be drunk with wine, because that will ruin your life. Instead, be filled with the Holy Spirit, ¹⁹singing psalms and hymns and spiritual songs among yourselves, and making music to the Lord in your hearts. ²⁰And give thanks for everything to God the Father in the name of our Lord Jesus Christ.

Spirit-Guided Relationships: Wives and Husbands

²¹And further, submit to one another out of reverence for Christ.

²²For wives, this means submit to your husbands as to the Lord. ²³For a husband is the head of his wife as Christ is the head of the church. He is the Savior of his body, the church. ²⁴As the church submits to Christ, so you wives should submit to your husbands in everything.

²⁵For husbands, this means love your wives, just as Christ loved the church. He gave up his life for her ²⁶to make her holy and clean, washed by the cleansing of God's word.* ²⁷He did this to present her to himself as a glorious church without a spot or wrinkle or any other blemish. Instead, she will be holy and without fault. ²⁸In the same way, husbands ought to love their wives as they love their own bodies. For a man who loves his wife actually shows love for himself. ²⁹No one hates his own body but feeds and cares for it, just as Christ cares for the church. ³⁰And we are members of his body.

³¹As the Scriptures say, "A man leaves his father and mother and is joined to his wife, and the two are united into one."* ³²This is a great mystery, but it is an illustration of the way Christ and the church are one. ³³So again I say, each man must love his wife as he loves himself, and the wife must respect her husband.

Children and Parents

6 Children, obey your parents because you belong to the Lord,* for this is the right thing to do. ²"Honor your father and mother." This is the first commandment with a promise: ³If you honor your father and mother, "things will go well for you, and you will have a long life on the earth."*

⁴Fathers, do not provoke your children to anger by the way you treat them. Rather, bring them up with the discipline and instruction that comes from the Lord.

Slaves and Masters

⁵Slaves, obey your earthly masters with deep respect and fear. Serve them sincerely as you would serve Christ. ⁶Try to please them all the time, not just when they are watching you. As slaves of Christ, do the will of God with all your heart. ⁷Work with enthusiasm, as though you were working for the Lord rather than for people. ⁸Remember that the Lord will reward each one of us for the good we do, whether we are slaves or free.

⁹Masters, treat your slaves in the same way. Don't threaten them; remember, you both have the same Master in heaven, and he has no favorites.

The Whole Armor of God

¹⁰A final word: Be strong in the Lord and in his mighty power. ¹¹Put on all of God's armor so that you will be able to stand firm against all strategies of the devil. ¹²For we* are not fighting against flesh-and-blood enemies, but against evil rulers and authorities of the unseen world, against mighty powers in this dark world, and against evil spirits in the heavenly places.

¹³Therefore, put on every piece of God's armor so you will be able to resist the enemy in the time of evil. Then after the battle you will still be standing firm. ¹⁴Stand your ground, putting on the belt of truth and the body armor of God's righteousness. ¹⁵For shoes, put on the peace that comes from the Good News so that you will be fully prepared.* ¹⁶In addition to all of these, hold up the shield of faith to stop the fiery arrows of the devil.* ¹⁷Put on salvation as your helmet, and take the sword of the Spirit, which is the word of God.

¹⁸Pray in the Spirit at all times and on every occasion. Stay alert and be persistent in your prayers for all believers everywhere.

¹⁹And pray for me, too. Ask God to give me the right words so I can boldly explain God's mysterious plan that the Good News is for Jews and Gentiles alike.* ²⁰I am in chains now, still preaching this message as God's ambassador. So pray that I will keep on speaking boldly for him, as I should.

Final Greetings

²¹To bring you up to date, Tychicus will give you a full report about what I am doing and how I am getting along. He is a beloved brother and faithful helper in the Lord's work. ²²I have sent him to you for this very purpose—to let you know how we are doing and to encourage you.

²³Peace be with you, dear brothers and sisters,* and may God the Father and the Lord Jesus Christ give you love with faithfulness. ²⁴May God's grace be eternally upon all who love our Lord Jesus Christ.

5:26 Greek *washed by water with the word.* 5:31 Gen 2:24. 6:1 Or *Children, obey your parents who belong to the Lord;* some manuscripts read simply *Children, obey your parents.* 6:2-3 Exod 20:12; Deut 5:16. 6:12 Some manuscripts read *you.* 6:15 Or *For shoes, put on the readiness to preach the Good News of peace with God.* 6:16 Greek *the evil one.* 6:19 Greek *explain the mystery of the Good News;* some manuscripts read simply *explain the mystery.* 6:23 Greek *brothers.*

Philippians

Greetings from Paul

1 This letter is from Paul and Timothy, slaves of Christ Jesus.

I am writing to all of God's holy people in Philippi who belong to Christ Jesus, including the elders* and deacons.

²May God our Father and the Lord Jesus Christ give you grace and peace.

Paul's Thanksgiving and Prayer

³Every time I think of you, I give thanks to my God. ⁴Whenever I pray, I make my requests for all of you with joy, ⁵for you have been my partners in spreading the Good News about Christ from the time you first heard it until now. ⁶And I am certain that God, who began the good work within you, will continue his work until it is finally finished on the day when Christ Jesus returns.

⁷So it is right that I should feel as I do about all of you, for you have a special place in my heart. You share with me the special favor of God, both in my imprisonment and in defending and confirming the truth of the Good News. ⁸God knows how much I love you and long for you with the tender compassion of Christ Jesus.

⁹I pray that your love will overflow more and more, and that you will keep on growing in knowledge and understanding. ¹⁰For I want you to understand what really matters, so that you may live pure and blameless lives until the day of Christ's return. ¹¹May you always be filled with the fruit of your salvation—the righteous character produced in your life by Jesus Christ*—for this will bring much glory and praise to God.

Paul's Joy That Christ Is Preached

¹²And I want you to know, my dear brothers and sisters,* that everything that has happened to me here has helped to spread the Good News. ¹³For everyone here, including the whole palace guard,* knows that I am in chains because of Christ. ¹⁴And because of my imprisonment, most of the believers* here have gained confidence and boldly speak God's message* without fear.

¹⁵It's true that some are preaching out of jealousy and rivalry. But others preach about Christ with pure motives. ¹⁶They preach because they love me, for they know I have been appointed to defend the Good News. ¹⁷Those others do not have pure motives as they preach about Christ. They preach with selfish ambition, not sincerely, intending to make my chains more painful to me. ¹⁸But that doesn't matter. Whether their motives are false or genuine, the message about Christ is being preached either way, so I rejoice. And I will continue to rejoice. ¹⁹For I know that as you pray for me and the Spirit of Jesus Christ helps me, this will lead to my deliverance.

Paul's Life for Christ

²⁰For I fully expect and hope that I will never be ashamed, but that I will continue to be bold for Christ, as I have been in the past. And I trust that my life will bring honor to Christ, whether I live or die. ²¹For to me, living means living for Christ, and dying is even better. ²²But if I live, I can do more fruitful work for Christ. So I really don't know which is better. ²³I'm torn between two desires: I long to go and be with Christ, which would be far better for me. ²⁴But for your sakes, it is better that I continue to live.

²⁵Knowing this, I am convinced that I will remain alive so I can continue to help all of you grow and experience the joy of your faith. ²⁶And when I come to you again, you will have even more reason to take pride in Christ Jesus because of what he is doing through me.

Live as Citizens of Heaven

²⁷Above all, you must live as citizens of heaven, conducting yourselves in a manner worthy of the Good News about Christ. Then, whether I come and see you again or only hear about you, I will know that you are standing side by side, fighting together for the faith, which is the Good News. ²⁸Don't be intimidated in any way by your enemies. This will be a sign to them that they are going to be destroyed, but that you are going to be saved, even by God himself. ²⁹For you have been given not only the privilege of trusting in Christ but also the privilege of suffering for him. ³⁰We are in this struggle together. You have seen my struggle in the past, and you know that I am still in the midst of it.

1:1 Or *overseers;* or *bishops.*   **1:11** Greek *with the fruit of righteousness through Jesus Christ.*   **1:12** Greek *brothers.*   **1:13** Greek *including all the Praetorium.*   **1:14a** Greek *brothers in the Lord.*   **1:14b** Some manuscripts read *speak the message.*

Have the Attitude of Christ

2 Is there any encouragement from belonging to Christ? Any comfort from his love? Any fellowship together in the Spirit? Are your hearts tender and compassionate? ²Then make me truly happy by agreeing wholeheartedly with each other, loving one another, and working together with one mind and purpose.

³Don't be selfish; don't try to impress others. Be humble, thinking of others as better than yourselves. ⁴Don't look out only for your own interests, but take an interest in others, too.

⁵You must have the same attitude that Christ Jesus had.

⁶ Though he was God,*
 he did not think of equality with God
 as something to cling to.
⁷ Instead, he gave up his divine privileges*;
 he took the humble position of a slave*
 and was born as a human being.
 When he appeared in human form,*
⁸ he humbled himself in obedience
 to God
 and died a criminal's death on a cross.

⁹ Therefore, God elevated him to the place
 of highest honor
 and gave him the name above all other
 names,
¹⁰ that at the name of Jesus every knee
 should bow,
 in heaven and on earth and under
 the earth,
¹¹ and every tongue confess that Jesus Christ
 is Lord,
 to the glory of God the Father.

Shine Brightly for Christ

¹²Dear friends, you always followed my instructions when I was with you. And now that I am away, it is even more important. Work hard to show the results of your salvation, obeying God with deep reverence and fear. ¹³For God is working in you, giving you the desire and the power to do what pleases him.

¹⁴Do everything without complaining and arguing, ¹⁵so that no one can criticize you. Live clean, innocent lives as children of God, shining like bright lights in a world full of crooked and perverse people. ¹⁶Hold firmly to the word of life; then, on the day of Christ's return, I will be proud that I did not run the race in vain and that my work was not useless. ¹⁷But I will rejoice even if I lose my life, pouring it out like a liquid offering to God,* just like your faithful service is an offering to God. And I want all of you to share that joy. ¹⁸Yes, you should rejoice, and I will share your joy.

Paul Commends Timothy

¹⁹If the Lord Jesus is willing, I hope to send Timothy to you soon for a visit. Then he can cheer me up by telling me how you are getting along. ²⁰I have no one else like Timothy, who genuinely cares about your welfare. ²¹All the others care only for themselves and not for what matters to Jesus Christ. ²²But you know how Timothy has proved himself. Like a son with his father, he has served with me in preaching the Good News. ²³I hope to send him to you just as soon as I find out what is going to happen to me here. ²⁴And I have confidence from the Lord that I myself will come to see you soon.

Paul Commends Epaphroditus

²⁵Meanwhile, I thought I should send Epaphroditus back to you. He is a true brother, co-worker, and fellow soldier. And he was your messenger to help me in my need. ²⁶I am sending him because he has been longing to see you, and he was very distressed that you heard he was ill. ²⁷And he certainly was ill; in fact, he almost died. But God had mercy on him—and also on me, so that I would not have one sorrow after another.

²⁸So I am all the more anxious to send him back to you, for I know you will be glad to see him, and then I will not be so worried about you. ²⁹Welcome him with Christian love* and with great joy, and give him the honor that people like him deserve. ³⁰For he risked his life for the work of Christ, and he was at the point of death while doing for me what you couldn't do from far away.

The Priceless Value of Knowing Christ

3 Whatever happens, my dear brothers and sisters,* rejoice in the Lord. I never get tired of telling you these things, and I do it to safeguard your faith.

²Watch out for those dogs, those people who do evil, those mutilators who say you must be circumcised to be saved. ³For we who worship by the Spirit of God* are the ones who are truly circumcised. We rely on what Christ Jesus has done for us. We put no confidence in human effort, ⁴though I could have confidence in my own effort if anyone could. Indeed, if others have reason for confidence in their own efforts, I have even more!

⁵I was circumcised when I was eight days old. I am a pure-blooded citizen of Israel and a member of the tribe of Benjamin—a real Hebrew if there ever was one! I was a member of the Pharisees, who demand the strictest obedience to the Jewish law. ⁶I was so zealous that I harshly persecuted the church. And as for righteousness, I obeyed the law without fault.

⁷I once thought these things were valuable,

2:6 Or *Being in the form of God.*   2:7a Greek *he emptied himself.*   2:7b Or *the form of a slave.*   2:7c Some English translations put this phrase in verse 8.   2:17 Greek *I will rejoice even if I am to be poured out as a liquid offering.*   2:29 Greek *in the Lord.* 3:1 Greek *brothers;* also in 3:13, 17.   3:3 Some manuscripts read *worship God in spirit;* one early manuscript reads *worship in spirit.*

but now I consider them worthless because of what Christ has done. 8Yes, everything else is worthless when compared with the infinite value of knowing Christ Jesus my Lord. For his sake I have discarded everything else, counting it all as garbage, so that I could gain Christ 9and become one with him. I no longer count on my own righteousness through obeying the law; rather, I become righteous through faith in Christ.* For God's way of making us right with himself depends on faith. 10I want to know Christ and experience the mighty power that raised him from the dead. I want to suffer with him, sharing in his death, 11so that one way or another I will experience the resurrection from the dead!

Pressing toward the Goal

12I don't mean to say that I have already achieved these things or that I have already reached perfection. But I press on to possess that perfection for which Christ Jesus first possessed me. 13No, dear brothers and sisters, I have not achieved it,* but I focus on this one thing: Forgetting the past and looking forward to what lies ahead, 14I press on to reach the end of the race and receive the heavenly prize for which God, through Christ Jesus, is calling us.

15Let all who are spiritually mature agree on these things. If you disagree on some point, I believe God will make it plain to you. 16But we must hold on to the progress we have already made.

17Dear brothers and sisters, pattern your lives after mine, and learn from those who follow our example. 18For I have told you often before, and I say it again with tears in my eyes, that there are many whose conduct shows they are really enemies of the cross of Christ. 19They are headed for destruction. Their god is their appetite, they brag about shameful things, and they think only about this life here on earth. 20But we are citizens of heaven, where the Lord Jesus Christ lives. And we are eagerly waiting for him to return as our Savior. 21He will take our weak mortal bodies and change them into glorious bodies like his own, using the same power with which he will bring everything under his control.

4 Therefore, my dear brothers and sisters,* stay true to the Lord. I love you and long to see you, dear friends, for you are my joy and the crown I receive for my work.

Words of Encouragement

2Now I appeal to Euodia and Syntyche. Please, because you belong to the Lord, settle your disagreement. 3And I ask you, my true partner,* to help these two women, for they worked hard with me in telling others the Good News. They worked along with Clement and the rest of my co-workers, whose names are written in the Book of Life.

4Always be full of joy in the Lord. I say it again—rejoice! 5Let everyone see that you are considerate in all you do. Remember, the Lord is coming soon.

6Don't worry about anything; instead, pray about everything. Tell God what you need, and thank him for all he has done. 7Then you will experience God's peace, which exceeds anything we can understand. His peace will guard your hearts and minds as you live in Christ Jesus.

8And now, dear brothers and sisters, one final thing. Fix your thoughts on what is true, and honorable, and right, and pure, and lovely, and admirable. Think about things that are excellent and worthy of praise. 9Keep putting into practice all you learned and received from me—everything you heard from me and saw me doing. Then the God of peace will be with you.

Paul's Thanks for Their Gifts

10How I praise the Lord that you are concerned about me again. I know you have always been concerned for me, but you didn't have the chance to help me. 11Not that I was ever in need, for I have learned how to be content with whatever I have. 12I know how to live on almost nothing or with everything. I have learned the secret of living in every situation, whether it is with a full stomach or empty, with plenty or little. 13For I can do everything through Christ,* who gives me strength. 14Even so, you have done well to share with me in my present difficulty.

15As you know, you Philippians were the only ones who gave me financial help when I first brought you the Good News and then traveled on from Macedonia. No other church did this. 16Even when I was in Thessalonica you sent help more than once. 17I don't say this because I want a gift from you. Rather, I want you to receive a reward for your kindness.

18At the moment I have all I need—and more! I am generously supplied with the gifts you sent me with Epaphroditus. They are a sweet-smelling sacrifice that is acceptable and pleasing to God. 19And this same God who takes care of me will supply all your needs from his glorious riches, which have been given to us in Christ Jesus.

20Now all glory to God our Father forever and ever! Amen.

Paul's Final Greetings

21Give my greetings to each of God's holy people—all who belong to Christ Jesus. The brothers who are with me send you their greetings. 22And all the rest of God's people send you greetings, too, especially those in Caesar's household.

23May the grace of the Lord Jesus Christ be with your spirit.

3:9 Or *through the faithfulness of Christ.* 3:13 Some manuscripts read *not yet achieved it.* 4:1 Greek *brothers;* also in 4:8. 4:3 Or *loyal Syzygus.* 4:13 Greek *through the one.*

Colossians

Greetings from Paul

1 This letter is from Paul, chosen by the will of God to be an apostle of Christ Jesus, and from our brother Timothy.

²We are writing to God's holy people in the city of Colosse, who are faithful brothers and sisters* in Christ.

May God our Father give you grace and peace.

Paul's Thanksgiving and Prayer

³We always pray for you, and we give thanks to God, the Father of our Lord Jesus Christ. ⁴For we have heard of your faith in Christ Jesus and your love for all of God's people, ⁵which come from your confident hope of what God has reserved for you in heaven. You have had this expectation ever since you first heard the truth of the Good News.

⁶This same Good News that came to you is going out all over the world. It is bearing fruit everywhere by changing lives, just as it changed your lives from the day you first heard and understood the truth about God's wonderful grace.

⁷You learned about the Good News from Epaphras, our beloved co-worker. He is Christ's faithful servant, and he is helping us on your behalf.* ⁸He has told us about the love for others that the Holy Spirit has given you.

⁹So we have not stopped praying for you since we first heard about you. We ask God to give you complete knowledge of his will and to give you spiritual wisdom and understanding. ¹⁰Then the way you live will always honor and please the Lord, and your lives will produce every kind of good fruit. All the while, you will grow as you learn to know God better and better.

¹¹We also pray that you will be strengthened with all his glorious power so you will have all the endurance and patience you need. May you be filled with joy,* ¹²always thanking the Father. He has enabled you to share in the inheritance that belongs to his people, who live in the light. ¹³For he has rescued us from the kingdom of darkness and transferred us into the Kingdom of his dear Son, ¹⁴who purchased our freedom* and forgave our sins.

Christ Is Supreme

¹⁵ Christ is the visible image of the invisible
God.
He existed before anything was created
and is supreme over all creation,*
¹⁶ for through him God created everything
in the heavenly realms and on earth.
He made the things we can see
and the things we can't see—
such as thrones, kingdoms, rulers, and
authorities in the unseen world.
Everything was created through him and
for him.
¹⁷ He existed before anything else,
and he holds all creation together.
¹⁸ Christ is also the head of the church,
which is his body.
He is the beginning,
supreme over all who rise from the dead.*
So he is first in everything.
¹⁹ For God in all his fullness
was pleased to live in Christ,
²⁰ and through him God reconciled
everything to himself.
He made peace with everything in heaven
and on earth
by means of Christ's blood on
the cross.

²¹This includes you who were once far away from God. You were his enemies, separated from him by your evil thoughts and actions. ²²Yet now he has reconciled you to himself through the death of Christ in his physical body. As a result, he has brought you into his own presence, and you are holy and blameless as you stand before him without a single fault.

²³But you must continue to believe this truth and stand firmly in it. Don't drift away from the assurance you received when you heard the Good News. The Good News has been preached all over the world, and I, Paul, have been appointed as God's servant to proclaim it.

Paul's Work for the Church

²⁴I am glad when I suffer for you in my body, for I am participating in the sufferings of Christ

1:2 Greek *faithful brothers.*   1:7 Or *he is ministering on your behalf;* some manuscripts read *he is ministering on our behalf.*
1:11 Or *all the patience and endurance you need with joy.*   1:14 Some manuscripts add *with his blood.*   1:15 Or *He is the firstborn of all creation.*   1:18 Or *the firstborn from the dead.*

that continue for his body, the church. [25]God has given me the responsibility of serving his church by proclaiming his entire message to you. [26]This message was kept secret for centuries and generations past, but now it has been revealed to God's people. [27]For God wanted them to know that the riches and glory of Christ are for you Gentiles, too. And this is the secret: Christ lives in you. This gives you assurance of sharing his glory.

[28]So we tell others about Christ, warning everyone and teaching everyone with all the wisdom God has given us. We want to present them to God, perfect* in their relationship to Christ. [29]That's why I work and struggle so hard, depending on Christ's mighty power that works within me.

2 I want you to know how much I have agonized for you and for the church at Laodicea, and for many other believers who have never met me personally. [2]I want them to be encouraged and knit together by strong ties of love. I want them to have complete confidence that they understand God's mysterious plan, which is Christ himself. [3]In him lie hidden all the treasures of wisdom and knowledge.

[4]I am telling you this so no one will deceive you with well-crafted arguments. [5]For though I am far away from you, my heart is with you. And I rejoice that you are living as you should and that your faith in Christ is strong.

Freedom from Rules and New Life in Christ

[6]And now, just as you accepted Christ Jesus as your Lord, you must continue to follow him. [7]Let your roots grow down into him, and let your lives be built on him. Then your faith will grow strong in the truth you were taught, and you will overflow with thankfulness.

[8]Don't let anyone capture you with empty philosophies and high-sounding nonsense that come from human thinking and from the spiritual powers* of this world, rather than from Christ. [9]For in Christ lives all the fullness of God in a human body.* [10]So you also are complete through your union with Christ, who is the head over every ruler and authority.

[11]When you came to Christ, you were "circumcised," but not by a physical procedure. Christ performed a spiritual circumcision—the cutting away of your sinful nature.* [12]For you were buried with Christ when you were baptized. And with him you were raised to new life because you trusted the mighty power of God, who raised Christ from the dead.

[13]You were dead because of your sins and because your sinful nature was not yet cut away. Then God made you alive with Christ, for he for-

gave all our sins. [14]He canceled the record of the charges against us and took it away by nailing it to the cross. [15]In this way, he disarmed* the spiritual rulers and authorities. He shamed them publicly by his victory over them on the cross.

[16]So don't let anyone condemn you for what you eat or drink, or for not celebrating certain holy days or new moon ceremonies or Sabbaths. [17]For these rules are only shadows of the reality yet to come. And Christ himself is that reality. [18]Don't let anyone condemn you by insisting on pious self-denial or the worship of angels,* saying they have had visions about these things. Their sinful minds have made them proud, [19]and they are not connected to Christ, the head of the body. For he holds the whole body together with its joints and ligaments, and it grows as God nourishes it.

[20]You have died with Christ, and he has set you free from the spiritual powers of this world. So why do you keep on following the rules of the world, such as, [21]"Don't handle! Don't taste! Don't touch!"? [22]Such rules are mere human teachings about things that deteriorate as we use them. [23]These rules may seem wise because they require strong devotion, pious self-denial, and severe bodily discipline. But they provide no help in conquering a person's evil desires.

Living the New Life

3 Since you have been raised to new life with Christ, set your sights on the realities of heaven, where Christ sits in the place of honor at God's right hand. [2]Think about the things of heaven, not the things of earth. [3]For you died to this life, and your real life is hidden with Christ in God. [4]And when Christ, who is your* life, is revealed to the whole world, you will share in all his glory.

[5]So put to death the sinful, earthly things lurking within you. Have nothing to do with sexual immorality, impurity, lust, and evil desires. Don't be greedy, for a greedy person is an idolater, worshiping the things of this world. [6]Because of these sins, the anger of God is coming.* [7]You used to do these things when your life was still part of this world. [8]But now is the time to get rid of anger, rage, malicious behavior, slander, and dirty language. [9]Don't lie to each other, for you have stripped off your old sinful nature and all its wicked deeds. [10]Put on your new nature, and be renewed as you learn to know your Creator and become like him. [11]In this new life, it doesn't matter if you are a Jew or a Gentile,* circumcised or uncircumcised, barbaric, uncivilized,* slave, or free. Christ is all that matters, and he lives in all of us.

[12]Since God chose you to be the holy people

1:28 Or *mature.* **2:8** Or *the spiritual principles;* also in 2:20. **2:9** Or *in him dwells all the completeness of the Godhead bodily.* **2:11** Greek *the cutting away of the body of the flesh.* **2:15** Or *he stripped off.* **2:18** Or *or worshiping with angels.* **3:4** Some manuscripts read *our.* **3:6** Some manuscripts read *is coming on all who disobey him.* **3:11a** Greek *a Greek.* **3:11b** Greek *Barbarian, Scythian.*

he loves, you must clothe yourselves with tenderhearted mercy, kindness, humility, gentleness, and patience. [13]Make allowance for each other's faults, and forgive anyone who offends you. Remember, the Lord forgave you, so you must forgive others. [14]Above all, clothe yourselves with love, which binds us all together in perfect harmony. [15]And let the peace that comes from Christ rule in your hearts. For as members of one body you are called to live in peace. And always be thankful.

[16]Let the message about Christ, in all its richness, fill your lives. Teach and counsel each other with all the wisdom he gives. Sing psalms and hymns and spiritual songs to God with thankful hearts. [17]And whatever you do or say, do it as a representative of the Lord Jesus, giving thanks through him to God the Father.

Instructions for Christian Households

[18]Wives, submit to your husbands, as is fitting for those who belong to the Lord.

[19]Husbands, love your wives and never treat them harshly.

[20]Children, always obey your parents, for this pleases the Lord. [21]Fathers, do not aggravate your children, or they will become discouraged.

[22]Slaves, obey your earthly masters in everything you do. Try to please them all the time, not just when they are watching you. Serve them sincerely because of your reverent fear of the Lord. [23]Work willingly at whatever you do, as though you were working for the Lord rather than for people. [24]Remember that the Lord will give you an inheritance as your reward, and that the Master you are serving is Christ.* [25]But if you do what is wrong, you will be paid back for the wrong you have done. For God has no favorites.

4 Masters, be just and fair to your slaves. Remember that you also have a Master—in heaven.

An Encouragement for Prayer

[2]Devote yourselves to prayer with an alert mind and a thankful heart. [3]Pray for us, too, that God will give us many opportunities to speak about his mysterious plan concerning Christ. That is why I am here in chains. [4]Pray that I will proclaim this message as clearly as I should.

[5]Live wisely among those who are not believers, and make the most of every opportunity. [6]Let your conversation be gracious and attractive* so that you will have the right response for everyone.

Paul's Final Instructions and Greetings

[7]Tychicus will give you a full report about how I am getting along. He is a beloved brother and faithful helper who serves with me in the Lord's work. [8]I have sent him to you for this very purpose—to let you know how we are doing and to encourage you. [9]I am also sending Onesimus, a faithful and beloved brother, one of your own people. He and Tychicus will tell you everything that's happening here.

[10]Aristarchus, who is in prison with me, sends you his greetings, and so does Mark, Barnabas's cousin. As you were instructed before, make Mark welcome if he comes your way. [11]Jesus (the one we call Justus) also sends his greetings. These are the only Jewish believers among my co-workers; they are working with me here for the Kingdom of God. And what a comfort they have been!

[12]Epaphras, a member of your own fellowship and a servant of Christ Jesus, sends you his greetings. He always prays earnestly for you, asking God to make you strong and perfect, fully confident that you are following the whole will of God. [13]I can assure you that he prays hard for you and also for the believers in Laodicea and Hierapolis.

[14]Luke, the beloved doctor, sends his greetings, and so does Demas. [15]Please give my greetings to our brothers and sisters* at Laodicea, and to Nympha and the church that meets in her house.

[16]After you have read this letter, pass it on to the church at Laodicea so they can read it, too. And you should read the letter I wrote to them.

[17]And say to Archippus, "Be sure to carry out the ministry the Lord gave you."

[18]HERE IS MY GREETING IN MY OWN HANDWRITING—PAUL.

Remember my chains.

May God's grace be with you.

3:24 Or *and serve Christ as your Master.*   **4:6** Greek *and seasoned with salt.*   **4:15** Greek *brothers.*

1 Thessalonians

Greetings from Paul

1 This letter is from Paul, Silas,* and Timothy.

We are writing to the church in Thessalonica, to you who belong to God the Father and the Lord Jesus Christ.

May God give you grace and peace.

The Faith of the Thessalonian Believers

²We always thank God for all of you and pray for you constantly. ³As we pray to our God and Father about you, we think of your faithful work, your loving deeds, and the enduring hope you have because of our Lord Jesus Christ.

⁴We know, dear brothers and sisters,* that God loves you and has chosen you to be his own people. ⁵For when we brought you the Good News, it was not only with words but also with power, for the Holy Spirit gave you full assurance* that what we said was true. And you know of our concern for you from the way we lived when we were with you. ⁶So you received the message with joy from the Holy Spirit in spite of the severe suffering it brought you. In this way, you imitated both us and the Lord. ⁷As a result, you have become an example to all the believers in Greece—throughout both Macedonia and Achaia.*

⁸And now the word of the Lord is ringing out from you to people everywhere, even beyond Macedonia and Achaia, for wherever we go we find people telling us about your faith in God. We don't need to tell them about it, ⁹for they keep talking about the wonderful welcome you gave us and how you turned away from idols to serve the living and true God. ¹⁰And they speak of how you are looking forward to the coming of God's Son from heaven—Jesus, whom God raised from the dead. He is the one who has rescued us from the terrors of the coming judgment.

Paul Remembers His Visit

2 You yourselves know, dear brothers and sisters,* that our visit to you was not a failure. ²You know how badly we had been treated at Philippi just before we came to you and how much we suffered there. Yet our God gave us the courage to declare his Good News to you boldly, in spite of great opposition. ³So you can see we were not preaching with any deceit or impure motives or trickery.

⁴For we speak as messengers approved by God to be entrusted with the Good News. Our purpose is to please God, not people. He alone examines the motives of our hearts. ⁵Never once did we try to win you with flattery, as you well know. And God is our witness that we were not pretending to be your friends just to get your money! ⁶As for human praise, we have never sought it from you or anyone else.

⁷As apostles of Christ we certainly had a right to make some demands of you, but instead we were like children* among you. Or we were like a mother feeding and caring for her own children. ⁸We loved you so much that we shared with you not only God's Good News but our own lives, too.

⁹Don't you remember, dear brothers and sisters, how hard we worked among you? Night and day we toiled to earn a living so that we would not be a burden to any of you as we preached God's Good News to you. ¹⁰You yourselves are our witnesses—and so is God—that we were devout and honest and faultless toward all of you believers. ¹¹And you know that we treated each of you as a father treats his own children. ¹²We pleaded with you, encouraged you, and urged you to live your lives in a way that God would consider worthy. For he called you to share in his Kingdom and glory.

¹³Therefore, we never stop thanking God that when you received his message from us, you didn't think of our words as mere human ideas. You accepted what we said as the very word of God—which, of course, it is. And this word continues to work in you who believe.

¹⁴And then, dear brothers and sisters, you suffered persecution from your own countrymen. In this way, you imitated the believers in God's churches in Judea who, because of their belief in Christ Jesus, suffered from their own people, the Jews. ¹⁵For some of the Jews killed the prophets, and some even killed the Lord Jesus. Now they have persecuted us, too. They fail to please God

---

1:1 Greek *Silvanus*, the Greek form of the name.   1:4 Greek *brothers*.   1:5 Or *with the power of the Holy Spirit, so you can have full assurance*.   1:7 *Macedonia* and *Achaia* were the northern and southern regions of Greece.   2:1 Greek *brothers*; also in 2:9, 14, 17.
2:7 Some manuscripts read *we were gentle*.

and work against all humanity ¹⁶as they try to keep us from preaching the Good News of salvation to the Gentiles. By doing this, they continue to pile up their sins. But the anger of God has caught up with them at last.

Timothy's Good Report about the Church

¹⁷Dear brothers and sisters, after we were separated from you for a little while (though our hearts never left you), we tried very hard to come back because of our intense longing to see you again. ¹⁸We wanted very much to come to you, and I, Paul, tried again and again, but Satan prevented us. ¹⁹After all, what gives us hope and joy, and what will be our proud reward and crown as we stand before our Lord Jesus when he returns? It is you! ²⁰Yes, you are our pride and joy.

3 Finally, when we could stand it no longer, we decided to stay alone in Athens, ²and we sent Timothy to visit you. He is our brother and God's co-worker* in proclaiming the Good News of Christ. We sent him to strengthen you, to encourage you in your faith, ³and to keep you from being shaken by the troubles you were going through. But you know that we are destined for such troubles. ⁴Even while we were with you, we warned you that troubles would soon come— and they did, as you well know. ⁵That is why, when I could bear it no longer, I sent Timothy to find out whether your faith was still strong. I was afraid that the tempter had gotten the best of you and that our work had been useless.

⁶But now Timothy has just returned, bringing us good news about your faith and love. He reports that you always remember our visit with joy and that you want to see us as much as we want to see you. ⁷So we have been greatly encouraged in the midst of our troubles and suffering, dear brothers and sisters,* because you have remained strong in your faith. ⁸It gives us new life to know that you are standing firm in the Lord.

⁹How we thank God for you! Because of you we have great joy as we enter God's presence. ¹⁰Night and day we pray earnestly for you, asking God to let us see you again to fill the gaps in your faith.

¹¹May God our Father and our Lord Jesus bring us to you very soon. ¹²And may the Lord make your love for one another and for all people grow and overflow, just as our love for you overflows. ¹³May he, as a result, make your hearts strong, blameless, and holy as you stand before God our Father when our Lord Jesus comes again with all his holy people. Amen.

Live to Please God

4 Finally, dear brothers and sisters,* we urge you in the name of the Lord Jesus to live in a way that pleases God, as we have taught you. You live this way already, and we encourage you to do so even more. ²For you remember what we taught you by the authority of the Lord Jesus.

³God's will is for you to be holy, so stay away from all sexual sin. ⁴Then each of you will control his own body* and live in holiness and honor—⁵not in lustful passion like the pagans who do not know God and his ways. ⁶Never harm or cheat a Christian brother in this matter by violating his wife,* for the Lord avenges all such sins, as we have solemnly warned you before. ⁷God has called us to live holy lives, not impure lives. ⁸Therefore, anyone who refuses to live by these rules is not disobeying human teaching but is rejecting God, who gives his Holy Spirit to you.

⁹But we don't need to write to you about the importance of loving each other,* for God himself has taught you to love one another. ¹⁰Indeed, you already show your love for all the believers* throughout Macedonia. Even so, dear brothers and sisters, we urge you to love them even more.

¹¹Make it your goal to live a quiet life, minding your own business and working with your hands, just as we instructed you before. ¹²Then people who are not Christians will respect the way you live, and you will not need to depend on others.

The Hope of the Resurrection

¹³And now, dear brothers and sisters, we want you to know what will happen to the believers who have died* so you will not grieve like people who have no hope. ¹⁴For since we believe that Jesus died and was raised to life again, we also believe that when Jesus returns, God will bring back with him the believers who have died.

¹⁵We tell you this directly from the Lord: We who are still living when the Lord returns will not meet him ahead of those who have died.* ¹⁶For the Lord himself will come down from heaven with a commanding shout, with the voice of the archangel, and with the trumpet call of God. First, the Christians who have died* will rise from their graves. ¹⁷Then, together with them, we who are still alive and remain on the earth will be caught up in the clouds to meet the Lord in the air. Then we will be with the Lord forever. ¹⁸So encourage each other with these words.

5 Now concerning how and when all this will happen, dear brothers and sisters,* we don't really need to write you. ²For you know quite

3:2 Other manuscripts read *and God's servant;* still others read *and a co-worker,* or *and a servant and co-worker for God,* or *and God's servant and our co-worker.* **3:7** Greek *brothers.* **4:1** Greek *brothers;* also in 4:10, 13. **4:4** Or *will know how to take a wife for himself;* or *will learn to live with his own wife;* Greek reads *will know how to possess his own vessel.* **4:6** Greek *Never harm or cheat a brother in this matter.* **4:9** Greek *about brotherly love.* **4:10** Greek *the brothers.* **4:13** Greek *those who have fallen asleep;* also in 4:14. **4:15** Greek *those who have fallen asleep.* **4:16** Greek *the dead in Christ.* **5:1** Greek *brothers;* also in 5:4, 12, 14, 25, 26, 27.

well that the day of the Lord's return will come unexpectedly, like a thief in the night. ³When people are saying, "Everything is peaceful and secure," then disaster will fall on them as suddenly as a pregnant woman's labor pains begin. And there will be no escape.

⁴But you aren't in the dark about these things, dear brothers and sisters, and you won't be surprised when the day of the Lord comes like a thief.* ⁵For you are all children of the light and of the day; we don't belong to darkness and night. ⁶So be on your guard, not asleep like the others. Stay alert and be clearheaded. ⁷Night is the time when people sleep and drinkers get drunk. ⁸But let us who live in the light be clearheaded, protected by the armor of faith and love, and wearing as our helmet the confidence of our salvation.

⁹For God chose to save us through our Lord Jesus Christ, not to pour out his anger on us. ¹⁰Christ died for us so that, whether we are dead or alive when he returns, we can live with him forever. ¹¹So encourage each other and build each other up, just as you are already doing.

Paul's Final Advice

¹²Dear brothers and sisters, honor those who are your leaders in the Lord's work. They work hard among you and give you spiritual guidance. ¹³Show them great respect and wholehearted love because of their work. And live peacefully with each other.

¹⁴Brothers and sisters, we urge you to warn those who are lazy. Encourage those who are timid. Take tender care of those who are weak. Be patient with everyone.

¹⁵See that no one pays back evil for evil, but always try to do good to each other and to all people.

¹⁶Always be joyful. ¹⁷Never stop praying. ¹⁸Be thankful in all circumstances, for this is God's will for you who belong to Christ Jesus.

¹⁹Do not stifle the Holy Spirit. ²⁰Do not scoff at prophecies, ²¹but test everything that is said. Hold on to what is good. ²²Stay away from every kind of evil.

Paul's Final Greetings

²³Now may the God of peace make you holy in every way, and may your whole spirit and soul and body be kept blameless until our Lord Jesus Christ comes again. ²⁴God will make this happen, for he who calls you is faithful.

²⁵Dear brothers and sisters, pray for us.

²⁶Greet all the brothers and sisters with Christian love.*

²⁷I command you in the name of the Lord to read this letter to all the brothers and sisters.

²⁸May the grace of our Lord Jesus Christ be with you.

5:4 Some manuscripts read *comes upon you as if you were thieves.* **5:26** Greek *with a holy kiss.*

2 Thessalonians

Greetings from Paul

1 This letter is from Paul, Silas,* and Timothy.
We are writing to the church in Thessalonica, to you who belong to God our Father and the Lord Jesus Christ.

²May God our Father* and the Lord Jesus Christ give you grace and peace.

Encouragement during Persecution

³Dear brothers and sisters,* we can't help but thank God for you, because your faith is flourishing and your love for one another is growing. ⁴We proudly tell God's other churches about your endurance and faithfulness in all the persecutions and hardships you are suffering. ⁵And God will use this persecution to show his justice and to make you worthy of his Kingdom, for which you are suffering. ⁶In his justice he will pay back those who persecute you.

⁷And God will provide rest for you who are being persecuted and also for us when the Lord Jesus appears from heaven. He will come with his mighty angels, ⁸in flaming fire, bringing judgment on those who don't know God and on those who refuse to obey the Good News of our Lord Jesus. ⁹They will be punished with eternal destruction, forever separated from the Lord and from his glorious power. ¹⁰When he comes on that day, he will receive glory from his holy people—praise from all who believe. And this includes you, for you believed what we told you about him.

¹¹So we keep on praying for you, asking our God to enable you to live a life worthy of his call. May he give you the power to accomplish all the good things your faith prompts you to do. ¹²Then the name of our Lord Jesus will be honored because of the way you live, and you will be honored along with him. This is all made possible because of the grace of our God and our Lord Jesus Christ.*

Events prior to the Lord's Second Coming

2 Now, dear brothers and sisters,* let us clarify some things about the coming of our Lord Jesus Christ and how we will be gathered to meet him. ²Don't be so easily shaken or alarmed by those who say that the day of the Lord has already begun. Don't believe them, even if they claim to have had a spiritual vision, a revelation, or a letter supposedly from us. ³Don't be fooled by what they say. For that day will not come until there is a great rebellion against God and the man of lawlessness* is revealed—the one who brings destruction.* ⁴He will exalt himself and defy everything that people call god and every object of worship. He will even sit in the temple of God, claiming that he himself is God.

⁵Don't you remember that I told you about all this when I was with you? ⁶And you know what is holding him back, for he can be revealed only when his time comes. ⁷For this lawlessness is already at work secretly, and it will remain secret until the one who is holding it back steps out of the way. ⁸Then the man of lawlessness will be revealed, but the Lord Jesus will kill him with the breath of his mouth and destroy him by the splendor of his coming.

⁹This man will come to do the work of Satan with counterfeit power and signs and miracles. ¹⁰He will use every kind of evil deception to fool those on their way to destruction, because they refuse to love and accept the truth that would save them. ¹¹So God will cause them to be greatly deceived, and they will believe these lies. ¹²Then they will be condemned for enjoying evil rather than believing the truth.

Believers Should Stand Firm

¹³As for us, we can't help but thank God for you, dear brothers and sisters loved by the Lord. We are always thankful that God chose you to be among the first* to experience salvation—a salvation that came through the Spirit who makes you holy and through your belief in the truth. ¹⁴He called you to salvation when we told you the Good News; now you can share in the glory of our Lord Jesus Christ.

¹⁵With all these things in mind, dear brothers and sisters, stand firm and keep a strong grip on the teaching we passed on to you both in person and by letter.

¹⁶Now may our Lord Jesus Christ himself and God our Father, who loved us and by his grace gave us eternal comfort and a wonderful hope, ¹⁷comfort you and strengthen you in every good thing you do and say.

1:1 Greek *Silvanus*, the Greek form of the name.   **1:2** Some manuscripts read *God the Father*.   **1:3** Greek *Brothers*.   **1:12** Or *of our God and Lord, Jesus Christ*.   **2:1** Greek *brothers;* also in 2:13, 15.   **2:3a** Some manuscripts read *the man of sin*.   **2:3b** Greek *the son of destruction*.   **2:13** Some manuscripts read *chose you from the very beginning*.

Paul's Request for Prayer

3 Finally, dear brothers and sisters,* we ask you to pray for us. Pray that the Lord's message will spread rapidly and be honored wherever it goes, just as when it came to you. ²Pray, too, that we will be rescued from wicked and evil people, for not everyone is a believer. ³But the Lord is faithful; he will strengthen you and guard you from the evil one.* ⁴And we are confident in the Lord that you are doing and will continue to do the things we commanded you. ⁵May the Lord lead your hearts into a full understanding and expression of the love of God and the patient endurance that comes from Christ.

An Exhortation to Proper Living

⁶And now, dear brothers and sisters, we give you this command in the name of our Lord Jesus Christ: Stay away from all believers* who live idle lives and don't follow the tradition they received* from us. ⁷For you know that you ought to imitate us. We were not idle when we were with you. ⁸We never accepted food from anyone without paying for it. We worked hard day and night so we would not be a burden to any of you. ⁹We certainly had the right to ask you to feed us, but we wanted to give you an example to follow. ¹⁰Even while we were with you, we gave you this command: "Those unwilling to work will not get to eat."

¹¹Yet we hear that some of you are living idle lives, refusing to work and meddling in other people's business. ¹²We command such people and urge them in the name of the Lord Jesus Christ to settle down and work to earn their own living. ¹³As for the rest of you, dear brothers and sisters, never get tired of doing good.

¹⁴Take note of those who refuse to obey what we say in this letter. Stay away from them so they will be ashamed. ¹⁵Don't think of them as enemies, but warn them as you would a brother or sister.*

Paul's Final Greetings

¹⁶Now may the Lord of peace himself give you his peace at all times and in every situation. The Lord be with you all.

¹⁷HERE IS MY GREETING IN MY OWN HANDWRITING—PAUL. I DO THIS IN ALL MY LETTERS TO PROVE THEY ARE FROM ME.

¹⁸May the grace of our Lord Jesus Christ be with you all.

3:1 Greek *brothers;* also in 3:6, 13.   3:3 Or *from evil.*   3:6a Greek *from every brother.*   3:6b Some manuscripts read *you received.*
3:15 Greek *as a brother.*

1 Timothy

Greetings from Paul

1 This letter is from Paul, an apostle of Christ Jesus, appointed by the command of God our Savior and Christ Jesus, who gives us hope.

²I am writing to Timothy, my true son in the faith.

May God the Father and Christ Jesus our Lord give you grace, mercy, and peace.

Warnings against False Teachings

³When I left for Macedonia, I urged you to stay there in Ephesus and stop those whose teaching is contrary to the truth. ⁴Don't let them waste their time in endless discussion of myths and spiritual pedigrees. These things only lead to meaningless speculations,* which don't help people live a life of faith in God.*

⁵The purpose of my instruction is that all believers would be filled with love that comes from a pure heart, a clear conscience, and genuine faith. ⁶But some people have missed this whole point. They have turned away from these things and spend their time in meaningless discussions. ⁷They want to be known as teachers of the law of Moses, but they don't know what they are talking about, even though they speak so confidently.

⁸We know that the law is good when used correctly. ⁹For the law was not intended for people who do what is right. It is for people who are lawless and rebellious, who are ungodly and sinful, who consider nothing sacred and defile what is holy, who kill their father or mother or commit other murders. ¹⁰The law is for people who are sexually immoral, or who practice homosexuality, or are slave traders,* liars, promise breakers, or who do anything else that contradicts the wholesome teaching ¹¹that comes from the glorious Good News entrusted to me by our blessed God.

Paul's Gratitude for God's Mercy

¹²I thank Christ Jesus our Lord, who has given me strength to do his work. He considered me trustworthy and appointed me to serve him, ¹³even though I used to blaspheme the name of Christ. In my insolence, I persecuted his people. But God had mercy on me because I did it in ignorance and unbelief. ¹⁴Oh, how generous and gracious our Lord was! He filled me with the faith and love that come from Christ Jesus.

¹⁵This is a trustworthy saying, and everyone should accept it: "Christ Jesus came into the world to save sinners"—and I am the worst of them all. ¹⁶But God had mercy on me so that Christ Jesus could use me as a prime example of his great patience with even the worst sinners. Then others will realize that they, too, can believe in him and receive eternal life. ¹⁷All honor and glory to God forever and ever! He is the eternal King, the unseen one who never dies; he alone is God. Amen.

Timothy's Responsibility

¹⁸Timothy, my son, here are my instructions for you, based on the prophetic words spoken about you earlier. May they help you fight well in the Lord's battles. ¹⁹Cling to your faith in Christ, and keep your conscience clear. For some people have deliberately violated their consciences; as a result, their faith has been shipwrecked. ²⁰Hymenaeus and Alexander are two examples. I threw them out and handed them over to Satan so they might learn not to blaspheme God.

Instructions about Worship

2 I urge you, first of all, to pray for all people. Ask God to help them; intercede on their behalf, and give thanks for them. ²Pray this way for kings and all who are in authority so that we can live peaceful and quiet lives marked by godliness and dignity. ³This is good and pleases God our Savior, ⁴who wants everyone to be saved and to understand the truth. ⁵For there is only one God and one Mediator who can reconcile God and humanity—the man Christ Jesus. ⁶He gave his life to purchase freedom for everyone. This is the message God gave to the world at just the right time. ⁷And I have been chosen as a preacher and apostle to teach the Gentiles this message about faith and truth. I'm not exaggerating—just telling the truth.

⁸In every place of worship, I want men to pray with holy hands lifted up to God, free from anger and controversy.

⁹And I want women to be modest in their appearance.* They should wear decent and appro-

---

1:4a Greek *in myths and endless genealogies, which cause speculation.*   **1:4b** Greek *a stewardship of God in faith.*   **1:10** Or *kidnappers.*   **2:9** Or *to pray in modest apparel.*

priate clothing and not draw attention to themselves by the way they fix their hair or by wearing gold or pearls or expensive clothes. ¹⁰For women who claim to be devoted to God should make themselves attractive by the good things they do.

¹¹Women should learn quietly and submissively. ¹²I do not let women teach men or have authority over them.* Let them listen quietly. ¹³For God made Adam first, and afterward he made Eve. ¹⁴And it was not Adam who was deceived by Satan. The woman was deceived, and sin was the result. ¹⁵But women will be saved through childbearing,* assuming they continue to live in faith, love, holiness, and modesty.

Leaders in the Church

3 This is a trustworthy saying: "If someone aspires to be an elder,* he desires an honorable position." ²So an elder must be a man whose life is above reproach. He must be faithful to his wife.* He must exercise self-control, live wisely, and have a good reputation. He must enjoy having guests in his home, and he must be able to teach. ³He must not be a heavy drinker* or be violent. He must be gentle, not quarrelsome, and not love money. ⁴He must manage his own family well, having children who respect and obey him. ⁵For if a man cannot manage his own household, how can he take care of God's church?

⁶An elder must not be a new believer, because he might become proud, and the devil would cause him to fall.* ⁷Also, people outside the church must speak well of him so that he will not be disgraced and fall into the devil's trap.

⁸In the same way, deacons must be well respected and have integrity. They must not be heavy drinkers or dishonest with money. ⁹They must be committed to the mystery of the faith now revealed and must live with a clear conscience. ¹⁰Before they are appointed as deacons, let them be closely examined. If they pass the test, then let them serve as deacons.

¹¹In the same way, their wives† must be respected and must not slander others. They must exercise self-control and be faithful in everything they do.

¹²A deacon must be faithful to his wife, and he must manage his children and household well. ¹³Those who do well as deacons will be rewarded with respect from others and will have increased confidence in their faith in Christ Jesus.

The Truths of Our Faith

¹⁴I am writing these things to you now, even though I hope to be with you soon, ¹⁵so that if I am delayed, you will know how people must conduct themselves in the household of God. This is the church of the living God, which is the pillar and foundation of the truth.

¹⁶Without question, this is the great mystery of our faith*:

Christ* was revealed in a human body
  and vindicated by the Spirit.*
He was seen by angels
  and announced to the nations.
He was believed in throughout the world
  and taken to heaven in glory.

Warnings against False Teachers

4 Now the Holy Spirit tells us clearly that in the last times some will turn away from the true faith; they will follow deceptive spirits and teachings that come from demons. ²These people are hypocrites and liars, and their consciences are dead.*

³They will say it is wrong to be married and wrong to eat certain foods. But God created those foods to be eaten with thanks by faithful people who know the truth. ⁴Since everything God created is good, we should not reject any of it but receive it with thanks. ⁵For we know it is made acceptable* by the word of God and prayer.

A Good Servant of Christ Jesus

⁶If you explain these things to the brothers and sisters,* Timothy, you will be a worthy servant of Christ Jesus, one who is nourished by the message of faith and the good teaching you have followed. ⁷Do not waste time arguing over godless ideas and old wives' tales. Instead, train yourself to be godly. ⁸"Physical training is good, but training for godliness is much better, promising benefits in this life and in the life to come." ⁹This is a trustworthy saying, and everyone should accept it. ¹⁰This is why we work hard and continue to struggle,* for our hope is in the living God, who is the Savior of all people and particularly of all believers.

¹¹Teach these things and insist that everyone learn them. ¹²Don't let anyone think less of you because you are young. Be an example to all believers in what you say, in the way you live, in your love, your faith, and your purity. ¹³Until I get there, focus on reading the Scriptures to the church, encouraging the believers, and teaching them.

¹⁴Do not neglect the spiritual gift you received through the prophecy spoken over you when the elders of the church laid their hands on you. ¹⁵Give your complete attention to these matters. Throw yourself into your tasks so that

2:12 Or *teach men or usurp their authority.*   **2:15** Or *will be saved by accepting their role as mothers,* or *will be saved by the birth of the Child.*   **3:1** Or *an overseer,* or *a bishop;* also in 3:2, 6.   **3:2** Or *must have only one wife,* or *must be married only once;* Greek reads *must be the husband of one wife;* also in 3:12.   **3:3** Greek *must not drink too much wine;* similarly in 3:8.   **3:6** Or *he might fall into the same judgment as the devil.*   **3:11** Or *the women deacons.* The Greek word can be translated *women* or *wives.*   **3:16a** Or *of godliness.*   **3:16b** Greek *He who;* other manuscripts read *God.*   **3:16c** Or *in his spirit.*   **4:2** Greek *are seared.*   **4:5** Or *made holy.*   **4:6** Greek *brothers.*   **4:10** Some manuscripts read *continue to suffer.*

everyone will see your progress. ¹⁶Keep a close watch on how you live and on your teaching. Stay true to what is right for the sake of your own salvation and the salvation of those who hear you.

Advice about Widows, Elders, and Slaves

5 Never speak harshly to an older man,* but appeal to him respectfully as you would to your own father. Talk to younger men as you would to your own brothers. ²Treat older women as you would your mother, and treat younger women with all purity as you would your own sisters.

³Take care of* any widow who has no one else to care for her. ⁴But if she has children or grandchildren, their first responsibility is to show godliness at home and repay their parents by taking care of them. This is something that pleases God.

⁵Now a true widow, a woman who is truly alone in this world, has placed her hope in God. She prays night and day, asking God for his help. ⁶But the widow who lives only for pleasure is spiritually dead even while she lives. ⁷Give these instructions to the church so that no one will be open to criticism.

⁸But those who won't care for their relatives, especially those in their own household, have denied the true faith. Such people are worse than unbelievers.

⁹A widow who is put on the list for support must be a woman who is at least sixty years old and was faithful to her husband.* ¹⁰She must be well respected by everyone because of the good she has done. Has she brought up her children well? Has she been kind to strangers and served other believers humbly?* Has she helped those who are in trouble? Has she always been ready to do good?

¹¹The younger widows should not be on the list, because their physical desires will overpower their devotion to Christ and they will want to remarry. ¹²Then they would be guilty of breaking their previous pledge. ¹³And if they are on the list, they will learn to be lazy and will spend their time gossiping from house to house, meddling in other people's business and talking about things they shouldn't. ¹⁴So I advise these younger widows to marry again, have children, and take care of their own homes. Then the enemy will not be able to say anything against them. ¹⁵For I am afraid that some of them have already gone astray and now follow Satan.

¹⁶If a woman who is a believer has relatives who are widows, she must take care of them and not put the responsibility on the church. Then the church can care for the widows who are truly alone.

¹⁷Elders who do their work well should be respected and paid well,* especially those who work hard at both preaching and teaching. ¹⁸For the Scripture says, "You must not muzzle an ox to keep it from eating as it treads out the grain." And in another place, "Those who work deserve their pay!"*

¹⁹Do not listen to an accusation against an elder unless it is confirmed by two or three witnesses. ²⁰Those who sin should be reprimanded in front of the whole church; this will serve as a strong warning to others.

²¹I solemnly command you in the presence of God and Christ Jesus and the holy angels to obey these instructions without taking sides or showing favoritism to anyone.

²²Never be in a hurry about appointing a church leader.* Do not share in the sins of others. Keep yourself pure.

²³Don't drink only water. You ought to drink a little wine for the sake of your stomach because you are sick so often.

²⁴Remember, the sins of some people are obvious, leading them to certain judgment. But there are others whose sins will not be revealed until later. ²⁵In the same way, the good deeds of some people are obvious. And the good deeds done in secret will someday come to light.

6 All slaves should show full respect for their masters so they will not bring shame on the name of God and his teaching. ²If the masters are believers, that is no excuse for being disrespectful. Those slaves should work all the harder because their efforts are helping other believers* who are well loved.

False Teaching and True Riches

Teach these things, Timothy, and encourage everyone to obey them. ³Some people may contradict our teaching, but these are the wholesome teachings of the Lord Jesus Christ. These teachings promote a godly life. ⁴Anyone who teaches something different is arrogant and lacks understanding. Such a person has an unhealthy desire to quibble over the meaning of words. This stirs up arguments ending in jealousy, division, slander, and evil suspicions. ⁵These people always cause trouble. Their minds are corrupt, and they have turned their backs on the truth. To them, a show of godliness is just a way to become wealthy.

⁶Yet true godliness with contentment is itself great wealth. ⁷After all, we brought nothing with us when we came into the world, and we can't take anything with us when we leave it. ⁸So if we have enough food and clothing, let us be content.

⁹But people who long to be rich fall into temptation and are trapped by many foolish and harmful desires that plunge them into ruin and

---

5:1 Or *an elder.*   **5:3** Or *Honor.*   **5:9** Greek *was the wife of one husband.*   **5:10** Greek *and washed the feet of saints?*   **5:17** Greek *should be worthy of double honor.*   **5:18** Deut 25:4; Luke 10:7.   **5:22** Greek *about the laying on of hands.*   **6:2** Greek *brothers.*

destruction. [10]For the love of money is the root of all kinds of evil. And some people, craving money, have wandered from the true faith and pierced themselves with many sorrows.

Paul's Final Instructions

[11]But you, Timothy, are a man of God; so run from all these evil things. Pursue righteousness and a godly life, along with faith, love, perseverance, and gentleness. [12]Fight the good fight for the true faith. Hold tightly to the eternal life to which God has called you, which you have confessed so well before many witnesses. [13]And I charge you before God, who gives life to all, and before Christ Jesus, who gave a good testimony before Pontius Pilate, [14]that you obey this command without wavering. Then no one can find fault with you from now until our Lord Jesus Christ comes again. [15]For at just the right time Christ will be revealed from heaven by the blessed and only almighty God, the King of all kings and Lord of all lords. [16]He alone can never die, and he lives in light so brilliant that no human can approach him. No human eye has ever seen him, nor ever will. All honor and power to him forever! Amen.

[17]Teach those who are rich in this world not to be proud and not to trust in their money, which is so unreliable. Their trust should be in God, who richly gives us all we need for our enjoyment. [18]Tell them to use their money to do good. They should be rich in good works and generous to those in need, always being ready to share with others. [19]By doing this they will be storing up their treasure as a good foundation for the future so that they may experience true life.

[20]Timothy, guard what God has entrusted to you. Avoid godless, foolish discussions with those who oppose you with their so-called knowledge. [21]Some people have wandered from the faith by following such foolishness.

May God's grace be with you all.

2 Timothy

Greetings from Paul

1 This letter is from Paul, chosen by the will of God to be an apostle of Christ Jesus. I have been sent out to tell others about the life he has promised through faith in Christ Jesus.

²I am writing to Timothy, my dear son.

May God the Father and Christ Jesus our Lord give you grace, mercy, and peace.

Encouragement to Be Faithful

³Timothy, I thank God for you—the God I serve with a clear conscience, just as my ancestors did. Night and day I constantly remember you in my prayers. ⁴I long to see you again, for I remember your tears as we parted. And I will be filled with joy when we are together again.

⁵I remember your genuine faith, for you share the faith that first filled your grandmother Lois and your mother, Eunice. And I know that same faith continues strong in you. ⁶This is why I remind you to fan into flames the spiritual gift God gave you when I laid my hands on you. ⁷For God has not given us a spirit of fear and timidity, but of power, love, and self-discipline.

⁸So never be ashamed to tell others about our Lord. And don't be ashamed of me, either, even though I'm in prison for him. With the strength God gives you, be ready to suffer with me for the sake of the Good News. ⁹For God saved us and called us to live a holy life. He did this, not because we deserved it, but because that was his plan from before the beginning of time—to show us his grace through Christ Jesus. ¹⁰And now he has made all of this plain to us by the appearing of Christ Jesus, our Savior. He broke the power of death and illuminated the way to life and immortality through the Good News. ¹¹And God chose me to be a preacher, an apostle, and a teacher of this Good News.

¹²That is why I am suffering here in prison. But I am not ashamed of it, for I know the one in whom I trust, and I am sure that he is able to guard what I have entrusted to him* until the day of his return.

¹³Hold on to the pattern of wholesome teaching you learned from me—a pattern shaped by the faith and love that you have in Christ Jesus. ¹⁴Through the power of the Holy Spirit who lives within us, carefully guard the precious truth that has been entrusted to you.

¹⁵As you know, everyone from the province of Asia has deserted me—even Phygelus and Hermogenes.

¹⁶May the Lord show special kindness to Onesiphorus and all his family because he often visited and encouraged me. He was never ashamed of me because I was in chains. ¹⁷When he came to Rome, he searched everywhere until he found me. ¹⁸May the Lord show him special kindness on the day of Christ's return. And you know very well how helpful he was in Ephesus.

A Good Soldier of Christ Jesus

2 Timothy, my dear son, be strong through the grace that God gives you in Christ Jesus. ²You have heard me teach things that have been confirmed by many reliable witnesses. Now teach these truths to other trustworthy people who will be able to pass them on to others.

³Endure suffering along with me, as a good soldier of Christ Jesus. ⁴Soldiers don't get tied up in the affairs of civilian life, for then they cannot please the officer who enlisted them. ⁵And athletes cannot win the prize unless they follow the rules. ⁶And hardworking farmers should be the first to enjoy the fruit of their labor. ⁷Think about what I am saying. The Lord will help you understand all these things.

⁸Always remember that Jesus Christ, a descendant of King David, was raised from the dead. This is the Good News I preach. ⁹And because I preach this Good News, I am suffering and have been chained like a criminal. But the word of God cannot be chained. ¹⁰So I am willing to endure anything if it will bring salvation and eternal glory in Christ Jesus to those God has chosen.

¹¹This is a trustworthy saying:

If we die with him,
  we will also live with him.
¹² If we endure hardship,
  we will reign with him.
If we deny him,
  he will deny us.
¹³ If we are unfaithful,
  he remains faithful,
  for he cannot deny who he is.

1:12 Or *what has been entrusted to me.*

¹⁴Remind everyone about these things, and command them in God's presence to stop fighting over words. Such arguments are useless, and they can ruin those who hear them.

An Approved Worker

¹⁵Work hard so you can present yourself to God and receive his approval. Be a good worker, one who does not need to be ashamed and who correctly explains the word of truth. ¹⁶Avoid worthless, foolish talk that only leads to more godless behavior. ¹⁷This kind of talk spreads like cancer, as in the case of Hymenaeus and Philetus. ¹⁸They have left the path of truth, claiming that the resurrection of the dead has already occurred; in this way, they have turned some people away from the faith.

¹⁹But God's truth stands firm like a foundation stone with this inscription: "The LORD knows those who are his,"* and "All who belong to the LORD must turn away from evil."*

²⁰In a wealthy home some utensils are made of gold and silver, and some are made of wood and clay. The expensive utensils are used for special occasions, and the cheap ones are for everyday use. ²¹If you keep yourself pure, you will be a special utensil for honorable use. Your life will be clean, and you will be ready for the Master to use you for every good work.

²²Run from anything that stimulates youthful lusts. Instead, pursue righteous living, faithfulness, love, and peace. Enjoy the companionship of those who call on the Lord with pure hearts.

²³Again I say, don't get involved in foolish, ignorant arguments that only start fights. ²⁴A servant of the Lord must not quarrel but must be kind to everyone, be able to teach, and be patient with difficult people. ²⁵Gently instruct those who oppose the truth. Perhaps God will change those people's hearts, and they will learn the truth. ²⁶Then they will come to their senses and escape from the devil's trap. For they have been held captive by him to do whatever he wants.

The Dangers of the Last Days

3 You should know this, Timothy, that in the last days there will be very difficult times. ²For people will love only themselves and their money. They will be boastful and proud, scoffing at God, disobedient to their parents, and ungrateful. They will consider nothing sacred. ³They will be unloving and unforgiving; they will slander others and have no self-control. They will be cruel and hate what is good. ⁴They will betray their friends, be reckless, be puffed up with pride, and love pleasure rather than God. ⁵They will act religious, but they will reject the power that could make them godly. Stay away from people like that!

⁶They are the kind who work their way into people's homes and win the confidence of* vulnerable women who are burdened with the guilt of sin and controlled by various desires. ⁷(Such women are forever following new teachings, but they are never able to understand the truth.) ⁸These teachers oppose the truth just as Jannes and Jambres opposed Moses. They have depraved minds and a counterfeit faith. ⁹But they won't get away with this for long. Someday everyone will recognize what fools they are, just as with Jannes and Jambres.

Paul's Charge to Timothy

¹⁰But you, Timothy, certainly know what I teach, and how I live, and what my purpose in life is. You know my faith, my patience, my love, and my endurance. ¹¹You know how much persecution and suffering I have endured. You know all about how I was persecuted in Antioch, Iconium, and Lystra—but the Lord rescued me from all of it. ¹²Yes, and everyone who wants to live a godly life in Christ Jesus will suffer persecution. ¹³But evil people and impostors will flourish. They will deceive others and will themselves be deceived.

¹⁴But you must remain faithful to the things you have been taught. You know they are true, for you know you can trust those who taught you. ¹⁵You have been taught the holy Scriptures from childhood, and they have given you the wisdom to receive the salvation that comes by trusting in Christ Jesus. ¹⁶All Scripture is inspired by God and is useful to teach us what is true and to make us realize what is wrong in our lives. It corrects us when we are wrong and teaches us to do what is right. ¹⁷God uses it to prepare and equip his people to do every good work.

4 I solemnly urge you in the presence of God and Christ Jesus, who will someday judge the living and the dead when he appears to set up his Kingdom: ²Preach the word of God. Be prepared, whether the time is favorable or not. Patiently correct, rebuke, and encourage your people with good teaching.

³For a time is coming when people will no longer listen to sound and wholesome teaching. They will follow their own desires and will look for teachers who will tell them whatever their itching ears want to hear. ⁴They will reject the truth and chase after myths.

⁵But you should keep a clear mind in every situation. Don't be afraid of suffering for the Lord. Work at telling others the Good News, and fully carry out the ministry God has given you.

⁶As for me, my life has already been poured out as an offering to God. The time of my death is near. ⁷I have fought the good fight, I have finished the race, and I have remained faithful. ⁸And now the prize awaits me—the crown of righteousness, which the Lord, the righteous

2:19a Num 16.5.   **2:19b** See Isa 52:11.   **3:6** Greek *and take captive.*

Judge, will give me on the day of his return. And the prize is not just for me but for all who eagerly look forward to his appearing.

Paul's Final Words

9Timothy, please come as soon as you can. 10Demas has deserted me because he loves the things of this life and has gone to Thessalonica. Crescens has gone to Galatia, and Titus has gone to Dalmatia. 11Only Luke is with me. Bring Mark with you when you come, for he will be helpful to me in my ministry. 12I sent Tychicus to Ephesus. 13When you come, be sure to bring the coat I left with Carpus at Troas. Also bring my books, and especially my papers.*

14Alexander the coppersmith did me much harm, but the Lord will judge him for what he has done. 15Be careful of him, for he fought against everything we said.

16The first time I was brought before the judge, no one came with me. Everyone abandoned me. May it not be counted against them. 17But the Lord stood with me and gave me strength so that I might preach the Good News in its entirety for all the Gentiles to hear. And he rescued me from certain death.* 18Yes, and the Lord will deliver me from every evil attack and will bring me safely into his heavenly Kingdom. All glory to God forever and ever! Amen.

Paul's Final Greetings

19Give my greetings to Priscilla and Aquila and those living in the household of Onesiphorus. 20Erastus stayed at Corinth, and I left Trophimus sick at Miletus.

21Do your best to get here before winter. Eubulus sends you greetings, and so do Pudens, Linus, Claudia, and all the brothers and sisters.*

22May the Lord be with your spirit. And may his grace be with all of you.

4:13 Greek *especially the parchments.*   4:17 Greek *from the mouth of a lion.*   4:21 Greek *brothers.*

Titus

Greetings from Paul

1 This letter is from Paul, a slave of God and an apostle of Jesus Christ. I have been sent to proclaim faith to* those God has chosen and to teach them to know the truth that shows them how to live godly lives. ²This truth gives them confidence that they have eternal life, which God—who does not lie—promised them before the world began. ³And now at just the right time he has revealed this message, which we announce to everyone. It is by the command of God our Savior that I have been entrusted with this work for him.

⁴I am writing to Titus, my true son in the faith that we share.

May God the Father and Christ Jesus our Savior give you grace and peace.

Titus's Work in Crete

⁵I left you on the island of Crete so you could complete our work there and appoint elders in each town as I instructed you. ⁶An elder must live a blameless life. He must be faithful to his wife,* and his children must be believers who don't have a reputation for being wild or rebellious. ⁷For an elder* must live a blameless life. He must not be arrogant or quick-tempered; he must not be a heavy drinker,* violent, or dishonest with money.

⁸Rather, he must enjoy having guests in his home, and he must love what is good. He must live wisely and be just. He must live a devout and disciplined life. ⁹He must have a strong belief in the trustworthy message he was taught; then he will be able to encourage others with wholesome teaching and show those who oppose it where they are wrong.

¹⁰For there are many rebellious people who engage in useless talk and deceive others. This is especially true of those who insist on circumcision for salvation. ¹¹They must be silenced, because they are turning whole families away from the truth by their false teaching. And they do it only for money. ¹²Even one of their own men, a prophet from Crete, has said about them, "The people of Crete are all liars, cruel animals, lazy gluttons."* ¹³This is true. So reprimand them sternly to make them strong in the faith. ¹⁴They must stop listening to Jewish myths and the commands of people who have turned away from the truth.

¹⁵Everything is pure to those whose hearts are pure. But nothing is pure to those who are corrupt and unbelieving, because their minds and consciences are corrupted. ¹⁶Such people claim they know God, but they deny him by the way they live. They are detestable and disobedient, worthless for doing anything good.

Promote Right Teaching

2 As for you, Titus, promote the kind of living that reflects wholesome teaching. ²Teach the older men to exercise self-control, to be worthy of respect, and to live wisely. They must have sound faith and be filled with love and patience.

³Similarly, teach the older women to live in a way that honors God. They must not slander others or be heavy drinkers.* Instead, they should teach others what is good. ⁴These older women must train the younger women to love their husbands and their children, ⁵to live wisely and be pure, to work in their homes,* to do good, and to be submissive to their husbands. Then they will not bring shame on the word of God.

⁶In the same way, encourage the young men to live wisely. ⁷And you yourself must be an example to them by doing good works of every kind. Let everything you do reflect the integrity and seriousness of your teaching. ⁸Teach the truth so that your teaching can't be criticized. Then those who oppose us will be ashamed and have nothing bad to say about us.

⁹Slaves must always obey their masters and do their best to please them. They must not talk back ¹⁰or steal, but must show themselves to be entirely trustworthy and good. Then they will make the teaching about God our Savior attractive in every way.

¹¹For the grace of God has been revealed, bringing salvation to all people. ¹²And we are instructed to turn from godless living and sinful pleasures. We should live in this evil world with wisdom, righteousness, and devotion to God, ¹³while we look forward with hope to that

---

1:1 Or *to strengthen the faith of.*   1:6 Or *must have only one wife,* or *must be married only once;* Greek reads *must be the husband of one wife.*   1:7a Or *an overseer,* or *a bishop.*   1:7b Greek *must not drink too much wine.*   1:12 This quotation is from Epimenides of Knossos.   2:3 Greek *be enslaved to much wine.*   2:5 Some manuscripts read *to care for their homes.*

wonderful day when the glory of our great God and Savior, Jesus Christ, will be revealed. [14]He gave his life to free us from every kind of sin, to cleanse us, and to make us his very own people, totally committed to doing good deeds.

[15]You must teach these things and encourage the believers to do them. You have the authority to correct them when necessary, so don't let anyone disregard what you say.

Do What Is Good

3 Remind the believers to submit to the government and its officers. They should be obedient, always ready to do what is good. [2]They must not slander anyone and must avoid quarreling. Instead, they should be gentle and show true humility to everyone.

[3]Once we, too, were foolish and disobedient. We were misled and became slaves to many lusts and pleasures. Our lives were full of evil and envy, and we hated each other.

[4]But—"When God our Savior revealed his kindness and love, [5]he saved us, not because of the righteous things we had done, but because of his mercy. He washed away our sins, giving us a new birth and new life through the Holy Spirit.* [6]He generously poured out the Spirit upon us through Jesus Christ our Savior. [7]Because of his grace he declared us righteous and gave us confidence that we will inherit eternal life." [8]This is a trustworthy saying, and I want you to insist on these teachings so that all who trust in God will devote themselves to doing good. These teachings are good and beneficial for everyone.

[9]Do not get involved in foolish discussions about spiritual pedigrees* or in quarrels and fights about obedience to Jewish laws. These things are useless and a waste of time. [10]If people are causing divisions among you, give a first and second warning. After that, have nothing more to do with them. [11]For people like that have turned away from the truth, and their own sins condemn them.

Paul's Final Remarks and Greetings

[12]I am planning to send either Artemas or Tychicus to you. As soon as one of them arrives, do your best to meet me at Nicopolis, for I have decided to stay there for the winter. [13]Do everything you can to help Zenas the lawyer and Apollos with their trip. See that they are given everything they need. [14]Our people must learn to do good by meeting the urgent needs of others; then they will not be unproductive.

[15]Everybody here sends greetings. Please give my greetings to the believers—all who love us.

May God's grace be with you all.

3:5 Greek *He saved us through the washing of regeneration and renewing of the Holy Spirit.*　　3:9 Or *spiritual genealogies.*

Philemon

Greetings from Paul

This letter is from Paul, a prisoner for preaching the Good News about Christ Jesus, and from our brother Timothy.

I am writing to Philemon, our beloved co-worker, ²and to our sister Apphia, and to our fellow soldier Archippus, and to the church that meets in your* house.

³May God our Father and the Lord Jesus Christ give you grace and peace.

Paul's Thanksgiving and Prayer

⁴I always thank my God when I pray for you, Philemon, ⁵because I keep hearing about your faith in the Lord Jesus and your love for all of God's people. ⁶And I am praying that you will put into action the generosity that comes from your faith as you understand and experience all the good things we have in Christ. ⁷Your love has given me much joy and comfort, my brother, for your kindness has often refreshed the hearts of God's people.

Paul's Appeal for Onesimus

⁸That is why I am boldly asking a favor of you. I could demand it in the name of Christ because it is the right thing for you to do. ⁹But because of our love, I prefer simply to ask you. Consider this as a request from me—Paul, an old man and now also a prisoner for the sake of Christ Jesus.*

¹⁰I appeal to you to show kindness to my child, Onesimus. I became his father in the faith while here in prison. ¹¹Onesimus* hasn't been of much use to you in the past, but now he is very useful to both of us. ¹²I am sending him back to you, and with him comes my own heart.

¹³I wanted to keep him here with me while I am in these chains for preaching the Good News, and he would have helped me on your behalf. ¹⁴But I didn't want to do anything without your consent. I wanted you to help because you were willing, not because you were forced. ¹⁵It seems Onesimus ran away* for a little while so that you could have him back forever. ¹⁶He is no longer like a slave to you. He is more than a slave, for he is a beloved brother, especially to me. Now he will mean much more to you, both as a man and as a brother in the Lord.

¹⁷So if you consider me your partner, welcome him as you would welcome me. ¹⁸If he has wronged you in any way or owes you anything, charge it to me. ¹⁹I, Paul, write this with my own hand: I will repay it. And I won't mention that you owe me your very soul!

²⁰Yes, my brother, please do me this favor* for the Lord's sake. Give me this encouragement in Christ.

²¹I am confident as I write this letter that you will do what I ask and even more! ²²One more thing—please prepare a guest room for me, for I am hoping that God will answer your prayers and let me return to you soon.

Paul's Final Greetings

²³Epaphras, my fellow prisoner in Christ Jesus, sends you his greetings. ²⁴So do Mark, Aristarchus, Demas, and Luke, my co-workers.

²⁵May the grace of the Lord Jesus Christ be with your spirit.

2 Throughout this letter, *you* and *your* are singular except in verses 3, 22, and 25.   9 Or *a prisoner of Christ Jesus.*   11 *Onesimus* means "useful."   15 Greek *Onesimus was separated from you.*   20 Greek *onaimen,* a play on the name Onesimus.

Hebrews

Jesus Christ Is God's Son

1 Long ago God spoke many times and in many ways to our ancestors through the prophets. ²And now in these final days, he has spoken to us through his Son. God promised everything to the Son as an inheritance, and through the Son he created the universe. ³The Son radiates God's own glory and expresses the very character of God, and he sustains everything by the mighty power of his command. When he had cleansed us from our sins, he sat down in the place of honor at the right hand of the majestic God in heaven. ⁴This shows that the Son is far greater than the angels, just as the name God gave him is greater than their names.

The Son Is Greater Than the Angels

⁵For God never said to any angel what he said to Jesus:

"You are my Son.
Today I have become your Father.*"

God also said,

"I will be his Father,
and he will be my Son."*

⁶And when he brought his firstborn Son into the world, God said,*

"Let all of God's angels worship him."*

⁷Regarding the angels, he says,

"He sends his angels like the winds,
his servants like flames of fire."*

⁸But to the Son he says,

"Your throne, O God, endures forever and ever.
You rule with a scepter of justice.
⁹ You love justice and hate evil.
Therefore, O God, your God has anointed you,
pouring out the oil of joy on you more than on anyone else."*

¹⁰He also says to the Son,

"In the beginning, Lord, you laid the foundation of the earth
and made the heavens with your hands.
¹¹ They will perish, but you remain forever.
They will wear out like old clothing.
¹² You will fold them up like a cloak
and discard them like old clothing.
But you are always the same;
you will live forever."*

¹³And God never said to any of the angels,

"Sit in the place of honor at my right hand
until I humble your enemies,
making them a footstool under your feet."*

¹⁴Therefore, angels are only servants—spirits sent to care for people who will inherit salvation.

A Warning against Drifting Away

2 So we must listen very carefully to the truth we have heard, or we may drift away from it. ²For the message God delivered through angels has always stood firm, and every violation of the law and every act of disobedience was punished. ³So what makes us think we can escape if we ignore this great salvation that was first announced by the Lord Jesus himself and then delivered to us by those who heard him speak? ⁴And God confirmed the message by giving signs and wonders and various miracles and gifts of the Holy Spirit whenever he chose.

Jesus, the Man

⁵And furthermore, it is not angels who will control the future world we are talking about. ⁶For in one place the Scriptures say,

"What are people that you should think of them,
or a son of man* that you should care for him?
⁷ Yet you made them only a little lower than the angels
and crowned them with glory and honor.*
⁸ You gave them authority over all things."*

Now when it says "all things," it means nothing is left out. But we have not yet seen all things put under their authority. ⁹What we do see is Jesus,

---

1:5a Or *Today I reveal you as my Son.* Ps 2:7.   **1:5b** 2 Sam 7:14.   **1:6a** Or *when he again brings his firstborn son into the world, God will say.*   **1:6b** Deut 32:43.   **1:7** Ps 104:4 (Greek version).   **1:8-9** Ps 45:6-7.   **1:10-12** Ps 102:25-27.   **1:13** Ps 110:1.   **2:6** Or *the Son of Man.*   **2:7** Some manuscripts add *You put them in charge of everything you made.*   **2:6-8** Ps 8:4-6 (Greek version).

who was given a position "a little lower than the angels"; and because he suffered death for us, he is now "crowned with glory and honor." Yes, by God's grace, Jesus tasted death for everyone. ¹⁰God, for whom and through whom everything was made, chose to bring many children into glory. And it was only right that he should make Jesus, through his suffering, a perfect leader, fit to bring them into their salvation.

¹¹So now Jesus and the ones he makes holy have the same Father. That is why Jesus is not ashamed to call them his brothers and sisters.* ¹²For he said to God,

"I will proclaim your name to my brothers and sisters.
I will praise you among your assembled people."*

¹³He also said,

"I will put my trust in him,"
that is, "I and the children God has given me."*

¹⁴Because God's children are human beings— made of flesh and blood—the Son also became flesh and blood. For only as a human being could he die, and only by dying could he break the power of the devil, who had* the power of death. ¹⁵Only in this way could he set free all who have lived their lives as slaves to the fear of dying.

¹⁶We also know that the Son did not come to help angels; he came to help the descendants of Abraham. ¹⁷Therefore, it was necessary for him to be made in every respect like us, his brothers and sisters,* so that he could be our merciful and faithful High Priest before God. Then he could offer a sacrifice that would take away the sins of the people. ¹⁸Since he himself has gone through suffering and testing, he is able to help us when we are being tested.

Jesus Is Greater Than Moses

3 And so, dear brothers and sisters who belong to God and* are partners with those called to heaven, think carefully about this Jesus whom we declare to be God's messenger* and High Priest. ²For he was faithful to God, who appointed him, just as Moses served faithfully when he was entrusted with God's entire* house.

³But Jesus deserves far more glory than Moses, just as a person who builds a house deserves more praise than the house itself. ⁴For every house has a builder, but the one who built everything is God. ⁵Moses was certainly faithful in God's house as a servant. His work was an illustration of the truths God would reveal later. ⁶But Christ, as the

Son, is in charge of God's entire house. And we are God's house, if we keep our courage and remain confident in our hope in Christ.*

⁷That is why the Holy Spirit says,

"Today when you hear his voice,
⁸   don't harden your hearts
as Israel did when they rebelled,
    when they tested me in the wilderness.
⁹ There your ancestors tested and tried my patience,
    even though they saw my miracles for forty years.
¹⁰ So I was angry with them, and I said,
'Their hearts always turn away from me.
    They refuse to do what I tell them.'
¹¹ So in my anger I took an oath:
'They will never enter my place of rest.'"*

¹²Be careful then, dear brothers and sisters.* Make sure that your own hearts are not evil and unbelieving, turning you away from the living God. ¹³You must warn each other every day, while it is still "today," so that none of you will be deceived by sin and hardened against God. ¹⁴For if we are faithful to the end, trusting God just as firmly as when we first believed, we will share in all that belongs to Christ. ¹⁵Remember what it says:

"Today when you hear his voice,
    don't harden your hearts
as Israel did when they rebelled."*

¹⁶And who was it who rebelled against God, even though they heard his voice? Wasn't it the people Moses led out of Egypt? ¹⁷And who made God angry for forty years? Wasn't it the people who sinned, whose corpses lay in the wilderness? ¹⁸And to whom was God speaking when he took an oath that they would never enter his rest? Wasn't it the people who disobeyed him? ¹⁹So we see that because of their unbelief they were not able to enter his rest.

Promised Rest for God's People

4 God's promise of entering his rest still stands, so we ought to tremble with fear that some of you might fail to experience it. ²For this good news—that God has prepared this rest— has been announced to us just as it was to them. But it did them no good because they didn't share the faith of those who listened to God.* ³For only we who believe can enter his rest. As for the others, God said,

"In my anger I took an oath:
'They will never enter my place of rest,'"*

even though this rest has been ready since he made the world. ⁴We know it is ready because of

2:11 Greek *brothers;* also in 2:12.   **2:12** Ps 22:22.   **2:13** Isa 8:17-18.   **2:14** Or *has.*   **2:17** Greek *like the brothers.*   **3:1a** Greek *And so, holy brothers who.*   **3:1b** Greek *God's apostle.*   **3:2** Some manuscripts omit *entire.*   **3:6** Some manuscripts add *to the end.* **3:7-11** Ps 95:7-11.   **3:12** Greek *brothers.*   **3:15** Ps 95:7-8.   **4:2** Some manuscripts read *they didn't combine what they heard with faith.*   **4:3** Ps 95:11.

the place in the Scriptures where it mentions the seventh day: "On the seventh day God rested from all his work."* 5But in the other passage God said, "They will never enter my place of rest."*

6So God's rest is there for people to enter, but those who first heard this good news failed to enter because they disobeyed God. 7So God set another time for entering his rest, and that time is today. God announced this through David much later in the words already quoted:

"Today when you hear his voice,
don't harden your hearts."*

8Now if Joshua had succeeded in giving them this rest, God would not have spoken about another day of rest still to come. 9So there is a special rest* still waiting for the people of God. 10For all who have entered into God's rest have rested from their labors, just as God did after creating the world. 11So let us do our best to enter that rest. But if we disobey God, as the people of Israel did, we will fall.

12For the word of God is alive and powerful. It is sharper than the sharpest two-edged sword, cutting between soul and spirit, between joint and marrow. It exposes our innermost thoughts and desires. 13Nothing in all creation is hidden from God. Everything is naked and exposed before his eyes, and he is the one to whom we are accountable.

Christ Is Our High Priest

14So then, since we have a great High Priest who has entered heaven, Jesus the Son of God, let us hold firmly to what we believe. 15This High Priest of ours understands our weaknesses, for he faced all of the same testings we do, yet he did not sin. 16So let us come boldly to the throne of our gracious God. There we will receive his mercy, and we will find grace to help us when we need it most.

5 Every high priest is a man chosen to represent other people in their dealings with God. He presents their gifts to God and offers sacrifices for their sins. 2And he is able to deal gently with ignorant and wayward people because he himself is subject to the same weaknesses. 3That is why he must offer sacrifices for his own sins as well as theirs.

4And no one can become a high priest simply because he wants such an honor. He must be called by God for this work, just as Aaron was. 5That is why Christ did not honor himself by assuming he could become High Priest. No, he was chosen by God, who said to him,

"You are my Son.
Today I have become your Father.*"

6And in another passage God said to him,

"You are a priest forever in the order of
Melchizedek."*

7While Jesus was here on earth, he offered prayers and pleadings, with a loud cry and tears, to the one who could rescue him from death. And God heard his prayers because of his deep reverence for God. 8Even though Jesus was God's Son, he learned obedience from the things he suffered. 9In this way, God qualified him as a perfect High Priest, and he became the source of eternal salvation for all those who obey him. 10And God designated him to be a High Priest in the order of Melchizedek.

A Call to Spiritual Growth

11There is much more we would like to say about this, but it is difficult to explain, especially since you are spiritually dull and don't seem to listen. 12You have been believers so long now that you ought to be teaching others. Instead, you need someone to teach you again the basic things about God's word.* You are like babies who need milk and cannot eat solid food. 13For someone who lives on milk is still an infant and doesn't know how to do what is right. 14Solid food is for those who are mature, who through training have the skill to recognize the difference between right and wrong.

6 So let us stop going over the basic teachings about Christ again and again. Let us go on instead and become mature in our understanding. Surely we don't need to start again with the fundamental importance of repenting from evil deeds and placing our faith in God. 2You don't need further instruction about baptisms, the laying on of hands, the resurrection of the dead, and eternal judgment. 3And so, God willing, we will move forward to further understanding.

4For it is impossible to bring back to repentance those who were once enlightened—those who have experienced the good things of heaven and shared in the Holy Spirit, 5who have tasted the goodness of the word of God and the power of the age to come—6and who then turn away from God. It is impossible to bring such people back to repentance; by rejecting the Son of God, they themselves are nailing him to the cross once again and holding him up to public shame.

7When the ground soaks up the falling rain and bears a good crop for the farmer, it has God's blessing. 8But if a field bears thorns and thistles, it is useless. The farmer will soon condemn that field and burn it.

9Dear friends, even though we are talking this way, we really don't believe it applies to you. We are confident that you are meant for better things, things that come with salvation. 10For

4:4 Gen 2:2.   4:5 Ps 95:11.   4:7 Ps 95:7-8.   4:9 Or *a Sabbath rest.*   5:5 Or *Today I reveal you as my Son. Ps 2:7.*   5:6 Ps 110:4.
5:12 Or *about the oracles of God.*

God is not unjust. He will not forget how hard you have worked for him and how you have shown your love to him by caring for other believers,* as you still do. [11]Our great desire is that you will keep on loving others as long as life lasts, in order to make certain that what you hope for will come true. [12]Then you will not become spiritually dull and indifferent. Instead, you will follow the example of those who are going to inherit God's promises because of their faith and endurance.

God's Promises Bring Hope

[13]For example, there was God's promise to Abraham. Since there was no one greater to swear by, God took an oath in his own name, saying:

[14] "I will certainly bless you,
and I will multiply your descendants
beyond number."*

[15]Then Abraham waited patiently, and he received what God had promised.

[16]Now when people take an oath, they call on someone greater than themselves to hold them to it. And without any question that oath is binding. [17]God also bound himself with an oath, so that those who received the promise could be perfectly sure that he would never change his mind. [18]So God has given both his promise and his oath. These two things are unchangeable because it is impossible for God to lie. Therefore, we who have fled to him for refuge can have great confidence as we hold to the hope that lies before us. [19]This hope is a strong and trustworthy anchor for our souls. It leads us through the curtain into God's inner sanctuary. [20]Jesus has already gone in there for us. He has become our eternal High Priest in the order of Melchizedek.

Melchizedek Is Greater Than Abraham

7 This Melchizedek was king of the city of Salem and also a priest of God Most High. When Abraham was returning home after winning a great battle against the kings, Melchizedek met him and blessed him. [2]Then Abraham took a tenth of all he had captured in battle and gave it to Melchizedek. The name Melchizedek means "king of justice," and king of Salem means "king of peace." [3]There is no record of his father or mother or any of his ancestors—no beginning or end to his life. He remains a priest forever, resembling the Son of God.

[4]Consider then how great this Melchizedek was. Even Abraham, the great patriarch of Israel, recognized this by giving him a tenth of what he had taken in battle. [5]Now the law of Moses required that the priests, who are descendants of Levi, must collect a tithe from the rest of the people of Israel,* who are also descendants of

Abraham. [6]But Melchizedek, who was not a descendant of Levi, collected a tenth from Abraham. And Melchizedek placed a blessing upon Abraham, the one who had already received the promises of God. [7]And without question, the person who has the power to give a blessing is greater than the one who is blessed.

[8]The priests who collect tithes are men who die, so Melchizedek is greater than they are, because we are told that he lives on. [9]In addition, we might even say that these Levites—the ones who collect the tithe—paid a tithe to Melchizedek when their ancestor Abraham paid a tithe to him. [10]For although Levi wasn't born yet, the seed from which he came was in Abraham's body when Melchizedek collected the tithe from him.

[11]So if the priesthood of Levi, on which the law was based, could have achieved the perfection God intended, why did God need to establish a different priesthood, with a priest in the order of Melchizedek instead of the order of Levi and Aaron?*

[12]And if the priesthood is changed, the law must also be changed to permit it. [13]For the priest we are talking about belongs to a different tribe, whose members have never served at the altar as priests. [14]What I mean is, our Lord came from the tribe of Judah, and Moses never mentioned priests coming from that tribe.

Jesus Is like Melchizedek

[15]This change has been made very clear since a different priest, who is like Melchizedek, has appeared. [16]Jesus became a priest, not by meeting the physical requirement of belonging to the tribe of Levi, but by the power of a life that cannot be destroyed. [17]And the psalmist pointed this out when he prophesied,

"You are a priest forever in the order of
Melchizedek."*

[18]Yes, the old requirement about the priesthood was set aside because it was weak and useless. [19]For the law never made anything perfect. But now we have confidence in a better hope, through which we draw near to God.

[20]This new system was established with a solemn oath. Aaron's descendants became priests without such an oath, [21]but there was an oath regarding Jesus. For God said to him,

"The Lord has taken an oath and will not
break his vow:
'You are a priest forever.'"*

[22]Because of this oath, Jesus is the one who guarantees this better covenant with God.

[23]There were many priests under the old system, for death prevented them from remaining in office. [24]But because Jesus lives forever, his priesthood lasts forever. [25]Therefore he is able,

6:10 Greek *the saints.* **6:14** Gen 22:17. **7:5** Greek *from their brothers.* **7:11** Greek *the order of Aaron?* **7:17** Ps 110:4. **7:21** Ps 110:4.

once and forever, to save* those who come to God through him. He lives forever to intercede with God on their behalf.

²⁶He is the kind of high priest we need because he is holy and blameless, unstained by sin. He has been set apart from sinners and has been given the highest place of honor in heaven.* ²⁷Unlike those other high priests, he does not need to offer sacrifices every day. They did this for their own sins first and then for the sins of the people. But Jesus did this once for all when he offered himself as the sacrifice for the people's sins. ²⁸The law appointed high priests who were limited by human weakness. But after the law was given, God appointed his Son with an oath, and his Son has been made the perfect High Priest forever.

Christ Is Our High Priest

8 Here is the main point: We have a High Priest who sat down in the place of honor beside the throne of the majestic God in heaven. ²There he ministers in the heavenly Tabernacle,* the true place of worship that was built by the Lord and not by human hands.

³And since every high priest is required to offer gifts and sacrifices, our High Priest must make an offering, too. ⁴If he were here on earth, he would not even be a priest, since there already are priests who offer the gifts required by the law. ⁵They serve in a system of worship that is only a copy, a shadow of the real one in heaven. For when Moses was getting ready to build the Tabernacle, God gave him this warning: "Be sure that you make everything according to the pattern I have shown you here on the mountain."*

⁶But now Jesus, our High Priest, has been given a ministry that is far superior to the old priesthood, for he is the one who mediates for us a far better covenant with God, based on better promises.

⁷If the first covenant had been faultless, there would have been no need for a second covenant to replace it. ⁸But when God found fault with the people, he said:

"The day is coming, says the Lord,
  when I will make a new covenant
with the people of Israel and Judah.
⁹ This covenant will not be like the one
  I made with their ancestors
when I took them by the hand
  and led them out of the land of Egypt.
They did not remain faithful to my
  covenant,
  so I turned my back on them, says the
  Lord.
¹⁰ But this is the new covenant I will make

with the people of Israel on that day,* says
  the Lord:
I will put my laws in their minds,
  and I will write them on their hearts.
I will be their God,
  and they will be my people.
¹¹ And they will not need to teach their
  neighbors,
  nor will they need to teach their
  relatives,*
  saying, 'You should know the Lord.'
For everyone, from the least to the greatest,
  will know me already.
¹² And I will forgive their wickedness,
  and I will never again remember their
  sins."*

¹³When God speaks of a "new" covenant, it means he has made the first one obsolete. It is now out of date and will soon disappear.

Old Rules about Worship

9 That first covenant between God and Israel had regulations for worship and a place of worship here on earth. ²There were two rooms in that Tabernacle.* In the first room were a lampstand, a table, and sacred loaves of bread on the table. This room was called the Holy Place. ³Then there was a curtain, and behind the curtain was the second room* called the Most Holy Place. ⁴In that room were a gold incense altar and a wooden chest called the Ark of the Covenant, which was covered with gold on all sides. Inside the Ark were a gold jar containing manna, Aaron's staff that sprouted leaves, and the stone tablets of the covenant. ⁵Above the Ark were the cherubim of divine glory, whose wings stretched out over the Ark's cover, the place of atonement. But we cannot explain these things in detail now.

⁶When these things were all in place, the priests regularly entered the first room* as they performed their religious duties. ⁷But only the high priest ever entered the Most Holy Place, and only once a year. And he always offered blood for his own sins and for the sins the people had committed in ignorance. ⁸By these regulations the Holy Spirit revealed that the entrance to the Most Holy Place was not freely open as long as the Tabernacle* and the system it represented were still in use.

⁹This is an illustration pointing to the present time. For the gifts and sacrifices that the priests offer are not able to cleanse the consciences of the people who bring them. ¹⁰For that old system deals only with food and drink and various cleansing ceremonies—physical regulations that were in effect only until a better system could be established.

7:25 Or *is able to save completely.* 7:26 Or *has been exalted higher than the heavens.* 8:2 Or *tent;* also in 8:5. 8:5 Exod 25:40; 26:30. 8:10 Greek *after those days.* 8:11 Greek *their brother.* 8:8-12 Jer 31:31-34. 9:2 Or *tent;* also in 9:11, 21. 9:3 Greek *second tent.* 9:6 Greek *first tent.* 9:8 Or *the first room;* Greek reads *the first tent.*

Christ Is the Perfect Sacrifice

¹¹So Christ has now become the High Priest over all the good things that have come.* He has entered that greater, more perfect Tabernacle in heaven, which was not made by human hands and is not part of this created world. ¹²With his own blood—not the blood of goats and calves—he entered the Most Holy Place once for all time and secured our redemption forever.

¹³Under the old system, the blood of goats and bulls and the ashes of a young cow could cleanse people's bodies from ceremonial impurity. ¹⁴Just think how much more the blood of Christ will purify our consciences from sinful deeds* so that we can worship the living God. For by the power of the eternal Spirit, Christ offered himself to God as a perfect sacrifice for our sins. ¹⁵That is why he is the one who mediates a new covenant between God and people, so that all who are called can receive the eternal inheritance God has promised them. For Christ died to set them free from the penalty of the sins they had committed under that first covenant.

¹⁶Now when someone leaves a will,* it is necessary to prove that the person who made it is dead.* ¹⁷The will goes into effect only after the person's death. While the person who made it is still alive, the will cannot be put into effect.

¹⁸That is why even the first covenant was put into effect with the blood of an animal. ¹⁹For after Moses had read each of God's commandments to all the people, he took the blood of calves and goats,* along with water, and sprinkled both the book of God's law and all the people, using hyssop branches and scarlet wool. ²⁰Then he said, "This blood confirms the covenant God has made with you."* ²¹And in the same way, he sprinkled blood on the Tabernacle and on everything used for worship. ²²In fact, according to the law of Moses, nearly everything was purified with blood. For without the shedding of blood, there is no forgiveness.

²³That is why the Tabernacle and everything in it, which were copies of things in heaven, had to be purified by the blood of animals. But the real things in heaven had to be purified with far better sacrifices than the blood of animals.

²⁴For Christ did not enter into a holy place made with human hands, which was only a copy of the true one in heaven. He entered into heaven itself to appear now before God on our behalf. ²⁵And he did not enter heaven to offer himself again and again, like the high priest here on earth who enters the Most Holy Place year after year with the blood of an animal. ²⁶If that had been necessary, Christ would have had to die again and again, ever since the world began. But now, once for all time, he has appeared at the end of the age* to remove sin by his own death as a sacrifice.

²⁷And just as each person is destined to die once and after that comes judgment, ²⁸so also Christ died once for all time as a sacrifice to take away the sins of many people. He will come again, not to deal with our sins, but to bring salvation to all who are eagerly waiting for him.

Christ's Sacrifice Once for All

10 The old system under the law of Moses was only a shadow, a dim preview of the good things to come, not the good things themselves. The sacrifices under that system were repeated again and again, year after year, but they were never able to provide perfect cleansing for those who came to worship. ²If they could have provided perfect cleansing, the sacrifices would have stopped, for the worshipers would have been purified once for all time, and their feelings of guilt would have disappeared.

³But instead, those sacrifices actually reminded them of their sins year after year. ⁴For it is not possible for the blood of bulls and goats to take away sins. ⁵That is why, when Christ* came into the world, he said to God,

"You did not want animal sacrifices or sin
    offerings
But you have given me a body to offer.
⁶ You were not pleased with burnt
    offerings
    or other offerings for sin.
⁷ Then I said, 'Look, I have come to do your
    will, O God—
    as is written about me in the Scriptures.'"*

⁸First, Christ said, "You did not want animal sacrifices or sin offerings or burnt offerings or other offerings for sin, nor were you pleased with them" (though they are required by the law of Moses). ⁹Then he said, "Look, I have come to do your will." He cancels the first covenant in order to put the second into effect. ¹⁰For God's will was for us to be made holy by the sacrifice of the body of Jesus Christ, once for all time.

¹¹Under the old covenant, the priest stands and ministers before the altar day after day, offering the same sacrifices again and again, which can never take away sins. ¹²But our High Priest offered himself to God as a single sacrifice for sins, good for all time. Then he sat down in the place of honor at God's right hand. ¹³There he waits until his enemies are humbled and made a footstool under his feet. ¹⁴For by that one offering he forever made perfect those who are being made holy.

¹⁵And the Holy Spirit also testifies that this is so. For he says,

9:11 Some manuscripts read *that are about to come.*   **9:14** Greek *from dead works.*   **9:16a** Or *covenant;* also in 9:17.   **9:16b** Or *Now when someone makes a covenant, it is necessary to ratify it with the death of a sacrifice.*   **9:19** Some manuscripts omit *and goats.*   **9:20** Exod 24:8.   **9:26** Greek *the ages.*   **10:5** Greek *he;* also in 10:8.   **10:5-7** Ps 40:6-8 (Greek version).

16 "This is the new covenant I will make
with my people on that day,* says the
LORD:
I will put my laws in their hearts,
and I will write them on their minds."*

17Then he says,

"I will never again remember
their sins and lawless deeds."*

18And when sins have been forgiven, there is no
need to offer any more sacrifices.

A Call to Persevere

19And so, dear brothers and sisters,* we can
boldly enter heaven's Most Holy Place because
of the blood of Jesus. 20By his death,* Jesus
opened a new and life-giving way through the
curtain into the Most Holy Place. 21And since we
have a great High Priest who rules over God's
house, 22let us go right into the presence of God
with sincere hearts fully trusting him. For our
guilty consciences have been sprinkled with
Christ's blood to make us clean, and our bodies
have been washed with pure water.

23Let us hold tightly without wavering to the
hope we affirm, for God can be trusted to keep
his promise. 24Let us think of ways to motivate
one another to acts of love and good works.
25And let us not neglect our meeting together,
as some people do, but encourage one another,
especially now that the day of his return is
drawing near.

26Dear friends, if we deliberately continue sinning after we have received knowledge of the
truth, there is no longer any sacrifice that will
cover these sins. 27There is only the terrible expectation of God's judgment and the raging fire
that will consume his enemies. 28For anyone who
refused to obey the law of Moses was put to
death without mercy on the testimony of two or
three witnesses. 29Just think how much worse
the punishment will be for those who have trampled on the Son of God, and have treated the
blood of the covenant, which made us holy, as if
it were common and unholy, and have insulted
and disdained the Holy Spirit who brings God's
mercy to us. 30For we know the one who said,

"I will take revenge.
I will pay them back."*

He also said,

"The LORD will judge his own people."*

31It is a terrible thing to fall into the hands of the
living God.

32Think back on those early days when you
first learned about Christ.* Remember how you
remained faithful even though it meant terrible

suffering. 33Sometimes you were exposed to
public ridicule and were beaten, and sometimes
you helped others who were suffering the same
things. 34You suffered along with those who
were thrown into jail, and when all you owned
was taken from you, you accepted it with joy.
You knew there were better things waiting for
you that will last forever.

35So do not throw away this confident trust in
the Lord. Remember the great reward it brings
you! 36Patient endurance is what you need now,
so that you will continue to do God's will. Then
you will receive all that he has promised.

37 "For in just a little while,
the Coming One will come and not delay.
38 And my righteous ones will live by faith.*
But I will take no pleasure in anyone who
turns away."*

39But we are not like those who turn away from
God to their own destruction. We are the faithful ones, whose souls will be saved.

Great Examples of Faith

11 Faith is the confidence that what we hope
for will actually happen; it gives us assurance about things we cannot see. 2Through their
faith, the people in days of old earned a good
reputation.

3By faith we understand that the entire universe was formed at God's command, that what
we now see did not come from anything that can
be seen.

4It was by faith that Abel brought a more acceptable offering to God than Cain did. Abel's
offering gave evidence that he was a righteous
man, and God showed his approval of his gifts.
Although Abel is long dead, he still speaks to us
by his example of faith.

5It was by faith that Enoch was taken up to
heaven without dying—"he disappeared, because God took him."* For before he was taken
up, he was known as a person who pleased God.
6And it is impossible to please God without
faith. Anyone who wants to come to him must
believe that God exists and that he rewards
those who sincerely seek him.

7It was by faith that Noah built a large boat to
save his family from the flood. He obeyed God,
who warned him about things that had never
happened before. By his faith Noah condemned
the rest of the world, and he received the righteousness that comes by faith.

8It was by faith that Abraham obeyed when God
called him to leave home and go to another land
that God would give him as his inheritance. He
went without knowing where he was going. 9And
even when he reached the land God promised
him, he lived there by faith—for he was like a for-

10:16a Greek *after those days.* 10:16b Jer 31:33a. 10:17 Jer 31:34b. 10:19 Greek *brothers.* 10:20 Greek *Through his flesh.*
10:30a Deut 32:35. 10:30b Deut 32:36. 10:32 Greek *when you were first enlightened.* 10:38 Or *my righteous ones will live
by their faithfulness;* Greek reads *my righteous one will live by faith.* 10:37-38 Hab 2:3-4. 11:5 Gen 5:24.

eigner, living in tents. And so did Isaac and Jacob, who inherited the same promise. ¹⁰Abraham was confidently looking forward to a city with eternal foundations, a city designed and built by God.

¹¹It was by faith that even Sarah was able to have a child, though she was barren and was too old. She believed* that God would keep his promise. ¹²And so a whole nation came from this one man who was as good as dead—a nation with so many people that, like the stars in the sky and the sand on the seashore, there is no way to count them.

¹³All these people died still believing what God had promised them. They did not receive what was promised, but they saw it all from a distance and welcomed it. They agreed that they were foreigners and nomads here on earth. ¹⁴Obviously people who say such things are looking forward to a country they can call their own. ¹⁵If they had longed for the country they came from, they could have gone back. ¹⁶But they were looking for a better place, a heavenly homeland. That is why God is not ashamed to be called their God, for he has prepared a city for them.

¹⁷It was by faith that Abraham offered Isaac as a sacrifice when God was testing him. Abraham, who had received God's promises, was ready to sacrifice his only son, Isaac, ¹⁸even though God had told him, "Isaac is the son through whom your descendants will be counted."* ¹⁹Abraham reasoned that if Isaac died, God was able to bring him back to life again. And in a sense, Abraham did receive his son back from the dead.

²⁰It was by faith that Isaac promised blessings for the future to his sons, Jacob and Esau.

²¹It was by faith that Jacob, when he was old and dying, blessed each of Joseph's sons and bowed in worship as he leaned on his staff.

²²It was by faith that Joseph, when he was about to die, said confidently that the people of Israel would leave Egypt. He even commanded them to take his bones with them when they left.

²³It was by faith that Moses' parents hid him for three months when he was born. They saw that God had given them an unusual child, and they were not afraid to disobey the king's command.

²⁴It was by faith that Moses, when he grew up, refused to be called the son of Pharaoh's daughter. ²⁵He chose to share the oppression of God's people instead of enjoying the fleeting pleasures of sin. ²⁶He thought it was better to suffer for the sake of Christ than to own the treasures of Egypt, for he was looking ahead to his great reward. ²⁷It was by faith that Moses left the land of Egypt, not fearing the king's anger. He kept right on going because he kept his eyes on the one who is invisible. ²⁸It was by faith that Moses

commanded the people of Israel to keep the Passover and to sprinkle blood on the doorposts so that the angel of death would not kill their firstborn sons.

²⁹It was by faith that the people of Israel went right through the Red Sea as though they were on dry ground. But when the Egyptians tried to follow, they were all drowned.

³⁰It was by faith that the people of Israel marched around Jericho for seven days, and the walls came crashing down.

³¹It was by faith that Rahab the prostitute was not destroyed with the people in her city who refused to obey God. For she had given a friendly welcome to the spies.

³²How much more do I need to say? It would take too long to recount the stories of the faith of Gideon, Barak, Samson, Jephthah, David, Samuel, and all the prophets. ³³By faith these people overthrew kingdoms, ruled with justice, and received what God had promised them. They shut the mouths of lions, ³⁴quenched the flames of fire, and escaped death by the edge of the sword. Their weakness was turned to strength. They became strong in battle and put whole armies to flight. ³⁵Women received their loved ones back again from death.

But others were tortured, refusing to turn from God in order to be set free. They placed their hope in a better life after the resurrection. ³⁶Some were jeered at, and their backs were cut open with whips. Others were chained in prisons. ³⁷Some died by stoning, some were sawed in half,* and others were killed with the sword. Some went about wearing skins of sheep and goats, destitute and oppressed and mistreated. ³⁸They were too good for this world, wandering over deserts and mountains, hiding in caves and holes in the ground.

³⁹All these people earned a good reputation because of their faith, yet none of them received all that God had promised. ⁴⁰For God had something better in mind for us, so that they would not reach perfection without us.

God's Discipline Proves His Love

12 Therefore, since we are surrounded by such a huge crowd of witnesses to the life of faith, let us strip off every weight that slows us down, especially the sin that so easily trips us up. And let us run with endurance the race God has set before us. ²We do this by keeping our eyes on Jesus, the champion who initiates and perfects our faith.* Because of the joy* awaiting him, he endured the cross, disregarding its shame. Now he is seated in the place of honor beside God's throne. ³Think of all the hostility he endured from sinful people;* then you won't become weary and give up. ⁴After all, you have

11:11 Or *It was by faith that he [Abraham] was able to have a child, even though Sarah was barren and he was too old. He believed.*
11:18 Gen 21:12.   **11:37** Some manuscripts add *some were tested.*   **12:2a** Or *Jesus, the originator and perfecter of our faith.*
12:2b Or *Instead of the joy.*   **12:3** Some manuscripts read *Think of how people hurt themselves by opposing him.*

not yet given your lives in your struggle against sin.

5And have you forgotten the encouraging words God spoke to you as his children?* He said,

"My child,* don't make light of the LORD's discipline,
    and don't give up when he corrects you.
6 For the LORD disciplines those he loves,
    and he punishes each one he accepts as his child."*

7As you endure this divine discipline, remember that God is treating you as his own children. Who ever heard of a child who is never disciplined by its father? 8If God doesn't discipline you as he does all of his children, it means that you are illegitimate and are not really his children at all. 9Since we respected our earthly fathers who disciplined us, shouldn't we submit even more to the discipline of the Father of our spirits, and live forever?*

10For our earthly fathers disciplined us for a few years, doing the best they knew how. But God's discipline is always good for us, so that we might share in his holiness. 11No discipline is enjoyable while it is happening—it's painful! But afterward there will be a peaceful harvest of right living for those who are trained in this way.

12So take a new grip with your tired hands and strengthen your weak knees. 13Mark out a straight path for your feet so that those who are weak and lame will not fall but become strong.

A Call to Listen to God

14Work at living in peace with everyone, and work at living a holy life, for those who are not holy will not see the Lord. 15Look after each other so that none of you fails to receive the grace of God. Watch out that no poisonous root of bitterness grows up to trouble you, corrupting many. 16Make sure that no one is immoral or godless like Esau, who traded his birthright as the firstborn son for a single meal. 17You know that afterward, when he wanted his father's blessing, he was rejected. It was too late for repentance, even though he begged with bitter tears.

18You have not come to a physical mountain,* to a place of flaming fire, darkness, gloom, and whirlwind, as the Israelites did at Mount Sinai. 19For they heard an awesome trumpet blast and a voice so terrible that they begged God to stop speaking. 20They staggered back under God's command: "If even an animal touches the mountain, it must be stoned to death."* 21Moses himself was so frightened at the sight that he said, "I am terrified and trembling."*

22No, you have come to Mount Zion, to the city of the living God, the heavenly Jerusalem, and to countless thousands of angels in a joyful gathering. 23You have come to the assembly of God's firstborn children, whose names are written in heaven. You have come to God himself, who is the judge over all things. You have come to the spirits of the righteous ones in heaven who have now been made perfect. 24You have come to Jesus, the one who mediates the new covenant between God and people, and to the sprinkled blood, which speaks of forgiveness instead of crying out for vengeance like the blood of Abel.

25Be careful that you do not refuse to listen to the One who is speaking. For if the people of Israel did not escape when they refused to listen to Moses, the earthly messenger, we will certainly not escape if we reject the One who speaks to us from heaven! 26When God spoke from Mount Sinai his voice shook the earth, but now he makes another promise: "Once again I will shake not only the earth but the heavens also."* 27This means that all of creation will be shaken and removed, so that only unshakable things will remain.

28Since we are receiving a Kingdom that is unshakable, let us be thankful and please God by worshiping him with holy fear and awe. 29For our God is a devouring fire.

Concluding Words

13 Keep on loving each other as brothers and sisters.* 2Don't forget to show hospitality to strangers, for some who have done this have entertained angels without realizing it! 3Remember those in prison, as if you were there yourself. Remember also those being mistreated, as if you felt their pain in your own bodies.

4Give honor to marriage, and remain faithful to one another in marriage. God will surely judge people who are immoral and those who commit adultery.

5Don't love money; be satisfied with what you have. For God has said,

"I will never fail you.
    I will never abandon you."*

6So we can say with confidence,

"The LORD is my helper,
    so I will have no fear.
    What can mere people do to me?"*

7Remember your leaders who taught you the word of God. Think of all the good that has come from their lives, and follow the example of their faith.

8Jesus Christ is the same yesterday, today, and

forever. ⁹So do not be attracted by strange, new ideas. Your strength comes from God's grace, not from rules about food, which don't help those who follow them.

¹⁰We have an altar from which the priests in the Tabernacle* have no right to eat. ¹¹Under the old system, the high priest brought the blood of animals into the Holy Place as a sacrifice for sin, and the bodies of the animals were burned outside the camp. ¹²So also Jesus suffered and died outside the city gates to make his people holy by means of his own blood. ¹³So let us go out to him, outside the camp, and bear the disgrace he bore. ¹⁴For this world is not our permanent home; we are looking forward to a home yet to come.

¹⁵Therefore, let us offer through Jesus a continual sacrifice of praise to God, proclaiming our allegiance to his name. ¹⁶And don't forget to do good and to share with those in need. These are the sacrifices that please God.

¹⁷Obey your spiritual leaders, and do what they say. Their work is to watch over your souls, and they are accountable to God. Give them reason to do this with joy and not with sorrow. That would certainly not be for your benefit.

¹⁸Pray for us, for our conscience is clear and we want to live honorably in everything we do. ¹⁹And especially pray that I will be able to come back to you soon.

²⁰ Now may the God of peace—
who brought up from the dead our
Lord Jesus,
the great Shepherd of the sheep,
and ratified an eternal covenant with
his blood—
²¹ may he equip you with all you need
for doing his will.
May he produce in you,*
through the power of Jesus Christ,
every good thing that is pleasing to him.
All glory to him forever and ever! Amen.

²²I urge you, dear brothers and sisters,* to pay attention to what I have written in this brief exhortation.

²³I want you to know that our brother Timothy has been released from jail. If he comes here soon, I will bring him with me to see you.

²⁴Greet all your leaders and all the believers there. The believers from Italy send you their greetings.

²⁵May God's grace be with you all.

13:10 Or *tent.* **13:21** Some manuscripts read *in us.* **13:22** Greek *brothers.*

James

Greetings from James

1 This letter is from James, a slave of God and of the Lord Jesus Christ.

I am writing to the "twelve tribes"—Jewish believers scattered abroad.

Greetings!

Faith and Endurance

²Dear brothers and sisters,* when troubles come your way, consider it an opportunity for great joy. ³For you know that when your faith is tested, your endurance has a chance to grow. ⁴So let it grow, for when your endurance is fully developed, you will be perfect and complete, needing nothing.

⁵If you need wisdom, ask our generous God, and he will give it to you. He will not rebuke you for asking. ⁶But when you ask him, be sure that your faith is in God alone. Do not waver, for a person with divided loyalty is as unsettled as a wave of the sea that is blown and tossed by the wind. ⁷Such people should not expect to receive anything from the Lord. ⁸Their loyalty is divided between God and the world, and they are unstable in everything they do.

⁹Believers who are* poor have something to boast about, for God has honored them. ¹⁰And those who are rich should boast that God has humbled them. They will fade away like a little flower in the field. ¹¹The hot sun rises and the grass withers; the little flower droops and falls, and its beauty fades away. In the same way, the rich will fade away with all of their achievements.

¹²God blesses those who patiently endure testing and temptation. Afterward they will receive the crown of life that God has promised to those who love him. ¹³And remember, when you are being tempted, do not say, "God is tempting me." God is never tempted to do wrong,* and he never tempts anyone else. ¹⁴Temptation comes from our own desires, which entice us and drag us away. ¹⁵These desires give birth to sinful actions. And when sin is allowed to grow, it gives birth to death.

¹⁶So don't be misled, my dear brothers and sisters. ¹⁷Whatever is good and perfect comes down to us from God our Father, who created all the lights in the heavens.* He never changes or casts a shifting shadow.* ¹⁸He chose to give birth to us by giving us his true word. And we, out of all creation, became his prized possession.*

Listening and Doing

¹⁹Understand this, my dear brothers and sisters: You must all be quick to listen, slow to speak, and slow to get angry. ²⁰Human anger* does not produce the righteousness* God desires. ²¹So get rid of all the filth and evil in your lives, and humbly accept the word God has planted in your hearts, for it has the power to save your souls.

²²But don't just listen to God's word. You must do what it says. Otherwise, you are only fooling yourselves. ²³For if you listen to the word and don't obey, it is like glancing at your face in a mirror. ²⁴You see yourself, walk away, and forget what you look like. ²⁵But if you look carefully into the perfect law that sets you free, and if you do what it says and don't forget what you heard, then God will bless you for doing it.

²⁶If you claim to be religious but don't control your tongue, you are fooling yourself, and your religion is worthless. ²⁷Pure and genuine religion in the sight of God the Father means caring for orphans and widows in their distress and refusing to let the world corrupt you.

A Warning against Prejudice

2 My dear brothers and sisters,* how can you claim to have faith in our glorious Lord Jesus Christ if you favor some people over others?

²For example, suppose someone comes into your meeting* dressed in fancy clothes and expensive jewelry, and another comes in who is poor and dressed in dirty clothes. ³If you give special attention and a good seat to the rich person, but you say to the poor one, "You can stand over there, or else sit on the floor"—well, ⁴doesn't this discrimination show that your judgments are guided by evil motives?

1:2 Greek *brothers;* also in 1:16, 19.   **1:9** Greek *The brother who is.*   **1:13** Or *God should not be put to a test by evil people.*
1:17a Greek *from above, from the Father of lights.*   **1:17b** Some manuscripts read *He never changes, as a shifting shadow does.*
1:18 Greek *we became a kind of firstfruit of his creatures.*   **1:20a** Greek *A man's anger.*   **1:20b** Or *the justice.*   **2:1** Greek
brothers; also in 2:5, 14.   **2:2** Greek *your synagogue.*

5Listen to me, dear brothers and sisters. Hasn't God chosen the poor in this world to be rich in faith? Aren't they the ones who will inherit the Kingdom he promised to those who love him? 6But you dishonor the poor! Isn't it the rich who oppress you and drag you into court? 7Aren't they the ones who slander Jesus Christ, whose noble name* you bear?

8Yes indeed, it is good when you obey the royal law as found in the Scriptures: "Love your neighbor as yourself."* 9But if you favor some people over others, you are committing a sin. You are guilty of breaking the law.

10For the person who keeps all of the laws except one is as guilty as a person who has broken all of God's laws. 11For the same God who said, "You must not commit adultery," also said, "You must not murder."* So if you murder someone but do not commit adultery, you have still broken the law.

12So whatever you say or whatever you do, remember that you will be judged by the law that sets you free. 13There will be no mercy for those who have not shown mercy to others. But if you have been merciful, God will be merciful when he judges you.

Faith without Good Deeds Is Dead

14What good is it, dear brothers and sisters, if you say you have faith but don't show it by your actions? Can that kind of faith save anyone? 15Suppose you see a brother or sister who has no food or clothing, 16and you say, "Good-bye and have a good day; stay warm and eat well"—but then you don't give that person any food or clothing. What good does that do?

17So you see, faith by itself isn't enough. Unless it produces good deeds, it is dead and useless.

18Now someone may argue, "Some people have faith; others have good deeds." But I say, "How can you show me your faith if you don't have good deeds? I will show you my faith by my good deeds."

19You say you have faith, for you believe that there is one God.* Good for you! Even the demons believe this, and they tremble in terror. 20How foolish! Can't you see that faith without good deeds is useless?

21Don't you remember that our ancestor Abraham was shown to be right with God by his actions when he offered his son Isaac on the altar? 22You see, his faith and his actions worked together. His actions made his faith complete. 23And so it happened just as the Scriptures say: "Abraham believed God, and God counted him as righteous because of his faith."* He was even called the friend of God.* 24So you see, we are shown to be right with God by what we do, not by faith alone.

25Rahab the prostitute is another example. She was shown to be right with God by her actions when she hid those messengers and sent them safely away by a different road. 26Just as the body is dead without breath,* so also faith is dead without good works.

Controlling the Tongue

3 Dear brothers and sisters,* not many of you should become teachers in the church, for we who teach will be judged more strictly. 2Indeed, we all make many mistakes. For if we could control our tongues, we would be perfect and could also control ourselves in every other way.

3We can make a large horse go wherever we want by means of a small bit in its mouth. 4And a small rudder makes a huge ship turn wherever the pilot chooses to go, even though the winds are strong. 5In the same way, the tongue is a small thing that makes grand speeches.

But a tiny spark can set a great forest on fire. 6And the tongue is a flame of fire. It is a whole world of wickedness, corrupting your entire body. It can set your whole life on fire, for it is set on fire by hell itself.*

7People can tame all kinds of animals, birds, reptiles, and fish, 8but no one can tame the tongue. It is restless and evil, full of deadly poison. 9Sometimes it praises our Lord and Father, and sometimes it curses those who have been made in the image of God. 10And so blessing and cursing come pouring out of the same mouth. Surely, my brothers and sisters, this is not right! 11Does a spring of water bubble out with both fresh water and bitter water? 12Does a fig tree produce olives, or a grapevine produce figs? No, and you can't draw fresh water from a salty spring.*

True Wisdom Comes from God

13If you are wise and understand God's ways, prove it by living an honorable life, doing good works with the humility that comes from wisdom. 14But if you are bitterly jealous and there is selfish ambition in your heart, don't cover up the truth with boasting and lying. 15For jealousy and selfishness are not God's kind of wisdom. Such things are earthly, unspiritual, and demonic. 16For wherever there is jealousy and selfish ambition, there you will find disorder and evil of every kind.

17But the wisdom from above is first of all pure. It is also peace loving, gentle at all times, and willing to yield to others. It is full of mercy and good deeds. It shows no favoritism and is always sincere. 18And those who are peacemakers will plant seeds of peace and reap a harvest of righteousness.*

2:7 Greek slander the noble name. 2:8 Lev 19:18. 2:11 Exod 20:13-14; Deut 5:17-18. 2:19 Some manuscripts read that God is one; see Deut 6:4. 2:23a Gen 15:6. 2:23b See Isa 41:8. 2:26 Or without spirit. 3:1 Greek brothers; also in 3:10. 3:6 Or for it will burn in hell. 3:12 Greek from salt. 3:18 Or of good things, or of justice.

Drawing Close to God

4 What is causing the quarrels and fights among you? Don't they come from the evil desires at war within you? ²You want what you don't have, so you scheme and kill to get it. You are jealous of what others have, but you can't get it, so you fight and wage war to take it away from them. Yet you don't have what you want because you don't ask God for it. ³And even when you ask, you don't get it because your motives are all wrong—you want only what will give you pleasure.

⁴You adulterers!* Don't you realize that friendship with the world makes you an enemy of God? I say it again: If you want to be a friend of the world, you make yourself an enemy of God. ⁵What do you think the Scriptures mean when they say that the spirit God has placed within us is filled with envy?* ⁶But he gives us even more grace to stand against such evil desires. As the Scriptures say,

"God opposes the proud
but favors the humble."*

⁷So humble yourselves before God. Resist the devil, and he will flee from you. ⁸Come close to God, and God will come close to you. Wash your hands, you sinners; purify your hearts, for your loyalty is divided between God and the world. ⁹Let there be tears for what you have done. Let there be sorrow and deep grief. Let there be sadness instead of laughter, and gloom instead of joy. ¹⁰Humble yourselves before the Lord, and he will lift you up in honor.

Warning against Judging Others

¹¹Don't speak evil against each other, dear brothers and sisters.* If you criticize and judge each other, then you are criticizing and judging God's law. But your job is to obey the law, not to judge whether it applies to you. ¹²God alone, who gave the law, is the Judge. He alone has the power to save or to destroy. So what right do you have to judge your neighbor?

Warning about Self-Confidence

¹³Look here, you who say, "Today or tomorrow we are going to a certain town and will stay there a year. We will do business there and make a profit." ¹⁴How do you know what your life will be like tomorrow? Your life is like the morning fog—it's here a little while, then it's gone. ¹⁵What you ought to say is, "If the Lord wants us to, we will live and do this or that." ¹⁶Otherwise you are boasting about your own plans, and all such boasting is evil.

¹⁷Remember, it is sin to know what you ought to do and then not do it.

Warning to the Rich

5 Look here, you rich people: Weep and groan with anguish because of all the terrible troubles ahead of you. ²Your wealth is rotting away, and your fine clothes are moth-eaten rags. ³Your gold and silver have become worthless. The very wealth you were counting on will eat away your flesh like fire. This treasure you have accumulated will stand as evidence against you on the day of judgment. ⁴For listen! Hear the cries of the field workers whom you have cheated of their pay. The wages you held back cry out against you. The cries of those who harvest your fields have reached the ears of the Lord of Heaven's Armies.

⁵You have spent your years on earth in luxury, satisfying your every desire. You have fattened yourselves for the day of slaughter. ⁶You have condemned and killed innocent people,* who do not resist you.*

Patience and Endurance

⁷Dear brothers and sisters,* be patient as you wait for the Lord's return. Consider the farmers who patiently wait for the rains in the fall and in the spring. They eagerly look for the valuable harvest to ripen. ⁸You, too, must be patient. Take courage, for the coming of the Lord is near.

⁹Don't grumble about each other, brothers and sisters, or you will be judged. For look—the Judge is standing at the door!

¹⁰For examples of patience in suffering, dear brothers and sisters, look at the prophets who spoke in the name of the Lord. ¹¹We give great honor to those who endure under suffering. For instance, you know about Job, a man of great endurance. You can see how the Lord was kind to him at the end, for the Lord is full of tenderness and mercy.

¹²But most of all, my brothers and sisters, never take an oath, by heaven or earth or anything else. Just say a simple yes or no, so that you will not sin and be condemned.

The Power of Prayer

¹³Are any of you suffering hardships? You should pray. Are any of you happy? You should sing praises. ¹⁴Are any of you sick? You should call for the elders of the church to come and pray over you, anointing you with oil in the name of the Lord. ¹⁵Such a prayer offered in faith will heal the sick, and the Lord will make you well. And if you have committed any sins, you will be forgiven.

¹⁶Confess your sins to each other and pray for each other so that you may be healed. The earnest prayer of a righteous person has great

---

4:4 Greek *You adulteresses!*   4:5 Or *that God longs jealously for the human spirit he has placed within us?* or *that the Holy Spirit, whom God has placed within us, opposes our envy?*   4:6 Prov 3:34 (Greek version).   4:11 Greek *brothers.*   5:6a Or *killed the Righteous One.*   5:6b Or *Don't they resist you?* or *Doesn't God oppose you?* or *Aren't they now accusing you before God?*
5:7 Greek *brothers;* also in 5:9, 10, 12, 19.

power and produces wonderful results. ¹⁷Elijah was as human as we are, and yet when he prayed earnestly that no rain would fall, none fell for three and a half years! ¹⁸Then, when he prayed again, the sky sent down rain and the earth began to yield its crops.

Restore Wandering Believers

¹⁹My dear brothers and sisters, if someone among you wanders away from the truth and is brought back, ²⁰you can be sure that whoever brings the sinner back will save that person from death and bring about the forgiveness of many sins.

1 Peter

Greetings from Peter

1 This letter is from Peter, an apostle of Jesus Christ.

I am writing to God's chosen people who are living as foreigners in the provinces of Pontus, Galatia, Cappadocia, Asia, and Bithynia.* ²God the Father knew you and chose you long ago, and his Spirit has made you holy. As a result, you have obeyed him and have been cleansed by the blood of Jesus Christ.

May God give you more and more grace and peace.

The Hope of Eternal Life

³All praise to God, the Father of our Lord Jesus Christ. It is by his great mercy that we have been born again, because God raised Jesus Christ from the dead. Now we live with great expectation, ⁴and we have a priceless inheritance—an inheritance that is kept in heaven for you, pure and undefiled, beyond the reach of change and decay. ⁵And through your faith, God is protecting you by his power until you receive this salvation, which is ready to be revealed on the last day for all to see.

⁶So be truly glad.* There is wonderful joy ahead, even though you have to endure many trials for a little while. ⁷These trials will show that your faith is genuine. It is being tested as fire tests and purifies gold—though your faith is far more precious than mere gold. So when your faith remains strong through many trials, it will bring you much praise and glory and honor on the day when Jesus Christ is revealed to the whole world.

⁸You love him even though you have never seen him. Though you do not see him now, you trust him; and you rejoice with a glorious, inexpressible joy. ⁹The reward for trusting him will be the salvation of your souls.

¹⁰This salvation was something even the prophets wanted to know more about when they prophesied about this gracious salvation prepared for you. ¹¹They wondered what time or situation the Spirit of Christ within them was talking about when he told them in advance about Christ's suffering and his great glory afterward.

¹²They were told that their messages were not for themselves, but for you. And now this Good News has been announced to you by those who preached in the power of the Holy Spirit sent from heaven. It is all so wonderful that even the angels are eagerly watching these things happen.

A Call to Holy Living

¹³So think clearly and exercise self-control. Look forward to the gracious salvation that will come to you when Jesus Christ is revealed to the world. ¹⁴So you must live as God's obedient children. Don't slip back into your old ways of living to satisfy your own desires. You didn't know any better then. ¹⁵But now you must be holy in everything you do, just as God who chose you is holy. ¹⁶For the Scriptures say, "You must be holy because I am holy."*

¹⁷And remember that the heavenly Father to whom you pray has no favorites. He will judge or reward you according to what you do. So you must live in reverent fear of him during your time as "foreigners in the land." ¹⁸For you know that God paid a ransom to save you from the empty life you inherited from your ancestors. And the ransom he paid was not mere gold or silver. ¹⁹It was the precious blood of Christ, the sinless, spotless Lamb of God. ²⁰God chose him as your ransom long before the world began, but he has now revealed him to you in these last days.

²¹Through Christ you have come to trust in God. And you have placed your faith and hope in God because he raised Christ from the dead and gave him great glory.

²²You were cleansed from your sins when you obeyed the truth, so now you must show sincere love to each other as brothers and sisters.* Love each other deeply with all your heart.*

²³For you have been born again, but not to a life that will quickly end. Your new life will last forever because it comes from the eternal, living word of God. ²⁴As the Scriptures say,

"People are like grass;
　their beauty is like a flower in the field.
The grass withers and the flower fades.
²⁵　But the word of the Lord remains
　　forever."*

1:1 Pontus, Galatia, Cappadocia, Asia, and Bithynia were Roman provinces in what is now Turkey.　1:6 Or So you are truly glad.　1:16 Lev 11:44-45; 19:2; 20:7.　1:22a Greek must have brotherly love.　1:22b Some manuscripts read with a pure heart.　1:24-25 Isa 40:6-8.

And that word is the Good News that was preached to you.

2 So get rid of all evil behavior. Be done with all deceit, hypocrisy, jealousy, and all unkind speech. ²Like newborn babies, you must crave pure spiritual milk so that you will grow into a full experience of salvation. Cry out for this nourishment, ³now that you have had a taste of the Lord's kindness.

Living Stones for God's House

⁴You are coming to Christ, who is the living cornerstone of God's temple. He was rejected by people, but he was chosen by God for great honor.

⁵And you are living stones that God is building into his spiritual temple. What's more, you are his holy priests.* Through the mediation of Jesus Christ, you offer spiritual sacrifices that please God. ⁶As the Scriptures say,

"I am placing a cornerstone in
    Jerusalem,*
    chosen for great honor,
and anyone who trusts in him
    will never be disgraced."*

⁷Yes, you who trust him recognize the honor God has given him. But for those who reject him,

"The stone that the builders rejected
    has now become the cornerstone."*

⁸And,

"He is the stone that makes people stumble,
    the rock that makes them fall."*

They stumble because they do not obey God's word, and so they meet the fate that was planned for them.

⁹But you are not like that, for you are a chosen people. You are royal priests,* a holy nation, God's very own possession. As a result, you can show others the goodness of God, for he called you out of the darkness into his wonderful light.

¹⁰ "Once you had no identity as a people;
    now you are God's people.
Once you received no mercy;
    now you have received God's mercy."*

¹¹Dear friends, I warn you as "temporary residents and foreigners" to keep away from worldly desires that wage war against your very souls. ¹²Be careful to live properly among your unbelieving neighbors. Then even if they accuse you of doing wrong, they will see your honorable behavior, and they will give honor to God when he judges the world.*

Respecting People in Authority

¹³For the Lord's sake, respect all human authority—whether the king as head of state, ¹⁴or the officials he has appointed. For the king has sent them to punish those who do wrong and to honor those who do right.

¹⁵It is God's will that your honorable lives should silence those ignorant people who make foolish accusations against you. ¹⁶For you are free, yet you are God's slaves, so don't use your freedom as an excuse to do evil. ¹⁷Respect everyone, and love your Christian brothers and sisters.* Fear God, and respect the king.

Slaves

¹⁸You who are slaves must accept the authority of your masters with all respect.* Do what they tell you—not only if they are kind and reasonable, but even if they are cruel. ¹⁹For God is pleased with you when you do what you know is right and patiently endure unfair treatment. ²⁰Of course, you get no credit for being patient if you are beaten for doing wrong. But if you suffer for doing good and endure it patiently, God is pleased with you.

²¹For God called you to do good, even if it means suffering, just as Christ suffered* for you. He is your example, and you must follow in his steps.

²² He never sinned,
    nor ever deceived anyone.*
²³ He did not retaliate when he was insulted,
    nor threaten revenge when he suffered.
He left his case in the hands of God,
    who always judges fairly.
²⁴ He personally carried our sins
    in his body on the cross
so that we can be dead to sin
    and live for what is right.
By his wounds
    you are healed.
²⁵ Once you were like sheep
    who wandered away.
But now you have turned to your Shepherd,
    the Guardian of your souls.

Wives

3 In the same way, you wives must accept the authority of your husbands. Then, even if some refuse to obey the Good News, your godly lives will speak to them without any words. They will be won over ²by observing your pure and reverent lives.

³Don't be concerned about the outward beauty of fancy hairstyles, expensive jewelry, or beautiful clothes. ⁴You should clothe yourselves instead with the beauty that comes from within, the unfading beauty of a gentle and quiet spirit,

2:5 Greek *holy priesthood.* **2:6a** Greek *in Zion.* **2:6b** Isa 28:16 (Greek version). **2:7** Ps 118:22. **2:8** Isa 8:14. **2:9** Greek *a royal priesthood.* **2:10** Hos 1:6, 9; 2:23. **2:12** Or *on the day of visitation.* **2:17** Greek *love the brotherhood.* **2:18** Or *because you fear God.* **2:21** Some manuscripts read *died.* **2:22** Isa 53:9.

which is so precious to God. ⁵This is how the holy women of old made themselves beautiful. They trusted God and accepted the authority of their husbands. ⁶For instance, Sarah obeyed her husband, Abraham, and called him her master. You are her daughters when you do what is right without fear of what your husbands might do.

Husbands

⁷In the same way, you husbands must give honor to your wives. Treat your wife with understanding as you live together. She may be weaker than you are, but she is your equal partner in God's gift of new life. Treat her as you should so your prayers will not be hindered.

All Christians

⁸Finally, all of you should be of one mind. Sympathize with each other. Love each other as brothers and sisters.* Be tenderhearted, and keep a humble attitude. ⁹Don't repay evil for evil. Don't retaliate with insults when people insult you. Instead, pay them back with a blessing. That is what God has called you to do, and he will bless you for it. ¹⁰For the Scriptures say,

"If you want to enjoy life
  and see many happy days,
keep your tongue from speaking evil
  and your lips from telling lies.
¹¹ Turn away from evil and do good.
  Search for peace, and work to maintain it.
¹² The eyes of the Lord watch over those who
    do right,
  and his ears are open to their prayers.
But the Lord turns his face
  against those who do evil."*

Suffering for Doing Good

¹³Now, who will want to harm you if you are eager to do good? ¹⁴But even if you suffer for doing what is right, God will reward you for it. So don't worry or be afraid of their threats. ¹⁵Instead, you must worship Christ as Lord of your life. And if someone asks about your Christian hope, always be ready to explain it. ¹⁶But do this in a gentle and respectful way.* Keep your conscience clear. Then if people speak against you, they will be ashamed when they see what a good life you live because you belong to Christ. ¹⁷Remember, it is better to suffer for doing good, if that is what God wants, than to suffer for doing wrong!

¹⁸Christ suffered* for our sins once for all time. He never sinned, but he died for sinners to bring you safely home to God. He suffered physical death, but he was raised to life in the Spirit.*

¹⁹So he went and preached to the spirits in prison—²⁰those who disobeyed God long ago

when God waited patiently while Noah was building his boat. Only eight people were saved from drowning in that terrible flood.* ²¹And that water is a picture of baptism, which now saves you, not by removing dirt from your body, but as a response to God from* a clean conscience. It is effective because of the resurrection of Jesus Christ.

²²Now Christ has gone to heaven. He is seated in the place of honor next to God, and all the angels and authorities and powers accept his authority.

Living for God

4 So then, since Christ suffered physical pain, you must arm yourselves with the same attitude he had, and be ready to suffer, too. For if you have suffered physically for Christ, you have finished with sin.* ²You won't spend the rest of your lives chasing your own desires, but you will be anxious to do the will of God. ³You have had enough in the past of the evil things that godless people enjoy—their immorality and lust, their feasting and drunkenness and wild parties, and their terrible worship of idols.

⁴Of course, your former friends are surprised when you no longer plunge into the flood of wild and destructive things they do. So they slander you. ⁵But remember that they will have to face God, who will judge everyone, both the living and the dead. ⁶That is why the Good News was preached to those who are now dead*—so although they were destined to die like all people,* they now live forever with God in the Spirit.*

⁷The end of the world is coming soon. Therefore, be earnest and disciplined in your prayers. ⁸Most important of all, continue to show deep love for each other, for love covers a multitude of sins. ⁹Cheerfully share your home with those who need a meal or a place to stay.

¹⁰God has given each of you a gift from his great variety of spiritual gifts. Use them well to serve one another. ¹¹Do you have the gift of speaking? Then speak as though God himself were speaking through you. Do you have the gift of helping others? Do it with all the strength and energy that God supplies. Then everything you do will bring glory to God through Jesus Christ. All glory and power to him forever and ever! Amen.

Suffering for Being a Christian

¹²Dear friends, don't be surprised at the fiery trials you are going through, as if something strange were happening to you. ¹³Instead, be very glad—for these trials make you partners with Christ in his suffering, so that you will have the wonderful joy of seeing his glory when it is revealed to all the world.

3:8 Greek *Show brotherly love.*   3:10-12 Ps 34:12-16.   3:16 Some English translations put this sentence in verse 15.   3:18a Some manuscripts read *died.*   3:18b Or *in spirit.*   3:20 Greek *saved through water.*   3:21 Or *as an appeal to God for.*   4:1 Or *For the one* [or *One*] *who has suffered physically has finished with sin.*   4:6a Greek *preached even to the dead.*   4:6b Or *so although people had judged them worthy of death.*   4:6c Or *in spirit.*

¹⁴So be happy when you are insulted for being a Christian,* for then the glorious Spirit of God* rests upon you.* ¹⁵If you suffer, however, it must not be for murder, stealing, making trouble, or prying into other people's affairs. ¹⁶But it is no shame to suffer for being a Christian. Praise God for the privilege of being called by his name! ¹⁷For the time has come for judgment, and it must begin with God's household. And if judgment begins with us, what terrible fate awaits those who have never obeyed God's Good News? ¹⁸And also,

"If the righteous are barely saved,
    what will happen to godless sinners?"*

¹⁹So if you are suffering in a manner that pleases God, keep on doing what is right, and trust your lives to the God who created you, for he will never fail you.

Advice for Elders and Young Men

5 And now, a word to you who are elders in the churches. I, too, am an elder and a witness to the sufferings of Christ. And I, too, will share in his glory when he is revealed to the whole world. As a fellow elder, I appeal to you: ²Care for the flock that God has entrusted to you. Watch over it willingly, not grudgingly—not for what you will get out of it, but because you are eager to serve God. ³Don't lord it over the people assigned to your care, but lead them by your own good example. ⁴And when the Great Shepherd appears, you will receive a crown of never-ending glory and honor.

⁵In the same way, you younger men must ac-cept the authority of the elders. And all of you, serve each other in humility, for

"God opposes the proud
    but favors the humble."*

⁶So humble yourselves under the mighty power of God, and at the right time he will lift you up in honor. ⁷Give all your worries and cares to God, for he cares about you.

⁸Stay alert! Watch out for your great enemy, the devil. He prowls around like a roaring lion, looking for someone to devour. ⁹Stand firm against him, and be strong in your faith. Remember that your Christian brothers and sisters* all over the world are going through the same kind of suffering you are.

¹⁰In his kindness God called you to share in his eternal glory by means of Christ Jesus. So after you have suffered a little while, he will restore, support, and strengthen you, and he will place you on a firm foundation. ¹¹All power to him forever! Amen.

Peter's Final Greetings

¹²I have written and sent this short letter to you with the help of Silas,* whom I commend to you as a faithful brother. My purpose in writing is to encourage you and assure you that what you are experiencing is truly part of God's grace for you. Stand firm in this grace.

¹³Your sister church here in Babylon* sends you greetings, and so does my son Mark. ¹⁴Greet each other with Christian love.*

Peace be with all of you who are in Christ.

4:14a Greek *for the name of Christ.*   4:14b Or *for the glory of God, which is his Spirit.*   4:14c Some manuscripts add *On their part he is blasphemed, but on your part he is glorified.*   4:18 Prov 11:31 (Greek version).   5:5 Prov 3:34 (Greek version).   5:9 Greek *your brothers.*   5:12 Greek *Silvanus.*   5:13 Greek *The elect one in Babylon.* Babylon was probably symbolic for Rome.   5:14 Greek *with a kiss of love.*

2 Peter

Greetings from Peter

1 This letter is from Simon* Peter, a slave and apostle of Jesus Christ.

I am writing to you who share the same precious faith we have. This faith was given to you because of the justice and fairness* of Jesus Christ, our God and Savior.

²May God give you more and more grace and peace as you grow in your knowledge of God and Jesus our Lord.

Growing in Faith

³By his divine power, God has given us everything we need for living a godly life. We have received all of this by coming to know him, the one who called us to himself by means of his marvelous glory and excellence. ⁴And because of his glory and excellence, he has given us great and precious promises. These are the promises that enable you to share his divine nature and escape the world's corruption caused by human desires.

⁵In view of all this, make every effort to respond to God's promises. Supplement your faith with a generous provision of moral excellence, and moral excellence with knowledge, ⁶and knowledge with self-control, and self-control with patient endurance, and patient endurance with godliness, ⁷and godliness with brotherly affection, and brotherly affection with love for everyone.

⁸The more you grow like this, the more productive and useful you will be in your knowledge of our Lord Jesus Christ. ⁹But those who fail to develop in this way are shortsighted or blind, forgetting that they have been cleansed from their old sins.

¹⁰So, dear brothers and sisters,* work hard to prove that you really are among those God has called and chosen. Do these things, and you will never fall away. ¹¹Then God will give you a grand entrance into the eternal Kingdom of our Lord and Savior Jesus Christ.

Paying Attention to Scripture

¹²Therefore, I will always remind you about these things—even though you already know them and are standing firm in the truth you have been taught. ¹³And it is only right that I should keep on reminding you as long as I live.* ¹⁴For our Lord Jesus Christ has shown me that I must soon leave this earthly life,* ¹⁵so I will work hard to make sure you always remember these things after I am gone.

¹⁶For we were not making up clever stories when we told you about the powerful coming of our Lord Jesus Christ. We saw his majestic splendor with our own eyes ¹⁷when he received honor and glory from God the Father. The voice from the majestic glory of God said to him, "This is my dearly loved Son, who brings me great joy."* ¹⁸We ourselves heard that voice from heaven when we were with him on the holy mountain.

¹⁹Because of that experience, we have even greater confidence in the message proclaimed by the prophets. You must pay close attention to what they wrote, for their words are like a lamp shining in a dark place—until the Day dawns, and Christ the Morning Star shines* in your hearts. ²⁰Above all, you must realize that no prophecy in Scripture ever came from the prophet's own understanding,* ²¹or from human initiative. No, those prophets were moved by the Holy Spirit, and they spoke from God.

The Danger of False Teachers

2 But there were also false prophets in Israel, just as there will be false teachers among you. They will cleverly teach destructive heresies and even deny the Master who bought them. In this way, they will bring sudden destruction on themselves. ²Many will follow their evil teaching and shameful immorality. And because of these teachers, the way of truth will be slandered. ³In their greed they will make up clever lies to get hold of your money. But God condemned them long ago, and their destruction will not be delayed.

⁴For God did not spare even the angels who sinned. He threw them into hell,* in gloomy pits of darkness,* where they are being held until the day of judgment. ⁵And God did not spare the ancient world—except for Noah and the seven others in his family. Noah warned the world of God's righteous judgment. So God protected

1:1a Greek *Symeon.*   1:1b Or *to you in the righteousness.*   1:10 Greek *brothers.*   1:13 Greek *as long as I am in this tent* [or *tabernacle*].   1:14 Greek *I must soon put off my tent* [or *tabernacle*].   1:17 Matt 17:5; Mark 9:7; Luke 9:35.   1:19 Or *rises.* 1:20 Or *is a matter of one's own interpretation.*   2:4a Greek *Tartarus.*   2:4b Some manuscripts read *in chains of gloom.*

Noah when he destroyed the world of ungodly people with a vast flood. 6Later, God condemned the cities of Sodom and Gomorrah and turned them into heaps of ashes. He made them an example of what will happen to ungodly people. 7But God also rescued Lot out of Sodom because he was a righteous man who was sick of the shameful immorality of the wicked people around him. 8Yes, Lot was a righteous man who was tormented in his soul by the wickedness he saw and heard day after day. 9So you see, the Lord knows how to rescue godly people from their trials, even while keeping the wicked under punishment until the day of final judgment. 10He is especially hard on those who follow their own twisted sexual desire, and who despise authority.

These people are proud and arrogant, daring even to scoff at supernatural beings* without so much as trembling. 11But the angels, who are far greater in power and strength, do not dare to bring from the Lord* a charge of blasphemy against those supernatural beings.

12These false teachers are like unthinking animals, creatures of instinct, born to be caught and destroyed. They scoff at things they do not understand, and like animals, they will be destroyed. 13Their destruction is their reward for the harm they have done. They love to indulge in evil pleasures in broad daylight. They are a disgrace and a stain among you. They delight in deception* even as they eat with you in your fellowship meals. 14They commit adultery with their eyes, and their desire for sin is never satisfied. They lure unstable people into sin, and they are well trained in greed. They live under God's curse. 15They have wandered off the right road and followed the footsteps of Balaam son of Beor,* who loved to earn money by doing wrong. 16But Balaam was stopped from his mad course when his donkey rebuked him with a human voice.

17These people are as useless as dried-up springs or as mist blown away by the wind. They are doomed to blackest darkness. 18They brag about themselves with empty, foolish boasting. With an appeal to twisted sexual desires, they lure back into sin those who have barely escaped from a lifestyle of deception. 19They promise freedom, but they themselves are slaves of sin and corruption. For you are a slave to whatever controls you. 20And when people escape from the wickedness of the world by knowing our Lord and Savior Jesus Christ and then get tangled up and enslaved by sin again, they are worse off than before. 21It would be better if they had never known the way to righteousness than to know it and then reject the command they were given to live a holy life. 22They prove the truth of this proverb: "A dog

returns to its vomit."* And another says, "A washed pig returns to the mud."

The Day of the Lord Is Coming

3 This is my second letter to you, dear friends, and in both of them I have tried to stimulate your wholesome thinking and refresh your memory. 2I want you to remember what the holy prophets said long ago and what our Lord and Savior commanded through your apostles.

3Most importantly, I want to remind you that in the last days scoffers will come, mocking the truth and following their own desires. 4They will say, "What happened to the promise that Jesus is coming again? From before the times of our ancestors, everything has remained the same since the world was first created."

5They deliberately forget that God made the heavens by the word of his command, and he brought the earth out from the water and surrounded it with water. 6Then he used the water to destroy the ancient world with a mighty flood. 7And by the same word, the present heavens and earth have been stored up for fire. They are being kept for the day of judgment, when ungodly people will be destroyed.

8But you must not forget this one thing, dear friends: A day is like a thousand years to the Lord, and a thousand years is like a day. 9The Lord isn't really being slow about his promise, as some people think. No, he is being patient for your sake. He does not want anyone to be destroyed, but wants everyone to repent. 10But the day of the Lord will come as unexpectedly as a thief. Then the heavens will pass away with a terrible noise, and the very elements themselves will disappear in fire, and the earth and everything on it will be found to deserve judgment.*

11Since everything around us is going to be destroyed like this, what holy and godly lives you should live, 12looking forward to the day of God and hurrying it along. On that day, he will set the heavens on fire, and the elements will melt away in the flames. 13But we are looking forward to the new heavens and new earth he has promised, a world filled with God's righteousness.

14And so, dear friends, while you are waiting for these things to happen, make every effort to be found living peaceful lives that are pure and blameless in his sight.

15And remember, the Lord's patience gives people time to be saved. This is what our beloved brother Paul also wrote to you with the wisdom God gave him—16speaking of these things in all of his letters. Some of his comments are hard to understand, and those who are ignorant and unstable have twisted his letters to mean something quite different, just as they do

2:10 Greek *at glorious ones,* which are probably evil angels.   2:11 Other manuscripts read *to the Lord;* still others omit this phrase.
2:13 Some manuscripts read *in fellowship meals.*   2:15 Some manuscripts read *Bosor.*   2:22 Prov 26:11.   3:10 Other manuscripts
read *will be burned up;* still others read *will be found destroyed.*

with other parts of Scripture. And this will result in their destruction.

Peter's Final Words

¹⁷I am warning you ahead of time, dear friends. Be on guard so that you will not be carried away by the errors of these wicked people and lose your own secure footing. ¹⁸Rather, you must grow in the grace and knowledge of our Lord and Savior Jesus Christ.

All glory to him, both now and forever! Amen.

1 John

Introduction

1 We proclaim to you the one who existed from the beginning,* whom we have heard and seen. We saw him with our own eyes and touched him with our own hands. He is the Word of life. ²This one who is life itself was revealed to us, and we have seen him. And now we testify and proclaim to you that he is the one who is eternal life. He was with the Father, and then he was revealed to us. ³We proclaim to you what we ourselves have actually seen and heard so that you may have fellowship with us. And our fellowship is with the Father and with his Son, Jesus Christ. ⁴We are writing these things so that you may fully share our joy.*

Living in the Light

⁵This is the message we heard from Jesus* and now declare to you: God is light, and there is no darkness in him at all. ⁶So we are lying if we say we have fellowship with God but go on living in spiritual darkness; we are not practicing the truth. ⁷But if we are living in the light, as God is in the light, then we have fellowship with each other, and the blood of Jesus, his Son, cleanses us from all sin.

⁸If we claim we have no sin, we are only fooling ourselves and not living in the truth. ⁹But if we confess our sins to him, he is faithful and just to forgive us our sins and to cleanse us from all wickedness. ¹⁰If we claim we have not sinned, we are calling God a liar and showing that his word has no place in our hearts.

2 My dear children, I am writing this to you so that you will not sin. But if anyone does sin, we have an advocate who pleads our case before the Father. He is Jesus Christ, the one who is truly righteous. ²He himself is the sacrifice that atones for our sins—and not only our sins but the sins of all the world.

³And we can be sure that we know him if we obey his commandments. ⁴If someone claims, "I know God," but doesn't obey God's commandments, that person is a liar and is not living in the truth. ⁵But those who obey God's word truly show how completely they love him.

That is how we know we are living in him. ⁶Those who say they live in God should live their lives as Jesus did.

A New Commandment

⁷Dear friends, I am not writing a new commandment for you; rather it is an old one you have had from the very beginning. This old commandment—to love one another—is the same message you heard before. ⁸Yet it is also new. Jesus lived the truth of this commandment, and you also are living it. For the darkness is disappearing, and the true light is already shining.

⁹If anyone claims, "I am living in the light," but hates a Christian brother or sister,* that person is still living in darkness. ¹⁰Anyone who loves another brother or sister* is living in the light and does not cause others to stumble. ¹¹But anyone who hates another brother or sister is still living and walking in darkness. Such a person does not know the way to go, having been blinded by the darkness.

¹² I am writing to you who are God's children
because your sins have been forgiven
through Jesus.*
¹³ I am writing to you who are mature in
the faith*
because you know Christ, who existed
from the beginning.
I am writing to you who are young in
the faith
because you have won your battle with the
evil one.
¹⁴ I have written to you who are God's children
because you know the Father.
I have written to you who are mature in
the faith
because you know Christ, who existed
from the beginning.
I have written to you who are young in
the faith
because you are strong.
God's word lives in your hearts,
and you have won your battle with the
evil one.

1:1 Greek *What was from the beginning.* **1:4** Or *so that our joy may be complete;* some manuscripts read *your joy.* **1:5** Greek *from him.* **2:9** Greek *hates his brother;* similarly in 2:11. **2:10** Greek *loves his brother.* **2:12** Greek *through his name.* **2:13** Or *to you fathers;* also in 2:14.

Do Not Love This World

¹⁵Do not love this world nor the things it offers you, for when you love the world, you do not have the love of the Father in you. ¹⁶For the world offers only a craving for physical pleasure, a craving for everything we see, and pride in our achievements and possessions. These are not from the Father, but are from this world. ¹⁷And this world is fading away, along with everything that people crave. But anyone who does what pleases God will live forever.

Warning about Antichrists

¹⁸Dear children, the last hour is here. You have heard that the Antichrist is coming, and already many such antichrists have appeared. From this we know that the last hour has come. ¹⁹These people left our churches, but they never really belonged with us; otherwise they would have stayed with us. When they left, it proved that they did not belong with us.

²⁰But you are not like that, for the Holy One has given you his Spirit,* and all of you know the truth. ²¹So I am writing to you not because you don't know the truth but because you know the difference between truth and lies. ²²And who is a liar? Anyone who says that Jesus is not the Christ.* Anyone who denies the Father and the Son is an antichrist.* ²³Anyone who denies the Son doesn't have the Father, either. But anyone who acknowledges the Son has the Father also.

²⁴So you must remain faithful to what you have been taught from the beginning. If you do, you will remain in fellowship with the Son and with the Father. ²⁵And in this fellowship we enjoy the eternal life he promised us.

²⁶I am writing these things to warn you about those who want to lead you astray. ²⁷But you have received the Holy Spirit,* and he lives within you, so you don't need anyone to teach you what is true. For the Spirit* teaches you everything you need to know, and what he teaches is true—it is not a lie. So just as he has taught you, remain in fellowship with Christ.

Living as Children of God

²⁸And now, dear children, remain in fellowship with Christ so that when he returns, you will be full of courage and not shrink back from him in shame.

²⁹Since we know that Christ is righteous, we also know that all who do what is right are God's children.

3 See how very much our Father loves us, for he calls us his children, and that is what we are! But the people who belong to this world don't recognize that we are God's children because they don't know him. ²Dear friends, we are already God's children, but he has not yet shown us what we will be like when Christ appears. But we do know that we will be like him, for we will see him as he really is. ³And all who have this eager expectation will keep themselves pure, just as he is pure.

⁴Everyone who sins is breaking God's law, for all sin is contrary to the law of God. ⁵And you know that Jesus came to take away our sins, and there is no sin in him. ⁶Anyone who continues to live in him will not sin. But anyone who keeps on sinning does not know him or understand who he is.

⁷Dear children, don't let anyone deceive you about this: When people do what is right, it shows that they are righteous, even as Christ is righteous. ⁸But when people keep on sinning, it shows that they belong to the devil, who has been sinning since the beginning. But the Son of God came to destroy the works of the devil. ⁹Those who have been born into God's family do not make a practice of sinning, because God's life* is in them. So they can't keep on sinning, because they are children of God. ¹⁰So now we can tell who are children of God and who are children of the devil. Anyone who does not live righteously and does not love other believers* does not belong to God.

Love One Another

¹¹This is the message you have heard from the beginning: We should love one another. ¹²We must not be like Cain, who belonged to the evil one and killed his brother. And why did he kill him? Because Cain had been doing what was evil, and his brother had been doing what was righteous. ¹³So don't be surprised, dear brothers and sisters,* if the world hates you.

¹⁴If we love our Christian brothers and sisters,* it proves that we have passed from death to life. But a person who has no love is still dead. ¹⁵Anyone who hates another brother or sister* is really a murderer at heart. And you know that murderers don't have eternal life within them.

¹⁶We know what real love is because Jesus gave up his life for us. So we also ought to give up our lives for our brothers and sisters. ¹⁷If someone has enough money to live well and sees a brother or sister* in need but shows no compassion—how can God's love be in that person?

¹⁸Dear children, let's not merely say that we love each other; let us show the truth by our actions. ¹⁹Our actions will show that we belong to the truth, so we will be confident when we stand before God. ²⁰Even if we feel guilty, God is greater than our feelings, and he knows everything.

²¹Dear friends, if we don't feel guilty, we can come to God with bold confidence. ²²And we

---

2:20 Greek *But you have an anointing from the Holy One.*   **2:22a** Or *not the Messiah.*   **2:22b** Or *the antichrist.*   **2:27a** Greek *the anointing from him.*   **2:27b** Greek *the anointing.*   **3:9** Greek *because his seed.*   **3:10** Greek *does not love his brother.*   **3:13** Greek *brothers.*   **3:14** Greek *the brothers;* similarly in 3:16.   **3:15** Greek *hates his brother.*   **3:17** Greek *sees his brother.*

will receive from him whatever we ask because we obey him and do the things that please him.

²³And this is his commandment: We must believe in the name of his Son, Jesus Christ, and love one another, just as he commanded us. ²⁴Those who obey God's commandments remain in fellowship with him, and he with them. And we know he lives in us because the Spirit he gave us lives in us.

Discerning False Prophets

4 Dear friends, do not believe everyone who claims to speak by the Spirit. You must test them to see if the spirit they have comes from God. For there are many false prophets in the world. ²This is how we know if they have the Spirit of God: If a person claiming to be a prophet* acknowledges that Jesus Christ came in a real body, that person has the Spirit of God. ³But if someone claims to be a prophet and does not acknowledge the truth about Jesus, that person is not from God. Such a person has the spirit of the Antichrist, which you heard is coming into the world and indeed is already here.

⁴But you belong to God, my dear children. You have already won a victory over those people, because the Spirit who lives in you is greater than the spirit who lives in the world. ⁵Those people belong to this world, so they speak from the world's viewpoint, and the world listens to them. ⁶But we belong to God, and those who know God listen to us. If they do not belong to God, they do not listen to us. That is how we know if someone has the Spirit of truth or the spirit of deception.

Loving One Another

⁷Dear friends, let us continue to love one another, for love comes from God. Anyone who loves is a child of God and knows God. ⁸But anyone who does not love does not know God, for God is love.

⁹God showed how much he loved us by sending his one and only Son into the world so that we might have eternal life through him. ¹⁰This is real love—not that we loved God, but that he loved us and sent his Son as a sacrifice to take away our sins.

¹¹Dear friends, since God loved us that much, we surely ought to love each other. ¹²No one has ever seen God. But if we love each other, God lives in us, and his love is brought to full expression in us.

¹³And God has given us his Spirit as proof that we live in him and he in us. ¹⁴Furthermore, we have seen with our own eyes and now testify that the Father sent his Son to be the Savior of the world. ¹⁵All who confess that Jesus is the Son of

God have God living in them, and they live in God. ¹⁶We know how much God loves us, and we have put our trust in his love.

God is love, and all who live in love live in God, and God lives in them. ¹⁷And as we live in God, our love grows more perfect. So we will not be afraid on the day of judgment, but we can face him with confidence because we live like Jesus here in this world.

¹⁸Such love has no fear, because perfect love expels all fear. If we are afraid, it is for fear of punishment, and this shows that we have not fully experienced his perfect love. ¹⁹We love each other* because he loved us first.

²⁰If someone says, "I love God," but hates a Christian brother or sister,* that person is a liar; for if we don't love people we can see, how can we love God, whom we cannot see? ²¹And he has given us this command: Those who love God must also love their Christian brothers and sisters.*

Faith in the Son of God

5 Everyone who believes that Jesus is the Christ* has become a child of God. And everyone who loves the Father loves his children, too. ²We know we love God's children if we love God and obey his commandments. ³Loving God means keeping his commandments, and his commandments are not burdensome. ⁴For every child of God defeats this evil world, and we achieve this victory through our faith. ⁵And who can win this battle against the world? Only those who believe that Jesus is the Son of God.

⁶And Jesus Christ was revealed as God's Son by his baptism in water and by shedding his blood on the cross*—not by water only, but by water and blood. And the Spirit, who is truth, confirms it with his testimony. ⁷So we have these three witnesses*—⁸the Spirit, the water, and the blood—and all three agree. ⁹Since we believe human testimony, surely we can believe the greater testimony that comes from God. And God has testified about his Son. ¹⁰All who believe in the Son of God know in their hearts that this testimony is true. Those who don't believe this are actually calling God a liar because they don't believe what God has testified about his Son.

¹¹And this is what God has testified: He has given us eternal life, and this life is in his Son. ¹²Whoever has the Son has life; whoever does not have God's Son does not have life.

Conclusion

¹³I have written this to you who believe in the name of the Son of God, so that you may know you have eternal life. ¹⁴And we are confident that he hears us whenever we ask for anything

---

4:2 Greek *If a spirit;* similarly in 4:3.   **4:19** Greek *We love.* Other manuscripts read *We love God;* still others read *We love him.*
4:20 Greek *hates his brother.*   **4:21** Greek *The one who loves God must also love his brother.*   **5:1** Or *the Messiah.*   **5:6** Greek *This is he who came by water and blood.*   **5:7** A few very late manuscripts add *in heaven—the Father, the Word, and the Holy Spirit, and these three are one. And we have three witnesses on earth.*

that pleases him. [15]And since we know he hears us when we make our requests, we also know that he will give us what we ask for.

[16]If you see a Christian brother or sister* sinning in a way that does not lead to death, you should pray, and God will give that person life. But there is a sin that leads to death, and I am not saying you should pray for those who commit it. [17]All wicked actions are sin, but not every sin leads to death.

[18]We know that God's children do not make a practice of sinning, for God's Son holds them securely, and the evil one cannot touch them. [19]We know that we are children of God and that the world around us is under the control of the evil one.

[20]And we know that the Son of God has come, and he has given us understanding so that we can know the true God.* And now we live in fellowship with the true God because we live in fellowship with his Son, Jesus Christ. He is the only true God, and he is eternal life.

[21]Dear children, keep away from anything that might take God's place in your hearts.*

5:16 Greek *a brother.*   **5:20** Greek *the one who is true.*   **5:21** Greek *keep yourselves from idols.*

2 John

Greetings

This letter is from John, the elder.*

I am writing to the chosen lady and to her children,* whom I love in the truth—as does everyone else who knows the truth—²because the truth lives in us and will be with us forever.

³Grace, mercy, and peace, which come from God the Father and from Jesus Christ—the Son of the Father—will continue to be with us who live in truth and love.

Live in the Truth

⁴How happy I was to meet some of your children and find them living according to the truth, just as the Father commanded.

⁵I am writing to remind you, dear friends,* that we should love one another. This is not a new commandment, but one we have had from the beginning. ⁶Love means doing what God has commanded us, and he has commanded us to love one another, just as you heard from the beginning.

⁷I say this because many deceivers have gone out into the world. They deny that Jesus Christ came* in a real body. Such a person is a deceiver and an antichrist. ⁸Watch out that you do not lose what we* have worked so hard to achieve. Be diligent so that you receive your full reward. ⁹Anyone who wanders away from this teaching has no relationship with God. But anyone who remains in the teaching of Christ has a relationship with both the Father and the Son.

¹⁰If anyone comes to your meeting and does not teach the truth about Christ, don't invite that person into your home or give any kind of encouragement. ¹¹Anyone who encourages such people becomes a partner in their evil work.

Conclusion

¹²I have much more to say to you, but I don't want to do it with paper and ink. For I hope to visit you soon and talk with you face to face. Then our joy will be complete.

¹³Greetings from the children of your sister,* chosen by God.

1a Greek *From the elder.*   1b Or *the church God has chosen and its members.*   5 Greek *I urge you, lady.*   7 Or *will come.*
8 Some manuscripts read *you*   13 Or *from the members of your sister church.*

3 John

Greetings

This letter is from John, the elder.*

I am writing to Gaius, my dear friend, whom I love in the truth.

²Dear friend, I hope all is well with you and that you are as healthy in body as you are strong in spirit. ³Some of the traveling teachers* recently returned and made me very happy by telling me about your faithfulness and that you are living according to the truth. ⁴I could have no greater joy than to hear that my children are following the truth.

Caring for the Lord's Workers

⁵Dear friend, you are being faithful to God when you care for the traveling teachers who pass through, even though they are strangers to you. ⁶They have told the church here of your loving friendship. Please continue providing for such teachers in a manner that pleases God. ⁷For they are traveling for the Lord,* and they accept nothing from people who are not believers.* ⁸So we ourselves should support them so that we can be their partners as they teach the truth.

⁹I wrote to the church about this, but Diotrephes, who loves to be the leader, refuses to have anything to do with us. ¹⁰When I come, I will report some of the things he is doing and the evil accusations he is making against us. Not only does he refuse to welcome the traveling teachers, he also tells others not to help them. And when they do help, he puts them out of the church.

¹¹Dear friend, don't let this bad example influence you. Follow only what is good. Remember that those who do good prove that they are God's children, and those who do evil prove that they do not know God.*

¹²Everyone speaks highly of Demetrius, as does the truth itself. We ourselves can say the same for him, and you know we speak the truth.

Conclusion

¹³I have much more to say to you, but I don't want to write it with pen and ink. ¹⁴For I hope to see you soon, and then we will talk face to face.

¹⁵*Peace be with you.

Your friends here send you their greetings. Please give my personal greetings to each of our friends there.

1 Greek *From the elder.*   3 Greek *the brothers;* also in verses 5 and 10.   7a Greek *They went out on behalf of the Name.*   7b Greek *from Gentiles.*   11 Greek *they have not seen God.*   15 Some English translations combine verses 14 and 15 into verse 14.

Jude

Greetings from Jude

This letter is from Jude, a slave of Jesus Christ and a brother of James.

I am writing to all who have been called by God the Father, who loves you and keeps you safe in the care of Jesus Christ.*

²May God give you more and more mercy, peace, and love.

The Danger of False Teachers

³Dear friends, I had been eagerly planning to write to you about the salvation we all share. But now I find that I must write about something else, urging you to defend the faith that God has entrusted once for all time to his holy people. ⁴I say this because some ungodly people have wormed their way into your churches, saying that God's marvelous grace allows us to live immoral lives. The condemnation of such people was recorded long ago, for they have denied our only Master and Lord, Jesus Christ.

⁵So I want to remind you, though you already know these things, that Jesus* first rescued the nation of Israel from Egypt, but later he destroyed those who did not remain faithful. ⁶And I remind you of the angels who did not stay within the limits of authority God gave them but left the place where they belonged. God has kept them securely chained in prisons of darkness, waiting for the great day of judgment. ⁷And don't forget Sodom and Gomorrah and their neighboring towns, which were filled with immorality and every kind of sexual perversion. Those cities were destroyed by fire and serve as a warning of the eternal fire of God's judgment.

⁸In the same way, these people—who claim authority from their dreams—live immoral lives, defy authority, and scoff at supernatural beings.* ⁹But even Michael, one of the mightiest of the angels,* did not dare accuse the devil of blasphemy, but simply said, "The Lord rebuke you!" (This took place when Michael was arguing with the devil about Moses' body.) ¹⁰But these people scoff at things they do not understand. Like unthinking animals, they do whatever their instincts tell them, and so they bring about their own destruction. ¹¹What sorrow awaits them! For they follow in the footsteps of Cain, who killed his brother. Like Balaam, they deceive people for money. And like Korah, they perish in their rebellion.

¹²When these people eat with you in your fellowship meals commemorating the Lord's love, they are like dangerous reefs that can shipwreck you.* They are like shameless shepherds who care only for themselves. They are like clouds blowing over the land without giving any rain. They are like trees in autumn that are doubly dead, for they bear no fruit and have been pulled up by the roots. ¹³They are like wild waves of the sea, churning up the foam of their shameful deeds. They are like wandering stars, doomed forever to blackest darkness.

¹⁴Enoch, who lived in the seventh generation after Adam, prophesied about these people. He said, "Listen! The Lord is coming with countless thousands of his holy ones ¹⁵to execute judgment on the people of the world. He will convict every person of all the ungodly things they have done and for all the insults that ungodly sinners have spoken against him."*

¹⁶These people are grumblers and complainers, living only to satisfy their desires. They brag loudly about themselves, and they flatter others to get what they want.

A Call to Remain Faithful

¹⁷But you, my dear friends, must remember what the apostles of our Lord Jesus Christ said. ¹⁸They told you that in the last times there would be scoffers whose purpose in life is to satisfy their ungodly desires. ¹⁹These people are the ones who are creating divisions among you. They follow their natural instincts because they do not have God's Spirit in them.

²⁰But you, dear friends, must build each other up in your most holy faith, pray in the power of the Holy Spirit,* ²¹and await the mercy of our Lord Jesus Christ, who will bring you eternal life.

1 Or *keeps you for Jesus Christ.*   **5** As in the best manuscripts; various other manuscripts read *[the] Lord,* or *God,* or *Christ;* one reads *God Christ.*   **8** Greek *at glorious ones,* which are probably evil angels.   **9** Greek *Michael, the archangel.*   **12** Or *they are contaminants among you;* or *they are stains.*   **14-15** The quotation comes from intertestamental literature: Enoch 1:9.   **20** Greek *pray in the Holy Spirit.*

In this way, you will keep yourselves safe in God's love.

²²And you must show mercy to* those whose faith is wavering. ²³Rescue others by snatching them from the flames of judgment. Show mercy to still others,* but do so with great caution, hating the sins that contaminate their lives.*

A Prayer of Praise

²⁴Now all glory to God, who is able to keep you from falling away and will bring you with great joy into his glorious presence without a single fault. ²⁵All glory to him who alone is God, our Savior through Jesus Christ our Lord. All glory, majesty, power, and authority are his before all time, and in the present, and beyond all time! Amen.

22 Some manuscripts read *must reprove.*   **22-23a** Some manuscripts have only two categories of people: (1) those whose faith is wavering and therefore need to be snatched from the flames of judgment, and (2) those who need to be shown mercy.   **23b** Greek *with fear, hating even the clothing stained by the flesh.*

Revelation

Prologue

1 This is a revelation from* Jesus Christ, which God gave him to show his servants the events that must soon* take place. He sent an angel to present this revelation to his servant John, ²who faithfully reported everything he saw. This is his report of the word of God and the testimony of Jesus Christ.

³God blesses the one who reads the words of this prophecy to the church, and he blesses all who listen to its message and obey what it says, for the time is near.

John's Greeting to the Seven Churches

⁴This letter is from John to the seven churches in the province of Asia.*

Grace and peace to you from the one who is, who always was, and who is still to come; from the sevenfold Spirit* before his throne; ⁵and from Jesus Christ. He is the faithful witness to these things, the first to rise from the dead, and the ruler of all the kings of the world.

All glory to him who loves us and has freed us from our sins by shedding his blood for us. ⁶He has made us a Kingdom of priests for God his Father. All glory and power to him forever and ever! Amen.

⁷ Look! He comes with the clouds of heaven.
And everyone will see him—
even those who pierced him.
And all the nations of the world
will mourn for him.
Yes! Amen!

⁸"I am the Alpha and the Omega—the beginning and the end,"* says the Lord God. "I am the one who is, who always was, and who is still to come—the Almighty One."

Vision of the Son of Man

⁹I, John, am your brother and your partner in suffering and in God's Kingdom and in the patient endurance to which Jesus calls us. I was exiled to the island of Patmos for preaching the word of God and for my testimony about Jesus.

¹⁰It was the Lord's Day, and I was worshiping in the Spirit.* Suddenly, I heard behind me a loud voice like a trumpet blast. ¹¹It said, "Write in a book* everything you see, and send it to the seven churches in the cities of Ephesus, Smyrna, Pergamum, Thyatira, Sardis, Philadelphia, and Laodicea."

¹²When I turned to see who was speaking to me, I saw seven gold lampstands. ¹³And standing in the middle of the lampstands was someone like the Son of Man.* He was wearing a long robe with a gold sash across his chest. ¹⁴His head and his hair were white like wool, as white as snow. And his eyes were like flames of fire. ¹⁵His feet were like polished bronze refined in a furnace, and his voice thundered like mighty ocean waves. ¹⁶He held seven stars in his right hand, and a sharp two-edged sword came from his mouth. And his face was like the sun in all its brilliance.

¹⁷When I saw him, I fell at his feet as if I were dead. But he laid his right hand on me and said, "Don't be afraid! I am the First and the Last. ¹⁸I am the living one. I died, but look—I am alive forever and ever! And I hold the keys of death and the grave.*

¹⁹"Write down what you have seen—both the things that are now happening and the things that will happen.* ²⁰This is the meaning of the mystery of the seven stars you saw in my right hand and the seven gold lampstands: The seven stars are the angels* of the seven churches, and the seven lampstands are the seven churches.

The Message to the Church in Ephesus

2 "Write this letter to the angel* of the church in Ephesus. This is the message from the one who holds the seven stars in his right hand, the one who walks among the seven gold lampstands:

²"I know all the things you do. I have seen your hard work and your patient endurance. I know you don't tolerate evil people. You have examined the claims of those who say they are apostles but are not. You have

---

1:1a Or *of.* **1:1b** Or *suddenly,* or *quickly.* **1:4a** *Asia* was a Roman province in what is now western Turkey. **1:4b** Greek *the seven spirits.* **1:8** Greek *I am the Alpha and the Omega,* referring to the first and last letters of the Greek alphabet. **1:10** Or *in spirit.* **1:11** Or *on a scroll.* **1:13** Or *like a son of man.* See Dan 7:13. "Son of Man" is a title Jesus used for himself. **1:18** Greek *and Hades.* **1:19** Or *what you have seen and what they mean—the things that have already begun to happen.* **1:20** Or *the messengers.* **2:1** Or *the messenger;* also in 2:8, 12, 18.

discovered they are liars. ³You have patiently suffered for me without quitting.

⁴"But I have this complaint against you. You don't love me or each other as you did at first!* ⁵Look how far you have fallen! Turn back to me and do the works you did at first. If you don't repent, I will come and remove your lampstand from its place among the churches. ⁶But this is in your favor: You hate the evil deeds of the Nicolaitans, just as I do.

⁷"Anyone with ears to hear must listen to the Spirit and understand what he is saying to the churches. To everyone who is victorious I will give fruit from the tree of life in the paradise of God.

The Message to the Church in Smyrna

⁸"Write this letter to the angel of the church in Smyrna. This is the message from the one who is the First and the Last, who was dead but is now alive:

⁹"I know about your suffering and your poverty—but you are rich! I know the blasphemy of those opposing you. They say they are Jews, but they are not, because their synagogue belongs to Satan. ¹⁰Don't be afraid of what you are about to suffer. The devil will throw some of you into prison to test you. You will suffer for ten days. But if you remain faithful even when facing death, I will give you the crown of life.

¹¹"Anyone with ears to hear must listen to the Spirit and understand what he is saying to the churches. Whoever is victorious will not be harmed by the second death.

The Message to the Church in Pergamum

¹²"Write this letter to the angel of the church in Pergamum. This is the message from the one with the sharp two-edged sword:

¹³"I know that you live in the city where Satan has his throne, yet you have remained loyal to me. You refused to deny me even when Antipas, my faithful witness, was martyred among you there in Satan's city.

¹⁴"But I have a few complaints against you. You tolerate some among you whose teaching is like that of Balaam, who showed Balak how to trip up the people of Israel. He taught them to sin by eating food offered to idols and by committing sexual sin. ¹⁵In a similar way, you have some Nicolaitans among you who follow the same teaching. ¹⁶Repent of your sin, or I will come to you suddenly and fight against them with the sword of my mouth.

¹⁷"Anyone with ears to hear must listen to the Spirit and understand what he is saying to the churches. To everyone who is victorious I

will give some of the manna that has been hidden away in heaven. And I will give to each one a white stone, and on the stone will be engraved a new name that no one understands except the one who receives it.

The Message to the Church in Thyatira

¹⁸"Write this letter to the angel of the church in Thyatira. This is the message from the Son of God, whose eyes are like flames of fire, whose feet are like polished bronze:

¹⁹"I know all the things you do. I have seen your love, your faith, your service, and your patient endurance. And I can see your constant improvement in all these things.

²⁰"But I have this complaint against you. You are permitting that woman—that Jezebel who calls herself a prophet—to lead my servants astray. She teaches them to commit sexual sin and to eat food offered to idols. ²¹I gave her time to repent, but she does not want to turn away from her immorality.

²²"Therefore, I will throw her on a bed of suffering,* and those who commit adultery with her will suffer greatly unless they repent and turn away from her evil deeds. ²³I will strike her children dead. Then all the churches will know that I am the one who searches out the thoughts and intentions of every person. And I will give to each of you whatever you deserve.

²⁴"But I also have a message for the rest of you in Thyatira who have not followed this false teaching ('deeper truths,' as they call them—depths of Satan, actually). I will ask nothing more of you ²⁵except that you hold tightly to what you have until I come. ²⁶To all who are victorious, who obey me to the very end,

> To them I will give authority over all the nations.
> ²⁷ They will rule the nations with an iron rod and smash them like clay pots.*

²⁸They will have the same authority I received from my Father, and I will also give them the morning star!

²⁹"Anyone with ears to hear must listen to the Spirit and understand what he is saying to the churches.

The Message to the Church in Sardis

3 "Write this letter to the angel* of the church in Sardis. This is the message from the one who has the sevenfold Spirit* of God and the seven stars:

"I know all the things you do, and that you have a reputation for being alive—but you are dead. ²Wake up! Strengthen what little

---

2:4 Greek *You have lost your first love.* **2:22** Greek *a bed.* **2:26-27** Ps 2:8-9 (Greek Version). **3:1a** Or *the messenger;* also in 3:7, 14. **3:1b** Greek *the seven spirits.*

remains, for even what is left is almost dead. I find that your actions do not meet the requirements of my God. ³Go back to what you heard and believed at first; hold to it firmly. Repent and turn to me again. If you don't wake up, I will come to you suddenly, as unexpected as a thief.

⁴"Yet there are some in the church in Sardis who have not soiled their clothes with evil. They will walk with me in white, for they are worthy. ⁵All who are victorious will be clothed in white. I will never erase their names from the Book of Life, but I will announce before my Father and his angels that they are mine.

⁶"Anyone with ears to hear must listen to the Spirit and understand what he is saying to the churches.

The Message to the Church in Philadelphia

⁷"Write this letter to the angel of the church in Philadelphia.

This is the message from the one who is holy and true,
the one who has the key of David.
What he opens, no one can close;
and what he closes, no one can open.*

⁸"I know all the things you do, and I have opened a door for you that no one can close. You have little strength, yet you obeyed my word and did not deny me. ⁹Look, I will force those who belong to Satan's synagogue— those liars who say they are Jews but are not— to come and bow down at your feet. They will acknowledge that you are the ones I love.

¹⁰"Because you have obeyed my command to persevere, I will protect you from the great time of testing that will come upon the whole world to test those who belong to this world. ¹¹I am coming soon.* Hold on to what you have, so that no one will take away your crown. ¹²All who are victorious will become pillars in the Temple of my God, and they will never have to leave it. And I will write on them the name of my God, and they will be citizens in the city of my God—the new Jerusalem that comes down from heaven from my God. And I will also write on them my new name.

¹³"Anyone with ears to hear must listen to the Spirit and understand what he is saying to the churches.

The Message to the Church in Laodicea

¹⁴"Write this letter to the angel of the church in Laodicea. This is the message from the one who is the Amen—the faithful and true witness, the beginning* of God's new creation:

¹⁵"I know all the things you do, that you are neither hot nor cold. I wish that you were one or the other! ¹⁶But since you are like lukewarm water, neither hot nor cold, I will spit you out of my mouth! ¹⁷You say, 'I am rich. I have everything I want. I don't need a thing!' And you don't realize that you are wretched and miserable and poor and blind and naked. ¹⁸So I advise you to buy gold from me—gold that has been purified by fire. Then you will be rich. Also buy white garments from me so you will not be shamed by your nakedness, and ointment for your eyes so you will be able to see. ¹⁹I correct and discipline everyone I love. So be diligent and turn from your indifference.

²⁰"Look! I stand at the door and knock. If you hear my voice and open the door, I will come in, and we will share a meal together as friends. ²¹Those who are victorious will sit with me on my throne, just as I was victorious and sat with my Father on his throne.

²²"Anyone with ears to hear must listen to the Spirit and understand what he is saying to the churches."

Worship in Heaven

4 Then as I looked, I saw a door standing open in heaven, and the same voice I had heard before spoke to me like a trumpet blast. The voice said, "Come up here, and I will show you what must happen after this." ²And instantly I was in the Spirit,* and I saw a throne in heaven and someone sitting on it. ³The one sitting on the throne was as brilliant as gemstones—like jasper and carnelian. And the glow of an emerald circled his throne like a rainbow. ⁴Twenty-four thrones surrounded him, and twenty-four elders sat on them. They were all clothed in white and had gold crowns on their heads. ⁵From the throne came flashes of lightning and the rumble of thunder. And in front of the throne were seven torches with burning flames. This is the sevenfold Spirit* of God. ⁶In front of the throne was a shiny sea of glass, sparkling like crystal.

In the center and around the throne were four living beings, each covered with eyes, front and back. ⁷The first of these living beings was like a lion; the second was like an ox; the third had a human face; and the fourth was like an eagle in flight. ⁸Each of these living beings had six wings, and their wings were covered all over with eyes, inside and out. Day after day and night after night they keep on saying,

"Holy, holy, holy is the Lord God, the Almighty—
the one who always was, who is, and who is still to come."

3:7 Isa 22:22. 3:11 Or suddenly, or quickly. 3:14 Or the ruler, or the source. 4:2 Or in spirit. 4:5 Greek They are the seven spirits.

⁹Whenever the living beings give glory and honor and thanks to the one sitting on the throne (the one who lives forever and ever), ¹⁰the twenty-four elders fall down and worship the one sitting on the throne (the one who lives forever and ever). And they lay their crowns before the throne and say,

¹¹ "You are worthy, O Lord our God,
   to receive glory and honor and power.
For you created all things,
   and they exist because you created what
       you pleased."

The Lamb Opens the Scroll

5 Then I saw a scroll* in the right hand of the one who was sitting on the throne. There was writing on the inside and the outside of the scroll, and it was sealed with seven seals. ²And I saw a strong angel, who shouted with a loud voice: "Who is worthy to break the seals on this scroll and open it?" ³But no one in heaven or on earth or under the earth was able to open the scroll and read it.

⁴Then I began to weep bitterly because no one was found worthy to open the scroll and read it. ⁵But one of the twenty-four elders said to me, "Stop weeping! Look, the Lion of the tribe of Judah, the heir to David's throne,* has won the victory. He is worthy to open the scroll and its seven seals."

⁶Then I saw a Lamb that looked as if it had been slaughtered, but it was now standing between the throne and the four living beings and among the twenty-four elders. He had seven horns and seven eyes, which represent the sevenfold Spirit* of God that is sent out into every part of the earth. ⁷He stepped forward and took the scroll from the right hand of the one sitting on the throne. ⁸And when he took the scroll, the four living beings and the twenty-four elders fell down before the Lamb. Each one had a harp, and they held gold bowls filled with incense, which are the prayers of God's people. ⁹And they sang a new song with these words:

"You are worthy to take the scroll
   and break its seals and open it.
For you were slaughtered, and your blood
       has ransomed people for God
   from every tribe and language and people
       and nation.
¹⁰ And you have caused them to become
       a Kingdom of priests for our God.
   And they will reign* on the earth."

¹¹Then I looked again, and I heard the voices of thousands and millions of angels around the throne and of the living beings and the elders. ¹²And they sang in a mighty chorus:

"Worthy is the Lamb who was slaughtered—
   to receive power and riches
and wisdom and strength
   and honor and glory and blessing."

¹³And then I heard every creature in heaven and on earth and under the earth and in the sea. They sang:

"Blessing and honor and glory and power
   belong to the one sitting on the throne
   and to the Lamb forever and ever."

¹⁴And the four living beings said, "Amen!" And the twenty-four elders fell down and worshiped the Lamb.

The Lamb Breaks the First Six Seals

6 As I watched, the Lamb broke the first of the seven seals on the scroll.* Then I heard one of the four living beings say with a voice like thunder, "Come!" ²I looked up and saw a white horse standing there. Its rider carried a bow, and a crown was placed on his head. He rode out to win many battles and gain the victory.

³When the Lamb broke the second seal, I heard the second living being say, "Come!" ⁴Then another horse appeared, a red one. Its rider was given a mighty sword and the authority to take peace from the earth. And there was war and slaughter everywhere.

⁵When the Lamb broke the third seal, I heard the third living being say, "Come!" I looked up and saw a black horse, and its rider was holding a pair of scales in his hand. ⁶And I heard a voice from among the four living beings say, "A loaf of wheat bread or three loaves of barley will cost a day's pay.* And don't waste* the olive oil and wine."

⁷When the Lamb broke the fourth seal, I heard the fourth living being say, "Come!" ⁸I looked up and saw a horse whose color was pale green. Its rider was named Death, and his companion was the Grave.* These two were given authority over one-fourth of the earth, to kill with the sword and famine and disease* and wild animals.

⁹When the Lamb broke the fifth seal, I saw under the altar the souls of all who had been martyred for the word of God and for being faithful in their testimony. ¹⁰They shouted to the Lord and said, "O Sovereign Lord, holy and true, how long before you judge the people who belong to this world and avenge our blood for what they have done to us?" ¹¹Then a white robe was given to each of them. And they were told to rest a little longer until the full number of their brothers and sisters*—their fellow servants of Jesus who were to be martyred—had joined them.

5:1 Or *book;* also in 5:2, 3, 4, 5, 7, 8, 9.   5:5 Greek *the root of David.* See Isa 11:10.   5:6 Greek *which are the seven spirits.*
5:10 Some manuscripts read *they are reigning.*   6:1 Or *book.*   6:6a Greek *A choinix* [1 quart or 1 liter] *of wheat for a denarius, and 3 choinix of barley for a denarius.* A denarius was equivalent to a laborer's full day's wage.   6:6b Or *harm.*   6:8a Greek *was Hades.*
6:8b Greek *death.*   6:11 Greek *their brothers.*

¹²I watched as the Lamb broke the sixth seal, and there was a great earthquake. The sun became as dark as black cloth, and the moon became as red as blood. ¹³Then the stars of the sky fell to the earth like green figs falling from a tree shaken by a strong wind. ¹⁴The sky was rolled up like a scroll, and all of the mountains and islands were moved from their places.

¹⁵Then everyone—the kings of the earth, the rulers, the generals, the wealthy, the powerful, and every slave and free person—all hid themselves in the caves and among the rocks of the mountains. ¹⁶And they cried to the mountains and the rocks, "Fall on us and hide us from the face of the one who sits on the throne and from the wrath of the Lamb. ¹⁷For the great day of their wrath has come, and who is able to survive?"

God's People Will Be Preserved

7 Then I saw four angels standing at the four corners of the earth, holding back the four winds so they did not blow on the earth or the sea, or even on any tree. ²And I saw another angel coming up from the east, carrying the seal of the living God. And he shouted to those four angels, who had been given power to harm land and sea, ³"Wait! Don't harm the land or the sea or the trees until we have placed the seal of God on the foreheads of his servants."

⁴And I heard how many were marked with the seal of God—144,000 were sealed from all the tribes of Israel:

⁵ from Judah · · · · · · · · · · · · · · · 12,000
  from Reuben · · · · · · · · · · · · · · 12,000
  from Gad· · · · · · · · · · · · · · · · 12,000
⁶ from Asher · · · · · · · · · · · · · · 12,000
  from Naphtali · · · · · · · · · · · · · 12,000
  from Manasseh · · · · · · · · · · · · · 12,000
⁷ from Simeon · · · · · · · · · · · · · · 12,000
  from Levi · · · · · · · · · · · · · · · 12,000
  from Issachar· · · · · · · · · · · · · · 12,000
⁸ from Zebulun· · · · · · · · · · · · · · 12,000
  from Joseph· · · · · · · · · · · · · · · 12,000
  from Benjamin · · · · · · · · · · · · · 12,000

Praise from the Great Crowd

⁹After this I saw a vast crowd, too great to count, from every nation and tribe and people and language, standing in front of the throne and before the Lamb. They were clothed in white robes and held palm branches in their hands. ¹⁰And they were shouting with a mighty shout,

"Salvation comes from our God who sits on the throne
and from the Lamb!"

¹¹And all the angels were standing around the throne and around the elders and the four living beings. And they fell before the throne with their faces to the ground and worshiped God. ¹²They sang,

"Amen! Blessing and glory and wisdom
and thanksgiving and honor
and power and strength belong to our God
forever and ever! Amen."

¹³Then one of the twenty-four elders asked me, "Who are these who are clothed in white? Where did they come from?"

¹⁴And I said to him, "Sir, you are the one who knows."

Then he said to me, "These are the ones who died in* the great tribulation.* They have washed their robes in the blood of the Lamb and made them white.

¹⁵ "That is why they stand in front of God's throne
  and serve him day and night in his Temple.
And he who sits on the throne
  will give them shelter.
¹⁶ They will never again be hungry or thirsty;
  they will never be scorched by the heat of the sun.
¹⁷ For the Lamb on the throne*
  will be their Shepherd.
He will lead them to springs of life-giving water.
  And God will wipe every tear from their eyes."

The Lamb Breaks the Seventh Seal

8 When the Lamb broke the seventh seal on the scroll,* there was silence throughout heaven for about half an hour. ²I saw the seven angels who stand before God, and they were given seven trumpets.

³Then another angel with a gold incense burner came and stood at the altar. And a great amount of incense was given to him to mix with the prayers of God's people as an offering on the gold altar before the throne. ⁴The smoke of the incense, mixed with the prayers of God's holy people, ascended up to God from the altar where the angel had poured them out. ⁵Then the angel filled the incense burner with fire from the altar and threw it down upon the earth; and thunder crashed, lightning flashed, and there was a terrible earthquake.

The First Four Trumpets

⁶Then the seven angels with the seven trumpets prepared to blow their mighty blasts.

⁷The first angel blew his trumpet, and hail and fire mixed with blood were thrown down on the earth. One-third of the earth was set on fire, one-third of the trees were burned, and all the green grass was burned.

7:14a Greek *who came out of.*   7:14b Or *the great suffering.*   7:17 Greek *on the center of the throne.*   8:1 Or *book.*

8Then the second angel blew his trumpet, and a great mountain of fire was thrown into the sea. One-third of the water in the sea became blood, 9one-third of all things living in the sea died, and one-third of all the ships on the sea were destroyed.

10Then the third angel blew his trumpet, and a great star fell from the sky, burning like a torch. It fell on one-third of the rivers and on the springs of water. 11The name of the star was Bitterness.* It made one-third of the water bitter, and many people died from drinking the bitter water.

12Then the fourth angel blew his trumpet, and one-third of the sun was struck, and one-third of the moon, and one-third of the stars, and they became dark. And one-third of the day was dark, and also one-third of the night.

13Then I looked, and I heard a single eagle crying loudly as it flew through the air, "Terror, terror, terror to all who belong to this world because of what will happen when the last three angels blow their trumpets."

The Fifth Trumpet Brings the First Terror

9 Then the fifth angel blew his trumpet, and I saw a star that had fallen to earth from the sky, and he was given the key to the shaft of the bottomless pit.* 2When he opened it, smoke poured out as though from a huge furnace, and the sunlight and air turned dark from the smoke.

3Then locusts came from the smoke and descended on the earth, and they were given power to sting like scorpions. 4They were told not to harm the grass or plants or trees, but only the people who did not have the seal of God on their foreheads. 5They were told not to kill them but to torture them for five months with pain like the pain of a scorpion sting. 6In those days people will seek death but will not find it. They will long to die, but death will flee from them!

7The locusts looked like horses prepared for battle. They had what looked like gold crowns on their heads, and their faces looked like human faces. 8They had hair like women's hair and teeth like the teeth of a lion. 9They wore armor made of iron, and their wings roared like an army of chariots rushing into battle. 10They had tails that stung like scorpions, and for five months they had the power to torment people. 11Their king is the angel from the bottomless pit; his name in Hebrew is *Abaddon,* and in Greek, *Apollyon*—the Destroyer.

12The first terror is past, but look, two more terrors are coming!

The Sixth Trumpet Brings the Second Terror

13Then the sixth angel blew his trumpet, and I heard a voice speaking from the four horns of the gold altar that stands in the presence of God. 14And the voice said to the sixth angel who held the trumpet, "Release the four angels who are bound at the great Euphrates River." 15Then the four angels who had been prepared for this hour and day and month and year were turned loose to kill one-third of all the people on earth. 16I heard the size of their army, which was 200 million mounted troops.

17And in my vision, I saw the horses and the riders sitting on them. The riders wore armor that was fiery red and dark blue and yellow. The horses had heads like lions, and fire and smoke and burning sulfur billowed from their mouths. 18One-third of all the people on earth were killed by these three plagues—by the fire and smoke and burning sulfur that came from the mouths of the horses. 19Their power was in their mouths and in their tails. For their tails had heads like snakes, with the power to injure people.

20But the people who did not die in these plagues still refused to repent of their evil deeds and turn to God. They continued to worship demons and idols made of gold, silver, bronze, stone, and wood—idols that can neither see nor hear nor walk! 21And they did not repent of their murders or their witchcraft or their sexual immorality or their thefts.

The Angel and the Small Scroll

10 Then I saw another mighty angel coming down from heaven, surrounded by a cloud, with a rainbow over his head. His face shone like the sun, and his feet were like pillars of fire. 2And in his hand was a small scroll* that had been opened. He stood with his right foot on the sea and his left foot on the land. 3And he gave a great shout like the roar of a lion. And when he shouted, the seven thunders answered.

4When the seven thunders spoke, I was about to write. But I heard a voice from heaven saying, "Keep secret* what the seven thunders said, and do not write it down."

5Then the angel I saw standing on the sea and on the land raised his right hand toward heaven. 6He swore an oath in the name of the one who lives forever and ever, who created the heavens and everything in them, the earth and everything in it, and the sea and everything in it. He said, "There will be no more delay. 7When the seventh angel blows his trumpet, God's mysterious plan will be fulfilled. It will happen just as he announced it to his servants the prophets."

8Then the voice from heaven spoke to me again: "Go and take the open scroll from the hand of the angel who is standing on the sea and on the land."

9So I went to the angel and told him to give me the small scroll. "Yes, take it and eat it," he said.

8:11 Greek *Wormwood.*   **9:1** Or *the abyss,* or *the underworld;* also in 9:11.   **10:2** Or *book;* also in 10:8, 9, 10.   **10:4** Greek *Seal up.*

"It will be sweet as honey in your mouth, but it will turn sour in your stomach!" ¹⁰So I took the small scroll from the hand of the angel, and I ate it! It was sweet in my mouth, but when I swallowed it, it turned sour in my stomach.

¹¹Then I was told, "You must prophesy again about many peoples, nations, languages, and kings."

The Two Witnesses

11 Then I was given a measuring stick, and I was told, "Go and measure the Temple of God and the altar, and count the number of worshipers. ²But do not measure the outer courtyard, for it has been turned over to the nations. They will trample the holy city for 42 months. ³And I will give power to my two witnesses, and they will be clothed in burlap and will prophesy during those 1,260 days."

⁴These two prophets are the two olive trees and the two lampstands that stand before the Lord of all the earth. ⁵If anyone tries to harm them, fire flashes from their mouths and consumes their enemies. This is how anyone who tries to harm them must die. ⁶They have power to shut the sky so that no rain will fall for as long as they prophesy. And they have the power to turn the rivers and oceans into blood, and to strike the earth with every kind of plague as often as they wish.

⁷When they complete their testimony, the beast that comes up out of the bottomless pit* will declare war against them, and he will conquer them and kill them. ⁸And their bodies will lie in the main street of Jerusalem,* the city that is figuratively called "Sodom" and "Egypt," the city where their Lord was crucified. ⁹And for three and a half days, all peoples, tribes, languages, and nations will stare at their bodies. No one will be allowed to bury them. ¹⁰All the people who belong to this world will gloat over them and give presents to each other to celebrate the death of the two prophets who had tormented them.

¹¹But after three and a half days, God breathed life into them, and they stood up! Terror struck all who were staring at them. ¹²Then a loud voice from heaven called to the two prophets, "Come up here!" And they rose to heaven in a cloud as their enemies watched.

¹³At the same time there was a terrible earthquake that destroyed a tenth of the city. Seven thousand people died in that earthquake, and everyone else was terrified and gave glory to the God of heaven.

¹⁴The second terror is past, but look, the third terror is coming quickly.

The Seventh Trumpet Brings the Third Terror

¹⁵Then the seventh angel blew his trumpet, and there were loud voices shouting in heaven:

"The world has now become the Kingdom of our Lord and of his Christ,* and he will reign forever and ever."

¹⁶The twenty-four elders sitting on their thrones before God fell with their faces to the ground and worshiped him. ¹⁷And they said,

"We give thanks to you, Lord God, the Almighty,
the one who is and who always was,
for now you have assumed your great power
and have begun to reign.
¹⁸ The nations were filled with wrath,
but now the time of your wrath has come.
It is time to judge the dead
and reward your servants the prophets,
as well as your holy people,
and all who fear your name,
from the least to the greatest.
It is time to destroy
all who have caused destruction on
the earth."

¹⁹Then, in heaven, the Temple of God was opened and the Ark of his covenant could be seen inside the Temple. Lightning flashed, thunder crashed and roared, and there was an earthquake and a terrible hailstorm.

The Woman and the Dragon

12 Then I witnessed in heaven an event of great significance. I saw a woman clothed with the sun, with the moon beneath her feet, and a crown of twelve stars on her head. ²She was pregnant, and she cried out because of her labor pains and the agony of giving birth.

³Then I witnessed in heaven another significant event. I saw a large red dragon with seven heads and ten horns, with seven crowns on his heads. ⁴His tail swept away one-third of the stars in the sky, and he threw them to the earth. He stood in front of the woman as she was about to give birth, ready to devour her baby as soon as it was born.

⁵She gave birth to a son who was to rule all nations with an iron rod. And her child was snatched away from the dragon and was caught up to God and to his throne. ⁶And the woman fled into the wilderness, where God had prepared a place to care for her for 1,260 days.

⁷Then there was war in heaven. Michael and his angels fought against the dragon and his angels. ⁸And the dragon lost the battle, and he and his angels were forced out of heaven. ⁹This great dragon—the ancient serpent called the devil, or Satan, the one deceiving the whole world—was thrown down to the earth with all his angels.

¹⁰Then I heard a loud voice shouting across the heavens,

11:7 Or *the abyss,* or *the underworld.*   **11:8** Greek *the great city.*   **11:15** Or *his Messiah.*

"It has come at last—
      salvation and power
and the Kingdom of our God,
      and the authority of his Christ.*
For the accuser of our brothers and sisters*
      has been thrown down to earth—
the one who accuses them
      before our God day and night.
¹¹ And they have defeated him by the blood of
            the Lamb
      and by their testimony.
And they did not love their lives so much
      that they were afraid to die.
¹² Therefore, rejoice, O heavens!
      And you who live in the heavens, rejoice!
But terror will come on the earth and the sea,
      for the devil has come down to you in
            great anger,
      knowing that he has little time."

¹³When the dragon realized that he had been thrown down to the earth, he pursued the woman who had given birth to the male child. ¹⁴But she was given two wings like those of a great eagle so she could fly to the place prepared for her in the wilderness. There she would be cared for and protected from the dragon* for a time, times, and half a time.
¹⁵Then the dragon tried to drown the woman with a flood of water that flowed from his mouth. ¹⁶But the earth helped her by opening its mouth and swallowing the river that gushed out from the mouth of the dragon. ¹⁷And the dragon was angry at the woman and declared war against the rest of her children—all who keep God's commandments and maintain their testimony for Jesus.
¹⁸Then the dragon took his stand* on the shore beside the sea.

The Beast out of the Sea

13 Then I saw a beast rising up out of the sea. It had seven heads and ten horns, with ten crowns on its horns. And written on each head were names that blasphemed God. ²This beast looked like a leopard, but it had the feet of a bear and the mouth of a lion! And the dragon gave the beast his own power and throne and great authority.
³I saw that one of the heads of the beast seemed wounded beyond recovery—but the fatal wound was healed! The whole world marveled at this miracle and gave allegiance to the beast. ⁴They worshiped the dragon for giving the beast such power, and they also worshiped the beast. "Who is as great as the beast?" they exclaimed. "Who is able to fight against him?"
⁵Then the beast was allowed to speak great blasphemies against God. And he was given au-

thority to do whatever he wanted for forty-two months. ⁶And he spoke terrible words of blasphemy against God, slandering his name and his temple—that is, those who live in heaven.* ⁷And the beast was allowed to wage war against God's holy people and to conquer them. And he was given authority to rule over every tribe and people and language and nation. ⁸And all the people who belong to this world worshiped the beast. They are the ones whose names were not written in the Book of Life before the world was made—the Book that belongs to the Lamb who was slaughtered.*

⁹ Anyone with ears to hear
      should listen and understand.
¹⁰ Anyone who is destined for prison
      will be taken to prison.
Anyone destined to die by the sword
      will die by the sword.

This means that God's holy people must endure persecution patiently and remain faithful.

The Beast out of the Earth

¹¹Then I saw another beast come up out of the earth. He had two horns like those of a lamb, but he spoke with the voice of a dragon. ¹²He exercised all the authority of the first beast. And he required all the earth and its people to worship the first beast, whose fatal wound had been healed. ¹³He did astounding miracles, even making fire flash down to earth from the sky while everyone was watching. ¹⁴And with all the miracles he was allowed to perform on behalf of the first beast, he deceived all the people who belong to this world. He ordered the people to make a great statue of the first beast, who was fatally wounded and then came back to life. ¹⁵He was then permitted to give life to this statue so that it could speak. Then the statue of the beast commanded that anyone refusing to worship it must die.
¹⁶He required everyone—small and great, rich and poor, free and slave—to be given a mark on the right hand or on the forehead. ¹⁷And no one could buy or sell anything without that mark, which was either the name of the beast or the number representing his name. ¹⁸Wisdom is needed here. Let the one with understanding solve the meaning of the number of the beast, for it is the number of a man.* His number is 666.*

The Lamb and the 144,000

14 Then I saw the Lamb standing on Mount Zion, and with him were 144,000 who had his name and his Father's name written on their foreheads. ²And I heard a sound from

12:10a Or *his Messiah.*   12:10b Greek *brothers.*   12:14 Greek *the serpent;* also in 12:15. See 12:9.   12:18 Greek *Then he took his stand;* some manuscripts read *Then I took my stand.* Some translations put this entire sentence into 13:1.   13:6 Some manuscripts read *and his temple and all who live in heaven.*   13:8 Or *not written in the Book of Life that belongs to the Lamb who was slaughtered before the world was made.*   13:18a Or *of humanity.*   13:18b Some manuscripts read *616.*

heaven like the roar of mighty ocean waves or the rolling of loud thunder. It was like the sound of many harpists playing together.

³This great choir sang a wonderful new song in front of the throne of God and before the four living beings and the twenty-four elders. No one could learn this song except the 144,000 who had been redeemed from the earth. ⁴They have kept themselves as pure as virgins,* following the Lamb wherever he goes. They have been purchased from among the people on the earth as a special offering* to God and to the Lamb. ⁵They have told no lies; they are without blame.

The Three Angels

⁶And I saw another angel flying through the sky, carrying the eternal Good News to proclaim to the people who belong to this world—to every nation, tribe, language, and people. ⁷"Fear God," he shouted. "Give glory to him. For the time has come when he will sit as judge. Worship him who made the heavens, the earth, the sea, and all the springs of water."

⁸Then another angel followed him through the sky, shouting, "Babylon is fallen—that great city is fallen—because she made all the nations of the world drink the wine of her passionate immorality."

⁹Then a third angel followed them, shouting, "Anyone who worships the beast and his statue or who accepts his mark on the forehead or on the hand ¹⁰must drink the wine of God's anger. It has been poured full strength into God's cup of wrath. And they will be tormented with fire and burning sulfur in the presence of the holy angels and the Lamb. ¹¹The smoke of their torment will rise forever and ever, and they will have no relief day or night, for they have worshiped the beast and his statue and have accepted the mark of his name."

¹²This means that God's holy people must endure persecution patiently, obeying his commands and maintaining their faith in Jesus.

¹³And I heard a voice from heaven saying, "Write this down: Blessed are those who die in the Lord from now on. Yes, says the Spirit, they are blessed indeed, for they will rest from their hard work; for their good deeds follow them!"

The Harvest of the Earth

¹⁴Then I saw a white cloud, and seated on the cloud was someone like the Son of Man.* He had a gold crown on his head and a sharp sickle in his hand.

¹⁵Then another angel came from the Temple and shouted to the one sitting on the cloud, "Swing the sickle, for the time of harvest has come; the crop on earth is ripe." ¹⁶So the one sitting on the cloud swung his sickle over the earth, and the whole earth was harvested.

¹⁷After that, another angel came from the Temple in heaven, and he also had a sharp sickle. ¹⁸Then another angel, who had power to destroy with fire, came from the altar. He shouted to the angel with the sharp sickle, "Swing your sickle now to gather the clusters of grapes from the vines of the earth, for they are ripe for judgment." ¹⁹So the angel swung his sickle over the earth and loaded the grapes into the great winepress of God's wrath. ²⁰The grapes were trampled in the winepress outside the city, and blood flowed from the winepress in a stream about 180 miles* long and as high as a horse's bridle.

The Song of Moses and of the Lamb

15 Then I saw in heaven another marvelous event of great significance. Seven angels were holding the seven last plagues, which would bring God's wrath to completion. ²I saw before me what seemed to be a glass sea mixed with fire. And on it stood all the people who had been victorious over the beast and his statue and the number representing his name. They were all holding harps that God had given them. ³And they were singing the song of Moses, the servant of God, and the song of the Lamb:

"Great and marvelous are your works,
  O Lord God, the Almighty.
Just and true are your ways,
  O King of the nations.*
⁴ Who will not fear you, Lord,
  and glorify your name?
For you alone are holy.
All nations will come and worship before
  you,
  for your righteous deeds have been
  revealed."

The Seven Bowls of the Seven Plagues

⁵Then I looked and saw that the Temple in heaven, God's Tabernacle, was thrown wide open. ⁶The seven angels who were holding the seven plagues came out of the Temple. They were clothed in spotless white linen* with gold sashes across their chests. ⁷Then one of the four living beings handed each of the seven angels a gold bowl filled with the wrath of God, who lives forever and ever. ⁸The Temple was filled with smoke from God's glory and power. No one could enter the Temple until the seven angels had completed pouring out the seven plagues.

16 Then I heard a mighty voice from the Temple say to the seven angels, "Go your ways and pour out on the earth the seven bowls containing God's wrath."

14:4a Greek *They are virgins who have not defiled themselves with women.* **14:4b** Greek *as firstfruits.* **14:4** Or *like a son of man.* See Dan 7:13. "Son of Man" is a title Jesus used for himself. **14:20** Greek *1,600 stadia* [296 kilometers]. **15:3** Some manuscripts read *King of the ages.* **15:6** Other manuscripts read *white stone;* still others read *white [garments] made of linen.*

²So the first angel left the Temple and poured out his bowl on the earth, and horrible, malignant sores broke out on everyone who had the mark of the beast and who worshiped his statue.

³Then the second angel poured out his bowl on the sea, and it became like the blood of a corpse. And everything in the sea died.

⁴Then the third angel poured out his bowl on the rivers and springs, and they became blood. ⁵And I heard the angel who had authority over all water saying,

"You are just, O Holy One, who is and who
    always was,
    because you have sent these judgments.
⁶ Since they shed the blood
    of your holy people and your prophets,
you have given them blood to drink.
    It is their just reward."

⁷And I heard a voice from the altar,* saying,

"Yes, O Lord God, the Almighty,
    your judgments are true and just."

⁸Then the fourth angel poured out his bowl on the sun, causing it to scorch everyone with its fire. ⁹Everyone was burned by this blast of heat, and they cursed the name of God, who had control over all these plagues. They did not repent of their sins and turn to God and give him glory.

¹⁰Then the fifth angel poured out his bowl on the throne of the beast, and his kingdom was plunged into darkness. His subjects ground their teeth in anguish, ¹¹and they cursed the God of heaven for their pains and sores. But they did not repent of their evil deeds and turn to God.

¹²Then the sixth angel poured out his bowl on the great Euphrates River, and it dried up so that the kings from the east could march their armies toward the west without hindrance. ¹³And I saw three evil spirits that looked like frogs leap from the mouths of the dragon, the beast, and the false prophet. ¹⁴They are demonic spirits who work miracles and go out to all the rulers of the world to gather them for battle against the Lord on that great judgment day of God the Almighty.

¹⁵"Look, I will come as unexpectedly as a thief! Blessed are all who are watching for me, who keep their clothing ready so they will not have to walk around naked and ashamed."

¹⁶And the demonic spirits gathered all the rulers and their armies to a place with the Hebrew name *Armageddon.**

¹⁷Then the seventh angel poured out his bowl into the air. And a mighty shout came from the throne in the Temple, saying, "It is finished!" ¹⁸Then the thunder crashed and rolled, and lightning flashed. And a great earthquake struck–the worst since people were placed on the earth. ¹⁹The great city of Babylon split into three sections, and the cities of many nations fell into heaps of rubble. So God remembered all of Babylon's sins, and he made her drink the cup that was filled with the wine of his fierce wrath. ²⁰And every island disappeared, and all the mountains were leveled. ²¹There was a terrible hailstorm, and hailstones weighing seventy-five pounds* fell from the sky onto the people below. They cursed God because of the terrible plague of the hailstorm.

The Great Prostitute

17 One of the seven angels who had poured out the seven bowls came over and spoke to me. "Come with me," he said, "and I will show you the judgment that is going to come on the great prostitute, who rules over many waters. ²The kings of the world have committed adultery with her, and the people who belong to this world have been made drunk by the wine of her immorality."

³So the angel took me in the Spirit* into the wilderness. There I saw a woman sitting on a scarlet beast that had seven heads and ten horns, and blasphemies against God were written all over it. ⁴The woman wore purple and scarlet clothing and beautiful jewelry made of gold and precious gems and pearls. In her hand she held a gold goblet full of obscenities and the impurities of her immorality. ⁵A mysterious name was written on her forehead: "Babylon the Great, Mother of All Prostitutes and Obscenities in the World." ⁶I could see that she was drunk— drunk with the blood of God's holy people who were witnesses for Jesus. I stared at her in complete amazement.

⁷"Why are you so amazed?" the angel asked. "I will tell you the mystery of this woman and of the beast with seven heads and ten horns on which she sits. ⁸The beast you saw was once alive but isn't now. And yet he will soon come up out of the bottomless pit* and go to eternal destruction. And the people who belong to this world, whose names were not written in the Book of Life before the world was made, will be amazed at the reappearance of this beast who had died.

⁹"This calls for a mind with understanding: The seven heads of the beast represent the seven hills where the woman rules. They also represent seven kings. ¹⁰Five kings have already fallen, the sixth now reigns, and the seventh is yet to come, but his reign will be brief.

¹¹"The scarlet beast that was, but is no longer, is the eighth king. He is like the other seven, and

16:7 Greek *I heard the altar.* **16:16** Or *Harmagedon.* **16:21** Greek *1 talent* [34 kilograms]. **17:3** Or *in spirit.* **17:8** Or *the abyss,* or *the underworld.*

he, too, is headed for destruction. ¹²The ten horns of the beast are ten kings who have not yet risen to power. They will be appointed to their kingdoms for one brief moment to reign with the beast. ¹³They will all agree to give him their power and authority. ¹⁴Together they will go to war against the Lamb, but the Lamb will defeat them because he is Lord of all lords and King of all kings. And his called and chosen and faithful ones will be with him."

¹⁵Then the angel said to me, "The waters where the prostitute is ruling represent masses of people of every nation and language. ¹⁶The scarlet beast and his ten horns all hate the prostitute. They will strip her naked, eat her flesh, and burn her remains with fire. ¹⁷For God has put a plan into their minds, a plan that will carry out his purposes. They will agree to give their authority to the scarlet beast, and so the words of God will be fulfilled. ¹⁸And this woman you saw in your vision represents the great city that rules over the kings of the world."

The Fall of Babylon

18 After all this I saw another angel come down from heaven with great authority, and the earth grew bright with his splendor. ²He gave a mighty shout:

"Babylon is fallen—that great city is fallen!
    She has become a home for demons.
She is a hideout for every foul spirit,
    a hideout for every foul vulture
    and every foul and dreadful animal.*
³ For all the nations have fallen*
    because of the wine of her passionate
        immorality.
The kings of the world
    have committed adultery with her.
Because of her desires for extravagant
        luxury,
    the merchants of the world have
        grown rich."

⁴Then I heard another voice calling from heaven,

"Come away from her, my people.
    Do not take part in her sins,
    or you will be punished with her.
⁵ For her sins are piled as high as heaven,
    and God remembers her evil deeds.
⁶ Do to her as she has done to others.
    Double her penalty* for all her evil deeds.
She brewed a cup of terror for others,
    so brew twice as much* for her.
⁷ She glorified herself and lived in luxury,
    so match it now with torment and sorrow.
She boasted in her heart,
    'I am queen on my throne.
I am no helpless widow,
    and I have no reason to mourn.'

⁸ Therefore, these plagues will overtake her in
    a single day—
    death and mourning and famine.
She will be completely consumed by fire,
    for the Lord God who judges her is
        mighty."

⁹And the kings of the world who committed adultery with her and enjoyed her great luxury will mourn for her as they see the smoke rising from her charred remains. ¹⁰They will stand at a distance, terrified by her great torment. They will cry out,

"How terrible, how terrible for you,
    O Babylon, you great city!
In a single moment
    God's judgment came on you."

¹¹The merchants of the world will weep and mourn for her, for there is no one left to buy their goods. ¹²She bought great quantities of gold, silver, jewels, and pearls; fine linen, purple, silk, and scarlet cloth; things made of fragrant thyine wood, ivory goods, and objects made of expensive wood; and bronze, iron, and marble. ¹³She also bought cinnamon, spice, incense, myrrh, frankincense, wine, olive oil, fine flour, wheat, cattle, sheep, horses, chariots, and bodies—that is, human slaves.

¹⁴ "The fancy things you loved so much
    are gone," they cry.
"All your luxuries and splendor
    are gone forever,
    never to be yours again."

¹⁵The merchants who became wealthy by selling her these things will stand at a distance, terrified by her great torment. They will weep and cry out,

¹⁶ "How terrible, how terrible for that great city!
    She was clothed in finest purple and
        scarlet linens,
    decked out with gold and precious stones
        and pearls!
¹⁷ In a single moment
    all the wealth of the city is gone!"

And all the captains of the merchant ships and their passengers and sailors and crews will stand at a distance. ¹⁸They will cry out as they watch the smoke ascend, and they will say, "Where is there another city as great as this?" ¹⁹And they will weep and throw dust on their heads to show their grief. And they will cry out,

"How terrible, how terrible for that great city!
    The shipowners became wealthy
    by transporting her great wealth on
        the seas.
In a single moment it is all gone."

18:2 Some manuscripts condense the last two lines to read *a hideout for every foul and dreadful vulture.*   18:3 Some manuscripts read *have drunk.*   18:6a Or *Give her an equal penalty.*   18:6b Or *brew just as much.*

20 Rejoice over her fate, O heaven
    and people of God and apostles and
    prophets!
For at last God has judged her
    for your sakes.

21Then a mighty angel picked up a boulder the size of a huge millstone. He threw it into the ocean and shouted,

"Just like this, the great city Babylon
    will be thrown down with violence
    and will never be found again.
22 The sound of harps, singers, flutes, and
    trumpets
    will never be heard in you again.
No craftsmen and no trades
    will ever be found in you again.
The sound of the mill
    will never be heard in you again.
23 The light of a lamp
    will never shine in you again.
The happy voices of brides and grooms
    will never be heard in you again.
For your merchants were the greatest in
    the world,
    and you deceived the nations with
    your sorceries.
24 In your* streets flowed the blood of the
    prophets and of God's holy people
    and the blood of people slaughtered all
    over the world."

Songs of Victory in Heaven

19 After this, I heard what sounded like a vast crowd in heaven shouting,

"Praise the LORD!*
    Salvation and glory and power belong to
    our God.
2 His judgments are true and just.
    He has punished the great prostitute
who corrupted the earth with her
    immorality.
He has avenged the murder of his servants."

3And again their voices rang out:

"Praise the LORD!
    The smoke from that city ascends forever
    and ever!"

4Then the twenty-four elders and the four living beings fell down and worshiped God, who was sitting on the throne. They cried out, "Amen! Praise the LORD!"
5And from the throne came a voice that said,

"Praise our God,
    all his servants,
all who fear him,
    from the least to the greatest."

6Then I heard again what sounded like the shout of a vast crowd or the roar of mighty ocean waves or the crash of loud thunder:

"Praise the LORD!
    For the Lord our God,* the Almighty,
    reigns.
7 Let us be glad and rejoice,
    and let us give honor to him.
For the time has come for the wedding feast
    of the Lamb,
    and his bride has prepared herself.
8 She has been given the finest of pure white
    linen to wear."
For the fine linen represents the good
    deeds of God's holy people.

9And the angel said to me, "Write this: Blessed are those who are invited to the wedding feast of the Lamb." And he added, "These are true words that come from God."
10Then I fell down at his feet to worship him, but he said, "No, don't worship me. I am a servant of God, just like you and your brothers and sisters* who testify about their faith in Jesus. Worship only God. For the essence of prophecy is to give a clear witness for Jesus.*"

The Rider on the White Horse

11Then I saw heaven opened, and a white horse was standing there. Its rider was named Faithful and True, for he judges fairly and wages a righteous war. 12His eyes were like flames of fire, and on his head were many crowns. A name was written on him that no one understood except himself. 13He wore a robe dipped in blood, and his title was the Word of God. 14The armies of heaven, dressed in the finest of pure white linen, followed him on white horses. 15From his mouth came a sharp sword to strike down the nations. He will rule them with an iron rod. He will release the fierce wrath of God, the Almighty, like juice flowing from a winepress. 16On his robe at his thigh* was written this title: King of all kings and Lord of all lords.

17Then I saw an angel standing in the sun, shouting to the vultures flying high in the sky: "Come! Gather together for the great banquet God has prepared. 18Come and eat the flesh of kings, generals, and strong warriors; of horses and their riders; and of all humanity, both free and slave, small and great."

19Then I saw the beast and the kings of the world and their armies gathered together to fight against the one sitting on the horse and his army. 20And the beast was captured, and with him the false prophet who did mighty miracles on behalf of the beast—miracles that deceived all who had accepted the mark of the beast and

18:24 Greek *her.* 19:1 Greek *Hallelujah;* also in 19:3, 4, 6. *Hallelujah* is the transliteration of a Hebrew term that means "Praise the LORD." 19:6 Some manuscripts read *the Lord God.* 19:10a Greek *brothers.* 19:10b Or *is the message confirmed by Jesus.* 19:16 Or *On his robe and thigh.*

who worshiped his statue. Both the beast and his false prophet were thrown alive into the fiery lake of burning sulfur. ²¹Their entire army was killed by the sharp sword that came from the mouth of the one riding the white horse. And the vultures all gorged themselves on the dead bodies.

The Thousand Years

20 Then I saw an angel coming down from heaven with the key to the bottomless pit* and a heavy chain in his hand. ²He seized the dragon—that old serpent, who is the devil, Satan—and bound him in chains for a thousand years. ³The angel threw him into the bottomless pit, which he then shut and locked so Satan could not deceive the nations anymore until the thousand years were finished. Afterward he must be released for a little while.

⁴Then I saw thrones, and the people sitting on them had been given the authority to judge. And I saw the souls of those who had been beheaded for their testimony about Jesus and for proclaiming the word of God. They had not worshiped the beast or his statue, nor accepted his mark on their forehead or their hands. They all came to life again, and they reigned with Christ for a thousand years.

⁵This is the first resurrection. (The rest of the dead did not come back to life until the thousand years had ended.) ⁶Blessed and holy are those who share in the first resurrection. For them the second death holds no power, but they will be priests of God and of Christ and will reign with him a thousand years.

The Defeat of Satan

⁷When the thousand years come to an end, Satan will be let out of his prison. ⁸He will go out to deceive the nations—called Gog and Magog—in every corner of the earth. He will gather them together for battle—a mighty army, as numberless as sand along the seashore. ⁹And I saw them as they went up on the broad plain of the earth and surrounded God's people and the beloved city. But fire from heaven came down on the attacking armies and consumed them.

¹⁰Then the devil, who had deceived them, was thrown into the fiery lake of burning sulfur, joining the beast and the false prophet. There they will be tormented day and night forever and ever.

The Final Judgment

¹¹And I saw a great white throne and the one sitting on it. The earth and sky fled from his presence, but they found no place to hide. ¹²I saw the dead, both great and small, standing before God's throne. And the books were opened, including the Book of Life. And the dead were judged according to what they had done, as recorded in the books. ¹³The sea gave up its dead, and death and the grave* gave up their dead. And all were judged according to their deeds. ¹⁴Then death and the grave were thrown into the lake of fire. This lake of fire is the second death. ¹⁵And anyone whose name was not found recorded in the Book of Life was thrown into the lake of fire.

The New Jerusalem

21 Then I saw a new heaven and a new earth, for the old heaven and the old earth had disappeared. And the sea was also gone. ²And I saw the holy city, the new Jerusalem, coming down from God out of heaven like a bride beautifully dressed for her husband.

³I heard a loud shout from the throne, saying, "Look, God's home is now among his people! He will live with them, and they will be his people. God himself will be with them.* ⁴He will wipe every tear from their eyes, and there will be no more death or sorrow or crying or pain. All these things are gone forever."

⁵And the one sitting on the throne said, "Look, I am making everything new!" And then he said to me, "Write this down, for what I tell you is trustworthy and true." ⁶And he also said, "It is finished! I am the Alpha and the Omega—the Beginning and the End. To all who are thirsty I will give freely from the springs of the water of life. ⁷All who are victorious will inherit all these blessings, and I will be their God, and they will be my children.

⁸"But cowards, unbelievers, the corrupt, murderers, the immoral, those who practice witchcraft, idol worshipers, and all liars—their fate is in the fiery lake of burning sulfur. This is the second death."

⁹Then one of the seven angels who held the seven bowls containing the seven last plagues came and said to me, "Come with me! I will show you the bride, the wife of the Lamb."

¹⁰So he took me in the Spirit* to a great, high mountain, and he showed me the holy city, Jerusalem, descending out of heaven from God. ¹¹It shone with the glory of God and sparkled like a precious stone—like jasper as clear as crystal. ¹²The city wall was broad and high, with twelve gates guarded by twelve angels. And the names of the twelve tribes of Israel were written on the gates. ¹³There were three gates on each side—east, north, south, and west. ¹⁴The wall of the city had twelve foundation stones, and on them were written the names of the twelve apostles of the Lamb.

¹⁵The angel who talked to me held in his hand a gold measuring stick to measure the city, its gates, and its wall. ¹⁶When he measured it, he found it was a square, as wide as it was long. In

20:1 Or *the abyss,* or *the underworld;* also in 20:3.   **20:13** Greek *and Hades;* also in 20:14.   **21:3** Some manuscripts read *God himself will be with them, their God.*   **21:10** Or *in spirit.*

fact, its length and width and height were each 1,400 miles.* 17Then he measured the walls and found them to be 216 feet thick* (according to the human standard used by the angel).

18The wall was made of jasper, and the city was pure gold, as clear as glass. 19The wall of the city was built on foundation stones inlaid with twelve precious stones:* the first was jasper, the second sapphire, the third agate, the fourth emerald, 20the fifth onyx, the sixth carnelian, the seventh chrysolite, the eighth beryl, the ninth topaz, the tenth chrysoprase, the eleventh jacinth, the twelfth amethyst.

21The twelve gates were made of pearls—each gate from a single pearl! And the main street was pure gold, as clear as glass.

22I saw no temple in the city, for the Lord God Almighty and the Lamb are its temple. 23And the city has no need of sun or moon, for the glory of God illuminates the city, and the Lamb is its light. 24The nations will walk in its light, and the kings of the world will enter the city in all their glory. 25Its gates will never be closed at the end of day because there is no night there. 26And all the nations will bring their glory and honor into the city. 27Nothing evil* will be allowed to enter, nor anyone who practices shameful idolatry and dishonesty—but only those whose names are written in the Lamb's Book of Life.

22 Then the angel showed me a river with the water of life, clear as crystal, flowing from the throne of God and of the Lamb. 2It flowed down the center of the main street. On each side of the river grew a tree of life, bearing twelve crops of fruit,* with a fresh crop each month. The leaves were used for medicine to heal the nations.

3No longer will there be a curse upon anything. For the throne of God and of the Lamb will be there, and his servants will worship him. 4And they will see his face, and his name will be written on their foreheads. 5And there will be no night there—no need for lamps or sun—for the Lord God will shine on them. And they will reign forever and ever.

6Then the angel said to me, "Everything you have heard and seen is trustworthy and true. The Lord God, who inspires his prophets,* has sent his angel to tell his servants what will happen soon.*"

Jesus Is Coming

7"Look, I am coming soon! Blessed are those who obey the words of prophecy written in this book.*"

8I, John, am the one who heard and saw all these things. And when I heard and saw them, I fell down to worship at the feet of the angel who showed them to me. 9But he said, "No, don't worship me. I am a servant of God, just like you and your brothers the prophets, as well as all who obey what is written in this book. Worship only God!"

10Then he instructed me, "Do not seal up the prophetic words in this book, for the time is near. 11Let the one who is doing harm continue to do harm; let the one who is vile continue to be vile; let the one who is righteous continue to live righteously; let the one who is holy continue to be holy."

12"Look, I am coming soon, bringing my reward with me to repay all people according to their deeds. 13I am the Alpha and the Omega, the First and the Last, the Beginning and the End."

14Blessed are those who wash their robes. They will be permitted to enter through the gates of the city and eat the fruit from the tree of life. 15Outside the city are the dogs—the sorcerers, the sexually immoral, the murderers, the idol worshipers, and all who love to live a lie.

16"I, Jesus, have sent my angel to give you this message for the churches. I am both the source of David and the heir to his throne.* I am the bright morning star."

17The Spirit and the bride say, "Come." Let anyone who hears this say, "Come." Let anyone who is thirsty come. Let anyone who desires drink freely from the water of life. 18And I solemnly declare to everyone who hears the words of prophecy written in this book: If anyone adds anything to what is written here, God will add to that person the plagues described in this book. 19And if anyone removes any of the words from this book of prophecy, God will remove that person's share in the tree of life and in the holy city that are described in this book.

20He who is the faithful witness to all these things says, "Yes, I am coming soon!"

Amen! Come, Lord Jesus!

21May the grace of the Lord Jesus be with God's holy people.*

21:16 Greek *12,000 stadia* [2,220 kilometers].   21:17 Greek *144 cubits* [65 meters].   21:19 The identification of some of these gemstones is uncertain.   21:27 Or *ceremonially unclean.*   22:2 Or *twelve kinds of fruit.*   22:6a Or *The Lord, the God of the spirits of the prophets.*   22:6b Or *suddenly,* or *quickly;* also in 22:7, 12, 20.   22:7 Or *scroll;* also in 22:9, 10, 18, 19.   22:16 Greek *I am the root and offspring of David.*   22:21 Other manuscripts read *be with all;* still others read *be with all of God's holy people.* Some manuscripts add *Amen.*